（典藏版）

百部国学传世经典

中华国学经典盛宴／获取先贤核心智慧

# 文心雕龙

【南朝梁】刘　勰／著

林宇宸／主编

滴江出版社

**图书在版编目（CIP）数据**

文心雕龙 /（南朝梁）刘勰著；林宇宸主编. -- 桂林：漓江出版社，2020.10
（百部国学传世经典）
ISBN 978-7-5407-8895-7

Ⅰ. ①文… Ⅱ. ①刘… ②林… Ⅲ. ①文学理论-中国-南朝时代②《文心雕龙》Ⅳ. ①I206.391

中国版本图书馆 CIP 数据核字(2020)第 144829 号

**文心雕龙 WENXIN DIAOLONG**

作　　者 【南朝梁】刘勰 著
主　　编 林宇宸

出 版 人 刘迪才
出 品 人 张 谦
策划编辑 陈植武 林晓鸿
责任编辑 林晓鸿
助理编辑 秦 灵
装帧设计 林晓鸿 宋双成
责任监印 杨 东

出版发行 漓江出版社有限公司
社　　址 广西桂林市南环路 22 号
邮　　编 541002
发行电话 010-65699511 0773-2583322
传　　真 010-85891290 0773-2582200
邮购热线 0773-2582200
电子信箱 ljcbs@163.com
微信公众号 lijiangpress

印　　制 北京飞达印刷有限责任公司
开　　本 710mm×1000mm 1/16
印　　张 30
字　　数 500 千字
版　　次 2021 年 3 月第 1 版
印　　次 2021 年 3 月第 1 次印刷
书　　号 ISBN 978-7-5407-8895-7
定　　价 45.00 元

# 前言

中华民族有着数千年的文明历史，创造了光辉灿烂的古代文化，其中中国传统国学是我国辉煌灿烂的文化典籍的核心部分，它博大精深、源远流长，显示出中华文化的深厚根基，给人类留下了丰富的精神财富。它塑造了我们中华民族的民族精神，开启心智，滋润生命，陶冶人格，塑造灵魂。

开卷有益，忙碌的人们闲暇之时，应该用传统国学来陶冶自己的情操，开阔自己的心胸，提高自己的人文修养，用先人的哲思来涤荡自己忙碌的心灵。我们应该坚持阅读的爱好，在潮流文化的强大攻势下，让传统文化永驻我们的心田。“复兴国学，从根本上讲，是复兴中华民族的自尊心、自信心。”我们要甄选传世经典著作中最经典的部分来读，要以开放的胸襟和燃烧的激情去承接古人的经典大论与哲思华章，以自豪而不狂妄、执着而不僵化的精神风貌来直面当今社会的竞争与挑战。

为了弘扬中国传统文化，帮助读者深刻了解我们的历史与文化，用经典历史文学知识陶冶情操、提高文化修养，同时使国学得到承传，得以弘扬光大，我们精心编排了本书。

本书选取了国学经典著作中很多优秀的作品及资料，博采各类经典作品的长处，并有所创新，以使得本书风格迥异、卓然超群，相信会给读者带来全新感受。

由于时间仓促，书中难免有不尽之处，恳请读者朋友提出宝贵意见，在此深表谢意。

# 导读

《文心雕龙》是中国文学史上第一部有着严密体系的文学理论专著，创作于南北朝时期。清代学者章学诚称此书“体大而虑周”（《文史通义 · 诗话篇》），远远超过前人。

《文心雕龙》的作者是中国南朝文学理论家兼文学批评家刘勰（约公元465—约520年），字彦和，生于京口（今江苏镇江），祖籍山东莒县（今山东莒县）。出身于一个没落的官僚家庭，父亲刘尚曾做过越骑校尉，不幸早逝。刘勰从小喜爱读书，因生活贫困潦倒，到了二十余岁依然无力娶妻，与一位名叫僧祐的佛教徒、学者一起在寺庙生活了十余年，敬之如父。他一边帮助奉南朝齐皇帝之命搜校佛书的僧祐整理经书，一边认真阅读儒家经典及历代文学作品。

约在公元501—502年之间，刘勰在寺中完成了《文心雕龙》。当时，三十六七岁的刘勰默默无闻，没有人重视他的著作。于是，刘勰想让当时身居高位且是文坛领袖的沈约（史学名著《宋书》作者）来鉴定一下。由于身份低微，他无法去拜见沈约，于是亲自背着书稿，等沈约出门时到车前求见。沈约学问渊博，立刻发现了

《文心雕龙》的价值，极为赞赏，放在自己的案头不时取读。至此，《文心雕龙》及刘勰本人开始受到社会的重视。

不久，刘勰开始在南朝梁做官，官职从低微的奉朝请开始，历任临川王萧宏的记室、车骑将军夏侯详的仓曹参军、太末（今浙江龙游）县令、通事舍人、步兵校尉等职，并得到喜爱文学的梁武帝之子、昭明太子萧统的喜爱。由于刘勰精通佛理，所以当时新建佛寺、寺塔及高僧去世时，都会请他撰写文章。公元 518 年，对刘勰来说亦师亦父的僧祐去世，刘勰受命在定林寺中整理佛经，于是他在寺中出家，法号慧地。出家不满一年，约公元 520 年，刘勰在寺中去世。

刘勰约四十岁才入仕，一生宦名不显，却因为《文心雕龙》名扬古今。《文心雕龙》并不是凭空出现的。中国古典文学理论出现得很早，春秋时期，孔子就敏锐地意识到诗歌有益于政教，汉代学者则认为无论是诗歌、散文还是赋，都必须具有社会意义和教育作用，必须是对现实的反映。但是，无论是诸子百家还是汉代学者，都没有把文学与一般学术区分开来。到了魏晋时代，曹丕的《典论·论文》与陆机的《文赋》，才开始着重探讨狭义的文学，曹丕更是在《典论·论文》中直言“文章，经国之大业，不朽之盛事”，首次指出文学应该享有独立地位。正是这些日益成熟的文学理论，催生出了《文心雕龙》。

《文心雕龙》全书共五十篇，前四篇是全书的总论，提出“文原于道”的重要原则，要求写作者必须学习儒家经典。所谓“文原于道”，即认为文章并不是人心的主观产物，而是在天地万物之间自然存在的。人是万物之一，于是自然产生了人的文。刘勰认为圣人是生而知之的，孔子等人天生掌握着真理，带有浓厚的神秘主义色彩。但是他认为外部事物通过人的耳目感动内心，从而产生文章，不承认有抽象的文学天才，认为仔细观察事物并掌握作文的“术”，就能够写出好文章，又具有一定的唯物主义色彩。

第五篇《辨骚》至第二十五篇《书记》，讨论了骚、诗、乐府、赋、颂、史等三十五种文体，诠释其名称及特征，评论其起源和演变、优点和缺点，是对前人创作经验的总结，对文体论的发展做出了很大的贡献。刘勰在前人的基础上把文体细分为三十五种，论述完整、内容丰富充实，并强调无论作哪类文章，都必须注重“大体”，而不是微末的小节。论诗时他要求四言“雅润”而五言“清丽”，论乐府时要求体现盛衰兴废等，都卓有见地。但是因为他是个典型的儒家学者，处处将儒家经典作为唯一标准，所以论点中有一些偏颇的地方，这一点阅读时需要注意甄别。

从第二十六篇《神思》到第四十九篇《程器》，是对文学创作和文学批评的深入分析，并提出了自己的理论，是全书的核心部分。刘勰创作《文心雕龙》的主要动机，就是扭转当时的不良文风，这个动机也直接影响着他的创作理论。南齐后期，豪门世族过着奢侈荒淫的生活，整个社会都陷入浮华奢靡的风气之中，文风也随之日益浮靡，辞藻华丽但言之无物的宫体诗已经初露端倪。出身贫寒的刘勰没有受到这些风气的影响，并对其深恶痛绝，在《序志》中斥为“讹滥”。“讹”即追求诡异、新巧，违反正体；“滥”即浮靡。“讹滥”文风将创作引入歧途，让言之无物的文章大量涌现，对社会毫无助益。针对这种情况，刘勰提出了自己的创作理论和文学批评理论。可惜的是，虽然《文心雕龙》在当时取得了不小的社会影响，但是刘勰身份低微，对主要发生在上层的文学风气的堕落起不到多少扭转的作用。六朝的浮靡文风流毒颇大，一直到唐代的韩愈、柳宗元发起“古文运动”才渐渐发生改变，“唐宋八大家”的杰出作品，与《文心雕龙》中的文学理论完全可以互相印证。

刘勰的创作理论，集中表现在《神思》及以后的十余篇里，同时散见于全书各篇。他认为，想要进行创作，必须先广泛观察各种事物、强化自己的道德修养、总结前人的经验教训。同时，必须将自己充实而饱满的情志倾注在创作之中，让作品具有教育、感化的作用。当然，注重教化，并不等于轻视表现力，他主张创作时必须重视想象、虚构，并灵活运用夸张、比兴等手法来加强感染力。此外，他还谈到艺术构思、文辞安排、结构布置，以及声律、对偶、用典和修改润色的方法等。刘勰的创作理论内容丰富，且初步形成了自己的体系，是难能可贵的。而他的批评论集中体现在《知音》一篇中，将内容和形式结合起来看待，既要求作品感情真挚、内容纯正，又要求形式华美、文风简约。而对于批评者他也提了要求，认为进行文学批评时最好不要带上个人主观色彩，要做到实事求是，同时也必须努力提升自己的修养、提高鉴别能力，这样才能正确而全面地批评作品。

最后一篇《序志》是全书的跋，解释了书名《文心雕龙》的由来："文心"二字，是受了战国时期道家学者涓子（即环渊）的《琴心》一书及战国时期儒家学者王孙子《巧心》一书的影响；"雕龙"二字，则取自战国末期阴阳家学者邹奭的典故，当时人们称邹奭的文章"饰若雕镂龙文"，称他为"雕龙奭"。同时，《序志》还写到了作者的创作动机、全书基本内容、对过去文论的看法以及对读者的期望等。

《文心雕龙》总结了先秦以来的文学创作经验、文学理论成果及美学成果，建立起体系严密、见解精到的创作理论和批评理论，对当时的"讹滥"文风起到批判作用，也对后人的创作进行了有益的启示。在我国文学理论史上，《文心雕龙》无疑是一部里程碑式的杰作。

# 目录

# 一、原道篇

## 〔导　读〕

本篇主要论述“文”的本源问题。篇中的“文”，包括广义和狭义两方面的含义。广义的“文”，指天地间一切形色声韵之美。刘勰认为：“文”源于道，“文”是至高无上的道的体现。“原”是本，“道”是“自然之道”；“文”的“原道”，就是“文”本于“自然之道”。他认为天地万物皆有文采，万物的文采都不是人为的，是客观产生的，天玄地黄、日月悬空、山川地形、玉石纹理皆有其形，这些都是“文”，是神理的体现，即“自然之道”。狭义的“文”，则特指文章。刘勰主张文学作品应有动人的文采，强调艺术技巧，但不能过度雕琢，以免失了文章的本真。古代帝王与圣人编制的“六经”，以自然之心，取自天地之法，不仅具有形态、声韵之美，在政治教化方面也有巨大作用。在这里，刘勰将圣人之道看作自然之道在文学上的高度体现，把孔子放在了至高无上的位置。

### 原文

**文之为德也大矣①，与天地并生者，何哉？夫玄黄色杂②，方圆体分，日月叠璧，以垂丽天之象③；山川焕绮④，以铺理地之形：此盖道之文也。仰观吐曜⑤，俯察含章，高卑定位，故两仪⑥既生矣；**

**惟人参之，性灵所钟，是谓三才⑦。为五行之秀气，实天地之心生。心生而言立，言立而文明，自然之道也。旁及万品，动植皆文，龙凤以藻绘呈瑞⑧，虎豹以炳蔚凝姿⑨；云霞雕色，有逾画工之妙；草木贲华⑩，无待锦匠之奇。夫岂外饰，盖自然耳。至于林籁结响，调如竽瑟；泉石激韵，和若球锽⑪。故形立则章成矣，声发则文生矣。夫以无识之物，郁然有彩，有心之器，其无文欤？**

## 注释

①文：此处的“文”，意义较为广泛，是包含文化、文采、文理、事物的形色等在内的含义深广的文。德：这里指文所独有的特点、属性、意义。②玄黄：指天地。玄，黑赤色，天的颜色。黄，地的颜色。色杂：指天地未分时的情形。③垂：悬挂。丽天：附着于天。④焕：有光彩。绮：有花纹的丝织品，此处特指文采华美。⑤吐曜：发出光彩，一种天文景象。曜，光芒。⑥两仪：指天、地，古人认为天和地是构成宇宙的两种基本物体。⑦三才：《易·系辞下》中称天道、地道、人道为三才，后用以泛指天、地、人。⑧藻：文采。绘：彩画。⑨炳蔚凝姿：指光彩动人的形式。炳，光亮。蔚，繁盛。凝姿，形成毛色的美。⑩贲（bì）：装饰。华：花。⑪球锽：指磬和钟，庙堂乐器。球，玉磬。锽，象声词，指钟声。

## 译文

文的意义十分重大，它与天地一起产生，为何如此说呢？因为自从天地诞生，就有了黑与黄、圆和方的分别，日和月犹如重叠的双璧，悬挂于天空，显示出光辉灿烂的景象；山与川犹如华美的锦绣，铺陈于大地，展示着地形细腻的纹理：大概这便是大自然的文采。抬头仰望是天空中日月星辰发出的光芒，低头俯视是地上山川原野蕴含的美，上下的位置确定后，天、地两仪便产生了。唯有人可以与天地并列，其身上汇集了天地的智慧，与天地并称为“三才”。人是万物的灵长，实际上便是天地的核心。具备了思想的心灵，语言就随之确立，语言确立了，文章也就跟着鲜明了起来，这是自然而然的道理。推广到天地万物，动植物皆富有文采。龙凤用五彩的鳞羽来呈现祥瑞，虎豹以斑斓的皮毛来展示雄姿；以色彩雕琢的云霞，胜过画家的妙笔；以鲜花点缀的草木，不需要织锦工匠的美化加工。这些难道是外界强加的装饰吗？都是它们自然形成的罢了。至于林中万籁发声，好似竽瑟齐鸣；泉水激石成韵，好像磬钟合奏。所以，只要形体确立，文采自然形成，声音发出，韵律自然诞生。那些无意识的事物尚且有丰富的文采，充满智慧的人，怎能没有文呢！

## 原文

**人文之元，肇自太极[①]，幽赞神明[②]，《易》象[③]惟先。庖牺[④]画其始，仲尼翼其终[⑤]；而《乾》《坤》两位[⑥]，独制《文言》[⑦]。言之文也，天地之心[⑧]哉！若乃《河图》[⑨]孕乎八卦，《洛书》韫乎九畴[⑩]，玉版金镂之实[⑪]，丹文绿牒[⑫]之华，谁其尸[⑬]之？亦神理[⑭]而已。自鸟迹代绳[⑮]，文字始炳。炎皞[⑯]遗事，纪在《三坟》[⑰]；而年世渺邈[⑱]，声采靡追[⑲]。唐、虞文章，则焕[⑳]乎为盛。元首载歌[㉑]，既发吟咏之志；益、稷陈谟[㉒]，亦垂敷奏之风[㉓]。夏后氏兴，业峻鸿绩，九序[㉔]惟歌，勋德弥缛。逮及商、周，文胜其质，《雅》、《颂》所被，英华日新。文王患忧[㉕]，《繇辞》炳曜[㉖]，符采复隐[㉗]，精义坚深。重以公旦多材，振其徽烈[㉘]，制《诗》缉《颂》[㉙]，斧藻群言。至夫子继圣，独秀前哲，镕钧“六经”，必金声而玉振[㉚]；雕琢情性，组织辞令。木铎[㉛]起而千里应，席珍流而万世响。写天地之辉光，晓生民之耳目矣。**

## 注释

①肇（zhào）自：始于。太极：《易传·系辞上》用以指天地混沌之气，即宇宙浑然一体的元气。②幽：深。赞：明，陈说。神明：指精微神妙的事物。③《易》象：《易经》的卦象（由阳爻［yáo］和阴爻配合而成，是一套具有象征意义的符号），即说明每卦吉凶的文句。④庖牺：伏羲氏，传说中的三皇之一，八卦的创始人。《易传·系辞下》中说庖牺氏“始庖八卦”。⑤仲尼：孔子的字。翼：指《周易》的《十翼》，相传孔子为了阐明《易经》的道理，曾写了《彖（tuàn）辞》上下、《象辞》上下、《系辞》上下、《文言》、《说卦》、《序卦》和《杂卦》，共十篇，称为《十翼》。⑥《乾》《坤》：《易经》中的《乾》《坤》两卦。⑦《文言》：对《乾》《坤》二卦的解释。刘勰认为是对《乾》《坤》二卦的文饰。⑧天地之心：与上文说的“天地之心”不同，此是取《易经·复卦》中“复其见天地之心乎”的意思。“心”是本性，指天地有文，是其本来就有的特点。⑨《河图》：相传伏羲时黄河中有龙献出图，伏羲据此画成八卦。⑩《洛书》：相传洛水中有龟献出书来，禹据此制定九畴。韫（yùn）：包含，藏。九畴：九类，指治理天下的各类大法。⑪玉版：玉做的板片。金：铜器。镂：雕刻。⑫丹文绿牒：《尚书中候·握河纪》中说，“河龙出图、洛龟书感，赤文绿字，以授轩辕”。“赤文绿字”另有一说，“洛出丹书，河出绿图”。黄帝时黄河出图、洛水出书，各书说法不尽相同。牒，书写用的竹简。⑬尸：主宰，作主。⑭神理：自然之道，乃齐梁时期佛教术语，刘勰借此指代自然之道，唯有圣人才能掌握。⑮鸟迹代绳：太古时期，结绳记事，仓颉观鸟兽足迹而创造文字。鸟迹，指象形文字。⑯炎皞（hào）：炎帝神农氏与太皞伏羲氏的并称。⑰《三坟》：传说中伏羲、神农、黄帝时的书。坟，大道。⑱渺邈：久远。⑲声采：文章的辞采音韵，此处指文章本身。靡：没有，不能。⑳焕：鲜明，这里形容文章的兴盛。孔子曾赞美尧“焕乎其有文章”。㉑元首：指舜。载歌：开始唱歌。歌，传为舜所作之歌，见《尚书·益稷》。㉒益、稷：指伯益与后稷，舜的两位臣子，佐

禹有功。陈谟：陈述计谋。㉓垂：流传。敷奏：大臣对君主上书提出建议。敷，陈。奏，进。㉔九序：指治理天下的各种工作。㉕文王患忧：指周文王为西伯时被囚禁于羑里（今河南汤阴）。㉖繇辞：指《易经》中的卦辞和爻辞，用于解释卦爻，据说作于文王被囚之时。炳曜：发出光彩。㉗符采复隐：指像玉石横纹一般丰富含蓄地表达内容。符采，玉的横纹。复隐，丰富而含蓄。㉘徽烈：美好的功业。徽，美。烈，功业，功勋。㉙制《诗》缉《颂》：自己写诗，辑录《周颂》。据《尚书》《国语》《毛诗序》等记载，《诗经》的《风》《雅》《颂》中，均有周公旦的作品。制，创作。缉，即“辑”。㉚金声而玉振：指孔子集先贤大成于一身。金声，钟声。玉振，磬声。㉛木铎（duó）：古代施政教所用木舌铃，此处指孔子的教化。

## 译文

人类文化的开端，起始于天地混沌之气，深刻地阐明这个神妙的道理的，最早要数《周易》中的卦象。《周易》始于伏羲画八卦，完成于孔子作《十翼》。其中《乾》卦和《坤》卦，孔子特以《文言》解释。语言必须有文采，才能体现天地本心！至于说《河图》包蕴了八卦之理，《洛书》蕴含着九类治国大法，金石玉版上雕刻的图文，红文绿简上的华美文采，又是谁主宰的呢？是自然之道罢了。自从用模仿鸟兽的象形文字代替结绳记事的方式之后，文字的作用便日渐显著。炎帝神农氏和太皞伏羲氏传下来的事迹，记载在《三坟》里，但由于年代太过久远，那些文章已无处可寻。唐尧、虞舜时代的文章，文采焕然一新，兴盛一时。虞舜创作歌谣，他的吟咏已在抒发自己的情志；他的大臣伯益和后稷的谋议，也开创了敷陈进言的风气。夏禹兴起，功高业大，政绩斐然，各种事务都走上了正常的轨道，受到歌颂，功德愈加辉煌。到了商朝和周朝，文采有了更进一步的发展，胜过前代的质朴。在《雅》《颂》的影响下，作品的文采日趋华美新颖。周文王被囚羑里受难时，创作了《周易》的卦辞和爻辞，光彩照耀，宛如美玉的纹理丰富而含蓄，意义精微而坚实隽永。再加上周公旦多才多艺，发扬文王的美好事业，创作诗歌，辑录《周颂》，修订各种典籍。到了孔子，继承前代先贤圣哲，却又一枝独秀地超越了他们。他整理编订“六经”，像音乐中以钟发声、以磬收韵那样，是文化的集大成者；他陶冶自己的性情，雕琢自己的辞令。他推行的教化像木铎大振一样，千里呼应；他的道德学问像讲席上的珍品一样流传下来，万世响应。他写下天地间的光辉事物，启发世人的聪明才智。

## 原文

**爰自风姓①，暨②于孔氏，玄圣创典③，素王④述训，莫不原道心⑤以敷章，研神理而设教；取象⑥乎《河》、《洛》，问数乎蓍龟⑦；观天文以极⑧变，察人文以成化⑨；然后能经纬区宇⑩，弥纶彝宪⑪，发挥事业，彪炳⑫辞义。故知道沿圣以垂文，圣因文以明道，旁通而无涯⑬，日用而不匮⑭。《易》曰：“鼓天下之动者存乎辞。”辞之所以能鼓天下者，乃道之文也。**

## 注释

①爰（yuán）：语首助词。风姓：伏羲的姓。②暨（jì）：及。③玄圣：远古的圣人，这里是指伏羲。典：常法，基本法则。传为伏羲所作之八卦。④素王：此处指孔子。古代称有帝王之道而无帝王之位的人为素王。⑤道心：指自然之道的基本精神。“道心”二字全书用到三次，意全同。⑥取象：取法。⑦问数：占卜的意思。数，命运。蓍（shī）龟：占卜用的蓍草和龟甲。⑧极：追究到底。⑨人文：指上文所述各种古籍。化：教化的。⑩经纬：经线和纬线纵横交织。这里指治理。区宇：疆域，这里指天下。⑪弥纶：补合经纶。这里有综合组织、整理阐明的意思。彝（yí）：永久的，经常的。宪：法度。⑫彪炳：光彩鲜明的意思。彪，虎纹。⑬涯：穷尽，尽头。⑭匮：缺乏。

## 译文

从伏羲到孔子，前者开创，后者加以发挥，都是根据自然之道的基本精神来进行著作，钻研精深的道理来建立教化。他们效法《河图》和《洛书》，用蓍草和龟甲来占卜，观察天文以穷究各种变化，学习过去的典籍来完成教化；然后才能治理国家，制定出恒久的根本大法，发展各种事业，使文辞义理光彩鲜明。由此可知，自然之道依靠圣人来表达在文章里边，圣人通过文章来阐明自然之道，圣人的文章到处行得通而没有穷尽，天天可以运用而不觉得贫乏。《易传·系辞上》里说："能够鼓动天下的，主要在于文辞。"文辞之所以能够鼓动天下，就因为它是符合自然之道的文采。

## 原文

**赞①曰：道心惟微②，神理设教。光采玄圣③，炳耀仁孝④。龙图献体，龟书⑤呈貌。天文斯⑥观，民胥以效⑦。**

## 注释

①赞：助，明。《文心雕龙》各篇最后都有几句"赞"，用以辅助说明（即总括）全篇大意。②微：精妙。③光采：指自然之道的光彩。玄圣：指阐明自然之道的古代圣贤，主要是孔子。④仁孝：泛指古代圣贤提出的伦理道德。⑤书：指《洛书》。⑥斯：语助词。⑦胥（xū）：全，都。效：有模仿、学习的意思。

## 译文

总之，自然之道的基本精神是精妙的，应根据这种精妙的道理来施行教化。古代圣人使这些道理发出光芒，也使伦理道德获得了宣扬。这是由于最早有了黄河里的龙献出了图，洛水里的龟献出了书。圣人观察这些上天所赐的文章创造了人类文化，人民便都效法、学习。

# 二、征圣篇

## 〔导 读〕

“征圣”为验证于圣人之意，本篇意在说明作文必须以儒家圣人著作的作品为证验，以其指导性的话语为依据。

本文可分为三部分。首先，论圣人典籍、可证验的内容，大致包括政治教化、功勋事迹、个人修养三方面。根据帝王、圣人重视文辞文化的这三个方面，他认为“志足而言文，情信而辞巧”是写作的黄金法则。其次论圣人著作可证验的创作特点，由于圣人能掌握自然之道，他们对文章的繁、略、隐、显，能根据具体情况进行适当的调整。故而，刘勰认为“征之周孔，则文有师矣”。

最后，由“征圣”过渡到“宗经”，本篇着重于探讨圣人作品的言论及创作特点，到了“宗经”，则重在探究“五经”的创作特色与价值。强调在华实并重上“征圣立言”。刘勰是一个正统的儒家学者，他的一切评论皆以儒家圣人为依据，这给他的文艺批评带来很大的局限性。从本篇的论述可以看出，刘勰善于吸取儒家著作中的可取之处与自己的实际体会相结合，并加以总结和发挥，形成了一套自己的理论体系。

## 原文

**夫作者曰圣，述者曰明①。陶铸性情②，功在上哲。夫子文章，可得而闻③，则圣人之情，见乎文辞矣。先王声教，布在方册④；夫子风采，溢于格言⑤。是以远称唐世，则焕乎⑥为盛；近褒周代，则郁哉⑦可从：此政化贵文之征也。郑伯入陈，以文辞为功⑧；宋置折俎，以多文举礼⑨：此事绩贵文之征也。褒美子产⑩，则云“言以足志，文以足言”；泛论君子，则云“情欲信，辞欲巧”：此修身贵文之征也。然则志足而言文，情信而辞巧，乃含章之玉牒，秉文之金科矣。**

## 注释

①夫作者曰圣，述者曰明：意思是能制礼作乐者是为“圣”，能阐述圣人创作者是为“明”。作者，创始者，知礼乐之情者。述者，继承者，识礼乐之文者。②陶：制造瓦器。铸：熔炼金属。这里用陶铸比喻对人的教育培养。③“夫子文章”二句：语出《论语·公冶长》，孔子的学生子贡说：“夫子之文章，可得而闻也。”④布：分布。方：木板。册：编起来的竹片，这里泛指书籍。⑤溢：满。格言：可以作为法则的话。格，法则。⑥焕乎：为颂扬尧治天下的功德之辞。焕，有光彩。⑦郁哉：《论语·八佾（yì）》载孔子称颂西周，“郁郁乎文哉，吾从周”。意为：周朝的礼仪制度借鉴于夏、商二代，是多么丰富多彩啊，我遵从周朝的制度。郁，文采丰盛。⑧“郑伯入陈”二句：郑伯，郑简公。入陈，公元前 548 年郑国军队攻入陈国。文辞为功，当晋国质问郑国为什么攻打陈国时，郑国大夫子产说明了攻陈的理由。文辞，指子产所做正确有理的回答。⑨“宋置折俎（zǔ）”二句：《左传·襄公二十七年》记载，宋平公设宴招待晋国赵文子，宴会上，宾主的发言文采四溢，

孔子非常欣赏。折俎，古代宴会时，把煮熟的牛羊等切开放在俎上，这是一种招待贵宾的隆重礼节。俎，盛肉的器具。多文举礼，宾主谈话都富有文采，孔子特使学生记下这次宴会的礼仪。举，记录。⑩子产：春秋时郑国人，杰出的政治家、思想家。姬姓，公孙氏，名侨，字子产。

## 译文

能够制礼作乐的人称作“圣”，能够阐发礼乐之文的称作“明”。用礼乐陶冶和塑造人们的性情，古代圣贤在这方面有很大的成就。孔子的文章是可以看到的，也就是说，圣人的思想感情便体现在有关的文辞之中。古代圣明君主的教化训示，都记载在典籍里；孔子的言行文采，都充分表现在他教导人的言论中。所以，对较远的，孔子称赞过唐尧盛世，称赞那时文化的兴盛焕发；对于近世，他赞美过西周时代，认为那时的文化丰富多彩，值得效法。这些都是政治教化方面以文为贵的例证。春秋时期，郑国入侵陈国，面对晋国的责问，郑国大夫子产因善于辞令使这次军事行动变得正当合理，立下功劳；宋国曾用最隆重的宴会招待晋国赵文子，由于宾主谈话富有文采，孔子十分赞赏，特使弟子记录下来：这些都是国事方面以文为贵的例证。孔子赞扬子产，说他“不仅能用语言来很好地表达自己的情志，还能用文采充分地修饰语言”；孔子广泛地谈及德才兼备的人，认为“情感要真实，文辞须巧妙”。这些都是个人修养方面以文为贵的例证。由此可见，思想充实而语言富有文采，情感真挚而文辞巧妙，这些都是写作的金科玉律。

## 原文

**夫鉴周日月①，妙极机神②；文成规矩③，思合符契④。或简言以达旨，或博文以该⑤情，或明理以立体⑥，或隐义以藏用⑦。故《春秋》一字以褒贬，“丧服⑧”举轻以包重：此简言以达旨也。**

**《邠诗》[9]联章以积句，《儒行》缛说以繁辞[10]：此博文以该情也。书契决断以象《夬》[11]，文章昭晰以效《离》[12]：此明理以立体也。四象[13]精义以曲隐，五例微辞以婉晦[14]：此隐义以藏用也。故知繁略殊形，隐显异术[15]；抑引随时[16]，变通适会[17]。征之周孔，则文有师矣。**

## 注释

①鉴：察看。周：全。日月：借以概括整个自然界。②极：追究到底。机神：微妙精深。③规矩：法则。④符契：符节。符，古代作为凭证用的东西，以两者相合为凭。契，约券。⑤该：兼备。⑥体：主体，指文章的主要部分。⑦藏用：隐藏其作用，即不明显地表达文章的作用。⑧丧服：居丧之服。古代丧礼，根据与死者关系不同而着轻重不同的丧服。⑨《邠（bīn）诗》：指《诗经·豳风》中的《七月》篇。邠，同“豳”。⑩《儒行》：指《礼记》中的《儒行》篇。《儒行》篇中把儒者分为十六种来论述。缛（rù）：繁盛。⑪书契：文字，引申为著作。《夬》（guài）：《周易》六十四卦之一，“夬”表示决断。⑫昭晰（zhé）：清楚。《离》：《周易》六十四卦之一，“离”表示像火光一样明亮。⑬四象：《周易》中的卦象，有实象、假象、义象、用象四种。见孔颖达《周易正义》卷七。⑭五例：《春秋》记事的五种条例“一曰微而显”，“二曰志而晦”，“三曰婉而成章”，“四曰尽而不汙”，“五曰惩恶而劝善”，见杜预《春秋左氏传序》。晦：不明显。⑮术：方法，这里指表现手法。⑯抑：压止，这里是精简字句的意思。引：延长，这里是加详的意思。⑰适会：适应当时的情况。适，适应。会，时机。

## 译文

圣人能够全面考察自然万物，并深入到其中精深奥妙的地方去；这样才能写成堪称楷模的文章，其表达的思想也才能与客观事物相吻合。圣人的著作有时用较少的语言来表达其主要思想，有时用较多的文辞来详尽地抒发情理，有时用明白的道理来建立文章的主体，有时用含蓄的思想而不直接显示文章的作用。如《春秋》就常用极少的文字来赞扬或批评，《礼记》里常用轻的丧服来概括重的丧服：这就是用较少的语言来表达主要思想的例子。又如《诗经·豳风·七月》是用许多章句联结成篇的，《礼记·儒行》也常用复杂的叙述和丰富的言辞：这就是用较多的文辞来详尽地抒发情意的例子。此外，有的文章写得像《夬》卦所说的那样决断干脆，有的文章写得像《离》卦所说的那样清楚透彻：这就是用明白的道理来建立文章主体的例子。还有《周易》中的四种卦象，道理精深，意义曲折，《春秋》所运用的五种记事条例，也常常文辞微妙，意义婉转：这就是用含蓄的思想而不直接显示文章作用的例子。根据上述可知，各种文章在表现手法上，有详与略、隐与显的区别；所以写文章时，或压缩，或加详，要随不同的时机而定，写作上的千变万化，要适应不同的具体情况。所有这些，以周公、孔子的文章做标准，那么在写作上就算找到老师了。

## 原文

**是以论文必征于圣，窥圣必宗于经。《易》称："辨物[①]正言，断辞则备[②]。"《书》云："辞尚体[③]要，弗惟好异。"故知正言所以立辨[④]，体要所以成辞；辞成无好异之尤[⑤]，辨立有断辞之美[⑥]。虽精义曲隐[⑦]，无伤其正言；微辞婉晦[⑧]，不害其体要。体要与微辞偕通[⑨]，正言共精义并用[⑩]；圣人之文章，亦可见也。颜阖[⑪]以为：**

**“仲尼饰羽而画，徒事华辞。”虽欲訾[12]圣，弗可得已[13]。然则圣文之雅丽，固衔华而佩实者也[14]。天道[15]难闻，犹或钻仰[16]；文章可见，胡宁勿思？若征圣立言，则文其庶矣。**

## 注释

①辨物：辨明一切事物。②断辞：用言辞明断事物。断，决断。备：具备，这里有充实的意思。③体：体现。④辨：指“辨物”而得的论点。⑤尤：过失。⑥美：优点，益处。⑦精义曲隐：上文所讲《周易》的“四象”。⑧微辞婉晦：上文所讲《春秋》的“五例”。⑨偕通：二者之间有相通之处。偕，共同。⑩并用：同时运用。⑪颜阖（hé）：战国时鲁国人。⑫訾（zǐ）：说别人的坏话。⑬已：语气词。⑭衔：含在口中。佩：系在身上。此二字在这里都引申为“具有”之意。⑮天道：《原道》篇说的“自然之道”，指客观事物的规律。⑯钻：深入研究。仰：仰而求之。

## 译文

所以谈论文章，一定要以圣人作为标准来检验；探求圣人思想，一定要以经书为根据。《易传·系辞下》说：“辨明事物并给予恰当的说明，这样明断事物便显得完备了。”《尚书·毕命》说：“文辞应该抓住要点，不应该一味追求奇异。”由此可见，必须有恰当的说明才能表达出文章的论点，必须抓住要点才能安排好文辞；倘能这样安排文辞就能避免单纯追求奇异的毛病，这样建立起来的论点也就能得到词句明确的益处了。那么即使内容精深曲折，也不会影响到它说明的恰当性；即使文辞微妙婉转，也不会妨害它能抓住要点。文章要抓住要点和词句写得微妙可以相通，说明的恰当和内容的精深也可并存。这些情形，在圣人的文章里都可以看到。颜阖说：“孔子好比在已有自然文采的羽毛上再加装饰似的，只追求华丽的辞藻。”虽然颜阖想借此来指责圣人，但事实上是做不到的。因为圣人的文章是既雅正又华丽，本来就是兼有动人的文采和充实的内容的。自然之道本来是不易弄懂的，尚且有人去钻研它；文章是显而易见的东西，为什么不好好加以思考呢？如果能根据圣人的著作来进行写作，那么写成的文章就接近于成功了。

## 原文

**赞曰：妙极生知①，睿哲惟宰②。精理为文，秀气③成采。鉴④悬日月，辞富山海。百龄影徂⑤，千载心在。**

## 注释

①妙：指精妙的道理。极：极致。生知：生而知之的人，即圣人。②睿(ruì)：智慧，明达。宰：主宰，引申为掌握、具有。③气：这个字在《文心雕龙》中用得较多，解释也有分歧。从全书运用情形看，除明确指才气、气势、辞气和气候等意思外，多数用以指作者所特有的气质，或作者的气质体现在创作中而成为某些篇章的特点。这里是指圣人的气质。④鉴：察看，这里指观察事物而形成的主张或意见。⑤百龄：百岁，指圣人的一生。影徂(cú)：形体已生命消逝。徂，往。

## 译文

总之，只有圣人能懂得精妙的道理，因为他们具有超群的聪明才智。他们把精妙的道理写成文章，以自己灵秀的气质构成文采。他们的见解有如日月之明，他们的辞藻就像高山大海那样丰富。古代圣人虽生命消逝，但他们的精神却永垂不朽。

# 三、宗经篇

## 〔导　读〕

本篇与《征圣篇》联系密切，主要通过对圣人所作的经典的影响、价值、特色的阐释，说明征圣与宗经的意义。本篇首先概述经书的基本情况，特别强调经书对万民的教化与教育价值。其次，介绍《诗》《书》《礼》《易》《春秋》五部经书的艺术特点及其成就。最后一部分，说明了宗经的原因：经书不仅对后世文章产生了特别深远的影响，而且从经书和后代作品的关系来看，刘勰认为各种文体都从经书开始，经书是万世文体的源泉。刘勰将儒家经典神圣化，认为经书的内容是永恒不变的真理，显然这是错误的，但他强调儒家经典的教育作用，把经书的写作特点归结为“辞约而旨丰，事近而喻远”，以及以内容为主的“六义”说，以此作为写作与评价的标准，对于当时趋于华靡的文坛风气，产生了极其深远的影响。

## 原文

三极彝训①，其书曰“经”。“经”也者，恒久之至道，不刊之鸿教也②。故象天地，效鬼神，参物序③，制人纪，洞性灵之奥区，极文章之骨髓者也。皇世《三坟》，帝代《五典》④，重以《八索》，申以《九丘》⑤；岁历绵暧，条流纷糅。自夫子删述，而大宝启

**耀[⑥]。于是《易》张《十翼》，《书》标“七观”[⑦]，《诗》列“四始”[⑧]，《礼》正“五经”[⑨]，《春秋》“五例”[⑩]。义既挻[⑪]乎性情，辞亦匠于文理；故能开学养正，昭明有融[⑫]。然而道心惟微，圣谟[⑬]卓绝，墙宇重峻[⑭]，吐纳自深。譬万钧之洪钟，无铮铮之细响矣。**

## 注释

①三极：就是三才，指天、地、人。彝（yí）训：日常的训诫。②不刊之鸿教也：不可更改的伟大道理。刊，削除。不刊，就是不可磨灭。古代的文书刻在竹简上，错了就削去，叫作刊。鸿教，伟大的说教。③故象天地，效鬼神，参物序：故而取法天地，验证鬼神，参入万世万物的规律。象，取法。效，验证。参，参入，干预。序，秩序，引申为规律。④帝：五帝。五帝的说法有很多，较普遍的说法是指黄帝、颛（zhuān）顼（xū）、帝喾（kù）、唐尧、虞舜。《五典》：相传为五帝之书。典，常道。⑤重以《八索》，申以《九丘》：重（chóng）、申，都有加上的意思。《八索》，相传为关于八卦的书。《九丘》，相传为关于九州的书。⑥自夫子删述，而大宝咸耀：自孔夫子删订《诗》《书》，订正《礼》《乐》，作《十翼》《春秋》，经书都放出光芒。删述，相传孔子序《书》删《诗》，又自称“述而不作”（《论语·述而》）。⑦《书》标“七观”：《尚书大传》载孔子之说，认为从《尚书》中可以看到七个方面的内容，即义、仁、诚、度、事、治、美。标，显出。⑧“四始”：《毛诗序》称《诗经》中的《风》《小雅》《大雅》《颂》为“四始”。始，王政兴衰的开始。⑨“五经”：郑玄注《礼记·祭统》中提到，礼有五种常行的礼仪：吉礼（祭祀）、凶礼（丧吊等）、宾礼、军礼、嘉礼（婚冠等），叫作“五经”。⑩“五例”：《春秋》的五种记事条例。⑪挻（shān）：通“埏”，以水和泥土制作陶器，此处意指陶冶。⑫昭明有融：光明而长久。昭，光。有，古同“又”。融，长久。⑬圣谟：典谟，圣人的见解。⑭墙宇重峻：孔子的学生子贡曾说，“夫子之墙数仞”。古八尺为一仞，“数仞”是形容孔子的墙很高。这里用“墙宇”喻指圣人的道德学问。重，深。峻，高。

## 译文

讲述天、地、人的常理的，这类书叫作“经”。所谓“经”，就是经久不变的道理，不可改易的伟大教导。所以，经书取法于天地，征验于鬼神，参究万物的秩序规律，从而制定出人类的纲常礼纪，它们深入洞察人内心深处的隐秘，彻底掌握文章的精髓。三皇时代的《三坟》，五帝时代的《五典》，加上《八索》及《九丘》等古书，它们流传的年代太过久远，已经无从考证，后来的著作流派更是错综复杂。经过孔子对古书的修删整理之后，这些珍稀的典籍焕发出了光彩。于是，《易》的意义有《十翼》来阐发，《尚书》中标举了“七观”，《诗经》被分列为“四始”，《礼》确立了“五经”，《春秋》归纳出“五例”。经书在义理上既有陶冶性情的作用，在文辞上也合乎文理；因此能够启发学习、培养正道，成为文章光明而长久的典范。但是自然之道的基本精神十分微妙，由于圣人的见解非常高深，加之他们的道德学问也很高超，就如高墙深宅，里面包含的自然道理十分深奥。这就好比千万斤重的大钟，决不会发出细小的铮铮声。

## 原文

**夫《易》惟谈天[①]，入神[②]致用，故《系》[③]称旨远辞文，言中事隐[④]。韦编三绝[⑤]，固哲人之骊渊也[⑥]。《书》实记言，而诂训[⑦]茫昧，通乎《尔雅》[⑧]，则文意晓然。故子夏[⑨]叹《书》，“昭昭[⑩]若日月之代明，离离[⑪]如星辰之错行”，言照灼[⑫]也。《诗》主言志，诂训同《书》，摛《风》裁“兴”[⑬]，藻辞谲喻[⑭]，温柔[⑮]在诵，故最附[⑯]深衷矣。《礼》以立体[⑰]，据事制[⑱]范，章条纤[⑲]曲，执而后显。采掇[⑳]片言，莫非宝也。《春秋》辨理，一字见义，“五石”、“六**

**鹢”[21]，以详略[22]成文，“雉门”、“两观”，以先后显旨。其婉章志晦，谅以邃矣。《尚书》则览文如诡，而寻理即畅；《春秋》则观辞立晓，而访义方隐。此圣文之殊致，表里之异体者也。至于根柢槃深，枝叶峻茂，辞约而旨丰，事近而喻远。是以往者虽旧，余味日新，后进追取而非晚，前修久用而未先。可谓太山遍雨，河润千里者也。**

## 注释

①天：天道，就是自然的道理。②神：精妙。③《系》：指《周易·系辞》。④中（zhòng）：恰当。隐：深奥。⑤韦：熟皮，古代未发明纸以前的书，是写在一条一条的竹简上，用绳编连起来的。韦就指这种编连皮绳。绝：断。⑥哲人：有智慧的人，这里指圣人。骊（lí）：骊龙。渊：深水。⑦诂训：对古书文字的解释。⑧《尔雅》：古书名。尔，近。雅，正。⑨子夏：孔子的学生。他的话见于《尚书大传》。⑩昭昭：明白。⑪离离：清楚。⑫灼：明亮。⑬摛（chī）：发布。这里指《风》《雅》等诗篇的写作。裁：制。这里指“比”“兴”等手法的运用。⑭藻：文采。谲（jué）：变幻莫测。⑮温柔：温柔敦厚。儒家学派认为这是《诗经》中一切作品的特点。⑯附：接近。⑰《礼》：指《礼经》。体：体统，体制。⑱制：制定。⑲纤：细。⑳掇（duō）：取。㉑五石、六鹢（yì）：《春秋·僖公十六年》载，“陨石于宋五”“六鹢退飞过宋都”。鹢，鸟名。㉒略：一作“备”。译文据“备”字。

## 译文

《易经》是专门研究自然道理的，讲得精深微妙，可以在实际中运用。所以《系辞》中说《易经》的意旨深远，词句有文采，说的话符合实际，讲的事理却比较难懂。孔子读这部书时，三次翻断了系竹简的皮绳，可见这部书是圣人探索深奥哲理的宝库。《尚书》主要是记言的，只是文字不易理解，但如懂得《尔雅》，它的意义也就很明白了。所以子夏赞叹《尚书》说，“它像日月那样明亮，像星辰那样清晰”，这无非是说《尚书》记载得很清楚明白。《诗经》主要是抒发作者思想情感的，它的解释和《尚书》一样要靠《尔雅》，里边有《风》《雅》等不同类型的诗篇，又有“比”“兴”等不同的表现方法，文辞华美，比喻曲折，讽诵起来，可以体会到它温柔敦厚的特点，所以它最能切合读者的心情。《礼经》可以树立体制，它根据各种事务来制定法度，其中的条款非常详细周密，执行起来有明显的效果。从中任意取出一词一句，没有不可贵的。《春秋》这部书在辨明道理上，一个字就能显示出赞美或批评来，如关于“石头从天上落到宋国的有五块”“六只鹢鸟倒退着飞过宋国都城”等记载，是以文字的详尽来显示写作的技巧，又如关于“雉门”“两观”发生火灾的记载，是以排列先后的不同来表示主次的意思。其中有些记载，用婉转曲折、含蓄隐蔽的方法写成，那的确是相当深刻的。总起来看，《尚书》的文字看起来似乎古奥一些，只要寻找出所讲的道理，还是易于领会的；《春秋》的文字很容易明白，但要探索它的含义，却又深奥难懂。这是因为圣人的文章丰富多彩，文辞和内容各有特色。经书和树木一样，根深蒂固，枝大叶茂，文辞简练而意义丰富，所举事例很平凡而所暗示者却很远大。所以，过去的经书历时虽已久远，但它们遗留下来的意义却历久弥新，后世的人向它们学习仍不嫌晚，前代学者用了很久，也并不算先得。经书的伟大作用，可以说像泰山上的云彩能使普天之下都降雨，像黄河的大水可以使周围千里都得到灌溉。

## 原文

**故论、说、辞、序①，则《易》统②其首；诏、策、章、奏③，则《书》发其源；赋、颂、歌、赞④，则《诗》立其本；铭、诔、箴、祝⑤，则《礼》总其端；纪、传、盟、檄⑥，则《春秋》为根：**

**并穷高以树表[⑦]，极远以启疆[⑧]，所以百家腾跃[⑨]，终入环[⑩]内者也。若禀经[⑪]以制式，酌[⑫]《雅》以富言，是即[⑬]山而铸铜，煮海而为盐也。故文能宗经，体有六义[⑭]：一则情深而不诡[⑮]，二则风[⑯]清而不杂，三则事信而不诞[⑰]，四则义贞而不回[⑱]，五则体约而不芜[⑲]，六则文丽而不淫[⑳]。扬子[㉑]比雕玉以作器，谓“五经”之含文也。夫文以行立[㉒]，行以文传。四教[㉓]所先，符采相济[㉔]。励德树声[㉕]，莫不师圣，而建言修辞，鲜克宗经。是以楚艳汉侈，流弊不还，正末归本，不其懿欤！**

## 注释

①论、说、辞、序：四种文体。《文心雕龙》所论各种文体，无“辞”“序”两种。②统：总括。③诏、策、章、奏：这四种都是政治性文件，前二者是上对下的，后二种是下对上的。④颂：歌颂功德的韵文。赞：颂的变体。史书中的“赞”有褒有贬。⑤铭：刻在器物上记功或自警的作品。诔（lěi）：哀悼死者的作品。箴（zhēn）：对人进行告诫、规劝的作品。祝：祷告神明的作品。⑥盟：会盟的誓词。檄（xí）：征召或声讨的文书。⑦表：表率。⑧启疆：开拓疆土，这里指扩大文体的范围。⑨腾跃：比喻文坛上的活动。腾，跃起。⑩环：范围。⑪禀经：接受经书。禀，接受。⑫酌：选取。⑬即：靠近。⑭体：主体，这里指文章的基本方面。义：意义，好处，这里指文章的特色。⑮诡：这里指虚假。⑯风：风化，指作品的教育意义。⑰诞：虚妄，荒诞。⑱回：奸邪。⑲体：风格。约：简练。芜：繁杂。⑳淫：过度，浮靡。㉑扬子：扬雄，西汉末年的作家。㉒文：文辞。行：德行。㉓四教：《论语·述而》中说，“子以四教：文、行、忠、信”。㉔符采：玉的横纹。济：帮助。这里以玉与纹的关系比喻“行忠信”与“文”的关系。㉕声：名声。

## 译文

所以论、说、辞、序等体裁，都从《周易》开始；诏、策、章、奏等体裁，都发源于《尚书》；赋、颂、歌、赞等体裁，都以《诗经》为本源；铭、诔、箴、祝等体裁，都从《礼经》开端；纪、传、盟、檄等体裁，都以《春秋》为根本：这些经书都为后世树立了最好的榜样，替文章的发展开辟了极为广阔的领域，因此，在创作上任凭诸子百家怎样驰骋活跃，归根结底总是超不出经书的范围。如果能根据经书来制定文章的格式，选取《尔雅》中的词汇来丰富语言，这就如同靠近矿山来炼铜，煎煮海水来制盐。所以如果能够学习圣人经典来写文章，这种文章就能基本上具备六种特点：第一是感情深挚而不欺诈，第二是风貌清朗而不杂乱，第三是所写事物真实而不虚妄，第四是意义正确而不歪曲，第五是风格简练而不繁杂，第六是文辞华丽而不浮靡。扬雄用玉必雕琢然后才能成器作比喻，说明“五经”里面也必然有文采。人的德行决定着文章的好坏，而德行又是通过文辞表现出来的。孔子用“文、行、忠、信”四项来教育学生，而把“文”放在首要地位，正如美玉必须有精致的花纹一样，“文”是和其他三项相配合的。后世的人在勉励德行、建树功名上，都知道要向圣人学习，只有在文章的写作上，很少学习圣人的经典。因此，楚国宋玉等人的作品就比较艳丽，汉代更出现许多过分铺排的辞赋，这种偏向越发展越严重。纠正这种错误，使之回到经书的正路上来，不就好了吗？

## 原文

**赞曰：三极彝训，训深稽[①]古。致化惟一，分教斯五[②]。性灵熔匠[③]，文章奥府[④]。渊哉铄乎[⑤]，群言之祖。**

## 注释

①稽：查究。②斯：则，就。五：指五经。③性灵：指人的精神。熔：熔化金属，这里比喻陶冶性情。④府：储藏之所，府库。⑤渊：深。铄（shuò）：美。

## 译文

总之，经书上阐述了天、地、人的常理，要从这里吸取教训，便应深深地钻研经书。它们本着一个总的教育目的，具体进行教育则分为五经。它们不仅有培养人的精神的作用，而且是文章的巨大宝库。经书是这样的精深和美好，真是一切文章的始祖。

# 四、正纬篇

## 〔导 读〕

纬书，相传为解经之书，产生于西汉，内容包含史料传说、天文地理，以及大量的封建迷信，但也含有若干有价值的材料。刘勰作《正纬》，对纬书的荒诞进行分析与批评。

本篇分四个部分。第一部分说明古代圣人讲河图、洛书是取法自然之道。第二部分列举四条理由证明纬书出自汉代喜谈“伎数之士”，并非孔子所作。第三部分讲汉儒伪托孔子编造种种谶纬的恶果是搅乱了经书，“乖道谬典”，因此遭到桓谭等人的驳斥。第四部分讲纬书“无益经典，而有助文章”，写文章时可以从中汲取养分，也不能一概否定。

本篇和文学关系不大，但在学术思想上，刘勰在桓谭等人之后对谶纬的荒谬做了系统的总结，是有一定历史意义的。篇名《正纬》，有纠正纬书谬误之意，又对其文辞、题材进行了肯定。这样的分析已经十分客观了。但纬书到隋代已经被禁，现已亡佚。



## 原 文

**夫神道阐幽[1]，天命[2]微显，马龙出而大《易》兴[3]，神龟见而《洪范》耀[4]。故《系辞》称“河出图，洛出书，圣人则[5]之”，斯**

**之谓也。但世夐[⑥]文隐，好生矫诞[⑦]，真虽存矣，伪亦凭焉。**

## 注释

①夫神道阐幽：使幽深的道理显露出来。神道，即《原道》中提及的“神理”，自然之道。阐幽，与“微显”相对，使幽深、隐藏的显露出来。②天命：自然的规律、法则。③马龙出而大《易》兴：相传龙马从黄河水中负图而出，伏羲观河图而画八卦，周文王为八卦作爻辞而创作《周易》。马龙，即龙马，形似马，有龙头和龙爪，身上长有鳞片，是传说中的祥瑞之兽。④神龟见而《洪范》耀：相传大禹时，洛水有神龟负书而出，大禹依此治水成功，遂划天下为九州，又依此制定九章大法治理社会，后流传下来，收入《尚书》中，又名《洪范》。见，同“现”，出现。耀，发出光彩。⑤则：效法。⑥夐（xiòng）：久远。⑦矫诞：诡诈的假托。矫，诈。诞，虚妄，荒诞。

## 译文

幽深隐藏的道理可以用自然之道解释，使微妙的自然法则显现出来，龙马献出河图，《易经》由此兴起，神龟负洛书而出，《洪范》九畴由此绽放光彩。故而，《周易·系辞》中说“黄河出河图，洛水出洛书，圣人效法它们创作了经书”，指的就是这些事。但年代久远，相关记载含混不清，容易产生假托虚妄之事，因此，真的史料虽然存在，假的也依托着它流传了下来。

## 原文

**夫“六经”[①]彪炳，而纬候稠叠[②]；《孝》、《论》[③]昭晰，而钩谶葳蕤[④]。按经验纬，其伪有四：盖纬之成经，其犹织综[⑤]，丝麻[⑥]不**

**杂，布帛乃成；今经正纬奇，倍摘[7]千里，其伪一矣。经显，圣训[8]也；纬隐，神教[9]也。圣训宜广，神教宜约，而今纬多于经，神理更繁，其伪二矣。有命自天，乃称符谶[10]，而八十一篇[11]，皆托于孔子[12]，则是尧造绿图[13]，昌制丹书[14]，其伪三矣。商周以前，图箓[15]频见，春秋之末，群经方备，先纬后经，体乖织综[16]，其伪四矣。伪既倍摘，则义异自明。经足训矣，纬何预焉？**

## 注释

①六经：《诗》《书》《礼》《乐》《易》《春秋》为儒家六经。②纬候：宣扬占卜瑞应方面的书。纬，有六经纬及《孝经纬》等。候，占验。稠叠：重复，这里指纬书的繁多。③《孝》：指《孝经》。《论》：指《论语》。④钩：指关于《孝经》的纬书《钩命诀》等九种。谶（chèn）：指有关《论语》的谶书《比考谶》等八种。“谶”是验的意思，言未来凶吉的征验。葳（wēi）蕤（ruí）：草木茂盛的样子。这里指谶纬的众多纷乱。⑤综：织机上带着经线上下开合的装置，这里指织机。⑥丝麻：指丝麻的经线和纬线。⑦倍摘：违背。倍，通“背”。摘，抵牾。⑧圣训：以世事进行教育。⑨神教：以微妙神秘之理来说明。⑩符谶：祥瑞的征验。符，瑞。⑪八十一篇：指《河图》九篇、《洛书》六篇、《七经纬》三十六篇，还有“九圣之所增演以广其意”的三十篇，共八十一篇，见《隋书·经籍志》。⑫皆托于孔子：《隋书·经籍志》中说“说者……并云孔子所作”，这只是毫无根据的传说。⑬尧造绿图：《尚书中候·握河纪》（纬书之一）中说，有龙马衔出“赤文绿地”的河图献给尧帝。绿图，指赤文绿底的河图。⑭昌制丹书：《尚书中候·我也》（纬书之一）中说，有“赤雀衔丹书”献给周文王。昌，周文王姓姬名昌。⑮图箓（lù）：讲符命占验的东西。⑯乖：违背。织综：这里指经纬相成之理。

## 译文

儒家"六经"光彩鲜明，而纬书却十分烦琐；《孝经》《论语》等已讲得很明晰了，而解说《孝经》《论语》的谶纬却讲得十分杂乱。根据经书来检验纬书，有四点证明纬书是伪托的：用纬书来配合经书，正和织布一样，必须丝或麻的经线和纬线分别配合，且丝麻不能混杂，才能织成布或帛；现在经书是正常的，纬书却很奇特，二者相背千里，这是证明纬书为伪托的第一点。经书内容明显，那是因为用世事来进行教育；纬书内容不明显，那是因为用神妙的现象来说明。那么，前者的文字篇幅必然要多些，后者的文字篇幅应该少些，但现在却是纬书多于经书，神妙的道理讲得更为繁多，这是证明纬书为伪托的第二点。要有上天所降的旨意，才能说是符谶，可是有人说八十一篇谶纬，全是孔子所作，这就好比说唐尧制作了绿图，周文王制作了丹书一样荒谬，这是证明纬书为伪托的第三点。在商周以前，符命占验已大量出现，但经书是在春秋末年才齐全的，如果是先有纬书而后有经书，这就违背了经纬相织的正常规律，这是证明纬书为伪托的第四点。伪托的纬书既然违背经书，则经书与纬书的意义不同就很明显了。经书已足以成为后世的准则，何须纬书参与呢？

## 原文

**原夫图绿①之见，乃昊天休命②，事以瑞③圣，义非配经。故河不出图，夫子有叹④，如或可造⑤，无劳喟⑥然。昔康王⑦《河图》，陈于东序⑧，故知前圣符命⑨，历代宝传⑩，仲尼所撰⑪，序录⑫而已。于是伎数之士⑬，附以诡术，或说阴阳⑭，或序⑮灾异，若鸟鸣似语⑯，虫叶成字⑰。篇条⑱滋蔓，必假孔氏。通儒讨核⑲，谓伪起哀平⑳。东序秘宝，朱紫㉑乱矣。至于光武㉒之世，笃信斯术㉓，风**

**化所靡[24]，学者比肩[25]，沛献[26]集纬以通经，曹褒选谶以定礼：乖道谬典，亦已甚矣。是以桓谭疾其虚伪，尹敏戏其浮假，张衡发其僻谬，荀悦明其诡托。四贤博练，论之精矣。**

## 注释

①图绿：从下文看应为“绿图”。这里泛指《河图》《洛书》。②昊（hào）天：泛指天。休命：美善的命令。③瑞：祥瑞，好预兆。④夫子：孔子。叹：指《论语·子罕》所载孔子的感叹“凤鸟不至，河不出图，吾已矣夫”！⑤造：指伪造纬书。⑥喟：叹息。⑦康王：周成王的儿子，名钊。⑧东序：厅堂的东厢房。《尚书·顾命》中说，周康王把河图等陈放在东厢房。⑨符命：古代认为帝王受命前出现的某种现象是天降瑞应，所以叫符命。⑩历代宝传：《尚书·顾命》孔传，河图等物“皆历代传宝之”。⑪撰：编撰。⑫序录：叙录，这里指对“前世符命”的记述。⑬伎数之士：古称医、卜、占候等人为方技或术数之士。伎，同“技”。数，术。⑭阴阳：古代思想家用以概括自然万物的两种对立的基本物质属性。汉儒中一部分人用来从事历象、占卜、星相等的研究或宣扬。⑮序：叙，说。⑯鸟鸣似语：《左传·襄公三十年》载，有鸟鸣“嘻嘻”，又说这年宋国发生大火。⑰虫叶成字：《汉书·五行志》载，汉昭帝时上林苑中有虫食柳树叶，形成“公孙病已立”几个字。“公”指汉昭帝。“孙”指汉宣帝，宣帝原名“病已”。⑱篇条：指名目繁多的纬书。⑲通儒：指学识渊博而能融会贯通的学者。讨核：探讨核实。⑳哀平：西汉末年的哀帝、平帝。㉑朱紫：正色与杂色混淆。这里比喻经书被纬书搅乱。朱，正色。古代以青、黄、赤、白、黑为正色，朱是其中的赤色。紫，属杂色。㉒光武：指东汉光武帝刘秀。㉓笃：深。斯术：指谶纬之术。㉔风化：这里指影响。靡：披靡，指影响之大。㉕比肩：并肩。指趋尚谶纬的人很多。㉖沛献：光武帝第二子刘辅，封沛王，死后加号“献”，故称沛献王。

## 译文

《河图》《洛书》的出现，是由于上天有美好的旨意，用以预兆圣贤，而不是为了配合经书。所以，孔子在世时没有再出现河图，他就有所叹惋，如果祥瑞可以随意编造，那就用不着叹气了。从前，周康王曾经把《河图》等陈列在东厢房，可见前人对上天所降瑞应，曾当作珍宝而历代相传，孔子的编撰，不过是对这些古来相传的事加以叙录而已。于是，那些方技术士，便用诡诈的方法来牵强附和，有的讲历象占卜，有的预言灾难变异，还有的说鸟的叫声好像人语，虫子吃树叶形成文字等。各种各样谶纬之说的发展蔓延，都一定要假托孔子。经过博学通达的学者研究核实，认为纬书的伪托是从西汉哀帝、平帝开始的。《河图》《洛书》本是古代帝王珍藏的秘宝，从此被伪托的纬书搅乱了。到东汉光武帝时，更加深信谶纬，学习的人争先恐后，产生了极坏的影响，刘辅混杂一些纬书上的说法来论述经书，曹褒挑选一些谶书中的意见来制定礼制：这种离经叛道的做法，已发展到相当严重的地步了。所以，桓谭痛恨谶纬的虚伪，尹敏嘲笑谶纬的不实，张衡揭发谶纬的谬误，荀悦证明谶纬是假托的。这四位先贤的学识广博精深，他们的论证已很精确了。

## 原文

**若乃羲、农、轩、皞之源①，山渎、钟律之要②，白鱼、赤乌之符③，黄银、紫玉之瑞④，事丰奇伟，辞富膏腴⑤，无益经典，而有助文章。是以后来辞人，捃摭英华⑥。平子⑦恐其迷学，奏令禁绝；仲豫⑧惜其杂真，未许煨燔⑨；前代配经，故详论焉。**

## 注释

①羲：伏羲。相传他始画八卦。农：神农。相传他演八卦为六十四卦。轩：轩辕，黄帝名轩辕，传说中的古代帝王。皞（hào）：少皞，传为黄帝之子，名挚。源：源头，指以上传说。②渎（dú）：大川，这里泛指水。古代认为山水有灵。钟律：音乐。汉代五行家有《钟律灾异》等书，认为某种音乐的出现，也预兆着一定的灾异。要：重要。③白鱼、赤乌：《史记·周本纪》中说，周武王渡河时，有“白鱼跃入王舟中”。又说，有火在武王的屋顶上变为赤色的乌鸟。④黄银：银的一种。紫玉：玉的一种。⑤膏腴：指辞采丰富。⑥摭（zhí）：拾取，收集。英华：精华，指纬书中“有助文章”的部分。⑦平子：张衡。⑧仲豫：荀悦。⑨煨（wēi）燔（fán）：焚烧。



## 译文

至于伏羲、神农、轩辕、少皞等最早的传说，山水和钟律的重要记载，白鱼跳到周武王的船上，周武王的屋上有火变为赤色的乌鸟，以及深山出现黄银和紫玉等祥瑞，这些内容广泛，事迹奇特，而又辞采丰富，它们对经书虽然没有什么好处，对文章的写作却有一定帮助。所以后来的作者，常常采用其中一些精彩的描写。张衡担心纬书会使人迷失正道，曾奏请汉帝下令禁绝；荀悦则惋惜其中掺杂一些有价值的真实内容，所以他不同意完全烧毁。因为前人用纬书来配合经书，所以有必要详加论述。

## 原文

**赞曰：荣河温洛，是孕图纬①。神宝藏②用，理隐③文贵。世历二汉④，朱紫腾沸⑤。芟夷谲诡⑥，采其雕蔚。**

## 注释

①图纬：这里指《河图》《洛书》。②藏：包藏。③理隐：道理深刻。④二汉：西汉、东汉，又称前汉、后汉。⑤腾沸：沸腾，为押韵而倒置。这里是指到汉代纬书多了起来。⑥芟（shān）夷：锄草，这里指剔除纬书中的糟粕。谲诡：诡诈，虚假。

## 译文

总之，放射光芒的黄河，温暖的洛水，孕育了《河图》《洛书》。这种神圣的珍宝包藏着巨大的用途，它的内容深刻而文辞可贵。可是经过两汉，由于大量的纬书出现而搅乱了经书。在文学创作上，剔除其中虚假、诡诈的部分，还可吸取一些有用的辞采。

# 五、辨骚篇

## 〔导　读〕

从本篇到《书记》篇的二十一篇，为全书的第二部分。这部分主要是就文学作品的不同体裁，分别进行分析、评论。各篇大体上有四部分内容：一是指出每种文体的定义和写作特点，二是叙述各种文体的发展概况，三是对各种文体的主要作品进行评论，四是总结这种文体的写作特点。所以，这部分总的来说虽可称为文体论，但也涉及许多创作和批评的观点。

本篇主要论“骚”，但不限于屈原的《离骚》，也评论了《楚辞》中的大部分作品。所谓“辨”，首先是过去评论家对《楚辞》有不同评价，应该辨其是非；更重要的是，《楚辞》的主要作品《离骚》是否符合儒家经典，需要辨其异同；再就是《楚辞》中屈、宋以后的作品成就不一，需要辨其高下。这也是本篇的主要内容。全篇共三个部分。第一部分引证汉代刘安、王逸等各家对《离骚》的评论，认为其称赞和指责都不尽合实际。第二部分提出自己对《楚辞》的意见。刘勰比较了《楚辞》和儒家经书的异同，从而肯定了《楚辞》的巨大成就。第三部分讲《楚辞》对后代作者的不同影响，进而总结出骚体写作的基本原则。《辨骚》是在汉人评论《离骚》的基础上，对《楚辞》进行的较为全面的总结。刘勰的评论因受到“宗经”思想的束缚，并不完全正确。但总的来看，他给《楚辞》以《诗经》之下、汉赋之上的历史地位是正确的。特别是他指出了《楚辞》的浪漫主义表现方法，认为这方面虽然在内容上有“异于经典”的地方，但它是“自铸伟辞”，有一定的创造性和可取之处。根据《楚辞》的特点、影响，刘勰最后提出“酌奇而不失其贞，玩华而不坠其实”的创作原则，要求在作品中做到奇与正、华与实的统一，这是他的卓见。

## 原文

自《风》、《雅》寝声①，莫或抽绪②，奇文郁③起，其《离骚》哉！固已轩翥④诗人之后，奋飞辞家之前⑤。岂去圣之未远⑥，而楚人之多才乎？昔汉武⑦爱《骚》，而淮南⑧作《传》，以为：《国风》好色而不淫⑨，《小雅》怨诽而不乱⑩，若《离骚》者，可谓兼之。蝉蜕⑪秽浊之中，浮游尘埃之外，皭然涅而不缁⑫，虽与日月争光可也。⑬班固⑭以为：露才扬己，忿怼⑮沉江；羿、浇、二姚⑯，与左氏⑰不合；昆仑、悬圃⑱，非经义所载；然其文辞丽雅，为词赋之宗⑲，虽非明哲，可谓妙才。王逸⑳以为：诗人提耳㉑，屈原婉顺㉒，《离骚》之文，依经立义；驷虬乘鹥㉓，则时乘六龙；昆仑流沙，则《禹贡》敷土。名儒辞赋，莫不拟其仪表，所谓“金相玉质，百世无匹”者也。及汉宣嗟叹，以为皆合经术，扬雄讽味，亦言体同《诗·雅》。四家举以方经，而孟坚谓不合《传》。褒贬任声，抑扬过实，可谓鉴而弗精，玩而未核者也。

## 注释

①《风》《雅》寝（qǐn）声：指《诗经》之风随王道衰落而停息。寝，止息。②抽绪：指继续写作。抽，延引。绪，余绪。③郁：繁盛。这里指新起作品之多。④轩翥（zhù）：飞举的样子。这里形容作家积极从事创作活动。⑤奋飞：和上句“轩翥”意近。辞家：辞赋作家。⑥圣：指孔子。未远：从孔子时代到屈原时代，不过一个多世纪。⑦汉武：西汉武帝。⑧淮南：刘安。

他是汉帝宗室，袭封淮南王，刘安所写有关《离骚》的作品，这里称为《传》。刘勰在《神思》篇又说是《赋》。⑨色：指女色。淫：过度，无节制。⑩诽（fěi）：讥讽。乱：指失了秩序。⑪蜕（tuì）：脱皮。⑫皭（jiào）：洁白。涅（niè）：染黑。缁（zī）：黑色。⑬“以为”以下八句：据班固《离骚序》，这段话是刘安《离骚传序》中的话。⑭班固：字孟坚，东汉初年文学家，《汉书》的作者。他的话见其《离骚序》。⑮怼（duì）：怨恨。⑯羿：后羿，传说是夏代有穷国的君长，以善射著名。曾废夏帝太康，取得夏的政权。后为其臣寒浞（zhuó）所杀。浇：寒浞的儿子。⑰左氏：指《左传》，又称《左氏春秋》，相传作者是左丘明。⑱昆仑：《离骚》和《天问》中都曾讲到昆仑山。悬圃：昆仑山巅。⑲宗：祖，指开创者。⑳王逸：字叔师，东汉学者，著《楚辞章句》，下面的话见于其序。㉑提耳：《诗经·大雅·抑》中曾说，“言提其耳”。言，语词。㉒婉顺：顺从。婉，顺。㉓驷（sì）虬（qiú）乘鹥（yī）：《离骚》中曾说，“驷玉虬以乘鹥兮”。



## 译文

自从《风》《雅》之风随王道衰落而停息以后，没有人继续写《诗经》那样的诗了，后来涌现出一些奇特的妙文，那就是《离骚》一类的作品啊！它兴起在《诗经》的作者之后，活跃在辞赋家之前。难道是由于离圣人的时代还不远，而楚国人又大都富有才华吗？从前汉武帝喜爱《离骚》等篇，让淮南王刘安作《离骚传》，刘安认为《国风》言情并不过分，《小雅》讽刺也很得体，而《离骚》等篇正好兼有二者的长处。屈原能像蝉脱壳那样摆脱污浊的环境，能够逍遥于尘俗以外，其清白是染也染不黑的，简直可以和太阳、月亮比光明了。但是班固却认为：屈原喜欢夸耀自己的才学，怀着怨恨而投水自杀；他在作品中讲到后羿、过浇、二姚的故事，与《左传》中的有关记载不符合；讲到昆仑和悬圃，又是儒家经书所不曾记载的；不过他的文辞华丽雅正，是辞赋的创始者，所以，屈原虽然算不上贤明的人，但可以说是个了不起的人才。王逸却认为：《诗经》

有提着人耳训诫的诗句，屈原就比这和缓得多，《离骚》里常有根据经书来写的；例如说驾龙乘凤，是根据《易经》中关于乘龙的比喻；说昆仑和流沙，是根据《禹贡》中关于土地的记载。所以，后代著名学者所写的辞赋，都以他为榜样，的确有所谓的“和金玉一样的美质，历史上没有可以和他并称”的。此外，如汉宣帝称赞《楚辞》，认为都合于儒家学说，扬雄读了，也说和《诗经》的《雅》相近。刘安等四人都拿《楚辞》比经书，只有班固说与《左传》不合。这些称赞或指责都着眼于表面，常常不符合实际，那就是鉴别不精当，玩味而没能考查。

## 原文

**将核其论，必征言焉。故其陈尧、舜之耿介[①]，称禹、汤之祗[②]敬：典诰之体也[③]。讥桀、纣之猖披[④]，伤羿、浇之颠陨[⑤]：规[⑥]讽之旨也。虬[⑦]龙以喻君子，云霓以譬谗邪[⑧]：比兴[⑨]之义也。每一顾而掩涕[⑩]，叹君门之九重[⑪]：忠怨[⑫]之辞也。观兹四事，同于《风》、《雅》[⑬]者也。至于托云龙[⑭]，说迂[⑮]怪，驾丰隆求宓妃[⑯]，凭鸩鸟媒娀女[⑰]：诡[⑱]异之辞也。康回[⑲]倾地，夷羿彃日[⑳]，木夫九首[㉑]，土伯[㉒]三目：谲[㉓]怪之谈也。依彭咸之遗则[㉔]，从子胥以自适[㉕]：狷[㉖]狭之志也。士女杂坐，乱而不分[㉗]，指以为乐；娱酒不废，沈湎日夜[㉘]，举以为欢：荒淫之意也。摘此四事，异乎经典者也。**

**故论其典诰[㉙]则如彼，语其夸诞则如此，固知《楚辞》者，体宪于三代，而风杂于战国，乃《雅》《颂》之博徒，而辞赋之英杰也。观其骨鲠所树，肌肤所附，虽取镕经旨，亦自铸伟辞。故《骚经》、《九章》，朗丽以哀志；《九歌》、《九辩》，绮靡以伤情；《远游》、《天问》，瑰诡而慧巧；《招魂》、《大招》，耀艳而深华；《卜居》标放言之致，《渔父》寄独往之才。故能气往轹古，辞来切今，惊采绝艳，难与并能矣。**

## 注释

①耿：光明。介：大。②祗：敬。③典：指《尚书》中的《尧典》等篇。诰：指《尚书》中的《汤诰》等篇。体：主体。④猖披：狂妄，任意妄为。⑤颠陨：坠落。⑥规：劝正。⑦虬：有角的龙。⑧霓：虹。谗邪：佞人，花言巧语说人坏话的不正派的人。⑨比兴：《诗经》中的两种表现方法。比是以甲比喻乙，兴是以甲引起乙。⑩一顾而掩涕：《九章·哀郢》中说，“望长楸（qiū）而太息兮，涕淫淫其若霰（xiàn）。过夏首而西浮兮，顾龙门而不见”。⑪九重：九层的门，讽刺君门深闭难入。⑫忠怨：是说因忠于君主的抱负不能施展而有所怨恨。⑬《风》《雅》：指《诗经》，但也兼指一切经书，正如下文“论其典诰则如彼”的“典诰”二字不专指《尚书》一样，所以译为“经书”。⑭托云龙：《离骚》中说，“驾八龙之婉婉兮，载云旗之委蛇（yí）”。⑮迂：不切事理。⑯丰隆：有云神、雷神二说。宓妃：传为洛水的神。⑰鸩（zhèn）：羽毛有毒的鸟。娀：古国名，在今山西境内，也叫“有娀”。⑱诡：反常。⑲康回：共工的名字。关于他的传说，见于《淮南子·天文训》等。⑳夷：是羿的姓。彃：射。这个神话传说见于《淮南子·本经训》。㉑木夫九首：《招魂》（王逸认为是宋玉所作，一说为屈原所作，尚无定论）中说，“一夫九首，拔木九千些”。㉒土伯：土地的神。㉓谲：变幻莫测。㉔彭咸：相传为殷商时的贤大夫，因谏君不听而投水自杀。遗则：留下来的榜样，指投水自杀。㉕从子胥（xū）以自适：语出《九章·悲回风》，意谓追随伍子胥而顺适自己的心愿。㉖狷（juàn）：急躁。㉗“士女杂坐”二句：《招魂》中说，“士女杂坐，乱而不分些”。㉘“娱酒不废”二句：《招魂》中说，“娱酒不废，沉日夜些”。不废，不停止。湎（miǎn），沉迷。㉙典诰：“同于典诰”的意思。“典诰”虽属《尚书》，这里也兼指其他经书。

## 译文

要考查这些评论的是非，必须核对一下《楚辞》本身。像《离骚》里陈述唐尧和虞舜的光明伟大，赞美夏禹和商汤的谨严：那就近于《尚书》中典诰的内容了。《离骚》里边讽刺夏桀和商纣的狂妄偏邪，痛心于后羿和过浇的灭亡：那是劝诫、讽刺的意思。《涉江》里拿虬和龙来比喻好人，《离骚》里拿云和虹来比喻坏人：那是《诗经》里的“比”和“兴”的表现方法。《哀郢》里说回顾祖国便忍不住流泪，《九辩》里慨叹楚王在深宫里，难于接近：那是忠君爱国而怀怨的言辞。察看这四点，是《楚辞》和《风》《雅》的相同之处。此外，在《离骚》里假托什么龙和云旗，讲些怪诞的事，请云神去求洛神，请鸩鸟到有娀氏去保媒：那是离奇的说法。在《天问》里说什么共工触倒了地柱，后羿射掉了九个太阳，在《招魂》里说一个拔树木的人有九个头，土地神有三只眼睛：那是神怪传说。《离骚》中说要学习殷代贤大夫彭咸，《悲回风》中也说要跟着伍子胥来顺适自己的心意：那是急躁而狭隘的心胸。《招魂》里还把男女杂坐调笑当作乐事，把日夜狂饮不止算作欢娱：那是荒淫的意思。以上所举四点，是和经书不同的地方。总之，讲《楚辞》中和经书相同的有这样一些内容，说它夸张虚诞的描写也有这样一些地方。由此可知，它基本上是学习古人的著作，但里边包含的内容已杂有战国时的东西了，拿《楚辞》和《诗经》中的《雅》《颂》相比是要差一些，但和后代辞赋相比，那就好得多了。从各篇中的基本内容和附加上去的辞藻来看，虽然也采取了经书中一些内容，但在文辞上却是自己独创的。因此，《离骚》和《九章》，明朗、华丽而能哀怨地自抒意志；《九歌》和《九辩》，词句美妙而抒情动人；《远游》和《天问》，内容奇伟而文辞机巧；《招魂》和《大招》，外观华艳而又有内在的美；《卜居》显示出旷达的旨趣，《渔父》寄托着不同流合污的才情。所以，《楚辞》的气概能超越古人，而辞藻又横绝后世，这种惊人的文采和高度的艺术，很难有人比得上了。

## 原文

自《九怀》以下①，遽蹑②其迹；而屈、宋逸步③，莫之能追。故其叙情怨，则郁伊④而易感；述离居⑤，则怆怏而难怀⑥；论山水，则循声⑦而得貌；言节候，则披⑧文而见时。是以枚、贾追风以入丽⑨，马、扬沿波而得奇⑩；其衣⑪被词人，非一代也。故才高者苑其鸿裁⑫，中巧者猎其艳辞⑬，吟讽者衔其山川⑭，童蒙者拾其香草⑮。若能凭轼⑯以倚《雅》《颂》，悬辔以驭楚篇⑰，酌奇而不失其贞⑱，玩华⑲而不坠其实；则顾盼可以驱辞力⑳，咳唾可以穷文致，亦不复乞灵于长卿，假宠于子渊矣。

## 注释

①《九怀》以下：《九怀》是西汉作家王褒的作品。根据《楚辞释文》的次序，《九怀》以下是指东方朔的《七谏》、刘向的《九叹》、庄忌的《哀时命》、贾谊的《惜誓》等篇，大都是西汉人模仿《楚辞》而作。②遽（jù）蹑（niè）：急追。追《楚辞》的"迹"，即向《楚辞》学习。③逸步：快步，指《楚辞》的好榜样。④郁伊：心情不舒畅。⑤离居：这里指屈原被流放而离开国都。⑥怆（chuàng）怏（yàng）：失意的样子。难怀：难以为怀，就是受不了的意思。⑦声：指作品的声调音节。⑧披：翻阅。⑨枚：枚乘，字叔，西汉初年辞赋家。贾：贾谊，也是西汉初年辞赋家，曾任长沙王太傅和梁王太傅，世称贾长沙或贾太傅。⑩马：司马相如，字长卿，西汉辞赋家。扬：扬雄。沿波：循屈、宋的余波，即学习屈、宋。⑪衣被：加惠于人，这里是给人以影响的意思。⑫苑（wǎn）：通"捥"，取的意思。鸿裁：大义。⑬中巧：心巧。既说心巧者只着眼于文辞方面，可见只是小巧而已。猎：采取。⑭吟讽：指吟咏诵读。衔：含在口中，这里是指经常诵读。⑮蒙：暗昧无知。香草：《离骚》等篇中常常用美人和香草来象征理想中的人和品德。⑯

凭轼：驾马奔走，这里指在文坛上驰骋。轼，车前横木。⑰辔：马缰绳。驭：驾驭，控制。⑱贞：正，指事物正常、正规、正当的样子。《文心雕龙》中常以“奇”和“正”对举，“奇”是在事物正常的样子之外，又通过作者的想象而增加一些动人的成分。刘勰主张“奇”和“正”必须相结合。⑲华：和上句的“奇”的意义相近。⑳顾盼：指极短的时间。驱：驱遣，指挥。

## 译文

从王褒《九怀》以后，许多作品都学习《楚辞》，但屈原和宋玉的好榜样总是赶不上。屈、宋所抒写的怨抑的情感，使读者为之痛苦而深受感动；他们叙述的离情别绪，也使读者感到悲哀而难以忍受；他们谈到山水的时候，人们可以从文章音韵想到岩壑的形貌；他们讲到四季气节的地方，人们可以从文章辞采看到时光的变迁。之后枚乘、贾谊追随他们的遗风，作品写得华丽绚烂，司马相如、扬雄循着他们的余波，因而作品具有奇伟动人的优点；可见屈、宋对后人的启发，并不限于某一个时期而已。后来写作才能较高的人，就从中吸取深厚的思想内容；具有小聪明的人，就学到些美丽的文辞；一般阅读的人，喜欢其中关于山水的描写；初学的人，只流连于美人、芳草的比喻。如果我们在写作的时候，一方面像乘车时靠着车前横木一样依靠《雅》《颂》，一方面又像驱车拉着马缰绳那样掌握着《楚辞》，吸取奇伟的东西而能保持雅正，玩味华艳的事物而不违背实际；那么刹那间就可以发挥文辞的作用，不费什么力就能够穷究文章的情趣，也就无须向司马相如、王褒讨教了。

## 原文

**赞曰：不有屈原，岂见《离骚》？惊才风逸[①]，壮采烟高。山川无极，情理实劳[②]。金相玉式[③]，艳溢锱毫[④]。**

## 注释

①逸：奔驰。②劳：借为“辽”字，有广阔、遥远的意思。③式：模式，指屈原的作品树立了很好的榜样。④锱（zī）毫：极微小的单位，这里指文章的每个细节。锱，古代重量单位，四锱等于一两。

## 译文

总之，假如没有屈原，哪能出现《离骚》这样的杰作呢？他惊人的才华像风那样飘逸奔放，他宏大的志愿像云烟那样高远。山高水长，渺无终极，伟大作家的思想情感也同样无边无际。因而为文学创作树立了良好的榜样，字字句句都光彩艳丽。

# 六、明诗篇

## 〔导　读〕

本篇主要讲四言诗和五言诗的发展历史及其写作特点。楚辞、乐府、歌谣等其他形式的诗歌，《文心雕龙》中另以专篇论述。

全篇分三部分。第一部分讲诗的含义及其教育作用（第一段）。第二部分讲先秦到晋、宋的诗歌发展情况，分四个阶段：一、追溯诗的起源和先秦诗歌概况（第二段）；二、讲汉代诗歌的发展及五言诗的起源（第三段）；三、讲建安和三国时期的诗歌创作情况（第四段）；四、讲晋、宋以来诗歌创作的新变化（第五段）。第三部分总结上述诗歌的发展情况，提出四言诗和五言诗的基本特色和历代诗人的不同成就，附论诗歌的其他样式（第六段）。《明诗》是刘勰文体论方面的重要篇章之一。刘勰对四言诗和五言诗所总结的“雅润”“清丽”四字，比曹丕讲诗的特点是“丽”（《典论·论文》）、陆机讲诗的特点是“绮靡”（《文赋》）有所发展。除了表现形式，刘勰还强调诗歌“持人情性”和“顺美匡恶”的教育作用，而不满于晋、宋以后诗歌创作中存在的形式主义倾向；他认识到诗的产生是诗人受到外物的感染而抒发情志，对作家、作品的评价需结合当时的历史条件。这是较为可取的。

刘勰对《诗经》是很尊重的，本篇对《诗经》的内容和形式虽然都谈到了，但局限于前人旧说，没有提出什么新的见解。这说明刘勰对《诗经》在文学史上的重要意义，认识是不够的。

## 原文

**大舜云："诗言志，歌永言[①]。"圣谟[②]所析，义已明矣。是以"在心为志，发言为诗"[③]，舒文载实[④]，其在兹乎？诗者，持[⑤]也，持人情性；三百之蔽，义归"无邪"[⑥]，持之为训[⑦]，有符焉尔[⑧]。**

## 注释

①"诗言志"二句：见于《尚书·舜典》。永言，引申为发扬诗中所表达的情志。永，延长的意思。②谟（mó）：谋议。《尚书》中有的篇章称为"典"，有的称为"谟"。③"在心为志"二句：见于《毛诗序》。④文：指文辞。实：指情志。⑤持：扶。这里引申为培养、教育的意思。⑥"三百之蔽"二句：《论语·为政》中说，"子曰：'《诗》三百，一言以蔽之，曰思无邪。'"。蔽，当，引申为概括。无邪，即"思无邪"。这是《诗经·鲁颂·驷（jiōng）》中的一句。孔子用这句诗来概括《诗经》的全部内容是不合适的。⑦训：训诂，即解释。⑧焉尔：于是。

## 译文

虞舜曾说过："诗是思想情感的表达，歌则是引申、发挥这种思想情感。"有了圣人在经典上的分析，诗歌的含义已经明确了。所以，"在作者的内心时是情志，用语言表达出来就是诗"，诗歌创作要通过文辞来表达情志，道理就在这里吧？"诗"的含义是扶持，诗就是用来扶持人的情性的；孔子说过，《诗经》三百篇的内容，用一句话来概括，就是"没有不正当的思想"，现在用扶持情性来解释诗歌，和孔子说的道理是符合的。

## 原文

**人禀七情[1]，应物斯感，感物吟志，莫非自然。昔葛天[2]乐辞，《玄鸟》[3]在曲；黄帝《云门》[4]，理不空弦[5]。至尧有《大唐》[6]之歌，舜造《南风》[7]之诗，观其二文，辞达而已。及大禹成功，九序[8]惟歌；太康[9]败德，五子[10]咸怨：顺美匡[11]恶，其来久矣。自商暨[12]周，《雅》、《颂》圆备[13]，四始彪炳，六义环深[14]。子夏监绚素之章[15]，子贡悟琢磨之句[16]，故商、赐二子[17]，可与言《诗》。自王泽殄[18]竭，风人辍采[19]；春秋观[20]志，讽诵旧章，酬酢以为宾荣，吐纳而成身文。逮楚国讽怨，则《离骚》为刺。秦皇灭典，亦造《仙诗》。**

## 注释

①禀：接受，引申为禀性。七情：指喜、怒、哀、惧、爱、恶、欲七种感情。②葛天：葛天氏，传说中的古代帝王。③《玄鸟》：《吕氏春秋·仲夏纪·古乐》篇中说，葛天氏的时候，曾有人唱八首歌，《玄鸟》是其中第二首。玄鸟，指燕子。④黄帝《云门》：《周礼·春官·大司乐》中讲到，周代曾用《云门舞》来教贵族子弟。汉代郑玄注，说《云门舞》是黄帝时的乐舞。⑤理不空弦："不空弦"是说《云门》既已配上乐器，就必有乐词。这是刘勰为探究古代诗歌的原始状况而做的推断。⑥《大唐》：相传为对唐尧禅让的颂歌，载于《尚书大传》。⑦《南风》：相传是虞舜作的诗，载于《孔子家语·辩乐解》。⑧九序：指治理天下的各种工作都有秩序。⑨太康：是夏禹的孙子，因荒淫而失国。⑩五子：太康之弟。有两说：一说为太康之弟五观，一说为太康的五个兄弟。刘勰说"五子咸怨"，是取后说。《尚书》中有《五子之歌》，共五首，是后人伪作。⑪匡：纠正，即规劝讽刺的意思。⑫暨（jì）：

及，到。⑬《雅》《颂》：这里没有提到《风》，是四字成句的缘故，应该也包括《风》。圆：全。⑭六义：指风、雅、颂三种诗体和赋、比、兴三种作诗方法。环：围绕，引申为周密。⑮子夏：孔子的弟子。监：理解，明白。绚素：《论语·八佾》中说子夏从“素以为绚兮”这句诗中，理解到必须先有忠信的本质，然后才学礼仪。绚，彩色。素，白色。这句诗是《诗经》中没有的逸诗。⑯子贡：孔子弟子。琢磨：《论语·学而》中说，子贡从“如琢如磨”等诗句中，领会到孔子勉励他不要自满的意思。琢、磨是说治玉石的人精益求精。⑰商：指子夏，姓卜，名商。赐：子贡，姓端木，名赐。⑱殄（tiǎn）：尽。⑲风人：采集诗歌的人。传说周代统治者曾派人采集民间歌谣。辍（chuò）：停止。⑳观：示。

## 译文

人具有各种各样的情感，受了外物的刺激，便产生一定的感应，心有所感，而发为吟咏，这是很自然的。从前葛天氏的时候，将《玄鸟歌》谱入歌曲；黄帝时的《云门舞》，按理是不会只配上管弦而无歌词的。到唐尧有《大唐歌》，虞舜有《南风诗》，这两首诗歌，仅仅能做到达意的程度。后来夏禹治水成功，各项工作都上了轨道，受到了歌颂；夏帝太康道德败坏，他的兄弟五人便作《五子之歌》来表示自己的怨恨：由此可见，用诗歌来歌颂功德和讽刺过失，是很久以来就有的做法了。从商朝到周朝，风、雅、颂各体都已完备，《诗经》的“四始”光辉灿烂，而“六义”也周密精深。孔子的学生子夏能理解“素以为绚兮”等诗句的深意，子贡领会了《诗经》中“如琢如磨”等诗句的道理，所以孔子认为他们有了谈论《诗经》的资格。后来周王朝的德泽衰竭，采诗官停止采诗；但春秋时许多士大夫却常常在外交场所中，朗诵某些诗章来表达自己的观感、愿望，这种相互应酬的礼节，可以对宾客表示敬意，也可以显出自己能说会道的才华。到了战国时期，就有讽刺楚王的《离骚》产生。秦始皇大量焚书，但也叫他的博士们作了《仙真人诗》。

## 原文

汉初四言，韦孟[①]首唱，匡谏之义[②]，继轨[③]周人。孝武爱文，柏梁[④]列韵，严、马之徒[⑤]，属辞无方[⑥]。至成帝品录[⑦]，三百余篇[⑧]，朝章国采[⑨]，亦云周备，而辞人遗翰[⑩]，莫见五言，所以李陵、班婕妤见疑于后代也[⑪]。按《召南·行露》[⑫]，始肇[⑬]半章，孺子《沧浪》[⑭]，亦有全曲[⑮]；《暇豫》优歌[⑯]，远见春秋；《邪径》[⑰]童谣，近在成世[⑱]。阅[⑲]时取证，则五言久矣。又《古诗》[⑳]佳丽，或称枚叔[㉑]，其《孤竹》[㉒]一篇，则傅毅[㉓]之词，比采而推，两汉之作乎？观其结体散文[㉔]，直而不野，婉转附[㉕]物，怊怅切情，实五言之冠冕也。至于张衡《怨》篇，清典可味；《仙诗》《缓歌》，雅有新声。

## 注释

①韦孟：西汉初年诗人。作品有《讽谏诗》《在邹诗》，都是四言诗，载于《全汉诗》卷二。②匡谏之义：韦孟的两首四言诗，主要是匡劝楚王的。③轨：法则。④柏梁：是汉武帝所筑台名。⑤严：严忌，本姓庄，又叫庄忌。马：司马相如。都是西汉时期的作家。⑥属辞：写作。属：连缀。方：常法。⑦品：评论。录：辑集。⑧三百余篇：据《汉书·艺文志·诗赋略》，当时歌诗有二十八家、三百一十四篇。⑨朝：朝廷。章、采：都指作品。“国”与“朝”对称，所以“国采”指全国范围内的诗歌。⑩遗翰：遗留下来的作品。翰，笔，这里指作品。⑪李陵：字少卿，是汉武帝时的名将，《文选》卷二十九载有他的《与苏武诗》三首。班婕妤：汉成帝时宫人。《文选》卷二十七载有她的《怨诗》。⑫《召南·行露》：《召南》为《诗经》十五国风之一，其中的《行露》，每章六句，有四句是五言的。⑬肇（zhào）：开端。⑭孺

子：儿童。《沧浪》：指《沧浪歌》，《孟子·离娄》中说孔子曾听到儿童唱此歌。⑮全曲：《沧浪》全诗四句，除“兮”字外，都是五言。⑯《暇豫》：即《暇豫歌》。载于《国语·晋语》，共四句，有三句是五言、一句四言。优：倡优，古代奏乐或演戏供人玩乐的人。这里指晋国优伶，名施。相传《暇豫歌》为优施所作。⑰《邪径》：见《汉书·五行志》，共六句，全是五言。⑱成世：指汉成帝时期（公元前32—前7年）。⑲阅：经历。⑳《古诗》：指《古诗十九首》，载于《文选》卷二十九。㉑或称枚叔：《玉台新咏》把《古诗十九首》中的《西北有高楼》等九首列为枚乘的作品，但未必可信。㉒《孤竹》：《古诗十九首》中的《冉冉孤生竹》。《乐府诗集》卷七十四列此诗为无名氏杂曲。㉓傅毅：字武仲，东汉初年作家。除《冉冉孤生竹》一首传为他的作品外，还有一首《迪志诗》，是四言诗。㉔体：风格。散：分布。㉕附：接近，这里有描述逼真的意思。

## 译文

汉朝初年的四言诗，首先有韦孟的作品，他的《讽谏诗》中的规讽意义，继承了周代的作家。汉武帝爱好文学，便出现柏梁台上君臣联句成诗的盛况，当时有严忌、司马相如等人，他们写诗没有一定的程式。成帝时对当时所有的诗歌进行了一番评论整理，共得三百多首，那时朝野的作品，该算是相当齐全丰富的了，但在这些作家所遗留下来的作品中，却没有见到五言诗，因此李陵的《与苏武诗》和班婕妤的《怨诗》就不免为后人所怀疑。不过在《诗经》中，《召南·行露》就开始有半章的五言；到《孟子·离娄》所载的《沧浪歌》，就全是五言的了。此外，较远的，如春秋时晋国优施所唱的《暇豫歌》；较近的，如汉成帝时的《邪径谣》：根据上述历史发展的情况，足证五言诗很早就有了。还有《古诗十九首》，写得很漂亮，但作者不易确定，有人说一部分是枚乘作的，而《冉冉孤生竹》一首，又说是傅毅所作，就这些诗的辞采的特色来推测，可能是两汉时的作品吧？从行文风格上看，质朴而不粗野，能婉转如意地描写客观景物，也能惆怅动人地深切表达作者的内心，实在可算两汉五言诗的代表作品。至于张衡的《怨诗》，也还清新典雅，耐人寻味；仙诗缓歌，则颇有新意。

## 原文

**暨建安[①]之初，五言腾踊，文帝、陈思[②]，纵辔[③]以骋节；王、徐、应、刘[④]，望路而争驱。并怜[⑤]风月，狎[⑥]池苑，述恩荣[⑦]，叙酣[⑧]宴；慷慨以任气[⑨]，磊落[⑩]以使才；造怀指事，不求纤密之巧，驱辞逐貌[⑪]，唯取昭晰之能：此其所同也。乃正始[⑫]明道，诗杂仙心[⑬]，何晏[⑭]之徒，率[⑮]多浮浅。唯嵇志清峻[⑯]，阮[⑰]旨遥深，故能标[⑱]焉。若乃应璩《百一》[⑲]，独立不惧，辞谲义贞[⑳]，亦魏之遗直也。**

## 注释

①建安：汉献帝年号（公元196—220年）。因为这时已由曹操执政，社会现实也和汉代有了很大变化，所以习惯上常常和三国合并为一个历史时期。②文帝：魏文帝曹丕，字子桓，曹操之子。有《魏文帝集》。陈思：曹植，字子建，曹丕的弟弟。封陈王，死后加号“思”，所以称陈思王。有《曹子建集》。③辔：马缰绳。这里用纵马奔驰来比喻在文坛上大显身手。④王：王粲，字仲宣。徐：徐幹，字伟长。应：应玚（yáng），字德琏。刘：刘桢，字公幹。他们都在“建安七子”中，是当时著名的作家。⑤怜：爱。⑥狎：亲近。⑦恩荣：指曹操父子对当时文士的优待。⑧酣：恣意饮酒。⑨任气：让志气获得充分抒发。任，听凭。⑩磊落：胸怀坦荡。⑪逐：追求。貌：形状。⑫正始：魏王曹芳的年号（公元240—248年）。⑬仙心：指老庄思想。⑭何晏：字平叔，三国时期学者，是最早写玄言诗的人。⑮率：大抵。⑯嵇：嵇康，字叔夜，三国魏末作家。他的作品，鲁迅辑有《嵇康集》。峻：高而

严。⑰阮：阮籍，字嗣宗。三国魏末与嵇康齐名的作家，有《阮步兵集》。嵇、阮都是正始年间“竹林七贤”之一。⑱标：显著。⑲应璩（qú）：字休琏，应玚的弟弟，三国魏末作家。《百一》：百虑有一失的意思。《百一》诗所写都是劝诫统治者的话。⑳谲：变化奇异。贞：正。

## 译文

到了建安初年，五言诗的创作空前活跃，曹丕、曹植在文坛上大显身手；王粲、徐幹、应玚、刘桢等人，也争先恐后地驱驰于文坛。他们都爱好风月美景，遨游于清池幽苑，在诗歌中叙述恩宠荣耀的遭遇，描绘着宴集畅饮的盛况；激昂慷慨地抒发他们的志气，光明磊落地施展他们的才情；他们在述怀叙事上绝不追求细密的技巧，在遣词写景上，只以清楚明白为贵：这些都是建安诗人所共有的特色。到正始年间，道家思想流行，于是诗歌里边也夹杂这种思想，像何晏等人，作品大都比较浅薄。只有嵇康的诗尚能表现出清高、严肃的情志，阮籍的诗还有一些深远的意旨，因此，他们的成就比同时期的诗人高。至于应璩的《百一》诗，毅然独立，文辞曲折而含义正直，这是建安时正直的遗风。

## 原文

**晋世群才，稍入轻绮[①]。张、潘、左、陆[②]，比肩诗衢[③]，采缛[④]于正始，力[⑤]柔于建安，或析[⑥]文以为妙，或流靡[⑦]以自妍：此其大略也。江左[⑧]篇制，溺乎玄风[⑨]，嗤笑徇务之志[⑩]，崇盛忘机[⑪]之谈。袁、孙[⑫]已下，虽各有雕采，而辞趣一揆[⑬]，莫与[⑭]争雄，所以景纯《仙篇》[⑮]，挺拔[⑯]而为俊矣。宋初文咏，体有因革[⑰]，庄老告退，而山水方滋[⑱]；俪采百字之偶[⑲]，争价一句之奇，情必极貌以写物，辞必穷力而追新，此近世之所竞也。**

## 注释

①轻绮：指诗歌风格不够厚重，不够朴素。②张：指张华、张载、张协、张亢四人。潘：指潘岳、潘尼叔侄二人。左：指左思。陆：指陆机、陆云兄弟二人。③诗衢：指诗坛。衢，四通八达的大路。④缛：繁盛。⑤力：指作品在读者身上所起的影响。⑥析：分析或钻研，这里指字句的雕琢。⑦靡：美，这里指小巧的、过分的美。⑧江左：长江最下游地区，这里指偏安江南的东晋。⑨玄风：玄学的风气。主要指谈论老子、庄周学说的风气。⑩嗤：讥笑。徇（xùn）：以身从物，即特别关心的意思。务：指人间的事务。⑪机：巧诈，这里指人与人之间的钩心斗角。⑫袁、孙：袁宏、孙绰。都是东晋初年的玄言诗人。⑬趣：趋向。揆（kuí）：道理，这里指玄学。⑭与：指“与玄言诗”。⑮景纯：郭璞的字，他是两晋年间的学者兼诗人。《仙篇》：指郭璞的《游仙诗》十四首。⑯挺拔：突出。⑰体：风格。因：沿袭，继承。革：革新。⑱滋：增多。⑲俪：对偶。百字：五言诗二十句为一百字，这里指诗的全篇。

## 译文

晋代诸多才士，创作开始走向浮浅、绮丽之路。张华、张载、张协、张亢、潘岳、潘尼、左思、陆机、陆云等，在诗坛上并驾齐驱，他们诗歌的文采，比正始时期更加繁盛，但内容的感染力却比建安时期弱，他们或者以讲究字句为能事，或者偏重靡丽的笔调来自逞其美，这就是西晋诗坛的大概情况。到了东晋的时候，诗歌创作便淹没在玄学的风气之中，这些玄言诗人讥笑人家过于关心时务，而推崇那种忘却世情的空谈。所以自袁宏、孙绰以后的诗人，虽然作品各有不同的文采雕饰，却一致倾向玄言，再没有别的诗可以和玄言诗争雄，因此，郭璞的《游仙诗》，在当时就算杰出的佳作了。南朝宋初的诗歌，对前代的诗风有所继承，也有所改革，庄周和老子的思想在诗歌中渐渐减少，描绘山水的作品却日益兴盛；于是诗人们努力在全篇的对偶中显示文采，在每一句的新奇上竞逞才华，内容方面要求逼真地描绘出景物的形貌，文辞方面要求尽可能做到新异，这就是近代以来诗人们竞相追逐的。

## 原文

**故铺①观列代，而情变之数可监②；撮③举同异，而纲领④之要可明矣。若夫四言正体，则雅润为本；五言流调⑤，则清丽居宗⑥；华实异用⑦，惟才所安⑧。故平子得其雅，叔夜含⑨其润，茂先凝其清⑩，景阳⑪振其丽。兼善⑫则子建、仲宣，偏美则太冲⑬、公幹。然诗有恒裁⑭，思无定位，随性适分⑮，鲜能圆通⑯。若妙识所难，其易也将至；忽之为易，其难也方来。至于三六杂言⑰，则出自篇什⑱；离合⑲之发，则萌⑳于图谶；回文㉑所兴，则道原为始；联句共韵，则《柏梁》余制；巨细或殊，情理同致，总归诗囿，故不繁云。**

## 注释

①铺：陈列。②监：唐写本作“鉴”，察看，这里指看得清楚。③撮：聚集而取的意思。④纲领：这里指各种诗歌的写作要领。⑤流：流行的，常见的。调：声调。⑥宗：主。⑦华实：这里指风格上的华丽和朴实。用：运用。⑧安：定。⑨含：包含，即具有的意思。⑩茂先：张华的字。他是西晋初年的作家。凝：唐写本作“拟”，译文据“拟”字。“拟”是模仿、学习的意思。⑪景阳：张协的字。⑫兼善：指上面所说雅、润、清、丽等特点都具备。⑬太冲：左思的字。⑭裁：制，这里指作品的体裁。⑮分：本分，这里指作者的个性特点。⑯鲜：少。圆通：是佛教术语。圆是性体周遍，通为妙用无

碍。这里指作诗的全面才能。⑰杂言：每句字数多少不固定的杂言诗。⑱篇什：指《诗经》。《诗经》中的《雅》和《颂》，每十篇称为“什”。⑲离合：指离合诗，这是一种按字的形体结构，用拆字法组成的诗歌。⑳萌：起源的意思。㉑回文：指回文诗，是一种可以颠倒过来念的诗。

## 译文

因此，纵观历代的诗歌，其发展变化的情况是可以察知的；归纳一下它们相同和相异的特色就可以看出诗歌创作的要点了。譬如四言诗的正规体制，主要是雅正而润泽；五言诗的常见格调，则以清新华丽为主。对于这些不同特点的掌握，就随作者的才华而定。如张衡得到四言诗雅正的一面，嵇康具有润泽的一面，张华学到五言诗清新的一面，张协发挥了其华丽的一面。各种特点都兼备的是曹植和王粲，只偏长于某一方面的是左思和刘桢。但是作品的体裁是一定的，而人的思想却各不相同，作者只能随着个性的偏好来进行创作，所以很少能兼长各体。如果作者深知创作中的难处，那么实际写作起来还可能比较容易；如果轻率地认为写诗很简单，那么他反而会碰到不少的困难。除了上述四言、五言诗外，还有三言、六言、杂言诗，它们都起源于《诗经》；至于“离合诗”的产生，是从汉代的图谶开始的；“回文诗”的兴起，则创始于道原；而几人合写的“联句诗”，那是继承《柏梁台诗》而来的。这种种作品，虽然大小各异、主次有别，但写作的情况和道理是一样的，它们都属于诗的范围，因此不必逐一详论。

## 原文

**赞曰：民生而志，咏歌所含①。兴发皇世②，风流二《南》③。神理共契④，政序相参⑤。英华弥缛⑥，万代永耽⑦。**

## 注释

①含：包含。诗歌所包含的也就是它所表达的。②皇世：太平盛世，指上古时期。皇，美盛。③流：风流余韵，这里指诗歌的传统。二《南》：指《诗经》中的《周南》《召南》，这里用以代表全部《诗经》。④神理：精妙的道理。从《文心雕龙》全书来看，特别从《原道》篇来看，这个道理就是“自然之道”。“自然之道”是万物自然具有的规律，所以其中并无迷信鬼神的味道。契：约券，引申为符合。⑤序：秩序。参：参入，在这里有结合的意思。⑥英华：精华。弥：更加。⑦耽：喜爱。

## 译文

总之，人生来都有情志，诗歌就是表达这种情志的。诗歌产生在上古时期，风教通过《诗经》流播。它应该和自然之道一致，并和政治秩序相结合。这样，优秀的诗歌便会越来越繁荣，永远被后世喜爱。

# 七、乐府篇

## 〔导　读〕

“乐府”本来是西汉封建政府中的一个机构，“府”是官府，“乐府”就是管理音乐的官府。后来渐渐有人把这个机构里所保管的歌曲也称为“乐府”，于是这两个字就从一个官府机构的名称变成一种诗歌体裁的名称。这种体裁的范围渐渐扩大，不仅包含汉代乐府机构里所创制、保管的作品，也包含后代作家学习这些作品而产生的新的诗歌。“乐府”和一般诗歌的区别本来在于它是配合音乐的，但后代所谓乐府诗却包含了不少与音乐无关的作品。刘勰在本篇中所讨论的，主要是和乐的诗歌，但也涉及少数不和乐的作品。

全篇分三部分。第一部分讲乐府的起源和乐府的教育作用。第二部分讲汉、魏、晋时乐府诗的发展历史。第三部分阐述音乐和诗歌的关系，并说明在《明诗》篇之外另作《乐府》篇的原因。古代乐府诗不仅起源于民间，且乐府诗的优良传统也主要体现在乐府民歌中。后来少数文人、作家能写出一些较好的乐府诗，正与他们向优秀的乐府民歌学习有关。但刘勰本篇论述的却主要是文人的庙堂乐章，这体现了其思想的局限性。不过第一段曾说到老百姓的歌谣可以表达舆论，最后总结时也说乐府来自民间歌谣；如果再和后面的《谐隐》篇联系起来看，刘勰对民间创作虽然重视程度不够，但和封建社会其他评论家比起来，他对民歌还是具备初步认识的。

## 原文

**乐府者，"声依永，律和声"①也。钧天九奏②，既其上帝；葛天八阕③，爰乃皇时④。自《咸》、《英》⑤以降，亦无得而论矣。至于涂山歌于"候人"⑥，始为南音；有娀谣于"飞燕"⑦，始为北声；夏甲⑧叹于东阳，东音以发；殷整⑨思于西河，西音以兴：音声推移，亦不一概⑩矣。匹夫庶妇⑪，讴吟土风⑫，诗官⑬采言，乐胥被律⑭，志感丝篁⑮，气变金石⑯。是以师旷觇风于盛衰⑰，季札⑱鉴微于兴废，精之至也。夫乐本心术⑲，故响浃⑳肌髓，先王慎焉，务塞淫滥。敷训胄子，必歌九德。故能情感七始，化动八风。**

## 注释

①声：指宫、商等五种音调。永：指"歌永言"的"永"，是引申、发挥的意思。律：乐律。②钧天九奏：《史记·赵世家》中说，赵简子（即赵鞅）做梦到了上帝的住处，听到"九奏《万舞》"。钧天，天的中央。九奏，多次演奏。《万舞》，乐名。③葛天：传说中的上古帝王。八阕：八首。④爰：语音助词。皇时：指上古时期。⑤《咸》《英》：两种乐名，即《咸池》《五英》。⑥候人：《吕氏春秋·季夏纪·音初》中说，夏禹巡视南方，涂山氏女等候他的过程中，唱了《候人歌》："候人兮猗！"⑦飞燕：《吕氏春秋·季夏纪·音初》篇说，有娀（sōng）氏二女爱抚燕子，燕子北飞不返，二女就唱了"燕燕往飞"这首歌。⑧夏甲：夏后氏的孔甲。⑨殷整：殷代帝王河亶（dàn）甲，名整，又叫整甲。⑩不一概：不一样。概，状况。⑪匹夫：普通的男子。庶妇：一般的妇女。⑫讴：歌唱。土风：指以《诗经·国风》为代表的地方歌谣。⑬诗官：采诗官。⑭乐胥：指乐师。古代乐师大都由盲人担任。被律：和乐律相配合。被，加。律，乐律。⑮丝：指琴瑟一类弦乐器。篁（huáng）：竹，这里指箫笛一类的管乐器。⑯气：作者的气质。变：使乐

器的声音随人的思想感情而变，即表达出作者的思想感情。金：指钟。石：指磬（qìng）。⑰师旷：春秋时晋国乐师，字子野。觇（chān）：看。⑱季札：春秋时吴王寿梦之子。⑲心术：运用心思的方法，这里指思想感情的表达。⑳浃（jiā）：深入透彻的意思。

## 译文

所谓“乐府”，是“用宫、商、角、徵（zhǐ）、羽的音调，来引申、发挥诗意，又用黄钟、大吕等十二律来和五音配合”的。赵简子在天上听到的《万舞》，是上帝的音乐；而且上古葛天氏的时候也曾有过八首乐歌。此外如黄帝时的《咸池》、帝喾时的《五英》等，现在都无从考究了。此后夏禹时涂山女唱“候人兮猗”，是南方乐歌的开始；有娀氏二女唱“燕燕往飞”，是北方乐歌的开始；夏代孔甲在东阳作《破斧》歌，是东方乐歌的开始；商代整甲在西河想念故居而作歌，是西方乐歌的开始。历代音律声调的演变，是很复杂的。一般老百姓唱本地的歌谣，采诗官借以搜集歌词，乐师则给这些歌词制谱，使人们的情志、气质通过各种乐器表达出来。因此，晋国的乐师师旷能从南北两种歌声里辨别出楚国士气的盛衰，吴国的公子季札也能从各国的乐调里看出周王朝与各诸侯国的兴亡，这确是很精妙的。音乐本来是用以表达人的心情的，所以它可以透入人的灵魂深处，先代帝王对此非常慎重，务必杜绝邪乱和失当的音乐。教育贵族子弟时，一定要选择有关政治教化作用的乐曲。因此，乐曲中所表达的情感，能感动天地人和春秋四时，其教育作用可以远达四面八方。

## 原文

**自雅声浸①微，溺②音腾沸，秦燔《乐经》③，汉初绍④复；制氏纪其铿锵⑤，叔孙定其容典⑥。于是《武德》⑦兴乎高祖，《四时》⑧广于孝文，虽摹《韶》、《夏》⑨，而颇袭⑩秦旧，中和⑪之响，**

阒[12]其不还。暨[13]武帝崇礼，始立乐府[14]，总赵、代[15]之音，撮齐、楚之气[16]。延年以曼声协律[17]，朱[18]、马以骚体制歌。“桂华”[19]杂曲，丽而不经[20]；“赤雁”[21]群篇，靡而非典[22]。河间荐雅而罕御[23]，故汲黯致讥于《天马》也[24]。至宣帝雅诗[25]，颇效[26]《鹿鸣》。迩及元、成[27]，稍广淫乐，正音乖[28]俗，其难也如此。暨后汉郊庙[29]，惟杂[30]雅章，辞虽典文，而律非夔、旷[31]。至于魏之三祖[32]，气[33]爽才丽，宰割辞调[34]，音靡节[35]平。观其“北上”众引[36]，“秋风”[37]列篇，或述酣[38]宴，或伤羁戍，志不出于滔荡，辞不离于哀思，虽三调之正声，实《韶》、《夏》之郑曲也。逮于晋世，则傅玄晓音，创定雅歌，以咏祖宗；张华新篇，亦充庭《万》。然杜夔调律，音奏舒雅，荀勖改悬，声节哀急，故阮咸讥其离磬，后人验其铜尺。和乐精妙，固表里而相资矣。故知诗为乐心[39]，声为乐体[40]；乐体在声，瞽师[41]务调其器；乐心在诗，君子宜正其文[42]。“好乐无荒”，晋风所以称远[43]；“伊其相谑”，郑国所以云亡[44]。故知季札观乐，不直听声而已。若夫艳歌婉娈[45]，怨志诀绝[46]，淫辞在曲，正响焉生！然俗听飞驰，职[47]竞新异，雅咏温恭，必欠伸鱼睨[48]；奇辞切至，则拊髀雀跃[49]。诗声俱郑，自此阶[50]矣。

## 注释

①浸：渐渐。②溺：沉迷，流荡不返。③燔（fán）：焚烧。《乐经》：相传是《六经》之一。④绍：继承。⑤制氏：汉初乐师。铿（kēng）锵（qiāng）：响亮而和谐的乐器声，这里指音节。⑥叔孙：汉初儒生，姓叔孙，名通。容：礼容。典：法度。⑦《武德》：舞名。⑧《四时》：舞名。⑨《韶》、《夏》：均为乐名。《韶》传为虞舜时的音乐《韶乐》，《夏》传为夏禹时的音乐《大夏》。⑩袭：继续。⑪中和：恰到好处的和谐境地。⑫阒（qù）：没有声音。⑬暨（jì）：及，到。⑭乐府：管理音乐的官署。这个机构其实在汉武帝以前已经存在，不过到武帝时才扩大了它，并给它搜集民歌的

新任务。⑮赵、代：指今河北、山西一带地区。⑯撮：聚集而取。齐、楚：指今山东、安徽、湖北一带地区。气：这里指音节腔调。⑰延年：李延年，善歌，是汉武帝时乐府机构的长官，叫作协律都尉。曼：美。⑱朱：朱买臣，以精通《楚辞》著称。⑲桂华：汉高祖唐山夫人所作《安世房中歌》中的第十首（范文澜注为“第十二章”。据王先谦《汉书补注》，是第十章）。⑳不经：不正常。过去有学者认为《安世房中歌》没什么不正常，这正可看出刘勰对贵族乐章的不满。㉑赤雁：是《郊祀歌》中第十八首，即《象载瑜》，因其中有“赤雁集”一句，故称《赤雁》。㉒靡：美。典：法度。这句也有贬低贵族乐章的意思。㉓河间：指刘德，汉景帝三子，立为河间王，死后加号“献”，所以世称河间献王。《汉书·礼乐志》中说，他曾献古乐给汉武帝。罕：少，不经常。御：用。㉔汲黯：字长儒，西汉初人。《天马》：《天马歌》。《史记·乐书》中说，汉武帝得神马，作《天马歌》，列入《郊祀歌》。汲黯认为这对祖先、对百姓都没什么意义。㉕雅诗：也作“雅颂”。㉖颇效：也作“诗效”。㉗迩：近。元、成：汉宣帝之后的元帝、成帝。㉘乖：不合。㉙郊庙：祭祀祖庙，指祭祀祖庙用的乐歌。㉚杂：唐写本作“新”，译文据“新”字。即新作品，指东平王刘苍的《武德舞歌》。后汉之乐，开始是沿用前汉旧乐，刘苍的《武德舞歌》是新作。㉛律：音律，和上句的“辞”字分别指乐章的两个方面。夔：舜的乐官。旷：师旷。㉜三祖：曹操被追尊为太祖，曹丕为高祖，曹叡为烈祖，合称“三祖”。㉝气：指作者的气质。㉞宰割：分裂。辞调：指汉乐府。分裂汉乐府的辞调，是说曹操等人用汉乐府旧调写与古题无关的新内容，即所谓以古题乐府写时事。㉟节：指音节。㊱北上：指曹操的《苦寒行》，其首句是“北上太行山”。引：乐曲。㊲秋风：指曹丕的《燕歌行》，其首句是“秋风萧瑟天气凉”。㊳酣：痛饮。㊴心：精神，灵魂。㊵体：躯体，形式。㊶瞽（gǔ）师：乐师。瞽，眼盲。古代很多乐师为盲人。㊷文：乐曲的歌辞。㊸“好乐”二句：《左传·襄公二十九年》载，季札出使鲁国，鲁国人为他表演周王室的乐舞。听了《唐风》后，季札称赞晋国乐曲思虑深远。好乐无荒，意谓喜好音乐，但不要过度，语出《诗经·唐风·蟋蟀》。晋风，即唐风，古唐国即为后来的晋国。㊹“伊其”二句：《左传·襄公二十九年》载，季札在鲁国观乐，听了《郑风》后说，郑国会最先亡国。“伊其相谑”，意谓青年男女相互调笑，语出《诗经·郑风·溱（zhēn）洧（wěi）》。伊，助词，乃。㊺婉娈（luán）：相亲相爱的样子。㊻诀绝：分别，决裂。诀，分别。㊼职：掌管，主管，此处引申为专门从事。㊽欠伸：打呵欠，伸懒腰。鱼睨（nì）：像鱼那样瞪着眼，形容目光呆滞。㊾拊髀（bì）：拍大腿。拊，拍。雀跃：像鸟雀那样跳跃，形容很兴奋。㊿阶：指通向淫靡的阶梯。此处当作动词，意谓沿着淫靡的阶梯向下走。

## 译文

自从雅正的音乐渐渐衰落以后，淫邪的音乐便渐渐兴起，秦始皇时烧了《乐经》，西汉初年想恢复古乐，乐师制氏能记下音节，叔孙通定下礼容和法度，汉高祖时作《武德舞》，汉文帝时作《四时舞》，虽说是学习古代的《韶》乐和《夏》乐，却也继承了秦代的旧乐，所以，中正和平的乐调便难以再见了。到武帝重视礼乐，建立乐府这个机构，综合赵、代等地的音节，采取齐、楚等地的腔调。还有李延年以美妙的嗓音来配合乐律，朱买臣和司马相如用《楚辞》的体裁来写歌辞。像《安世房中歌·桂华》等乐章，文辞华丽而违反常规；《郊祀歌·赤雁》等作品，语言虽美而不合法度。河间献王刘德曾推荐古乐，但武帝很少采用，所以汲黯对武帝的《天马歌》表示不满。宣帝时所作的乐章，常常模仿《诗经》中的《鹿鸣》。到元帝、成帝时，渐渐推广淫邪的音乐，因为雅正的音乐不能适应一般人的爱好，所以难以发展。东汉的郊庙祭祀，由东平王刘苍写了新的歌辞，词句虽文雅，但音节上却与古乐不同。到三国时的曹操、曹丕、曹叡，他们气质高朗、才华美妙，用古乐府写时事，音节也美妙而平和。但读了曹操的《苦寒行》、曹丕的《燕歌行》等作品，觉得里边无论叙述宴饮或哀叹出征，情志不出放荡的范围，句句离不开悲哀的情绪，虽然乐调是典正的三调，可是比之《韶》乐《夏》乐等古乐却差得远了。到了晋代，傅玄通晓音乐，写了许多雅正的乐歌歌颂晋代的祖先；张华也写了一些新的篇章，作为宫廷的大型乐舞。但杜夔所调整的音律，节奏舒缓而雅正，而晋初荀勖所改制的乐器，音节却比较感伤而急促，所以阮咸曾批评他音节不协调，后来有人考查了古代的铜尺，才知道荀勖改得不对。可见和谐的乐曲之所以能达到精妙的地步，是要各方面相配合的。故而知道诗歌是乐歌的灵魂，音声是乐歌的形式；既然乐歌的形式在于音声，那乐师就必须调整好乐器；既然乐歌的灵魂在于诗歌，那君子就应做出雅正的歌辞。“喜好音乐，但不要过度”，季札因此称赞晋国的乐歌思虑深远；“青年男女相互调笑”，季札因此认为郑国会最先亡国。可知季札观乐，并不是仅仅注意声调而已。至于后世那些艳情歌曲所写的缠绵恩爱，怨恨诗篇所写的决裂言辞，淫靡的歌辞都配上了乐曲，雅正的音乐哪里还能产生！然而这些世俗之乐风靡一时，人们竞相追求新奇的乐章，雅正的乐歌是温和严肃的，人们听了必然打呵欠、发呆；新奇的歌辞入耳亲切，人们听了就会兴奋得拍着大腿跳跃起来。诗歌和音声都走上了淫靡的道路，从此也越发严重了。

## 原文

**凡乐辞曰诗，咏声曰歌，声来被①辞，辞繁难节；故陈思称左延年闲于增损古辞②，多者则宜减之，明贵约也。观高祖之咏“大风”③，孝武之叹“来迟”④，歌童被声，莫敢不协。子建、士衡⑤，亟有佳篇，并无诏伶人⑥，故事谢丝管⑦，俗称乖⑧调，盖未思也。至于轩、岐鼓吹⑨，汉世铙挽⑩，虽戎丧殊事⑪，而并总入乐府，缪、韦所改⑫，亦有可算焉。昔子政品文，诗与歌别⑬，故略序乐篇，以标区界。**

## 注释

①被：覆，此处引申为搭配。②陈思：陈思王曹植，三国时魏国作家。左延年：三国时魏国乐师。闲：通“娴”，娴熟。③高祖：汉高祖刘邦。大风：《史记·高祖本纪》记载，汉高祖刘邦曾回故乡作歌，首句为“大风起兮

云飞扬”。④孝武：指汉武帝。来迟：《汉书·外戚传》记载，汉武帝的宠妃李夫人病死，武帝悲而作诗，诗中即有“偏何姗姗其来迟”句。⑤士衡：西晋作家陆机的字。⑥无诏伶人：没有诏令乐工为这些佳篇配制乐谱。伶人，乐工。⑦事谢丝管：不能用乐器伴奏。谢，谢绝，不用。丝管，管弦乐器，指乐器。⑧乖：违背，不和谐。⑨轩：轩辕，黄帝的名号。岐（qí）：岐伯，黄帝时主管医药的大臣，相传鼓吹曲为其所作。鼓吹：鼓吹曲，古代一种军乐，由管乐器和打击乐器合奏。⑩铙（náo）：指《短箫铙歌》，古代一种军乐，由短箫和铙合奏。铙是一种似铃但无舌的打击乐器。挽：挽歌。⑪戎：兵器、武器，代指军事。丧：丧事。⑫缪：缪袭，三国时魏国作家，相传他曾改编汉代《短箫铙歌》以歌颂魏国的功德。韦：韦昭，三国时吴国作家，据说他也曾改编《短箫铙歌》以歌颂吴国的功德。⑬“昔子政”二句：汉成帝时刘向整理古籍，其子刘歆据以写成分类目录学著作《七略》，其中将诗归入《六艺略》，将歌归入《诗赋略》。子政：西汉学者刘向的字。



## 译文

通常乐歌的歌辞叫作诗，诗按照一定的曲调唱出声来便叫作歌，声律是用来搭配歌辞的，如果歌辞繁多就难以配合；所以陈思王曹植称赞左延年善于增删古代歌辞以合乐，歌辞繁多就应当删减一些，这说明歌辞创作贵在简约。看汉高祖歌咏“大风”，汉武帝哀叹“来迟”，即便是教歌童习唱，也没有不合乐的。曹子建、陆士衡都曾作有乐府佳篇，但没有诏令让乐工配乐，所以不能用乐器伴奏，世俗之人声称这些诗篇不合乐调，恐怕是没有经过思考的挑剔说法。至于轩辕黄帝时岐伯所创作的鼓吹乐，汉代出现的铙歌、挽歌，虽然有用于军事和丧事的区别，但都归入了乐府诗，还有缪袭、韦昭改编的汉代乐府，也算有值得计数在乐府诗内的。从前刘向品评整理图书，诗和歌被区分开来，所以简略地列出这篇《乐府》篇，以表明两者的区别。

## 原文

**赞曰：八音摛文①，树辞为体②。讴吟坰③野，金石云陛④。《韶》⑤响难追，郑⑥声易启。岂惟观乐？于焉⑦识礼。**

## 注释

①八音：指金（如钟）、石（如磬）、土（如埙）、革（如鼓）、丝（如琴）、木（如柷［zhù］）、匏（如笙）、竹（如篪［chí］）八种乐器。埙是土制的，有六孔。柷是木制的，方形，有柄。匏是葫芦制成的乐器。笙以匏为座。篪形如笛，有八孔。摛（chī）：发布。文：文采，这里指音乐的悦耳动听。②体：主体。③坰（jiōng）：郊野。④金石：八音中的两种，这里泛指音乐。陛：宫殿的高阶。⑤《韶》：用舜乐来代表古代优良的音乐。⑥郑：用郑声来代表不好的音乐。⑦焉：此，这里指音乐。

## 译文

总之，各种乐器产生种种动听的音乐，而好的歌辞却是其中的主干。首先在乡村里产生了歌谣，宫廷中谱制成种种乐章。卓越的古乐很难继承，不正当的音乐却容易发展。音乐岂止欣赏而已？其实可以看出礼法的盛衰。

# 八、诠赋篇

## 〔导 读〕

在汉魏六朝时期，“赋”是文学创作的主要形式之一，所以，刘勰把《诠赋》列为文体论的第四篇来论述。

“诠”是解释，“诠赋”是对赋这种文体有关创作情况的阐释论述。全篇分四个部分。第一部分讲“赋”的含义及起源，这是过去评论家争论颇多的一个问题，刘勰着重说明赋和《诗经》《楚辞》之间的密切关系。第二部分主要讲汉赋的创作情况，说明大赋和小赋的不同特点。第三部分评论先秦、两汉和魏晋时期十八家有代表性的作家作品。第四部分总结赋的创作原则。刘勰在本篇提出了“睹物兴情”“情以物兴”的基本创作原理，主张雅正的内容和华丽的文辞相配合，反对没有教育意义的作品，这些意见有一定的普遍意义。汉赋的形式主义倾向是明显的，刘勰虽然批判了“无贵风轨，莫益劝戒”的不良倾向，但在他所论及的代表作品中，许多肯定是不当的。此外，刘勰把赋分为大赋、小赋两类，并初步总结了它们的不同特点，这种划分方式一直沿用至今。但刘勰对大赋的缺点和小赋的优点，认识都还不够。

## 原文

**《诗》有六义①，其二②曰赋。赋者，铺也，铺采摛③文，体物写志也。昔邵公④称：公卿献诗⑤，师箴瞽赋⑥。传⑦云：“登高能赋，可为大夫。”⑧《诗序》则同义⑨，传说则异体⑩，总其归涂⑪，**

**实相枝干⑫。故刘向明不歌而颂⑬，班固称古诗之流也⑭。至如郑庄之赋“大隧”⑮，士蒍之赋“狐裘”⑯，结言短韵，词自己作⑰，虽合⑱赋体，明而未融⑲。及灵均⑳唱《骚》，始广声貌㉑。然则赋也者，受命于诗人㉒，而拓㉓宇于《楚辞》也。于是荀况㉔《礼》、《智》，宋玉《风》、《钓》㉕；爰锡名号，与诗画境。六义附庸，蔚成大国。遂客主以首引，极声貌以穷文。斯盖别诗之原始，命赋之厥初也。**

## 注释

①六义：风、雅、颂和赋、比、兴。②其二：《毛诗序》中六义的排列次序是风、赋、比、兴、雅、颂，赋排第二。③摛：发布。④邵公：指召公，姓姬名奭（shì），周初封于召（今陕西岐山县西南），故称召公。他的话见于《国语·周语上》。⑤公卿献诗：《周语》原文是“使公卿至于列士献诗”。公卿，指王朝高级官吏。列士，指一般官吏。⑥师箴瞽赋：据《国语·周语上》原文，是“师箴瞍（sǒu）赋”。译文据“瞍赋”。师，少师，是主管教化的官职。箴，对人进行教训的话或作品。瞍，没有眼珠的人，不能做别的事，专管朗诵。⑦传：指《毛诗故训传》，简称《毛传》。“传”是对经文的阐明。⑧“登高能赋”二句：见于《诗经·鄘（yōng）风·定之方中》的《毛传》。原文除讲到“登高能赋”外，还讲到要能作铭、誓、诔等作品，才“可以为大夫”。⑨同义：同为六义之一的意思。⑩传：这里指《国语》和《毛传》。异体：指不同于《诗经》而为另一文体。⑪归涂：指总的道路。⑫枝干：这里是以树枝和树干的关系来比喻赋和别的文体的关系。⑬颂：同“诵”。这话出自刘歆《七略》（今佚），《汉书·艺文志》中曾引用这句话。⑭班固：字孟坚，东汉史学家、文学家。古诗之流也：这话见于班固《两都赋序》。古诗，即《诗经》。流，支流。⑮郑庄：指春秋时郑庄公。大隧：《左传·隐公元年》载，郑庄公与其母不和时，曾说不到黄泉，再不见面，后来后悔此话，便掘地道和母亲见面。庄公见到母亲时，曾赋这样两句：“大隧之中，其乐也融融。”隧，地道。⑯士蒍（wěi）：春秋时晋国大夫。狐裘：

《左传·僖公五年》载，晋国政令不统一，士蔿感叹而作："狐裘尨（méng）茸（róng），一国三公，吾谁适从？"尨茸，杂乱的样子。⑰词自己作：当时赋诗，常常是朗诵别人的作品，借别人的话来表达自己的意思，所以这里强调"自己作"。⑱合：符合。实际上只是接近，主要指这些作品都是自己作的可朗诵的作品，和后来的赋还有一定距离。⑲明而未融：是说日初有光，尚未普照，借以比喻赋的发展尚未成熟。融，朗，大明。⑳灵均：屈原的字。㉑声貌：声音，形貌。引申指事物的外表，这里指赋的样式。㉒诗人：指《诗经》的作者。㉓拓：扩充。㉔荀况：战国时赵国思想家，又称荀卿，著有《荀子》，其中《赋篇》分《礼》《智》《云》《蚕》《箴》五个部分。㉕《风》《钓》：《文选》卷十三、卷十九载宋玉的《风赋》等四篇，《古文苑》卷二载宋玉的《钓赋》等六篇。近代学者认为其中大部分是后人伪托的。

## 译文

在《诗经》的"六义"中，第二项就是"赋"。所谓"赋"，是铺陈的意思，铺陈文采，为的是描绘事物、抒写情志。从前周代召公说过，各级官吏献诗，主管教化的人进箴，眼睛有毛病的人赋诗。《毛传》说，登到高处能赋诗的人，可以做大夫。由此可见，《毛诗序》把赋和比、兴同列为《诗经》的表现手法，而《毛传》则把它和诗分开成为不同的类型，不过总起来看，相互间的关系是很密切的。刘向说赋不能歌唱，只能朗诵，班固说赋是《诗经》的一个支派。像郑庄公赋"大隧之中"，晋国士蔿赋"狐裘尨茸"，篇幅很短，却都是自己作的，这种作品虽然接近后代所说的"赋"，可是还没有成熟。后来屈原创作《离骚》，才开始发展了赋的形式。所以，赋起源于《诗经》，而发展于《楚辞》。接着就有荀况的《礼》《智》等篇，以及宋玉的《风》《钓》等赋，才正式给这种作品以"赋"的名称，它就和诗分家了。"赋"本来是"六义"的一部分，现在却壮大而独立起来。于是，作者常常从两人的对话开始，极力描写事物的声音、形貌而追求文采，这是诗和赋分家而独自命名的开始。

## 原文

**秦世不文，颇有杂赋[①]。汉初词人，循流而作[②]：陆贾扣其端[③]，贾谊振其绪[④]，枚、马[⑤]播其风，王、扬[⑥]骋其势，皋、朔[⑦]已下，品物毕图[⑧]。繁积于宣[⑨]时，校阅于成[⑩]世，进御[⑪]之赋，千有余首。讨其源流，信[⑫]兴楚而盛汉矣。夫京殿苑猎[⑬]，述行序志[⑭]，并体国经野[⑮]，义尚光大。既履端[⑯]于唱序，亦归余于总乱[⑰]。序以建言，首引情本[⑱]；乱以理篇，写送[⑲]文势。按《那》[⑳]之卒章，闵马[㉑]称“乱”，故知殷人缉《颂》，楚人理赋，斯并鸿裁之寰域[㉒]，雅文之枢辖[㉓]也。至于草区禽族[㉔]，庶品[㉕]杂类，则触兴致情[㉖]，因变取会[㉗]，拟诸形容，则言务纤[㉘]密；象其物宜[㉙]，则理贵侧附[㉚]；斯又小制之区畛[㉛]，奇巧之机要也。**

## 注释

①杂赋：据《汉书·艺文志》，秦代有《杂赋》九篇。②作：兴起。③陆贾：秦汉之间的作家。振：发扬。绪：端绪。④贾谊：西汉初年的作家。振：发扬。绪：端绪。⑤枚：枚乘。马：司马相如。都是西汉时期的作家。⑥王：王褒。扬：扬雄。都是西汉末年的作家。⑦皋：枚皋。朔：东方朔。都是西汉时期的作家。⑧毕：完全。图：描绘。⑨宣：汉宣帝。⑩成：汉成帝。⑪进御：献于皇帝。⑫信：的确。⑬京殿：描写京城和宫殿的赋，如班固的《两都赋》、王延寿的《鲁灵光殿赋》等。苑猎：描写苑囿和狩猎的赋，如司马相如的《上林赋》、扬雄的《羽猎赋》等。⑭述行：写远行的赋，如班彪的《北征赋》、班昭的《东征赋》等。序志：抒写自己志向的赋，如班固的《幽通赋》、张衡的《思玄赋》等，这类作品常常带有自传的性质。⑮体国经野：这是《周礼·天官冢宰》中的话，意思是说进行全国范围的重要规划。体，划分。国，城中。经，丈量。野，郊外。⑯履端：开始写作。

履，践，实行。⑰总乱：全篇的结语。乱，乐曲的最后一章。⑱情本：指内容的主要部分。⑲写送：使之充足的意思。⑳《那》：《诗经·商颂》中的一篇。㉑闵马：闵马父，又称闵子马，春秋时鲁国大夫。他的话见于《国语·鲁语下》。㉒鸿裁：指大赋。大赋是篇幅比较长、内容比较广泛的赋。裁，体制。寰域：领域，范围。㉓枢辖：关键，也就是要点。㉔区、族：都是类的意思。㉕庶品：指各种各样的东西。庶，众。㉖兴：兴致。致：引起。㉗会：合，指情与物的会合。㉘纤：细小。㉙象：和上文“形容”的意义相近。物宜：物理的意思。㉚侧附：指不直接描写，而从侧面说明。㉛小制：指小赋。小赋是篇幅比较短，内容比较狭窄的赋。区畛（zhěn）：上面所说“寰域”的意思。畛，分界。

## 译文

秦代文学不发达，但也有一些杂赋。汉代初年，不少作家继前代而兴起：陆贾开了端，贾谊予以发展，枚乘和司马相如继承这个风气，王褒和扬雄扩大这个趋势，枚皋、东方朔以后的作者便把一切事物都写在赋里。汉宣帝时作品便已很多，成帝时曾加以整理，献到宫廷里来的赋有一千多首。探讨赋的起源和演变，可以看出它的确是兴起于楚国而繁盛于汉代。有些赋描绘京城和宫殿，叙述苑囿和狩猎，或者记载远行，抒写自己的情志，这些都关系到国都的体制，原野的区划，取义在崇尚体制的宏伟盛大。这种赋，篇首常常有序言，末尾还有“乱辞”做总结。设置序言，用以首先说出全篇的主要意义；“乱辞”总结全篇，可以进一步发挥文章的气势。从前《诗经》中《那》诗的末章，闵马父称之为“乱”，可见殷人编辑《商颂》和楚人写作辞赋，都有这个名称，这些都属于大赋的领域，是写得典雅的主要特点。此外，还有些赋描写草木禽兽以及各种事物，它们触动作者的兴致而引起创作的情感，在事物的变化中情和物相结合，形容各种事物，语言便应细致周密；要刻画它们，从旁说明较为合适；这些都属于小赋的范围，奇巧是其主要特点。

## 原文

**观夫荀结隐语①，事数自环②；宋③发夸谈，实始淫丽。枚乘《菟园》，举要以会④新；相如《上林》，繁类以成艳；贾谊《鹏鸟》，致辨于情理；子渊⑤《洞箫》，穷变于声貌⑥；孟坚《两都》⑦，明绚以雅赡⑧；张衡《二京》⑨，迅拔⑩以宏富；子云⑪《甘泉》，构深玮之风⑫；延寿《灵光》⑬，含飞动之势：凡此十家，并辞赋之英杰也。及仲宣靡密，发端必遒⑭；伟长博通，时逢壮采；太冲、安仁⑮，策勋⑯于鸿规；士衡、子安⑰，底绩于流制⑱；景纯绮⑲巧，缛理⑳有余；彦伯梗概，情韵不匮：亦魏、晋之赋首也。**

## 注释

①荀：荀况。结：联系的意思。隐语：谜语，《荀子·赋篇》五部分都类似谜语。②自环：自相问答。《赋篇》各部分都是先作问语，后作答语。③宋：宋玉。他的赋今存《风赋》等篇，里边记录了他和楚王的谈话。④会：合。⑤子渊：王褒的字。⑥声貌：指箫的声与貌。⑦《两都》：《东都赋》和《西都赋》的合称。⑧绚：灿烂，是就词句而言。赡：富足，是就内容而言。⑨张衡：东汉作家和自然科学家。《二京》：《西京赋》和《东京赋》的合称。⑩迅拔：刚健有力。⑪子云：扬雄的字。《甘泉》：《甘泉赋》。⑫玮：美好。风：指作品的教育作用。⑬延寿：王延寿，东汉作家。《灵光》：《鲁灵光殿赋》。⑭遒：强劲有力。⑮安仁：潘岳的字，西晋作家。⑯策勋：立功，指在赋的创作上做出成绩。⑰子安：成公绥的字，西晋作家。⑱底绩：和上文"策勋"的意义相近。流制：文学艺术的不同部门，指陆机的《文赋》和成公绥的《啸赋》之类（均见《文选》）。⑲绮：有花纹的丝织品，引申为华丽的意思。⑳缛：繁盛，指"理"的繁盛。"缛理"和上句"绮巧"对举，所以"缛理"是讲内容方面的。

## 译文

试看荀卿的《赋篇》，大都用类似谜语的方式，叙述事物常常自问自答；宋玉的赋发出巧妙的言谈，却是过分华丽的开始；枚乘的《菟园赋》，描写扼要又结合新意；司马相如的《上林赋》，内容繁多、文辞艳丽；贾谊的《鹏鸟赋》，善于阐明情理；王褒的《洞箫赋》，能把箫的状貌和声音都形容尽致；班固的《两都赋》，写得辞句明畅绚烂而内容雅正充实；张衡的《二京赋》，笔力刚健而含义丰富；扬雄的《甘泉赋》，包含深刻而美好的教训；王延寿的《鲁灵光殿赋》，具有飞扬生动的气势。以上十家都是辞赋中的杰出代表。此外，如王粲细密，他的赋发端有力；徐幹博学，他的赋中富丽的文采处处可见；左思和潘岳在大赋上都有成就；陆机和成公绥的赋在流行体制上另有其不同的成就；郭璞写的赋，华丽巧妙、道理丰富；袁宏写的赋，慷慨激昂、韵味无穷。这几家是魏晋时期辞赋家的代表。



## 原文

**原夫登高之旨，盖睹物兴①情。情以物兴，故义②必明雅；物以情观，故辞必巧丽。丽辞雅义，符采相胜③，如组织之品朱紫④，画绘之著玄黄⑤，文虽杂而有质⑥，色虽糅而有本⑦，此立赋之大体⑧也。然逐末之俦⑨，蔑弃⑩其本，虽读千赋⑪，愈惑体⑫要，遂使繁华损枝，膏腴⑬害骨，无实风轨⑭，莫益劝戒。此扬子所以追悔于雕虫⑮，贻诮于雾縠者也⑯。**

## 注释

①兴：引起。②义：作品里边所表达的意义，也就是作品的内容。③符

采：玉的横纹。相胜：相称。④组织：指用丝或麻织成的东西。品：品味，评量。⑤著：附加。玄：黑赤色。⑥质：指纺织所用的丝麻或绘画所用的纸帛，借以喻指赋的内容。⑦糅：错综复杂。本：和上句“质”字义同。⑧体：主体。⑨逐：追求。俦（chóu）：伴侣，同辈。⑩蔑弃：轻视，丢掉。⑪读千赋：《西京杂记》卷二载扬雄的话，“读千首赋，乃能为之”。⑫体：体现。⑬膏腴：肥肉。这里比喻过分臃肿的文辞修饰。⑭风：指教育意义。轨：法则。⑮雕虫：雕刻鸟虫书，比喻小技。鸟虫书是古代篆字的一种，有鸟虫形的笔画，故称鸟虫书。⑯贻：遗留。诮（qiào）：讥讽，责怪。雾縠（hú）：薄纱。扬雄在《法言·吾子》里还说，写没有意义的赋，就像女工织薄纱一样，只浪费功夫，而没有实际用处。

## 译文

原来所谓“登高能赋”的意思，就是因为看到外界事物而触动内心的情感。情感既由外界事物引起，那么作品内容必须明白雅正；事物既然通过作者情感来体现，那么文辞必须巧妙华丽。华丽的文辞和雅正的内容相结合，就像美玉的花纹一样配合得恰当，好比丝、麻织品要讲究红色或紫色，绘画要加上黑色或黄色，文采固然要求新颖，但必须有充实的内容，色调虽应丰富多彩，但必须有一定的底色，这就是写赋的基本要点。不过，有些只注意微末小节的人，不重视根本，他们即使学习了一千篇赋，反而更抓不住主要的东西，结果就像太多的花朵妨碍了枝干，过于肥胖损害了骨骼一样，写出赋来，既没有教育意义，对于劝诫也毫无益处，所以扬雄后悔写这种雕虫小技的作品，因为这和织薄纱一样，不免要白白浪费时间和精力。

## 原文

**赞曰：赋自《诗》出，分歧异派①。写物图貌，蔚②似雕画。抑滞必扬③，言旷无隘④。风归丽则⑤，辞剪稊稗⑥。**

## 注释

①异派：指本篇第二段所论大赋、小赋。②蔚：丰盛，这里指文采的丰盛。③滞：凝滞不通畅。扬：使之通畅明白。④旷：空阔。隘：窘迫。⑤风：教化。即本篇第四段所讲赋的“风轨”“劝戒”作用。丽则：扬雄在《法言·吾子》中提出，“赋有两种：一是‘诗人’（《诗经》的作者，也包括能继承《诗经》优良传统的作者）写的赋，它们是‘丽以则’的，也就是文辞华丽但合于法则的；一种是‘辞人’（辞赋的作者，泛指那些违背了《诗经》的传统而走上不正确的创作道路的作者）写的赋，它们是‘丽以淫’的，也就是过分华丽而不合于法则的”。⑥稊（tí）稗（bài）：指那种浮华而不必要的或有害的词句。稗，似黍而味稍苦的植物，俗称稗子。

## 译文

总之，赋是由《诗经》演变出来的，后来又与诗分流自成一体。它描绘事物的形貌，美得好比雕刻绘画似的。它能够把不明白的描写清楚，言辞放旷而不使人感到太窘迫。有教化作用的赋，必须写得华丽而有法度，并剪裁去那些华而不实的文辞。

# 九、颂赞篇

## 〔导　读〕

颂、赞是两种文体。本篇以后，常用两种相近的文体合在一篇论述。颂和赋很相似，汉代常以赋颂连用。

本篇共四个部分。第一部分讲颂的含义、起源及其发展变化情况。第二部分讲颂的基本写作特点。第三部分讲赞的含义、起源及其发展变化情况。第四部分讲赞的基本写作特点。

颂和赞都是歌功颂德的作品，刘勰在本篇中所肯定的一些颂赞，大都是没有什么价值的。对这两种文体的论述，刘勰过分拘守其本意，因而对待汉魏以后发展演变的作品，就流露出较为保守的观点。但对这两种区别甚微的文体和汉人已混用不分的赋颂，本篇做了较为明确的解说；对颂的写作，反对过分华丽，主张从大处着眼来确立内容，具体的细节描写则应根据内容而定。这些意见，尚有可取之处。

## 原文

**四始之至①，颂居其极。颂者，容②也，所以美盛德而述形容也。昔帝喾③之世，咸黑④为颂，以歌《九招》⑤。自商⑥已下，文理允备⑦。夫化偃一国谓之风⑧，风正四方谓之雅⑨，雅容告神谓之**

颂[10]。风、雅序人[11]，故事兼变正[12]；颂主告神，故义必纯[13]美。鲁以公旦次编[14]，商以前王追录[15]，斯乃宗庙之正歌[16]，非宴飨[17]之常咏也。《时迈》[18]一篇，周公所制[19]，哲人[20]之颂，规式[21]存焉。夫民各有心，勿壅[22]惟口。晋舆[23]之称原田，鲁民之刺裘鞸[24]，直言不咏，短辞以讽，丘明[25]、子顺，并谓为颂[26]，斯则野颂之变体，浸[27]被乎人事矣。及三闾[28]《橘颂》，情采芬芳，比类寓意，又覃及细物矣[29]。至于秦政刻文[30]，爰[31]颂其德。汉之惠、景[32]，亦有述容[33]，沿世并作，相继于时矣。若夫子云之表充国[34]，孟坚之序戴侯[35]，武仲之美显宗，史岑[36]之述熹后，或拟《清庙》[37]，或范《駉》、《那》，虽浅深不同，详略各异，其褒德显容，典章一也。至于班、傅之《北征》、《西征》，变为序引，岂不褒过而谬体哉！马融之《广成》、《上林》，雅而似赋，何弄文而失质乎？又崔瑗《文学》，蔡邕《樊渠》，并致美于序，而简约乎篇。挚虞品藻，颇为精核，至云“杂以风雅”，而不辨旨趣，徒张虚论，有似黄白之伪说矣。及魏晋杂颂，鲜有出辙。陈思所缀，以《皇子》为标；陆机积篇，惟《功臣》最显，其褒贬杂居，固末代之讹体也。

## 注释

①四始：《风》《小雅》《大雅》《颂》。之至：《毛诗序》说“四始”是“诗之至也”。孔颖达疏：“诗之至者，诗理至极，尽于此也。”②容：指下句说的“形容”，形容状貌。③帝喾：传说中的上古帝王。④咸黑：据《吕氏春秋·仲夏纪·古乐》，帝喾曾命咸黑作歌。⑤《九招》：《吕氏春秋·仲夏纪·古乐》中说《九招》是帝喾时的乐歌，《史记·五帝本纪》中说是夏禹时的乐歌。⑥商：指《诗经》中的《商颂》。⑦文理：指写“颂”的理。允：的确。⑧化：教化。偃：倒下，引申为受到影响。⑨风正四方谓之雅：这句本于《毛诗序》中所说“形四方之风谓之雅”。风正四方，意为“正四方之

风”。风，指风俗。四方，天下。⑩雅容告神谓之颂：这句也是《毛诗序》中所说“颂者，美盛德之形容，以其成功告于神明者也”的简化。⑪序人：写人事。序，叙。⑫变正：指《诗经》有“正风”“正雅”和“变风”“变雅”。据郑玄《诗谱序》，自周懿王至陈灵公时期的作品为变风、变雅，周懿王以前的作品为正风、正雅。变风、变雅大部分是反映周政衰乱的作品。⑬纯：纯正（《颂》无正、变之分）。⑭以：因。公旦：周公，周武王之弟，名旦。周公封于鲁（今山东曲阜），因周公有功于周朝，周成王特许鲁国可用天子的礼乐祭祀周公，所以产生了《鲁颂》。⑮前王追录：《商颂》今存五篇，内容全是祭祀前代帝王的。春秋时，宋国（殷商之后）的正考父曾到周王朝校正《商颂》十二篇，以祀其先王。⑯宗庙：祖庙。正歌：纯正、严肃的颂歌。⑰宴飨（xiǎng）：用酒食招待客人，这里指酒席、宴会。⑱《时迈》：《诗经·周颂》中的一篇。⑲周公所制：据《国语·周语上》，《时迈》是周公所作。⑳哲人：贤智之人，这里指周公。㉑规式：规模范式。规，法度。㉒壅：堵塞。㉓舆：众。㉔韠（bì）：蔽膝，古代礼服的前饰，这里指朝服。㉕丘明：左丘明，春秋时鲁国太史，《左传》的作者。㉖颂：又作“诵”。㉗浸：逐渐。㉘三闾：指屈原，他在楚怀王时为三闾大夫，管理昭、屈、景三姓贵族。㉙覃：推，延及。细物：指《橘颂》中赞美的橘子。㉚秦政：指秦始皇，姓嬴，名政。刻文：指歌颂秦始皇的石刻。㉛爰：乃，于是。㉜惠：汉惠帝刘盈。公元前194—前188年在位。景：汉景帝刘启。公元前156—前141年在位。㉝亦有述容：惠帝和景帝在位时间都不长，景帝又崇尚黄老、不爱文学，但仍有人作颂。㉞充国：赵充国，西汉初人，因有武功，元帝时曾画其像于未央宫。㉟戴侯：东汉初窦融，他以武功封安丰侯，死后加号“戴”，故称戴侯。㊱史岑：字孝山，东汉作家。㊲《清庙》：《诗经·周颂》的第一篇。

## 译文

《风》《小雅》《大雅》《颂》，是诗理的极致，颂是这“四始”的极致。颂，意思是形容状貌，因此通过形容状貌来赞美盛德。从前帝喾的时候，咸黑曾作颂扬功德的《九招》等。从《诗经·商颂》以后，颂的写作方法就完备了。教化影响到一个诸侯国的作品叫作“风”，能影响到全国风俗的作品叫作“雅”，通过形容状貌来禀告神明的作品叫作“颂”。风和雅写人事，所以有“正风”“正雅”和“变风”“变雅”；颂是用来禀告神明的，所以内容必须纯正美善。鲁国因颂扬周公之功而编成《鲁颂》，宋国因祭祀祖先而辑录《商颂》，这都是用于宗庙的雅正乐歌，不是一般宴会场上的歌咏。《周颂》中的《时迈》一篇，是周公亲自写作的，这篇贤人写成的颂，为颂的写作留下了典范。每个老百姓都有自己的思想，表达其思想的口是堵塞不住的。春秋时晋国民众用“原田每每”来赞美晋军，鲁国人用“麛裘而鞞”来讽刺孔子，这些都是直接说出，不用歌咏，以简短的话来进行讽刺，左丘明和子顺，都把这种话当作颂来记载，这是有了变化的不正规的颂，颂本来是用以告神的，这种变化已渐渐用于人事了。到了屈原的《橘颂》，内容和文采都很美好，它用相似的东西来寄托情意，又把颂的内容推广到细小的事物上了。至秦始皇时的石刻文，乃是称颂秦始皇的功德。即使汉代的惠帝和景帝时期，也有描述形容的颂产生，所以，颂的写作是一代一代相继不断的。如扬雄表彰赵充国的《赵充国颂》，班固歌颂窦融的《安丰戴侯颂》，傅毅赞美汉明帝的《显宗颂》，史岑称述邓后的《和熹邓后颂》，有的学习《周颂》，有的模仿《鲁颂》或《商颂》，这些作品虽然深浅不同，详略各异，但它们赞美功德、显扬仪容，其基本法则是一致的。至于班固所写《北征颂》，傅毅所写《西征颂》，就把颂写成长篇的散文，岂不是因过分的褒奖而违反了颂的正常体制！马融的《广成颂》和《上林颂》，有雅的用意却写得很像赋，为什么如此玩弄文辞而远离颂的特点呢？还有崔瑗的《南阳文学颂》，蔡邕的

《京兆樊惠渠颂》，都是把序文写得很好，而精简了颂本身的篇幅。挚虞在《文章流别论》中对颂的评论，基本上是精确的，但其中说在颂的作品中“杂有一些风雅的内容”，而不弄清其根本意义，这不过是徒然发表一些不合实际的议论，和古代对于铸剑可用黄铜、白锡相杂的谬论差不多。到了魏晋时期的杂颂，一般没有超越正常的写作规则。曹植的作品，以《皇太子生颂》为代表；陆机的作品，只有《汉高祖功臣颂》较突出。不过，他们的作品中褒扬和贬抑混杂在一起，是魏晋时期颂体进行变化之后的作品了。

## 原文

**原夫颂惟典懿①，辞必清铄②。敷③写似赋，而不入华侈④之区；敬慎如铭⑤，而异乎规戒之域。揄扬以发藻⑥，汪洋⑦以树义。虽纤曲巧致⑧，与⑨情而变。其大体⑩所底，如斯而已。**

## 注释

①典懿：美好而不鄙俗。②清：明洁。铄：光彩。③敷：散布，陈述。④华侈：过分华丽。侈，太多。⑤铭：以警诫为主的一种文体。本书第十一篇《铭箴》对这种文体有专门论述。⑥揄扬：引举称赞。藻：文辞。⑦汪洋：广阔。这里是着眼于广阔事物的意思。⑧纤曲：细微。致：到。⑨与：随着。⑩大体：指颂的主要情况。

## 译文

颂的写作，唯有内容典雅，文辞明丽，铺写虽然近似赋，但未流于过分华靡的境地；严肃庄重有如铭，但又和铭的规劝警诫意义不同。颂是本着颂扬的基本要求来敷陈文采，从广义的意义上来确立内容，至于细致巧妙的描写，那就随作品的内容而变化，颂的写作，大概的情况就是这样了。

## 原文

**赞者，明也，助①也。昔虞舜之祀，乐正②重赞，盖唱发之辞③也。及益赞于禹④，伊陟赞于巫咸⑤，并扬言⑥以明事，嗟叹⑦以助辞也。故汉置鸿胪⑧，以唱言为赞，即古之遗语⑨也。至相如属笔⑩，始赞荆轲⑪。及迁《史》固《书》⑫，托赞褒贬⑬，约文以总录⑭，颂体以论辞。又纪传后评⑮，亦同其名⑯。而仲治《流别》⑰，谬称为述⑱，失之远矣。及景纯注《雅》⑲，动植必赞⑳，义兼美恶，亦犹颂之变耳。**



## 注释

①助：这里是辅助说明的意思。②乐正：古代乐官。③唱发之辞：指“赞”是歌唱之前所作的有关说明。《尚书大传》卷一中说，虞舜禅位给夏禹时，先由“乐正进赞”，然后唱《卿云》歌。④益赞于禹：益帮助禹征讨苗人时说：“只有修德能感动上天，那是没有远而不至的。自满招来损害，谦虚受到益处。这是天的常道。”益，舜的臣子。赞，这里是助的意思。⑤伊陟赞于巫咸：伊陟见到桑、穀（gǔ）并生，认为是不祥之兆，便告诉巫咸。伊陟、巫咸，相传都是殷帝太戊的臣子。赞，这里是告诉、说明的意思。⑥扬言：高声说话。⑦嗟叹：是一种富有感情色彩的表达方式。⑧鸿胪：官名，掌管朝贺、庆吊的司仪者。⑨遗语：指以上所举为古代留传下来口头上讲的赞语。⑩相如：司马相如。属笔：指写作。⑪赞荆轲：《汉书·艺文志》中说，司马相如等人有《荆轲论》五篇，今不存。《荆轲论》中可能有称赞荆轲的话。⑫迁《史》：司马迁的《史记》。固《书》：班固的《汉书》。⑬托赞褒贬：

《史记》各篇之后，大都有“太史公曰”；《汉书》各篇之后，大都有“赞曰”。其中有褒扬，也有批评，和过去的“赞”只表示赞扬不同。⑭总：总结。录：记录。⑮纪传后评：指《史记》最后一篇《太史公自序》和《汉书》最后一篇《叙传》，都是用来说明各书各篇写作之意。⑯亦同其名：和“赞”的名称相同。⑰仲洽：挚虞的字。《流别》：挚虞有《文章流别集》三十卷，今存《文章流别论》是其中分论文体的一部分。⑱谬称为述：挚虞称“述”的原文已佚。唐代颜师古在《汉书·叙传》的注中说，挚虞曾称《汉书·叙传》中的赞词为“汉书述”。⑲《雅》：指《尔雅》。⑳动植必赞：郭璞《尔雅序》中说，他注《尔雅》，还“别为音图，用袪示寤”。所以另成《尔雅图赞》二卷。此书隋代时已亡。严可均《全晋文》卷一二一辑得十之一二，鸟兽鱼虫，树木花果，都各有赞词。

## 译文

“赞”，意思就是说明，就是辅助。相传从前虞舜时的祭祀，非常重视乐官的赞辞，那就是歌唱之前要做说明的词句。至于益帮助禹时说的话，伊陟向巫咸所做的说明，都是以高声述说来说明事理，加强语气来帮助言辞。所以，汉代设置鸿胪官，他在各种典礼上呼喊礼拜的话就是“赞”，这些都是古代留传下来的说法。到司马相如进行写作，才在《荆轲论》中对荆轲进行了赞美。后来司马迁的《史记》和班固的《汉书》便借赞辞来进行褒扬或批评，那是用简要的文辞加以总结，用颂的体裁而加以议论；《史记》和《汉书》的最后，又各有一篇总评，它和“赞”的名称是相同的；可是挚虞的《文章流别论》，却把这种“赞”误称为“述”，那就差得很远了。后来郭璞注《尔雅》，无论是动物还是植物都写了“赞”，内容兼有褒扬和贬抑，这和上面所说魏晋以后的颂一样，也是赞体发生变化之后的作品。

## 原文

**然本其为义，事生奖叹，所以古来篇体，促而不广[1]，必结言于四字之句，盘桓乎数韵之辞[2]，约举以尽情，照灼以送文[3]，此其体也。发源虽远，而致用盖寡。大抵所归，其颂家之细条[4]乎？**

## 注释

①促：短。广：长。②盘桓：环绕。数韵：指篇幅不长。韵文一般两句一韵，数韵则在二十句之内。③照灼：明显。送：指写下去。④细条：分支。

## 译文

从“赞”的本义来看，它产生于对事物的赞美和感叹，所以自古以来，“赞”的篇幅都不长，都用四言句式，在一二十句左右，简单扼要地讲完内容，清楚明白地写成文辞，这就是它的写作要点。“赞”的产生虽然很早，但在实际生活中的运用不多，从它的大致趋向看，是“颂”的一个分支吗？

## 原文

**赞曰：容德[1]底颂，勋业垂[2]赞。镂影摛声[3]，文理有烂[4]。年迹[5]愈远，音徽如旦[6]。降及品物，炫[7]辞作玩。**

## 注释

①容德：形容德泽。②垂：留传，这里指写成。③镂影：描绘形象。镂，雕刻。影，像。摛：发布，这里指描写。④文理：指文章有条理。有：语词无意。烂：鲜明。⑤年迹：年代的意思。⑥音徽：徽音，指美好的德音，这里泛指古来优秀的颂、赞作品。徽，美，善。旦：初升的太阳。⑦炫：夸耀。

## 译文

总之，形容美德写成颂，赞扬功业写成赞。描绘形象和组成声韵，使文辞清晰而鲜明。这样的颂或赞，虽然年代久远，它的美好却像初升的太阳那样。后世用颂和赞来品评平常事物，往往是把它当作炫耀辞采的游戏。

# 十、祝盟篇

## 〔导　读〕

本篇以论述祝文为主，同时讲了与祝文相近的盟文。祝和盟都是古代“祝告于神明”的文体。盟文在历史上出现较晚，也没有多少文学意义。祝辞在上古人民和自然斗争中就经常用到，后世流传下来的祝辞，有的在没有文字以前便产生了。在有了文字以后，又多以长于文辞的人担任祝史，正如鲁迅所说：“连属文字，亦谓之文。而其兴盛，盖亦由巫史乎。”祝辞的写作，又注意“练句协音，以便记诵”（《汉文学史纲要·自文字至文章》）。所以，祝辞对文学的产生和发展，是有密切关系的。

本篇分祝和盟两大部分。第一段讲祝辞的产生及其发展情况，第二段讲祝辞的写作特点，第三段讲盟文的产生及其流弊，第四段讲盟文的写作特点。刘勰在本篇所论，并不否定鬼神的存在，这是他落后于当时先进思想家的地方。但有两点值得注意：一、他讲祝辞的产生，是“兆民”在生产活动中出于对风雨诸神的敬仰，而要有所报答或祈求，这反映了上古人民和自然斗争的淳朴思想。刘勰强调“利民之志”而反对移过于民，不满于向鬼神献媚取宠，或利用鬼神以自欺欺人。二、刘勰总结史实，从而认识到兴废在人，鬼神是靠不住的，所以明确提出“忠信可矣，无恃神焉”，要后人以此为警诫。

## 原文

**天地定位，祀遍群神。六宗既禋[①]，三望[②]咸秩。甘雨[③]和风，是生黍稷[④]，兆民所仰，美报兴焉。牺盛惟馨[⑤]，本于明德；祝史[⑥]陈信，资乎文辞。昔伊耆始蜡[⑦]，以祭八神[⑧]。其辞云："土反其宅[⑨]，水归其壑。昆虫毋作，草木归其泽[⑩]。"则上皇[⑪]祝文，爰[⑫]在兹矣。舜之祠[⑬]田云："荷此长耜[⑭]，耕彼南亩，与四海俱有[⑮]。"利民之志，颇形于言矣。至于商履[⑯]，圣敬日跻[⑰]，玄牡[⑱]告天，以万方罪己，即郊禋[⑲]之词也；素车祷旱[⑳]，以六事责躬[㉑]，则雩禜之文也[㉒]。及周之大祝，掌六祝[㉓]之辞。是以"庶物咸生"，陈于天地之郊[㉔]；"旁作穆穆[㉕]"，唱于迎日之拜；"夙兴夜处"，言于祔[㉖]庙之祝；"多福无疆"，布于少牢之馈[㉗]；宜社类禡[㉘]，莫不有文。所以寅虔于神祇[㉙]，严恭于宗庙也。**

## 注释

①六宗：六种受祭祀的神。六宗的说法很多，据《尚书·舜典》"禋于六宗"注，指四时、寒暑、日、月、星、水旱六种。禋（yīn）：祭天。②三望：祭泰山、黄河、海。③甘雨：有利于五谷生长的雨水。④黍（shǔ）稷（jì）：黄米一类的作物，这里泛指五谷。⑤牺盛（chéng）：祭品。牺，指用于祭祀的牛羊。盛，指放在祭器中的谷类。馨：香气。⑥祝史：负责祭祀祝文的官名。⑦伊耆：古帝名，一说为神农，一说为尧。蜡（zhà）：年终的祭祀。⑧八神：《礼记·郊特牲》郑玄注为先啬、司啬、农、邮表畷（zhuò）、猫虎、坊、水庸、昆虫。⑨反：返回。宅：住所，指土的本来位置。⑩泽：山泽，积聚之处。⑪上皇：指伊耆氏。⑫爰：于是。⑬祠：春天的祭祀叫祠。⑭耜：一种翻土的农具。⑮与四海俱有：有的版本"四海"二字前无"与"

字。⑯商履：商朝开国君主商汤之名。⑰圣敬：圣明恭敬之德。跻（jī）：向上，上升。⑱玄牡：黑色的公牛。⑲郊禋：祭祀上天。⑳素车：没有漆饰的车。祷旱：因干旱而求雨。㉑六事：《荀子·大略》载，商汤在祷辞中用六种过失责备自己，即政不节、使民疾、宫室荣、妇谒盛（内宠多）、苞苴行（贿赂行）、谗夫兴。躬：自身，自己。㉒雩（yú）：为求雨而举行的祭祀。禜（yǒng）：为求天晴而举行的祭祀。㉓六祝：《周礼·春官》载，六祝为六种祝祷，即顺祝（求丰年）、年祝（求福久）、吉祝（求福祥）、化祝（消灾）、瑞祝（求风调雨顺）、筴祝（远罪疾）。㉔天地之郊：指祭祀天地。㉕旁：巨大，广大。穆穆：美好的样子。㉖祔（fù）：新死者与祖先合享的祭祀。㉗少牢之馈：诸侯的卿大夫带着少牢到祖先的庙宇进行祭祀。少牢，指用羊、豕作为祭品。馈（kuì），献上祭品。㉘宜社：祭祀土地神。类：祭祀上帝。祃（mà）：祭祀军队驻扎地的神明。㉙寅虔：敬畏，虔诚。神祇（qí）：指天地诸神。



## 译文

开天辟地以来，各种神灵都受到祭祀。天地诸神既受尊祀，名山大川都按一定次序致祭，于是风调雨顺，各种谷物生长起来，由于亿万民众的仰赖，便对神灵做美好的报答。但供献馨香的祭品，要以光明的道德为根本，祝史陈说时诚心，就必须以文辞为凭借。相传古代的伊耆，开始在岁末祭祀有关农事的八位神灵，他的祭文说："泥土返回自己的位置吧，水也归还到山壑间去，危害庄稼的昆虫不要兴起，草木归生于山泽中去（不要生长在良田里）。"这就是上古皇帝的祝文了。虞舜在春天的祭田文中说："扛着长耜，在农田里努力耕作，四海之人都有穿有吃。"为民谋利的思想，已表现在言辞中了。到了商汤时期，圣明恭敬之德一天天高起来，他用黑色的公牛来告祭上天，把天下人的罪过都归在自己身上，这就是他告祭上天的祝辞；他乘坐没有修饰的车子去祈祷免除旱灾，列举六种过失责备自己，这就是他求雨祝祷的祝辞。到了周朝时的太祝，掌管六种祝祷的祝辞，因此"万物齐生"之类的祝辞，陈述于祭祀天地之礼；"光明普照”之类的祝辞，歌唱于迎接日神之祭；“早起晚睡”之类的祝辞，言说于新死者与祖先合享之祭；“多福无疆”之类的祝辞，公布于卿大夫以少牢祭祀祖先之时；出征时祭祀土地神、祭祀上帝、祭祀军队驻扎之地的神灵，没有不用祝辞的。这些都是用以表示对神灵的敬畏和虔诚，对宗庙祖先的庄重和恭敬。

## 原文

**春秋已下，黩祀谄祭①，祝币史辞②，靡神不至。至于张老贺室，致美于歌哭之祷③；蒯聩临战，获祐于筋骨之请④。虽造次颠沛⑤，必于祝矣。若夫《楚辞·招魂》，可谓祝辞之组丽⑥也。汉之群祀，肃其百礼⑦，既总硕儒之议，亦参方士之术。所以秘祝移过⑧，异于成汤之心；侲子驱疫⑨，同乎越巫之祝⑩：礼失之渐也。至如黄帝有祝邪之文⑪，东方朔有骂鬼之书⑫，于是后之谴咒⑬，务于善骂。唯陈思《诘咎》，裁以正义矣⑭。若乃《礼》之祭祝，事止告飨⑮；而中代⑯祭文，兼赞言行，祭而兼赞，盖引申而作也。又汉代山陵⑰，哀策流文⑱。周丧盛姬⑲，内史执策⑳，然则策本书赗㉑，因哀而为文也。是以义同于诔㉒，而文实告神。诔首而哀末，颂体而祝仪，太史所读，固祝之文者也。**

## 注释

①黩（dú）：轻慢不敬，此处作滥用讲。谄：谄媚。②祝币：祭祀时当作祭品用的币帛，泛指祭品。史辞：祝祷之辞。③“张老”二句：《礼记·檀弓下》载，晋国赵武宫室落成，大夫张老前往致贺说：“美哉轮焉，美哉奂焉，歌于斯，哭于斯，聚国族于斯。”④“蒯聩”二句：《左传·哀公二年》载，晋郑两国交战，卫国太子蒯聩跟随晋军作战，战前向祖先祷告，发愿“无绝

筋，无折骨，无面伤，以集大事”。⑤造次：匆忙，仓促。颠沛：困顿，挫折。⑥组丽：华丽而有文采。⑦百礼：各种礼仪，泛指各种祭祀。⑧秘祝移过：祝官秘密祷告，将灾祸推于他人。⑨侲（zhèn）子驱疫：古代一种驱除疫鬼的迷信活动，进行时，须选一百二十个童子举行驱鬼仪式。侲子，童子。⑩越巫之祝：《史记·封禅书》载，越人说敬鬼可以长寿，汉武帝便命令越巫立越祝祠。⑪“至如”句：《云笈七签·轩辕本纪》载，黄帝在东海之滨得到神兽，能言天下鬼神之事，黄帝便作祝邪之文。⑫“东方朔”句：东汉王延寿在《梦赋》序文中说，他幼时晚上睡觉曾看见鬼物，鬼物与他搏斗，于是他得到了东方朔给他的骂鬼书。⑬咒：指驱鬼除妖的口诀。⑭“唯陈思”二句：只有曹植的《诘咎文》，是采用正确的内容来撰写的。《诘咎文》，曹植所写的一篇祝文，文中诘问风雨之神。⑮“若乃”二句：《仪礼·少牢馈食礼》上记载了祭祖先时的祝辞，最后祷告神灵享用祭品。告飨（xiǎng）：祷告神灵享用祭品。⑯中代：汉魏时代。⑰山陵：指帝王的陵墓。⑱哀策：祭祀帝王陵墓时歌颂帝王、后妃功德的文章。流：传播，流传。⑲周：指周穆王。盛姬：指周穆王的妃子。⑳内史：古代官名，掌管爵禄废置等。策：这里指用来书写、登记随葬物品的简册。㉑策：此处指哀策文。书：书写。赗（fèng）：随葬的物品。㉒诔（lěi）：列举死者生前德行的哀祭文。

## 译文

春秋以后，滥用祭祀或祭祀不恰当的鬼神，祭祀的币帛，祝祷的言辞，以致无神不祭祀。至于晋国大夫张老祝贺赵武宫室落成，称赞宫室美好的同时还有祝主人长居于此的祷词；卫国的太子蒯聩在临战前，还请求祖先保佑自己不要断筋折骨。可见虽然在仓促、困顿之中，也必须祝祷的。如《楚辞·招魂》之类的作品，算是祝辞中最讲究文采华丽的了。汉代的各种祭祀，恭敬地采用了各种祭祀的礼仪，既汇总了大儒们的建议，又参考了方士们的法术。所以祝官可以秘密祷告将灾祸推给臣民，这和商汤在祝辞中把罪过归于自己不同；用童子举行驱鬼仪式在宫中驱除疫鬼，那就同越巫荒诞不经的祝祷完全一样了。这些都说明祝祷之礼在渐渐变质。又如，因为有了黄帝的祝邪之文，东方朔的骂鬼之书，从此以后谴责邪鬼的咒辞，都在尽力追求善于咒骂。只有曹植的《诘咎文》，采用正确的内容来撰写。而像《仪礼》所记载的祭祀祝辞，其内容只不过是祷告神灵享用祭品；而汉魏时代的祭祀文，还要赞美死者生前的德行，祭文中兼用赞语，大概是从古代祭辞中引申而来的。又有汉代祭祀皇帝的陵墓，有哀策文流传下来。周穆王的爱妃盛姬死后，有内史官手持策文，然而策文本就是用来书写随葬物品的，是为了表达哀思而形成的哀策文体。因此哀策的内容和诔相同，只是用于上告神灵的，它以诔的形式开头，以表示对死者的哀悼来结尾，像颂的体裁而又有祝的仪式，因而汉代太史在祭祀时所读的哀策，原本就是周代祝文的进一步发展。

## 原文

**凡群言务华，而降神务实，修辞立诚[①]，在于无愧。祈祷之式[②]，必诚以敬；祭奠之楷[③]，宜恭且哀：此其大较[④]也。班固之《祀涿山》[⑤]，祈祷之诚敬也；潘岳之《祭庾妇》[⑥]，祭奠之恭哀也：举汇[⑦]而求，昭然可鉴矣[⑧]。**

## 注释

①修辞立诚：《周易·文言》中说“修辞立其诚”。原指修理文教以立诚信，这里借指写祝文的真诚。②式：指祈祷文的体式。③祭奠之楷：祭奠文的法式。④大较：大略，大概。⑤《祀涿山》：班固有《涿邪山祝文》，今存四句，见《全后汉文》卷二十六。涿山，在今蒙古国西部。⑥潘岳：西晋文人。《祭庾妇》：指潘岳的《为诸妇祭庾新妇文》。今文残不全，见《全晋文》卷九十三。⑦汇：类聚。⑧昭：明。鉴：察看。

## 译文

各种文章都表现出一定的文采，用于降神的祝文则要求朴实，文辞的写作必须真诚，要于内心毫无惭愧。祈祷文的体式，须诚恳而恭敬；祭奠文的格式，应恭敬而哀伤：这就是写祝祷文的大致要求。如班固的《涿邪山祝文》，就是诚敬的祈祷文；潘岳的《为诸妇祭庾新妇文》，就是表示恭敬、哀伤的奠祭文。列举这类作品加以研究，其特点是显而易见的。

## 原文

**盟者，明也。骍旄白马[①]，珠盘玉敦[②]，陈辞乎方明[③]之下，祝告于神明[④]者也。在昔三王[⑤]，诅盟[⑥]不及。时有要[⑦]誓，结言而退。周衰[⑧]屡盟，弊及要劫[⑨]。始之以曹沫[⑩]，终之以毛遂[⑪]。及秦昭盟夷[⑫]，设黄龙[⑬]之诅；汉祖建侯[⑭]，定山河之誓[⑮]。然义存则克终，道废则渝始，崇替在人，咒何预焉。若夫臧洪歃辞，辞截云蜺；刘琨铁誓，精贯霏霜；而无补于汉晋，反为仇雠。故知信不由衷，盟无益也。**

## 注释

①骍（xīng）旄：赤色的牛。相传周平王东迁时，曾作“骍旄之盟”。白马：《汉书·王陵传》载，汉高祖刘邦曾杀“白马而盟”。②珠盘玉敦（duì）：盟誓用以盛血、食的器具，以珠玉为饰。③方明：用六面六色方木以象征上下四方的神明，这里泛指神像。④神明：神灵，天地诸神的总称。⑤三王：指夏、商、周三代帝王。⑥诅盟：誓约。⑦要（yāo）：约。⑧周衰：指东周时期。⑨弊：运用盟誓的流弊。要劫：要挟，强制，指下面所讲曹沫、

毛遂的行为。⑩曹沫：春秋时鲁国人。⑪毛遂：战国时赵国平原君赵胜的门客。⑫秦昭：战国时秦国的昭襄王。盟夷：和夷人订立盟约。夷，古代对我国边疆少数民族的称呼。这里指巴郡阆（làng）中（今四川阆中）一带夷人。⑬黄龙：指难得之物，用以表示秦人绝不侵犯夷人。⑭汉祖：汉高祖刘邦。建：封。⑮山河之誓：汉高祖刘邦的《封爵誓》中说："使河如带，泰山若厉。"

## 译文

"盟"的意思就是"明"。用赤色的牛、白色的马，盛放在珠玉为饰的祭器中，祝告于神像前的文辞，就是"盟"。早在夏、商、周三代时的帝王，没有盟誓，须要约誓时，用一定语言约定后便分开。到周代衰弱之后，就经常进行盟誓了，其流弊所致，竟出现要挟、强制的手段，开始是鲁国曹沫迫使齐桓公订盟，后来有赵国毛遂要挟楚王订盟。到秦昭襄王和南夷所订盟约，用珍异的"黄龙"表示决不侵犯夷人；汉高祖分封诸王侯的盟誓，用山河不变之意来寄望诸侯保持长久。但任何盟誓，只有坚持道义才能贯彻到底，道义不存就会改变原来的盟誓，可见盟约是遵守还是废除在于人，盟辞中的诅咒之语能有何作用。如臧洪讨伐董卓的《酸枣盟辞》，真是气断长虹；晋代刘琨的《与段匹磾盟文》，也写得意志坚定。但他们的誓约，不仅未能挽救汉晋的灭亡，当初订盟的双方后来反而成为仇敌。由此可见，信誓之言如不出自真心诚意，即使订盟也是毫无用处的。

## 原文

**夫盟之大体，必序危机，奖忠孝，共存亡，戮心力①；祈幽灵②以取鉴，指九天以为正③；感激④以立诚，切至以敷辞⑤，此其所同也。然非辞之难，处辞⑥为难。后之君子，宜存殷鉴⑦。忠信可矣，无恃⑧神焉。**

## 注释

①戮心力：合力同心。戮，同“勠”，并力，合力。②幽灵：鬼神。③九天：九方之天，这里泛指天。正：同“证”。④感激：有所感动而奋发的心情。⑤敷辞：指写作盟辞。⑥处辞：指用实际行动来对待盟约。⑦殷鉴：借鉴，原意是殷人以夏之灭亡为鉴。⑧恃：依靠。

## 译文

“盟”这种文体的主要特点，是必须叙述危急情况，奖励忠孝的品德，约定同生共死，要求合力同心，请求神灵来监视，指上天来做证；以激动之情来确立诚意，并用恳切的心态来写成盟辞，这就是它的共同点。但“盟”这种文体，不在于文辞难写，而难在用实际行动来对待所写之盟辞。对于后来的盟誓者，这是值得引以为戒的。讲求忠信就行了，不要依靠神灵。

## 原文

**赞曰：毖祀钦明[①]，祝史惟谈[②]。立诚在肃，修辞必甘[③]。季代弥饰[④]，绚[⑤]言朱蓝。神之来格[⑥]，所贵无惭。**

## 注释

①毖（bì）：谨慎。钦明：《尚书·尧典》中说，尧有“钦、明、文、思”四种道德，所以能安其所当安者。这里借以泛指祝盟者应有的道德。②谈：说，指祝辞。这里用“谈”字是为了和“甘”“蓝”“惭”等字押韵。③甘：美。④季代：末代，和本书《时序》篇中“季世”同指晋代以后。

弥：更加。⑤绚：文采华丽。⑥格：来，至。

## 译文

总之，慎重的祭祀基于祭祀者自己的道德，祝史的职责主要是写祝辞。道德的实诚在于严肃，祝盟的文辞必须写得美善。晋代以后更重文饰，祝盟就写得华丽。要是真的能感召神灵，应以诚信无愧为贵。

# 十一、铭箴篇

## 〔导 读〕

铭、箴是我国古代两种较早的韵文。本篇讲到的一些具体作品，如黄帝、夏禹、成汤等人的铭，夏、商两代的箴，虽为后人伪托，但从大量史料和文物来看，刘勰“盛于三代”的说法，基本上是符合史实的；至少在商、周两代，这方面的作品是大量产生了。汉、魏以后，除碑文渐盛而“以石代金”外，这两种文体都如刘勰所说“罕施后代”了。所以，本篇概括说明了铭、箴二体在我国古代从产生、盛行到渐衰这一过程的基本面貌。

全篇分三个部分。第一部分讲铭的意义和发展情况，第二部分讲箴的意义和发展情况，第三部分讲铭、箴二体的异同及其基本写作特点。古代这方面优秀的作品不多，本篇对有关作家作品的评论，也是批评多而肯定少。但无论批评或肯定，都有些不恰当。如：对张载的《剑阁铭》，崔骃、胡广的《百官箴》，都评价太高；对李尤、王朗作品的批判，却从狭隘的封建观念出发，批判得并不得当。但刘勰对铭、箴二体总的要求，是内容要有警诫过失的实际作用，文辞必须简明确切；而对那种荒诞不实的神怪之说，则发出了“可怪”“可笑”的尖锐批判。在南朝形式主义文风盛行之下，这是有一定现实意义的。

## 原文

昔帝轩刻舆几以弼违①，大禹勒笱虡而②招谏；成汤盘盂③，著日新之规④；武王⑤户席，题必戒之训⑥。周公⑦慎言于金人；仲尼革容⑧于欹器，列圣⑨鉴戒，其来久矣。故铭者，名也，观器必名焉，正名审用，贵乎慎德⑩。盖臧武仲⑪之论铭也，曰："天子令德⑫，诸侯计功，大夫称伐⑬。"夏铸九牧⑭之金鼎，周勒肃慎之楛矢⑮，令德之事⑯也；吕望铭功于昆吾⑰，仲山镂绩于庸器⑱，计功之义也；魏颗⑲纪勋于景钟，孔悝⑳表勤于卫鼎，称伐之类也。若乃飞廉有石椁之锡㉑，灵公㉒有夺里之谥，铭发幽石㉓，吁可怪矣㉔。赵灵勒迹于番吾㉕，秦昭刻博于华山㉖，夸诞示后，吁可笑也！详观众例，铭义见矣。至于始皇勒岳，政暴而文泽，亦有疏通之美焉。若班固燕然之勒㉗，张昶华阴之碣㉘，序亦盛㉙矣。蔡邕铭思，独冠古今；桥公之钺㉚，吐纳典谟㉛；朱穆之鼎㉜，全成碑文，溺所长也。至如敬通杂器㉝，准矱武铭㉞，而事非其物，繁略违中。崔骃品物㉟，赞多戒少；李尤积篇㊱，义俭辞碎。蓍龟神物㊲，而居博弈之下；衡斛嘉量㊳，而在臼杵之末：曾名品之未暇，何事理之能闲㊴哉！魏文九宝㊵，器利辞钝。唯张载《剑阁》㊶，其才清采，迅足骎骎㊷，后发前至，勒铭岷汉㊸，得其宜矣。

## 注释

①帝轩：指黄帝，传说中的古代帝王。几：案。相传黄帝在舆、几上刻铭文。弼违：纠正过失。弼，纠正。②大禹：夏禹，夏王朝的第一个帝王。勒：刻。笱（sǔn）虡（jù）：钟磬的架子，横木叫虡，旁柱叫虡。③成汤：商王朝的第一个帝王。盘盂：食器，这里传为汤的《盘铭》。④规：劝正。

⑤武王：周武王，周王朝的第一个帝王。⑥必戒之训：指周武王铭文中所讲必须警诫的教训，如《席四端铭》中的“安乐必敬”“无行可悔”等。⑦周公：周武王之弟，名旦，周初重要功臣。⑧革容：脸色因激动而变化。⑨列圣：指上述黄帝、夏禹、商汤、周武王、周公、孔子等人。⑩“观器”三句：又作“观器必也正名，审用贵乎盛德”。⑪臧武仲：春秋时鲁国大夫。⑫令德：美德，这里指铭其美德。⑬称伐：指铭其征伐之劳。⑭九牧：九州之长。⑮肃慎：古国名。在今黑龙江东南部。楛（hù）矢：箭。楛，木名，茎可做箭杆。⑯令德之事：《左传·宣公三年》说，由于“夏之方有德”，所以九州牧献金铸鼎；《国语·鲁语下》说，周武王“欲昭其令德之致远”，才在箭上刻铭。所以说二例都是有关“令德之事”的。⑰吕望：本姓姜，名尚，周初重要功臣。昆吾：传为古代产铁山名，也是善冶铁的工匠名。⑱仲山：指仲山甫，周宣王时的卿士。镂：雕刻。绩：功。庸器：记功的铜器。⑲魏颗：春秋时晋国将领。⑳孔悝（kuī）：春秋时卫国大夫。㉑飞廉：有的史书作“蜚廉”，商纣王的臣下，秦国的祖先。锡：赏赐。㉒灵公：指春秋时卫灵公。㉓幽石：指埋藏在地下的石椁。㉔吁：表示怀疑的惊叹词。可怪：飞廉与卫灵公两个人的传说都荒唐无稽，刘勰并不相信。㉕赵灵：指战国时赵武灵王，自号主父。番（pán）吾：在今河北平山南。㉖秦昭：指战国时秦昭王。博：古代一种棋局游戏。华山：在今陕西东部。㉗燕然之勒：指班固的《封燕然山铭》，为歌颂东汉窦宪北征的功绩。㉘张昶（chǎng）华阴之碣：汉末作家张昶有《西岳华山堂阙碑铭》。碣，圆顶石碑。㉙序亦盛：指《封燕然山铭》和《西岳华山堂阙碑铭》都有很长的序。㉚桥公之钺：指蔡邕的《桥玄黄钺铭》。桥公，即桥玄，汉末官僚。㉛吐纳典谟：写作模仿《尚书》。吐纳，写作。典谟，即《尚书》，其中有《尧典》《皋陶谟》等。㉜朱穆之鼎：指蔡邕为歌颂朱穆而作的《鼎铭》。朱穆，东汉人。㉝敬通：东汉初年作家冯衍的字。杂器：指冯衍的《刀阳铭》《刀阴铭》《杖铭》等。㉞准矱（huò）：把它作为尺度。武铭：指周武王的《席四端铭》等。㉟崔骃（yīn）：东汉作家。品：评量。㊱李尤：东汉作家。积篇：指李尤所作的众铭文。㊲蓍（shī）：古代占卜用的蓍草。龟：龟甲。㊳衡：秤。嘉：美好，引申为重要的意思。㊴闲：通“娴”，娴熟，熟练。㊵魏文：指魏文帝曹丕。九宝：指曹丕在《典

文心雕龙

论·剑铭》中提到的九种宝器，三把剑、三把刀、两把匕首和一把露陌刀，借指《剑铭》。㊶张载：西晋作家。《剑阁》：指张载的《剑阁铭》。㊷骎（qīn）骎：马快跑的样子，此处借喻张载的文才。㊸岷汉：岷山和汉水，此指剑阁山。

## 译文

相传从前轩辕黄帝在车厢、桌案等物上雕刻铭文，用以帮助自己警惕过错；夏禹曾在乐器架上雕刻铭文，表示希望听取他人的意见；商汤王的《盘铭》，提出“一天要比一天新”的规劝；周武王的《户铭》《席四端铭》等，写了必须警诫的教训；周公在铜像上的铭文中，强调“语言要谨慎”；孔子在鲁桓公庙中，见到欹器而激动得变了脸色。可见先代圣贤，长期以来就注重鉴戒了。铭，就是名称，观察器物必须了解它的名称，正定名称而明确其作用，是为了重视言行谨慎这种美德。鲁国的臧武仲论铭曾说，写铭文，对天子应以颂扬其美德为主，对诸侯应以肯定其功绩为主，对大夫则只能称赞其征伐的劳苦。如夏代帝王有德，九州的首领便送上金属，铸成金鼎，周代帝王为了传示其美德于后代便在肃慎国送来的箭上雕刻铭文，这就是关于颂扬美德的例子；吕望辅助周武王的功绩，曾用金属铸成铭文，仲山甫辅佐周宣王的功绩，也曾刻在周代的记功器上，这就是关于记叙功绩的例子；晋国魏颗的战功曾刻在晋国的景公钟上，卫国孔悝勤于国事的功劳被记在卫国的鼎上，这就是只称征伐之劳的例子。至于说飞廉得到天赐的石椁，卫灵公得到地下石制外棺上的谥号，铭文竟出现在地下的石椁上，这就太奇怪了。又说赵武灵王曾派人在番吾山上刻他的大脚印，秦昭王叫人在华山上刻了个大棋局，都是用虚夸不实的铭刻来明示后人，这就很可笑了！仔细看看以上正反两面的例子，铭文的意义就很清楚了。到了秦始皇刻石山岳，秦朝的政治虽然残暴，但这些刻石的文字却较为润泽，也有其畅达之美。像班固的《封燕然山铭》，张昶的《西岳华山堂阙碑铭》，其序文也是很长了。蔡邕的铭文，堪称古今第一，像歌颂桥玄的《黄钺铭》，其文辞效法《尚书》；赞美朱穆的《鼎铭》，却完全写成了散体碑文，这是蔡邕擅长写碑文而不觉陷于其中的原因。至于像冯衍所作的刀、杖、车等各类杂器的铭文，虽以周武王的铭文为准则，但却写得事不称物，详略也不得当。崔骃品量器物的铭文，赞颂多而鉴戒少；李尤所作的大量铭文，内容单薄而文辞琐碎。蓍草、龟甲之类的是占卜用的神物，却与戏玩的博具、围棋掺杂在一起；秤和斛是重要的衡量器物，却放在杵臼之后。连器物的名称、品第都未来得及考虑，又怎谈得上熟知事物的道理呢？曹丕的《剑铭》列举了九种宝物，所写刀剑是那样锋利而文辞却很钝拙。只有张载的《剑阁铭》，显得才思清丽而文采斐然，犹如快马疾驰，后来者居上，将《剑阁铭》铭刻在岷山、汉水之间，那是十分合适的。

## 原文

**箴①者，针也，所以攻疾防患，喻针石②也。斯文之兴，盛于三代。夏、商二箴③，余句颇存。周之辛甲，百官箴阙，唯《虞箴》④一篇，体义⑤备焉。迄至春秋，微而未绝。故魏绛⑥讽君于后羿，楚子训民于在勤⑦。战代⑧以来，弃德务功，铭辞代兴，箴文萎⑨绝。至扬雄稽古，始范⑩《虞箴》，作卿尹、州牧二十五篇⑪。及崔、胡补缀⑫，总称《百官》，指事配位，鞶鉴有征⑬，信所谓⑭追清风于前古，攀辛甲于后代者也。至于潘勖⑮《符节》，要而失浅；温峤《侍臣》⑯，博而患繁；王济⑰《国子》，引多而事寡⑱；潘尼⑲《乘舆》，义正⑳而体芜：凡斯继作，鲜有克衷㉑。至于王朗㉒《杂箴》，乃置巾履㉓，得其戒慎，而失其所施㉔，观其约文举要，宪章武铭㉕，而水火井灶㉖，繁辞不已，志有偏也。**

## 注释

①箴：劝告。②针石：石针，古代用石针治病。③夏、商二箴：《逸周书·文传解》引《夏箴》数句，《吕氏春秋·应同》引到《商箴》数句。但这些未必是夏商时的作品。④《虞箴》：指《虞人之箴》，见《左传·襄公四年》。⑤体义：指箴这种文体的基本格式和内容。⑥魏绛：春秋时晋国人。⑦楚子：指楚庄王。在勤：《左传·宣公十二年》载，栾（luán）武子说，楚庄王经常教育国人，曾箴之曰："民生在勤，勤则不匮。"⑧战代：战国时代。⑨萎：衰。⑩范：模范，这里作动词用，指学习，模仿。⑪卿尹、州牧：均官名，这里指扬雄所作《冀州箴》《司空箴》《宗正卿箴》等二十多篇各种官吏的箴文。载《全汉文》卷五十四。⑫崔：指东汉文人崔骃、崔瑗父子。胡：胡广，字伯始，东汉大官僚。他们继扬雄补写各种官吏的箴文，共四十八篇，叫作《百官箴》。⑬鞶（pán）：官服的束衣带。鉴：镜，指装饰在鞶带上的铜镜。征：验证。⑭信所谓：唐写本作"可谓"，无"信"字。译文据"可谓"二字。⑮潘勖（xù）：字元茂，汉末作家。他的《符节箴》已佚。⑯温峤（qiáo）：字太真，东晋初文人。侍臣：指温峤的《侍臣箴》，见《艺文类聚》卷十六。⑰王济：字武子，西晋作家。他的《国子箴》已佚。⑱引多而事寡：又作"引广事杂"。⑲潘尼：字正叔，西晋作家。他的《乘舆箴》载《晋书·潘尼传》。⑳义正：《乘舆箴》虽从封建统治者长治久安的愿望出发，但其中讲到"天下非一人之天下，乃天下之天下""故人主所患，莫甚于不知其过，而所美莫美于好闻其过"等，刘勰评以"义正"，在当时是有可取之处的。㉑衷：中，恰到好处。㉒王朗：字景兴，三国时魏国文人。㉓巾：指头巾。履：鞋。㉔失其所施：刘勰在本篇第三部分说："箴诵于官，铭题于器。"古代的箴多用于劝诫帝王，王朗在《杂箴》中讲到巾、履之类，所以刘勰认为其用非其所。㉕宪章：法度。这里用作动词，指学习。武铭：指周武王的铭文。㉖水火井灶：今存王朗《杂箴》中说，要使冬天像夏天那样温暖，没

有火灶怎么行？要使夏天像冬天那样凉快，没有井水怎么行？

## 译文

箴，就是针刺，用以批评过错，防止祸患，好比治病的石针。这种文体兴起后，盛行于夏商周三代。《夏箴》和《商箴》，还留下数句残余的句子。周代的辛甲，要求各种官吏都写箴文，用以针刺天子的过失，其中只有《虞人之箴》一篇，箴体的格式和内容都比较完备。到春秋时期，这种文体逐渐少起来，但还未衰绝。所以晋国魏绛曾用《虞人之箴》中讲的后羿来讽谏晋君，楚庄王曾用“民生在勤”等话来劝诫国人。战国以后，抛弃道德，专求有功，因此，铭文代之而兴，箴文就基本上绝迹了。到了汉代，扬雄模仿古人作品，才效法《虞人之箴》，写了卿尹、州牧等各种官吏的箴文共二十五篇。后来崔骃、胡广等又加以补写，总称为《百官箴》，按照不同的官位，提出应该规诫的事项，充分发挥鉴戒的作用，可以说是学习古人的清风、继承辛甲的做法了。汉末潘勖的《符节箴》，简要却失于肤浅；东晋温峤的《侍臣箴》，内容广博却过于繁杂。西晋王济的《国子箴》，虽然旁征博引，内容却很贫乏；潘尼的《乘舆箴》，内容正确，但体例又过于芜杂。这些相继出现的作品，很少有写得恰到好处的。至于魏国王朗的《杂箴》，把头巾、鞋子也写了进去，虽也有了规诫谨慎的意义，但在箴中写这种东西是不恰当的，《杂箴》的文辞简明扼要，是学周武王的铭写的，但写一些水火井灶之类，就显得啰唆了，这是立意不正造成的。

## 原文

**夫箴诵于官，铭题于器，名用[①]虽异，而警戒实同。箴全御过，故文资确切；铭兼褒赞，故体贵弘润[②]。其取事也必核以辨[③]，其摛[④]文也必简而深，此其大要也。然矢言之道盖阙[⑤]，庸器之制久**

**沦[6]，所以箴铭寡用[7]，罕[8]施后代。惟秉文[9]君子，宜酌其远大焉[10]。**

## 注释

①名用：又作“名目”。②弘润：指《文赋》所说“铭博约而温润”。③核：核实，符合事实。辨：明，清楚。④摛：发布。⑤矢：正直。阙：缺少。⑥沦：沉没。⑦寡用：一作“异用”。⑧罕：稀少。⑨秉文：写作。秉，操，持。⑩酌：择善而取。远大：指上面说的弘润、深远。

## 译文

箴是官吏对帝王的讽诵，铭是题在器物上的，它们的名称和用途虽然不同，但引起的警诫作用是一致的。箴主要用来防止过失，所以文辞必须准确切实；铭则兼有褒扬赞美的作用，因此，其篇体以宏大、润泽为贵。总的来说，铭和箴所讲的事，都必须确实而清楚明白，所用的文辞都必须简要而深远，这就是铭、箴二体在写作上的基本要求。但由于说直话的风气逐渐消失，记功的制度也不存在已久，所以这两种文体都很少用，也就很少施行于后代了。今后的作者，应注意取其宏大、润泽的特点。

## 原文

**赞曰：铭实器表[1]，箴惟德轨。有佩[2]于言，无鉴于水[3]。秉兹贞厉[4]，敬乎言履[5]。义典[6]则弘，文约为美。**

## 注释

①表：明，这里作动词用。②佩：结在衣带上的装饰物。这里指铭记于心。③无鉴于水：《国语·吴语》伍子胥谏吴王“王其盍（何不）亦鉴于人，无鉴于水”。韦昭注：“鉴，镜也。以人为镜，见成败；以水为镜，见形而已。”刘勰所说“无鉴于水”，就是用这个意思。④贞：正。厉：劝勉。⑤履：行为，实践。⑥典：常道，这里指合于常道。

## 译文

总之，铭主要是彰明器物，箴主要是规范道理。应该牢记警诫的语言，而不要徒取铭、箴的形式。要用这种贞正的勉励，来警惕人的实际行为。内容合于常道就能宏大，文辞则以简要为美。

# 十二、诔碑篇

## 〔导　读〕

碑和铭有密切关系。上篇对铭体的论述并不全面，就因为有的铭文也是碑文。因此，这两篇应该联系起来看。

本篇分论诔和论碑两大部分，共四段：第一段讲诔的意义及其发展情况，侧重于讲体制源流、形式技巧的发展和作家作品在这方面的得失。诔主要是为哀悼死者并称述其功德，本篇除讲述这种类型外，还讲到以追述祖先功德为主的颂诗，和以叙述哀情为主的诔。但颂诗并不是诔，这个界限，刘勰没有讲清楚。第二段讲诔的写作特点，要求生动地再现死者的形象，文辞有感人的艺术力量。第三段讲碑的意义及其发展情况。碑的原始意义有两种：一是记功和祭天地，一是拴祭祀牲畜的石柱，后来才发展为记叙功德为主的碑文。未死的人有功，也可刻石记功，这种刻石也叫碑，刘勰已列入铭体，所以本篇主要讲为死者所写的碑。第四段讲写作碑文的基本要求，同时讲到碑和铭、诔的关系。一般碑文、诔文和文学艺术的关系不大。但正如刘勰所说“资乎史才”“其序则传”等，它和传记文学有一定的联系。按刘勰的要求，要使所写的人能如见其面，其辞能令人闻之而悲，并靠优秀的碑文、诔文，使人能永传后世，这就涉及人物描写的一些艺术要求，其中有些意见还是可取的。

## 原文

周世盛德，有铭诔[1]之文。大夫之材，临丧能诔[2]。诔者，累也。累其德行，旌[3]之不朽也。夏、商已前，其词靡[4]闻。周虽有诔，未被于士[5]。又贱不诔贵，幼不诔长[6]。其在万乘[7]，则称天以诔之。读诔定谥[8]，其节文[9]大矣。自鲁庄战乘丘[10]，始及于士。逮尼父之卒[11]，哀公[12]作诔，观其慭遗[13]之辞，呜呼[14]之叹，虽非睿作，古式[15]存焉。至柳[16]妻之诔惠子，则辞哀而韵长矣。暨[17]乎汉世，承流而作。扬雄之诔元后[18]，文实烦秽，“沙麓”撮其要[19]，而挚[20]疑成篇，安有累德述尊，而阔略[21]四句乎！杜笃[22]之诔，有誉前代；《吴[23]诔》虽工，而他篇颇疏[24]，岂以见称光武[25]而顾盼千金哉！傅毅[26]所制，文体伦序[27]，孝山、崔瑗[28]，辨洁[29]相参，观其序事如传，辞靡律调[30]，固诔之才也。潘岳构意，专师孝山，巧于序悲，易入新切，所以隔代相望，能徽厥声者也[31]。至如崔骃[32]诔赵，刘陶[33]诔黄，并得宪章[34]，工在简要。陈思叨名[35]，而体实繁缓，《文皇诔》末，百言自陈，其乖甚矣。若夫殷臣咏汤，追褒玄鸟之祚[36]；周史歌文，上阐后稷之烈：诔述祖宗，盖诗人之则也。至于序述哀情，则触类而长。傅毅之诔北海[37]，云“白日幽光，淮雨杳冥”，始序致[38]感，遂为后式，影[39]而效者，弥取于工矣。

## 注释

①诔：哀悼死者的一种文体，主要是列举死者的德行。②“大夫之材”二句：郑玄注《诗经·鄘风·定之方中》说，“丧祭能诔，……可以为大夫”。刘勰就是用的这个意思。③旌：表扬。④靡：无，没有。⑤被：加，及。士：身份低于卿、大夫而高于庶民的人。⑥“贱不诔贵”二句：这两句

是《礼记·曾子问》中的话。这种严格的等级观念，春秋战国以后便逐渐被废弃了。⑦万乘：有万乘兵车，指帝王。⑧谥：封建社会对帝王大臣死后所加的封号。⑨节文：这里指礼的仪式。⑩鲁庄：指春秋时的鲁庄公。乘(shèng)丘：鲁国地名，在今山东滋阳西北。《礼记·檀弓上》载：鲁庄公在乘丘和宋国人打仗，因马惊翻车，鲁庄公从车上跌下，便责怪两个驾车的人。驾车者只得承认自己“无勇”，便奋力赴敌而死。后来才发现翻车的原因是马中箭受惊。鲁庄公因错怪御者，便对他们作诔加谥。⑪逮：及。尼父：指孔子。⑫哀公：指鲁哀公，和孔子同时的鲁国国君。⑬慭（yìn）遗：鲁哀公为孔子所作诔文中讲到：上天“不慭遗一老”。意思是上天不肯留下这位老人。慭，宁愿。⑭呜呼：鲁哀公的诔文中有“呜呼哀哉”，表示哀叹之意。⑮古式：鲁哀公所作《孔子诔》，是古代留传下来最早的一篇诔文，所以称为“古式”。⑯柳：指柳下惠，春秋时鲁国人，即展禽，名获，居柳下，谥曰惠。相传，柳下惠死后其妻曾所作《柳下惠诔》，见《列女传》卷二。⑰暨：及。⑱元后：西汉元帝皇后王政君。扬雄的《元后诔》见《艺文类聚》卷十五、《全汉文》卷五十四。⑲沙麓：沙山脚下，指元后生长的地方，在今河北大名县。撮：取出一小部分。扬雄的《元后诔》原文很长，《汉书·元后传》只摘录了“沙麓之灵”等四句。⑳挚：指挚虞。这里所说他对《元后诔》的论述，可能是他的《文章流别论》的逸文。㉑阔略：简略。㉒杜笃：字季雅，东汉文人。《后汉书·杜笃传》说，他由于给吴汉的诔文写得比他人好，受到光武帝的称赞。㉓吴：指吴汉，字子颜，东汉初年著名武将。杜笃的《大司马吴汉诔》尚存，但不全，见《艺文类聚》卷七十四。㉔疏：粗疏。㉕光武：东汉光武帝刘秀。㉖傅毅：他作的诔今存《明帝诔》《北海王诔》两篇，载《全后汉文》卷四十三。㉗伦序：伦次，指为文有次第。㉘孝山：苏顺，字孝山，东汉文人。崔瑗：字子玉，东汉文人。㉙辨洁：明辨简约。㉚靡：细。律调（tiáo）：音律调和。㉛徽：美。厥：其。声：名声。㉜崔骃：东汉作家。㉝刘陶：东汉作家。㉞宪章：准则，法度。㉟叨（tāo）名：不该得而得的声名。㊱玄鸟：指《诗经·商颂》中的《玄鸟》篇，是歌颂商朝先祖的诗篇，开篇有“天命玄鸟，降而生商”的诗句。玄鸟，燕子。祚（zuò）：赐福。㊲北海：指北海静王刘兴。㊳致：表达。㊴影：影子一样地追随。

## 译文

周代帝王的德泽盛大，所以有铭诔产生。（古人说过）能胜任大夫的人才，遇有丧事必须能写出诔文来。所谓诔，就是积累，就是列举死者的德行，加以表彰而使之永垂不朽。夏、商两代以前，没有关于诔的传闻。周代虽然有诔，也不盛行，因为在当时诔还不能用于普通官吏。并且低贱的人不能为高贵的人作诔，晚辈也不可给长辈作诔，所以帝王死后，只能由上天来作诔。宣读诔文、定立谥号，那时在礼仪上是有一套严格规定的。自从春秋时鲁庄公战败于乘丘而错怪驾车的人，诔才开始用到下级官吏。孔子死后，鲁哀公给他作了诔文，从其中所讲“上天不愿留下这位老人”和“呜呼哀哉”的悲叹来看，虽然不算很高明，但古代诔文的基本格式已经具备。到鲁国柳下惠的妻子作《柳下惠诔》，就是文辞悲哀且篇幅较长的作品了。到了汉代，继承前人来写作。如扬雄的《元后诔》，文辞本来是相当繁杂的，《汉代·元后传》中只摘要性地提到“沙麓之灵”四句，晋代挚虞却怀疑是《元后诔》的全文，岂有累述尊贵者的德行，只写寥寥四句呢！东汉杜笃的诔文，在前代颇负声誉；他的《吴汉诔》虽然不错，其他诔文却比较粗疏，怎能因《吴汉诔》一篇受到光武帝的称赞，就使他的全部作品变得贵重起来！傅毅所写的诔，文辞体制，颇有伦次，苏顺、崔瑗二人的作品，也写得明白而简要，看他们的诔文，叙事如史传，文辞细致、音律协调，的确是写诔的高手。潘岳作诔文的构思，专学苏顺，巧于叙述悲伤的情感，容易达到新颖恳切的境界，所以他能和苏顺隔代相望，获得美好的声誉。至于崔骃为赵氏作的诔文，刘陶为黄氏作的诔文，都得到了诔文的法度，好在简明扼要。陈思王曹植的诔文徒有其名，体制实在烦冗迂缓，他在《文帝诔》的末尾，竟然用百余言来自我陈述，这就背离了诔文的写作要求。至于殷代臣民歌颂商汤，在《玄鸟》诗中追述上天的赐福；周代的史官赞颂文王，在《生民》诗中追颂后稷的功业。可见累列陈述祖宗的功德，这是《诗经》作者的写法。至于述写哀情，就受相关事物的刺激产生联想来增强抒情。傅毅所作的《北海王诔》，说“太阳变得暗淡，大雨使天地一片昏暗”，开始叙述便表达哀情，于是成了后世效仿的模式，那些仰慕而效法的，就写得越来越工巧了。

## 原文

**详夫诔之为制①，盖选言录行，传体而颂文，荣②始而哀终。论其人也，暧乎若可觌③；道④其哀也，凄焉如可伤。此其旨⑤也。**

## 注释

①制：法度。②荣：指死者在生时的功德。③暧（ài）：好像。觌（dí）：看见。④道：唐写本作“述”。⑤旨：要旨。

## 译文

仔细研究诔这种文体的写作方法，大致是选录死者的言论，记叙死者的德行，以传记的体裁而用颂的文辞，前面是称赞死者的功德，后面表达哀伤的情意。讲到这个人，就要使人隐隐约约看得见；叙述哀情，就要使其凄怆之情令人伤痛。这就是写诔文的基本要求。

## 原文

**碑者，埤也①。上古帝王②，纪号封禅③，树石埤岳，故曰碑④也。周穆纪迹于弇山之石⑤，亦古碑之意也⑥。又宗庙有碑，树之两楹⑦，事止丽牲⑧，未勒⑨勋绩，而庸器⑩渐缺，故后代用碑，以石代金，同乎不朽。自庙徂⑪坟，犹封墓⑫也。自后汉以来，碑**

**碣[13]云起，才锋所断[14]，莫高蔡邕[15]。观《杨赐[16]》之碑，骨鲠[17]训典，《陈》、《郭》二文[18]，词无择[19]言，《周》、《胡》众碑[20]，莫非精允[21]。其叙事也该[22]而要，其缀[23]采也雅而泽。清词转[24]而不穷，巧义出而卓立。察其为才，自然至矣。孔融[25]所创，有摹伯喈。《张》、《陈》两文[26]，辨给[27]足采，亦其亚[28]也。及孙绰[29]为文，志在碑，《温》、《王》、《郗》、《庾》[30]，辞多枝杂，《桓彝》[31]一篇，最为辨裁矣[32]。**

## 注释

①埤（pí）：增加。刘勰多用音近的字来解释文体的含义，很难全部找到合适的字；以“埤”释“碑”，就很勉强。②帝王：又作“帝皇”。③纪号：记功绩。号，告，古代帝王表功明德以告臣下的意思。封禅：古代帝王受命后祭天祭地的典礼。④故曰碑：上古刻石，并不称“碑”，秦始皇诸刻石也未称“碑”，汉以后才称刻石为碑。⑤周穆：指西周穆王。弇（yǎn）山：崦（yān）嵫（zī）山，在今甘肃境内。古代神话传为日没之处。《穆天子传》中说，周穆王曾在这里刻碑记功。⑥“亦古碑”句：明人徐师曾《文体明辨序说·碑文》中引到这段话，无“亦古碑之意也”句，下有：“秦始刻铭于峄（yì）山之巅，此碑之所从始也。”诸家校刊本都未提到这两句，特录以备考。案：明代《文心雕龙》刻本较多，徐师曾引文，必有所据；秦代刻石，是碑文发展的重要阶段，刘勰论碑文发展，不可能略过不提。因此，虽多数刊本都无此二句，却未可忽视。峄山，指李斯的《绎山刻石》，见《全秦文》卷一。⑦楹（yíng）：堂前直柱。⑧丽牲：系祭祀用的牲畜。丽，附着。⑨勒：刻。⑩庸器：记功的铜器，主要用于周秦之前。⑪徂：往，到。⑫封墓：聚土以为坟墓。殷商时坟、墓有别，坟是封土隆起的，墓是平的。这里的“封墓”指上句说的“坟”，以喻石碑同样可保持长久。⑬碑碣：通指石碑。方形叫碑，圆顶形叫碣。⑭断：绝，止。⑮蔡邕：字伯喈（jiē），汉末著名学者，文学家。蔡邕所作碑文很多，《全后汉文》卷七十五至七十九共辑其

完、缺碑文四十余篇。⑯《杨赐》：指蔡邕的《杨赐碑》。杨赐，字伯献，汉末人。⑰骨鲠（gěng）：这个词在《文心雕龙》中多次出现，各处用意、侧重点略有不同。其基本意义是指文章的骨力端直，此处就是用这个基本意义。⑱《陈》：陈是陈寔（shí），字仲弓，汉末名士。这里指蔡邕所作《陈寔碑》。《郭》：郭是郭泰，字林宗，汉末名士。这里指蔡邕所作《郭泰碑》。⑲择：通“殬（dù）”，败坏的意思。⑳《周》：周指周勰，字巨胜，汉末人。这里指蔡邕的《周勰碑》。《胡》：胡是胡广，字伯始，汉末人。这里指蔡邕的《胡广碑》。㉑允：得当。㉒该：兼备。㉓缀：连结。㉔转：移，指变化。㉕孔融：字文举，汉末作家。㉖《张》：张是张俭，字元节，汉末名士。这里指孔融的《卫尉张俭碑铭》，文存不全，见《全后汉文》卷八十三。《陈》：此文已亡。㉗辨给：辨，通“辩”，指便捷巧慧，善于言辞。㉘亚：次。㉙孙绰：字兴公，东晋文人。《全晋文》辑其全、残碑文共七篇。㉚《温》：指孙绰的《温峤碑》，今不存。《王》：指《王导碑》。㉛《桓彝》：孙绰的《桓彝碑》，今不存。桓彝，字茂伦，东晋前期官僚。㉜辨：明辨简洁。裁：剪裁。

## 译文

所谓“碑”，就是增加。古代帝王受命，就封禅于泰山，刻石记功，所以叫碑。相传周穆王曾在弇山上刻石记其行迹，这就是“碑”的意思了。还有宗庙阶前的碑，竖立两根石柱在庙堂中庭，只是用作系牲畜，并不在上面铭刻功绩，后来，记功的铜器逐渐少用，所以，后代就常用石碑记功，用石碑代替铜器，同样可以保持长久，从用于宗庙到用于坟墓，好像堆土加高了墓地。从东汉以后，方形和圆顶形的石碑大量出现了，汉代写碑文最有才力的，莫过于蔡邕。如他的《杨赐碑》，学习《尚书》而写得端正有力，他的《陈寔碑》《郭泰碑》两篇，都无愧于所称扬的人，此外，《周勰碑》《胡广碑》等篇，无不写得清晰允当。蔡邕的碑文，在叙事上全面而扼要，辞采上雅正而润泽；文辞清新而又变化无穷，新意巧出而又超然卓立；考察他写碑文的才能，是自然而来的。孔融写碑文，就有学习蔡邕的地方，他的《卫尉张俭碑铭》和陈某碑两文，言辞巧捷，文采丰富，算是仅次于蔡邕的作品了。到晋代孙绰，有志于碑诔的写作，他的《温峤碑》《王导碑》《太宰郗鉴碑》和《太尉庾亮碑》等，辞多枝蔓，杂乱无章，只有《桓彝碑》一篇，最为明辨简洁而剪裁得当。

## 原文

**夫属①碑之体，资②乎史才，其序则传，其文则铭。标序盛德③，必见清风之华；昭纪鸿懿④，必见峻伟之烈⑤。此碑之制也。夫碑实铭器，铭实碑文。因器立名，事先⑥于诔，是以勒石赞勋者，入铭之域；树碑述亡⑦者，同诔之区⑧焉。**

## 注释

①属：连缀，引申指写作。②资：凭借。③标：显出。序：叙述。④昭：明白。懿：美好。⑤峻：高。烈：功业。⑥先：一作“光”。⑦亡：一作“已”。⑧区：区域，类。

## 译文

关于碑文写作的主要特点，是要具有史家的才能，它的序文近于传体，碑文近于铭体。突出叙述死者的盛德，必须显示其美好的风范；明白记叙死者巨大的优点，必须表现其宏伟的功绩。这就是碑文的基本写作法则。碑是铭刻器物，铭也就是碑文，是根据石碑这个器物来确立“碑”的名称，碑的产生自然先于铭诔，所以，用石刻来赞颂功勋的，就属于铭；树石立碑来讲述死者的事，就属于诔。

## 原文

**赞曰：写实追虚①，诔碑以立。铭德纂②行，文采允集。观风③似面，听辞如泣。石墨镌华④，颓影岂戢⑤。**

## 注释

①追：追叙，引申为再现。虚：指仪容。②纂：编写。③风：指上文所说的“清风”。④石：指碑。墨：指诔。镌：刻。华：指写得好的碑诔文。⑤颓影：对后世的影响。颓，向下。戢：收敛，停止。

## 译文

总之，描写过去的事迹，再现死者的仪容，碑诔为此而建立。铭刻美德，记叙言行，文采的运用应当适宜。观看文章的风采，要能如亲见其面；听其文辞，要能如悲声哭泣。碑诔的美好文辞，使人流风余韵，永无止息。

# 十三、哀吊篇

## 〔导 读〕

哀和吊是两种相近的文体，后来也总称为哀吊体。

本篇分哀和吊两大部分，共四段：第一段讲哀的意义、哀文的运用范围及其发展情况。其中讲到两种类型：一是对夭折小孩的哀悼，这是哀的本义；一种是对不幸暴亡者的哀悼。这方面的作品保存下来的不多，刘勰所论及的一些哀辞，也大都亡佚不存。第二段讲哀辞的主要写作特点，强调"情主于伤痛"，反对"虽丽不哀"。第三段讲吊的意义及其发展情况。也讲到两种类型：一是对遭水火之灾，或有关"国灾民亡"等重大事件的吊慰；一是对前人的不幸遭遇进行追慰。前一种是口头上的慰问，后一种多是写成书面的吊文。吊这种文体主要指后一种。第四段讲吊文的主要写作特点，强调要对前人做具体分析，再予以赞扬或批评，从而起到发扬封建道德和防止过失的作用。刘勰论文，重视因情立文，反对华而不实。哀、吊这两种文体，都以表达悲哀之情为主，因此，更为排斥华丽，要求以真切的哀伤之情，写出"文来引泣""读者叹息"的感人之作。

## 原文

**赋宪之谥[①]，短折曰哀[②]。哀者，依也，悲实依心，故曰哀也。以辞遣[③]哀，盖下流之悼[④]，故不在黄发[⑤]，必施夭昏[⑥]。昔三良殉**

秦[7]，百夫莫赎[8]，事均夭枉[9]，《黄鸟》赋哀[10]，抑亦诗人[11]之哀辞乎？暨汉武封禅[12]，而霍嬗[13]暴亡，帝伤而作诗[14]，亦哀辞之类矣。降及后汉，汝阳主[15]亡，崔瑗哀辞[16]，始变前式[17]。然"履突鬼门[18]"，怪而不辞[19]，"驾龙乘云"，仙而不哀；又卒章五言，颇似歌谣，亦仿佛乎汉武也[20]。至于苏顺、张升[21]，并述哀文[22]，虽发其情华，而未极其心实[23]。建安[24]哀辞，惟伟长差[25]善，《行女》[26]一篇，时有恻怛[27]。及潘岳继作，实钟[28]其美。观其虑赡[29]辞变，情洞悲苦，叙事如传，结言摹《诗》，促节四言，鲜有缓句，故能义直而文婉，体旧而趣新，《金鹿》、《泽兰》，莫之或继也。

## 注释

①赋宪之谥：宋人王应麟《困学纪闻》卷二引到《逸周书·谥法》中的一段话，注其中"赋宪"二字说，"《文心雕龙》云'赋宪之谥'，出于此"。这里就是用"赋宪之谥"指《逸周书·谥法》。赋宪，布法。谥，封建帝王大臣死后所加封号。②短折曰哀：这是《逸周书·谥法》中的话。折，夭折，年幼而死。③遣：发，这里指表达。④下流之悼：本书《指瑕》篇说，"礼文极尊，而施之下流"。这个"下流"指"弱子"，与"下流之悼"的"下流"同义，都是指年幼的人。⑤黄发：老人。⑥昏：孔颖达释《左传·昭公十九年》中的"夭昏"二字说，昏是"未三月而死也"。⑦三良：三个好人，指春秋时秦国子车氏的三个儿子奄息、仲行、针（qián）虎。《左传·文公六年》说，秦穆公死后，把这三个人一起埋葬。殉：古代统治者死后，强迫活人陪同埋葬。秦：秦穆公，《史记·秦本纪》中说，他死后有一百七十多人殉葬。⑧夫：男人。赎：换回。⑨夭枉：夭折的意思。⑩《黄鸟》：《诗经·秦风》中的一篇，是为哀悼子车氏三子而作的。赋：陈述。⑪诗人：指《诗经·黄鸟》的作者。⑫暨：及，至。汉武：西汉武帝刘彻。封禅：封建帝王祭天、祭地的典礼。⑬霍嬗（shàn）：西汉著名将军霍去病的儿子。⑭帝伤而作诗：汉武帝作悼霍嬗的诗，不存，也未见有"作诗"的记载。⑮汝阳主：

汝阳公主。⑯哀辞：可能指哀悼汝阳公主的作品，今不存。⑰前式：指为夭折者写哀辞。后来的哀辞，不完全限于年幼者。⑱履：践，走。突：冲入。⑲不辞：不通。⑳仿佛乎汉武：指和汉武帝所作霍嬗哀辞相似，如“仙而不哀”等说法。㉑苏顺：字孝山，东汉文人。张升：字彦真，东汉文人。㉒哀文：苏顺、张升的哀文均不传。㉓心实：情实，指真情实感。㉔建安：汉献帝刘协年号，公元196—220年。㉕差：比较。㉖《行女》：指徐幹的《行女哀辞》，不存。㉗恻怛（dá）：哀痛。㉘钟：聚集的意思。㉙赡：富足的意思。

## 译文

《逸周书·谥法》中说年纪很小去世的就叫哀。哀就是依，哀伤之情必须依靠心灵，所以叫作哀。哀辞的写作，主要是对幼年死者的哀悼，因此，和年老的人无关，而必须用于短命死去的小孩。从前子车氏的三个好儿子为秦穆公殉葬，他们的死，用一百个人也换不回来，这种情形和人的夭折枉死相同，《黄鸟》诗中表达了对他们的哀悼之情，这也许可算作《诗经》中的哀辞了吧？到汉武帝赴泰山祭天地，跟从去的霍嬗突然死亡，汉武帝哀伤霍嬗而写的诗，也属于哀辞一类的作品。及至东汉汝阳公主死后，崔瑗为其所写哀辞，才改变过去只为夭折者写哀辞的格式。但其中写到死者冲进鬼门，怪异而不通，又说死者乘云驾龙，入于仙境而不悲哀；最后一段用五言句式，好像歌谣的形式，也略近于汉武帝为霍嬗写的哀辞。至于东汉的苏顺、张升，都作过哀文，虽然写得有感情、有文采，却未能充分表达其真情实感。建安年间的哀辞，只有徐幹写得较好，他的《行女哀辞》一篇，还有一些哀痛的感情。到晋代潘岳继续写作的哀辞，确实集中了哀辞写作的优点。他的想象丰富，文辞多变，感情深厚而悲痛，叙事如同传记，用词则模仿《诗经》，那种音节紧促的四言句式，少有松散无力的描写，所以能写得意义正直、文辞婉丽，沿着旧的体式，却表现了新的情趣，特别是潘岳的《金鹿哀辞》和《为任子咸妻作孤女泽兰哀辞》两篇，再也没有人能写得这样好了。

## 原文

**原夫哀辞大体①，情主于痛伤，而辞穷②乎爱惜。幼未成德，故誉止于察惠③；弱不胜务，故悼加乎肤色④。隐心而结文则事惬⑤，观文而属心则体奢⑥。奢体为辞，则虽丽不哀。必使情往会悲，文来引泣⑦，乃其贵耳。**

## 注释

①大体：主体，指写作上的主要特点。②穷：极尽。③察惠：聪明。惠，同“慧”。④肤色：一作“容色”，意思略同，指容貌。⑤隐：痛苦。惬：满意。这句和本书《情采》篇中说的“为情而造文”意同。⑥属：和上句“结”字的意思相近，联结。奢：夸张，不实。这句和《情采》篇说的“为文而造情”意同。⑦引泣：指哀悼文的感人作用。

## 译文

关于哀辞写作的主要特点，是感情要哀痛，文辞要尽量表达出对死者的爱惜。由于死者年幼，他的品德还未形成，所以主要是赞美他的聪慧；因为死者幼弱，还未担任过国家大事，所以只能对他的容貌加以悼念。作者把悲痛的心情写成哀辞就能令人满意，为了华美的文辞而去虚拟悲情就会写得浮夸不实。用浮夸不实的文风写成哀辞，虽然华丽，却不悲哀；必须使作者的思想感情融会在悲哀之中，写出的哀辞能引得他人悲悯，这种作品才是可贵的。

## 原文

吊者，至也。《诗》云，“神之吊矣[1]”，言神之至也。君子令终定谥[2]，事极理哀，故宾之慰主，以至到为言[3]也。压溺乖道[4]，所以不吊。又宋水郑火[5]，行人奉辞[6]，国灾民亡，故同吊[7]也。及晋筑虒台[8]，齐袭燕城[9]，史赵、苏秦[10]，翻贺为吊[11]，虐民构敌[12]，亦亡之道。凡斯之例，吊之所设[13]也。或骄贵以殒身[14]，或狷忿以乖道[15]，或有志而无时[16]，或美才而兼累[17]，追而慰之，并名为吊。自贾谊浮湘[18]，发愤吊屈[19]，体周而事核[20]，辞清而理哀，盖首出[21]之作也。及相如之吊二世[22]，全为赋体，桓谭以为其言恻怆[23]，读者叹息；及卒章[24]要切，断[25]而能悲也。扬雄吊屈，思积功寡[26]，意深反骚[27]，故辞韵沉膇[28]。班彪、蔡邕[29]，并敏于致诘[30]，然影附[31]贾氏，难为并驱耳。胡、阮之吊夷、齐[32]，褒[33]而无间；仲宣[34]所制，讥呵[35]实工。然则胡、阮嘉其清，王子伤其隘[36]，各其志也[37]。祢衡之吊平子[38]，缛[39]丽而轻清；陆机之吊魏武[40]，序巧而文繁。降斯已下，未有可称者矣。

## 注释

①吊（dì）：这里用作“递”，到的意思，这个字和哀吊的吊不是一回事，刘勰在这里是勉强混用。②令终：善终，正常死亡。定谥：古代“读诔定谥”有一套复杂的仪式，这里是以“定谥”泛指办理丧事。③以至到为言：刘勰把哀吊的吊解作到，所以这里就指宾客的到达是吊。④压溺乖道：《礼记·檀弓上》中说，有三种情形死的人，不必去吊哀。一是“畏”，被人强加罪名攻击，自己不去辩解而死的；二是“压”，自己到危险的地方去，被崩塌之物压死的；三是“溺”，游泳时淹死的。刘勰只讲了“压、溺”两种，但三种都

包括在内。乖道，不合常道。以封建礼教看，这三种情形都不是善终。⑤宋水：《左传·庄公十一年》载，宋国发生水灾，鲁国曾派人去吊慰。郑火：《左传·昭公十八年》载，郑国发生火灾，只有许国没有去吊慰。⑥行人：外交使节。奉辞：指给予慰问。⑦同吊：指各诸侯国使节对水灾、火灾的慰问之语，和哀吊的意义相同。⑧虒（sī）台：虒祁宫，春秋时晋国宫名，故址在今山西曲沃。《左传·昭公八年》载，晋平公筑“虒祁之宫”，鲁国派叔弓、郑国派游吉去祝贺。⑨齐袭燕城：《战国策·燕策一》载，齐宣王趁燕国有丧事时，进攻燕国，占领十城。袭，攻其不备。⑩史赵：春秋晋国太史。苏秦：字季子，战国时纵横家。⑪翻贺为吊：把祝贺变为哀吊。⑫虐民：指晋国筑虒祁宫，残害人民。构敌：指齐国攻打燕国，结成仇敌。⑬设：施，用。⑭骄贵以殒身：指秦二世胡亥之类。司马相如的《哀秦二世赋》中曾说胡亥“持身不谨”等。殒，死。⑮狷（juàn）忿以乖道：指屈原之类。狷忿，急躁愤恨。扬雄《反离骚》中讲到屈原的作品放肆、思想狭窄。刘勰在《辨骚》篇也说屈原有“狷狭之志”。⑯有志而无时：指张衡之类。祢衡在《吊张衡文》中说：“伊尹（商臣）值汤（商汤王），吕望（周臣）遇旦（周公），嗟矣君生，而独值汉。”这是感叹张衡的生不逢时。⑰美才而兼累：指曹操之类。累，牵连致损。⑱贾谊：西汉初年作家，曾做长沙王太傅，所以世称贾长沙或贾太傅。浮：指渡水。湘：湖南湘江。⑲吊屈：指贾谊的《吊屈原文》，载《文选》卷六十。⑳核：核实。㉑首出：最早出现的吊文。上面所讲春秋战国时的吊慰，只是口头上的慰问。㉒吊二世：指司马相如的《哀二世赋》。㉓桓谭：字君山，东汉初年学者。恻怆：悲伤。桓谭论《哀二世赋》的话，可能是《新论》中的佚文。㉔卒章：指《哀二世赋》最后所写“亡国失势”的一段原因。㉕断：止，指读完。㉖功寡：功绩小。㉗反骚：《汉书·扬雄传》说，扬雄所作《反离骚》，“往往摭（拾取）《离骚》之文而反之”。㉘沉：湿病。膇（zhuì）：脚肿，这里指文辞不流畅。㉙班彪：字叔皮，东汉初年史学家、文学家。有《悼离骚》，尚存八句，见《艺文类聚》卷五十八。蔡邕：有《吊屈原文》，文存不全，见《艺文类聚》卷四十。㉚诘：指责问。㉛影附：依附，如影之附形，这里指追随。㉜胡：胡广，字伯始，东汉大官僚。阮：阮瑀，字元瑜，汉末作家。吊夷齐：指胡广的《吊夷齐文》、阮瑀的《吊伯夷文》，均残，见《艺文类聚》卷三十七。夷齐，伯夷、叔齐，殷末贵族，殷亡后，不食周粟而死。㉝褒：称颂。㉞仲宣：王粲的字，王粲有《吊夷齐文》，尚存不全，载《艺文类聚》卷三十七。㉟讥呵：批评。㊱隘：狭隘。㊲各其志也：一作“各志也”。㊳祢（mí）衡：字正平，汉末作家。吊平子：指祢衡的《吊张衡文》，文存不全，见《太平御览》卷五九六。㊴缛：繁盛。㊵吊魏武：指陆机的《吊魏武帝文》，今存，载《文选》卷六十。魏武，指魏武帝曹操。

## 译文

所谓吊，就是到。《诗经》中说“神之吊矣”，就是说神的到来。正常死亡的人定谥治丧，是极为悲哀的事，所以，宾客对治丧主人的慰问，他们的到来，就是“吊”的意思了。《礼记》中说，被重物压死、被水淹死等，因为不是正常死亡，所以不必哀吊。春秋时宋国发生水灾，郑国发生火灾后，各国派使臣前往致辞慰问，这是国家遇上灾难，人民遭到死亡，所以，这种慰问和哀吊相同。还有一种情形，如春秋时晋国建成虒祁宫，齐国袭击燕国，史赵和苏秦认为这样的事不应祝贺，而应哀吊，因为建筑虒祁宫残害人民，攻打燕国结下仇敌，这都是亡国之道。大凡这样一些情形，就要运用吊辞。或者是过于骄贵而丧命，或者是急躁易怒而违背常道，或者是有大志而生不逢时，或者是有美好的才能又连带着一定的缺点，追念这些而加以慰问的作品，都叫作吊。自从汉初贾谊渡湘江，有所感发而愤激地写了《吊屈原文》，体制周密，事实准确，文辞清新，内容悲哀，这算是最早出现的哀吊作品了。到司马相如所写《哀二世赋》，完全是赋的体裁，桓谭认为它写得伤痛，能使读者为之叹惜；赋的最后写得扼要而确切，读完后能使人为之哀伤。扬雄为哀吊屈原而写的《反离骚》，思考得很多，但成就不大，其立意重在反诘《离骚》，所以文辞音韵不是很流畅。又如班彪的《悼离骚》、蔡邕的《吊屈原文》，也善于提出责问，但他们追随贾谊的《吊屈原文》，是很难与之并驾齐驱的。此外，如胡广的《吊夷齐文》、阮瑀的《吊伯夷文》，对伯夷叔齐只有赞扬没有批评；王粲的《吊夷齐文》，批评部分写得较好。但胡广、阮瑀是嘉奖伯夷叔齐的清高，王粲则是不满其狭隘，这是由于他们的观点各不相同。汉末祢衡的《吊张衡文》，辞采繁盛而笔调清新；晋代陆机的《吊魏武帝文》，序写得不错，文辞却过于繁杂。从此之后，就没有值得称道的作品了。

## 原文

**夫吊虽古义，而华辞末造①。华过韵缓，则化而为赋。固宜正义以绳②理，昭德而塞违③，剖④析褒贬，哀而有正，则无夺伦⑤矣。**

## 注释

①末造：后期。②绳：纠正。③昭：明白。塞：防止。违：过失。④剖：剖析。⑤伦：理，这里指哀吊文的正常道理。

## 译文

哀吊的意义虽然古老，后来却出现华丽的文辞；华丽过分，音韵不紧凑，就演变成赋体了。哀吊文本应用以伸张正义、纠正事理，彰明美德而防止错误，所以要有分析性地加以褒扬或贬斥，能够正确地表达哀情，那就不致破坏哀吊文的正当意义了。

## 原文

**赞曰：辞之所哀①，在彼弱弄②。苗而不秀③，自古斯恸④。虽有通才，迷方失控⑤。千载可伤，寓⑥言以送。**

## 注释

①辞之所哀：一作“辞定所表”。②弱弄：指幼年，此指夭折的儿童。③秀：庄稼抽穗开花。④斯：发语词。恸：极其悲痛。⑤方：方向。控：控制。⑥寓：寄寓，这里指表达。

## 译文

总之，吊辞所哀伤的，在于如夭折的儿童。夭折的人如幼苗不能成长，自古以来都为之悲痛。虽有写作方面的全才，如果丢失以辞遣哀的方向，就很难正确运用。这种千古可悲伤的感情，只有用吊辞来表达哀悼。

# 十四、杂文篇

## 〔导　读〕

本篇主要论述汉晋之间出现的几种杂体作品。《文心雕龙》全书有二十一篇论文体，《杂文》不列于文体论之末，而在其中，是因为《杂文》中“文”（韵文）、“笔”（散文）兼有。后文《谐谵》篇也是如此。《杂文》篇以上所论各体都属于“文”类，《谐隐》篇以下所论各体都属于“笔”类。

全篇分五段：第一段概述《对问》《七发》《连珠》三种类型作品的产生及其基本意义。第二段论述《对问》这种形式的作家作品及其写作特点。第三段论述《七发》这种形式的作家作品及其写作特点。第四段论述《连珠》这种形式的作家作品及其写作特点。第五段讲上述三种以外的种种杂文名目，说明这些将分别在有关文体中论述。刘勰认为这些杂文是“文章之枝派”，不属于文章的正体，写这种东西是文人从事写作之余的一种游戏。这种看法显然是不正确的。当然，这和古代作者大多不是用严肃的态度来写这方面的作品有关。但正因古人写这类作品时，受传统观念的约束较少，比较随意，因而用来“发愤以表志”或“戒膏粱之子”等，更能起到正统文体所不能起的作用。尤其在艺术上，其丰富大胆的想象虚构、小巧而鲜明的形象描绘，都独具特色。刘勰虽局限于儒家正统观念对这些认识不够，但本篇也多少总结了一些“虽小而明润”等特点。

## 原文

**智术[①]之子，博雅之人，藻[②]溢于辞，辞盈乎气[③]。苑囿[④]文情，故日新殊致[⑤]。宋玉[⑥]含才，颇亦负俗[⑦]，始造对问[⑧]，以申[⑨]其志，放怀寥廓[⑩]，气实使文[⑪]。及枚乘摛艳，首制《七发》[⑫]，腴辞云构[⑬]，夸丽风骇[⑭]。盖七窍[⑮]所发，发乎嗜欲，始邪末正[⑯]，所以戒膏粱之子[⑰]也。扬雄覃思文阁[⑱]，业深综述[⑲]，碎文琐语，肇[⑳]为《连珠》，其辞虽小而明润矣。凡此三者，文章之枝派，暇豫之末造也[㉑]。**

## 注释

①术：艺，才能。②藻：文采。③辞：唐写本作“辩”，指善于言辞。气：气质。④苑囿：聚养花木、禽兽的园林，这里作动词用，指掌握、驾驭。⑤殊致：不同的情致。⑥宋玉：战国时楚国作家。⑦负俗：才高者为世俗所讥。⑧对问：指宋玉的《对楚王问》，载《文选》卷四十五。⑨申：陈述。⑩寥廓：空阔。宋玉在《对楚王问》中把自己比作凤凰等，可上击九千里而翱翔太空。⑪文：一作“之”。⑫《七发》：用问答的形式讲七件事。枚乘以后，傅毅、曹植、陆机等模仿这种形式的有很多，形成汉魏以来常用的一种文体。⑬腴：肥美，这里指美好的文采。云构：形容作品的大量出现。⑭夸：华。风骇：如风之四起。⑮七窍：七孔，指人的双眼、双耳、两个鼻孔和口。⑯始邪末正：邪，指《七发》的前几段所讲音乐的动听、酒食的甘美等。正，指最后所讲“论天下之精微，理万物之是非”的“要言妙道”。⑰膏粱之子：贵族子弟。膏粱，肥肉，美谷。喻指珍贵食物的享受者。⑱覃：深。文阁：指汉代藏典籍的天禄阁，扬雄曾在天禄阁校书。⑲业：职，引申为擅长。综述：综合前人著作进行著述，指扬雄写《太玄》《法言》。⑳肇：始。㉑暇豫：空闲娱乐。这里指以写作来消遣的错误看法。末造：末世，衰世。这里是比喻文体的末流。

## 译文

有聪明才智且博学高雅的人，他们的言辞富有文采，他们的气质充满着才华。所以在写作上赋采抒情，能不断表达各种不同的新情致。楚国宋玉才高，颇为一般人所不理解，首先写作了《对楚王问》，用以表达他的高志，舒展其胸怀于辽阔的太空，正是凭着才气来支配文辞。到汉初枚乘进行艳丽的描写，开始创作《七发》，丰富的文采如彩云结成，华丽的描写像和风四起。人的眼耳口鼻所引起的，是各种各样的嗜欲，《七发》刚开始讲不正当的嗜欲，最后讲正当的愿望，是为了告诫贵族子弟。曾经在天禄阁进行深入思考的扬雄，擅长综合前人著作进行著述，他用一些短小零碎的文辞，最早写了《连珠》，这种作品虽较短小，却具有明快、润泽的特点。以上三种文体，是文章的支流，闲暇时用以娱乐的末流之作。



## 原文

**自对问已后，东方朔[①]效而广之，名为《客难》[②]。托古慰志[③]，疏而有辨[④]。扬雄《解嘲》[⑤]，杂以谐谑[⑥]，回环[⑦]自释，颇亦为工。班固《宾戏》[⑧]，含懿[⑨]采之华；崔骃《达旨》[⑩]，吐典言之裁[⑪]；张衡《应间》[⑫]，密而兼雅；崔寔《答讥》[⑬]，整[⑭]而微质；蔡邕《释海》[⑮]，体奥而文炳[⑯]；郭璞《客傲》，情见而采蔚[⑱]。虽迭相祖述[⑲]，然属[⑳]篇之高者也。至于陈思《辩问》，辞高而理疏；庾敳[⑰]《客咨》[㉑]，意荣而文悴[㉒]。斯类甚众，无所取才[㉓]矣。原夫[㉔]兹文之设，乃发愤以表志。身挫凭乎道胜[㉕]，时屯寄于情泰[㉖]，莫不渊岳其心[㉗]，麟凤[㉘]其采，此立体[㉙]之大要也。**

## 注释

①东方朔：字曼倩，西汉时期著名的文学家。②《客难》：指东方朔的《答客难》，载《汉书·东方朔传》《文选》卷四十五。③慰志：《汉书·东方朔传》说，东方朔因为位卑，久不被重用，便“设客难己，用位卑以自慰谕”，写了这篇《答客难》。④疏：粗略。辨：辨析。⑤《解嘲》：也是问答体。文中自设有人嘲笑扬雄忙于写《太玄经》而官位不高，因而对此进行解答。文存，载《汉书·扬雄传》《文选》卷四十五。⑥谐谑：诙谐，嘲笑。⑦回环：围绕，反复。⑧《宾戏》：指班固的《答宾戏》。宾，假设的宾客。文存，载《汉书·叙传上》《文选》卷四十五。⑨懿：美好。⑩崔骃：字亭伯，东汉作家。《达旨》：也是问答体，载《后汉书·崔骃传》。⑪典：常道。裁：体制。⑫张衡的《应间》载《后汉书·张衡传》。间（jiàn）：缝隙，这里指挑毛病的人。⑬崔寔：字子贞，崔骃的孙子，东汉作家。《答讥》：崔寔有《答讥》，见《艺文类聚》卷二十五。⑭整：整饬，齐整。⑮蔡邕的《释诲》载《后汉书·蔡邕传》。⑯炳：明。⑰郭璞的《客傲》载《晋书·郭璞传》。⑱见（xiàn）：同“现”，显露。蔚：繁盛。⑲迭：轮流。祖述：效法，继承。⑳属：写作。㉑庾敳（ái）：字子嵩，西晋文人。他的《客咨》今不存。㉒荣：盛。悴：衰弱。㉓取才：《论语·公冶长》有“无所取材”。“材”通“才”。㉔原夫：一作“原”。㉕挫：挫折。凭：依托，和下句“寄”字意略同，都指表达于文辞。㉖屯：困难。泰：安适。㉗渊：深水。岳：高山。㉘麟凤：以麒麟、凤凰喻世上稀有的珍贵之物。这里指罕见的文采。㉙体：文体。

## 译文

自从宋玉写了《对楚王问》以后，西汉东方朔仿效写作并加以推广，写成了叫作《答客难》的作品，借托古人来安慰自己的情志，虽然写得粗疏，对自己的思想却有较好的辨析。扬雄所写《解嘲》，其中夹杂一些诙谐嬉笑的话，为自己反复辩解，写得也还不错。东汉班固的《答宾戏》，具有美好的文采；崔骃的《达旨》，表达了符合常道的体制；张衡的《应间》，写得严密而雅正；崔寔的《答讥》，写得较为齐整却略微质朴；蔡邕的《释诲》，内容深刻而文辞显明；东晋郭璞的《客傲》，情志鲜明而文采丰富。以上各家虽是相继仿效前人，但都是这方面写得较好的作者。此外如曹植的《辩问》，文辞不错而内容疏略；庾敳的《客咨》，内容较强而文辞太弱。像这样的作品还有很多，已没有什么可取的成就了。本来这种文体的创立，是为了抒发内心的烦闷，从而表达作者的情志。无论是在作者不顺利时借以表现其高尚的道德，或是在困难时寄寓其泰然的心情，都要有高深的思想，奇特的文采，这就是这种文体的主要写作特点。

## 原文

**自《七发》以下，作者继踵[①]。观枚氏首唱，信独拔而伟丽矣。及傅毅《七激》[②]，会清要之工；崔骃《七依》[③]，入博雅之巧；张衡《七辩》[④]，结采绵靡[⑤]；马融《七厉》[⑥]，植义纯正；陈思《七启》[⑦]，取美于宏壮；仲宣《七释》[⑧]，致辨于事理。自桓麟[⑨]《七说》以下，左思《七讽》[⑩]以上，枝附影从，十有余家[⑪]。或文丽而义暌[⑫]，或理粹而辞驳[⑬]。观其大抵[⑭]所归，莫不高谈宫馆，壮语畋[⑮]猎，穷瑰奇之服馔[⑯]，极蛊[⑰]媚之声色，甘意摇骨髓[⑱]，艳辞洞魂识[⑲]。虽始之以淫侈[⑳]，而终之以居正，然讽一劝百[㉑]，势不自反。子云所谓“先骋郑卫之声[㉒]，曲终而奏雅[㉓]”者也。唯《七厉》叙贤，归以儒道，虽文非拔群，而意实卓尔矣[㉔]。**

## 注释

①踵：跟随。②傅毅的《七激》见《艺文类聚》卷五十七。③崔骃《七依》的残文载《全后汉文》卷四十四。④张衡的《七辩》，残文载《全后汉文》卷五十五。⑤绵靡：柔和，细致。⑥《七厉》：已佚。⑦曹植的《七启》，载《文选》卷三十四。⑧仲宣：王粲的字。《七释》：《全后汉文》卷九十一辑得残文十余条。⑨桓麟：字元凤，汉末文人。他的《七说》，《全后汉文》卷二十七辑得残文数条。⑩《七讽》：已佚。⑪十有余家：从桓麟到左思之间，除刘勰已举出的傅毅、崔骃等六家外，还有桓彬、刘广世、崔琦、李尤、徐幹等，都有“七”体。⑫睽：违背。⑬驳：杂乱。⑭大抵：大概。⑮畋（tián）：打猎。⑯瑰：奇伟。馔：饮食。⑰蛊：媚，惑。⑱摇骨髓：骨髓受到动摇，说明感人之深。⑲魂识：魂魄，指人的精神。⑳淫侈：指过分的夸张渲染。㉑讽一劝百：这是扬雄论赋的说法，原文是“劝百讽一”，见《汉书·司马相如传赞》，意指汉赋讽谏少而劝诱多。㉒郑卫之声：儒家的传统观点，认为郑、卫两国的音乐是不正当的，这里泛指不正之乐。㉓曲终而奏雅：原指汉赋的最后有几句讽谏的话，这里借指“七”这种文体也是如此，即前面所说“始邪末正”。扬雄这两句话也见于《汉书·司马相如传赞》。㉔“归以儒道”三句：这里显示了刘勰评论作家作品的一个错误观点，即文章虽写得一般，只要符合儒家思想，就予以突出的地位。

## 译文

自从枚乘写了《七发》以后，这种文体的作者相继不断。枚乘首先写的《七发》，看来真是超群出众、奇伟瑰丽了。到东汉傅毅的《七激》，汇聚了明白而简要的优点；崔骃的《七依》，写成广博而雅正的妙文；张衡的《七辩》，文采柔和而细致；马融的《七厉》，立意纯正；曹植的《七启》，在宏伟壮丽上取胜；王粲的《七释》，致力于对事理的辨析。从汉末桓麟写《七说》以后，到西晋左思的《七讽》之前，其间模仿学习写过这种文体的，还有十多家。他们的作品，有的文辞华丽而内容不正确，有的内容精粹却又文辞杂乱。从这种文体的大概趋向来看，不外乎高谈宫室的壮丽，大写狩猎的盛况，尽量描绘衣服、饮食的珍奇，极力形容音乐、美女的动人，美好的用意感人至深，艳丽的文辞惊心动魄。虽然以夸张的描写开始，以讽谏的用意结束，但正面的讽谏太少而反面的劝诱过多，这种趋势已不能返回。正如扬雄所说“首先大肆宣扬郑国和卫国的淫乐，曲子末了才缀以典正的雅乐”。只有崔瑗的《七厉》，叙述贤明而归结于儒家之道，虽然文辞不是很突出，但意义却是卓越的。

## 原文

**自《连珠》以下，拟者间出①。杜笃、贾逵之曹②，刘珍、潘勖之辈③，欲穿明珠，多贯鱼目④。可谓寿陵匍匐⑤，非复邯郸⑥之步；里丑捧心，不关西施之颦矣⑦。唯士衡运思⑧，理新文敏，而裁⑨章置句，广于旧篇，岂慕朱仲四寸之珰乎⑩？夫文小易周⑪，思闲可赡⑫。足使义明而词净，事圆而音泽⑬，磊磊⑭自转，可称珠耳。**

## 注释

①间出：偶然出现。②杜笃：他写的《连珠》，只存两句残文，见《全后汉文》卷二十八。贾逵：字景伯，东汉学者。他的《连珠》，只存两句残文，见《全后汉文》卷三十一。曹：辈。③刘珍：字秋孙，东汉文人。他的《连珠》今不存。潘勖：有《拟连珠》，今不全，见《艺文类聚》卷五十七。④鱼目：鱼眼似珠。《参同契》中有“鱼目岂为珠”的说法，后来形成“鱼目混珠”这个成语。⑤寿陵匍匐：寿陵为古代燕国地名，这里指寿陵的少年。《庄子·秋水》中说，相传邯郸人善行走。寿陵一个少年到邯郸去学当地人的走路方式，不仅没有学会邯郸人的走法，反而把自己原来的走路方法忘掉了，

结果只好“匍匐而归”。⑥邯郸：战国时赵国都城，在今河北邯郸。⑦“里丑捧心”二句：《庄子·天运》中说，西施因心痛病而皱眉，更增其美，邻家丑女学西施心痛而捧心，别人看来却觉得她更丑了。里，邻里。西施，春秋时越国美女。颦，皱眉头。西施只皱眉而未捧心，所以说丑女的捧心与西施无关。这里借指后人学习《连珠》出现的弊病，与最初写《连珠》的作者无关。⑧士衡：陆机的字。陆机有《演连珠》五十首，载《文选》卷五十五。运思：指构思写作。⑨裁：制，作。⑩朱仲：传说中的仙人。《列仙传》中说，朱仲常在会稽卖珠，鲁元公主用七百金向他买珠，朱仲献上一颗直径四寸的大珠，没有要金就走了。这里借以说明陆机的《演连珠》篇幅特别大。珰：穿耳为饰的珠。⑪周：密，指文辞紧凑。⑫闲：熟。赡：丰富。⑬泽：丰润。⑭磊磊：指圆石转动的样子。

## 译文

自从扬雄写了《连珠》以后，模拟这种作品的也偶有出现。如东汉的杜笃、贾逵之辈，刘珍、潘勖之流，虽然想串起“明珠”，却往往是连贯的鱼眼睛。这就正如去邯郸学走路的寿陵人，他爬着回去，当然不是邯郸人的走法；学西施心痛时皱眉的丑女，她捧着心装作心痛的样子，也和西施皱眉头的美态毫不相干。只有陆机所写《演连珠》，道理新颖，文辞敏捷；但在篇章字句的处理上，却比过去的篇幅扩大得多，这难道不是羡慕仙人朱仲的四寸大珠才这样做的吗？这种文体比较短小，易于写得紧凑，经过深思熟虑，就能写得内容丰富。必须把意义表达明确又文辞简洁，事理完备又音韵和谐，好像许多圆石转动不已，这就可以称作“连珠”了。

## 原文

**详夫汉来杂文，名号多品[1]：或典[2]、诰、誓、问，或览[3]、略、篇、章，或曲、操、弄、引[4]，或吟、讽、谣、咏[5]。总括其名，并归杂文之区。甄别[6]其义，各入讨论之域[7]。类聚有贯[8]，故不曲[9]述也。**

## 注释

①品：类。②典：常法，指合乎常道。③览：《吕氏春秋》中有《有始览》《孝行览》等八篇，称为“八览”，司马迁《报任少卿书》中简称《吕氏春秋》为“吕览”。④曲：如汉乐府中的《鼓吹曲》《横吹曲》等。操：表达情操的歌曲。⑤吟：如陆机的《泰山吟》《梁甫吟》等。讽：如汉代韦孟的《讽谏诗》等。谣：歌谣。⑥甄别：鉴别，审查。⑦各入讨论之域：指以上列举各种文体名目，可归入本书所论及的有关文体中，如曲、操、弄、引、吟、讽、谣、咏，大都属于《乐府》《明诗》两篇的讨论范围。⑧贯：通，联系。⑨曲：详尽。

## 译文

仔细考察从汉代以来的杂文，名称类别甚多：有的叫典、诰、誓、问，有的叫览、略、篇、章，有的叫曲、操、弄、引，有的叫吟、讽、谣、咏。总括这些名目，都属于杂文一类。审查其不同的意义，可以分别归入有关文体中去讨论。因为要对各种有联系的文体分类集中论述，所以在这里不再详细论述。

## 原文

**赞曰：伟矣前修①，学坚才②饱。负③文余力，飞靡④弄巧。枝辞攒映⑤，嘒若参昴⑥。慕颦之徒⑦，心焉祇搅⑧。**

## 注释

①前修：前贤。②才：一作“多”。③负：担任，这里指从事写作。④靡：美，指文辞的美好。⑤枝辞：非主要的文辞，指本篇所论各种杂文。攒：聚集。⑥嘒（huì）：微小。参（shēn）昴（mǎo）：二星宿名，都属二十八宿之一。这里泛指星宿。⑦之徒：一作“之心”。⑧搅：乱。

## 译文

总之，前代优秀的作者真是伟大，学识雄厚，才能高超。他们以从事写作的余力，舞文弄墨，写得优美奇巧。各种杂文相互辉映，好像小小的群星照耀。可是后来模仿者的作品，就只会令人心烦意乱。

# 十五、谐讔篇

## 〔导读〕

谐辞隐语主要来自民间，古代文人常将其视为难登大雅之堂的作品，很少论述，而本篇正是古代文论中不可多得的材料。

全篇分三部分。第一部分讲“谐讔”的意义和作用。刘勰认为谐辞隐语不可废弃，主要在于这种作品能表达老百姓的“怨怒之情”，对统治者有一定的劝诫作用。第二部分讲“谐”的意义并评论有关作家作品，肯定其“意在微讽”和“抑止昏暴”的作用，批判那些“无益时用”，只能供人玩乐的作品。第三部分讲“讔”及其发展而为“谜”的意义，评论有关作家作品，同样强调“兴治济身”的意义，而反对“无益规补”的文字游戏。刘勰能专篇论述这种在封建社会长期不被文人重视的谐辞隐语，是值得肯定的。他不可能完全超越传统的文学观念，也认为“谐讔”的“本体不雅”，在各种文体中的地位，和“九流”之外的“小说”差不多。但他认为这类作品如果运用得当，对于抑止某些昏暴的统治者“颇益讽诫”，甚至可以在“兴治济身”中发挥一定的作用。值得注意的是，刘勰在本篇中相当尖锐地批评了东方朔、枚皋、曹丕、潘岳等人的无聊作品，明确地肯定了古代一些讽刺性很强的民间作品，并初步总结了我国古代讽刺文学的某些特点。他认为这类作品是“内怨为俳”，即内心有了某种怨怒之情而用嘲讽的形式来表现；由于“怨怒之情不一”，在表现的方式上会有不同。

## 原文

**芮良夫之诗云[①]："自有肺肠，俾民卒狂[②]。"夫心险如山，口壅[③]若川，怨怒之情不一，欢谑之言无方[④]。昔华元[⑤]弃甲，城者发"睅目"之讴[⑥]；臧纥丧师[⑦]，国人造"侏儒"之歌[⑧]：并嗤[⑨]戏形貌，内怨为俳[⑩]也。又"蚕蟹"鄙[⑪]谚，"狸首"[⑫]淫哇，苟可箴[⑬]戒，载于《礼》典[⑭]。故知谐[⑮]辞讔言，亦无弃矣。**

## 注释

①芮良夫：周厉王时的大夫。诗：指《诗经·大雅·桑柔》。②俾：使。卒：终。③壅：堵塞。④谑：嘲笑。无方：不拘一格。方，正常。⑤华（huà）元：春秋时宋国官吏。⑥城者：筑城的百姓。睅（hàn）目：瞪眼睛。⑦臧纥（hé）：春秋时鲁国大夫。丧师：吃败仗。⑧"侏儒"之歌：鲁国人嘲讽臧纥的歌谣，最后两句是"侏儒侏儒，使我败于邾"。侏儒，身材矮小的人。⑨嗤（chī）：讥笑。⑩俳（pái）：嘲戏。⑪鄙：朴野。⑫狸首：《礼记·檀弓下》中说，原壤的母亲死了，孔子来帮他办丧事时，原壤唱起歌来，第一句是"狸首之斑然"。狸，野猫。斑，杂色。⑬箴：对人进行教训。⑭礼典：指儒家经典《礼记》。⑮谐：戏笑的话。

## 译文

相传芮良夫的《桑柔》诗里说："昏君自有歹心肠，逼得百姓要发狂。"国君的心比高山还险恶，人民群众的嘴却像江河那样难于堵塞，群众怨恨的心情各不相同，他们嘲笑讽刺的话也是各种各样的。从前宋国华元为郑国所败，筑城的人就作"睅其目"的歌来嘲笑他；鲁国臧纥为邾国所败，鲁国人就作“侏儒侏儒”的歌来讽刺他。这些都是从两人的外貌来嘲讽，是由于内心有了怨恨而通过戏谑的方式表达出来。此外，如成地的人用“蚕则绩而蟹有匡”的谣谚来批评不给哥哥服孝的弟弟，孔子的朋友原壤在丧母时唱出“狸首之斑然”这种不严肃的歌谣，这些例子都是因为有教育别人的作用，所以记载在《礼记》里。由此可见，“谐”和“讔”是不应该被忽视的。

## 原文

**谐之言皆①也，辞浅会②俗，皆悦笑也。昔齐威酣乐③，而淳于④说甘酒；楚襄⑤宴集，而宋玉赋《好色》⑥。意在微⑦讽，有足观⑧者。及优旃之讽漆城⑨，优孟之谏葬马⑩，并谲⑪辞饰说，抑止昏暴。是以子长⑫编史，列传《滑稽》⑬，以其辞虽倾回⑭，意归义⑮正也。但本体不雅，其流易弊。于是东方⑯、枚皋，餔糟啜醨⑰，无所匡⑱正，而诋嫚媟弄⑲。故其自称⑳为赋，乃亦俳也，见视如倡㉑，亦有悔矣。至魏文因俳说以著《笑书》㉒，薛综㉓凭宴会而发嘲调，虽抃㉔笑帷席，而无益时用矣。然而懿㉕文之士，未免枉辔㉖。潘岳丑妇之属㉗，束皙卖饼之类㉘，尤而效之㉙，盖以百数。魏晋滑稽，盛相驱扇㉚。遂乃应玚之鼻，方㉛于盗削卵；张华之形，比乎握舂杵㉜。曾是莠言㉝，有亏德音㉞，岂非溺者之妄笑㉟，胥靡㊱之狂歌欤！**

## 注释

①皆：刘勰用“皆”字来解释“谐”，一方面利用其字形和字音相近，一方面也因为谐谈具有普遍性，而“皆”字也有共同、普遍的意思。②会：合，在这里有适应的意思。③齐威：指战国时齐威王。酣：恣意饮酒。④淳

于：战国时齐国的淳于髡（kūn）。⑤楚襄：指战国时的楚顷襄王。⑥宋玉：战国时楚国作家。《好色》：指宋玉的《登徒子好色赋》。这篇赋以守德、守礼来勉励楚顷襄王。赋载《文选》卷十九。⑦微：微妙。⑧足观：可观，值得一观。⑨优旃（zhān）：秦代乐人。讽漆城：秦二世打算漆城。优旃说，很好，虽然百姓将为此愁费，但很好看。只是有一个困难，找不到那样大的房子罩住城墙，以便阴干。二世听后取消了漆城的打算。⑩优孟：春秋时楚国乐人，善于谈笑讽谏。谏葬马：《史记·滑稽列传》载，楚庄王所爱的马死了，打算用大夫的礼仪来葬马，群臣谏不能止，优孟则故意说用大夫之礼太薄，应该以国君的礼仪来葬它，使楚庄王感到自己的打算不太合理。⑪谲：诡诈，虚假。⑫子长：司马迁，字子长，汉代著名史学家、文学家。⑬《滑（gǔ）稽》：指《史记》中的《滑稽列传》。其中所写的大都是地位低微而能借笑谈来讽谏君主的人。滑稽，酒器。酒从壶出，流吐不断，比喻人的能说会道、滔滔不绝。⑭倾回：不正。⑮义：宜。⑯东方：指东方朔。他与枚皋都是西汉中期的辞赋家，善诙谐。⑰餔（bǔ）：食。啜：饮。醨：薄酒。刘勰在这里是用以指东方朔、枚皋在写作上随波逐流。⑱匡：纠正。⑲诋：诽谤。嫚：轻视，侮辱。媟（xiè）：轻慢，不庄重。⑳自称：指枚皋所说“为赋乃俳，见视如倡”，见《汉书·枚皋传》。㉑见：被。倡：也叫倡优，以谐戏的话供人玩乐的乐人。㉒魏文：魏文帝曹丕。《笑书》：今不传，只有志怪小说《列异传》相传是曹丕所编。㉓薛综：三国时吴国的学者。此人十分机智，能在酒席上随机应变，用笑谈的方法来驳倒对方。㉔抃（biàn）：娱乐。㉕懿：美好。㉖枉辔：绕道不走正路。㉗潘岳的《丑妇》今不传。㉘束皙：字广微，西晋学者、文学家。卖饼：可能指束皙的《饼赋》，见《全晋文》卷八十七。㉙尤而效之：学着做坏事。尤，归咎。㉚驱扇：有扇动风气的意思。㉛方：比。㉜舂杵：在臼中舂捣用的木棒。㉝曾：乃，是。莠（yǒu）：恶。㉞亏：减损。德音：有德者之言，这里指好的作品。㉟溺者之妄笑：《左传·哀公二十年》记吴王的话，说落水的人手足无措，反而笑起来。溺，淹没。㊱胥靡：罪人。

## 译文

“谐”的意义和“皆”相近，是一种语言浅显、适于一般人、大家听了会发笑的作品。战国时齐威王过度饮酒作乐，淳于髡就用喝酒的坏处来说服他；楚襄王常常召集宴会，宋玉就写《登徒子好色赋》来讽刺他。这些都存心婉讽对方，颇有可取之处。还有秦代优旃谏阻二世在城墙上涂漆，楚国优孟谏阻庄王厚葬他的爱马，这些都是用委婉并加以修饰的话，来阻止昏君暴主的倒行逆施。所以司马迁写《史记》，就编入《滑稽列传》，因为他们的话虽然不太正常，但用意是好的。不过这类事情本身不是正面直说，所以其发展很容易出弊端。如汉代东方朔、枚皋等人，不过是像吃酒糟、喝薄酒一样在朝廷里混饭吃，并不能纠正统治者的错误，仅仅是说些俏皮话，给人开开心而已，所以他们自己也说，他们写的赋只是文字游戏而已，结果被当作倡优看待，可见他们也有些后悔了。后来曹丕搜集谐谈，编成《笑书》，吴国薛综善于在筵席上说笑话，虽能娱乐在座的人，不过对当时政事并无好处。可是后来的文人，却常常绕道到这种写作中来。如潘岳的《丑妇》、束皙的《卖饼》等，明知故犯地来学写这种作品的，不下百余人。到魏晋时期，讲滑稽话的风气盛行。于是有人嘲笑应玚的鼻子好像偷来的半个蛋，嘲笑张华的外貌好像舂槌。都是些无聊的话，有损于作者的名声，这不等于落水之人的妄笑，犯罪之人的高歌吗！

## 原文

**讔者，隐也，遁[①]辞以隐意，谲譬以指事也。昔还社求拯于楚师[②]，喻眢井而称麦曲[③]；叔仪[④]乞粮于鲁人，歌佩玉而呼庚癸[⑤]。伍举刺荆王以大鸟[⑥]，齐客讥薛公[⑦]以海鱼。庄姬[⑧]托辞于龙尾，臧文[⑨]谬书于羊裘。隐语之用，被于纪传[⑩]，大者兴治济身[⑪]，其次弼**

**违晓惑[12]。盖意生于权[13]谲，而事出于机[14]急，与夫谐辞，可相表里[15]者也。汉世《隐书》[16]，十有八篇，歆、固编文[17]，录之赋[18]末。昔楚庄、齐威[19]，性好隐语。至东方曼倩，尤巧辞述。但谬辞[20]诋戏，无益规[21]补。自魏代以来，颇非[22]俳优，而君子嘲隐，化为谜语。谜也者，回互[23]其辞，使昏迷也。或体目文字[24]，或图象[25]品物，纤[26]巧以弄思，浅察以炫[27]辞。义欲婉而正，辞欲隐而显[28]。荀卿《蚕赋》[29]，已兆[30]其体。至魏文、陈思[31]，约而密之。高贵乡公[32]，博举品物：虽有小巧，用乖[33]远大。观夫古之为隐，理周[34]要务，岂为童稚之戏谑，搏髀而抃笑哉[35]！然文辞之有谐讔，譬九流之有小说[36]，盖稗官[37]所采，以广[38]视听。若效而不已，则髡、朔[39]之入室，旃、孟之石交乎[40]？**

## 注释

①遁：隐避的意思。②还社：还无社，春秋时萧国大夫。《左传·宣公十二年》载，楚人伐萧，还无社认识楚国大夫申叔展，请申叔展援救。拯：救助。③眢（yuān）井：枯井。麦曲：制酒的东西，可以避湿。申叔展问还无社有没有麦曲，意思是叫他躲在泥水中。还无社回答说打算躲在废井里。④叔仪：申叔仪，春秋时吴国大夫。《左传·哀公十三年》载，申叔仪曾向鲁国大夫公孙有山借粮。⑤佩玉：指申叔仪为借粮而唱的歌，第一句是“佩玉蘂兮”。蘂，佩玉下垂的样子。申叔仪所唱的歌，大意是说自己缺衣少食。庚：代表粮食。癸（guǐ）：代表水。⑥伍举：春秋时楚国大夫。荆王：指楚庄王。大鸟：《史记·楚世家》载，楚庄王即位后，三年不问国政，只管享乐。伍举问他：“有一种鸟，三年不飞不鸣，那是什么？”楚庄王听懂了，就回答说：“这种鸟将要一飞冲天，一鸣惊人。”⑦薛公：战国时齐国田婴，号靖郭君。《战国策·齐策一》中说，齐封靖郭君于薛（今山东境内），他就只想保住薛，而把齐国忘了。有人告诉田婴，说他和齐国的关系，就像大鱼依

靠海水一样，必须先有齐国然后才能保住他的封地。⑧庄姬：指战国时楚国的庄姬，《列女传》中说，庄姬担心楚襄王没有太子，就拿大鱼失水、龙无尾来比喻以引起楚襄王的注意。⑨臧文：臧孙，名辰，谥号文仲，春秋时鲁国大夫。《列女传》中说，臧文仲出使齐国，被拘。他知道齐将伐鲁，就用暗语通知鲁国人，其中以“食（sì）猎犬，组羊裘”暗示备战。⑩被：加。纪传：指上面讲到的《左传》《战国策》《史记》《列女传》等书。⑪济身：有益于自己，这里也包括个人政治抱负的施展。⑫弼：改正。违：过失。晓：启发，教导。惑：迷乱。⑬权：变通。⑭机：机密。⑮表里：事物的两个方面，这里比喻二者关系的密切。⑯《隐书》：《汉书·艺文志》中所列杂赋类，有《隐书》十八篇。⑰歆：指《七略》的编著者之一刘歆。固：《汉书》的编著者班固。《汉书·艺文志》就是以《七略》为依据的。⑱赋：《汉书·艺文志》把《隐书》列在《杂赋》后边。⑲楚庄：楚庄王。齐威：齐威王。⑳谬辞：迷糊之人的文辞。㉑规：劝正。㉒非：不赞成。㉓回互：转变，替换。㉔体目文字：对文字的拆解，即《明诗》篇所讲“离合诗”之类的作品。㉕图象：形容，描绘。㉖纤：细小。㉗炫：夸耀。㉘隐而显：“隐”与“显”好像意义相反，其实是相反而相成的，好的谜语既不能使人一望便知，也不能叫人永远猜不着。㉙荀卿：名况，战国时赵国人。“荀卿”是对他的尊称。蚕赋：指《荀子·赋篇》中的一部分。《赋》篇有《礼》《知》《云》《蚕》《箴》五个部分；刘勰虽只举其一，其他四部分的写法也是差不多的。㉚兆：先见的迹象。㉛魏文：曹丕。陈思：曹植。他们兄弟所作谜语均不传。㉜高贵乡公：曹髦，曹丕之孙，他的谜语亦不传。㉝乖：不合。㉞周：合。㉟搏：拍打。髀（bì）：大腿。㊱九流：《汉书·艺文志》把先秦学说分为十派，其中九派都被重视，称为“九流”。第十派是“小说”，不在“九流”之内。小说：琐细之言。㊲稗（bài）官：小官。㊳广：扩大。㊴髡：淳于髡。朔：东方朔。㊵旃：指优旃。孟：指优孟。石交：金石之交，即知心朋友。

## 译文

“讔”，意义就是隐藏，用含蓄的言辞来暗藏某种意义，用曲折的譬喻来暗指某件事物。从前萧国还无社向楚国大夫求救，用“废井”和“麦曲”做隐喻；吴国申叔仪向鲁军借粮，用“佩玉”为隐语，以“庚癸”为暗号；楚国伍举用三年不飞不鸣的“大鸟”做比喻，来讽刺楚庄王；齐国有人讲海同鱼的关系，来讽谏薛公；楚国的庄姬用无尾的龙，来启发楚襄王注意后嗣；鲁国臧文仲假托“羊裘”等话，来暗示准备应付齐国的进攻。这些隐语的作用，都记载在史书里面，大的可以振兴政治，并且有助于自身的显达，其次也可纠正某些错误，让迷惑的人明白过来。它们的用意虽然产生于权变诡诈，但常常是出于某种机要、迫切的事情，隐语和谐辞，是可以相辅相成、互为表里的。汉代的《隐书》有十八篇，刘歆和班固编目录的时候，把它们附在赋的后面。从前楚庄王和齐威王都喜爱隐语。东方朔在这方面更是擅长。不过他常常用怪话来开玩笑，对于匡正过失毫无补益。从魏代以后，倡优不为人所喜爱，所以士大夫就把隐语变为谜语。所谓“谜”，就是用改头换面的文辞来迷惑对方。有的是离文拆字，有的是刻画事物的形状，常常是用小聪明来卖弄才思，凭肤浅的见解来夸耀文辞。其实在内容方面应婉转而正确，在文辞方面应含蓄而恰当。从前荀卿的《蚕赋》已开了端，预示了谜语的体制。到曹丕曹植兄弟俩，便写得更为精练而周密，曹髦广泛地描绘事物：虽然小巧，可是并没有大的用处。试看古代的隐语，其中的道理都与重要事务有关，哪能像儿童的游戏，只是拍腿称快呢！文章中的谐辞隐语，就像各种学派中的小说一派，这种作品由低级官吏收集起来，可以使人扩大眼界，多知道些事理。如果不断地学习这些，就可成为淳于髡、东方朔等人的高徒，优旃、优孟等人的知交了吗？

## 原文

**赞曰：古之嘲隐，振危释惫①。虽有丝麻，无弃菅蒯②。会③义适时，颇益讽诫。空戏滑稽，德音④大坏。**

## 注释

①振：救。释：除去。惫：困乏。②菅（jiān）蒯（kuǎi）：两种草，菅可以做扫帚，蒯可以做席子或绳子；与丝麻可做衣服相比，菅、蒯就显得不重要了。这里用以比喻谐辞隐语，虽不是很重要，但仍有用处。③会：合乎。④德音：美好的声誉。

## 译文

总之，古代的谐辞隐语，可以挽救危机，解除困难。即使有了丝和麻，也不应抛弃菅和蒯。只要合于大义而又用在恰当的时机，就是十分有讽谏作用的。如果仅仅是游戏笑话，那就有损于自己的声誉了。

# 十六、史传篇

## 〔导　读〕

从本篇到《书记》篇的十篇，所论文体，都属“笔”类，是对各体散文的论述。

全篇由两大部分组成。前三段为第一部分，论述晋宋以前的史书。第一段讲史传的含义和从初设史官到春秋战国时期史书的编写情况，突出肯定了《春秋》一字褒贬的巨大意义，以及《左传》创体、传经上的作用。第二段评述两汉的史书，对《史记》和《汉书》的得失做了重点评论，对给吕后立纪的做法表示强烈反对，这说明刘勰的封建正统观念是相当浓厚的。他认为应给只有两岁的“孺子”刘婴等立本纪，而反对为实际掌管国政八年之久的吕后等立本纪，这种思想，显然比司马迁、班固等落后得多。第三段讲魏晋以来的史书，评价最高的是《三国志》。

后两段为第二部分，总结编写史书的理论。第一段讲总的任务和要求，强调征圣、宗经，提出在汇总和相互配合上的两大难点。第二段批判了写远和写近中的两种不良倾向，最后总结出编写史书的四条大纲。

刘勰对历史著作的基本主张是“务信弃奇”。他一再强调“实录无隐”“按实而书”“贵信史”等记录原则。对不可靠的东西，他认为宁可简略甚至暂缺不写，而不应穿凿附会，追求奇异；他特别反对不从实际出发，而吹捧权贵、贬抑失意之士，这是有积极意义的。但由于刘勰过分拘泥于征圣、宗经的观点，不仅反对为吕后立纪，还提出“尊贤隐讳”的主张，这就和他自己一再强调的“实录无隐”等原则相矛盾了。

从史学的角度来看，本篇对晋宋以前的史书做了比较系统的总结，这对古代历史散文，特别是在古代史学理论上是有一定贡献的。但其不足之处，是未能着重从文学的角度来总结古代历史散文和传记文学的特点。

## 原文

开辟草昧①，岁纪绵邈②，居今识古，其载籍乎！轩辕之世，史有仓颉③，主文之职，其来久矣。《曲礼》④曰：“史载笔。”⑤史者，使⑥也，执笔左右，使之记也。古者，左史记言，右史书事⑦。言经则《尚书》，事经则《春秋》也。唐、虞流于典谟⑧，商、夏被于诰誓⑨。洎周命维新⑩，姬公定法⑪，䌷三正以班历⑫，贯四时以联事⑬。诸侯建邦，各有国史，彰善瘅恶，树之风声⑭。自平王⑮微弱，政不及雅⑯，宪章散紊⑰，彝伦攸斁⑱。昔者夫子闵⑲王道之缺，伤斯文⑳之坠，静居以叹凤㉑，临衢㉒而泣麟，于是就太师㉓以正《雅》、《颂》，因鲁史以修《春秋》㉔，举得失以表黜陟㉕，征存亡以标劝戒㉖；褒㉗见一字，贵逾轩冕㉘；贬在片言，诛深斧钺㉙。然睿旨幽隐，经文婉约㉚，丘明㉛同时，实得微言㉜，乃原始要终㉝，创为传体㉞。传者，转也，转受经旨，以授于后，实圣文之羽翮㉟，记籍之冠冕也。

## 注释

①草：粗，创。昧：不明。②绵：长远。邈：久远。③史：史官。仓颉：传为黄帝时的史官，文字的创始者。④《曲礼》：儒家经典《礼记》中的一篇。⑤史载笔：孔颖达疏，“‘史’谓国史，书录王事者。王若举动，史必书之，王若行往，则史载书具而从之也”。笔，这里泛指记事的用具。⑥使：

令。⑦左史记言，右史书事：左史、右史的不同，古代有两种说法。《汉书·艺文志》说："左史记言，右史记事。"《礼记·玉藻》说："动则左史书之，言则右史书之。"《太平御览》卷六〇三录刘勰此文，则作"左史记言，右史书事"。译文据《太平御览》。⑧典谟：指《尚书》中的《尧典》《大禹谟》等。⑨诰誓：指《尚书》中的《甘誓》《汤诰》等。⑩周命维新：《诗经·大雅·文王》中说，"周虽旧邦，其命维新"。维新，革新。指从周文王时开始革新。⑪姬公：指周公，名旦，周武王的弟弟。法：指史书记事之法。⑫䌷(chōu)：抽引。三正：指夏、商、周三代的历法。正，正月。班，分，列。⑬联事：指记载史事。⑭彰善瘅（dàn）恶，树之风声：这两句借用《尚书·毕命》中的原话。瘅，憎恨。⑮平王：周平王，周幽王之子。周代自平王起进入东周，周朝开始走向衰落。⑯雅：《诗经》中有《大雅》《小雅》。这里是以《雅》诗中反映太平盛世的作品来指西周兴盛时期。东周以后走向衰微，所以说"政不及雅"。⑰宪章：法度。紊：乱。⑱彝：永久的，经常的。攸：语词。斁（dù）：败坏。⑲闵：忧。⑳伤斯文：《论语·子罕》中说，孔子曾叹息"天之将丧斯文也"。斯，此。文，指礼乐等西周文化。㉑静居：闲居，指孔子周游各国后，晚年闲居鲁国。叹凤：《论语·子罕》中说，孔子叹息"凤鸟不至，……吾已矣夫"！传说凤凰出现，表示天下太平。孔子看不见凤凰出现，所以叹息天下混乱。㉒衢：大路。这里指五父衢，在今山东曲阜东南。㉓太师：乐官的首领。《论语·八佾》中有孔子和鲁国太师论乐的记载。《雅》《颂》：指雅乐和颂乐的乐曲。《论语·子罕》中说，孔子从卫国回到鲁国后，校正了雅、颂乐曲。㉔《春秋》：我国最早的一部编年史。㉕黜（chù）陟（zhì）：人才的进退、升降。㉖征：验证。标：表明。㉗褒：称赞。㉘逾：超过。轩冕：指高级官位。轩，有帷幕的车。冕，礼帽。㉙钺：似斧的兵器。㉚婉约：简练。婉，简约。㉛丘明：指左丘明，与孔子同时代的人，相传是《左传》的作者，但唐宋以来很多人有怀疑。㉜微言：精微之言。㉝原始要终：这是借用《周易·系辞》中的话，指全面探究事物的始末。原，追溯。要，会合，这里有联系的意思。㉞传体：解释经书的意义叫"传"，记述人物生平事迹的历史著作也叫"传"。《左传》的"传"属前者，史传的"传"属后者，刘勰这里是混而为一了。㉟羽翮（hé）：翅翼，喻指辅佐。翮，羽毛的茎。

## 译文

从开天辟地以来，年代已很久远，生在现在而能了解古代的事情，就得依靠历史书籍了吧？相传轩辕黄帝的时候，就有仓颉担任史官，主管文史方面的工作，至此以来，时间已很久了。《礼记》中的《曲礼》里面说："国家的史官随时准备着记事的笔墨。"所谓"史"，就是令使，就是使史官在帝王周围执笔记录。在古代，左史专管记言，右史专管记事。记言的经典有《尚书》，记事的经典有《春秋》。唐尧、虞舜时期的历史记载在《尚书》的《尧典》《大禹谟》等篇中，夏、商时期的历史记载在《汤诰》《甘誓》等篇中。周人的国运从文王时开始革新，周公制定了记载历史的法则，从此，推算历法来编排年月，按照四时来记载事件。诸侯建立了邦国，也各有自己的国史，表彰善事，批评过错，树立良好的风气。从周平王东迁，周朝开始衰弱，政治不如西周的太平盛世，法纪散乱，道德败坏。那时，孔子忧念帝王的正道被废弃，哀伤西周礼乐的衰落，闲居鲁国时曾慨叹凤凰没有飞来，到五父衢又为死去的麒麟哭泣，于是在和鲁国乐官讨论了音乐之后，校正了《雅》《颂》的乐曲，根据鲁国的史书编写了《春秋》。他在《春秋》中列举人物的得失以表明称扬或贬斥，引证国家的兴亡以显示规劝和警诫；有谁受到《春秋》中一个字的赞扬，比高官厚禄还珍贵；遭到只言片语的批评，比斧钺砍杀的分量还沉重。但其精深的意旨不明显，《春秋》的文辞又很简约，只有和孔子同时代的左丘明，能领会到它的精微言辞；于是系统地阐明其始末写成《左传》，创造了为经作传的体例。所谓"传"，就是转达，转达出经典的意旨，用来传授给后人，这是圣人著作的辅助读物，也是最早的历史专著了。

## 原文

及至从横之世，史职犹存，秦并七王，而战国有《策》。盖录而弗叙，故即简而为名也。汉灭嬴、项①，武功积年，陆贾②稽古，作《楚汉春秋》。爰及太史谈③，世惟执简④；子长继志，甄序帝绩⑤。比尧称典⑥，则位杂中贤；法孔题经⑦，则文非元圣⑧。故取式《吕览》⑨，通号曰纪，纪纲⑩之号，亦宏称也。故本纪⑪以述皇王，列传以总侯伯⑫，八书以铺政体⑬，十表以谱年爵⑭，虽殊古式，而得事序焉。尔其实录无隐之旨，博雅弘辩之才。爱奇反经之尤⑮，条例踳⑯落之失，叔皮⑰论之详矣。及班固述汉⑱，因循前业⑲，观司马迁之辞，思实过半⑳，其十志该富㉑，赞序弘丽㉒，儒雅彬彬㉓，信有遗味。至于宗经矩㉔圣之典，端绪丰赡之功㉕，遗亲攘美㉖之罪，征贿鬻笔之愆㉗，公理辨之究矣。观夫左氏缀事㉘，附经间出㉙，于文为约，而氏族难明。及史迁㉚各传，人始区详而易览，述者宗焉。及孝惠委机㉛，吕后摄政，史、班立纪，违经失实。何则？庖牺㉜以来，未闻女帝者也。汉运所值㉝，难为后法。“牝鸡无晨”㉞，武王首誓；“妇无与国”㉟，齐桓著盟；宣后乱秦，吕氏危汉。岂唯政事难假㊱，亦名号宜慎矣。张衡司史，而惑同迁、固，元帝王后，欲为立纪，缪亦甚矣。寻子弘虽伪㊲，要当孝惠之嗣㊳；孺子诚微，实继平帝之体；二子可纪，何有于二后㊴哉？

## 注释

①嬴：秦王的姓。项：项羽。②陆贾：西汉初年文人。他的《楚汉春秋》今不存。③爰：于是。太史谈：指司马谈，汉武帝时的太史令（史官）。他是

司马迁的父亲。④执简：指担任史官职务。⑤甄：审查。绩：功业。⑥典：指《尚书》中的《尧典》。⑦孔：孔子。经：指《春秋》。⑧元圣：指孔子。⑨《吕览》：《吕氏春秋》。其中有十二纪、八览、六论。刘勰认为《史记》中的本纪是模仿《吕氏春秋》中的纪。⑩纪纲：法纪政纲。⑪本纪：《史记》中有十二本纪，记述帝王事迹，如《五帝本纪》《夏本纪》等。⑫列传：《史记》中有七十列传，记述政治、军事、文化等各方面重要人物的生平事迹，如《屈原列传》《李将军列传》等。总侯伯：这里应指记述诸侯事迹的"世家"而言，《史记》中有三十世家，如《赵世家》《楚元王世家》等。这里的"列传以总侯伯"，与《史记》不符，可能是文字上有脱误。⑬八书：《史记》中有《礼书》《乐书》《律书》《历书》《天官书》《封禅书》《河渠书》《平准书》等八书。铺：陈列。⑭十表：《史记》中有《三代世表》《十二诸侯年表》等十表。谱：叙录。⑮反经：违反儒家经典。尤：过失。⑯踳：据《说文》同"舛"，错乱。⑰叔皮：班彪的字，他是东汉初年史学家、作家，《后汉书·班彪传》载有他的《史记论》。刘勰以上所评《史记》优劣的话，大多见于《史记论》，但有的并未讲到。所以，主要应看作刘勰自己对《史记》的观点。⑱汉：指《汉书》。⑲因循前业：班固《汉书》沿用了《史记》和班彪《史记后传》的部分体例和史料。因循，沿袭，依照。⑳思实过半：指得益甚多。㉑十志：《汉书》中有《律历志》《礼乐志》等十志。该：兼，备。㉒赞：《汉书》纪、传的末尾常有一段"赞曰"，用以说明作者对该篇所述人物事件的意见。序：《汉书》表、志的前面常有一段类似序文的说明。㉓彬彬：文质兼备的样子。㉔矩：画方形的器具，这里引申为模仿、学习。㉕端绪：指条理。赡：富足。㉖遗亲攘美：《汉书》中有些是班固的父亲班彪写的，可是班固都算为自己的作品。遗，抛弃。攘，窃取。㉗征贿鬻（yù）笔：指班固写《汉书》，有接受贿赂的过失。征，求。鬻，卖。愆（qiān）：过失。《史通·曲笔》中也有"班固受金而始书"的传说。㉘左氏：指左丘明的《左传》。缀：连结。㉙附经间出：《左传》本是独立的史书，后人将它作为解经之书，附于《春秋》经文之后，一段经文，附一段《左传》的相关文字。经，指《春秋》。㉚史迁：指司马迁。㉛孝惠：指汉惠帝刘盈。委机：抛弃政事。㉜庖牺：伏羲。㉝值：遭逢。㉞牝鸡无晨：母鸡没有报晓的，比喻女人不能执政。牝，雌性，与牡相对。无晨，没有早晨啼叫的。㉟与：参与。国：国家政事。㊱假：假借，借助。㊲寻：考察，探究。子弘：汉惠帝之子刘弘。㊳要：总。嗣：后代。㊴二后：指吕后、王后。

## 译文

到了战国时期，修史的官职仍然存在，秦始皇统一七国，但各国的历史分别记录在各国的简策中。因为只是对这些加以记录而未做系统编年叙述，所以就用简策的“策”来命名为《战国策》。汉高祖消灭嬴秦和项羽，经过多年的战争建立起武功，汉初陆贾考察这些史迹，写成《楚汉春秋》。到了西汉的史官司马谈，他家世世代代都担任编修史书的职务；司马迁继承父志，对历代帝王事迹做了认真研究而进行叙述。若比之《尧典》而称为“典”，其中所写的又不全是圣主贤君；想要学孔子而题名为“经”，文笔上又不能和《春秋》笔法相比。因此采取《吕氏春秋》的方式，都叫作“纪”，从“纪纲”的意义来命名，也是一种宏大的称谓了。所以，用“本纪”来叙述帝王，用“世家”来记述诸侯，用“列传”来记叙各种重要人物，用“八书”陈述政治体制，用“十表”记录各种大事的年月和爵位，这些方式虽然和古史不同，却把众多的事件处理得很有条理。《史记》按实记录、无所隐讳的优点，渊博典雅而高谈阔论的才能。爱好奇特而违反经典的错误，以及在体例安排上的不当等，班彪已做过详细的评论了。到班固编写《汉书》，继承了前代史家的成果，特别是从司马迁的《史记》中，得益更多，《汉书》的“十志”相当丰富，赞和序写得宏丽，的确是文质彬彬，意味深厚。至于学习儒家圣人和经书的典雅，条理清楚而内容丰富的功绩，抛开班彪之名而窃取其成就的罪过，接受贿赂而编写历史的错误等，仲长统已讲得很详细了。看《左传》的叙事，它附在《春秋》之后间隔出现，文字较为简约，而历史人物的姓氏宗族却很难分清。到《史记》的各个列传，历史人物才开始分别叙述，以便于观览，后世叙述史实的著作多取法于此。到汉惠帝不理朝政，吕后代为执掌朝政，《史记》《汉书》都为吕后立本纪，违背常理而不合事实。为何这么说呢？自从伏羲以来，就从未听说过有女人为帝王的。汉朝的国运遭遇不幸，难以成为后世的法式。“母鸡不晨鸣”，这是周武王早就在誓词中讲过的；妇女不参与国事，这也是齐桓公写在盟文中的；宣太后祸乱秦国，吕后危及汉王朝，哪里只是国家政权难以假借于妇女，就是名号也要慎重对待啊。张衡担任史官时，在对待这一问题上和司马迁、班固同样糊涂，竟然要为汉元帝的皇后立本纪，真是够荒谬的了。考察起来，汉惠帝之子刘弘虽然并非孝惠皇后亲生，但总是汉惠帝的后代；孺子刘婴固然年幼，但他却是汉平帝的继位者；刘弘、刘婴二人是可以为他们立本纪的，哪会轮得到吕后、王后呢？

## 原文

**至于后汉纪传，发源东观①。袁、张所制②，偏驳不伦③。薛、谢之作④，疏谬少信⑤。若司马彪之详实，华峤⑥之准当，则其冠也。及魏代三雄⑦，记传互出⑧。《阳秋》、《魏略》之属⑨，《江表》、《吴录》之类⑩，或激抗难征⑪，或疏阔⑫寡要。唯陈寿《三志》⑬，文质辨洽⑭，荀⑮、张比之于迁、固，非妄誉也。至于晋代之书，系乎著作⑯。陆机肇始而未备⑰，王韶续末而不终⑱，干宝⑲述《纪》，以审正得序⑳；孙盛《阳秋》㉑，以约举为能。按《春秋》经传，举例发凡㉒。自《史》、《汉》以下，莫有准的㉓。至邓粲㉔《晋纪》，始立条例㉕。又摆落汉、魏，宪章㉖殷、周，虽湘川曲学㉗，亦有心典谟。及安国㉘立例，乃邓氏之规㉙焉。**

## 注释

①东观：东汉宫中藏书和修史之处。②袁：指袁山松，东晋文人。张：张莹，东晋文人。③驳：杂。不伦：不合法度。④薛：指薛莹，三国时吴国

人。谢：指谢承，三国时吴国人。⑤疏：粗疏。谬：谬误。⑥华峤：西晋文人，著有《后汉书》。⑦三雄：指魏、蜀、吴三国。⑧互出：相继出现。⑨《阳秋》：指东晋孙盛的《魏氏春秋》。《魏略》：魏国鱼豢（huàn）著。两书均不存，《三国志》等书的注中引到这两本书的部分资料。⑩《江表》：西晋虞溥的《江表传》。《吴录》：西晋张勃著。两书均不存，《三国志》等书的注中保存部分残文。⑪激：激切。抗：对抗，指不同于时俗的观点。⑫疏阔：粗疏，不精密。⑬陈寿：字承祚（zuò），西晋史学家。《三志》：陈寿的《三国志》。⑭洽：和润。⑮荀：指荀勖，字公曾，西晋文人。⑯系：统属，这里指隶属。著作：官职名，晋代设置著作郎，专任史书编撰。⑰陆机曾著《晋三祖纪》，今不存。肇：开始，指撰写西晋初的历史。⑱王韶：王韶之，字休泰，南朝宋代文人。曾著《晋纪》，今不存。续末：指撰写东晋末年历史。但只写到义熙九年，距晋亡还有七年，所以说“不终”。⑲干宝：字令升，东晋史学家、小说家。曾著《晋纪》，今不全。⑳审：推求。序：次序。㉑《阳秋》：指《晋阳秋》，今不存。㉒举例发凡：指编写史书原则所定的体例。《春秋》有五种条例，《左传》有五十凡例。㉓准的：标准，指凡例所做之规定。㉔邓粲：东晋文人。他的《晋纪》今不存。㉕始立条例：据《史通·序例》，干宝的《晋纪》已“远述丘明，重立凡例”，邓粲、孙盛都是在干宝之后才立凡例的。㉖宪章：取法，学习。㉗湘川：湖南湘水。这里指邓粲，他是长沙人。曲：指曲折偏僻之地。㉘安国：孙盛的字。㉙规：法度，指孙盛写史书是取法于邓粲。

## 译文

至于记载东汉史实的史书，最早是在东观编撰的。晋代袁山松的《后汉书》和张莹的《后汉南纪》，偏颇杂乱，不合法度。薛莹的《后汉纪》和谢承的《后汉书》，粗疏谬误，难以取信。像司马彪的《续汉书》，详尽而真实，华峤的《后汉书》，准确而精当，可算是同类著作中最好的了。到了三国时期，记载三国史迹的著作不断出现。如孙盛的《魏氏春秋》、鱼豢的《魏略》、虞溥的《江表传》、张勃的《吴录》之类，有的过于激切而令人难以信服，有的疏略粗糙，很少抓住要点。只有陈寿的《三国志》，文辞和内容都清晰和润，晋代的荀勖和张华把他和司马迁、班固相提并论，是并不过誉的。到了晋代的史书，编写属于著作郎。陆机的《晋纪》，写晋初的历史但没有完成；王韶之的《晋纪》，写晋末的历史但没有写到东晋结束；干宝的《晋纪》，推究得当而有次序；孙盛的《晋阳秋》，以简明扼要为特长。考察《春秋》的经文和传文，都有一定的编写条例。从《史记》《汉书》以后，就没有准确的条例为编写的依据了。到东晋邓粲编写《晋纪》，又开始拟订条例。他抛开汉、魏的史书，而取法殷、周，可见即使僻居湘江的边远学者，也注意到学习古代的典谟。到孙盛编《晋阳秋》立的凡例，就是取法于邓粲了。

## 原文

**原夫载籍之作也，必贯乎百氏[①]，被[②]之千载，表征盛衰，殷鉴[③]兴废，使一代之制[④]，共日月而长存；王霸[⑤]之迹，并天地而久大。是以在汉之初，史职为盛，郡国文计[⑥]，先集太史之府，欲其详悉于体国[⑦]也。必阅石室，启金匮[⑧]，抽裂帛[⑨]，检残竹[⑩]，欲其博练[⑪]于稽古也。是以立义选言，宜依经以树则；劝戒与夺[⑫]，必附圣以居宗[⑬]；然后诠评昭整[⑭]，苛滥不作矣[⑮]。然纪传为式，编年缀事。文非泛论，按实而书。岁远则同异难密[⑯]，事积则起讫[⑰]易疏，斯固总会之为难也。或有同归一事，而数人分功[⑱]，两记则失于复重，偏举则病于不周，此又诠[⑲]配之未易也。故张衡摘史、班之舛滥[⑳]，傅玄讥《后汉》之冗烦[㉑]，皆此类也。**

## 注释

①百氏：指诸子百家。②被：及。③殷鉴：殷人灭夏，殷之子孙以夏亡为借鉴。④制：这里泛指典章、文物、制度。⑤霸：诸侯国之强大称雄者，如齐桓公、晋文公等春秋五霸。⑥郡国：汉初兼用郡县制和分封制，诸侯国和郡县并存。这里指全国各地政权机构。文计：文件、账目等。⑦体国：指全国的重要规划。体，分。⑧石室、金匮（guì）：汉代收藏国家重要图书文件的地方。⑨帛：丝织物，这里指帛书。⑩竹：竹简。⑪练：熟练。⑫与夺：取舍。⑬宗：本。⑭昭：明白。整：齐，正。⑮苛：烦，细。滥：不实。⑯密：近，切合。⑰讫：完结。⑱功：同“工”，指事。⑲诠：诠次，选择编次。⑳摘：选取。《后汉书·张衡传》说，张衡上疏，指出司马迁、班固史书中的十多处错误。舛：差错。滥：不恰当。㉑傅玄：字休奕，西晋文学家。《后汉》：指《东观汉记》。据《晋书·傅玄传》，傅玄在《傅子》中曾对“三史”进行评论。“三史”指《史记》《汉书》和《东观汉记》。《隋书·经籍志》说《东观汉记》所记是从光武帝到灵帝时期的事。

## 译文

编写史书的根本问题，是必须总贯诸子百家，传之千秋万世，表明历代盛衰的证验，作为后世兴亡的借鉴，使一个朝代的典章制度，和日月一样共同长存；王霸之业的事迹，和天地一样长久光大。因此，在汉朝初年，史官的职务较为重要，各州郡和诸侯国的文件账目，首先要集中到编写史书的太史府，让史官能详细了解全国的重大规划。还必须阅读国家珍藏的文件、史料，搜检一切残旧的帛书、竹简，让史官能广泛而熟练地考察古代史迹。因此，在确立意义和选用言辞上，应以经典为准则；在进行规劝、警诫的取舍上，必须以圣人的思想为根据；然后才能对史实阐释评价得明白而正确，这样就不至于产生烦琐不实的记载了。但史书的基本格式，就是按年代顺序编纂有关事件。文字上不能进行空泛的议论，而是按照实际情况记叙。不过年代太远的事是否写得符合史实就很难确认了，要写的事太多，对每件事的始末就容易忽略，这的确是进行综合记叙所存在的困难。有的同属一事，但和几人有关，如果在两人的本传里都写就造成重复的毛病，如果只记在一人头上则又出现不周全的缺点，这又是在权衡轻重、相互配合上存在的困难。所以，东汉张衡指出的《史记》《汉书》中的不少错误，晋代傅玄批评《东观汉记》过于烦琐，都是由于上述问题造成的。

## 原文

**若夫追述远代，代远多伪。公羊高[1]云“传闻异辞”。荀况[2]称，“略远详近”。盖文疑则阙，贵信[3]史也。然俗皆爱奇，莫顾实理。传闻而欲伟[4]其事，录远而欲详其迹[5]，于是弃同即异[6]，穿凿傍说[7]，旧史所无，我书则博，此讹滥之本源[8]，而述远之巨蠹[9]也。至于记编同时[10]，时同多诡[11]，虽定、哀微辞[12]，而世情利害[13]。勋荣[14]之家，虽庸夫而尽饰[15]；迍败[16]之士，虽令德而嗤埋[17]。吹霜煦露[18]，寒暑[19]笔端。此又同时之枉[20]，可为叹息者也。故述远则诬矫如彼[21]，记近则回邪[22]如此，析理居正[23]，唯素心[24]乎！若乃尊贤隐讳，固尼父之圣旨[25]，盖纤瑕不能玷瑾瑜也[26]。奸慝[27]惩戒，实良史之直笔，农夫见莠[28]，其必锄也。若斯之科[29]，亦万代一准焉。至于寻繁领杂[30]之术，务信弃奇之要，明白头讫[31]之序，品酌事例之条[32]，晓其大纲，则众理可贯。然史之为任，乃弥纶[33]一代，负海内[34]之责，而赢是非之尤[35]。秉笔荷担[36]，莫此之劳。迁、固通[37]矣，而历诋[38]后世。若任情失正[39]，文其殆[40]哉！**

## 注释

①公羊高：战国时齐国人，作有《春秋公羊传》（简称《公羊传》），该书是阐述《春秋》的著作。②荀况：荀子。③信：可靠，真实。④伟：特殊，特异。⑤迹：事迹，事实。⑥异：特异，与众不同。⑦穿凿：穿凿附会。傍说：指不真实的传闻。⑧讹：错误，谬误。滥：过度，失实。⑨蠹（dù）：蛀虫，这里引申为损害。⑩记编：记录编纂。同时：指同时代的人或事。⑪诡：虚假。⑫定、哀微辞：意谓孔子的《春秋》在记鲁定公、鲁哀公时代的事时多隐意。定、哀，指鲁定公、鲁哀公。微辞，用隐晦的言辞委婉地表达批评。⑬世情利害：世间的人情利害关系。⑭勋荣：指功勋、荣誉。⑮庸夫：平庸的人。饰：夸耀，夸赞。⑯迍（zhūn）败：困顿失败。迍，同“屯”，艰难困苦。⑰令：美好的样子。嗤埋：嘲笑埋没。⑱吹霜煦（xǔ）露：意谓任意褒贬，贬时吹气就能成霜，褒时吹气就像雨露。煦，吹气，哈气。⑲寒暑：冷暖交替，指贬和褒。⑳枉：曲。㉑诬：欺骗。矫：假托，假借。㉒回邪：歪曲不正。㉓析理：分析事理。居正：持中正的观点。㉔素心：心地纯净，此指公正之心。㉕“若乃”二句：意谓不提尊者、贤者的过失，本就是孔圣人的宗旨。隐讳，指不提尊者、亲者、贤者的过错。尼父，孔子，字仲尼，后人尊称其为尼父。㉖纤瑕：微小的缺点。瑕，玉中的斑点。玷：玷污，污损。瑾瑜：质地美好的玉。㉗慝（tè）：邪恶。㉘莠：杂草。㉙科：准则，此指前文“尊贤隐讳”“奸慝惩戒”的原则。㉚寻繁领杂：从繁杂的材料里理出头绪，提出纲领。寻，寻觅，反复推求。领，引领。㉛讫：结束。㉜品酌事例：品论斟酌事件。条：凡例，条例。㉝弥纶：包括统摄。㉞海内：四海之内，即天下。㉟羸：担负。尤：谴责。㊱秉：秉承。荷：负担，扛。㊲通：指学识融会贯通。㊳诋：诋毁。㊴任情：放任私情。失正：有失公正。㊵殆：危险。

## 译文

至于追叙遥远年代的历史，因其年代过于久远，事多有不实。公羊高曾说："传闻的事各有不同。"荀况说过，记述年代久远的事情往往简略处理。资料有疑问时记述历史就让它缺着，这是为了尊重历史的真实性。然而世俗之人都喜好奇闻异事，不顾历史要合乎真实的道理。听到传闻就想让事情显得奇异，记录年代久远的事总凭猜测详细地描述细节，于是丢掉公认的说法，采用奇异的传闻，穿凿附会不真实的传说，以前史书上没有记载的，我的史书便加以记载传播，这是谬误不实的根源，是记叙远古历史的大害。至于记载编修当代的历史，时代相同也有许多虚假之处，如孔子在《春秋》中记述和他同时代的鲁定公、鲁哀公时，就用了隐微之辞表示批评，这也说明了世俗人情、利益关系的影响。有的人写历史，对有功勋荣誉的家族，即便是平庸之人也会尽量吹捧；对遭遇困顿失败的人，即便是有美好的德行也会受到嘲笑而埋没无闻：贬则呵气成霜，褒则春风雨露。人情之冷暖尽在笔端，这又是同时代人记载当代历史的歪曲之处，真是可惜、可叹啊。所以追述年代久远的历史就那样虚假欺骗，记录同时代的历史就如此歪曲不正，分析事理保持公正，只能靠公正无私之心了！至于对尊者、贤者有所隐讳，这本是孔子的宗旨，因为微小的斑点无损于美玉的质地；对奸邪之事要加以惩戒，实在是优秀的史家应该秉笔直书的，犹如农人见到田里的杂草，必须要锄去它一样。诸如此类的原则，也是万世不变的准则。至于在庞杂的史料中清理头绪、提取纲领的方法，追求真实、摒弃猎奇的要领，记录事件使其始末清晰的叙述顺序，品论斟酌事件的凡例，明白了这些大致的纲要，其他的许多道理就可以融会贯通了。但史家编纂史书的任务，是全面记述一代史实，肩负着天下的重任，而承受各种是是非非的责难。作史写作承担责任，再没有比这更辛苦的了。司马迁、班固已经算是博古通今了，可还是屡遭后人的诋毁。如果放纵私情而失去公正之心，那样的史书可就危险了。

## 原文

**赞曰：史肇轩黄[①]，体备周、孔。世历斯编，善恶偕[②]总。腾褒裁贬[③]，万古魂动。辞宗丘明，直归南、董[④]。**

## 注释

①史肇轩黄：指本篇开始说的“轩辕之世，史有仓颉”。②偕：共同。③腾：传播。裁：判断。④南：指春秋时齐国的南史氏。《左传·襄公二十五年》载，齐国大夫崔杼杀了国君，谁记载其事，崔杼就杀掉谁。南史氏听说已杀两个史官，他仍冒死要直记其事。董：指春秋时晋国史官董狐。《左传·宣公二年》载，晋灵公要杀赵盾，赵盾逃跑后，赵穿杀了灵公。董狐却记以“赵盾弑其君”。赵盾问董狐，董狐回答说：“子为正卿，亡不越竟（未出国境），反不讨贼，非子而谁？”

## 译文

总之，史官开始于轩辕黄帝，史书完备于周公、孔子。对世代经历的事编成历史，无论好人、坏人都总括其中。史书上宣扬好的、制裁坏的，万世之后使人惊心动魄。文辞方面应学习左丘明，记事方面要像南史氏和董狐那样正直。

# 十七、诸子篇

## 〔导　读〕

诸子散文不仅是我国古代散文的一个重要组成部分，对后来散文的发展也有深远的影响。本篇以先秦诸子为重点，兼及汉魏以后的发展变化情况，对诸子散文的特点做了初步总结。

全篇分三个部分。第一部分叙述子书的性质、起源以及子书和经书的区别。第二部分主要评论先秦诸子散文内容方面各不相同的特点，而归总为两大类：一是纯粹的，一是驳杂的。这两类的区分，主要以是否符合儒家经典为准则。这里，征圣宗经的观点使刘勰对古代某些优秀的神话或寓言做了不正确的评论。第三部分从写作特点上论述了诸子百家的主要成就，指出了汉以后的子书渐不如前。

本篇讲到，汉代统治者因诸子书中杂有异端思想而害怕其流传，刘勰提出，诸子之书“亦学家之壮观也”。从本篇着重对各家不同风格特点的论述来看，刘勰对诸子百家在文学史上的价值是有所认识的。诸子书中某些富有浪漫主义色彩的神话、寓言，为刘勰所不理解，这是他宗经思想造成的局限，但刘勰并不反对浪漫主义的表现方式。诸子散文中浪漫主义色彩最浓厚的，莫过于《庄子》和《列子》。刘勰对其总的评论则是，《庄子》“述道以翱翔”，《列子》“气伟而采奇”。这既是肯定性的评述，也正抓住了其主要的风格特点。

## 原文

**诸子者，入道[1]见志之书。太上立德，其次立言[2]。百姓之群居，苦纷杂而莫显[3]；君子[4]之处世，疾名德之不章[5]。唯英才特达[6]，则炳耀[7]垂文，腾[8]其姓氏，悬诸日月焉。昔风后、力牧、伊尹[9]，咸[10]其流也。篇述者，盖[11]上古遗语，而战代[12]所记者也。至鬻熊[13]知道，而文王咨[14]询，余文遗事，录为《鬻子》[15]，子目肇[16]始，莫先于兹。及伯阳[17]识礼，而仲尼访问[18]，爰序《道德》[19]，以冠百氏[20]。然则鬻惟文[21]友，李[22]实孔师，圣贤并世[23]，而经、子[24]异流矣。**

## 注释

①入道：深入到理论里面去。②立德、立言：《左传·襄公二十四年》载鲁国大夫叔孙豹的话："太上有立德，其次有立功，其次有立言。"③显：明白。④君子：有理想的人，这里主要指封建士大夫。⑤疾：憎恶。章：明，显。⑥特达：超出一般人之上。⑦炳耀：昭著。⑧腾：跃起，这里指声名的传播。⑨风后、力牧：相传为黄帝的二臣。《汉书·艺文志》列有《风后》十三篇，属兵家。又有《力牧》二十二篇，属道家。伊尹：商汤的大臣。《汉书·艺文志》列有《伊尹》五十一篇，属道家；又有《伊尹说》二十七篇，属小说家。⑩咸：全部。以上诸书均后人伪托。⑪盖：大概。⑫战代：战国时期。⑬鬻熊：楚国的祖先，相传是季连的苗裔，熊绎（yì）的曾祖。⑭咨：询问。《汉书·艺文志》中说鬻熊"为周师"。⑮《鬻子》：《汉书·艺文志》列有《鬻子》二十二篇，属道家；又有《鬻子说》十九篇，属小说家。⑯肇：开始。⑰伯阳：相传为老子的字。⑱仲尼访问：《史记·老庄申韩列传》中说，孔子曾"问礼于老子"。⑲爰：于是。《道德》：指《道德经》。⑳百氏：指诸子百家。㉑文：指周文王。㉒李：指老子，姓李。㉓圣：指周文

王和孔子。贤：贤人，指鬻熊和老子。㉔经、子：刘勰在这里称圣人的著作为“经”、贤人的著作为“子”。

## 译文

诸子的这种著作，是阐述理论、表达主张的书籍。想要“不朽”，最好的是树立品德，其次是著书立说。一般人民群居生活，苦于周围事物纷纭杂乱而不明白其中的道理；而士大夫立身处世，又担心自己的声名和德行不能流传广远。所以只有才华突出的人，方能光辉地遗留下自己的著作，传播开自己的姓名，像太阳、月亮般为人所共见。从前黄帝时的风后、力牧和商朝的伊尹等人，都属于这一类。不过他们的作品，大概是古代相传的话语，到战国时才记录下来的。后来楚国的祖先鬻熊通晓哲理，周文王曾向他请教，他留下的文辞和事迹，编为《鬻子》，在子书集中，这是最早的开始者。到了老子，因为懂得古礼，孔子曾向他请教，于是老子写成《道德经》，成为诸子中较早的书。但是，鬻熊仅仅是文王的朋友，老子却是孔子的老师，两位圣人和两位贤人的时代相同，而所写的书或成为经，或成为子，俨然是两类不同的著作了。

## 原文

**逮及七国力政[1]，俊乂蜂起[2]。孟轲膺儒以磬折[3]，庄周述道以翱翔[4]，墨翟执俭确之教[5]，尹文课名实之符[6]，野老[7]治国于地利，驺子[8]养政于天文，申、商刀锯以制理[9]，鬼谷唇吻以策勋[10]，尸佼[11]兼总于杂术，青史[12]曲缀于街谈，承流而枝附[13]者，不可胜[14]算，并飞辩以驰术[15]，餍[16]禄而余荣矣。暨于暴秦烈火[17]，势炎昆冈[18]，而烟燎[19]之毒，不及诸子。逮汉成留思[20]，子政雠[21]校，于是《七略》芬菲[22]，九流鳞萃[23]，杀青[24]所编，百有八十余家矣。迄至魏**

**晋，作者间出，谰言[25]兼存，琐语必录，类聚而求，亦充箱照轸[26]矣。然繁辞虽积，而本体[27]易总，述道言治，枝条“五经”。其纯粹者入矩[28]，踳驳者出规[29]。《礼记·月令》，取乎吕氏之纪；《三年问》丧，写乎《荀子》之书；此纯粹之类也[30]。若乃汤之问棘，云蚊睫有雷霆之声[31]；惠施对梁王，云蜗角有伏尸之战[32]；《列子》有移山跨海之谈[33]，《淮南》有倾天折地之说：此踳驳之类也。是以世疾诸子，混洞虚诞[34]。按《归藏》之经，大明迂怪[35]，乃称羿毙十日，嫦娥奔月。殷《易》如兹，况诸子乎？至如商、韩，六虱、五蠹[36]，弃孝废仁，轘药之祸[37]，非虚至也。公孙之白马、孤犊[38]，辞巧理拙，魏牟比之鸮鸟[39]，非妄贬也。昔东平求诸子、《史记》，而汉朝不与[40]；盖以《史记》多兵谋，而诸子杂诡术也。然洽闻[41]之士，宜撮纲要，览华而食实，弃邪而采正；极睇参差[42]，亦学家之壮观也。**



## 注释

①逮：及，到。力政：力征，以武力征伐。②乂（yì）：才德过人。蜂起：大量出现。③孟轲：孟子，战国时鲁国思想家。膺：胸，这里引申为藏在胸中。磬折：屈身如磬状，这里形容孟子的恭守儒礼。④庄周：庄子，战国时楚国思想家。《汉书·艺文志》列有《庄子》五十二篇，属道家。翱翔：本指鸟飞翔，这里指《庄子》一书在论述上自由奔放的特点。⑤墨翟：墨子，战国时鲁国思想家。《汉书·艺文志》列有《墨子》七十一篇，属墨家。确：枯槁，这里有节俭的意思。⑥尹文：战国时齐国学者。《汉书·艺文志》列有《尹文子》一篇，属名家。课：考核。⑦野老：战国时的隐者，著书言农家事。《汉书·艺文志》列有《野老》十七篇，属农家。⑧驺子：邹衍，战国时齐国学者，喜谈天说地及阴阳五行等问题。《汉书·艺文志》列有《邹子》四十九篇，属阴阳家。⑨申：指申不害，战国时韩昭侯之相。商：指商鞅，

战国时秦孝公之相。《汉书·艺文志》列《申子》六篇、《商君》二十九篇，都属法家。刀锯：刑具。理：有条理，有秩序。⑩鬼谷：鬼谷子，因隐居于鬼谷而得名，相传为苏秦、张仪的老师。《隋书·经籍志》载《鬼谷子》三卷，属纵横家。唇吻：嘴唇，指口才。策：记录。⑪尸佼：相传为商鞅的老师。《汉书·艺文志》载《尸子》三十篇，属杂家。⑫青史：相传是晋国史官董狐的后裔。《汉书·艺文志》载《青史子》五十七篇，属小说家。曲缀：详细记录。⑬枝附：说以上子书像枝叶依附于主干似的继于前代著作之后。枝，比喻后来的子书。⑭胜：尽。⑮术：道术，也就是各家的学说。⑯餍：足够。⑰暨：及。烈火：指焚书的大火。⑱势炎昆冈：这是借用《尚书·胤征》中的“火炎昆冈，玉石俱焚”之意，意为火势太大，昆仑山的石头和玉一起遭殃，无一例外。⑲燎：延烧。⑳汉成：汉成帝。留思：留意，汉成帝曾派人去各地搜寻古籍，并令刘向加以整理。㉑雠（chóu）：校勘文字。㉒《七略》：刘向、刘歆父子先后整理图书，刘歆最后完成图书分类著作《七略》。芬菲：形容著作之多。㉓九流：指儒家、道家、阴阳家、法家等各家。萃：荟萃。㉔杀青：用火烘烤青竹简，去除水分，再行书写，这样可以防蛀。此谓写定。㉕谰言：虚妄之言。㉖轸：车后横木，此指车。㉗本体：指诸子著作述道言治的基本内容。㉘入矩：符合“五经”的规范。㉙出规：不合“五经”的规范。㉚“《三年问》表”二句：意谓《礼记·三年问》是从《荀子·礼论》的后半部分抄录而成的。㉛“若乃”二句：《列子·汤问》载，夏革对商汤说，有一种叫焦螟的小虫，群居在蚊子的眼睫毛上，蚊子感觉不到，连最善于辨听声音的师旷也听不到它的任何声音，而黄帝与容成子修道后，能听到它的声音像雷霆一般响。棘，即夏革。㉜“惠施”二句：《庄子·则阳》载，惠施向魏王引荐魏国的贤人戴晋人，戴晋人说蜗牛左角上有触氏国，右角上有蛮氏国，两国为争夺地盘而战，死者数万。惠子，惠施，战国梁国之相。㉝《列子》：相传是战国时列御寇的著作，属道家。移山：指《列子·汤问》中的愚公移山之事。跨海：《列子·汤问》又说海中有方丈、蓬莱等五座山，龙伯国的巨人只要跨几步就到达了。㉞混洞虚诞：杂乱空虚，荒诞不实。㉟迂怪：迂阔怪诞。㊱六虱：六种害虫，比喻危害政治的六种事情。五蠹：五种蛀虫，比喻危害君主的五种人。㊲轘（huàn）药之祸：车裂、毒药之祸。指商鞅被秦惠王杀死，尸体被车裂，韩非被李斯用毒药毒死。㊳公孙：指公孙龙，战国时期诡辩家。白马、孤犊：《列子·仲尼》载，公孙龙曾对魏王说："白马非马，孤犊未尝有母。"犊，小牛。㊴魏牟：指魏公子牟。《庄子·秋水》载，公子牟讥讽公孙龙为浅井之蛙。鸮鸟：恶鸟，比喻奸邪之人。此处可能是刘勰误记。㊵"昔东平"二句：《汉书·宣元六王传》载，汉宣帝子东平王向汉成帝上疏求《太史公书》（即《史记》）和诸子书，成帝问大将军王凤，王凤认为诸子书有的反经术，非圣人，有的明鬼神，信怪物；《太史公书》有战国纵横权谋诡诈之术等，不宜给诸侯王。不与，不给。㊶洽闻：见闻广博。㊷睇：观览。参差：指各家子书内容风格不同。

## 译文

到战国的时候，在互相用武力征伐中，出现了许多杰出的人才。孟轲信奉儒家的学说，谦恭地和王侯们周旋，庄周以飘逸豁达的方式阐述道家的理论，墨翟采用俭朴节约的学说，尹文研究名义和实际是否相合，野老讲究从地利的角度治理国家，邹衍谈论阴阳五行来配合政治，申不害和商鞅用刑法来安定秩序，鬼谷子靠着口才来立功，尸佼综合各家学说，青史子详记民间的谈论，以后继承他们的学派而如枝之附干者，不知道有多少，这些人大都能够通过雄辩来传播自己的学说，并且饱享高官厚禄。到残暴的秦始皇焚烧书籍，就如昆仑山上的大火烧得玉石俱焚一样，几乎有一网打尽之势，可是诸子之书并未受到其害。到汉成帝留意古籍，命令刘向整理校勘，于是《七略》著录的诸子之书如百花争艳，九家学派的著作像鱼鳞般萃集，定稿编录的，共有一百八十多家。魏晋以后，子书作者不断出现，其中虚妄的话被保存，也记录了一些琐细的内容，如果把这些分类收集起来，也得装上几车了。然而繁富的著作虽然堆积得很多，但基本内容还是容易掌握的，无论它们阐述各自的道理，或议论如何治理国家，都是从"五经"发展下来的。其中内容纯正的，合乎经书的思想；内容杂乱的，便越出了经书的范围。《礼记》中的《月令》取自《吕氏春秋·十二月纪》的首段，而《礼记·三年问》的内容，原本写在《荀子·礼论》之中：这些都是内容纯正的例子。至于《列子·汤问》中记商汤问夏革，夏革说黄帝能听到蚊子的眼睫毛上有小虫发出像打雷一样的声音；《庄子·则阳》中记述惠施推荐的戴晋人对梁惠王说，在蜗牛角上曾发生过一场死伤数万的大仗；《列子·汤问》中有愚公移山、龙伯国巨人跨海的奇谈；《淮南子·天文训》中有共工怒触不周山的怪说。这些是内容驳杂不正的例子。因此世人都不喜欢《诸子》的杂乱空虚、荒诞不实。不过商代的《归藏经》里面谈迂阔怪诞之事，如说后羿射日、嫦娥奔月之类。商汤时的《易》尚且如此，何况诸子百家呢？此外，如《商君书》中说危害国家的有六种虱子，《韩非子》中说危害君主的有五种蛀虫，这就是违反了仁义道德，后来商鞅被车裂、韩非被毒死，那不是没有原因的。还有公孙龙“白马”“孤犊”之类的诡辩，言辞虽巧，但于理不通；魏公子牟把他比作邪恶的鸟，并不是随便指责他。从前东平王刘宇向汉成帝求诸子书和《史记》，成帝不肯给，就因为《史记》里多有用兵的谋略，而《诸子》中又往往杂有诡诈之术。但是，对于见闻广博的人来说，就应该抓住诸子之书的主要方面，要欣赏它的文采，消化它的内容；抛开其中的邪说，采纳正确的意见。尽量观览这些内容形式不同的子书，确也是学术界的大观。

## 原文

**研夫孟、荀所述①，理懿而辞雅；管、晏属篇②，事核③而言练；列御寇之书④，气⑤伟而采奇；邹子⑥之说，心⑦奢而辞壮；墨翟、随巢⑧，意显而语质；尸佼，尉缭⑨，术通而文钝；《鹖冠》绵绵⑩，亟⑪发深言；《鬼谷》眇眇⑫，每环⑬奥义；情辨以泽⑭，文子擅其能⑮；辞约⑯而精，《尹文》得其要；慎到⑰析密理之巧，韩非著博喻⑱之富，《吕氏》鉴远而体周⑲，《淮南》泛采⑳而文丽：斯则**

**得百氏之华采[21]，而辞气[22]之大略也。若夫陆贾[23]《新语》，贾谊[24]《新书》，扬雄[25]《法言》，刘向[26]《说苑》，王符《潜夫》[27]，崔寔[28]《政论》，仲长[29]《昌言》，杜夷《幽求》[30]，或[31]叙经典，或明政术，虽标“论”名，归乎诸子。何者？博明万事为子，适[32]辨一理为论，彼皆蔓延[33]杂说，故入诸子之流。夫自六国以前，去圣未远，故能越世[34]高谈，自开户牖[35]。两汉以后，体势浸[36]弱，虽明乎坦途[37]，而类多依采[38]，此远近[39]之渐变也。嗟夫，身与时舛[40]，志共道申，标[41]心于万古之上，而送怀于千载之下，金石靡[42]矣，声其销乎[43]！**

## 注释

①孟：孟轲。荀：荀况。②管：管仲，春秋时齐国政治家。晏：晏婴，春秋时齐国大夫。《汉书·艺文志》载《管子》八十六篇，属道家；又载《晏子》八篇，属儒家。③核：考查，这里指经得起考查的、符合于实际的。④列御寇之书：指《列子》。⑤气：文气，是作者的气质在作品中的体现。⑥邹子：上文的驺子。⑦心：指作者内心的思考。⑧随巢：墨子的弟子。《汉书·艺文志》载《随巢子》六篇，属墨家。⑨尉缭（liáo）：战国时尉氏人。《汉书·艺文志》载《尉缭子》二十九篇，属杂家。⑩《鹖（hé）冠》：指《鹖冠子》。鹖冠子为春秋时隐士，姓氏不传，因他以鹖鸟的羽毛为冠，故名鹖冠子。《汉书·艺文志》载《鹖冠子》一篇，属道家。绵绵：长远的样子，指其论述内容的长远。⑪亟（qì）：屡次。⑫眇眇：高远的意思。⑬环：围绕。⑭辨：明辨。泽：丰润。⑮文子：老子的弟子。《汉书·艺文志》载《文子》九篇，属道家。擅：专有。⑯约：文辞简洁。⑰慎到：战国时赵国人。《汉书·艺文志》载《慎子》四十二篇，属法家。⑱博喻：《韩非子》中《说林》等篇常用譬喻方法说明事理。⑲鉴：识。体：风格。⑳泛采：博取，广泛采纳。㉑华采：美好的意思。㉒辞气：指文辞特点。㉓陆贾：西汉初年学者，有《新语》二十三篇，《汉书·艺文志》列为儒家。㉔贾谊：西汉初年文人，有《新书》五十八篇，《汉书·艺文志》列为儒家。㉕扬雄：西汉后

期文人，有《法言》十三篇，《汉书·艺文志》列为儒家。㉖刘向：西汉学者，有《说苑》《新序》等，《汉书·艺文志》列为儒家。㉗王符：东汉学者。《潜夫》：《潜夫论》，属儒家。㉘崔寔：东汉末年学者。㉙仲长：即仲长统，东汉末年学者。㉚杜夷：东晋初年学者。《幽求》：《幽求子》。㉛或：一作"咸"。㉜适：仅。㉝蔓延：牵涉。㉞越世：超越当世。㉟牖（yǒu）：窗。㊱浸：渐渐。㊲坦途：平坦的路途，此指儒家学说。㊳依：依傍。采：采取，意为拾人牙慧，落人窠臼。㊴远近：指时间的远近，远是先秦，近是汉代以后。㊵舛：不合。㊶标：显出。㊷靡：消灭。㊸声其销乎：此句回应本篇开始所说"立言"为"三不朽"之一，指诸子的著作是不会消灭的。销，同"消"。

## 译文

考查诸子中孟轲、荀况的论述，理论完美而词句雅正；管仲、晏婴的著作，事实可信而语言简练；列御寇的书，文气宏伟而辞采奇丽；邹衍的议论，构思夸张而词句有力；墨翟和他的学生随巢的著作，意思明显而语句质朴；尸佼和尉缭的书，学说通达而文辞笨拙；《鹖冠子》议论深长，所以常有深刻的言论；《鬼谷子》说理玄远，常阐述奥妙的意见；感情明显而丰富，是文子独具的优点；辞句简练而精当，尹文子掌握到这种要领；慎子巧于分析精密的道理，韩非的著述内容广博而丰富；《吕氏春秋》见识远大而风格周密；《淮南子》多方面吸取材料而文辞华丽。这些已经包括了诸子百家的精华，也就是他们作品的主要特点。此外还有陆贾的《新语》，贾谊的《新书》，扬雄的《法言》，刘向的《说苑》，王符的《潜夫论》，崔寔的《政论》，仲长统的《昌言》，杜夷的《幽求子》等，它们有的阐述儒家经典，有的说明政治方略，虽然常用"论"字作书名，但事实上属于诸子之作。为什么呢？因为广泛地阐明各种事物的叫作"子"，只辨别一种道理的叫作"论"，它们既然牵涉到各方面的问题，所以应该属于诸子的范围了。在战国以前，距古代圣人还不算太远，因而能够超越当世高谈阔论的现状，自成一家。到两汉以后，文风逐渐衰落，作者虽然熟悉儒家学说，但常常依傍前人，采用旧说，这就是古代和近代子书的不同。唉，诸子百家本身常常和当世之人合不来，而自己的志趣却靠理论获得陈述，他们的思想一方面在古代已经表明，一方面又交付给千载之后，金石会毁灭，难道声名也会消逝吗！

## 原文

**赞曰：文夫处世，怀宝挺秀①。辨雕②万物，智周宇宙。立德何隐，含道必授。条流殊述③，若有区囿④。**

## 注释

①宝：指才德。秀：超出众人之上。②辨雕：论述，剖析。辨，通“辩”，本指口才，这里兼指文才。③述：通“术”，指道路。④囿（yòu）：区分。

## 译文

总之，大丈夫生在世上，应有超人的才德；能够论述一切事物，其智慧可认识整个世界。建立品德是隐约难见的，可是懂得了道理就必然能传布。不同的流派走不同的道路，各家的界限是很分明的。

# 十八、论说篇

## 〔导　读〕

“论”与“说”在后代文体中总称为“论说文”。本篇所讲“论”与“说”也有其共同之处，都是阐明某种道理或主张，但却是两种有区别的文体：“论”是论理，重在用严密的理论来判别是非，大多是论证抽象的道理；“说”是使人信服，除了古代常用口头上的陈说外，多是针对紧迫的现实问题，用具体的利害关系或生动形象的比喻来说服对方。后世的“论说文”，基本上是这两种文体共同特点的发展。

本篇分两大部分，前两段讲“论”，后两段讲“说”。第一段说明“论”的概念、类别及其从先秦到魏晋时期的发展概况。第二段讲“论”的基本要求，附论“注释文”和“论体”的同异。把注释一概归入论体是很勉强的，不过古代某些经传既独立成书，也表达了著者系统的学术见解，和一般学术论著有共通之处。第三段讲“说”的含义和发展概况。第四段讲“说”的基本要求。

刘勰对“论说文”的论述，除以“述圣通经”为“论家之正体”，表现了他浓厚的尊儒思想外，在涉及魏晋期间“崇有”“贵无”之争时，还搬出了佛教的“般若之绝境”，这并非概念上的偶然借用，而是在“有”与“无”这场大论战中，作为佛教徒的刘勰对这个重要问题的论断，这对我们全面研究刘勰的文学思想是有一定的参考价值的。另一方面也应看到，刘勰“博通经论”（《梁书·刘勰传》），这与《文心雕龙》全书理论体系的建立是有一定关联的。值得注意的是，刘勰对古代“论说文”的总结也有一些可取之处，如认为议论文要“弥纶群言，而研精一理”；提倡“师心独见，锋颖精密”的论文；强调“辨正然否”，反对讲歪道理而主张以理服人等。特别值得注意的是，他以“悦”解“说”，要求“说”必须使人“悦怿”。这既抓住先秦辩论家善用寓言服人的特点，也是汉魏以后的杂说所继承的精华。此外，刘勰一再肯定“动言中务”“喻巧而理至”的辩说，这对总结和发扬古代“说”体的文学特点是有一定意义的。

## 原文

圣哲彝[①]训曰经，述经叙理曰论。论者，伦[②]也。伦理无爽[③]，则圣意不坠[④]。昔仲尼微言[⑤]，门人追记[⑥]，故抑其经目[⑦]，称为《论语》；盖群论立名，始于兹矣。自《论语》已前，经无“论”字[⑧]；《六韬》“二论”[⑨]，后人追题乎！详观论体，条流多品[⑩]：陈政，则与议说合契[⑪]；释经，则与传注参体[⑫]；辨史，则与赞评齐行[⑬]；铨[⑭]文，则与叙引共纪[⑮]。故议者宜言[⑯]，说者说语[⑰]，传者转师[⑱]，注者主解[⑲]，赞者明意，评者平理[⑳]，序者次事[㉑]，引者胤辞[㉒]。八名区分，一揆宗论[㉓]。论也者，弥纶[㉔]群言，而研精一理者也。是以庄周《齐物》，以“论”为名[㉕]；不韦《春秋》，“六论”昭列[㉖]。至石渠论艺[㉗]，白虎讲聚[㉘]，述圣通经，论家之正体也。及班彪《王命》[㉙]，严尤《三将》[㉚]，敷[㉛]述昭情，善入史体。魏之初霸，术兼名、法[㉜]。傅嘏[㉝]、王粲，校练名理[㉞]。迄至正始[㉟]，务欲守文[㊱]，何晏[㊲]之徒，始盛玄论[㊳]。于是聃、周当路[㊴]，与尼父争涂。详观兰石之《才性》[㊵]，仲宣之《去伐》[㊶]，叔夜之《辨声》[㊷]，太初之《本无》[㊸]，辅嗣之《两例》[㊹]，平叔之《二论》[㊺]，并师心独见[㊻]，锋颖精密，盖论之英也。至如李康《运命》[㊼]，同《论衡》[㊽]而过之；

**陆机《辨亡》[49]，效《过秦》[50]而不及，然亦其美矣。次及宋岱、郭象[51]，锐思于机[52]神之区；夷甫、裴頠[53]，交辨于有无[54]之域；并独步当时，流声后代。然滞有者，全系于形用[55]；贵无者，专守于寂寥[56]；徒锐偏解[57]，莫诣[58]正理；动极神源[59]，其般若[60]之绝境乎！逮江左[61]群谈，惟玄是务。虽有日新，而多抽前绪[62]矣。至如张衡《讥世》[63]，颇似俳[64]说；孔融《孝廉》[65]，但[66]谈嘲戏；曹植《辨道》[67]，体同书抄；言不持正，宁如其已[68]。**

## 注释

①彝（yí）：常。②伦：条理。③伦理：有条理。爽：失误，差错。④坠：丢失。⑤微言：精微之言。⑥追记：事后补记。⑦抑其经目：是说谦虚而不敢称之为经。抑，谦虚。⑧经无“论”字：意谓经书上没有以“论”字为书名或篇名的。⑨《六韬》“二论”：汉人根据旧说，假托吕尚所作的古兵书，其中有《霸典文论》《文师武论》。⑩条：枝条。流：支流。品：类别。⑪合契：符合，吻合。⑫传（zhuàn）：解释经的作品。参：参差，交错相合。⑬齐行（háng）：同类。⑭铨：衡量。⑮叙：序。引：引言。纪：法度。⑯宜言：话说得恰当。⑰说（yuè）语：说话动听。⑱转师：转授师说。⑲主解：以解释为主。⑳平理：说明公正的道理。㉑次事：按照顺序叙述事情。㉒胤（yìn）辞：指引申、解释原作的言辞。㉓一揆（kuí）：共同，一样。宗：属于。㉔弥纶：综合。㉕“是以”二句：意谓《庄子》中有《齐物论》。庄周，即庄子，战国时思想家，道家学派的代表人物之一。㉖“不韦”二句：意谓《吕氏春秋》中有《开春》《慎行》《贵直》《不苟》《似顺》《士容》六论。不韦，即吕不韦，战国时秦国丞相，曾集门客编纂《吕氏春秋》。昭，明白，清楚。㉗石渠论艺：《汉书·宣帝纪》载，汉宣帝曾召集儒生在石渠阁讨论“五经”。石渠，即石渠阁，位于汉宫内。艺，指六艺，指《诗》《书》《礼》《易》《乐》《春秋》，其中《乐》失传，所以只讨论“五经”。㉘白虎讲聚：《后汉书·章帝纪》载，汉章帝曾召集大臣、儒生等在白虎观讲议

"五经"。白虎，即白虎观，也位于汉宫内。㉙《王命》：班彪的《王命论》。㉚严尤：庄尤，西汉末年将军，因避汉明帝讳改名严尤。《三将》：指庄尤的《三将军论》。㉛敷：铺陈。㉜术兼名、法：意谓曹操执政时，喜好刑名之学，讲究循名责实，重视法治。㉝傅嘏（gǔ）：字兰石，三国时魏国学者。㉞校练：考核简练。名理：名实之理。㉟正始：三国时魏国齐王曹芳的年号。㊱守文：遵循前代注重文治的做法，继续提倡学术。㊲何晏：三国时魏国学者，玄学的代表人物。㊳玄论：讨论玄学的论述。㊴聃（dān）：指老子。周：指庄子。㊵《才性》：指傅嘏的《才性论》。㊶《去伐》：指王粲的《去伐论》。㊷《辨声》：指嵇康的《声无哀乐论》。㊸太初：三国时魏国学者夏侯玄的字。《本无》：指夏侯玄的《本无论》。㊹辅嗣：三国时魏国学者王弼的字。《两例》：指王弼的《易略例》上下两篇。㊺《二论》：《世说新语·文学》载，何晏曾作《道德》二论。㊻师心独见：发自内心而独有创见。㊼李康：三国时魏国作家。《运命》：指李康的《运命论》。㊽《论衡》：东汉学者王充的著作。㊾《辨亡》：指陆机的《辨亡论》。㊿《过秦》：西汉作家贾谊所作的《过秦论》。51宋岱：晋代学者。据《隋书·经籍志》，作有《周易论》。郭象：西晋学者，曾作《庄子注》。52机：同"几"，事物微小的征兆。53夷甫：指王衍，字夷甫，西晋学者。裴頠（wěi）：西晋学者。54有无："有"指事物的存在，"无"指事物的不存在。玄学家依据《老子》"天下万物生于有，有生于无"的说法，提出贵无论，以无为本，王衍便持这种观点。裴頠则以《崇有论》反对贵无论，认为无不能生有。55"然滞有者"句：意谓崇尚"有"的人拘泥于形式及其作用。56"贵无者"句：意谓以"无"为贵的人专门持以无声无形的空虚之说。57锐：有追求之意。偏解：片面的理解。58诣：到达。59动极：穷究到底。神源：神理的根源。60般（bō）若：佛教用语，梵文"智慧"的音译，指脱离妄想，归于清静的境界，这里指佛法。61江左：江东，指东晋。62前绪：指前代的余绪。63《讥世》：指张衡的《讥世论》。64俳：滑稽。65《孝廉》：指孔融的《孝廉论》。66但：只是。67《辨道》：指曹植的《辨道论》。68宁如其已：论文写成这样，不如不写。已，停止。

## 译文

圣人先哲阐明常理的书叫作经，阐发经书、叙说道理的叫作论。论，就是有条理的意思，道理讲述得有条理而没有差错，那圣人的思想就不会丢失。从前孔子所说的精微的话，是他的弟子们事后补记下来的，因此谦虚地不敢称为经，而称之为《论语》；后世以论为名的各种著作篇章，都是从这里开始的。在《论语》之前，经书没有以“论”字作为篇名、书名的；《六韬》中的《霸典文论》和《文师武论》，这两个篇名大概是后人加上去的吧？仔细考察论这种文体，它的分支是多种多样的：陈述政事的，就和议论文、说理文相符合；解释经典的，就和传文、注文相参互；辨述历史的，就和赞辞、评语同一类型；评论作品的，就和序文、引言同一法度。所以论就是话说得合适；说是话说得中听；传是传授师说；注是进行解释；赞是说明意义；评是公正地说明道理；序是次序叙事；引是对正文的补充；八种名目虽各不相同，但总体来说都属于论。论，就是对各种说法进行综合研究，从而精密地探讨某一道理。因此庄子的《齐物论》，以论作为篇名；吕不韦的《吕氏春秋》，六论很明显地列于其中；到汉宣帝召集儒生在石渠阁讨论“五经”，汉章帝召集大臣、儒生等在白虎观讲论经典，阐明圣人的思想，贯通经书中的道理，这是论这一文体的正确体制。到班彪的《王命论》，庄尤的《三将军论》，能够清楚地陈述感情，并善于运用史论的形式。曹魏建立霸业之初，政术兼用名家、法家的学说；傅嘏、王粲的论文，能简练地考核名实之理。到了正始时期，仍致力于前代的文治政策，继续提倡学术，何晏等人，论述有关老庄玄学的风气逐渐盛行起来。于是老庄思想充斥文坛，要和孔子的儒家学说争夺思想阵地了。细读傅嘏的《才性论》、王粲的《去伐论》、嵇康的《声无哀乐论》、夏侯玄的《本无论》、王弼的《易略例》上下篇、何晏的《道德》二论，都独出心裁，论述锐利而精密，是当时论文中的杰作。至于如李康的《运命论》，在论述命运方面与王充的《论衡》相同，但文采胜过了它；陆机的《辨亡论》，有意模仿贾谊的《过秦论》，但不如它；但这也是论中的好作品了。其次论及宋岱、郭象等人的论文，他们思维敏锐，能深入到精微玄妙的境界；王衍、裴颜等人的论文，在“有”和“无”方面相互争辩。他们都是在当时最突出，并且名扬后世的辩论家。但坚持“有”的人拘泥于形式及其作用；崇尚“无”的人又死守着无声无形的空虚之说；一味追求偏颇的理解，而不能求得正确的结论。能彻底穷究到神理的根源的，恐怕只有佛教思想里的那种最高境界了吧？到东晋时期各家的谈论，就只有老庄玄学了；虽然也时时有一些新的观点，但大多是前人话题的继续而已。至于像张衡的《讥世论》，有些像滑稽文字；孔融的《孝廉论》，只是一番谈笑戏弄；曹植的《辨道论》，体例形同抄书。言论不能保持正道，这样的论文还不如不写。

## 原文

**原夫论之为体，所以辨正然否；穷于有数[①]，追于无形[②]，钻坚[③]求通，钩深[④]取极；乃百虑之筌蹄[⑤]，万事之权衡[⑥]也。故其义贵圆通，辞忌枝碎，必使心与理合，弥缝莫见其隙[⑦]；辞共心密，敌人不知所乘，斯其要也。是以论如析薪[⑧]，贵能破理[⑨]。斤[⑩]利者，越理而横断；辞辨[⑪]者，反义而取通；览文虽巧，而检迹[⑫]知妄。唯君子能通天下之志[⑬]，安可以曲论哉！若夫注释为词，解散论体，离[⑭]文虽异，总会是同[⑮]；若秦延君之注《尧典》[⑯]，十余万字[⑰]；朱普[⑱]之解《尚书》，三十万言[⑲]。所以通人[⑳]恶烦，羞学章句[㉑]。若毛公之训《诗》[㉒]，安国之传《书》[㉓]，郑君之释《礼》[㉔]，王弼之解《易》，要约[㉕]明畅，可为式[㉖]矣。**

## 注释

①穷：尽，极力。有数：和下句“无形”相对，指具体的、有形的。②无形：指抽象的。③钻坚：攻坚之意。④钩深：《周易·系辞上》中有“钩深致远”的说法。疏曰：“物在深处，能钩取之。”钩，取。⑤筌蹄：指工具。筌，捕鱼的竹笼。蹄，捕兔的器具。⑥权衡：衡量，评价。权，秤锤。衡，秤杆。⑦弥缝：补合，这里指论述组织严密。隙：孔穴，漏洞。⑧析：破木。薪：木柴。⑨理：指木柴的纹理。⑩斤：斧子。⑪辨：同“辩”，指巧于言辞。⑫检迹：考查实际。⑬“唯君子”句：这是借用《周易·同人》中的彖辞：“唯君子为能通天下之志。”刘勰借指论者应以正当的道理说服天下之人。⑭离：碎杂，指注释文字不是一个整体。⑮总会是同：刘勰认为分散零碎的注释文字，汇总起来也和论文相同。⑯秦延君：名恭，西汉学者。《尧典》：《尚书》中有《尧典》篇，这里是指作为篇名的“尧典”二字。⑰十余万字：汉代桓谭在《新论·正经》中说，“秦近君能说《尧典》，篇目两字之说，至十余万言”，见《汉书·艺文志》注引。⑱朱普：字公文，西汉学者。⑲三十万言：《后汉书·桓郁传》中说，桓荣（郁父）所受朱普对《尚书》的解说是四十万言，三十万言可能是四十万言之误。⑳通人：通达古今的学者。㉑章句：分章、分句对经典进行解释。㉒毛公：指毛亨，西汉学者，相传他曾注解《诗经》。训：解释文字意义。《诗》：指《诗经》。㉓安国：指孔安国，字子国，西汉学者。曾给《尚书》作注。不过刘勰所看到的孔传《尚书》是后人伪托的。《书》：指《尚书》。㉔郑君：指郑玄，字康成，东汉经学家。《礼》：这里指《周礼》《仪礼》《礼记》。㉕要约：精要简练。㉖式：法式，模范。

## 译文

考察“论”这种文体，主要是用以把是非辨别清楚；不仅对具体问题进行透彻的研讨，并深入追究抽象的道理，还要把论述的难点攻破、钻通，深入地挖出理论的终极；论著是表达各种思考的工具，用以对万事万物进行衡量。所以，道理要讲得全面而通达，避免写得支离破碎，必须做到思想和道理统一，把论点组织严密，没有漏洞；文辞和思想密切结合，使论敌无机可乘，这就是写论文的基本要点。因此，写论文和劈木柴一样，以正好破开木柴的纹理为贵。如果斧子太锐利，就会超出纹理把木柴砍断；巧于文辞的人，违反正理而勉强把道理说通；文辞上看起来虽然巧妙，但考查实际情形，就会发现是虚妄的。只有有才德的人，能用正当的道理来说服天下之人的心意，怎么可以讲歪道理呢！至于注释经典的文字，是把论述分散在注释中，这种碎杂的注释虽有别于论文，但汇总起来就和论文相同了；不过像秦延君注《尚书·尧典》，就用了十多万字；朱普注《尚书》，用了三十万字。这就为通达的学者所厌烦，而耻于从事烦琐的章句之学。如毛亨的《毛诗故训传》、孔安国的《尚书孔氏传》、郑玄的《三礼注》、王弼的《周易注》等，其传注都简要明畅，这些可算是注释的典范了。

## 原文

**说者，悦也。兑[1]为口舌，故言资悦怿[2]；过悦必伪，故舜惊谗说[3]。说之善者，伊尹以论味隆殷[4]，太公以辨钓兴周[5]。及烛武行而纾郑[6]，端木[7]出而存鲁，亦其美也。暨战国争雄，辨士云踊[8]；从横[9]参谋，长短角势[10]；转丸[11]骋其巧辞，飞钳[12]伏其精术。一人之辨，重于九鼎[13]之宝；三寸之舌，强于百万之师。六印磊落[14]以**

**佩，五都隐赈而封[15]。至汉定秦、楚[16]，辨士弭节[17]，郦君既毙于齐镬[18]，蒯子[19]几入乎汉鼎。虽复陆贾籍甚[20]，张释傅会[21]，杜钦[22]文辨，楼护[23]唇舌，颉颃万乘之阶[24]，抵嚱公卿之席[25]；然并顺风以托势，莫能逆波而溯洄[26]矣。夫说贵抚会[27]，弛张[28]相随，不专缓颊[29]，亦在刀笔[30]。范雎[31]之言疑事，李斯之止逐客[32]，并顺情入机[33]，动言中务[34]，虽批逆鳞[35]，而功成计合，此上书之善说也。至于邹阳之说吴、梁[36]，喻巧而理至，故虽危而无咎[37]矣。敬通之说鲍、邓[38]，事缓而文繁，所以历骋而罕遇也[39]。**

## 注释

①兑：《周易》中六十四卦之一。②资：凭借的意思。怿（yì）：喜悦。③舜惊谗说：《尚书·舜典》中说，因为谗言太多，舜深感震惊。谗，毁害好人的话。④伊尹：名挚，商初的政治家。论味：《吕氏春秋·本味篇》中讲到，伊尹曾用烹调的方法来进行比喻，启发商汤治理好国家。隆：兴盛。⑤太公：吕望，周代开国功臣。辨钓：传为吕望所写《六韬·文师篇》讲到，吕望曾用钓鱼的道理向周文王比喻治理国家的方法。⑥烛武：烛之武，春秋时郑国的大夫。《左传·僖公三十年》载，在晋国和秦国围困郑国的时候，郑文公派烛之武去说服秦穆公不要消灭郑国。纾（shū）：解救。⑦端木：指孔子的学生子贡，姓端木，名赐。《史记·仲尼弟子列传》载，春秋时齐国田常（《左传》作陈恒）出兵攻打鲁国，子贡前往说服田常转攻吴国，因而保全了鲁国。⑧辨士：指战国时游说各国的策士。云踊：《史通·言语》："战国虎争，驰说云涌。"⑨从横：战国时期两种对立的斗争策略。苏秦主张联合六国抗秦，叫作"合纵"；张仪主张各国与秦交好，叫作"连横"。从，同"纵"。⑩长短：《战国策》一名《长短》，这里指众说纷纭。角：竞争。⑪转丸：《鬼谷子》中的一篇，已佚。⑫飞钳：《鬼谷子》中的一篇，《转丸》和《飞钳》在这里均指辩说的方法、技巧。⑬九鼎：传为夏禹所铸。⑭六印磊落：蔡邕《释海》"连衡者六印磊落"。六印，苏秦曾佩六国相印。磊落，指相印

众多的样子。⑮五都：《史记·张仪列传》载，“秦惠王封仪五邑”。隐赈：殷赈，富足的意思。⑯楚：楚霸王项羽。⑰弭节：停止不前。弭，止，息。⑱郦君：指郦食（yì）其（jī），汉初说客。《史记·郦食其列传》说：“郦生常为说客，驰使诸侯。”后来说服齐王田广归汉，田广已撤掉拒汉守兵，适逢汉将韩信为争功而袭齐，田广以为郦食其与韩信通谋，使用汤锅煮死郦食其。镬（huò）：锅，这里指镬烹，古代一种酷刑。⑲蒯（kuǎi）子：指蒯通，汉初辩士。曾劝韩信背叛刘邦，刘邦抓到蒯通时，打算烹杀他，后又放了他。⑳陆贾：汉初辩士。籍甚：盛多，这里指声名之盛。㉑张释：张释之，字季，西汉文帝时的官吏。傅：亦作“附”。这里指依附时事的言辞。㉒杜钦：字子夏，西汉大将军王凤的幕僚。㉓楼护：字君卿，西汉末年辩士。《汉书·游侠传》说他“为人短小精辩”，当时长安有“楼君卿唇舌”之称。㉔颉（xié）颃（háng）：鸟上下飞翔的样子。万乘：指帝王。㉕诋巇：挖苦、嘲笑的意思。公卿：封建社会的高级官吏。㉖溯（sù）洄（huí）：逆流而上。㉗抚会：顺着时机。抚，循。会，合。范文澜注：“犹言合机。”即下文所说“顺情入机”。㉘弛张：松弛和紧张，指陈说的缓和与紧凑。㉙缓颊：婉言陈说的意思。颊，脸的两侧从眼到下颌的部分。㉚刀笔：古代书写在竹简上，用笔写字，用刀削误。这里指书写，即下面所说的“上书”。㉛范雎（jū）：字叔，战国时辩士。他由魏国潜逃到秦国，但秦昭王长期不见他。范雎作《上秦昭王书》，秦昭王才召见并开始重用他。㉜李斯：秦代政治家。止逐客：有人向秦始皇建议驱逐外来政客，李斯作《上秦始皇书》（《谏逐客书》）谏阻。书载于《史记·李斯列传》。㉝机：时机。本书《总术》篇说：“因时顺机。”㉞务：机务，要务。㉟批：触。逆鳞：相传龙的喉下有逆鳞，触动了它就要杀人。这里比喻向帝王进言的危险之处。㊱邹阳：西汉作家。吴：指吴王刘濞。汉景帝时，邹阳仕吴，刘濞阴谋造反，邹阳有《上吴王书》劝阻。梁：指梁孝王刘武。邹阳劝刘濞的意见不用，便转仕刘武，又受谗言而下狱。邹阳以《狱中上梁王书》获释，并被刘武待为上宾。以上两书均载自《汉书·邹阳传》。㊲咎：罪过。㊳敬通：冯衍的字。他是东汉初年作家。鲍：鲍永，东汉初将军。冯衍有《计说鲍永》，载自《后汉书·冯衍传》。邓：邓禹，东汉初将军。冯衍有《说邓禹书》，文残，见《全后汉文》卷二十。㊴骋：施

**展其才能，指上书进言。罕：少。遇：待，优遇。《后汉书·冯衍传》中讲到："帝怨衍等不时至，……而衍独见黜。"冯衍的不得志，原因很多，而王莽之乱后投奔光武帝刘秀较晚是一个主要原因。刘勰认为他因进说"事缓而文繁"，所以不遇，是夸大了辩说的作用。**

## 译文

所谓"说"，就是喜悦，"说"字从"兑"，《周易》中的兑卦象征口舌，所以说话应该令人喜悦；但过分追求讨人喜悦，就必然是虚假的，所以，虞舜曾震惊谗言太多。自来善说的人，如商代伊尹用烹调的方法来说明如何把殷商治理强大，周初吕望用钓鱼的道理来说明怎样使周代兴盛，以及春秋时期郑国烛之武说服秦国退兵，因而解救了郑国的危亡；鲁国的端木赐说服齐国转攻吴国，因而保存了鲁国等。这些都是说辞中较好的。到了战国时期，七国争雄，游说之士风起云涌；他们用合纵、连横之说参与谋划，用纷繁复杂的计策来争夺权势；用圆转如弹丸的方法来施展其巧妙的辩辞，或首先用巧妙的言辞以引出对方的论点，然后加以钳伏的妙术；一人的辩辞，比传国之宝的钟鼎还贵重，他的一张嘴唇，胜过百万雄师。苏秦佩戴着六国的一大串相印，张仪被封赠五座富饶的城市。到汉代平定秦、楚之后，辩士们的活动逐渐停止，汉代的少数说客，如郦食其被齐王田广烹杀，蒯通也几乎被投入刘邦的汤锅。即使还有陆贾颇负盛誉，张释之的附会时事，杜钦的文辞辨析，楼护以唇舌锋利著称，他们都活动于帝王的玉阶之前，戏谈于王公大人的座席之间；但都不过见风使舵，迎合趋势，已没有人能逆流而上以扭转大局了。"说"贵在合于时机，或缓或急，灵活运用，不仅仅是婉言陈说，也要书写成文。如战国时范雎的《上秦昭王书》，要求进言献策，秦代李斯的《上秦始皇书》，谏阻驱逐客卿，都循着情理而深入机要，言辞动听而切中要务，虽然触及帝王的某些险要问题，却能功业告成，计议被采纳，这就是向帝王上书方面善于陈说的了。此外，如西汉邹阳上书吴王和梁王，比喻巧妙而道理恰当，所以，虽有危险却无罪过。又如东汉冯衍劝说鲍永和邓禹，所讲之事既不紧迫又文辞繁多，所以虽然多次陈政言事，却很少有人重用他。

## 原文

**凡说之枢①要，必使时利而义贞②，进有契③于成务，退无阻于荣身。自非谲④敌，则唯忠与信。披肝胆⑤以献主，飞文敏以济辞⑥，此说之本也。而陆氏直称“说炜晔以谲诳”⑦，何哉？**

## 注释

①枢：门窗的转轴，这里比喻关键性的东西。②贞：正。③契：合。④谲：欺骗。⑤披肝胆：表示至诚。⑥文敏：文思敏锐。济：成。⑦陆氏：指西晋陆机，这里指他在《文赋》中对“说”的解释。炜（wěi）晔（yè）：光彩鲜明。诳：欺骗。

## 译文

说理文的关键，是必须使之有利于时政又意义正当；既要有助于政务的完成，又要不妨害自己的荣显。除了欺骗敌人，就应该讲得忠诚可信。要把真心诚意的话献给主上，用敏锐的文思来完成说辞，这就是“说”的基本特点。可是，陆机的《文赋》却说“说”的特点是表达鲜明并进行欺骗，这是为什么呢？

## 原文

**赞曰：理形于言，叙理成论。词深人天①，致远方寸②。阴阳③莫忒，鬼神靡遁④。说尔飞钳，呼吸沮劝⑤。**

## 注释

①人天：人间天上，指天地间的至理。②致远方寸：上面所说“唯君子能通天下之志”的意思。方寸，心。③阴阳：天地间的阴阳之气，这里指前面所说“追于无形”的抽象道理。④靡：无。遁：隐避。以上两句都喻指论说文的效力。⑤呼吸：一呼一吸之间，指时间的短暂。沮劝：《韩非子·八经》“明诽誉以劝沮”。劝沮或沮劝，都是勉励和阻止的意思。这里也是指论说文的效果。

## 译文

总之，道理通过语言来表达，把道理陈述出来就成为“论”。论说之词可以深究天地间的至理说服天下人的心意。即使抽象的阴阳变化之理也要说得令人不疑，奥秘的鬼神之道也同样不能隐避。用“飞钳”等精妙的方法来说服对方，能够很快就达到阻止或劝谏的实际效力。

# 十九、诏策篇

## 〔导　读〕

本篇主要是论述帝王的诏令文告。这类文体的名目很多，后代统称为诏令。魏晋以前，这种文体还多用古朴的散文，隋唐以后，就常用辞采华丽的四六骈文。本篇反映了魏晋以前诏策文的大概发展情况。

本篇分两大部分：第一部分的第一段讲诏策的起源，它的主要分类及其基本含义，历代诏策的发展变化和有关作品的得失；第二段讲各种诏策文的不同特点。第二部分（第三段）简论戒、教、令三体。这三种可用于君对臣，也可用于臣对民或父对子，和帝王专用的诏策有所不同，所以，这部分实际上是本篇的附论。诏策是古代的一种应用文。它的作者虽是少数，却和广大人民关系重大。正因“王言之大”，影响深广，怎样把这种文告写好，就为历代帝王和有关文人所注重。篇中所讲“虞重纳言，周贵喉舌”，光武帝的“加意于书辞”等，都说明了这点。“雄才大略”的汉武帝，也要把自己起草的文告请司马相如等审阅后才能发出。历代更多的帝王文告，则直接由文人起草。这样，诏策文就成为我国古代散文的重要文体之一。刘勰对这种文体进行了初步总结，并提出不同内容、不同作用的文告要有不同的特点、不同的要求，如有的要“气含风雨之润”，有的要“笔吐星汉之华”，有的要“辞有秋霜之烈”等。此外，如谓帝王要“出言如丝”、“敬慎来叶”、使人信服等，虽讲得比较委婉，却也反复申述，意有可取。

本篇对帝王之言的过分尊崇，表现了刘勰思想的局限性，其中对某些诏策的批评或肯定，主要都是从封建王朝的利益着眼的。

## 原文

**皇帝御宇[①]，其言也神[②]。渊嘿负扆[③]，而响盈四表[④]，唯诏策乎！昔轩辕、唐、虞[⑤]，同称为“命”。“命”之为义，制姓之本[⑥]也。其在三代[⑦]，事兼诰誓[⑧]。誓以训戎[⑨]，诰以敷[⑩]政，命喻[⑪]自天，故授官锡胤[⑫]。《易》之《姤象》[⑬]：“后以施命诰四方[⑭]。”诰命动民，若天下之有风矣。降及七国，并称曰命，命者，使也。秦并天下，改命曰制[⑮]。汉初定仪[⑯]，则有四品：一曰策书，二曰制书，三曰诏书，四曰戒敕[⑰]。敕戒州郡[⑱]，诏告百官，制施赦令[⑲]，策封王侯。策者，简[⑳]也。制者，裁也。诏者，告也。敕者，正也。《诗》云“畏此简书”[㉑]，《易》称“君子以制数度”[㉒]，《礼》称“明神[㉓]之诏”，《书》[㉔]称“敕天之命”，并本经典以立名目。远诏近命[㉕]，习[㉖]秦制也。**

## 注释

①御：统治。宇：天下。②神：神圣。③渊嘿（mò）：沉默寡言。嘿，同“默”。负（fǔ）扆（yǐ）：绘绣斧形花纹的屏风，放在天子座后。负，半黑半白的斧形。④四表：四方之外。⑤唐：传说中尧所开创的朝代。虞：传说中舜所开创的朝代。⑥制姓之本：意即人性是天命的根本。⑦三代：指夏、商、周。⑧诰誓：指《尚书》中的《甘誓》《牧誓》《汤诰》《大诰》之类的作品，其中不少是后人伪托的。⑨戎：军队。⑩敷：分布。⑪喻：说明。⑫锡胤（yìn）：赐姓。锡，赐予。胤，继续，后代。此指姓氏。⑬《姤（gòu）象》：《周易》中的卦名。象，指《周易》中解说卦辞的《象辞》。⑭后：国君。诰：教训。⑮改命曰制：《史记·秦始皇本纪》载，王绾、冯劫等人建议，改“命为制，令为诏”。⑯仪：法度。⑰敕：皇帝的命令。⑱州

部：古代地方行政区域。这里指刺史、州牧等地方官。汉武帝分天下为十三部，每部设刺史一人；后汉成帝时改为州，设州牧。⑲赦令：减轻或免除刑罚的命令。⑳简：竹简，古代写字用的条形竹片。㉑简书：指边境告急的文书。㉒数度：礼数法度。㉓明神：昭告神明。㉔《书》：指《尚书》。㉕远诏近命：远则发布诏书，近则下达命令。㉖习：沿袭。

## 译文

统治天下的帝王，他的话是神圣的。帝王静坐御前，他的意旨能够满布四海，主要就是通过诏策啊！在轩辕黄帝和尧舜的时候，帝王的话都叫作"命"。"命"的意义，决定人性的根本。它在夏、商、周时期，还包括像《甘誓》《汤诰》之类的诰和誓。"誓"是用来训诫军队的，"诰"是用来实施政治的，"命"表示来自上天，所以用来授予官爵，赐予姓氏。《周易·姤卦》的《象辞》中曾说："国君用命令来训导四方臣民。"诰命的作用，就如大风起于天地之间，臣民无不随风而动。到了战国时期，就都称为"命"，所谓"命"，就是"使"的意思。秦始皇统一六国，又把"命"改称为"制"。汉初制定了法度，把"命"分为四类：第一类叫"策书"，第二类叫"制书"，第三类叫"诏书"，第四类叫"戒敕"。用"敕书"来警诫州、部长官，用"诏书"来训导各种官吏，用"制书"来发布减免刑罚的命令，用"策书"来封赐王侯。所谓"策"，就是竹简。"制"，就是裁断。"诏"，就是告示。"敕"，就是戒正。《诗经》中曾说"害怕这告急的简书"，《周易》中曾说"君子以此制定礼仪法度"，《周礼》中曾说"诏告于日月山川的神明"，《尚书》中曾说"帝王奉上天之命"等，可见策、制、诏、敕，都是根据经典的说法来确立名目的。后来远则发布诏书，近则下达命令，这是沿袭秦朝的制度而来的。

## 原文

《记》称丝纶[1]，所以应接群后[2]。虞重纳言[3]，周贵喉舌[4]。故两汉诏诰，职在尚书[5]。王言之大，动入史策，其出如綍[6]，不反若汗[7]。是以淮南有英才，武帝使相如视草[8]；陇右多文士，光武加意于书辞[9]：岂直取美当时，抑亦敬慎来叶[10]矣。观文、景以前[11]，诏体浮杂，武帝崇儒[12]，选言弘奥[13]。策封三王[14]，文同训典[15]；劝戒渊雅[16]，垂范[17]后代。及制诏严助[18]，即云厌承明庐[19]，盖宠才之恩[20]也。孝宣玺书[21]，责博于陈遂[22]，亦故旧[23]之厚也。逮光武拨乱[24]，留意斯文，而造次[25]喜怒，时或偏滥[26]。诏赐邓禹[27]，称司徒为尧[28]；敕责侯霸[29]，称"黄钺一下"[30]。若斯之类，实乖宪章[31]。暨明、章崇学[32]，雅诏间出[33]。和、安政弛[34]，礼阁鲜才[35]。每为诏敕，假手外请。建安[36]之末，文理代兴[37]，潘勖《九锡》[38]，典雅逸群。卫觊禅诰[39]，符采炳耀[40]，弗可加已。自魏晋诰策，职在中书[41]，刘放、张华[42]，并管斯任[43]，施令发号，洋洋盈耳[44]。魏文帝下诏，辞义多伟。至于"作威作福"[45]，其万虑之一弊[46]乎！晋氏中兴，唯明帝崇才[47]。以温峤[48]文清，故引入中书[49]。自斯以后，体宪风流矣[50]。

## 注释

①纶：系官印的丝带。②应接：接见。群后：指诸侯。③虞：指虞舜。纳言：古代官名，负责向君王反映意见，传达君王的命令。④喉舌：借以比喻传达君王命令的官员。⑤"故两汉"二句：两汉时期帝王的诏书文诰，皆由尚书掌管。⑥綍：大绳。⑦不反若汗：汗出来就无法返回体内，借以比喻君王的话一出口便不能收回。⑧"是以"二句：《汉书·淮南王传》载，汉

武帝好文，淮南王刘安素有文才，武帝很尊敬他，每次给他回信或者有所赐予时，常召司马相如等审定草稿。淮南，指西汉淮南王刘安。武帝，指汉武帝。相如，即司马相如，西汉作家。草，草稿。⑨“陇右”二句：《后汉书·隗（wěi）嚣（áo）传》载，西汉末年，隗嚣割据陇西，其幕僚多为文学之士，汉光武帝与他书信往来时会特别留意修饰文辞。陇右，即陇西，在今甘肃、青海一带。隗嚣：西汉人，王莽时割据陇西起兵，后被光武帝平定。⑩来叶：来世，后世。⑪文：指汉文帝。景：指汉景帝。⑫崇儒：崇尚儒学。⑬弘：广大。奥：深奥。⑭策封三王：《史记·三王世家》载，汉武帝曾策封齐王刘闳、燕王刘旦、广陵王刘胥。⑮训典：指《尚书》中的《伊训》《尧典》等。⑯渊雅：渊博雅正。⑰垂范：留下典范。⑱制诏：诏命。严助：西汉作家，曾担任会稽太守。⑲厌：厌倦。承明庐：汉代侍臣值宿的地方。⑳宠才之恩：汉武帝爱惜严助的才华，恩准他离开京都去故乡会稽任太守。㉑孝宣：汉宣帝，汉武帝曾孙。玺（xǐ）书：加盖有皇帝玉玺的书信。玺，印。秦以后专指帝王的印信。㉒“责博”句：《汉书·游侠传》载，汉宣帝未即位之时曾与陈遂为友，陈遂曾多次欠宣帝赌债。后来，宣帝任命陈遂为太原太守，赐玺书给他，并跟他开玩笑说，如今官尊禄厚，可以还欠我的赌债了。责，责问，此处为催讨之意。博，赌博。㉓故旧：故交。㉔拨乱：拨乱反正，治理乱世。拨，治理。㉕造次：鲁莽轻率。㉖滥：过度。㉗邓禹：东汉初年将领。㉘称司徒为尧：《后汉书·邓禹传》载，汉光武帝下令赦免司徒邓禹时说“司徒，尧也”，把邓禹比作尧。司徒，古代官名，位同西汉时的丞相。㉙侯霸：东汉大臣，汉光武帝时任司徒。㉚称“黄钺一下”：《后汉书·冯勤传》载，汉光武帝因对侯霸推荐的人不满意，便下玺书威胁他说：“黄钺一下无处所。”意谓黄钺砍下便死无葬身之地。黄钺，饰有黄金的巨斧。㉛乖：违反。宪章：宪法制度。㉜明：指汉明帝。章：指汉章帝。崇学：崇尚学术。㉝间出：屡出。㉞和：指汉和帝。安：指汉安帝。政弛：政法废弛。㉟礼阁：即汉代时掌管皇帝文书的尚书省。鲜：少，缺乏。㊱建安：汉献帝的年号。㊲文理：文章条理，这里指有文采的诏策文。代兴：不断地出现。㊳《九锡》：潘勖（xù）所作的《册魏公九锡文》。九锡，帝王赐给功臣的九种器物。㊴卫觊（jì）：三国时魏国人。禅诰：卫觊所作的《为汉帝禅位魏王诏》。㊵符采：玉中的横纹，比喻文采。炳耀：光辉照耀。㊶中书：中书省，魏晋时期开始设置的官署。㊷刘放：三国时魏国人，曾担任中书监。张华：西晋作家，也曾担任中书监。㊸并管斯任：先后担任过这个职位。斯，这，此。任，指中书监的官职。㊹洋洋：美好、盛大。盈：充满。㊺“作威作福”：《三国志·魏志·蒋济传》载，曹丕在给夏侯尚的诏书中有“作威作福”的语句，蒋济认为这是“亡国之语”。㊻弊：劣，坏。㊼崇才：推崇人才。㊽温峤（qiáo）：东晋文人。㊾引入中书：晋明帝任命温峤担任中书令，负责起草诏书。㊿体：诏策的体制。宪：效法，这里有追求之意。风流：指文采华美。

## 译文

《礼记·缁衣》里说“帝王的话虽犹如细丝，但一出口就变成粗绳了”，这是就帝王接见诸侯时说的话而言的。虞舜时就重视纳言之官，周宣王则把传达王命的官员视如喉舌。所以两汉时期，皇帝的诏书命令由尚书省掌管。帝王的话关系重大，一出口往往就会写入史书，丝线般的话帝王说出来就如粗绳，像汗水出来了不能回去。因此，由于淮南王刘安有文才，汉武帝给他的书信要先请司马相如审阅草稿；由于陇西隗嚣手下文士众多，汉光武帝与他书信往来时会特别留意修饰文辞。这哪里只是为了在当时获得美誉，也是谨慎地考虑到了对后世的影响。看西汉文帝、景帝以前的诏书，大多虚浮杂乱，汉武帝推崇儒学，诏书所用的语言便宏大深奥。如分封三王的策书，文辞与《尚书》中的训、典相同；劝勉告诫之意深厚而雅正，为后世留下了典范；他在批评严助的诏书中，就曾说既然不愿在朝内为官就到家乡去做官，体现了爱惜人才的恩泽。汉宣帝给陈遂的玺书，竟然向陈遂讨起了赌债，表现了对故旧的厚意。到汉光武帝治平了乱世，对这类文字也颇为留意，但喜怒之情比较轻率，有时言辞不免过分。如在赐给司徒邓禹的诏书中，竟称邓禹为尧；在批评侯霸荐人不如意的敕书中，竟说要用黄钺杀掉他。诸如此类的诏策，实在是有违法度。到汉明帝、汉章帝推崇学术，典雅的诏书还偶尔出现。汉和帝、汉安帝时朝政废弛，负责起草诏令的尚书省缺乏人才。每次起草诏书、敕书，还要请外人代笔。建安末年，有文采的诏策文更迭兴起，如潘勖的《册魏公九锡文》，高雅超群；卫觊的《为汉帝禅位魏王诏》，文采奕奕。超过他们已经不太可能了。魏晋以后诏策由中书省管理，魏国的刘放、西晋的张华，先后担任过这一职务，于是发布诏策时，人们的耳边便充满了美妙的声音。魏文帝曹丕的诏书，大多文辞壮美，但在给夏侯尚的诏书中竟说“作威作福”，这是万虑之一失吧！东晋之后，只有晋明帝比较重视文才，因为温峤文笔清新，所以被引入中书省。自此以后，诏策文的写作就越来越追求文采华美了。

## 原文

**夫王言崇秘①，大观在上②，所以百辟其刑③，万邦作孚④。故授官选贤，则义炳重离⑤之辉；优⑥文封策，则气含风雨之润；敕戒恒诰⑦，则笔吐星汉之华；治戎燮⑧伐，则声有洊⑨雷之威；眚灾肆赦⑩，则文有春露之滋；明罚敕法，则辞有秋霜之烈。此诏策之大略也。戒敕为文，实诏之切者，周穆命郊父受敕宪⑪，此其事也。魏武⑫称，作敕戒当指事而语，勿得依违⑬，晓治要矣。及晋武⑭敕戒，备告百官：敕都督⑮以兵要，戒州牧以董司⑯，警郡守以恤隐⑰，勒牙门以御卫⑱，有训典⑲焉。**

## 注释

①秘：指神圣。②大观在上：这四个字是借用《周易·观卦》中的《彖辞》。大观，指帝王对全面情况有深透的观察。这自然是古人吹捧帝王的说法。③百辟（bì）：各诸侯国君。辟，君。刑：效法。④孚（fú）：信服。

⑤重离：日月附着于天上。重，指日月重叠。离，附着。⑥优：优待，这里指褒奖。⑦恒诰：恒常的、永久性的文诰。⑧燮（xiè）：协和，这里指会同作战。⑨洊（jiàn）：再度，接连。⑩眚（shěng）灾肆赦：这是借用《尚书·舜典》的原话，指因过失而造成灾害，不是有意作恶，可予以宽赦。眚，过失。肆，宽缓。⑪周穆：指周穆王。郊父：周穆王的大臣。宪：教令。⑫魏武：魏武帝曹操，他论敕戒的话，今不存。⑬依违：不决断。⑭晋武：晋武帝司马炎。⑮都督：地方军政首领。晋武帝给都督的敕戒，今不存。⑯州牧：州的军政首领。董：督察。司：主管。司马炎有《省州牧诏》尚存，见《全晋文》卷六。⑰郡守：一郡之长。恤隐：《国语·周语上》“勤恤民隐而除其害也”。韦昭注：“恤，忧也；隐，痛也。”司马炎有《敕戒郡国计吏》，见《全晋文》卷六。⑱勒：迫使。牙门：指牙门将，魏晋时的一种武官。司马炎给牙门将的敕戒今不存。⑲有训典：指有“训戒”“敷政”的古意。训典，和上面所说“文同训典”的“训典”略同。

## 译文

帝王的话是崇高而神圣的，这是因为帝王对全国情况有深透的观察和了解，所以他的话能为各个诸侯所效法，并使天下信服。因此，选拔贤才、授予官爵的命令，应如日月之光那样明亮；褒奖或册封臣下的诏书，就要有和风雨露般的润泽；关于敕正教诫方面的文诰，则要像灿烂群星吐出的光华；关于治理军事或召集诸侯会同讨伐的军令，就要表现出滚滚雷霆的声威；对于因过失而造成灾害的人予以宽赦，赦书就要像春天的露水那样滋润；对于明赏罚、正法纪的文诰，则要像秋天的严霜那样刚烈。这就是写作诏策的基本要求。至于戒敕之文，是诏令中更为峻切的一种，如《穆天子传》所载周穆王命郊父接受戒敕的教令，这就是戒敕文了。魏武帝曹操曾说，作敕戒应根据事实，写得明确果断，而不要犹豫不决，这就是通晓治术之要了。到了晋武帝，就把敕戒普遍用于各种官吏：告诫都督掌握军事要领，告诫州牧严格督察其下属，警告郡守要体恤百姓痛苦，督促牙门将领加强防卫等，都具有《尚书》中训典的遗风。

## 原文

**戒者，慎也。禹称“戒之用休”①。君父至尊，在三罔极②。汉高祖之敕太子③，东方朔之戒子④，亦顾命⑤之作也。及马援⑥已下，各贻⑦家戒。班姬⑧《女戒》，足称母师⑨也。教者，效也，出言而民效也。契⑩敷五教，故王侯称教⑪。昔郑弘之守南阳⑫，条教⑬为后所述，乃事绪⑭明也。孔融之守北海，文教丽而罕施⑮，乃治体乖也。若诸葛孔明⑯之详酌，庾稚恭⑰之明断，并理得而辞中，教之善也。自教以下，则又有命。《诗》云：“有命自天⑱。”明命为重也⑲。《周礼》⑳曰：“师氏诏王㉑。”明诏为轻也㉒。今诏重而命轻者，古今之变也。**

## 注释

①戒之用休：见《尚书·大禹谟》，是后人伪托的话。②在三：指君、父、师。罔极：没有终极。此处指父母的恩德没有终极。③敕太子：指刘邦的《手敕太子》，载《古文苑》卷十。④戒子：指东方朔的《诫子书》，见《艺文类聚》卷二十三。⑤顾命：临终前的命令，即遗嘱。顾，回视。⑥马援：字文渊，东汉初年名将。他有《戒兄子严敦书》，载《后汉书·马援传》。⑦贻：遗留。⑧班姬：班固之妹班昭，字惠姬，东汉女作家。有《女戒》七篇，载《后汉书·列女传》。⑨母师：班昭在《女戒》中曾说她“赖母师之典训”。刘勰这里用以赞扬班昭堪称封建家庭的傅母（保母）和女师。⑩契（xiè）：传为虞舜的臣子。⑪王侯称教：徐师曾《文体明辨序说》：“秦法，王侯称教；而汉时大臣亦得用之，若京兆尹王尊出教告属县是也。故陈绎曾以为大臣告众之词。”⑫郑弘：字稚卿，西汉人，曾任南阳太守。南阳：今河南南阳附近。⑬条教：条列之教令。⑭绪：端绪。⑮罕施：难以施行。

⑯诸葛孔明：诸葛亮，三国时蜀国政治家。⑰庾稚恭：名翼，东晋将领。⑱有命自天：《诗经·大雅·大明》“有命自天，命此文王”。⑲明命为重也：一作“明为重也”。⑳《周礼》：原名《周官》，汉代列为儒家经书之一。主要讲周代官制，但其中有不少与周代官制不符，所以有人疑为汉人伪托。㉑师氏：掌管贵族教育的官吏。诏：告，这里是下告上。秦以后才以“诏”字专指帝王的诏令。㉒明诏为轻也：一作“明诏为轻命”。

## 译文

所谓“戒”，就是谨慎，夏禹曾说“用美德来进行警诫”。国君、父母是最尊严的，作为君、父和师，他们给人的恩德是无穷无尽的。汉高祖的《手敕太子》、东方朔的《诫子书》，都是临终之前所作的遗命。从东汉马援以后，便开始留下自己的家戒。班昭的《女戒》，可以称之为傅母和女师了。所谓“教”，就是效法，讲出话来老百姓便按照它去做。舜的臣子契曾提出“父义、母慈、兄友、弟恭、子孝”五条教令，所以后来王侯大臣对老百姓的训示就叫作“教”。西汉郑弘任南阳太守时，他的条例、教令为后世所称述，就是因为他讲的事情头绪清楚明白。汉末孔融做北海相时，他的教令虽写得雅丽，治理上却差一些，这是治理和教令不一致。如诸葛亮的教令，内容周详而字斟句酌；庾翼的教令，明确而果断，他们都写得道理得当而文辞切中，这就是优秀的教令了。教令之外还有“命”。《诗经》中说：“有命来自上天。”这表明“命”很重要。《周礼》中说：“主管教育的官诏告于王。”这表明“诏”是用于臣对君的。秦以后则重“诏”而轻“命”，这是古今变化的不同。

## 原文

**赞曰：皇王施令，寅严宗诰[1]。我有丝言[2]，兆民[3]伊好。辉音[4]峻举，鸿风[5]远蹈。腾义飞辞，涣其大号[6]。**

## 注释

①寅：恭敬。宗：宗法。②我：指帝王。丝言：指帝王的诏令，这里有慎重发布诏令的意思。③兆民：万民。④辉音：指帝王的诏令。⑤鸿风：指帝王诏令的巨大教化作用。⑥涣：散布，传播。号：号令。

## 译文

总之，帝王发号施令，恭敬严肃地效法《尚书》的诰命。国君能慎重地发布诏令，万民都会尊奉。光辉的诏策高举，宏大的教化远播。充分发扬诏策的意义和文辞的作用，使帝王的号令广泛传播。

# 二十、檄移篇

## 〔导　读〕

本篇主要论述檄、移两种文体，重点是讲檄文。檄文“或称露布”，“露布”在汉魏六朝期间和檄文基本相同，唐宋以后，檄文就专指出师前对敌人的书面声讨，“露布”则专指战胜后的告捷文书。

本篇分檄和移两个部分，前两段讲檄，第三段讲移，第一段从檄的起源，讲到战国时期正式出现檄文以后的主要作品，结合论述檄文在征讨敌人中应起的作用。第二段讲檄文的基本特点和要求。第三段简论移和檄的区别。

“奉辞伐罪”的檄文，是用于军事行动的宣传文，具有较强的战斗性。刘勰所讲檄文的作用，主要有三：一是奋其武威，使敌人闻风丧胆，长自己的威风，灭敌人的志气；二是充分揭露敌人的罪恶，说明其恶贯满盈、死到临头；三是从精神上摧毁敌人，使敌人的万丈高城不攻自破。怎样才能使檄文产生这样巨大的效果？刘勰所总结的写作要求是：第一，从善恶、天道、人事、强弱、权势等各个方面分析敌我形势，说明我胜敌败的必然性；第二，表达方法上既要基于国家的信誉，又要参以兵诈，既不要太老实，又要写得冠冕堂皇；第三，叙事说理，要明确果断，气势旺盛而信心百倍。

## 原文

震雷始于曜[①]电，出师先乎威声。故观电而惧雷壮，听声而惧兵威。兵先乎声，其来已久。昔有虞始戒于国[②]，夏后初誓于军[③]，殷誓军门[④]之外，周将交刃[⑤]而誓之。故知帝世[⑥]戒兵，三王[⑦]誓师，宣训我众，未及敌人也。至周穆[⑧]西征，祭公谋父称古有威让之令[⑨]，有[⑩]文告之辞。即檄[⑪]之本源也。及春秋征伐，自诸侯出，惧敌弗服，故兵出须名[⑫]，振此威风，暴[⑬]彼昏乱。刘献公[⑭]之所谓“告之以文辞，董[⑮]之以武师”者也。齐桓[⑯]征楚，诘苞茅之阙[⑰]；晋厉[⑱]伐秦，责箕、郜之焚[⑲]；管仲[⑳]、吕相，奉辞先路。详其意义，即今之檄文。暨乎战国，始称为檄。檄者，皎[㉑]也，宣布于外，皎然明白也。张仪《檄楚》[㉒]，书以尺二[㉓]。明白之文，或称露布[㉔]。露布者，盖露板不封，播诸视听也。夫兵以定乱，莫敢自专，天子亲戎[㉕]，则称“恭行天罚”[㉖]；诸侯御师[㉗]，则云“肃将王诛”[㉘]。故分阃推毂[㉙]，奉辞伐罪，非唯致果为毅[㉚]，亦且厉辞为武[㉛]。使声如冲风[㉜]所击，气似欃枪[㉝]所扫；奋其武怒，总其罪人[㉞]；征其恶稔之时[㉟]，显其贯盈之数[㊱]；摇奸宄[㊲]之胆，订信顺之心[㊳]；使百尺之冲[㊴]，摧折于咫书[㊵]，万雉[㊶]之城，颠[㊷]坠于一檄者也。

## 注释

①曜：同“耀”，照耀。②有虞：虞，古代传说中的朝代名。有，语首助词。戒于国：为了使百姓实现其命令而先予以警诫。③夏后：夏，古代传说中的朝代名。誓：指训诫士兵或民众的话。此处指为了使百姓提前有所考虑而进行训示。④誓军门：训示百姓提前行动。⑤交刃：交锋，开战。指战前

鼓舞斗志。⑥帝世：和《宗经》篇所说“帝代”同。帝，这里指五帝之一的虞舜。⑦三王：夏、商、周三代的帝王。⑧周穆：指西周的穆王，他曾西征犬戎。⑨祭（zhài）公谋父：周穆王的卿士，姓祭，字谋父。他的话见《国语·周语上》。让：责怪。⑩有：一作“令有”。⑪檄（xí）：一种用于征召、声讨或晓喻的文体。⑫名：指名义。⑬暴：露，揭露。⑭刘献公：周景王的卿士。他的话见《左传·昭公十三年》。⑮董：督率。⑯齐桓：指春秋五霸之一齐桓公。⑰诘：责问。苞茅：一种草，用以滤酒去滓。阙：缺，过失。⑱晋厉：指春秋时晋国厉公。⑲箕、郜之焚：《左传·成公十三年》载，晋国厉公命吕相责问秦国的罪过，其中讲到秦国“入我河县，焚我箕、郜”。箕、郜均为当时晋地。⑳管仲：名夷吾，齐桓公时为相，春秋时著名政治家。㉑皎（jiǎo）：明白。㉒张仪：战国魏人，相秦，倡“连横”说。《檄楚》：指张仪的《为文檄告楚相》，载《史记·张仪列传》。㉓尺二：一尺二寸，古代木简的长度。㉔露布：古代露而不封以布告众人的文告。㉕亲戎：亲自出征。㉖恭行天罚：恭敬地执行上天对对方的惩罚，意即对对方进行征讨。㉗御师：率领军队。㉘肃将王诛：尊奉君王的旨意进行讨伐。将，奉命。㉙分阃（kǔn）推毂（gǔ）：《史记·冯唐列传》载，天子派遣将领出征时，临出发前和他约定，京都城门之外的军事活动由他全权负责，以表示对将领的信任和授予权力的充分，并亲自为其推车送行。阃，门槛，此处指城门。毂，车轮中间的圆木，此处指车。㉚致果为毅：达到坚毅果敢的程度。㉛厉辞为武：用严厉的文辞形成威武的气势。㉜冲风：暴风。㉝欃（chán）枪：指彗星。㉞总其罪人：意谓集中到罪人身上。㉟征：证明。稔（rěn）：成熟，此处引申为到达极点。㊱贯：穿，用绳子穿起物体。盈：满，绳上之物已串满。数：气数。㊲奸宄（guǐ）：作奸犯科的人。㊳订：定。顺：归顺。㊴冲：冲击城池的战车。㊵咫书：咫尺之书，即檄文。咫，计量单位，古代八寸为一咫。㊶雉（zhì）：城墙长三丈、高一丈为一雉。㊷颠：毁落。

## 译文

雷声的震动，从光耀的闪电开始；军队的出征，要首先传出其威武的声势。因此，看到闪电就害怕巨雷，听到声势就害怕军威。军事行动首先要传出声威，这在很久以前就有了。相传有虞氏便开始警诫国内百姓，夏后氏已开始誓师，殷代帝王也曾在军门外誓师，周代帝王在交战之前对军队进行训示。由此可见，无论有虞氏的警诫士兵，还是夏、商、周的训示部队，都是宣传教育自己的军队，还不是说给敌人听。到周穆王西征犬戎时，祭公谋父提出古代有威严地谴责敌人的训令，有告诫对方的文告。这就是檄文的源头了。到春秋时期的征伐，因为是诸侯发起的，担心对方不服，所以出兵必须有一定的名义，用以振奋自己的威风，揭发对方的昏乱。这也就是刘献公所说的“一方面用文辞告诫对方，一方面用武力强迫对方”。春秋时齐桓公征讨楚国，就首先责问了楚国不进贡苞茅等罪过；晋厉公讨伐秦国，曾斥责秦国侵扰焚烧晋国箕、郜等地的罪行。齐国的管仲、晋国的吕相，在齐晋两国出兵之前向敌国指责，仔细研究它的意义，也就是现在所说的檄文了。到了战国时期，才正式称这种文辞为“檄”。所谓“檄”，就是明白，就是把问题宣扬出来，使之明明白白。张仪的《为文檄告楚相》，是一尺二寸长的简书。因为是明明白白的文字，所以有的称为“露布”。露布，是不加检封地露出来，用以扩大视听。出兵是平定祸乱的重大事件，没有人敢擅自专断，即便天子亲自出征，也要声称是“恭敬地执行上天的惩罚”；诸侯领兵出征，就要说是尊奉君王的旨意进行诛伐。所以天子派遣将领出征时，不仅要亲自推车相送，还要授予将领处理都城之外军事活动的大权，将领奉命讨伐罪人，不仅要坚毅果敢，还要有严厉的檄文形成威武的声势。使讨敌的声威如暴风袭击，进兵的气势如彗星横扫，奋起全军的威武和愤怒，聚集于罪人身上，证明他的罪恶已经到了极点，指出他已恶贯满盈，气数将尽，动摇作恶者的胆量，坚定顺服者的决心，使敌人百尺高的冲城战车，被咫尺的檄文所摧毁，万丈长的城墙，被一纸檄文所推倒。

## 原文

观隗嚣之《檄亡新》[①]，布其三逆[②]；文不雕饰，而辞切[③]事明，陇右文士[④]，得檄之体矣。陈琳之《檄豫州》[⑤]，壮有骨鲠[⑥]，虽奸阉携养[⑦]，章实太甚[⑧]，发丘摸金[⑨]，诬过其虐[⑩]；然抗辞书衅[⑪]，皦然[⑫]暴矣。固矣，敢指[⑬]曹公之锋，幸哉，获免袁党之戮[⑭]也。钟会《檄蜀》[⑮]，征验甚明；桓温《檄胡》[⑯]，观衅尤切[⑰]，并壮笔也。

## 注释

①《檄亡新》：《后汉书·隗嚣传》载，隗嚣为上将军后曾移檄告郡国，诛伐王莽的罪行。新，王莽篡汉后所立的新国号。②三逆：隗嚣檄文中所列举的王莽逆天、逆地、逆人的罪恶。逆，违背。③切：言辞峻切。④陇右：陇西，在今甘肃陇山一带，当时为隗嚣割据。文士：指隗嚣幕府中的文士。⑤陈琳：字孔璋，汉末作家。《檄豫州》：陈琳所作的《为袁绍檄豫州》。豫州，指刘备，他当时为豫州刺史。⑥骨鲠：骨力。⑦奸阉携养：曹操之父曹嵩原本为宦官曹腾的养子，因而陈琳在檄文中攻讦曹操为"赘阉遗丑"。阉，指宦官。⑧章：彰显，揭露。甚：过分。⑨发丘摸金：陈琳檄文中攻击曹操专门设置发丘中郎将、摸金校尉两种官职负责盗墓。丘，指坟墓。⑩诬过其虐：污蔑超过了对方实际的暴虐程度。⑪抗辞：慷慨激昂的言辞。书衅：书写下罪状。衅，裂隙，此处引申为罪行。⑫皦然：明了。⑬指：指责。⑭免袁党之戮：曹操打败袁绍后，陈琳归降曹操，但曹操并未计较陈琳曾写檄文骂过自己，没有处死他。⑮钟会：三国时魏国大臣。《檄蜀》：《三国志·魏书·钟会传》载，钟会有《移檄蜀将吏士民》。⑯桓温：东晋大臣。《檄胡》：指桓温的《檄胡文》。胡，指后赵政权。⑰观衅：观察罪行。切：真切，确切。

## 译文

看隗嚣讨伐王莽新朝的檄文，列举了王莽“逆天”“逆地”“逆人”三大罪状；其文辞虽不加修饰，但言辞峻切、事实清楚，陇右的文士，已深得檄文的体制。陈琳的《为袁绍檄豫州》，写得理直气壮，虽然其中骂曹操之父是宦官的养子，揭露得未免过分，说曹操专门设置发丘中郎将、摸金校尉从事盗墓活动，诬蔑超过了其实际暴虐的程度；但能以抗直的文辞写下曹操的罪行，也是十分彻底、明白的了。陈琳敢于指责曹操的锋芒，幸而免于被当作袁绍的党羽而被处死。钟会的《移檄蜀将吏士民》，所列举的事实极其明显，桓温的《檄胡文》，观察敌人的罪行尤为确切，这些都是笔力雄健的檄文。



## 原文

**凡檄之大体，或述此休①明，或叙彼苛虐；指天时②，审人事，算强弱，角③权势，标蓍龟于前验④，悬鞶鉴⑤于已然，虽本国信，实参兵诈。谲诡⑥以驰旨，炜晔以腾说，凡此众条，莫之或违者也。故其植义扬⑦辞，务在刚健。插羽⑧以示迅，不可使辞缓；露板以宣众，不可使义隐。必事昭而理辨⑨，气盛而辞断⑩，此其要也。若曲趣⑪密巧，无所取才矣。又州郡征⑫吏，亦称为檄，固明举⑬之义也。**

## 注释

①休：美好。②天时：指天道、天命之类。③角：量。④标：表示。蓍（shī）：占卜用的草。龟：占卜用的龟甲。⑤鞶（pán）鉴：大带上的镜子。

这里主要是取鉴戒的意思。鞶，古代束衣的大带。⑥谲（jué）诡（guǐ）：怪异不实。⑦扬：飞扬，引申为施展。⑧插羽：古代檄文，插鸟毛表示紧急。⑨昭：明显。辨：明。⑩断：果断。⑪曲趣：曲折微妙的旨趣。⑫征：召。⑬举：推荐。

## 译文

檄文的主要写作特点，或者是表明我方的美善兴盛，或者是述说敌方的苛刻残暴；指明天道，分析人事，计算强弱，衡量权势，引往事以预卜成败，举成例示对方以鉴戒，这样说虽要本于国家的信用，其实要加上用兵的诈谋。用巧诈的手段来宣传自己的意旨，用光明又正大的言辞来宣扬自己的主张，以上几点，是所有的檄文都不能违背的。因此，檄文的写作，无论确立意义或运用文辞，都必须坚强有力。插上羽毛的檄文是表示紧急，就不能把文辞写得过于松缓；公开告示，向大众宣传的檄文，就不应把意义写得隐晦不明。必须把事理写得清楚明白，气势旺盛而文辞果断，这就是写檄文的基本要点。如果卖弄曲折之趣、细密之巧，这种才能对檄文来说，就没有什么可取了。此外，州郡征召官吏的文书，也叫作“檄”，这也是取公开推举的意思。

## 原文

**移者，易也，移风易俗，令往而民随者也。相如之《难蜀老》[①]，文晓而喻博，有移檄之骨[②]焉。及刘歆之《移太常》[③]，辞刚而义辨，文[④]移之首也。陆机之《移百官》[⑤]，言约而事显，武移之要者也。故檄移为用，事兼文武，其在金革[⑥]，则逆党用檄，顺命资[⑦]移，所以洗濯[⑧]民心，坚同符契[⑨]，意用小异[⑩]，而体义大同，与檄参伍[⑪]，故不重论也。**

## 注释

①《难蜀老》：指司马相如的《难蜀父老》，载《汉书·司马相如传》。②骨：这里指特征。③刘歆：字子骏，西汉末年学者。《移太常》：指刘歆的《移太常博士书》，载《汉书·刘歆传》。④文：文事，这里指政治方面。⑤《移百官》：此移文今不存。⑥金革：兵器和战衣，这里指军事。⑦资：取。⑧濯：洗。⑨符契：符合的意思。符，古代用作凭信之物。契，约券。⑩意同小异：指移文和檄文的大同小异。⑪参（sān）伍：意即交错比较，以为证验。

## 译文

所谓“移”，就是转变，就是移风易俗，发出命令老百姓就随从执行。西汉司马相如的《难蜀父老》，文辞明白而比喻广博，已具有移和檄的特征。到东汉刘歆写的《移太常博士书》，文辞有力而意义明辨，这是政治方面最早的一篇移文。西晋陆机的《移百官》，言辞简约而叙事明显，这是军事方面一篇重要的移文。所以，檄和移通用于政治和军事两个方面，在军事上，对反对派用檄，对顺从的人则用移，用移文来洗涤老百姓的思想，使上下牢固一致。移和檄的意思及运用虽然稍有不同，但体制和基本意义大致是相同的，移文的情况和上述的檄文交错相近，所以就不再重复论述了。

## 原文

**赞曰：三驱弛网①，九伐先话②。鞶鉴吉凶，蓍龟成败。摧压鲸鲵③，抵落蜂虿④。移实⑤易俗，草偃风迈⑥。**

## 注释

①三驱弛网：三面驱赶禽兽而把捕网放开一面。弛，松，放开。②九伐：有九种罪行之一的人应予讨伐。据《周礼·夏官·大司马》，九种罪行是：一、欺侮弱小；二、损害贤人和百姓；三、对内暴虐，对外欺侮；四、田野荒芜而百姓离散；五、仗恃险地而不顺服；六、杀害亲人；七、驱逐或杀害国君；八、违背命令而忽视政治；九、道德败坏，行同禽兽。先话：讨伐之前先予声讨。③鲸（jīng）鲵（ní）：吞食小鱼的大鱼，这里比喻恶人。④抵：击。虿（chài）：蝎子一类的毒虫。⑤实：一作“宝”。⑥草偃（yǎn）风迈：这四字是为押韵而倒用，意为风迈草偃，比喻移文的作用。偃，倒。迈，行。

## 译文

总之，好像三面驱赶禽兽，要把捕网的一面放松，对各种罪人的征伐，先要用檄文声讨。檄文要像明镜一样让对方照清其吉凶，像占卜一样向敌人表明其成败。要狠狠打击罪魁祸首，消灭那害人的毒虫。移文确实可以移风易俗，就如草的顺风倒伏。

# 二一、封禅篇

## 〔导 读〕

封禅是古代帝王所谓“功成治定”之后祭告天地的典礼，“封”指祭天，“禅”指祭地。因为这是封建王朝的重大典礼，封禅之文就成为封建文人所重视的文体之一。

本篇分三部分：第一部分讲封禅的意义；第二部分讲封禅文的发展概况，主要是评论汉魏时期的几篇重要作品；第三部分论述这种文体在写作上的基本要求。

封禅文本身就是歌功颂德的作品，由于刘勰对封建帝王的尊崇，在对这种文体的论述中，更表现了明显的局限性。他对管仲的“空谈非征”，对扬雄作品的“兼包神怪”，虽然都持否定态度，但本篇基本内容是讲歌颂帝王功德以祭天地，其封建迷信思想是比较浓厚的。

这种文体和文学创作也没有什么关系，但刘勰具体论述了班固的《典引》写得“雅有懿采”和他能“历鉴前作”的关系，这是值得注意的；特别是刘勰认为，即使前人把道理讲完、方法用尽，后代作者能“日新其采者，必超前辙”。这种认识对形成其继承和革新的文学发展观点是有直接关系的。也可以说，刘勰在创作论中提出“通变”的观点，是以这种认识为基础总结出来的。

## 原文

**夫正位北辰①，向明南面②，所以运天枢③，毓黎献者④，何尝不经道纬德⑤，以勒皇绩者哉⑥！《绿图》⑦曰："潬潬哃哃⑧，棼棼雉雉⑨，万物尽化⑩。"言至德所被也。《丹书》⑪曰："义胜欲则从⑫，欲胜义则凶⑬。"言戒慎之至也。戒慎以崇其德，至德以凝⑭其化，七十有二君⑮，所以封禅矣。**

## 注释

①正：中。北辰：北极星，古人认为它位于天的正中，众星都围绕着它运转。②向明南面：指帝王治理天下。向明，面向光明。南面，古称帝王的统治为"南面而治"。③运天枢：指帝王受天之命，必如北极星以为政。天枢，北斗七星之一，这里指北极星。④毓（yù）：养育。黎：众人。献：贤者。⑤经道纬德：经纬道德，以经、纬相织喻组织文辞，歌颂道德。⑥勒：刻。皇绩：伟大的事迹。⑦《绿图》：传为尧时黄河出现赤文绿地的图。《尚书中候·握河纪》曾说尧从黄河中的龙马那里得到了"赤文绿地"的甲图，即《绿图》。⑧潬潬：辗转，转移不定的样子。哃哃：不正。⑨棼棼（fén）：纷纷，杂乱。雉雉（zhì）：和"棼棼"意近，也表示杂乱。⑩化：化生。⑪《丹书》：相传为周文王时赤雀衔来献给周文王的书。⑫从：顺，指吉利。⑬欲胜义则凶：见《史记·周本纪》注引纬书《尚书·帝命验》。⑭凝：成。⑮七十有二君：意为自古以来到泰山举行封禅典礼的帝王有七十二人。

## 译文

北极星处于天的正中，帝王受命南面而治，就像北极星那样来治理天下，养育百姓，因此，怎能不颂扬其功德、刻下他的伟大事迹呢！《绿图》中说："变化不定，杂乱纷纷，万物都发育滋长。"这是讲至上之德所达到的。《丹书》中说："道义胜过私欲就吉利，私欲胜过道义就凶险。"这是指要加以警诫和慎重。因此，警诫和慎重可以使道德高尚，至上之德可以化生万物，所以古代七十二个帝王，都曾到泰山举行封禅典礼。

## 原文

**昔黄帝神灵[①]，克膺鸿瑞[②]，勒功乔岳[③]，铸鼎荆山[④]。大舜巡[⑤]岳，显乎《虞典》[⑥]；成、康[⑦]封禅，闻之《乐纬》[⑧]。及齐桓[⑨]之霸，爰窥王迹[⑩]，夷吾谲陈[⑪]，拒以怪物[⑫]。固知玉牒金镂[⑬]，专在帝皇也。然则西鹣东鲽[⑭]，南茅北黍[⑮]，空谈非征[⑯]，勋德而已。是史迁[⑰]八书，明述封禅者，固禋祀[⑱]之殊礼，铭号之秘祝[⑲]，祀天之壮观矣。秦皇铭岱[⑳]，文自李斯[㉑]，法家[㉒]辞气，体[㉓]乏弘润，然疏[㉔]而能壮，亦彼时之绝采[㉕]也。铺观两汉隆盛[㉖]，孝武禅号于肃然[㉗]，光武巡封于梁父[㉘]，诵德铭勋，乃鸿笔耳。观相如《封禅》[㉙]，蔚为唱首[㉚]。尔其表权舆[㉛]，序皇王，炳玄符[㉜]，镜鸿业[㉝]，驱前古于当今之下，腾休明[㉞]于列圣之上；歌之以祯[㉟]瑞，赞之以介丘[㊱]；绝笔兹文[㊲]，固维新[㊳]之作也。及光武勒碑[㊴]，则文自张纯[㊵]。首胤典谟[㊶]，末同祝辞；引钩谶[㊷]，叙离乱，计武功，述文德；事核理举[㊸]，华不足而实有余矣。凡此二家，并岱宗实迹也[㊹]。及扬雄《剧秦》[㊺]，班固《典引》[㊻]，事非镌石[㊼]，而体因纪禅[㊽]。观《剧秦》为文，影写[㊾]长卿，诡言遁辞[㊿]，故兼包神怪。然体制靡[51]密，辞贯圆**

**通，自称极思[52]，无遗力矣。《典引》所叙，雅有懿采，历鉴[53]前作。能执厥中[54]，其致义会文[55]，斐然[56]余巧。故称《封禅》靡而不典，《剧秦》典而不实[57]，岂非追观易为明，循势易为力欤[58]！至于邯郸《受命》[59]，攀响前声，风末力寡[60]，辑韵[61]成颂，虽文理顺序，而不能奋飞。陈思《魏德》[62]，假论客主[63]，问答迂缓，且已千言，劳深绩寡[64]，飙焰缺焉[65]。**

## 注释

①黄帝神灵：《史记·五帝本纪》："黄帝者，少典之子，姓公孙，名曰轩辕，生而神灵。"②克：能够。膺（yīng）：接受。③乔岳：高山，指泰山。④铸鼎荆山：《史记·封禅书》引公孙卿的话，黄帝在泰山封禅后，采首山铜铸鼎于荆山下，鼎铸成后，有龙来迎接黄帝。荆山，在今河南陕县西。⑤巡：指天子视察之行。⑥《虞典》：《尚书·舜典》，其中讲到虞舜巡视泰山等四岳。⑦成、康：指西周的成王和康王。⑧《乐纬》：指纬书《乐动声仪》，其中讲到"成、康之间，郊配封禅"，见《后汉书·张纯传》。⑨齐桓：指春秋时齐桓公，春秋五霸之一。⑩爰：于是。窥：探视。王迹：帝王的事迹，指齐桓公打算举行帝王的封禅典礼。⑪夷吾：管仲的字，春秋时齐国著名政治家。谲：诡诈。⑫怪物：《史记·齐太公世家》载，齐桓公自认为他和古代帝王的功德一样，想要封禅。管仲反对他说，古代封禅，有很多祥瑞出现，如东海的比目鱼，西海的比翼鸟等。如今有蓬草、恶鸟等怪象出现，不宜封禅。⑬玉牒（dié）金镂：这里指封禅。玉牒，封禅之文。牒，简。镂，线。⑭西鹣（jiān）：上面所说西海的比翼鸟。东鲽（dié）：上面所说东海的比目鱼。⑮南茅北黍：指古代的祥瑞。鄗（hào）上、北里，都是北方地名，故称"北黍"；长江、淮河在南方，故称"南茅"。茅，茅草。三脊茅是茅草的一种，古代封禅时用以滤酒。黍，黄米。⑯征：验。⑰史迁：司马迁。⑱禋（yīn）祀：祭祀。禋，斋戒。⑲铭号：指刻下功绩。铭，刻。号，告，表功明德。秘祝：秘密祝祷。⑳秦皇：指秦始皇。岱：泰山。秦始皇时铭刻于泰

山，有《泰山刻石文》，载《史记·秦始皇本纪》。㉑李斯：秦代政治家。㉒法家：战国时期学术流派之一，主张法治，反对礼治。㉓体：风格。㉔疏：粗略。㉕绝采：指李斯所作刻石文，在当时成了最好的作品。㉖铺：陈列。隆盛：指封禅典礼的隆重盛大。㉗孝武：指汉武帝刘彻。肃然：山名，在泰山旁。㉘光武：指东汉光武帝刘秀。梁父：山名，亦作“梁甫”，泰山下的小山。㉙相如《封禅》：《史记·司马相如列传》载，司马相如病重，汉武帝怕他死后作品失散，派人将其作品全部取走。但使者到时司马相如已死，家中别无他书，只有临死前作的《封禅文》。㉚蔚：文采蔚然。唱首：首创。㉛尔：发语词。权舆：草木萌芽，此处引申为起始，指《封禅文》言明了上古封禅的起始。㉜炳：光辉，光明。玄符：玄妙的符瑞。㉝镜：映照出，反映出。鸿业：盛大的功业。㉞休明：美好，盛明。㉟祯：吉祥。㊱赞之以介丘：《封禅文》中说，那泰山、梁父山也都设置了祭坛，盼望着皇帝驾临。介丘，大山，这里指泰山。㊲兹文：此文，指《封禅文》。㊳维新：意谓虽是绝笔，但却是封禅文的创新之作。维，发语词。㊴光武勒碑：《后汉书·祭祀志》载，汉光武帝封泰山，命人在山上刻石。勒，刻石。㊵文自张纯：汉光武帝封泰山时的《泰山刻石文》出自张纯之手。张纯，东汉大臣。㊶胤：继承。典谟：指《尚书·舜典》。㊷钩谶（chèn）：指纬书。张纯的《泰山刻石文》大量引用了纬书中的内容。㊸核：事实确凿。举：提出，此处引申为明显。㊹岱宗：泰山。实迹：登上泰山刻石。张纯《泰山刻石文》刻于泰山上，司马相如《封禅文》并未刻石。㊺《剧秦》：指扬雄所作的《剧秦美新》，该文批判秦朝的暴政，歌颂王莽的新朝。㊻《典引》：班固所作，该文声称汉为尧之后，由歌颂尧而引申为歌颂汉朝。典，指《尚书·尧典》。引，引申。㊼事非镌石：指上文扬雄、班固的两篇文章并未刻于石上。镌，刻。㊽体：文体。因：因袭。纪禅：纪功封禅的文章。㊾影写：模仿。㊿诡：诡谲。遁辞：文辞闪烁。51靡：细。52极思：极尽思虑。53历鉴：一一借鉴。54能执厥中：能做到恰如其分。执，持。厥，其。中，中正。55致义：表达意义。会文：组织文辞。56斐（fěi）然：文采斐然。57“故称”二句：《后汉书·班固传》载，班固认为“相如《封禅》靡而不典；扬雄《美新》典而不实”。靡，靡丽。典，典雅。58“岂非”二句：

意谓后人观前人的作品更易看清楚，遵循前人的创作趋势去创作更易成功。追观，后面看前面。循，遵循。㊾邯郸《受命》：邯郸淳有《大魏受命述》。邯郸，邯郸淳，三国时魏国作家。㊿风末力寡：风力衰微不足，即缺失风骨。(61)辑韵：指创作。(62)《魏德》：指曹植的《魏德论》。(63)假：假设。客主：指《魏德论》为客主问答之辞。(64)劳深：花费的劳力深。绩寡：成绩少。(65)飙（biāo）：狂风，指风力。焰：光芒。

## 译文

相传黄帝生而神异，能够得到宏大的祥瑞，曾在泰山上刻其功绩，在荆山上铸鼎。大舜巡视山岳的事迹，《尚书·舜典》中有显著的记载。周成王和周康王的封禅典礼，也见于纬书《乐动声仪》之中。到东周时齐桓公称霸，曾打算按帝王之礼进行封禅，管仲婉转劝阻，认为当时有蓬草、恶鸟等怪异现象出现，不宜封禅。由此可见，只有帝王才能用玉简金线行封禅之礼。但管仲所讲西海的比翼鸟、东海的比目鱼、南方的三脊茅、北方的黄米等祥瑞的出现，都是一些空谈且无以证验，主要还是帝王功德的大小而已。司马迁在《史记》中把《封禅书》列为八书之一，特地讲述了封禅之礼，可见这的确是祭天的重大典礼，而铭刻功绩以进行祝祷，就是祭天的壮观了。秦始皇刻石封禅于泰山，其《泰山刻石文》为李斯所写，充满了法家的文辞特点，缺乏宏大、润泽的风格，它虽然比较粗疏，却颇有力量，也算是当时最好的作品了。展望两汉繁盛之时，封禅之礼隆重而盛大，如汉武帝在肃然山、光武帝在梁父山封禅，歌功颂德的封禅文，都是名家大作。看司马相如的《封禅文》，文采蔚然，是首创的佳作。它说明了上古封禅的起始，陈述了历代帝王，展现玄妙的祥瑞，反映盛大的功业，置前代功业于当代帝王之下，捧汉武圣明于列朝圣君之上，用祥瑞来歌颂，用泰山盼望帝王的临幸来赞美，此文虽然是他的绝笔，但却无疑是一篇创新之作。到东汉光武帝在泰山封禅刻碑，文章出自张纯的手笔，开篇是效法《尚书·舜典》，末尾却写得如同祝辞，文中大量引用了纬书的内容，叙述西汉末年的离乱，歌颂光武帝的武功、陈述他的文德，事实确凿而说理正确，文采不足但内容充实有余。以上二家之文，都是泰山上实有的遗迹。到了扬雄的《剧秦美新》，班固的《典引》，虽然并未刻于石上，但其文体因袭封禅的文章。看《剧秦美新》，写作方式模仿司马相如的《封禅文》，偏用诡谲的说法和闪烁的言辞，所以其中有不少神怪之说。但其体制相当严密，文辞圆转流畅，自称在创作时已极尽思虑，再没有多余的文力了。《典引》的铺叙，雅正又有华美的文采，一一借鉴前代的作品，能够掌握得恰到好处，它所表达的意义、组织的文辞，文采斐然而又极为工巧。所以班固称《封禅文》华丽而不典雅，《剧秦美新》典雅而不真实，难道不是后人观前人的作品更易看清楚，遵循前人的创作趋势去创作更容易成功吗？至于邯郸淳的《受命述》，不过攀附前代之作，缺失风骨，拼凑文辞完成赞颂，虽然文理通顺有序，但文力衰弱不能高飞。曹植的《魏德论》，假设客主议论，问答迂曲缓慢，并且已经费去千言，用力深而收效甚微，风力和光芒都嫌缺乏。



## 原文

**兹文为用，盖一代之典章①也。构位②之始，宜明大体。树骨于训典之区③，选言于宏富之路；使意古而不晦④于深，文今而不坠于浅；义吐光芒，辞成廉锷⑤，则为伟矣。虽复道极数殚⑥，终然相袭⑦，而日新其采者，必超前辙⑧焉。**

## 注释

①典章：制度。②构位：构思布局。③骨：骨干，主体。训典：指《尚

书》中的《伊训》《尧典》等。④晦：不明显。⑤廉：锐利。锷（è）：刀剑的刃。⑥极：追究到底。数：方法。殚（dān）：尽。⑦袭：继续。⑧前辙：指前人的创作道路。辙，车轮的痕迹。

## 译文

这种文体的作用，是一个时代的典章制度。在写作上开始考虑布局时，必须明确其总的面貌，要如《伊训》《尧典》这类著作一样树立主干，从宏伟富丽方面来选择言辞，使内容合于古意而不致深奥不明显，文辞新颖又不流于肤浅，内容能放出光芒，文辞能利如锋刃，就是最好的作品了。即使古人把道理讲完、方法用尽，后世作者必将有所继承，但只要在文采上不断创新，就一定会超过前代作者。

## 原文

**赞曰：封勒帝绩，对越天休①。逖②听高岳，声英克彪③。树石九旻④，泥金⑤八幽。鸿笔蟠采⑥，如龙如虬⑦。**

## 注释

①越：称扬。天休：美好的天命。②逖（tì）：远。③彪：虎纹，这里指文采显焕。④九旻（mín）：九天，指高空。⑤泥金：金泥，以水银和金屑为泥，函封封禅的告天之文。这里指封禅文。⑥鸿笔：大法。蟠采：聚集文采，指封禅文所凝成的文采。蟠，屈曲。⑦虬（qiú）：传说一种有角的龙。

## 译文

总之，封禅泰山而刻下帝王的功绩，是称扬帝王来报答上天授予美好的天命。远听那高山之上的封禅之文，美妙的声音十分动人，辞采绚丽。树立的石碑高入云霄，封禅的文章以泥金检封的玉牒深埋地下。封禅大法凝成的佳作，腾空飞舞，有如虬龙。

# 二二、章表篇

## 〔导　读〕

本篇主要论述章、表两种相近的文体。本篇所论章、表，和以下两篇所论奏、启、议、对等，都是封建社会臣下向帝王呈递的公文文体。这类文体历代名目繁多，且不断有所变化。以上几种，是先秦到魏晋期间常用的文体。

本篇分三个部分。第一部分讲章表的意义及其产生、形成过程；第二部分评论汉晋时期一些主要章表的成就；第三部分论述章表的写作特点，提出“繁约得正，华实相胜”的基本要求。

章表这类面向帝王的呈文，文学意义并不大。篇中反复提到“对扬王庭”、感恩戴德等，固然是这类文章中屡见不鲜的，也反映了刘勰较为浓厚的封建意识。但章表奏议既是直陈帝王之制，往往是历代文人的精心之作。从萧统的《文选》开始，这类文章为历代作者和选家所重视，是有一定原因的。本篇所论及的孔融《荐祢衡表》、诸葛亮《出师表》等，也是古来传颂不绝的名篇。所以，研究这类作品，不仅有益于全面探究古代文体论，对探讨古代陈情议事的散文也有一定的意义。刘勰论章表，对汉晋作品大多做了过高的评价，唯不满于魏初的靡丽不足之作；虽主张“华实相胜”，却明确提出“以文为本”。强调“君子秉文，辞令有斐”。对“诗赋欲丽”的作品，刘勰主张“述志为本”（《情采》篇）；对需要“肃恭节文”的章表，却主张“以文为本”。这两种不同的态度是值得注意的。再就是他反对“情为文屈”而要求“辞为心使”，做到辞与意的统一，也具有一定的普遍意义。

## 原文

夫设官分职，高卑联事[①]。天子垂珠以听[②]，诸侯鸣玉[③]以朝。敷奏以言[④]，明试[⑤]以功。故尧咨四岳[⑥]，舜命八元[⑦]，固辞再让[⑧]之请，“俞往钦哉”之授[⑨]，并陈辞帝庭，匪假书翰[⑩]。然则敷奏以言，即章表之义也；明试以功，即授爵之典[⑪]也。至太甲[⑫]既立，伊尹[⑬]书诫，思庸归亳[⑭]，又作书以赞[⑮]。文翰献替[⑯]，事斯见矣。周监二代[⑰]，文理弥盛[⑱]。再拜稽首[⑲]，对扬休命，承文受册[⑳]，敢当丕[㉑]显，虽言笔[㉒]未分，而陈谢可见。降及七国[㉓]，未变古式，言事于王，皆称上书。秦初定制，改书曰奏。汉定礼仪，则有四品[㉔]：一曰章，二曰奏，三曰表，四曰议。章以谢恩，奏以按劾[㉕]，表以陈请，议以执异。章者，明也。《诗》云“为章于天”[㉖]，谓文明也。其在文物[㉗]，赤白曰章[㉘]。表者，标也。《礼》[㉙]有《表记》，谓德见于仪[㉚]。其在器式[㉛]，揆景曰表[㉜]。章表之目，盖取诸此也。

## 注释

①联事：联合处理政事。②垂珠：古代帝王的礼冠上有十二条丝绳，绳端系白玉珠。听：指听政，受理政事。③鸣玉：古代诸侯朝见天子时，身上佩玉，进退有声。④敷：陈述。奏：进言。⑤试：检验。⑥咨：商议，询问。四岳：传为古代四方诸侯之长。⑦八元：传为高辛氏的八个贤能的儿子。元，善。⑧固辞再让：臣下对帝王的任命再三表示推让。《尚书·舜典》中说舜、禹、垂、益、伯夷等人受到任命时，都曾表示辞让。⑨俞：表示同意、肯定的应答之辞。钦：敬佩。《尧典》《舜典》中常用“钦哉”“俞，汝往哉”等话。⑩匪：同“非”。假：借用。⑪典：仪式。⑫太甲：商王，商汤王的孙子。⑬伊尹：商汤王的大臣，名挚。相传汤死后，太甲昏庸，伊挚作《伊训》

以教导太甲。今存《尚书》中的《伊训》是后人伪托的。⑭思庸归亳（bó）：《尚书·太甲序》中说，“太甲既立，不明，伊尹放诸桐。三年，复归于亳，思庸。伊尹作《太甲》三篇”。庸，常，这里指常道。亳，商都，在今河南商丘。⑮作书以赞：《史记·殷本纪》详载其事。“帝太甲居桐三年，悔过自责反善，于是伊尹乃迎帝太甲而授之政。帝太甲修德，诸侯咸归殷，百姓以宁。伊尹嘉之，乃作《太甲训》三篇。”现存《尚书》中的三篇《太甲》，也是后人伪托的。⑯献替：指劝善规过。献，进。替，弃。⑰周监二代：这句是借用《论语·八佾》中的“周监于二代，郁郁乎文哉！吾从周”。监（jiàn），借鉴。二代，指夏商两代。⑱文理：这里指礼仪。弥：更加。⑲稽首：引首至地的跪拜礼。⑳册：册命，帝王封爵的命令。㉑丕：大。㉒言笔：口头上说出来的是“言”，用文字写成的是“笔”。㉓七国：指战国时期。㉔品：类。㉕按劾：都是检举、揭发的意思。㉖《诗》：指《诗经·大雅·棫（yù）朴》。为章于天：指银河成为天的文章。这里的“章”有文而明之的意思。㉗文物：指有文采的事物。㉘章：《考工记·画缋（huì）之事》，“青与赤谓之文，赤与白谓之章”。㉙《礼》：指《礼记》，《表记》是其中的一篇。㉚仪：仪表。㉛器式：指用作标志的器具。式，法。㉜揆（kuí）：度，测量。景：日光。表：古代用以测日影的计时器。

## 译文

朝廷设官各司其职，各级官吏共同治理国家大事。天子戴着皇冠受理政事，诸侯佩着玉器前来朝见。群臣上奏各种政见，帝王便试行其言以求获得功效。相传古代帝尧曾向诸侯之长提出询问，帝舜曾任命八个贤人，于是臣下有再三辞让的请求，帝王用信任和肯定的话授予重任，这些都是在朝廷上口头的对答，并未通过纸笔写成书面文件。可是，用言辞向帝王陈述，就具有章表的意义了；帝王对臣下功绩的查核，也就是一种授予爵位的仪式了。到商代的太甲即位，大臣伊挚曾写《伊训》来训诫太甲，及至太甲改过而思念常道，从被流放的地方回到亳都，伊挚又作《太甲》三篇来赞美他。用书面文辞来扬善弃恶，从这件事中就可以看到。周王朝继承并借鉴夏商两代的制度，礼仪更为隆重。有了一拜再拜、叩头触地的礼节，有了称扬天子美命，谨受天子册封，表示不敢当天子所赐的巨大荣耀之类的敬辞、谦辞，虽然言语和文辞尚未分清，但陈辞谢恩之意是明显的。到了战国时期，仍用商周的格式，对帝王呈文，都叫“上书”。秦初确定制度，才改“书”为“奏”。汉代规定礼节仪式，便把对帝王的上书分为四种：第一种叫“章”，第二种叫“奏”，第三种叫“表”，第四种叫“议”。“章”用于谢恩，“奏”用于揭发检举，“表”用于陈述请求，“议”用于提出不同的意见。所谓“章”，就是明。《诗经》中说“为章于天”，意为文采明显。对于有文采的事物来说，红白交错就是“章”。所谓“表”，就是标明。《礼记》中的《表记》，就是君子的品德体现于仪表的意思。对于用作标志之物来说，测量日影的器具就叫“表”。“章”和“表”的名称，就来自这种意义。



## 原文

**按《七略》、《艺文》①，谣咏必录。章表奏议，经国之枢机②，然阙而不纂者③，乃各有故事④，而布在职司也。前汉表谢，遗篇寡存。及后汉察举⑤，必试章奏。左雄⑥奏议，台阁为式⑦；胡广⑧章奏，天下第一，并当时之杰笔也。观伯始谒陵之章⑨，足见其典⑩文之美焉。昔晋文受册⑪，三辞⑫从命。是以汉末让表，以三为断。曹公⑬称为表不必三让，又勿得浮华。所以魏初表章，指事造实，求其靡⑭丽，则未足美矣。至于文举之《荐祢衡》⑮，气扬采飞；孔明之辞后主⑯，志尽文畅。虽华实异旨，并表之英也。琳、瑀章表⑰，有誉当时。孔璋称健⑱，则其标⑲也。陈思之表⑳，独冠群才。观其体赡㉑而律调，辞清而志显，应物制巧㉒，随变生趣，执辔有余㉓，故能缓急应节㉔矣。逮晋初笔札㉕，则张华为俊，其三让公㉖封，理**

**周辞要，引义比事[27]，必得其偶。世珍《鹪鹩》[28]，莫顾章表。及羊公之《辞开府》[29]，有誉于前谈[30]；庾公之《让中书》[31]，信美于往载[32]。序志联类[33]，有文雅焉。刘琨劝进[34]，张骏自序[35]，文致耿介[36]，并陈事之美表也。**

## 注释

①《七略》：西汉刘歆（xīn）所编古书目录，是我国第一部图书分类目录。今不传。《艺文》：指《汉书·艺文志》，是班固在《七略》的基础上编写的。②枢机：指主要部分。③阙：同“缺”。纂：编辑。④故事：旧事，典章制度，这里略近于档案的意思。⑤察举：选拔官吏。⑥左雄：字伯豪，东汉顺帝时的尚书令。他的奏议今存《上疏陈事》等，见《全后汉文》卷五十九。⑦台阁：指尚书台，东汉掌管帝王章奏文书的官署。式：典范。⑧胡广：字伯始，东汉桓帝时为司空，灵帝时为太傅。⑨谒：进见。陵：陵墓。胡广关于“谒陵”的奏章今不存。⑩典：典范。⑪晋文：指春秋时的晋文公重耳。册：这里指周襄王命晋文公为诸侯伯的册命。⑫三辞：三次辞让。⑬曹公：指曹操。这里所引曹操的话，原文不传。⑭靡：美。⑮孔融的《荐祢衡表》，见《后汉书·孔融传》。⑯辞后主：指《出师表》，载《三国志·蜀书·诸葛亮传》。后主，指刘备之子刘禅。⑰琳：陈琳。瑀（yǔ）：阮瑀。都是“建安七子”之一。⑱称健：曹丕《与吴质书》曾说“孔璋章表殊健”（《三国志·魏书·王粲传》）。⑲标：显著，突出。⑳曹植的表文，尚存《求自试表》《求通亲亲表》等三十余篇，见《全三国文》卷十五、十六。㉑赡（shàn）：富足。㉒应物制巧：因地制宜。㉓辔（pèi）：马缰绳。有余：多，这里指长远。㉔节：一定的度数。㉕逮（dài）：及，到。笔札：纸笔，这里指章表。札，古代书写用的小木简。㉖公：公爵。张华曾封壮武郡公。他的《让公表》今不存。㉗引：引申。比事：排比事实。㉘《鹪（jiāo）鹩（liáo）》：指张华的《鹪鹩赋》，载《文选》卷十三。鹪鹩，一种小鸟。㉙羊公：指羊祜（hù），字叔子，西晋武帝时的尚书右仆射。《辞开府》：指羊祜的《让开府表》，

见《文选》卷三十七。开府，开建府署，指开府仪同三司。汉代只有三公、大将军可以开府，魏晋以后开府增多，非三公也可照三公成例开建府署。㉚有誉于前谈：李充《翰林论》曾说，“羊公之《让开府》，可谓德音矣”。见《太平御览》卷五九四。㉛庾公：指庾亮，字元规，东晋明帝时为中书监。《让中书》：指庾亮的《让中书监表》，载《文选》卷三十八。中书监，中书省的长官，掌管机密。㉜载：载籍，指章表。㉝联类：联系同类型的事实。㉞刘琨：字越石，西晋末年作家。劝进：指刘琨的《劝进表》，载《文选》卷三十七。㉟张骏：字公庭，西晋末据陇西称凉王。自序：可能指他的《请讨石虎李期表》，见《晋书·张骏传》。㊱耿：光明。介：大。

## 译文

在刘歆的《七略》和班固的《汉书·艺文志》中，各地歌谣也有闻必录；章、表、奏、议等治理国事的重要文件，其之所以没有编录进去，是由于奏议的掌管有别而编纂者分工不同。西汉时期的章表，留传下来的很少。到东汉时期，选拔官吏必须考试章表。左雄的奏议，成了尚书台的典范；胡广的章奏，被汉安帝称为“天下第一”。这都是当时杰出的作品。读胡广“谒陵”的章奏，可见其典范之作的确写得很美。从前晋文公受周襄王册封时，曾辞让三次后接受任命，所以汉代末年的让表，也以推让三次为限。曹操曾说写让表不需要三次，又不应文辞浮华。因此，魏初的章表，大都就事论事，按实陈述，按照华丽的要求来看，这时的作品是不够美的。至于孔融的《荐祢衡表》，写得意气高昂，文采飞扬；诸葛亮的《出师表》，情理透彻，文辞流畅：它们虽然在华丽与质朴上各不相同，但都是优秀的表文。此外，陈琳和阮瑀的章表，在当时很有名气；陈琳之作，曹丕认为特别矫健，是建安文人中较突出的。曹植的表文，更是独冠群雄。他的作品体制周备而音律协调，文辞清新而情志显著，能按事物的不同运用巧思，能随对象的变化发生妙趣，如驾千里之马，轻重缓急掌握得恰到好处。到晋初作者的章表，就以张华较为优秀，他三度辞让被封为壮武郡公的表文，道理周详而文辞简要，引申意义，排比事实，都用对偶，一般都珍视张华的《鹪鹩赋》，而没有注意到他的章表。又如西晋羊祜的《让开府表》，前代论述已有所称誉；东晋庾亮的《让中书监表》，确实较已往章表写得美好。他们表达情志、联系事理，都颇为文雅。此外，西晋末年刘琨的《劝进表》、张骏的《请讨石虎李期表》，写得光明正大，都是陈述情事的佳作。

## 原文

**原夫章表之为用也，所以对扬王庭，昭明心曲①。既其身文，且亦国华②。章以造阙③，风矩应明④；表以致禁⑤，骨采宜耀。循名课实⑥，以文⑦为本者也。是以章式炳贲⑧，志在典谟⑨。使要而非略，明而不浅。表体多包，情伪⑩屡迁，必雅义以扇其风，清文以驰其丽。然恳恻⑪者辞为心使，浮侈者情为文屈⑫。必使繁约得正⑬，华实相胜，唇吻不滞⑭，则中律⑮矣。子贡云“心以制之”、“言以结之”⑯，盖一辞意⑰也。荀卿⑱以为，观人美辞，丽于黼黻⑲文章，亦可以喻⑳于斯乎！**

## 注释

①昭明：明辨清楚。心曲：内心深处。②“既其身文”二句：《程器》篇曾说“岂无华身，亦有光国”。③造：达到。阙：宫门外两旁的望楼，这里泛指朝廷。④风：风格。矩：画方形的器具，引申指法则。⑤禁：宫禁，和上句“阙”字义同。⑥循：依。课：查核。⑦文：指文翰，侧重文采。⑧炳：明。贲（bì）：美。⑨典谟：指《尚书》中的《尧典》《皋陶谟》之类的作品。⑩情伪：真伪。⑪恻：诚恳。⑫屈：服，指情感受文体支配。⑬繁约：繁简。得正：得当。⑭唇吻：口吻。滞：不通畅。⑮律：法则。⑯心以制之、

言以结之：这是子贡论订盟的话。刘勰是断章取义，借指心以制言、言以结心。⑰一辞意：《神思》篇要求言与意“密则无际”的意思。一，统一，一致。要使辞与意结合一致。这是刘勰重要的文学观点之一。⑱荀卿：名况，战国时期杰出的思想家。⑲黼（fǔ）黻（fú）：古代礼服上半白半黑的花纹。⑳喻：说明。

## 译文

章表的意义，本是用来报答皇恩、颂扬朝廷、表明臣下的内心情感的。既是自身文采的显示，又是国家荣华的体现。因此，把谢恩的“章”送到朝廷，风格与表达方式应该明显；把陈请的“表”呈上皇宫，骨力辞采应该显耀。按照“章”“表”的名称来考察其实质，都是以文采为基础的。所以，“章”的体式明丽，而以《尚书》中的《尧典》《皋陶谟》等为典范，做到精要但不粗略，明显但不肤浅；“表”的内容丰富，复杂多变，应以雅正的意义增其风力，用清新的文辞显其华丽。但真诚的作者文辞由情志所驱遣，浮华的作者情志受文辞支配。必须做到繁简得当、华实相称、通畅流利，就合于写章表的法则了。借子贡的话来说，应该“用心意来控制言辞”“用言辞来表达心意”，做到言辞和情意一致。荀况认为，表达善意的话，比辞采华丽的文章还美好，这话也可说明言辞和情意一致的道理吧！

## 原文

**赞曰：敷表绛阙①，献替黼扆，言必贞明②，义则弘伟。肃恭节文③，条理首尾。君子秉文④，辞令有斐⑤。**

## 注释

①绛阙：赤色的宫阙，指朝廷。②贞明：纯正。③肃：敬。节文：节制以礼仪。文，礼仪。④秉文：写作。⑤斐：有文采的样子。

## 译文

总之，陈述章表于宫阙，是为了向帝王劝善规过，因此，言辞必须正确明白，意义应该宏大深远。要严肃恭敬使文辞合于礼仪，从头到尾条理清晰。卓越的人物写作章表，一定文辞优美而富有文采。

# 二三、奏启篇

## 〔导 读〕

本篇以“奏”为主，论述“奏”“启”两种文体。

本篇分“奏”“启”两大部分。刘勰把“奏”分为两类来论述：第一段讲一般的奏文，有三部分内容：一是“奏”的起源及其含义，二是秦汉以来奏文写作的发展情况，三是写作奏文的基本要领。第二段专论“弹劾之奏”，有三部分内容：一是弹奏和官职的关系，二是评论汉晋期间的几家奏文，三是论述写弹奏的不良倾向，提出正确的写作态度和基本要求。第二大部分论“启”，兼及“谠言”“封事”“便宜”等相关的名目。

“奏”和“启”也是帝制时期臣下对帝王的政治性文件，和文学创作的关系是不大的。除了对研究古代文体略有参考意义外，其中论及的某些问题，对了解刘勰的思想还是很值得注意的。如刘勰特别重视弹劾官吏的奏文，对它进行了单独论述，大力强调弹奏的严峻有力，“不畏强御”等，还是有可取之处的。刘勰一贯推崇儒家，但本篇不仅讲到《诗》《礼》二经，还提及儒家和墨家都有不当之处，甚至将孟子和墨子的互相谩骂一概当作“躁言丑句”的典型而予以批评，这对儒家是颇为不恭的。此外，他还主张弹奏要“总法家之裁，秉儒家之文”，这说明刘勰并非在一切问题上都独尊儒术。

## 原文

昔唐、虞之臣，敷奏以言；秦、汉之辅①，上书称奏。陈政事，献典仪②，上急变③，劾愆谬④，总谓之奏。奏者，进也。言敷于下，情进于上也。秦始立奏⑤，而法家少文。观王绾之奏勋德⑥，辞质而义近；李斯之奏骊山⑦，事略而意诬⑧。政无膏润⑨，形于篇章矣。自汉以来，奏事或称上疏⑩。儒雅继踵⑪，殊采可观。若夫贾谊之务农⑫，晁错之兵事⑬，匡衡之定郊⑭，王吉之劝礼⑮，温舒之缓狱⑯，谷永之谏仙⑰，理既切至⑱，辞亦通畅，可谓识大体⑲矣。后汉群贤，嘉言罔伏⑳。杨秉耿介于灾异㉑，陈蕃愤懑于尺一㉒，骨鲠㉓得焉；张衡指摘于史讖㉔，蔡邕诠列于朝仪㉕，博雅明焉。魏代名臣，文理迭兴㉖。若高堂天文㉗，黄观教学㉘，王朗节省㉙，甄毅考课㉚，亦尽节而知治矣㉛。晋氏多难，世交屯夷㉜。刘颂殷勤于时务㉝，温峤恳恻于费役㉞，并体国之忠规矣㉟。夫奏之为笔㊱，固以明允笃诚为本㊲，辨析疏通为首。强志足以成务㊳，博见足以穷理㊴，酌古御今㊵，治繁总要㊶，此其体也。

## 注释

①辅：助，指官吏。②典仪：礼仪制度。③急变：紧急重大的事变。④劾：弹劾，揭发罪状。愆：过失。⑤秦始立奏：《章表》"秦初定制，改书曰奏"。⑥王绾（wǎn）：秦始皇时的丞相。奏勋德：指王绾等人的《议帝号》。秦初，王绾曾与冯劫、李斯等共议帝号，称颂秦始皇统一天下之功。⑦奏骊山：指李斯的《上书言治骊山陵》，见《全秦文》卷一。骊山，秦始皇陵墓所在地，在今陕西临潼。⑧诬：不实。⑨膏润：恩泽。法家实行严刑峻法，所以说"政无膏润"。⑩疏：条列言事。⑪儒雅：博学的儒生。踵

(zhǒng)：脚后跟。⑫“若夫”句：指贾谊的《论积贮疏》，见《汉书·食货志》。⑬“晁错”句：《汉书·晁错传》载，汉文帝时，匈奴屡次犯边，晁错“上言兵事”，主张巩固边防。晁错，西汉大臣。⑭“匡衡”句：《汉书·郊祀志》载，汉成帝时，匡衡等人上书，建议在长安附近举行祭天典礼。匡衡，西汉大臣。郊，祭天礼。⑮“王吉”句：《汉书·王吉传》载，汉宣帝时，王吉上书建议重视礼制。王吉，西汉大臣。⑯“温舒”句：《汉书·路温舒传》载，汉宣帝即位之初，路温舒上书建议崇尚德政，宽缓刑狱。温舒，路温舒，西汉大臣。⑰“谷永”句：《汉书·郊祀志》载，汉成帝喜好鬼神，谷永曾上书加以劝阻。谷永，西汉大臣。⑱切至：恳切之至。⑲大体：大纲，要点。此处指奏章的写作要领。⑳嘉：好。罔：无。伏：藏匿。㉑“杨秉”句：《后汉书·杨秉传》载，汉桓帝微行至某大臣家，恰逢大风拔树，天地无光，杨秉便上书说，此次灾祸是因桓帝微行，出入无常引起的。杨秉，东汉大臣。耿介，正直耿介。㉒“陈蕃”句：《后汉书·陈蕃传》载，汉桓帝时吏治腐败，陈蕃上书建议，选拔官吏要让尚书和三公去做，不能任意封赏，违反制度。陈蕃，东汉大臣。尺一，一尺一寸长的简板，用于书写诏书，此处指诏书。㉓骨鲠：正直有骨气，此处指文章有骨力。㉔“张衡”句：《后汉书·张衡传》载，张衡曾上书要求在东观专门从事史书的修撰工作，又曾条陈司马迁、班固史书中的不足之处。指摘，指出错误、不足。㉕“蔡邕”句：《后汉书·蔡邕传》载，蔡邕上封事（奏的一种）条陈“宜所施行七事”，以整饬朝廷仪法。诠，编次。列，列举。朝仪，朝廷仪法。㉖文理：文章条理，这里指奏文。迭：相继。兴：兴起，出现。㉗高堂天文：《三国志·魏书·高堂隆传》载，魏明帝大兴土木，天象异常，高堂隆便上书劝谏明帝建宫室时不应违背制度。高堂，高堂隆，三国时魏国大臣。㉘黄观教学：事不详。黄观，三国时魏国大臣。㉙王朗节省：《三国志·魏书·王朗传》注引《魏名臣奏》载有王朗“节省奏”。王朗，三国时魏国大臣。㉚甄毅考课：据《太平御览》卷二百十五引《魏名臣奏》载，甄毅曾上书谈论关于官吏考核的事。甄毅，三国魏大臣。考课，考核官吏。㉛尽节：尽为臣子之节。知治：明白如何治理国家。㉜屯(zhūn)：困难。夷：通“痍”，创伤。㉝“刘颂”句：《晋书·刘颂传》载，刘颂曾上书议论政务。刘颂，西晋大臣。殷勤，勤勉。

时务，政务。㉞“温峤”句：《晋书·温峤传》载，太子建造西池楼观，温峤上书劝谏，认为此举太过劳费。温峤，东晋大臣。恳恻，恳切痛心。费役，劳民伤财。㉟体国：治理国家。规：规劝。㊱笔：无韵之文称为笔，这里指体裁。㊲允：得当。笃：忠实。㊳强志：记忆能力强。务：事务。㊴博见：见识广博。穷理：穷究事理。㊵酌：参酌。御：处理。㊶总要：把握关键。

## 译文

从前唐尧、虞舜的臣下，向帝王陈述问题是用口头语言；秦、汉时的官吏，给帝王的上书叫作“奏”。陈述政事、提出典制礼仪、请示紧急重大的事件、弹劾罪恶和检举谬误的陈辞，都称之为“奏”。所谓“奏”，就是进。就是陈述问题，下情上达。秦初开始用奏，但法家的奏文缺乏文采。如王绾等人的《议帝号》，文辞质朴而意义浅近；李斯的《上书言治骊山陵》，陈事粗略而内容虚假。其政治上缺少恩德，已明显地反映在当时的奏章中了。从汉代以后，奏事有时也叫上疏。博学的文人相继出现，突出的文采相当可观。像贾谊关于注重农事的论述，晁错关于边防用兵的论述，匡衡关于确定祭天之礼的建议，王吉关于重视礼仪教化的劝说，路温舒关于宽缓刑罚的主张，谷永对迷信神仙的劝谏，说理既恳切得当，文辞又通达流畅，可以说是懂得奏文的写作要领了。东汉群贤，有好的主张绝不隐瞒。杨秉直率地指出灾祸形成的原因，陈蕃愤懑地批评当时腐败的吏治，这些文章都很有骨力；张衡指摘史官的缺点不足，蔡邕编列朝廷的仪法，展现了其博学与典雅。魏代名臣中，优秀的奏文相继出现。像高堂隆借助天象劝谏，黄观谈论教学，王朗主张节省，甄毅建议考核官员。都尽到了为臣子的责任，明白了治国的方法。晋朝多灾多难，世事维艰。刘颂上书议论当时的政务，言辞恳切；温峤劝谏太子停修楼观，恳切诚挚。这都是体察国事的忠心规劝。奏这种体裁，应当以得当、忠诚为根本，以明析、通达为首要条件。记忆力强足以完成事务，见识广博足以穷究事理，参酌古例来处理今事，理清繁杂并把握关键，这是奏的体制要求。

## 原文

若乃按劾之奏，所以明宪[1]清国。昔周之太仆[2]，绳愆纠谬[3]；秦有御史[4]，职主文法[5]；汉置中丞[6]，总司[7]按劾。故位在鸷击[8]，砥砺[9]其气，必使笔端振风，简上凝霜者也[10]。观孔光之奏董贤[11]，则实其奸回[12]；路粹[13]之奏孔融，则诬其衅恶[14]。名儒之与险士[15]，固殊心[16]焉。若夫傅咸劲直[17]，而按辞坚深[18]；刘隗[19]切正，而劾文阔略[20]，各其志也。后之弹事[21]，迭相斟酌，惟新日用，而旧准弗差。然函人欲全[22]，矢人[23]欲伤，术[24]在纠恶，势必深峭[25]。《诗》刺谗人，“投畀豺虎”[26]；《礼》疾[27]无礼，方[28]之鹦猩；墨翟非儒[29]，目以羊彘[30]；孟轲[31]讥墨，比诸禽兽：《诗》、《礼》、儒、墨[32]，既其如兹，奏劾严文，孰云能免！是以近人为文，竞于诋诃[33]，吹毛取瑕[34]，次骨[35]为戾，复似善骂，多失折衷[36]。若能辟礼门以悬规[37]，标义路以植矩[38]，然后逾垣者折肱[39]，捷径者灭趾[40]，何必躁言丑句[41]，诟病为切哉[42]！是以立范运衡[43]，宜明体要。必使理有典刑[44]，辞有风轨[45]，总法家之裁[46]，秉[47]儒家之文；不畏强御[48]，气流墨中；无纵诡随[49]，声动简外，乃称绝席[50]之雄，直方[51]之举耳。

## 注释

①宪：法令。②太仆：周代高级官吏，纠正帝王过失为其重要职责之一。③绳愆纠谬：这是借用《尚书·冏（jiǒng）命》中的一句。绳、纠，都是纠正的意思。④御史：秦代御史大夫掌管文书及弹劾纠察。⑤文法：法令条文。⑥中丞：御史中丞，汉代是御史大夫的辅佐官员。⑦司：主管。⑧鸷击：喻执法严厉的官职。鸷，猛禽。⑨砥（dǐ）砺（lì）：磨刀石，引申为磨炼，也作“底厉”。⑩“必使”二句：喻弹劾检举的奏文劲厉有力。⑪孔光：字子

夏，西汉成帝、哀帝时的丞相。董贤：字圣卿，汉哀帝的宠臣。哀帝死后，王莽弹劾董贤的罪状，罢归自杀。孔光上奏，列举董贤“父子专朝，兄弟并宠”，使“国家为空虚”的罪恶。奏文载《汉书·董贤传》。⑫奸回：邪恶。回，邪。⑬路粹：字文蔚，汉末文人。⑭衅恶：罪恶。⑮名儒：指孔光，他是孔子的十四世孙。险士：指路粹。⑯殊心：指一实一诬，用心不同。⑰傅咸：字长虞，西晋文学家。劲直：刚强正直。⑱按辞：指弹劾罪过的奏文。傅咸的弹奏尚存《奏劾荀恺》《奏劾王戎》《奏劾夏侯骏》《奏劾夏侯承》等。⑲刘隗（wěi）：字大连，东晋元帝时丞相司直。⑳阔略：疏略。㉑弹事：弹劾官吏的奏章。㉒函人：制铠甲的工人。全：保全。㉓矢人：制箭的工人。㉔术：指写弹奏的方法。㉕峭：峻峭，严厉。㉖投畀（bì）豺虎：意谓要把那进谗言的小人扔给豺虎吃掉。畀，给。㉗疾：痛恨。㉘方：比方。㉙墨翟：墨子，战国墨家的创始人。非：非难。㉚目：视作。彘（zhì）：猪。㉛孟轲：孟子，儒家学派的代表人物之一。㉜儒：此指孟子。墨：指墨子。㉝诋（dǐ）诃（hē）：诋毁呵斥。㉞吹毛取瑕：吹毛求疵。瑕，瑕疵。㉟次骨：深入骨髓。戾（lì）：乖张。㊱折衷：恰当，得当。㊲辟：打开。规：规矩。㊳标：标示。植：立。矩：规矩。㊴逾垣者：翻墙者。肱：手臂。㊵捷径者：走小路者。灭趾：断脚趾。㊶躁言丑句：轻率的言辞，丑恶的字句。㊷诟（gòu）病：谩骂。切：切合。㊸范：规范。衡：秤杆，此处指标准。㊹典刑：法则。㊺风轨：风向，规范。㊻总：采用。裁：裁断。㊼秉：持。㊽强御：强暴又有权势之人。㊾诡随：诡诈善变之人。㊿绝席：坐在专属的座位上，不跟他人同席，以显示尊卑。此处指御史大夫之类职掌弹劾的官员。51直方：正直，方正。

## 译文

至于揭发检举罪过的奏文，是用以严明法纪、肃清国政的。从前周代的太仆，就是负责纠正过失的官员；秦代的御史大夫，就是职掌法令条文的官吏；汉代设置御史中丞，则是主管弹劾罪过的监察官。所以，既然身为执法严厉的监察官，就应磨炼其气势，以求把弹奏写得像笔下生风、纸上结霜那样劲厉。读汉代孔光对董贤的弹奏，是如实列举其罪行；汉末路粹对孔融的奏文，却是捏造罪名。由此可见，在弹奏的写作上，名儒和险士的用心是大不相同的。至于西晋傅咸，为人刚劲正直，因此弹奏写得有力而深刻；东晋刘隗虽严峻正直，他的弹奏却写得有些粗疏。这也是各有其不同的情志所致。后世的弹奏文，相互参酌，在不断运用中虽有新的发展，但和古代的基本格式没有什么大的差别。可是，制造铠甲的工匠是为了使人安全，制造弓箭的工匠却是希望使人受其伤害，弹奏是为了纠正罪恶，势必写得深刻严峻。《诗经》中批判进谗言的人，说要把他们“扔给豺虎吃掉”；《礼记》中痛恨无礼的人，把他们比作鹦鹉、猩猩；墨子非难儒家，视他们为羊、猪；孟子讥讽墨家，将他们比作禽兽。《诗经》《礼记》、儒家、墨家尚且如此，弹劾之文如此严峻，谁说能避免呢！所以近世之人写这种文章时，竞相诋毁谩骂，吹毛求疵，尖刻入骨，流为乖戾，好似以善骂为能事，大多失于公允。如果能打开礼的大门，悬明规则，标示义的道路，树立规矩，不走礼的大门翻墙而入者折断其手臂，不走义的正道寻求捷径者斩断其脚趾，何必用轻率的言辞、丑恶的字句，以辱骂为切合呢！所以树立规范、运用标准，应该明白体制的要领。必须做到说理有常规，行文有规范，采用法家的裁断，秉持儒家的文采，不畏强暴、有权势之人，使正气流注于笔墨之中，不放纵狡诈而善变之人，要使声势震动于简札之外，这才称得上御史大夫中的雄杰，是正直方正的举动。

## 原文

**启者，开也。高宗[①]云：“启乃心，沃朕心[②]。”取其义也。孝景讳启[③]，故两汉无称。至魏国笺记[④]，始云“启闻”。奏事之末，或云“谨启”。自晋来盛启[⑤]，用兼表奏[⑥]。陈政言事，既奏之异条[⑦]；让爵谢恩，亦表之别干。必敛饬入规[⑧]，促[⑨]其音节，辨要轻清[⑩]，文而不侈[⑪]，亦启之大略也。又表奏确切，号为谠言[⑫]。谠**

**者，无偏[13]也。王道有偏，乖乎荡荡[14]，矫正其偏[15]，故曰“谠言”也。孝成称班伯之谠言[16]，贵直也。自汉置八能[17]，密奏阴阳[18]，皂囊[19]封板，故曰“封事”[20]。晁错受《书》[21]，还上便宜[22]。后代便宜，多附封事，慎机密也。夫王臣匪躬[23]，必吐謇谔[24]，事举人存[25]，故无待泛说也。**

## 注释

①高宗：商王武丁。②启乃心，沃朕心：见《尚书·说命上》。沃，浇灌。朕，武丁自称。③孝景：西汉孝景帝刘启。讳：帝王的名字，为了表示尊敬，避讳直言其名。④笺记：文体名。⑤晋来盛启：晋代用“启”之盛，除范文澜注所举范宁一篇、司马道子二篇外，写得较多的如陆云，有《国起西园第表启宜遵节俭之制》等六篇，见《全晋文》卷一百零一，卞嗣之有《沙门应致敬启》四篇，见《全晋文》卷一百四十。⑥用兼表奏：如上举陆云《表启宜遵节俭之制》，即表启兼用。当时其他启，也和表奏无多大区别。⑦异条：和下句“别干”，都是支流、枝干的意思。⑧敛：收敛。规：这里指法规、常规。⑨促：短，紧缩。⑩辨要：指论述能抓住要害。轻：轻便，指文辞简明。⑪侈：奢侈，指浮夸。⑫谠（dǎng）言：宣言，善言。⑬偏：偏差。⑭王道有偏，乖乎荡荡：见《尚书·洪范》“无偏无党，王道荡荡”。乖，背离。荡荡，公正无私。⑮其偏：诸家校勘都疑此二字有脱误。根据上文，应为“无偏”或“其言无偏”。⑯孝成：指汉孝成帝。班伯：成帝时为中常侍。《汉书·叙传》说，成帝曾问班伯，共车屏风上所画纣王醉踞妲己的意义，班伯的回答，成帝很满意，因谓：“吾久不见班生，今日复闻谠言。”⑰八能：习晓乐律的乐工。⑱密奏阴阳：秘密上奏根据乐器音律测知的阴阳变化。⑲皂囊：黑色帛袋。⑳封事：密封的奏启。㉑晁错受《书》：《史记·晁错列传》载，晁错跟随伏生学习《尚书》，回朝廷后，向皇帝上奏便利宜行之事。㉒便宜：应办的事。㉓匪：非。躬：身，指自身。㉔謇（jiǎn）谔（è）：直言。㉕事举人存：意谓相关的事实和人前面已经提及。

## 译文

所谓“启”，就是开启。商王武丁曾说：“打开你的心窍，浇灌我的心灵。”“启”就是取这个意思。西汉景帝名“启”，为了避讳，所以两汉时期的奏启不用“启”这个名称。到魏代的笺表中，才开始用“启闻”。或者在奏事的最后说“谨启”。晋代以后，“启”的运用相当普遍，而兼有表、奏的作用。在陈述政见、议论国事上，“启”是“奏”的分支；在辞让封爵、感谢恩典方面，“启”是“表”的枝干。奏启的写作，必须整饬得合于法度，紧缩音节，抓住要害，简明轻快，有一定的文采，但不能浮夸，这就是“启”的基本要领了。此外，因为表奏文又需要写得准确切实，所以又称为“谠言”。所谓“谠”，就是没有偏差。如果帝王之道有了偏颇，就有违公正，正因为是没有偏颇的话，所以叫作“谠言”。汉代设置擅长音律的八能之士，向帝王秘密呈奏阴阳变化，因为要用黑色袋子密封简板，所以又叫“封事”。晁错向秦博士学习《尚书》，回来后向皇帝陈述应办的事叫作“便宜”。后代的“便宜”，大都用密封呈奏，是为了保守机密。作为帝王的臣子，办事不是为了一己之私，上奏必须说正直的话，相关的人和事实俱在，就没有必要多说了。

## 原文

**赞曰：皂饰司直①，肃清风禁②。笔锐干将③，墨含淳酖④。虽有次骨，无或肤浸⑤。献政陈宜，事必胜任。**

## 注释

①皂饰：黑色服饰，是司直的服饰。司直：古代官名，负责检举不法官

吏。这里泛指掌管弹劾职权的官员。②风：风化。禁：政教所禁，这里即指政教。③干将：古代良剑名。④酖（zhèn）：同“鸩”，传为有毒的鸟，羽毛可制毒酒。这里取毒酒性烈的意思。⑤肤浸：指谗言。

## 译文

总之，穿着黑色服饰的监察官员，担负着肃清政教风纪的职责。奏启的写作，笔要如宝剑那样锐利，墨要像剧毒的鸩酒那样猛烈。虽应深入至骨，但不要用谗言伤人。这样，用奏启来提供政见、陈述事宜，就一定能胜任其事。

# 二四、议对篇

## 〔导　读〕

本篇主要论述“议”“对”两种相近的文体。“议”有议论的意思，它和一般议论文的不同，就在于它是面向帝王的陈说。“对”指“对策”和“射策”两种，这是就考试科目的不同而分的，总的都叫“策”。“策”分三种：“一曰制策，天子称制以问而对者是也；二曰试策，有司以策试士而对者是也；三曰进策，著策而上进者是也。”（《文体明辨序说·序》）刘勰所论的“策”，主要指第一种。

本篇分“议”“对”两大部分，共四段。第一段讲“议”的含义、起源和评论魏晋以前的主要作品，第二段论“议”体的基本要求，第三段讲“对”的含义、起源和评论魏晋以前的主要作品，第四段论“对”体的基本要求。

刘勰在本篇强调用“议”“对”来“弛张治术”“大明治道”等，自然是从维护封建统治政权出发的；对有关作品的评论，多以帝王的意见为依据，这都反映了刘勰思想的局限性。其中强调写什么必须熟悉什么：“郊祀必洞于礼，戎事必练于兵，佃谷先晓于农，断讼务精于律。”虽也是为了更好地为封建政教服务，但这样不仅可以把封建政治处理得好一些，从写作理论上看，写战争必懂军事，写种田必懂农业，这种主张以及本篇对“空骋其华”的反对等，是有一定的普遍意义的。

## 原文

**周爰咨谋[1]，是谓为议。议之言宜[2]，审事宜也。《易》之《节卦》："君子以制数度议德行[3]。"《周书》曰："议事以制，政乃不迷[4]。"议贵节制[5]，经典之体[6]也。昔管仲[7]称轩辕有明台之议，则其来[8]远矣。洪水之难[9]，尧咨四岳[10]；百揆之举[11]，舜畴五臣[12]。三代所兴[13]，询及刍荛[14]。春秋释宋[15]，鲁僖[16]预议。及赵灵胡服[17]，而季父[18]争论；商鞅[19]变法，而甘龙[20]交辩。虽宪章无算[21]，而同异[22]足观。迄至有汉，始立驳议。驳者，杂也。杂议不纯，故曰驳也。自两汉文明[23]，楷式昭备[24]，蔼蔼[25]多士，发言盈庭[26]；若贾谊之遍代诸生[27]，可谓捷[28]于议也。至如吾丘之驳挟弓[29]，安国之辨匈奴[30]，贾捐之之陈于珠崖[31]，刘歆之辨于祖宗[32]。虽质文不同[33]，得事要[34]矣。若乃张敏之断轻侮[35]，郭躬之议擅诛[36]，程晓之驳校事[37]，司马芝之议货钱[38]，何曾蠲出女之科[39]，秦秀定贾充之谥[40]，事实允当，可谓达议体矣。汉世善驳，则应劭[41]为首；晋代能议，则傅咸为宗[42]。然仲瑗博古[43]，而铨贯有叙[44]；长虞识治[45]，而属辞[46]枝繁。及陆机断议[47]，亦有锋颖，而腴辞[48]弗剪，颇累文骨[49]，亦各有美，风格存焉。**

## 注释

①周爰咨谋：语出《诗经·小雅·皇皇者华》，意为普遍地访问、谋议。②宜：合适。③"君子"句：这是《周易·节卦》中的《象辞》。④"议事"二句：这是《尚书·周官》中的两句。⑤节制：掌握一定的限度。⑥体：体制，格式，引申为特点。⑦管仲：名夷吾，春秋时齐国政治家。⑧来：由来。⑨洪水之难：尧时洪水泛滥成灾，尧曾向手下大臣询问，谁能治理洪水。⑩四岳：传为尧时分管四方诸侯的四臣。⑪百揆：官名，总领百官。举：推

举。⑫舜畴五臣：《尚书·舜典》载，舜向朝臣询问谁能任百揆及各种官职。畴（chóu），询问。五臣，被推举任命的五个臣子。⑬兴：作，行。⑭刍（chú）荛（ráo）：割草打柴的人。刍，割草。荛，柴草。⑮春秋释宋：春秋时期释放宋襄公。宋襄公于公元前639年秋被楚人所拘，是年冬被释放。⑯鲁僖：鲁僖公。⑰赵灵：战国时赵武灵王。胡服：胡人的衣服。赵武灵王认为着胡服便于教民骑射。⑱季父：父亲的幼弟，这里指赵公子成。⑲商鞅：姓公孙名鞅，战国时期政治家。⑳甘龙：战国时秦孝公的臣子。㉑宪章：法制，指“议”这种文体的法则。无算：无数，这里指无定。㉒同异：议论其同异，这里指辩论。㉓文明：文化昌明。文，文化，此处主要指典章制度。㉔楷式：可作为典范的体式。昭：显著。备：完备。㉕蔼蔼：济济，众多的样子。㉖盈：满。庭：朝廷。㉗“若贾谊”句：《史记·屈原贾生列传》载，汉文帝时，贾谊担任博士，每次文帝诏令讨论问题，那些老先生都无话可说，贾谊却能一一作答，诸生都以为能。㉘捷：迅速，敏捷。㉙“至如”句：《汉书·吾丘寿王传》载，公孙弘任丞相，主张禁止百姓挟带弓弩，吾丘寿王反对这一禁令。吾丘，即吾丘寿王，西汉大臣。㉚“安国”句：《史记·韩长孺列传》载，匈奴请求和亲，有人主张出兵攻击，韩安国提出了反对意见。安国，即韩安国，字长孺，西汉大臣。㉛“贾捐之”句：《汉书·贾捐之传》载，汉武帝征南越时，设立儋耳、珠崖郡，后来两郡合并为珠崖郡。到汉昭帝、宣帝、元帝时珠崖郡屡次反叛，贾捐之建议放弃珠崖郡，不用出兵征讨。贾捐之，西汉大臣。㉜“刘歆”句：《汉书·韦玄成传》载，汉宣帝后，宗庙过多，汉哀帝时有人上奏，认为应毁掉汉武帝庙，刘歆等人上奏认为不应毁。㉝质：朴实无华。文：文采。㉞事要：议事的纲领。㉟“若乃”句：《后汉书·张敏传》载，东汉时立有“轻侮法”，即杀掉侮辱自己父亲的人可以不用接受惩罚，张敏认为这种行为不仅不能杜绝侮辱，反而会开“相杀之路”，并且也更容易使官吏有机会作弊。张敏，东汉大臣。断，断绝，意为废止。㊱“郭躬”句：《后汉书·郭躬传》载，窦固率军出击匈奴时，秦彭为副将，率军驻扎在别处，因按军法斩人，未经窦固同意，窦固上奏天子，认为秦彭越权杀人，请求杀掉秦彭。郭躬认为秦彭既然单独率军，军情紧急时可以不用过问主将而斩人。郭躬，东汉大臣。擅诛，擅自诛杀。㊲“程晓”句：《三国志·魏书·程晓传》载，程晓上书反对自曹操以来设立的校事官，认为校事官大多倚仗职权，横行不法，建议废除校事官职。程晓，三国时魏国大臣。㊳“司马芝”句：《晋书·食货志》载，魏文帝时曾经废除钱币，以谷帛进行交易，明帝时产生了不少弊病，司马芝上书建议恢复钱币，被采纳。司马芝，三国时魏国大臣。货钱，钱币。㊴“何曾”句：《晋书·刑法志》载，魏国末年，何曾令其僚属上议，认为父母犯罪，已出嫁的女儿也要受到牵连的法律不合理，出嫁之女应随夫家。于是天子下诏修改相关的法律。何曾，三国魏大臣。蠲（juān），免除。出女，已出嫁之女。㊵“秦秀”句：《晋书·秦秀传》载，贾充死后，照惯例应由礼官商定谥号，秦秀认为贾充祸乱纲纪法度，应该谥为“荒公”。秦秀，西晋大臣。贾充，西晋权臣。㊶应劭：汉末大臣。㊷傅咸：西晋作家。宗：宗师。㊸仲瑗：应劭的字，一作“仲远”。博古：博览古代的事。㊹铨：衡量。贯：贯通。叙：次序。㊺长虞：傅咸的字。识治：懂得治理的方法。㊻属辞：作文，指写作议文。属，连缀。枝繁：枝叶繁茂，比喻文辞枝蔓，缺乏剪裁。㊼断议：指陆机上书议论《晋书》断限。㊽腴辞：太过丰富的辞藻。腴，丰满，丰富。㊾文骨：文章骨力。

## 译文

广泛地访问谋划，就是所谓“议”。“议”是讲求适宜，研究怎样合于事理的。《周易·节卦》的《象辞》说：“君子节制礼仪，使之有定，议论德行，使之适宜。”《尚书·周官》中说：“办事必须根据节度法制，政事才不迷乱。”可见“议”以控制得当为贵，这是儒家经典的精神。早在春秋时期的管仲就说过，轩辕黄帝曾立“明台之议”，可见“议”的源头已很长远了。唐尧时期洪水造成灾难，帝尧曾向管理四方诸侯的四岳提出询问，帝舜为了选出能任百揆等官的人选，曾向群臣征求意见，确定了禹、稷、契、皋陶、伯益等五人。夏、商、周三代施政，向割草打柴的人征询意见。春秋时期楚国释放宋襄公，鲁僖公曾参与此事的商议。战国时赵武灵王要换用胡人的衣服，他的叔父不同意而进行了反复争论；商鞅在秦国实行变法，反对者甘龙和他进行了辩论。虽然“议”的基本法则尚未确定下来，但以上辩论是颇为可观的。到了汉代，正式确立驳议制度。驳，就是驳杂，议论纷纭不一致，所以称作驳。自从两汉典章制度昌明后，驳议的体式就明显完备了，那时人才济济，好的驳议充满朝廷，像贾谊代替诸多老臣应对诏令，可以说是议论敏捷了。至于像吾丘寿王反驳禁止百姓挟带弓弩的禁令，韩安国辩论匈奴和亲的问题，贾捐之建议放弃珠崖郡的陈述，刘歆关于不应毁弃武帝宗庙的辩论：虽然它们有质朴和华丽的区别，但都抓住议事的要领了。至于像张敏建议废除"轻侮法"，郭躬议论秦彭擅自杀人案，程晓批驳校事官的流弊，司马芝建议恢复钱币流通，何曾要求废除出嫁女受母家牵连的法律，秦秀议论贾充的谥号：这些都符合事实，公允恰当，可以说是通晓驳议的体制了。汉代善写驳议的，应当以应劭为首；晋代善写驳议的，应当以傅咸为宗师。但应劭博通古事，而铨衡贯通颇有条理；傅咸懂得治国的方法，却写得枝蔓繁芜；到陆机议论《晋书》的年代断限时，文锋还比较锐利，但其繁杂的辞藻并未经过剪裁，较影响文章的骨力。但也各具优点，议的文风、格局仍然保存着。



## 原文

**夫动先拟[①]议，明用稽疑，所以敬慎群务，弛张[②]治术。故其大体所资[③]，必枢纽经典[④]；采故实[⑤]于前代，观通变[⑥]于当今；理不谬摇其枝[⑦]，字不妄舒其藻。又郊祀必洞于礼[⑧]，戎事必练于兵[⑨]，佃谷[⑩]先晓于农，断讼[⑪]务精于律。然后标[⑫]以显义，约[⑬]以正辞。文以辨洁[⑭]为能，不以繁缛[⑮]为巧；事以明核为美，不以环隐为奇。此纲领之大要也。若不达政体，而舞笔弄文，支离[⑯]构辞，穿凿会巧[⑰]，空骋其华，固为事实所摈[⑱]；设得其理，亦为游辞[⑲]所埋矣。昔秦女嫁晋，从文衣之媵[⑳]，晋人贵媵而贱女[㉑]；楚珠鬻[㉒]郑，为薰桂之椟[㉓]，郑人买椟而还珠[㉔]。若文浮于理，末胜其本[㉕]，则秦女楚珠，复存于兹矣。**

## 注释

①拟：揣度。②弛张：指放松和拉紧相配合。③资：凭借，依据。④枢纽经典：以经典为关键，即以儒家经典为遵循、学习的典范。⑤故实：传统旧事。⑥通变：《太平御览》卷五九五作“变通”，指发展变化。⑦摇：振动，喻论说。枝：指琐屑小事。⑧郊祀：祭祀天地。洞：深刻了解。⑨戎事：指战争。练：熟悉。兵：指军事。⑩佃谷：种谷。⑪断讼：判案。讼，在法律上对是非的诉说或争辩。⑫标：标明，突出。⑬约：约束，指用辞而言。⑭辨洁：明辨简洁。⑮缛（rù）：繁采。⑯支离：分散。⑰穿凿：牵强附会。会：聚，这里是拼凑的意思。⑱摈：排除，抛弃。⑲游辞：虚浮不实的言辞。⑳文衣：华丽的衣着。媵（yìng）：诸侯之女的陪嫁之人。㉑贵媵而贱女：《韩非子·外储说左上》载，秦国国君将女儿嫁到晋国，同时陪嫁衣着华丽的婢妾七十人，结果晋人以婢妾为贵而以公主为贱。㉒鬻（yù）：出卖。㉓椟（dú）：盒子。㉔买椟而还珠：《韩非子·外储说左上》载，楚人在郑国卖珠，将珠放在考究的盒子里，结果郑人买了盒子，退还了珠。㉕末：指文辞。本：指内容。

## 译文

凡有行动，首先要加以议论，要明了事物，必须把可疑的问题考察清楚，这是为了严肃、慎重地处理各种政务，使治国之道缓急适度。所以，写议奏的主要依据，必须以儒家经典为典范，继承前代的传统，研究当今的变化；说理不应在枝节问题上大发谬论，用词不应在文采藻饰上过分铺张。论祭祀，必须深悉礼仪；写战争，必须懂得军事；讲种田，首先要通晓农业；议断案，务必精通法律。然后突出其重大意义，运用公允、严正的文辞加以概括。议奏文以明辨、简洁为贵，不以繁复的文饰为巧；论事以明白、核实为美，不以深幽隐晦为奇。这就是议奏文的基本要领。如果不通晓国家政治，而随意搬弄文墨，东拉西扯地构成文辞，牵强附会地凑成小巧，这种徒然展示华丽的文章，必然要被事实所抛弃；即使讲出一些道理，也被大量的文采所淹没了。从前秦穆公的女儿嫁给晋国的公子，随从大批服饰艳丽的陪嫁之女，晋国人便重视陪嫁之人而轻视秦穆公之女；楚国有人到郑国卖珠，用熏了桂香、装饰了玫瑰的精制盒子，郑国人只买盛珠的盒子而把珠退回。如果文饰淹没了所讲的道理，形式胜过了所表达的内容，那么，秦人嫁女、楚人卖珠的故事，便又会出现在今天了。

## 原文

**又对策①者，应诏而陈政也；射策②者，探事而献说也。言中理准③，譬射侯中的④，二名虽殊，即议之别体也。古之造士⑤，选事考言⑥。汉文中年⑦，始举贤良⑧。晁错对策，蔚为举首⑨。及孝武⑩益明，旁求俊乂⑪，对策者以第一登庸⑫，射策者以甲科入仕⑬，斯固选贤要术⑭也。观晁氏之对，验⑮古明今，辞裁以辨⑯，事通而赡⑰，超升高第⑱，信有征⑲矣。仲舒⑳之对，祖述㉑《春秋》，本阴阳之化㉒，究㉓列代之变，烦而不恩㉔者，事理明也。公孙㉕之对，简而未博，然总要以约文㉖，事切而情举，所以太常居下㉗，而天子擢上㉘也。杜钦㉙之对，略而指事㉚，辞以治宣㉛，不为文作。及后汉鲁丕㉜，辞气质素㉝，以儒雅中策㉞，独入高第。凡此五家，并前代之明范也。魏晋已来，稍务文丽。以文纪实，所失已多。及其来选，又称疾不会㉟。虽欲求文，弗可得也。是以汉饮博士，而雉集乎堂㊱；晋策秀才，而麏兴于前㊲。无他怪也，选失之异㊳耳。**

## 注释

①对策：汉代一种取士的考试制度，在简策上书写关于政事等问题的试题，应试者据此作答。②射策：也是汉代一种取士的考试制度，区别在于试题分别写在不同的简策上，由应试者自行探取，然后根据探取到的试题作答。

③言中：说得合乎题旨。理准：说理准确。④侯：指箭靶。中的：命中靶心。的，箭靶的靶心。⑤造士：意谓升于学的士人可以不用服徭役，称作造士，即学成之士。⑥选事：选拔官员之事。考言：考试言辞，即口头作答。⑦汉文：指汉文帝。中年：中期。⑧举贤良：推举贤德的人，为汉代选拔官吏的科目之一。⑨蔚：草木茂盛的样子，此处引申为文采繁盛。举首：《汉书·晁错传》载，汉文帝时晁错被选拔为贤良文学士，汉文帝亲自策诏中选者，对策的有百余人，只有晁错“为高第”。⑩孝武：指汉武帝。⑪旁求：广求。俊乂：俊杰之士。⑫登庸：升用。⑬甲科：射策的试题按大小、难易分甲乙科。入仕：步入仕途，即当官。⑭要术：重要的方法。⑮验：验证。⑯辞裁以辨：文辞辨洁，善剪裁。⑰事通而赡：引用事例贯通而丰富。⑱高第：高等，名列前茅。⑲征：证验。⑳仲舒：董仲舒，西汉学者。㉑祖述：遵循、阐述前人的学说。㉒本阴阳之化：《汉书·董仲舒传》载，董仲舒在《举贤良对策》中认为阴阳是天道之大者，阳为德，阴为刑。刑主杀而德主生，王者应任德教而不应任刑教。也即按阴阳变化的规律施政。㉓究：穷究。㉔恩（hùn）：杂乱，混乱。㉕公孙：公孙弘，西汉大臣。㉖总要：把握要点。约文：使文辞简约。㉗太常居下：《汉书·公孙弘传》载，公孙弘被推荐对策，作对策者有百余人。太常将公孙弘的对策列为下等。㉘天子擢（zhuó）上：指汉武帝看了公孙弘的对策文后，将其升为第一。擢，提升。㉙杜钦：西汉人，汉成帝时为权臣王凤的幕僚。㉚指事：针对具体的事务，如杜钦《白虎殿对策》指出汉成帝好色的危害。㉛以治宣：为治国而宣布。宣，发布。㉜鲁丕：东汉名儒。㉝质素：质朴，朴素。㉞中策：指对策中式。㉟“及其”二句：《晋书·孔坦传》载，东晋初年，因国家刚经历大乱，地方上推举的秀才、孝廉不用经过策试就能被任用为官。后来晋元帝恢复旧制，命令策试经典，地方上推举的秀才、孝廉都不敢应举，即便到京师的又托病不肯应试。称疾，托病。会，对答，指对策应试。㊱“是以”二句：《汉书·五行志》载，汉成帝时命博士行饮酒礼，有雉集于堂，登殿鸣叫，又停在官府和宫殿上，当时有人认为这是不祥的征兆。刘勰认为这与选举不当有关。雉，野鸡。㊲“晋策”二句：《晋书·五行志》载，晋成帝时在乐贤堂会集秀才、孝廉，堂前有麏出现，有人认为是这是吉兆。因为之前，由于经历了西晋末年的变乱，选

拔人才时的策试并不可靠。麏（jūn），獐，似鹿但体形较小。㊳选失之异：选拔人才失当而出现的怪异现象。

## 译文

又有一种对策，是应帝王的诏命陈述政见的；射策，是自行探取试题而后献上意见的，答题合乎题旨，说理准确，就好比射靶命中了靶心；对策、射策虽然名称不同，但都是议的体式之一。古代学有所成的人，在被选拔为官员时要通过口头考核。汉文帝中期，才开始有选举贤良的制度，晁错的应试策问，文采繁盛、名列前茅；到汉武帝时策试制度更为明确，广泛地征求杰出的贤才，参加对策的以第一而被提拔任用，参加射策的因被列为甲科而当官，这的确是选拔人才的重要方法。看晁错的对策文，引用古今事理以说明当今，文辞辨洁，善剪裁，引事贯通而丰富，名次超越众人而列于首位，的确是有根据的。董仲舒的对策文，遵循阐述《春秋》大义，以阴阳之理为根本，考察历代政治的变化，写得虽多却不混杂，是因为事理说得很明白。公孙弘的对策，简略而不够广博，但能把握关键，文辞简约，论事切合，事理明显，所以虽然太常将其列为下等，但天子却将其提升为第一。杜钦的对策文，虽然简略但别有所指，其文辞是为治世而发，不为文采而作。到了东汉的鲁丕，其文辞风格质朴，以儒雅的对策符合天子的旨意，被单独列为上等。以上此五家，都是前代显著著名的典范。魏晋以后的对策，逐渐追求文风华丽，以华丽的文字记载具体政事，缺陷已有不少。到被举荐者前来应选，他们也称病不敢参加策试，这时即便想求得对策之文，也不大可能了。所以汉成帝时正当博士举行饮酒礼，有野鸡停留在堂前；晋成帝时在乐贤堂会集秀才、孝廉，堂前有獐子出现。这并不是别的怪事，而是选拔人才失当而出现的怪异现象罢了。

## 原文

**夫驳议偏辨，各执异见；对策揄扬[①]，大明治道。使事深于政术，理密[②]于时务；酌三五[③]以熔世，而非迂缓[④]之高谈；驭权变以拯俗[⑤]，而非刻薄之伪论。风恢恢[⑥]而能远，流洋洋而不溢[⑦]，王庭之美对也。难矣哉，士之为才也！或练治而寡文，或工文而疏治。对策所选，实属通才。志足文远[⑧]，不其鲜[⑨]欤！**

## 注释

①揄扬：宣扬。②密：贴近，结合。③三五：三皇五帝。④迂缓：舒缓，指言论的不切事理，远离实际。⑤权变：随机应变。拯：救。⑥恢恢：广阔的样子。⑦溢：充满而外流。⑧志足文远：志气充盈、文采远传的人。⑨鲜：少。

## 译文

驳议侧重于辨析事理，各有其不同的见解；对策主要用以正面阐明自己的观点，目的在于发扬光大治国之道。因此，论事要深明政术，说理要切合实际，应参考三皇五帝的经验来治理当世，而不是发表不切实际的高谈阔论；要能随机应变以拯救世事，而非发表刻薄的欺人之谈；要如广阔的风吹送得遥远，像充满的水却不外溢。这就是朝廷的美好议对了。文人应具备的才能，真是不易呀！有的熟练治理，却缺乏文才；有的精于文辞，对政事却很生疏。对策所需的人才，确实是全面的通才，志气充盈、文采远传的人，历史上不多啊！

## 原文

**赞曰：议惟畴[①]政，名实相课[②]。断理必刚，摛辞无懦[③]。对策王庭，同时酌和[④]。治体高秉[⑤]，雅谟远播[⑥]。**

## 注释

①畴：同“筹”，谋划之意。②课：考核。③摛（chī）：运用。懦：软弱。④同时：指对策者同时作答。酌：斟酌。和：应答。⑤治体：议对的体制与治国之术有关。秉：秉持。⑥谟：谋议。播：传播。

## 译文

总之，议用于商讨政事，名与实应该相符。判断道理一定要刚硬有力，运用文辞决不能软弱无力。在天子面前应对策问，众多应试者同时斟酌作答。秉持议对的体制与治国之术有关，雅正的谋议就能远播四方。

# 二五、书记篇

## 〔导　读〕

本篇除对书牍和笺记做了重点论述外，还对各种政务中运用的杂文，共六类二十四种做了简要说明。刘勰认为："文辞鄙俚，莫过于谚。"这种鄙俗的民间谚语，尚为古代圣贤所重视，并采用于经书之中，则其他文辞，"岂可忽哉"！这也是刘勰对全面论述各种杂文的原因。

本篇分三部分。第一部分论书牍，说明书的含义、起源、魏晋以前书信的写作和运用情况，最后论书信写作的基本特点。第二部分论奏记和奏笺。刘勰认为对三公用奏记，对郡守用奏笺，这是就其大致情况而言。奏记和奏笺的区别在当时并不是很严格。笺记与书表也颇相近，刘勰在这部分的最后，简要说明了它们的异同。第三部分论二十四种杂文。主要是逐条解说各种名称的含义，偶举具体作品加以证明。最后强调这些文辞于己于国的重要性，希望文人不要忽视。

本篇以书信为重点，其中论及的部分名篇，如司马迁的《报任安书》、嵇康的《与山巨源绝交书》等，在文学史上有重要的地位。值得注意的是，刘勰所肯定的作品中，不仅《与山巨源绝交书》有"每非汤、武而薄周、孔"的离经叛道之论，刘勰仍评以"志高而文伟"；杨恽的《报会宗书》，更是作者横遭腰斩之祸的主要罪证，刘勰也称赞它是"志气盘桓，各含殊采"的好作品之一。

本篇所论各种杂文，虽然没有多大意义，但对民间谚语也有一定的肯定，认为"圣贤不废"，值得注意。此外，如主张书信要"散郁陶，托风采"；所有书记的写作，都是“意少一字则义阙，句长一言则辞妨”。所以，披沙拣金，其中还是提出了一些有益的意见。

## 原文

大舜云：“书用识哉！”①所以记时事也。盖圣贤言辞，总为之书，书之为体，主言②者也。扬雄曰：“言，心声也；书，心画③也。声画形，君子小人见矣。”故书者，舒也。舒布其言，染之简牍④，取象于夬⑤，贵在明决而已。三代政暇⑥，文翰⑦颇疏。春秋聘⑧繁，书介⑨弥盛。绕朝赠士会以策⑩，子家与赵宣以书⑪，巫臣之责子反⑫，子产之谏范宣⑬，详观四书，辞若对面。又子叔敬叔，进吊书于滕君⑭，固知行人挈辞⑮，多被翰墨矣。及七国⑯献书，诡丽辐辏⑰；汉来笔札⑱，辞气⑲纷纭。观史迁之《报任安》⑳，东方之《谒公孙》㉑，杨恽之《酬会宗》㉒，子云之《答刘歆》，志气盘桓㉓，各含殊采；并杼轴乎尺素㉔，抑扬㉕乎寸心。逮后汉书记，则崔瑗尤善㉖。魏之元瑜，号称翩翩㉗；文举属章㉘，半简必录㉙；休琏好事㉚，留意词翰㉛，抑㉜其次也。嵇康《绝交》㉝，实志高而文伟矣；赵至《赠离》㉞，乃少年之激昂也。至如陈遵占辞㉟，百封各意㊱；祢衡代书㊲，亲疏得宜㊳，斯又尺牍之偏才也㊴。详㊵诸书体，本在尽言㊶，所以散郁陶㊷，托风采㊸，故宜条畅以任气㊹，优柔㊺以怿怀。文明㊻从容，亦心声之献酬也。

## 注释

①书用识（zhì）哉：这是《尚书·益稷》中的一句。识，记载。原意是指记载过失。②主言：记言。主，主管。③画：形，指书写成文字。④牍（dú）：书写用的简板。⑤象：卦象。夬（guài）：《易经》中的卦名。⑥暇：空闲。⑦文翰：文书。⑧聘：聘问。⑨书介：持文书的使者。⑩绕朝：春秋

时秦国大夫。士会：晋国大夫，亦称“随会”。《左传·文公十三年》载，士会奔秦，晋人诱他归晋时，绕朝“赠之以策”。⑪子家：春秋时郑国公子归生，郑国执政大夫。赵宣：指赵盾，晋国大夫，谥宣子。⑫巫臣：姓屈。也称屈巫，春秋时楚国的王族。子反：楚公子侧。⑬子产：春秋时郑国大夫公孙侨。范宣：士会之孙士匄（gài），食邑于范，谥宣子，故又称范宣子。⑭滕君：指滕成公。⑮行人：行聘问的外交使者。挈（qiè）：持，携带。⑯七国：秦、楚、燕、齐、韩、赵、魏七国，指战国时期。此时期献书甚多，如《战国策》上所载苏代的《自齐献书燕王》、乐毅的《献书报燕王》、鲁仲连的《遗燕将书》、张仪的《献书韩王》等。⑰诡丽：奇丽。辐（fú）辏（còu）：聚集。辐，车轮的辐条。辏，聚。⑱笔札：指书信。札，较小的木简。⑲辞气：文辞气度。⑳史迁：司马迁。《报任安》：指司马迁的《报任安书》。任安，西汉大臣。㉑东方：指东方朔，西汉作家。《谒公孙》：不详。公孙，当指公孙弘，西汉大臣。㉒杨恽（yùn）：西汉大臣。《酬会宗》：指杨恽的《报孙会宗书》。会宗：孙会宗，西汉大臣。㉓志气：书信中的心志意气。盘桓：回旋激荡。㉔杼轴：织布工具，这里指组织词句。尺素：一尺生绢。古人写信通常用一尺左右的生绢，因此代指书信。㉕抑扬：抑扬顿挫。㉖崔瑗（yuàn）：东汉作家。尤：尤其。善：好。㉗号称翩翩：意谓阮瑀的书记写得好，见曹丕《与吴质书》。㉘属章：作文章。㉙半简必录：《后汉书·孔融传》载，魏文帝曹丕十分喜爱孔融的文章，孔融死后，曹丕下令搜集孔融的文章，有献文章者赏赐金帛。㉚休琏：三国时魏国作家应璩的字。好事：爱好写作。㉛词翰：作品。㉜抑：发语词。㉝嵇康：三国时魏国作家。《绝交》：指嵇康的《与山巨源绝交书》。㉞赵至：西晋人。《赠离》：指赵至的《与嵇茂齐书》，该书主要叙述了离别之情。㉟陈遵占辞：《后汉书·陈遵传》载，陈遵善写书信，赴任河南太守任后，他曾给京师的故人写信，一边口授一边让十名书吏书写，写了上百封书信，“亲疏各有意”。陈遵：东汉大臣。占：口授。㊱各意：各有不同之意。㊲代书：指祢衡替黄祖写书信。㊳亲疏得宜：《后汉书·祢衡传》载，祢衡替黄祖写书信，“轻重疏密，各得其宜。”㊴尺牍：指书信，古人常用一尺长的木简作为书信。偏才：在某一方面有特长的人才。㊵详：仔细研究。㊶尽言：把话说完。㊷郁陶：抑郁，忧思。㊸

风采：风度，文采。㊹条畅：条理通畅。任气：放纵意气。㊺优柔：宽舒，从容。㊻文明：文辞显明。

## 译文

大舜曾说："书写以记载过错！"因为书是用以记载时事的。凡是古代圣贤的言辞，都记载在《尚书》中，《尚书》的体制，主要就是用来记言的。扬雄就说："言，是人的内心发出的声音；书，则是表达心思的符号。发出声音，写成文字，君子与小人的不同就表现出来了。"所以，书就是发布的意思，把言辞舒展散布开，写在简板之上，取《夬卦》卦象的意义取文字以明确断决为贵。夏、商、周三代的政务不多，书面文件也很少应用。到了春秋时期，诸侯之间访问频繁，持书往来的使者很多。如秦国大夫绕朝赠策书给晋国大夫士会，郑国大夫子家派使臣送信给晋国大夫赵盾，楚国的屈巫从晋国送信给楚公子侧，郑国大夫子产寄信劝告晋国的士匄，仔细读这四封书信，其文辞就像在当面交谈。又如滕文公死后，鲁国大夫叔弓为使者到滕国送吊书，由此可见，春秋时期的外交使节，大都已经携带书面文件了。到战国时的献书，多用奇丽的文字组成；汉以后的书札，文辞气度纷纭复杂。看司马迁回复任安，东方朔谒见公孙弘，杨恽酬答孙会宗，扬雄答复刘歆，信中的心志意气盘桓激荡，各含有突出的文采：都是组织辞采于短简之内，字里行间激荡着方寸之心。到东汉时期的书记，则以崔瑗写得最好。魏国的阮瑀，人称"书记翩翩"；孔融写的文章，即使半片竹简也必收录；应璩爱好缀集时事，费心于书记的写作，是次一等的作者。嵇康的《与山巨源绝交书》，实属志向高远而文辞宏伟；赵至的《与嵇茂齐书》陈述离情，饱含少年的激切昂扬之情。至于像陈遵口授属下作书，数百封书信各有不同的心意；祢衡代黄祖写信，亲近远疏各得其当。这又是在书信写作方面有特长的人才了。仔细考察书这种文体，根本之处在于把话说透彻，是用以舒解胸中郁闷、展现风度文采的，所以应写得条理畅达而放任意气，从容宽舒而悦其情怀。文辞显明从容，也是内心情感的往来酬答。

## 原文

**若夫尊贵差序，则肃以节文[①]。战国以前，君臣同书，秦汉立仪[②]，始有表奏；王公国内，亦称奏书。张敞奏书于胶后[③]，其辞义美矣。迄至后汉，稍有名品[④]。公府奏记[⑤]，而郡将[⑥]奉笺。记之言志，进己志也。笺者，表也。表识其情也。崔寔奏记于公府[⑦]，则崇让之德音矣；黄香奉笺于江夏[⑧]，亦肃恭之遗式矣。公幹笺记[⑨]，文丽而规益，子桓弗论[⑩]，故世所共遗。若略名[⑪]取实，则有美于为诗[⑫]矣。刘廙谢恩[⑬]，喻切以至；陆机自理[⑭]，情周[⑮]而巧：笺之为善者也。原笺记之式[⑯]，既上窥乎表，亦下睨[⑰]乎书，使敬而不慑[⑱]，简而无傲，清美以惠[⑲]其才，彪蔚以文其响[⑳]，盖笺记之分[㉑]也。**

## 注释

①节文：调节礼仪。②秦汉立仪：《章表》中说的“秦初定制”“汉定礼仪”。仪，法度。③张敞：字子高，西汉宣帝时为胶东王相。胶后：胶东王刘寄之母王太后。张敞任胶东王相期间，王太后数出游猎，张敞有《奏书谏胶东王太后数游猎》谏止，见《后汉书·张敞传》。④名品：著名作品。⑤公府：三公之府。奏记：呈报三公之文为奏记。西汉已有此用法，如丙吉的《奏记霍光议立皇曾孙》，见《全汉文》卷二十九，霍光于武帝末年拜大司马，是三公之一；杜钦的《奏记王凤理冯野王》，见《全汉文》卷三十一，王凤于成帝时为大司马；郑朋的《奏记萧望之》，见《全汉文》卷四十八，萧望之于宣帝时为太傅，也是三公之一。⑥郡将：郡守，以太守兼领军事，故称。⑦崔寔（shí）：字子真，东汉政论家。公府：崔寔曾做大将军梁冀的司马，故曾“奏记于公府”。文不存。⑧黄香：字文强，东汉文人。官至尚书

令。江夏：郡名，在今湖北黄冈西北。⑨刘桢有《与曹植书》《谏曹植书》《答魏太子丕借郭落带书》等，见《全后汉文》卷六十五。⑩弗论：曹丕在《典论·论文》中没有论及刘桢的奏记。⑪略名：指不计名声。⑫美于为诗：刘勰对刘桢总的创作才能评以“情高以会采”，对其诗作则只评以“偏美”二字。⑬刘廙（yì）：字恭嗣，三国时魏国文人。谢恩：指刘廙的《上疏谢徙署丞相仓曹属》。⑭自理：与“救理”相对而言。陆机得释后，在对司马颖、司马晏的《谢吴王表》《与吴王表》《谢成都王笺》中，都对他的被疑受诬有所申辩，表笺均见《全晋文》卷九十七。⑮周：周全。⑯式：模式，规格。⑰睨（nì）：斜视。“睨”和上句的“窥”，都喻指近似。⑱慑（shè）：畏惧。⑲惠：同“慧”，引申为施展其才智。⑳彪蔚：文采明盛。文：文饰。响：声响，指作品对读者所起的作用。㉑分（fèn）：素质，本分。

## 译文

至于尊贵有别，就须严肃地合于礼仪。战国以前，君臣上下都用书，到秦汉时期确立仪法，臣下对帝王开始用表奏；在诸侯王国中，也称“奏书”。如西汉张敞对胶东王太后的奏书，其文辞和意义是美好的。到了东汉，逐渐有了好的作品。对三公上书称“奏记”，对郡守上书称“奉笺”。“记”是言志，就是对上表达自己的情志。“笺”是表，就是表明自己的情志。东汉崔寔给大将军梁冀的奏记，是崇尚谦让的好作品了；黄香给江夏太守的奉笺，就是严肃恭敬的遗范了。汉末刘桢的笺记，写得华丽又有益于规劝，曹丕在《典论·论文》中没有论及他的笺记，因而一般人都不知道，如抛开名声而看实质，刘桢的笺记更美于他的诗篇。三国时刘廙的《上疏谢徙署丞相仓曹属》，所用比喻极为确切；陆机自辩其枉罪的表笺，说理周密而文辞巧妙。这可算是笺表中的佳作了。查笺记的格式，上和表奏接近，下与书记相似，要像表奏那样恭敬，但没有畏惧，像书札那样从简但不表现得傲慢无礼，用清丽的文笔以施展其才能，借光华的盛采以加强其感人的力量，这就是笺记的基本特点。

## 原文

夫书记广大[1]，衣被[2]事体，笔札[3]杂名，古今多品[4]。是以总领黎庶[5]，则有谱、籍、簿、录；医历星筮[6]，则有方、术、占、式；申宪述兵[7]，则有律、令、法、制；朝市征信[8]，则有符、契、券、疏；百官询事[9]，则有关、刺、解、牒；万民达志[10]，则有状、列、辞、谚。并述理于心[11]，著言于翰[12]，虽艺文之末品[13]，而政事之先务[14]也。

故谓谱者，普也。注序世统[15]，事资周普[16]。郑氏谱《诗》[17]，盖取乎此。

籍者，借也。岁[18]借民力，条之于版[19]。春秋司籍[20]，即其事也。

簿者，圃[21]也。草木区别，文书类聚。张汤、李广[22]，为吏所簿[23]，别情伪[24]也。

录者，领也。古史《世本》[25]，编以简策，领其名数[26]，故曰录也。

方者，隅[27]也。医药攻病，各有所主，专精一隅，故药术称方。

术者，路也。算历极数[28]，见路乃明。《九章》积微[29]，故称为术。淮南《万毕》[30]，皆其类也。

占者，觇[31]也。星辰飞伏[32]，伺候乃见。登观书云[33]，故曰占也。

式者，则[34]也。阴阳盈虚[35]，五行消息[36]，变虽不常，而稽之有则也。

律者，中也。黄钟调起[37]，五音[38]以正。法律驭[39]民，八刑克平[40]。以律为名，取中正也。

令者，命也。出命申禁[41]，有若自天。管仲[42]下令如流水，使民从也。

法者，象[43]也。兵谋无方[44]，而奇正有象，故曰法也。

制者，裁[45]也。上行于下，如匠之制器也。

符者，孚[46]也。征召[47]防伪，事资中孚[48]。三代玉瑞[49]，汉世金竹[50]。末代从省[51]，易以书翰矣[52]。

契者，结也。上古纯质，结绳执契。今羌胡征数[53]，负贩记缗[54]，其遗风欤！

券者，束也。明白约束，以备情伪。字形半分，故周称判书[55]。古有铁券[56]，以坚信誓。王褒《髯奴》[57]，则券之谐也[58]。

疏者，布也。布置物类，撮题近意[59]。故小券短书，号为疏也。

关者，闭也。出入由门，关闭当审[60]；庶务在政[61]，通塞应详[62]。《韩非》云："孙亶回，圣相也，而关[63]于州部。"盖谓此也。

刺者，达也。诗人[64]讽刺，《周礼》三刺[65]，事叙相达，若针之通结[66]矣。

解者，释也。解释结滞[67]，征事以对[68]也。

牒者，叶也。短简编牒，如叶在枝。温舒截蒲[69]，即其事也。议政未定，故短牒咨谋[70]。牒之尤密，谓之为签。签者，纤密者也。

状者，貌也。体貌本原[71]，取其事实，先贤表谥，并有行状，状之大者也。

列者，陈也。陈列事情，昭然[72]可见也。

辞者，舌端之文，通己于人。子产有辞[73]，诸侯所赖，不可已[74]也。

谚者，直语也。丧言亦不及文[75]，故吊亦称谚。廛[76]路浅言，有实无华。邹穆公云："囊漏储中。"[77]皆其类也。《太誓》云："古人有言：'牝鸡无晨。'"《大雅》云："人亦有言：'惟忧用老。'"[78]并上古遗谚，《诗》、《书》所引者也[79]。至于陈琳谏辞，称"掩目捕雀"[80]；潘岳哀辞，称"掌珠伉俪"[81]，并引俗说而为文辞者也。

**夫文辞鄙俚[82]，莫过于谚，而圣贤《诗》、《书》，采以为谈，况逾[83]于此，岂可忽哉！**

## 注释

①广大：内容广泛。②衣被：包含。③笔札：读书时摘记的要点和心得，此处指各种应用文字。④品：品种，种类。⑤总领：总管。黎庶：平民百姓。⑥历：历法。星：星象。筮（shì）：用蓍草占卜。⑦申宪：申明法令。述兵：讲述兵法。⑧朝：朝廷。市：市集。征信：凭证。⑨询事：咨询事情。⑩达志：表情达意。⑪述理于心：表达内心的意思。⑫著言于翰：用笔把话记录下来。翰，笔，此处亦各种应用文字。⑬艺文：文章著述。末品：下品。⑭先务：首要事务。⑮注序：编写次序。世统：世代相承的发展系统。⑯事：指编写谱。资：依靠。周：详细。普：全面。⑰郑氏谱《诗》：郑玄曾为《诗经》作《诗谱》。⑱岁：年，一年。⑲条：分条记录。版：书写用的简板。⑳春秋司籍：《左传·昭公十五年》载，周景王对籍谈说："而高祖孙伯黡（yǎn）司晋之典籍，以为大政，故曰籍氏。"㉑圃（pǔ）：菜园子。㉒张汤：西汉司法官。李广：西汉将领。㉓为吏所簿：《史记·酷吏列传》载，汉武帝曾以文书问罪张汤。《史记·李将军列传》载，李广跟随卫青出征匈奴，因迷路没有及时与卫青会合，卫青便责令李广的部下去接受审讯。二人均受到传讯，由官吏按照文书来传问两人。簿，指状书、诉状之类的文书。这里有按状书、诉状等问询、审问的意思。㉔情伪：事情的真伪。㉕《世本》：古代史书名，主要记载从黄帝以来帝王、诸侯及卿大夫的世系、名号等。㉖名数：户籍，此处指世系。㉗隅：角落。㉘算：算学。极数：计算出最精准的数字。㉙《九章》：《九章算术》，古代重要的数学著作。积微：积累了最精微的运算方法。㉚淮南《万毕》：据说为西汉淮南王刘安编撰的《万毕术》（也称《万毕经》），已佚，为方术之书，其中可能有历算内容。㉛觇（chān）：观看，窥探。㉜飞伏：指星辰往来、升降、隐伏的变化。㉝登观书云：《左传·僖公五年》载，春秋时鲁僖公曾于冬至日登上观台观察云色，并书写占卜记录。㉞则：法则，规则。㉟盈：满。虚：空。㊱五行：金、木、水、火、土

五行。消：灭。息：生。㊲黄钟调起：黄钟宫调是定乐律的起点。黄钟，十二律之一。㊳五音：宫、商、角、徵（zhǐ）、羽五音。㊴驭：驾驭，控制。㊵八刑：八种针对八项罪行的刑罚。克：能够。平：公平。㊶申禁：申明禁令。㊷管仲：春秋时齐国大夫。㊸象：法式。㊹无方：没有定式。㊺裁：剪裁，制作。㊻孚：诚信。㊼征召：召集。㊽中孚：卦名，表示信用，这里指可信。㊾三代玉瑞：夏、商、周三代以玉器为信物。瑞，作为信物的玉器。㊿汉世金竹：汉代使用的铜虎符和竹使符。金，铜虎符。竹，竹使符。二者都是汉代征兵或发兵所用的信符。51末代：指魏晋之后。从省：从简。52易：改变。书翰：书面文字。53羌胡：羌人和胡人，泛指少数民族。征数：验证数目。54负贩：背着货物的商贩。缗（mín）：古代用绳子穿一千钱为一缗。55“字形”二句：券上的字一分为二，各执一半。判，破开。56铁券：《汉书·高帝纪》载，汉高祖刘邦曾与多位开国功臣破符立誓，表示永远不会剥夺功臣的封国与爵禄，并用红色字体将誓辞刻在铁契上，象征永远不变。57王褒：西汉作家。《髯奴》：指王褒的《僮约》。58券之谐也：王褒《僮约》写他从别人家买来一个奴隶，在券约上写下各种苛刻的规定，以捉弄他。这其实是一种文字游戏，并不是真正的券约，因此说“券之谐也”。59撮题近意：摘要提取大意。60审：审慎，谨慎。61庶务在政：政治上的各种事务。62通：通过。塞：塞闭，关闭。63关：出入由门，有通过、经过之意。64诗人：指《诗经》的作者。65刺：探询。66通结：刺通凝结、滞塞之处。67结滞：凝结积滞。68对：核对。69温舒截蒲：《汉书·路温舒传》载，路温舒早年牧羊时曾截蒲写书。蒲，一种水生植物。温舒，即路温舒，西汉大臣。70咨谋：商议。71体貌：描写。本原：事情的原本面目。72昭然：清楚明了的样子。73子产：春秋时郑国大夫。有辞：指擅长言辞。74已：停止，指没有言辞。75“丧言”句：意谓孝子丧亲，言辞不该有修饰。文，文饰，修饰。76廛（chán）：古代城中平民百姓居住的地方。77“邹穆公”句：贾谊《新书·春秋》载，邹穆公下令用秕（中空的谷粒）喂养禽鸟，但仓库中没有秕，只好用粟跟老百姓交换，下面的官吏请求直接用粟喂养，邹穆公便引用周谚“囊漏贮中”，意谓粮袋虽然漏了，但漏在仓库中。比喻看起来有损失，其实并未失去。囊，袋子。78“《大雅》”句：《诗经·大雅》中《荡》《抑》

《桑柔》中均有“人亦有言”句，但《大雅》所有诗篇中并无“惟忧用老”句。“惟忧用老”句见于《小雅·小弁》，意谓忧伤能使人衰老。⑲《诗》：《诗经》。《书》：《尚书》。⑳“至于”二句：《三国志·魏书·王粲传》载，陈琳曾劝谏袁绍等人招外兵进京，中有“掩目捕雀”之语。陈琳，三国时魏国作家。㉑“潘岳”二句：意谓潘岳的哀辞所引用的俗谚中有“掌珠伉俪”之语。伉俪，夫妻。㉒俚：俚语。㉓逾：胜过，超过。

## 译文

书记的内容十分广泛，包括各种各样的记事体裁，笔札的名目更为繁杂，从古到今门类甚多。所以关于统管老百姓事务的，则有谱、籍、簿、录；关于医药历法、星象占卜的，则有方、术、占、式；关于申明法令、讲述兵法的，则有律、令、法、制；关于被朝廷和集市作为凭信的，则有符、契、券、疏；关于各部门官吏之间询问事情的，则有关、刺、解、牒；关于老百姓表达情志的，则有状、列、辞、谚。这些都是从内心出发来叙述情理，用笔把要说的话记录下来，虽然这些都是文章中的下品，但却是处理政事中的要务。

所以说谱，就是全面。编序世代相承的发展系统，事事需要周详全面，郑玄编次《诗谱》，就是取这个意思。

籍，就是借。每年所借用的老百姓的劳力，都分条记录在简板上，《左传》中记载的春秋时有人专门掌管典籍，就是指这件事。

簿，就是园圃。和各种草木分别种植一样，各种文书也都分类汇聚在文簿中。张汤、李广，都曾被官吏按簿问罪，就是为了辨别事实真伪。

录，就是统领。记载古代历史的《世本》，就是编成简策，总的记录帝王、诸侯、卿大夫的户籍世系，所以叫作录。

方，就是一角。用医药治病，各有主治的病症，用药的人也专精某个方面，所以用药之术称为方。

术，就是路。算学、历法要计算出最精准的数字，道路才能看清楚。《九章算术》积累了精微的运算方法，所以称之为术，淮南王刘安的《万毕术》，也是属于这类的著作。

占，就是观察。星辰的往来升降、运行隐伏，要等候观察才能见到，登上观台观察云色并记下来，所以叫作占。

式，就是规则。阴阳的盈虚变化，五行的盛衰消长，其变化虽然无常，但考察其变化却是有规则的。

律，就是中正。黄钟宫调是定乐律的起点，五音据此正音。用法律来治理百姓，八种刑罚就能处理公平，以律为名，就是取它的中正公平之意。

令，就是命。发布命令、申明禁止，就像来自上天的旨意，管仲说下达命令如流水，使老百姓顺从。

法，就是法式。军事上的谋略没有成规，但战术上的奇正总有一定的法式，所以叫作法。

制，就是裁制。由上而下贯彻上级的意图，就如同工匠依照自己的意图制作器具。

符，就是信用。征聘召集时要防止造假，事情要真实可信。夏、商、周三代以玉器为信物，汉代用铜、竹代替，魏晋以后从简，就改用文书了。

契，就是结约。上古时的人纯真质朴，结绳为契约；如今羌人胡人验证数目，商贩以绳串钱记数，大概就是古人结绳为契的遗风吧。

券，就是约束。明确地约束，是为了防止虚假，剖开约券上的文字分为两半，所以周代称之为判书。古代还有丹书铁券，是用于明确誓约的。王褒的《僮约》，则是券书中的滑稽之作了。

疏，就是分布。按类布置陈列事物，摘要写明其大意，所以短小的券约字据，称之为疏。

关，就是关闭。出入要通过门，关闭就应当审慎；政治上的各种事物，通畅或阻塞应该了解周详。《韩非子》曾说："公孙亶回虽然是圣明之相，却起于州部小官。"说的就是这个道理。

刺，就是通达。《诗经》的作者作诗讽刺当政者，《周礼》中说断狱要向三种人逐一探询，事情依照次序相通达，就像用针刺通凝结阻塞。

解，就是解释。解释凝结积滞的地方，用以验证事实。

牒，就是叶。用短小的竹简编成牒，就如同叶子长在枝条上，路温舒截断蒲叶做牒，就是这种事例。议政尚未做出决定，所以用简短的牒文商议。牒文中更细密的一种，叫作签。签，就是纤小细密的意思。

状，就是状貌。描述事情的本来面貌，采取其事实，古代已故贤人要为其定谥号，并且要写一篇描述死者生平事迹的行状，这是状中的一种重要文体。

列，就是陈列。把相关事情一一陈列清楚，就显而易见了。

辞，是口头的言辞，将自己的意愿沟通于他人。子产擅长言辞，诸侯往来都要依赖它，可见言辞是不能没有的。

谚，就是直质的话。丧亲的人说话不能有文采，所以吊丧的话也叫作谚。平民聚居的地方语言浅显，质朴无华。邹穆公说：“粮袋虽漏仍在其中。”就是这类的话。《牧誓》中说：“古人有言：‘母鸡不司晨。’”《大雅》中说：“人亦有言：‘忧能使人衰老。’”这些都是上古遗留下的谚语，《诗经》《尚书》所引用过的。至于陈琳劝谏时的言辞，称“遮住眼睛捕雀”，潘岳的哀悼之词，称“掌珠伉俪”，也是引用民间俗语来写成文章。文辞鄙直俚俗，没有超过谚语的，而古代圣贤的《诗经》《尚书》，仍采用其为言谈之辞，更何况还有胜过这些的，岂能忽视呢！

## 原文

**观此众条，并书记所总[①]。或事本相通，而文意各异；或全任质素[②]，或杂用文绮[③]，随事立体[④]，贵乎精要。意少一字则义阙[⑤]，句长一言则辞妨，并有司之实务[⑥]，而浮藻[⑦]之所忽也。然才冠鸿笔[⑧]，多疏尺牍[⑨]，譬九方堙之识骏足[⑩]，而不知毛色牝牡[⑪]也。言既身文[⑫]，信亦邦瑞[⑬]，翰林[⑭]之士，思理实[⑮]焉。**

## 注释

①总：包括，总领。②质素：质朴，朴素。③文绮：文采。④体：体制。⑤阙：缺。⑥有司：有关部门的主管官员。司，掌管，主管。⑦浮藻：浮华的辞藻，这里指追寻浮华辞藻的人。⑧冠：首，居于首位。鸿笔：大手笔。⑨尺牍：简短的书札。⑩九方堙（yīn）：又叫九方皋，春秋时人，善相马。骏足：骏马。⑪不知毛色牝牡：《淮南子·道应训》载，秦穆公派九方堙去寻求千里马，回来说找到了，秦穆公问是什么样的马，他说是黄色的公马。穆公派人去牵来看，却是黑色的母马，穆公就对伯乐说，九方堙连马的毛色、公母都分不清，怎么分辨好马呢？伯乐说，九方堙所观察的是马的神情，而不是马的毛色公母。⑫身文：本身的文采。⑬信：信实。瑞：祥瑞。⑭翰林：此处指文坛。⑮理实：从事实务。



## 译文

纵观上面所述的各条，都包括在书记之中：有些事情原本是相通的，但文意却各有不同，有的全凭朴素的语言，有的夹杂文采，随着内容确立体制，贵在精练扼要；达意时少一字意思就有缺漏，行文时多一言文辞就有妨害。这些都是有关部门官吏必须做的实际事务，但被那些追求浮华辞藻的作者所忽略的。但才华出众的大手笔，大多疏于简短的书札，就像九方堙辨别千里马，忽略了马的毛色、公母一样。言辞既然是作者本身的文采，信实也是国家的祥瑞，文坛中的执笔之士，该考虑如何从事实务。

## 原文

**赞曰：文藻条流①，托②在笔札。既驰金相③，亦运木讷④。万古声荐⑤，千里应拔⑥。庶务纷纶⑦，因书乃察⑧。**

## 注释

①条流：枝条，支流。②托：寄托，引申为容纳。③金相：喻文采之美。④木讷（nè）：指质朴。⑤声荐：声名显扬。荐，进，举。⑥应拔：迅速响应。拔，疾。这两句以“声”“应”对举，有声气相应之意。⑦纷纶：众多纷杂。⑧察：明显。

## 译文

总之，文章的各种支流，都容纳在笔札之中。有的要驰骋文采，有的则文辞质朴。优秀的书札使作者声名显扬于万古，影响很快就传遍千里。众多纷杂的政务，就靠书记得以明察。

# 二六、神思篇

## 〔导　读〕

从本篇到《总术》篇的十九篇，是《文心雕龙》的创作理论部分。刘勰把艺术构思列为其创作论的第一个问题，除了他认为艺术构思是“驭文之首术，谋篇之大端”外，更如本书引论所说，《神思》篇是刘勰创作论的总纲。创作论以下各篇所讨论的问题，本篇从物与情、物与言和情与言三种关系的角度，概括地提出了他的基本主张和要求。

全篇分三部分。第一部分阐述艺术构思的特点和作用。为了做好构思工作，强调作家要注意积累知识，明辨事理，善于利用自己的生活经验并训练自己的情致。第二部分以过去的作家为例，说明艺术构思的不同类型。但无论作家构思的快慢、难易如何不同，除了都需要经常练习写作外，更要努力增进见识，在构思中抓住重点，只有这样，才能取得创作的成功。第三部分提出艺术加工的必要性，说明艺术构思的复杂过程，本篇不可能完全说清楚。

本篇是古代文论中比较全面而系统地论述艺术构思的重要文献。它所提出的“神与物游”的构思活动，初步总结了形象思维的基本特点。刘勰所讲的“物”，主要是自然景色，而未明确提到社会生活，这是他的不足之处；但他所强调的“研阅”“博见”等，不仅包括社会现象在内，也说明刘勰对艺术构思的物质基础是相当重视的。

## 原文

**古人[1]云："形在江海之上，心存魏阙之下[2]。"神思[3]之谓也。文之思也，其神远矣。故寂然凝虑，思接千载；悄[4]焉动容，视通万里。吟咏之间，吐纳珠玉之声[5]；眉睫[6]之前，卷舒风云之色：其思理之致[7]乎？故思理为妙，神与物游[8]。神居胸臆[9]，而志气统其关键[10]；物沿耳目，而辞令管其枢机[11]。枢机[12]方通，则物无隐貌；关键[13]将塞，则神有遁心。是以陶钧文思[14]，贵在虚静。疏瀹五藏[15]，澡雪[16]精神。积学以储宝[17]，酌[18]理以富才，研阅以穷照[19]，驯致[20]以绎辞。然后使玄解之宰[21]，寻声律而定墨[22]；独照[23]之匠，窥意象而运斤[24]。此盖驭文之首术，谋篇之大端。夫神思方运，万涂[25]竞萌。规矩虚位[26]，刻镂无形[27]。登山则情满于山，观海则意溢于海，我才之多少，将与风云而并驱矣。方其搦翰[28]，气倍辞前，暨乎篇成，半折心始[29]。何则？意翻空而易奇，言征实而难巧也。是以意授于思，言授于意。密则无际[30]，疏则千里。或理在方寸[31]，而求之域表[32]；或义在咫尺[33]，而思隔山河。是以养心秉术[34]，无务[35]苦虑；含章司契[36]，不必劳情也。**

## 注释

①古人：指战国时魏国公子牟。②"形在"二句：原指身在江湖，心在朝廷。这里借喻文学创作的构思活动。魏阙，指朝廷。魏，高大。③神思：精神上的活动。④悄（qiǎo）：静寂。⑤"吟咏"二句：指作家刚沉吟构思，文章尚未写成，可是在作家心目中，好像已听到那篇未来作品的音节铿锵了。吐纳，发出。⑥睫：眼睫毛。⑦致：达到。⑧神与物游：指作者的精神与外物的形象密切结合，一起活动。⑨胸臆：指内心。臆，胸。⑩志气：作者的主观情志、气质。统：率领，管理。⑪辞令：动听的言语。枢机：指主要部

分。⑫枢机：这里指“辞令”。⑬关键：这里指“志气”。⑭陶：制瓦器。钧：制瓦器的转轮。这里以“陶钧”指文思的掌握和酝酿。⑮瀹（yuè）：疏通。藏：同“脏”，内脏。⑯雪：洗涤。⑰宝：宝物，珍宝。这里借喻人的知识。⑱酌：斟酌，有考虑、思辨的意思。⑲阅：阅历，经验。穷：探索到底。照：察看，引申为理解。⑳致：情致。㉑玄：指深奥难懂的事物或道理。宰：主宰，这里指作家的心灵。㉒声律：指作品的音节。安排音节本来只是写作的技巧之一，这里用以代表一切写作技巧。墨：绳墨。“墨”与下句“斤”相对。㉓独照：独到的理解。㉔窥：视。意象：意中之象，指构思过程中客观事物在作者头脑中构成的形象。斤：斧。㉕涂：同“途”，指思路。㉖规矩：此处用作动词，按一定的规矩加工，指对事物的揣摩。虚位：存在于作家头脑中虚而不实之物。㉗刻镂：雕刻，刻画。无形：尚未定型。㉘方：当。搦（nuò）：持。㉙半折：打对折。心始：心中开始想象的。㉚际：间隙，缝隙。㉛方寸：指内心。㉜域表：域外，指距离很远。㉝咫尺：比喻距离很近。㉞养心秉术：意谓控制自己的精神活动。秉，秉持。㉟务：追求。㊱含章：含有文采，这里指通过写作表现美好的事物。司契：掌握规则。司，掌握。契，此指规则。



## 译文

古人曾说：“有的人身在江湖，心神却系念着朝廷。”这里说的就是精神上的活动。作家写作时的构思，他的精神活动也是无边无际的。所以当作家静静地思考的时候，他可以联想到千年之前；而在他的容颜隐隐地有所变化的时候，他已观察到万里之外去了。作家在吟哦推敲之中，就像听到了珠玉般悦耳的声音；当他注目凝思，眼前就出现了风云般变幻的景色。这都是构思的结果啊！由此可见，构思的妙处，是在使作家的精神与物象融会贯通。精神蕴藏在内心，却为人的情志和气质所支配；外物接触到作者的耳目，主要是靠优美的语言来表达。如果语言运用得好，那么事物的形貌就可完全刻画出来；若是支配精神的关键有了阻塞，那么精神就不能集中了。因此在进行构思的时候，贵在沉寂宁静、思考专一。疏通内心的阻碍，净化精神。首先要像储藏珍宝一样积累自己的知识，其次要辨明事理以丰富才情，再次要参考自己的生活经验以求透彻理解，最后要训练自己的情致以恰当地运用文辞。这样才能深得妙理的心灵，探索写作技巧来审定绳墨。正如一个见解独到的工匠，根据想象中的形象进行创作。这是写作的首要手法，也是考虑谋篇布局的重大端绪。构思活动刚刚展开时，各种想法纷至沓来。作家要将这些抽象的想法具体化，把尚未定型的事物刻画成形。想到登山，情思里便充满了山的风光，想到观海，意念中又洋溢着海的波涛，不管作者本身的才华有多少，此时的思绪都可以随着流风浮云任意驰骋。当其提笔时，气势大大超过文辞本身，等到文章写成，效果却比预想的要打个对折。为什么呢？这是因为：文意出于想象，而容易显得奇妙，但语言确是实实在在的，就很难工巧了。所以文章的内容来自构思，而语言又受内容的支配。三者密切结合，就能天衣无缝了，疏远了就会相去千里。有时某些道理就在心中，却反而去天涯之外搜寻；有时某些意象就在眼前，而思路却又像远隔山河。所以要控制自己的心灵、掌握方法，无须焦虑、苦思；通过写作表现美好的事物、掌握规则，不必徒劳情思。

## 原文

**人之禀[1]才，迟速异分[2]。文之制体[3]，大小殊功[4]。相如含笔而腐毫[5]，扬雄辍翰而惊梦[6]，桓谭疾感于苦思[7]，王充气竭于思虑[8]，张衡研《京》[9]以十年，左思练《都》以一纪[10]：虽有巨文，亦思之缓也。淮南崇朝而赋《骚》[11]，枚皋应诏而成赋[12]，子建援牍如口诵[13]，仲宣举笔似宿构[14]，阮瑀据鞍而制书，祢衡当食而草奏，虽有短篇，亦思之速也。若夫骏发[15]之士，心总要术，敏在虑前，应机立断；覃思[16]之人，情饶歧路[17]，鉴[18]在疑后，研虑方定。机敏故造次[19]而成功，虑疑故愈久而致绩[20]。难易虽殊，并资博练[21]。若学浅而空迟，才疏而徒速，以斯成器[22]，未之前闻。是以临篇缀**

**虑[23]，必有二患：理郁者苦贫[24]，辞溺[25]者伤乱。然则博见为馈[26]贫之粮，贯一为拯乱之药[27]，博而能一[28]，亦有助乎心力矣。**

## 注释

①禀：禀赋。②分（fèn）：天分。③制体：指文章的体裁、篇幅等。④殊：不同。功：成效，功用。⑤相如：指司马相如，相传他的文思较慢。含笔而腐毫：古人写作前常以口润笔，兼行构思。毫，即毛，指毛笔。腐毫，形容构思时间之长。⑥辍翰而惊梦：桓谭《新论·祛蔽》载，扬雄写完《甘泉赋》，因用心过度，困倦而卧，梦见五脏掉在地上，用手收回体内，醒后病了一场。⑦桓谭：东汉初年著名学者。疾感：《新论·祛蔽》中说，桓谭想学习扬雄的赋，因用心太苦而生病。⑧王充：字仲任，东汉著名思想家。气竭：《后汉书·王充传》说，王充"著《论衡》八十五篇，二十余万言。……年渐七十，志力衰耗"。⑨研《京》：写《二京赋》。⑩练《都》：指写《三都赋》。练，煮缣（细绢）使洁白，这里指推敲文辞、构思作品。一纪：十二年。⑪淮南：淮南王刘安，西汉前期的思想家和文学家。崇：终。赋《骚》：指刘安所写有关《离骚》的作品，现已失传。⑫枚皋（gāo）：西汉辞赋家。应诏而成赋：《汉书·枚乘传》说，枚皋为文敏疾，"上有所感，辄使赋之。为文疾，受诏辄成，故所赋者多"。⑬援：持。牍（dú）：木简，这里指纸。⑭宿构：早就写好的。⑮骏发：指文思的敏捷。骏，速。⑯覃（tán）思：深思，这里指花很长的时间来思考，也就是文思迟缓。⑰饶：多。歧路：岔路。⑱鉴：察看清楚。⑲造次：仓促，不加细思。⑳致绩：与上句"成功"意近。绩，功。㉑博练：博学精练。㉒成器：有所成就。器，才能。㉓缀虑：构思。㉔理：思理。郁：不通畅。㉕溺：沉迷，过分。㉖馈：进食于人。㉗贯一：指要求有一个中心，也就是要有重点的意思。拯：救助。㉘博而能一：指上面所讲的"博见"和"贯一"的结合。

## 译文

人们写作的才能，有快有慢，因为天分不同；文章的篇幅，也有大有小，所用功力各异。例如司马相如衔笔构思，直到笔毛腐烂，文章始成；扬雄作赋太苦，一放下笔就做了怪梦；桓谭因作文苦思而生病；王充因著述用心过度而气力衰竭；张衡作《二京赋》费了十年的时光；左思推敲写《三都赋》达十二年。这些虽说篇幅较长，但构思也较迟缓。又如淮南王刘安在一个早上就写成《离骚赋》；枚皋刚接到诏令就把赋写成了；曹植拿起纸来，就像背诵旧作似的迅速写成；王粲拿起笔来，就像早已构思好了一般；阮瑀在马鞍上就能写成书信；祢衡在宴会上就草拟成奏章：这些虽说篇幅较短，但构思也较敏捷。那些构思较快的人，对写作的主要方法心中有数，他们机敏得好像未经考虑就能当机立断；而构思迟缓的人，心中充满了各式各样的思路，几经疑虑才能看清楚，细细推究才能决定。有些人因为文思敏捷，所以很快就能写成功；有些人因为多有疑虑，所以历时较久才能写好。两种人写作虽难易不同，但同样依靠博学精练。假如学问浅薄而只是写得慢，才能疏陋而只是写得快，这样的人要想在写作上有所成就，是从来没有听说过的。所以在创作构思时，必然出现两种毛病：思理不畅的人写出来的文章常常内容贫乏，文辞泛滥的人又常常有杂乱的缺点。因此，增进见识可以补救内容的贫乏，突出重点可以纠正文辞的杂乱。如果见识广博又有重点，对于创作构思就很有帮助了。

## 原文

**若情数诡杂[①]，体变迁贸[②]，拙辞或孕[③]于巧义，庸事或萌[④]于新意。视布于麻，虽云未费[⑤]，杼轴[⑥]献功，焕然[⑦]乃珍。至于思表纤旨[⑧]，文外曲[⑨]致，言所不追，笔固知止。至精而后阐[⑩]其妙，至变而后通其数[⑪]。伊挚不能言鼎[⑫]，轮扁不能语斤[⑬]，其微矣乎！**

## 注释

①情：指作品中表达的思想情感。诡：不平常。②体：风格。贸：变化。③孕：怀胎，这里指蕴藏。④萌：萌发。⑤费：耗损，指质地、性质的变化。⑥杼（zhù）轴：织机，这里作动词用，指加工。⑦焕然：有光彩。⑧表：外。纤：细。⑨曲：曲折微妙。⑩阐：说明。⑪数：规律。⑫伊挚：伊尹，名挚，商汤的臣子。鼎：古代烹煮用具。⑬轮扁：古代善于斫轮的工匠，名扁。斤：斧子。

## 译文

作品的内容是非常复杂的，风格也各式各样。粗糙的文辞中会蕴藏着巧妙的道理，平凡的叙事中也可能产生新意。这就像麻布由麻织成一样，虽说质地未变，但是麻经人工织成了布，就有光彩而值得珍爱了。此外有些为思考所不及的细微的意义，或者为文辞所难以表达的曲折的情致，这是不易说清楚的，也就不必多谈了。必须懂得最精微的道理，才能阐明其中的微妙之处；也必须有懂得一切变化的头脑，才能理解其规律。从前伊尹不能详述烹饪的奥妙，轮扁也难以说明用斧的技巧，这的确是很微妙的啊！

## 原文

**赞曰：神用象通①，情变所孕。物以貌求，心以理应②。刻镂声律，萌芽比兴。结虑司契，垂帷制胜。**

## 注释

①象：指物象。通：沟通，结合。②“物以貌求”二句：讲构思活动中作者的心和物的关系，和本书《物色》篇中所说“物色之动，心亦摇焉”“写气图貌，既随物以宛转；属采附声，亦与心而徘徊”等句的意思相通。

## 译文

总之，作家的精神活动和万物的形象相结合，从而构成作品的各种内容。外界事物以它们不同的形貌来打动作家，作家内心就根据一定的法则而产生相应的活动。然后推敲作品的音节，并运用比兴的方法。倘能掌握构思的法则，创作一定能够成功。

# 二七、体性篇

## 〔导　读〕

全篇分三部分。第一部分从文学创作的根本问题谈起，指出创作是作者有了某种情感的冲动，才发而为文的。所以作者的才、气、学、习等，就都和作品所表现出来的风格特征有着一定的关系。刘勰认为，作品的风格是："各师成心，其异如面。"因此，不同的作者有不同的风格。他把各种风格大体上归纳为"典雅""远奥"等八种，并概括地总结了这八种风格的基本特点。在这八种中，刘勰对"新奇"和"轻靡"两种比较不满。不过他认为，一个人的风格不限于一种，而往往有参差错综或前后不同的发展变化。

第二部分以贾谊、司马相如、王粲、陆机等十多人的具体情况，来进一步阐明作者性格与作品的风格，完全是"表里必符"的。

第三部分强调作家的成功固然和他的才力有关，但更重要的是依靠长期的刻苦学习。八种风格虽然变化无穷，只要自己努力学习，就可融会贯通。因此，他主张作者从小就应向雅正的作品学习。

"风格即人"，它是作者个性的艺术表现。本篇能结合"体""性"两个方面来探讨，这是对的。刘勰以征圣、宗经的观点来强调或贬低某种风格，这给他的风格论带来一定的局限性。但在理论上，他正确地总结了风格形成的主要原因，明确了风格和个性的关系，强调后天学习的重要性，这对古代风格论的建立和发展都是有益的。

## 原文

**夫情动而言形①，理发而文见②，盖沿隐以至显③，因内而符外者也④。然才有庸俊⑤，气有刚柔⑥，学有浅深，习有雅郑⑦，并情性所铄⑧，陶染⑨所凝，是以笔区云谲⑩，文苑波诡⑪者矣。故辞理庸俊，莫能翻⑫其才；风趣刚柔⑬，宁⑭或改其气；事义⑮浅深，未闻乖⑯其学；体⑰式雅郑，鲜⑱有反其习。各师成心⑲，其异如面。若总其归涂⑳，则数穷㉑八体：一曰典雅㉒，二曰远奥㉓，三曰精约㉔，四曰显附㉕，五曰繁缛㉖，六曰壮丽㉗，七曰新奇㉘，八曰轻靡㉙。典雅者，镕式经诰㉚，方轨㉛儒门者也；远奥者，复㉜采曲文，经理玄宗㉝者也；精约者，核㉞字省句，剖析毫厘者也；显附者，辞直义畅，切理厌心者也㉟；繁缛者，博喻醲㊱采，炜烨枝派㊲者也；壮丽者，高论宏裁㊳，焯烁异采者也㊴；新奇者，摈㊵古竞今，危侧㊶趣诡者也；轻靡者，浮文弱植㊷，缥缈㊸附俗者也。故雅与奇反，奥与显殊㊹，繁与约舛㊺，壮与轻乖㊻。文辞根叶㊼，苑囿㊽其中矣。**

## 注释

①情动而言形：《毛诗序》“情动于中而形于言”。形，表达。②见(xiàn)：同“现”，显露，和上句“形”字意近。③隐：指上文所说的“情”和“理”。显：指上文所说的“言”和“文”。④内：性情。外：指语言文章。⑤庸：平凡。俊：杰出。⑥气：指作者的气质。刚柔：强弱。⑦雅：雅乐。郑：郑声。这里是借“雅郑”指正与邪。⑧情性：指先天的质性，包括才和气在内。铄(shuò)：原指金属的熔化，这里引申为影响的意思。⑨陶染：指后天的影响，如学和习。⑩笔区：和下句的“文苑”意义相近。谲(jué)：变化。⑪诡：反常。⑫翻：转动，这里有改变的意思。⑬风：指作品

所起的教育作用。趣：指作品中所体现的趣味。⑭宁：难道。⑮事义：事情和意义。⑯乖：不合。⑰体：风格。⑱鲜：少。⑲成心：本性，指上文的才、气、学、习。⑳总：综合。涂：同“途”，途径。㉑穷：尽。㉒典雅：指内容符合儒家学说，文辞比较庄重。典，儒家经典。雅，正。㉓远奥：指内容倾向道家，文辞比较玄妙。㉔精约：指论断精当，文辞凝练。㉕显附：指说理清楚，文辞畅达。㉖繁缛：指铺叙详尽，文辞华丽。缛，采饰繁杂。㉗壮丽：指陈义峻伟，文辞豪迈的。㉘新奇：指内容新奇，文辞怪异的。㉙轻靡：指内容浅薄，文辞浮华的。靡，轻丽。㉚镕式：取法。诰：告诫之文，如《尚书》中的《汤诰》《康诰》之类，这里泛指儒家经典。㉛方轨：并驾。㉜复：深奥。㉝玄宗：指道家学说。玄，幽远。道家学说称为“玄学”，道教又称“玄教”。㉞核：考查。㉟切：切合。厌：满足。㊱醲：酒味浓烈，喻丰富。㊲枝派：树多枝叶，水分流派，这里指铺叙的夸张。㊳宏：高大。裁：判断，议论。㊴烁：光彩。异：指非同一般。㊵摈：排斥。㊶危侧：险僻。㊷植：借为“志”。㊸缥缈：恍惚不定之意，这里指内容的不切实。㊹殊：不同。㊺舛：违背，不合。㊻乖：违背。㊼根叶：这里指作品的主要部分和次要部分各个方面。㊽苑囿（yòu）：园林，这里作动词用。



## 译文

内心有情感活动就成为语言，道理如果要表达便体现为文章，这是把隐藏在心中的情和理发表为明显的语言文字，表里应该是一致的。不过人的才华有平凡和杰出之分，气质有刚强和柔弱之别，学识有浅薄及深厚之异，习惯有雅正跟邪僻之差，这些都由人的性情所决定，并受后天的熏陶而成，造成创作领域千变万化的风格，奇谲如天上流云，诡秘似海上波涛。那么，在写作上，文辞和道理的平凡或杰出，总是同作者的才华相一致；作品的教育作用和趣味的刚健或柔弱，难道会和作者的气质有差别？所述事情和意义的浅显或深奥，也不会和作者的学识相反；所形成的风格的雅正或邪僻，很少和作者的习惯不同。各人按照自己本性来写作，作品的风格就像人的面貌一样彼此互异。归根到底，不外八种风格：第一种是

“典雅”，第二种是“远奥”，第三种是“精约”，第四种是“显附”，第五种是“繁缛”，第六种是“壮丽”，第七种是“新奇”，第八种是“轻靡”。所谓“典雅”，就是向经书学习，与儒家走相同的道路；所谓“远奥”，就是文采比较含蓄而有法度，说理以道家学说为主；所谓“精约”，就是字句简练，分析精细；所谓“显附”，就是文辞质直，意义明畅，符合事物，使人满意；所谓“繁缛”，就是比喻广博，文采丰富，善于铺陈，光华四溢；所谓“壮丽”，就是议论高超，文采不凡；所谓“新奇”，就是弃旧趋新，以诡奇怪异为贵；所谓“轻靡”，就是辞藻浮华，情志无力，内容空泛，趋向庸俗。这八种风格中，“典雅”和“新奇”相反，“远奥”和“显附”不同，“繁缛”和“精约”有异，“壮丽”和“轻靡”相别，文章的各种表现，都超不出这个范围了。

## 原文

**若夫八体屡迁，功以学成。才力居中，肇自血气①。气以实志，志以定言②，吐纳英华③，莫非情性。是以贾生骏发④，故文洁而体清；长卿傲诞⑤，故理侈而辞溢⑥；子云沉寂⑦，故志隐而味深⑧；子政简易⑨，故趣昭而事博⑩；孟坚雅懿⑪，故裁密而思靡⑫；平子淹通⑬，故虑周而藻密⑭；仲宣躁竞⑮，故颖出而才果⑯；公幹气褊⑰，故言壮而情骇⑱；嗣宗俶傥⑲，故响逸⑳而调远；叔夜俊侠㉑，故兴高而采烈㉒；安仁轻敏㉓，故锋发而韵流㉔；士衡矜㉕重，故情繁而辞隐㉖。触类以推，表里必符㉗，岂非自然之恒资㉘，才气之大略哉！**

## 注释

①肇（zhào）：开始。血气：指先天的气质。②“气以实志”二句：意谓气质充实人的情志，情志决定文章的语言。③吐纳：表达的意思。英华：

精华。④贾生：指西汉著名作家贾谊。骏发：英俊，意气风发，指其才性的豪迈。⑤诞（dàn）：放荡。⑥侈：过分，夸大。溢：满。⑦沉寂：性格沉静。⑧志隐而味深：《才略》篇说，“子云属意，辞义最深，观其涯度幽远，搜选诡丽，而竭才以钻思，故能理赡而辞坚矣”。⑨简易：平易近人。⑩昭：明白。事：指作品中引用的故事。⑪懿（yì）：深。⑫靡：这里指细致。⑬淹通：深通。⑭虑周：思考全面。藻密：文采细密。⑮躁竞：急于与人争名利、比高下。⑯颖出：露出锋芒。果：决断。⑰褊（biǎn）：狭隘急遽。⑱骇：惊人。⑲俶（tì）傥（tǎng）：无拘无束的样子。亦作“倜傥”。⑳逸：高。㉑侠：豪侠。㉒兴（xìng）：兴会，兴致。采烈：辞采犀利。㉓轻敏：《晋书·潘岳传》说“岳性轻躁，趋世利”。《才略》篇说“潘岳敏给，辞自和畅”。㉔锋发：势锐。韵流：指音节流畅。㉕矜：庄重。㉖情繁而辞隐：《才略》篇说“陆机才欲窥深，辞务索广，故思能入巧，而不制繁”。㉗表：外表，这里指作品。里：内涵，这里指作者的性格。㉘恒资：指先天的资质。



## 译文

这八种风格常常变化，其成功在于学问。作者自身的才华，是从先天的气质得来的。培养气质以充实人的情志，情志决定文章的语言，文章能否写得精美，无不来自人的情性。因此，贾谊性格豪迈，所以文辞简洁而风格清新；司马相如性格狂放，所以说理夸张而辞藻过多；扬雄性格沉静，所以作品内容含蓄而意味深长；刘向性格坦率，所以文章中志趣明显而用事广博；班固性格雅正温和，所以论断精密而文思细致；张衡性格深沉通达，所以考虑周到而辞采细密；王粲性急才锐，所以作品锋芒显露而才识果断；刘桢性格狭隘、急遽，所以文辞有力而令人惊骇；阮籍性格放逸不羁，所以作品的情调就不同凡响；嵇康性格豪爽，所以作品兴会充沛而辞采犀利；潘岳性格轻率而敏捷，所以文辞锐利而音节流畅；陆机性格庄重，所以内容繁杂而文辞隐晦。由此推论，内在的性格与表达于外的文章是一致的，这不是作者天赋资质和作品中所体现的才气的一般情况吗！

## 原文

**夫才由天资[1]，学慎始习。斫梓染丝[2]，功在初化；器成彩[3]定，难可翻移。故童子雕琢，必先雅制[4]；沿根讨[5]叶，思转自圆[6]。八体虽殊，会通合数[7]，得其环中[8]，则辐辏相成[9]。故宜模[10]体以定习，因性以练才。文之司南[11]，用此道[12]也。**

## 注释

①天资：指上文所说的“自然之恒资”。②斫（zhuó）：砍。梓（zǐ）：一种可供建筑房屋及制造器具的树木。③彩：指彩色丝绸。④雅制：指儒家经书。⑤讨：寻究。⑥圆：圆满，圆转。⑦数：方法。⑧环中：轴心。⑨辐（fú）：车轮的辐条。辏（còu）：指辐条的聚集。⑩模：学习。⑪司南：指南。⑫道：指道路。

## 译文

作者的才华虽有一定的天赋，但学习则一开始就要慎重。好比制木器或染丝绸，要在开始时就决定后面的功效；若等到器具制成、颜色染定，那就不易再改变了。因此，少年学习写作时，应先从雅正的作品开始。从根本来寻究枝叶，思路便易圆转。上述八种风格虽然不同，但只要能融会贯通，就可合乎法则，正如车轮有了轴心，辐条自然能聚合起来。所以应该学习正确的风格来培养自己的习惯，根据自己的性格来培养写作的才华。所谓创作的指南针，指的就是这条道路。

## 原文

**赞曰：才性异区[1]，文体繁诡[2]。辞为肌肤[3]，志实骨髓[4]。雅丽黼黻[5]，淫巧朱紫[6]。习亦凝真[7]，功沿渐靡[8]。**

## 注释

①异区：区别。②文体：作品的风格。体，风格。繁：繁多。诡：变化。③肌肤：外在，比喻外表。④骨髓：内里，比喻内涵。⑤黼（fǔ）黻（fú）：古代礼服上的花纹。⑥淫：过度，过分。朱紫：指正色被杂色搞乱。朱，正色。紫，间色。⑦凝：形成。真：指良好的文风。⑧渐靡：逐渐地受到影响。

## 译文

总之，人的才华性情各有区别，作品的风格也变化多端。文辞只是它的外表，情志才是它的内涵。正如古代礼服上的花纹是雅正而华丽的，过分追求奇巧就会使杂色搞乱正色。后天的学习也能形成良好的文风，但要逐渐受到熏陶才能见到功效。

# 二八、风骨篇

## 〔导　读〕

全篇分三部分。第一部分首先说明风骨的必要性。所谓“辞之待骨”，就是指文辞的运用必须有骨力；“情之含风”，则指思想感情的表达要有教育作用。总的要求是：“捶字坚而难移，结响凝而不滞。”即文辞方面要准确不能改易，教育作用要丰富有力。其次说明没有风骨的作品的弊病。最后举潘勖和司马相如的文章为例，分别说明文辞和内容的感人力量。

第二部分首论文气。从曹丕、刘桢等人的论述，说明“气”的重要性。这个“气”，指作家的气质体现在作品之中而形成的文章特色，因此，和本篇所讲的“风”有着密切联系。次论风骨和文采的关系，认为风骨和文采兼备，才是理想、完美的作品。

第三部分讲怎样创造风骨。刘勰认为，必须学习经书，同时也参考子书和史书，进而创立新意奇辞，才能使作品“风清骨峻”，具有较强的感染力。只强调向书本学习而忽视现实生活的重要作用，是刘勰论风骨的局限性。

风骨和风格有一定联系，却又有显著的区别。正如本篇的“赞”中所说：“情与气偕，辞共体并。”作为情与辞的最高要求的风骨，和作者的情志、个性是有其必然联系的，但风骨并不等于风格。因为风格指不同作家的个性在作品中形成的不同特色，风骨则是对一切作家作品的总的要求。

刘勰的风骨论，是针对晋宋以来文学创作中过分追求文采而忽视思想内容的倾向提出的，对后世文学创作和文学评论都有一定的影响。

## 原文

《诗》总六义①，风②冠其首，斯乃化感③之本源，志气之符契也④。是以怊怅⑤述情，必始乎风；沉吟⑥铺辞，莫先于骨⑦。故辞之待骨，如体之树骸⑧；情之含风，犹形之包气⑨。结言端直⑩，则文骨成焉；意气骏爽⑪，则文风生⑫焉。若丰藻克赡⑬，风骨不飞⑭，则振采失鲜⑮，负声⑯无力。是以缀虑⑰裁篇，务盈守气⑱，刚健既实⑲，辉光乃新。其为文用⑳，譬征鸟㉑之使翼也。故练㉒于骨者，析㉓辞必精；深乎风者，述情必显。捶字㉔坚而难移，结响凝而不滞㉕，此风骨之力㉖也。若瘠义肥辞㉗，繁杂失统㉘，则无骨之征也；思不环周㉙，牵课乏气㉚，则无风之验也。昔潘勖《锡魏》，思摹经典㉛，群才韬笔㉜，乃其骨髓峻也㉝；相如赋《仙》，气号凌云，蔚为辞宗，乃其风力遒也。能鉴斯要，可以定文，兹术或违，无务繁采。

## 注释

①六义：《毛诗序》云，“故诗有六义焉，一曰风，二曰赋，三曰比，四曰兴，五曰雅，六曰颂”。其中风雅颂是诗体，赋比兴是作诗的方法。②风：刘勰开宗明义，指明“风”是“六义”之一。③化感：教育，感化。④志：情志，即作者内心的思想感情。气：指作者的气质、性格。⑤怊（chāo）怅：悲恨，这里指感情激动。⑥沉吟：低声吟哦，反复思考。⑦骨：指作品在文辞方面能达到完善境界而具有较高的感动读者的力量。⑧骸：腔骨，这里泛指人的骨骼。文章要有骨才有力，就像人要有健全的骨架才能行动有力。⑨形：指人的形体。气：指人的气质。文章要有好的内容，才能起好的教育作用，就像人要有好的气质，才能给人好的影响。⑩端：端庄，整饬。直：正直，准确。要有端直的文辞，才能产生感染读者的力量。⑪意气骏爽：指

作品表现出作者高昂爽朗的意志和气概。骏，高。爽，明。⑫清：明显。⑬藻：辞藻。克：能。赡（shàn）：富足。⑭不飞：不高、无力的意思。⑮鲜：明。⑯声：指作品的声调、音节。⑰缀虑：构思。缀，联结。⑱务：必须。盈：充满。⑲刚健：指文辞的骨力。实：充实，指作品的思想内容。⑳其：指风与骨。用：作用。㉑征鸟：指鹰、隼一类的猛禽。征，远行。㉒练：熟悉。㉓析：分解，这里有抉择、运用的意思。㉔捶字：炼字。捶，锻炼。㉕响：回声，这里指作品的思想内容在读者身上所起的作用。不滞（zhì）：不停止，指作品的教育作用很丰富。㉖力：功效。㉗瘠（jí）义肥辞：内容少而文辞多。瘠，瘦弱，不丰。㉘统：统绪，条理。㉙环周：全面、周密的意思。环，围绕。㉚索课：枯寂。气：这里指气势。㉛思：企图。摹：模仿，学习。㉜群才：当时其他文人。韬（tāo）：隐藏。㉝骨髓：文骨。峻：高。

## 译文

《诗经》具备“六义”，第一项是“风”，它是作品具备艺术感染力的根源，同作者的情志和气质是一致的。所以作者内心兴感而要抒发时，就应该先注意风教的问题；而在考虑怎样用文字来表达时，就应该先注意到骨力。文字应该有骨力，就好比身体必须树立骨架一样；情感要能起教化作用，就像人都具有某种气质似的。文辞如写得整饬、准确，文章便有了骨力；能表达出作者昂扬爽朗的意志和气概，文章便能起明显的感化作用。假使辞藻虽繁多，但风教作用不大而骨力软弱，那么文采必将黯淡无光，音节也难于动人。所以在构思谋篇之前，便须充分培养自己的气质，做到文辞有力而内容充实，作品方能放射出新的光彩。这对于写作所起的作用，就像猛禽运用翅膀一样。所以，懂得怎样使文章有骨力的作者，文辞一定选择得精当；懂得怎样使文章有教化作用的作者，思想感情必然能抒写得显豁。文字运用得准确而不能改易，作品产生的影响牢固而没有止境，这就是讲究风教与骨力的功效。如果内容本来不多而文辞过于拖沓，文章写得杂乱而缺乏条理，这是没有骨力的表现；如果思想不周密，内容枯燥而文章的气势不足，这是无益于教化的说明。从前潘勖写《册魏公九锡文》，企图学习经典的文辞，使别人都不敢下笔了，那是因为文辞骨力高超；司马相如写《大人赋》，被称有“凌云之气”，蔚然成为赋家的宗匠，那是由于它具备极强的感染力。若能看到这些重要问题，就可以从事写作了，不能违背这些基本法则，不要徒然追求文采的繁复。

## 原文

**故魏文①称：“文以气②为主，气之清浊有体③，不可力强④而致。”故其论孔融，则云“体⑤气高妙”；论徐幹，则云“时有齐气⑥”；论刘桢，则云“有逸⑦气”。公幹亦云⑧：“孔氏卓卓⑨，信含异气⑩，笔墨之性⑪，殆⑫不可胜。”并重气之旨⑬也。夫翚翟备色⑭，而翾翥⑮百步，肌丰而力沉⑯也；鹰隼⑰乏采，而翰飞戾天⑱，骨劲而气猛也⑲。文章才力，有似于此。若风骨乏采⑳，则鸷集翰林㉑；采乏风骨，则雉窜文囿㉒。唯藻耀而高翔㉓，固文笔之鸣凤也。**

## 注释

①魏文：魏文帝曹丕。这里所引的话见他的《典论·论文》。②气：《典论·论文》中所说的“气”，指作者的气质在作品中形成的特色。所以下面说气有“清”、有“浊”；有的作者有“齐气”，有的作者有“逸气”。③清浊：指阳刚与阴柔两种类型。体：主体。④强（qiǎng）：勉强。⑤体：这里指风格。⑥齐气：齐地之气，特点是比较舒缓，属于阴柔的一类。“时有齐气”也是《典论·论文》中的话。⑦逸：超越一般人之上。⑧公幹亦云：下面所引刘桢的话，原文今已失传，但在本书《定势》篇及陆厥的《与沈约书》中，都曾引到他的议论。⑨孔氏：指孔融。卓卓：优越。⑩信：的确。异：指高出一般。⑪性：性质，特征，这里指优点。⑫殆：几乎。⑬旨：意旨。⑭翚（huī）：五彩的野鸡。翟（dí）：长尾的山鸡。⑮翾（xuān）翥（zhù）：飞

翔。⑯沉：低沉。⑰隼（sǔn）：猛禽，与鹰同类而较小。⑱翰：高。戾：到。⑲劲：有力。气：这里指气概。⑳采：指文句上华丽的修饰。㉑鸷（zhì）：猛禽。翰林：文坛。翰，这里指笔。㉒文囿：文坛。㉓高翔：和上文鹰、雉等比喻联系起来看，是指风骨俱高。

## 译文

因此，曹丕曾说："文章的气势随作者的气质而定，气质或刚或柔的主要倾向，那是勉强不来的。"所以他评论孔融时就说"他的风格特色是很卓越的"；他评论徐幹时却说"常常有齐地的特点"；他评论刘桢时又说"有俊逸的特点"。刘桢也说过："孔融很杰出，的确不平常，他创作中的优点，别人很难超过。"这些话都是重视作者气质和文章气势的意思。野鸡有着不同色彩的羽毛，但最多只飞一百步，那是由于肌肉过多而力量缺乏；老鹰没有什么色彩，却能一飞冲天，那是由于骨骼强壮而气概雄健。创作的才华和能力，和这个道理也差不多。如果文章写得既在内容上能起风教作用，又在文句上富有骨力，但是缺少辞采，就好像飞集文坛的老鹰；如果只有辞采而缺乏教化作用和骨力，就像文坛上乱跑的野鸡。只有既具备动人的辞采，又富于感化作用和骨力的作品，才算是文章中的凤凰。

## 原文

**若夫熔铸[1]经典之范，翔集子史之术[2]，洞晓情变[3]，曲昭文体[4]，然后能孚甲[5]新意，雕画[6]奇辞。昭体，故意新而不乱；晓变，故辞奇而不黩[7]。若骨采未圆[8]，风辞未练[9]，而跨略旧规[10]，驰骛[11]新作，虽获巧意，危败亦多，岂空结奇字，纰缪[12]而成经矣。《周书》[13]云："辞尚体[14]要，弗惟好异[15]。"盖防文滥也。然文术多门[16]，各适所好，明者[17]弗授，学者弗师。于是习华随侈，流遁忘**

**反[18]。若能确乎正式[19]，使文明以健[20]，则风清骨峻，篇体光华。能研诸[21]虑，何远之有[22]哉！**

## 注释

①熔铸：取法，学习。②术：道路，这里指子、史的写作道路。在子、史的写作道路上飞翔，也就是观察、参考其写作方法。③洞晓：通达。情变：指文学创作的变化情况，和《明诗》篇中“铺观列代，而情变之数可监”，《总术》篇中“所以列在一篇，备总情变”的“情变”意同。这里的“变”，指后面要讲的“通变”问题。④曲：详尽。昭：明白。体：体势，指后面要讲的“定势”问题。⑤孚甲：萌芽、新生的意思。莩，芦苇里的白膜。甲，草木初生时所带种子的皮壳。⑥雕画：指文辞的修饰。⑦黩：浮滥。⑧圆：圆满。⑨练：熟练，引申为运用恰当。⑩跨：超越。略：省去。⑪鹜（wù）：疾驰。⑫纰（pī）缪（miù）：错误。缪，同“谬”。经：常。⑬《周书》：指《尚书·毕命》。⑭体：体现。⑮惟：独。好：爱好。⑯门：类。⑰明者：指深明创作方法的人。⑱流遁忘反：指恣意而为，任情发展。⑲正式：正当的方式。⑳文明以健：这是借用《周易·同人·彖辞》中的话。㉑诸：指本段以上所讲“熔铸经典之范”等各项内容。㉒何远之有：指接近成功。

## 译文

如果学习经书的典范来写作，同时也参考子书和史书的写作方法，并深知文学创作的发展变化情况，详悉各种文章的体势，然后才能产生新颖的构思，锤炼出奇特的文辞。明确了各种文章的体势，就能构思新颖而不紊乱；懂得了创作的继承和革新，就能文辞奇特而无瑕疵。假如文章的骨力和文采配合得不圆满，风教作用和辞藻联系得不恰切，却想摆脱原有的规范，追求新的写作技巧，那么即使得到巧妙的文意，也常常会失败。难道用些奇特的字句，就能将这种错误的倾向变为正道吗！《尚书·毕命》

中说："文辞应该抓住要点，不能一味追求新异。"这是为了防止文辞的浮滥。不过，写作手法不止一种，各人有自己所喜爱的，所以优秀的作家也难以传授给别人，学习写作的人也没法向别人领教，后人渐渐地走上奢华的道路，越走越远而不能回头。如果能够确立正当的写作方式，使文章写得又明畅又有力，那么风教作用既明显，文辞骨力又高超，全篇都能放射出光芒来了。只要研讨上述这些问题，写作的成功是不会太远的。

## 原文

**赞曰：情与气偕①，辞共体②并。文明以健，珪璋③乃聘。蔚彼风力④，严此骨鲠⑤。才锋⑥峻立，符采克炳⑦。**

## 注释

①偕：共同，这里有配合的意思。②体：风格。③珪（guī）璋（zhāng）：古代朝聘时所用的珍贵玉器。④蔚（wèi）：盛大。风力：指风教的力量。⑤骨鲠（gěng）：指文句的骨力。鲠，直。⑥才锋：指才力。锋，锋芒。⑦符采：玉的横纹。刘勰常用以形容事物的密切结合，这里借指"风力"和"骨鲠"的统一。炳：光明，显著。

## 译文

总之，作家的思想感情和气质是相配合的，文辞和风格也是统一的。文章必须写得明畅而有力，才能像朝聘时执珪璋那样通达。既要求起更大的教化作用，还要能增强文辞的骨力。这样才能体现作家之才高，使作品的风教和骨力密切结合而发出光彩。

# 二九、通变篇

## 〔导　读〕

全篇分四部分。第一部分讲“通”和“变”的必要性。刘勰认为各种文体的基本写作原理是一定的，但“文辞气力”等表现方法却不断在发展变化着。因此，文学创作对既定的原理要有所继承，对未定的方法要有所革新。第二部分就魏晋以前历代作家作品的发展情况，来说明文学史上承前启后的关系，强调继承与革新应该并重。第三部分是紧接上面主张“宗经”的思想来论述的。刘勰举枚乘、司马相如等五家作品沿袭的情形，一方面说明通变的方法，一方面表示忽于“宗经”而在“夸张声貌”上“循环相因”，就出现了“广寓极状，而五家如一”的情形。第四部分讲变、通的方法和要求，提出必须结合作者自己的气质和思想感情，来继承前人并趋时革新，文学创作才能有长远的发展。

“变则堪久，通则不乏。”这是文学艺术的一条发展规律。本篇能从“通”和“变”的辩证关系来论述继承和革新的不可偏废，这是可取的；刘勰针对当时“从质及讹”“竞今疏古”的创作倾向，提出“还宗经诰”的主张，这在当时也是必要的。但刘勰所讲的“通”和“变”都过于狭窄：文学创作所应继承的，显然主要还不在诗、赋、书、记等文体的写作特点；而要发展革新的，也不仅仅是“文辞气力”等表现方法。他未能认识到，古代文学作品中一切优秀的内容和形式、思想和技巧都有根据新的条件而加以继承和发展的必要，这就使他的通变论带有较大的片面性。

## 原文

**夫设文之体有常[1]，变文之数无方[2]，何以明其然[3]耶？凡诗、赋、书、记[4]，名理相因[5]，此有常之体也；文辞气力[6]，通变则久[7]，此无方之数也。名理有常，体必资于故实[8]；通变无方，数必酌于新声[9]。故能骋无穷之路，饮不竭之源。然绠短者衔渴[10]，足疲者辍途[11]，非文理[12]之数尽，乃通变之术疏[13]耳。故论文之方，譬诸草木，根干丽[14]土而同性，臭味晞阳而异品矣[15]。**

## 注释

①体：体裁。常：恒常。②数：方法。无方：无常。③然：如此。④书、记：两种文体名。书，书札，信函。记，指下对上的奏记、笺记。⑤名：指文体的名称。理：指各种文体的基本写作原理。如《明诗》篇所说“诗言志”“诗者，持也，持人情性”等，《诠赋》篇所说“赋者，铺也，铺采摛文，体物写志也”等。⑥气：指作品的气势。力：指作品的感人力量。⑦通：指创作的继承方面。变：指创作的革新方面。《周易·系辞下》：“变则通，通则久。”⑧资：凭借，借鉴。故实：指过去的作品。⑨酌：斟酌。新声：新的音乐，这里借指新的作品。⑩绠（gěng）：汲水用的绳子。衔渴：口渴。衔，含在口中。⑪辍：停止。途：路途。⑫文理：写作的道理。⑬疏：粗疏，不精通。⑭丽：附着。⑮臭（xiù）味：气味，意即同类。晞（xī）：晒。

## 译文

作品的体裁是一定的，但写作方法的变化却是无限的，怎么知道是这样的呢？如诗歌、辞赋、书札、奏记等，名称和写作的道理都有所继承，这说明体裁是一定的；至于文辞的气势和感染力，唯有推陈出新才能永久流传，这说明变化是无限的。名称和写作道理是不变的，所以体裁方面必须借鉴过去的著作；推陈出新就无一定的程式，所以在方法上应该研究新兴的作品。这样能在文艺领域内驰骋自如，左右逢源。不过，汲水的绳子太短的人会因打不到水而口渴，脚力软弱的人将半途而废，其实这并不是写作方法本身有所欠缺，只是不善于推陈出新罢了。所以讲到创作，就好像草木似的，根干附着于土地，乃是它们共同的性质，但由于枝叶所受阳光的变化，同样的草木就会呈现不同的面貌了。

## 原文

**是以九代[①]咏歌，志合文则[②]。黄歌《断竹》[③]，质[④]之至也。唐歌《在昔》[⑤]，则广[⑥]于黄世；虞歌《卿云》[⑦]，则文于唐时；夏歌《雕墙》[⑧]，缛[⑨]于虞代；商周篇什[⑩]，丽于夏年。至于序[⑪]志述时，其揆[⑫]一也。暨楚之骚文[⑬]，矩式[⑭]周人；汉之赋颂，影写[⑮]楚世；魏之篇制[⑯]，顾慕[⑰]汉风；晋之辞章，瞻望[⑱]魏采。榷[⑲]而论之，则黄、唐淳[⑳]而质，虞、夏质而辨[㉑]，商、周丽而雅，楚、汉侈[㉒]而艳，魏、晋浅而绮[㉓]，宋初讹[㉔]而新。从质及讹，弥近弥淡[㉕]。何则？竞今疏古，风末[㉖]气衰也。今才颖[㉗]之士，刻意学文，多略汉篇，师范宋集[㉘]，虽古今备[㉙]阅，然近附[㉚]而远疏矣。夫青生于蓝[㉛]，绛生于茜[㉜]，虽逾本色[㉝]，不能复化。桓君山云[㉞]：“予见新进丽文[㉟]，美而无采[㊱]；及见刘、扬言辞[㊲]，常辄[㊳]有得。”此其验也。故练青濯绛[㊴]，必归蓝茜；矫讹翻浅[㊵]，还宗经诰。斯斟酌乎质文之间[㊶]，檃括乎雅俗之际，可与言通变矣。**

## 注释

①九代：指下面所讲黄帝、唐、虞、夏、商、周（包括楚国）、汉、魏、晋（包括宋初）九个朝代。②志：指诗言志。则：法则。③黄：黄帝。这里指黄帝

时期。《断竹》：指《弹（tán）歌》，其首句为“断竹”二字。古代诗歌没有题目的，后人往往以首句或首二字为篇名。④质：质朴。《弹歌》全首只四句八字：“断竹，续竹，飞土，逐肉。”见《吴越春秋》卷五。⑤唐：指唐尧时。《在昔歌》今不传。⑥广：扩大，发展。⑦虞：指虞舜时。《卿云》：《卿云歌》全首四句，第一句是“卿云烂兮”。见《尚书大传》卷一，是后人伪托的。⑧《雕墙》：指《五子之歌》，其中有“峻宇雕墙”一句。五子是夏太康的弟弟。见《尚书·五子之歌》，是后人伪造的。⑨缛：文采繁盛。⑩什：《诗经》的《雅》《颂》十篇称为一什，后泛指诗篇。⑪序：叙述。⑫揆（kuí）：道理。⑬骚文：以《离骚》为代表的《楚辞》。⑭矩（jǔ）式：模仿，学习。⑮影写：也是模仿的意思。⑯篇制：诗篇。⑰顾慕：欣羡，追慕。⑱瞻望：与上句“顾慕”意近。瞻，往上看。⑲榷（què）：商讨。⑳淳（chún）：朴实，淳厚。㉑辨：明。㉒侈：铺张。㉓绮：一种有花纹的丝织品，引申指诗文的靡丽。㉔讹（é）：错误，这里指违背雅正、追求新奇。《定势》篇说：“自近代辞人，率好诡巧，原其为体，讹势所变，厌黩旧式，故穿凿取新，察其讹意，似难而实无他术也，反正而已。”㉕淡：乏味。㉖末：衰微。㉗颖：指才能出众。㉘宋集：指南朝宋代作家的作品。㉙备：完备，全面。㉚附：接近。㉛青生于蓝：《荀子·劝学篇》有“青，取之于蓝而青于蓝”句。蓝，可做染料的草。㉜绛（jiàng）：赤色。茜（qiàn）：茜草，可做赤色染料。㉝逾：超过。㉞桓君山：桓谭，字君山，东汉初作家。之后四句原文已无考。㉟予：我。新进：新进作者。㊱采：采取，吸收。㊲刘：指刘向，西汉学者。扬：指扬雄，西汉学者。㊳辄：总。㊴练：煮丝使白，此处指染色。濯（zhuó）：洗，也指染色。㊵矫：纠正。翻：改变，翻转，这里有纠正之意。㊶质：质朴。文：文采。

## 译文

所以过去九个朝代的诗歌，在情志的表达上是符合写作法则的。黄帝时的《弹歌》，是非常质朴的了。唐尧时的《在昔歌》，比黄帝时有所发展；虞舜时的《卿云歌》，文采较唐尧时为多。夏代的《五子之歌》，比虞舜时文采更丰富；商周两代的诗篇，较夏代又华丽得多。这些作品在叙述情志、描写时事上，其原则是一致的。后来楚国的骚体作品，以周代诗篇为模范；汉代的辞赋和颂，又学习《楚辞》；魏国的诗篇，大多崇尚汉代风尚；晋代的作品，又钦仰魏人的文采。把这些情况商讨一下可以看出，黄帝和唐尧时候的作品是淳厚而朴素的，虞夏两代的作品是朴素而鲜明的，商周时期的作品是华丽而雅正的，楚国和汉代的作品是铺张且崇尚辞采的，魏晋两代的作品不免浅薄而靡丽，刘宋初年的作品更是不切实际且过分新奇。从朴素到不切实际，越到后来越乏味。为什么呢？因为作家们都争着模仿近代作品，而忽视向古人学习，所以文坛上的风气就日益衰落了。目前一些有才华的人，都努力学习写作，可是他们不注意汉代的篇章，却去学习刘宋时的作品，虽然他们对历代创作都同样浏览，但总不免重视后代而忽视古人。青色从蓝草中提炼出来，赤色从茜草中提炼出来，虽然这两种颜色都超过了原来的草色，但是它们却无法再变化了。桓谭曾说："我看到新进作家的华丽文章，虽华美但没有什么可取之处，但看到刘向、扬雄的文章，往往总能从中获益。"这句话验证了上述道理。所以染青色、赤色，一定离不开蓝草、茜草；纠正文章的错误浅薄倾向，也还要宗法经书。如能在质朴和文采之间斟酌得当，在雅正与通俗之间做到平衡，就能谈论通变的问题了。

## 原文

**夫夸张声貌[1]，则汉初已极[2]。自兹厥[3]后，循环相因[4]；虽轩翥出辙[5]，而终入笼内。枚乘《七发》云[6]："通望兮[7]东海，虹洞[8]兮苍天。"相如《上林》[9]云："视之无端[10]，察之无涯[11]；日出东沼[12]，入乎西陂[13]。"马融《广成》[14]云："天地虹洞，固无端涯；大明[15]出东，月朔西陂。"扬雄《校猎》[16]云："出入日月，天与地沓[17]。"张衡《西京》[18]云："日月于是乎出入，象扶桑与濛汜[19]。"此并广寓极状[20]，而五家如一。诸如此类，莫不相循[21]。**

## 注释

①夸张声貌：主要指辞赋对事物声音、状貌的描写。②汉初已极：《诠赋》篇说，“汉初词人，循流而作：陆贾扣其端，贾谊振其绪，枚、马播其风，王、扬骋其势，皋、朔已下，品物毕图”。③厥（jué）：其。④因：因袭。⑤轩翥（zhù）：高飞。辙：车轮的痕迹。⑥枚乘的《七发》载《文选》卷三十四。⑦兮：《七发》原文作“乎”。⑧虹洞：相连的样子。⑨《上林》：指司马相如的《上林赋》，见《文选》卷八。⑩端：开始。⑪涯：边际。⑫沼：水池。⑬陂（bēi）：山坡。⑭《广成》：指马融的《广成颂》，载《后汉书·马融传》。⑮大明：指太阳。⑯《校猎》：指扬雄的《羽猎赋》，载《汉书·扬雄传》。⑰杳：深远。⑱《西京》：指张衡的《西京赋》，见《文选》卷二。⑲扶桑：传为日所从出的神树。濛汜（sì）：日落的地方。⑳寓：托喻。状：描绘。㉑循：沿袭。

## 译文

夸张地描绘事物的形貌，在西汉初的作品中已达到极点。从此以后，互相因袭，循环不已；虽然有人想跳出当时的范围，但始终在那个樊笼之内。如枚乘《七发》说：“遥望东海，和蔚蓝的天空相连。”司马相如的《上林赋》说：“看不到头，望不见边；太阳从东边的水中出来，从西边的山上落下。”马融的《广成颂》说：“天地相连，无边无际；太阳从东面出来，月亮从西面上升。”扬雄的《羽猎赋》说：“太阳和月亮，升起又落下，天地杳然深远。”张衡的《西京赋》说：“太阳和月亮在这里出入，好像在扶桑和濛汜一样。”这些夸大的形容，五家都差不多。这类手法，无不是互相沿袭的。

## 原文

**参伍[1]因革，通变之数[2]也。是以规略文统[3]，宜宏大体[4]。先博览以精阅，总纲纪而摄契[5]；然后拓衢路[6]，置关键，长辔远驭[7]，从容按节[8]。凭情以会通，负[9]气以适变；采如宛虹之奋鬐[10]，光若长离[11]之振翼，乃颖脱[12]之文矣。若乃龌龊[13]于偏解，矜激乎一致[14]，此庭间之回骤[15]，岂万里之逸[16]步哉！**

## 注释

①参伍：错综。②数：方法。③规略：谋划。统：指总的、根本的事物。④体：这里指主体。⑤摄：持取。契：契约。⑥衢路：大路。⑦辔（pèi）：缰绳。驭：驾马。⑧节：一定的度数。⑨负：恃，依靠。⑩宛：弯曲。鬐（qí）：喻彩虹像鱼的背鳍拱起。⑪长离：朱鸟。⑫颖脱：露头角的意思。颖，禾穗。⑬龌龊：局促。⑭矜：夸耀。一致：一得之见。⑮回：曲折回旋。骤：跑马。⑯逸：快。

## 译文

应该在沿袭当中又有所改变，这才是继承与革新的方法。所以考虑到写作的纲领，应该掌握住主要方面。首先广泛地浏览和精细地阅读历代佳作，抓住其中的要领；然后开拓自己写作的道路，注意作品的关键，放长缰绳，驾马远行，安闲而有节奏。应该凭借自己的情感来继承前人，依据自己的气质来适应革新；文采像虹霓高拱，光芒像朱鸟的飞腾，那才算出类拔萃的文章。假如局限于偏激的看法，夸耀自己的一得之见，这只是在庭院内来回兜圈子，哪能算在万里之途上奔驰啊！

## 原文

**赞曰：文律运周[1]，日新其业。变则堪[2]久，通则不乏。趋时必果[3]，乘机无怯[4]。望今制奇，参古定法。**

## 注释

①运周：运转不停。②堪：将。③果：决断。④怯：懦弱。

## 译文

总之，写作的法则是运转不停的，每天都有新的成就。必须善于革新才能持久，必须善于继承才不贫乏。适应时代要求应该决断，抓住机会不要怯懦。看准文坛上作品的变化来创新，以创造动人的作品；同时也参考古代的杰作，来确定写作的法则。

# 三十、定势篇

## 〔导读〕

本篇主要论述由不同文体所决定的体势问题。对“势”字的理解，尚存分歧，本书引论已经讲到一些。詹锳《〈文心雕龙〉的定势论》一文，对此有新的深入研究，认为刘勰的定势论，“势”字源于《孙子兵法》中讲的“势”，并据以提出：“《定势》的‘势’，原意是灵活机动而自然的趋势。”(见《文学评论丛刊》第五辑)这是研究“定势论”的新成果。本篇所讲的“势”，正如詹文所说“‘势’是由‘体’来决定的”，这是理解“势”字具体命名含义的关键。刘勰自己既说“即体成势”“循体而成势”，又称这种“势”为“体势”，可见他所说的“势”，是由不同文体的特点所决定的。这点已较为明确，所以本篇译文即取刘勰自己的说法——“体势”。

本篇有四部分。第一部分论体势的形成原理。以箭矢直行、涧水曲流、圆者易动、方者易安为喻，来说明体势形成的道理，关键就在事物本身，它的特点决定着与之相应的“势”。第二部分论文体和体势的关系。不同的文体要求不同的体势；作者应“并总群势”，也可适当配合，但必须在一篇作品中有一个统一的基调，而不能违背“总一之势”。第三部分引证前人有关议论，进一步说明文章体势的多样化。第四部分抨击当时文坛上的错误倾向，提出“执正以驭奇”的要求。

文章的体势，与风格、文气都有一定的关系，而又有所区别。刘勰认为风格是由作者的才、气、学、习等因素构成的，和作者的个性有着密切的联系。文气主要是作者的气质在作品中的体现，所以同一“气”字，常兼指人与文两个方面。体势则主要决定于文体，因而偏重于表现形式。

## 原文

**夫情致[①]异区，文变殊术[②]，莫不因情立体[③]，即体成势[④]也。势者，乘利而为制也[⑤]。如机[⑥]发矢直，涧曲湍回[⑦]，自然之趣[⑧]也。圆者规体[⑨]，其势也自转；方者矩形[⑩]，其势也自安[⑪]。文章体势，如斯而已。是以模经为式者[⑫]，自入典雅[⑬]之懿；效《骚》命篇者[⑭]，必归艳逸[⑮]之华；综意[⑯]浅切者，类乏酝藉[⑰]；断辞辨约者[⑱]，率乖繁缛[⑲]。譬激水不漪[⑳]，槁木无阴[㉑]，自然之势[㉒]也。**

## 注释

①情致：指作者在作品中所表达的情绪、趣味等。②殊术：不同的方式方法。③体：指作品的体裁。④势：趋势，指文体的特点构成的自然趋势。⑤乘利：顺其便利。制：裁定，使之成形。⑥机：指设有机括可以发矢的弩。⑦涧：两山间的水。湍：急流。⑧趣：趋向，趋势。⑨圆：指圆形的物体。规：画圆形的器具。⑩方：指方形的物体。矩（jǔ）：画方形的器具。⑪安：平稳。⑫模：效法。式：法式，榜样。⑬典雅：典正，高雅。《诏策》篇说：“潘勖《九锡》，典雅逸群。”潘勖的《册魏公九锡文》之所以写得典雅，主要就是《风骨》篇说的“思摹经典”。这和本篇所说“模经为式”意同。⑭《骚》：指以《离骚》为代表的《楚辞》。命篇：写作成篇。⑮艳逸：卓越的美。⑯综意：用意。综：织布机上使经线分开以织上纬线的装置。⑰类：大多。酝藉：含蓄。⑱断辞：选定文辞。断，裁决。辨：不惑。约：简练。⑲率：大抵。乖：不合。繁缛：辞采繁多。⑳激水：急流。漪（yī）：波纹。㉑槁：枯。阴：树荫。㉒自然之势：和上面说的“自然之趣”相同，可见“势”的本意就是趋势。

## 译文

作者的情趣多种多样，创作方法的变化也不相同，但在写作时都依照具体内容而确定体裁，并根据体裁而形成一定的体势。所谓“势”，就是根据事物的便利而形成的。例如弩机发出的矢必然是直的，曲折的山涧中的急流必然是迂回的，这都是自然的趋势。圆的物体是圆的，所以能转动；方的物体是方的，所以能平放，作品的体势，也就是这样。凡是取法于儒家经典的作品，必然具有雅正之美；而仿效《楚辞》的作品，也必有美好且非凡的华彩；内容浅近的，大都缺乏含蓄；措辞简明的，常常和繁复的作品相反。好比急水不会有细浪，枯木不会有浓荫，这都是自然的趋势。



## 原文

**是以绘事图[①]色，文辞尽[②]情；色糅[③]而犬马殊形，情交[④]而雅俗异势。镕范[⑤]所拟，各有司匠[⑥]，虽无严郛[⑦]，难得逾[⑧]越。然渊[⑨]乎文者，并总群势；奇正虽反[⑩]，必兼解以俱通；刚柔[⑪]虽殊，必随时而适用。若爱典而恶华[⑫]，则兼通之理偏；似夏人争弓矢[⑬]，执一不可以独射也。若雅郑[⑭]而共篇，则总一[⑮]之势离；是楚人鬻矛誉盾[⑯]，两难得而俱售也。是以括囊[⑰]杂体，功在铨[⑱]别，宫商朱紫[⑲]，随势各配。章、表、奏、议[⑳]，则准的乎典雅[㉑]；赋、颂、歌、诗，则羽仪[㉒]乎清丽；符、檄、书、移[㉓]，则楷式于明断[㉔]；史、论、序、注[㉕]，则师范于核[㉖]要；箴、铭、碑、诔[㉗]，则体制于弘深[㉘]；连珠、七辞[㉙]，则从事于巧艳[㉚]：此循[㉛]体而成势，随变而立功[㉜]者也。虽复契会相参[㉝]，节文互杂[㉞]，譬五色之锦[㉟]，各以本采为地[㊱]矣。**

## 注释

①图：作动词用，画的意思。②尽：完，指完全表达。③糅：错综复杂，这里指颜色的调配。④交：合，会。⑤镕范：铸器的模子，这里指学习的对象。⑥司：掌管。匠：技工，引申指技巧。⑦郛（fú）：城郭。⑧逾：超过，跨越。⑨渊：深，这里指精通。⑩奇：指作者通过幻想而在事物正常样子之外所增加的奇特成分。正：指按照事物正常的样子所做的描写。⑪刚柔：指作品刚强或柔婉的基本特点。⑫典：指上文所说的“典雅之懿”。华：指上文所说的“艳逸之华”。⑬夏人争弓矢：《太平御览》卷三四七引《胡非子》，“一人曰：‘吾弓良，无所用矢。’一人曰：‘吾矢善，无所用弓。’羿闻之，曰：‘非弓，何以往矢？非矢，何以中的？’令合弓矢而教之射”。⑭雅郑：上文“雅俗”的意思。郑，郑声，被认为是不正当的音乐。⑮总一：整个作品统一。⑯矛：长柄有刃的兵器。盾：防御用的盾牌。⑰括囊：囊括，包罗。⑱铨（quán）：衡量。⑲宫商：指各种声音。朱紫：指各种颜色。⑳章、表、奏、议：四种文体，都是臣下向君上表达意见的文件。㉑准的：准则，这里作动词用。典雅：《章表》篇总结章、表的写作特点曾说，“章式炳贲，志在典谟，……表体多包，情伪屡迁，必雅义以扇其风，清文以驰其丽”。㉒羽仪：取法。㉓符：符命，歌颂帝王的文章。檄（xí）、移：都是军事或政治上晓谕对方的文件。书：相互间表达情意的作品。㉔楷式：模范，这里作动词用。明断：《檄移》篇有“必事昭而理辨，气盛而辞断，此其要也”。㉕注：对经典的注释。刘勰认为注释属于论文的一种。㉖核：查考以求真实。㉗箴（zhēn）：对人进行训诫的文体。铭：刻在器物上以记功或自警的文体。碑：刻在石头上记事的文体。诔（lěi）：哀悼死者的文体。㉘体制：规格，作动词用。弘深：《铭箴》篇有“铭兼褒赞，故体贵弘润”。又总论铭箴两体：“其摛文也必简而深。”㉙连珠、七辞：都是赋的变体。前者合若干短篇骈文为一组，后者是写七件事合为一篇。㉚巧艳：《杂文》篇说“枚乘摛艳，首制《七发》”，最后总结各种杂文说，“负文余力，飞靡弄巧”。以上所论六种类型文体的基本要求，和刘勰在文体论中对各种文体特点的总结，基本上是一

致的。㉛循：沿袭，依照。㉜功：成效。㉝契：约券，引申为规则。会：时机，场合。㉞节文：调节文饰，这里指文采的或多或少。杂：错杂，引申为配合。㉟锦：杂色的丝织品。㊱地：基础。《情采》篇："拟地以置心。"

## 译文

所以在绘画上讲究设色，而在文章上则以情志为主；调配颜色而画成狗马的不同形状，融合情感而形成雅正或庸俗的体势。写作上各有师承，表现手法也就各不相同，其间虽无严格的界限，但也不易超越。只有洞悉写作法则的人，才能兼通各种不同的文章体势；正常的和奇特的文章虽然相反，但总可以融会贯通；刚健的和柔婉的作品虽然互异，也应该根据不同的情况来灵活运用。如果只爱好典雅而厌弃华丽，就是在融会贯通方面做得不够；这就好比夏代有人重弓轻矢或重矢轻弓，其实只有弓或只有矢都是不能单独发射的。但如果雅正和庸俗的合在一篇，那就分散了统一的文章体势；这就好比楚国人卖矛和盾，两样都称赞便一样也卖不掉了。若要兼长各种体裁，也须善于辨别其间的差异，好比乐师对于音律、画家对于颜色一样，作家也要善于配合运用不同的文章体势。对于章、表、奏、议等文体的作品，应该做到典正高雅；对于赋、颂、歌、诗等文体的作品，应该做到清新华丽；对于符、檄、书、移等文体的作品，应该做到明确决断；对于史、论、序、注等文体的作品，应该做到切实扼要；对于箴、铭、碑、诔等文体的作品，应该做到宏大精深；对于连珠和七辞等文体的作品，应该做到巧妙华艳。这些都是根据不同的体裁而形成不同的体势，随着文章体势的变化而获得成效。虽然写作的法则和时机要互相结合，文采的多寡要互相配合，但好比五彩的锦缎，必须以某种颜色为基础。

## 原文

桓谭[①]称："文家各有所慕[②]，或好浮华而不知实核，或美众多而不见要约。"陈思亦云[③]："世之作者，或好烦[④]文博采，深沉[⑤]其旨者；或好离言辨句[⑥]，分毫析厘者；所习不同，所务[⑦]各异。"言势殊也[⑧]。刘桢云[⑨]："文之体势，实有强弱[⑩]，使其辞已尽而势有余[⑪]，天下一人耳[⑫]，不可得也。"公幹所谈，颇亦兼气[⑬]。然文之任势，势有刚柔，不必壮言[⑭]慷慨，乃称势也。又陆云[⑮]自称："往日论文，先辞而后情，尚势而不取悦泽[⑯]。及张公[⑰]论文，则欲宗其言。"夫情固先辞，势实须泽，可谓先迷后能从善矣。

## 注释

①桓谭：字君山，东汉初年著名学者。下文所引他的话可能是《新论》的佚文。②慕：美爱。③陈思：曹植。下文所引他的话原文今不存。④烦：繁多。⑤深沉：深隐。⑥离言辨句：仔细推敲每字每句。⑦务：专力。⑧言势殊也：这句是刘勰对曹植的话的分析。势，这个势由作者爱好不同而产生，便和风格有相近的一面。⑨刘桢云：下面所引刘桢的话原文已失传。⑩"文之体势"二句：这话不可解，疑有脱漏。强，指刚健的体势。弱，指柔婉的体势。⑪势有余：指体势之强。刘桢所讲的"势"与刘勰略异而侧重于气势，"强"也侧重于气势之强。正因是气势强，所以能溢出于文辞之外。⑫天下一人：所指不详。曹丕《与吴质书》说"公幹有逸气"；本书《风骨》篇说刘桢"重气"；钟嵘《诗品》说刘桢"仗气爱奇"；本篇也说刘桢的话"颇亦兼气"。可见他强调"天下一人耳，不可得也"，主要还是"重气之旨"，未必实有所指。⑬气：作家的气质体现在作品中形成的气势。⑭壮言：激昂的文辞。⑮陆云：西晋文学家，陆机之弟。⑯悦泽：文辞的润色。⑰张公：西晋文学家张华。

## 译文

桓谭曾说："作家各有自己的喜爱，有的爱好浮浅华丽而不懂得据实审核，有的爱好繁复而不懂得简要。"曹植也说："一般文人，有的喜爱文采丰富，意义深隐；有的喜爱逐字逐句地推敲，描写细致入微；各人习尚不同，写作也就互异。"这是从作家角度讲各人的趋势不同。刘桢又说："文章的体势，不外是刚强或柔弱，能做到文辞已尽而体势有余的，那就是天下第一了，但不可能达到。"刘桢这里说的，又牵涉文气问题。不过，文章任其自然之势，势必有的刚强，有的柔婉，不一定要慷慨激昂的才算文章的体势。此外，陆云说他自己："从前谈论写作，常重视文辞而忽视情志，注意文章体势而不求文句润泽，后来听到张华的议论，便信从他的话了。"其实情志本就重于文辞，而文章体势也应该讲究润泽，陆云可以说是先走错了路，后来又能改正的了。



## 原文

**自近代[1]辞人，率好诡[2]巧，原其为体[3]，讹[4]势所变。厌黩旧式[5]，故穿凿[6]取新，察其讹意，似难而实无他术也，反正而已。故文反“正”为“乏”[7]，辞反正为奇[8]。效奇之法，必颠倒文句，上字而抑[9]下，中辞而出外，回互[10]不常，则新色耳。夫通衢夷坦[11]，而多行捷径者，趋近故也；正文明白，而常务反言者，适[12]俗故也。然密会[13]者以意新得巧，苟[14]异者以失体成怪。旧练[15]之才，则执正以驭[16]奇；新学之锐，则逐奇而失正；势流[17]不反，则文体遂弊。秉兹情术[18]，可无思耶？**

## 注释

①近代：主要指晋宋以后。②诡：反常。③原：追溯。体：本体，这里指诡巧的作品。④讹：错误。⑤厌黩：厌烦。旧式：指《风骨》篇“跨略旧规”的“旧规”。式，即本篇前面所说“模经为式”的“式”。⑥穿凿：牵强附会。⑦反“正”为“乏”：篆文的“正”字反过来就成“乏”字。⑧奇：刘勰所说的“奇”，在不同情况下有不同的意义。有时作褒义词用，含有卓越不凡的意思；有时作贬义词用，含有怪诞、反常的意思。须根据上下文的具体情况细加区别。这一段里所说的“奇”，大都含贬义，与第二段所说“奇正虽反，必兼解以俱通”中的“奇”字是有区别的。⑨抑：压。⑩回互：曲折，引申为错乱。⑪衢：大路。夷：平。⑫适：适应。⑬密会：和下句“苟异”相反，是密切结合的意思，指与“旧式”相同。⑭苟：姑且。⑮旧练：老练。练，熟悉。⑯驭：驾驭。⑰流：流荡不返。⑱秉：操持。情：情况，指上面所讲奇正的利弊得失。

## 译文

近来的作家，大都爱好奇巧，推究这种新奇的作品，是一种错误的趋势造成的，由于作家们厌弃过去的样式，所以勉强追求新奇，细看这种不正当的意向，表面上好像颇不容易，其实并没有什么好方法，不过是故意违反正常的写法而已。在文字（篆书）上，把“正”字反写便成“乏”字，在文辞上，把正常的写作方法反过来就算是新奇。学习新奇的方法，必然把文句的正常次序颠倒过来，将应写在前面的字写到后面去，把句中的字改到句前或句后去，次序错乱不正常，就算新的色彩了。本来大路很平坦，有的人偏要走小路，无非是为了贪图近便；正常的文句本来很清楚，有的人偏要追求反话，无非是为了迎合时俗。但和旧式相同的作品，是靠新颖的内容而写得精巧的，勉强求新的人，反因与体制不合而变得怪诞了。熟练的老手，能够掌握正确的方法，来驾驭新奇的文句；急于求新的人，则一味追求奇巧，因而违反了常规。这种趋势如果发展下去而不纠正，文章的体制就会越来越败坏。要掌握好文章的情致和方法，难道不值得去思考吗？

## 原文

**赞曰：形生势成，始末相承[①]。湍回似规，矢激如绳[②]。因利骋节[③]，情采自凝[④]。枉辔[⑤]学步，力止寿陵[⑥]。**

## 注释

①始：指形体。末：指趋势。承：承接。②绳：工匠用以矫正曲直的墨线。③因利：和上文“乘利”意同。骋节：在文坛上驰骋，也就是进行写作的意思。④凝：结合。⑤枉辔：指走不该走的路。枉，歪曲。辔，马缰绳。⑥寿陵：《庄子·秋水》中邯郸学步的寿陵人。

## 译文

总之，有了事物的形体，就形成这种事物的趋势，形和势是紧紧联系着的。急流回旋好像圆形的规，箭射出去直得像工匠的墨线。根据事物的便利而进行写作，内容和形式就可能得到很好的结合。如果走弯路去学新奇，结果就只能像学习邯郸步法的寿陵人一样。

# 三一、情采篇

## 〔导 读〕

全篇分三部分。第一部分论述内容和形式的相互关系：形式必须依附于一定的内容才有意义，内容也必须通过一定的形式才能表达出来，二者实际上是一个相依相存的统一体。刘勰认为文学作品必然有一定的文采，但文和采是由情和质决定的，因此，文采只能起修饰的作用，它依附于作者的情志而为情志服务。第二部分从文、情关系的角度总结了两种不同的文学创作道路：一种是《诗经》的“为情而造文”的优良传统，一种是后世“为文而造情”的不良倾向。前者是“吟咏情性，以讽其上”，因而感情真实，文辞精练。后者是无病呻吟、夸耀辞采，因此，感情虚伪而辞采浮华。刘勰在重点批判了后世重文轻质的倾向之后，进一步提出了“述志为本”的文学主张。第三部分讲“采滥辞诡”的危害，提出正确的文学创作道路是，首先确立内容，然后造文施采，使内容与形式密切结合，写成文质兼备的理想作品。

本篇是针对当时“体情之制日疏，逐文之篇愈盛”的创作风气而发的。为了探索正确的创作道路，刘勰对内容和形式的关系，从理论上进行了初步的研究。他认识到文学艺术的内容和形式是相互依存的，因而应该文质并重。他也强调文必有采，但必须以“述志为本”，不能以文害质。这些意见基本上是对的。但他的所谓“情”与“采”，其内容有一定的局限性，在理论上的阐述也是比较粗略的。

## 原文

**圣贤书辞，总称“文章”①，非采②而何？夫水性虚而沦漪结③，木体实而花萼④振：文附质也⑤。虎豹无文⑥，则鞟⑦同犬羊；犀兕⑧有皮，而色资⑨丹漆：质待文⑩也。若乃综述性灵⑪，敷写⑫器象，镂心鸟迹之中⑬，织辞鱼网之上⑭，其为彪炳，缛采名矣⑮。故立文之道⑯，其理有三：一曰形文，五色⑰是也；二曰声文，五音⑱是也；三曰情文，五性⑲是也。五色杂而成黼黻，五音比而成《韶》、《夏》⑳，五性㉑发而为辞章，神理之数也㉒。《孝经》垂典㉓，丧言不文㉔；故知君子常言㉕，未尝质也㉖。老子疾伪㉗，故称“美言不信”㉘；而五千㉙精妙，则非弃美矣。庄周云“辩雕万物”㉚，谓藻㉛饰也。韩非云“艳乎辩说”㉜，谓绮㉝丽也。绮丽以艳㉞说，藻饰以辩雕，文辞之变，于斯极㉟矣。研味《孝》、《老》㊱，则知文质㊲附乎性情；详览《庄》、《韩》，则见华实过乎淫侈㊳。若择源于泾渭㊴之流，按辔㊵于邪正之路，亦可以驭文采矣。夫铅黛所以饰容㊶，而盼倩生于淑姿㊷；文采所以饰言，而辩丽本于情性㊸。故情㊹者文之经，辞者理㊺之纬；经正而后纬成，理定而后辞畅。此立文之本源㊻也。**

## 注释

①文章：光彩鲜明。《论语·公冶长》：“子贡曰：‘夫子之文章，可得而闻也。’”②采：文采。本篇多用以泛指艺术形式。③性：性质，特征。沦(lún)漪(yī)：水的波纹。④萼(è)：花朵下的绿片。⑤文：文采。质：本质。此句指内容和形式的关系的一个方面。⑥文：这里指虎豹皮毛的花纹。⑦鞟(kuò)：去了毛的皮革。⑧犀(xī)兕(sì)：都是似牛的野兽，皮坚韧，可制铠甲。⑨资：凭借。⑩质待文：这说明内容和形式的关系的又一个

方面。⑪综：交织，这里是加以组织的意思。性灵：指人的思想感情。⑫敷写：描写。敷，铺陈。⑬镂心：精心推敲。镂，雕刻。鸟迹：指文字。相传黄帝时的仓颉受鸟兽足迹的启发而造文字。⑭织辞：编织文辞。鱼网：指纸。《后汉书·宦者蔡伦传》说蔡伦开始用树皮、鱼网等造纸。⑮缛：繁盛。名：明。⑯道：道路，途径。⑰五色：青、黄、赤、白、黑，指作品的形象描写。⑱五音：宫、商、角、徵（zhǐ）、羽，指作品的声韵。包括《乐府》篇"声为乐体""诗声曰歌"的"声"，和《声律》篇讲的宫商声韵。⑲五性：泛指人的情性。⑳比：配合。《韶（sháo）》：舜时的乐名。《夏》：禹时的乐名。㉑性：一作"情"。㉒神理：神妙的道理。从《文心雕龙》全书多次所用"神理"一词的意义来看，所谓神妙的道理，就是《原道》篇所说的"自然之道"。数：定数。㉓《孝经》：孔门后学所著儒家"十三经"之一。垂：留传下来。典：法度。㉔丧言不文：指哀悼父母的话不应有文采。㉕常言：指不是哀悼父母的话。㉖未尝质：并不质朴。㉗老子：姓李，名耳，春秋时期的思想家。著有《老子》八十一章，亦称《道德经》。疾：憎恶。㉘美言不信：这是《老子》最后一章中的话，是针对某些虚华不实的文辞说的。㉙五千：《道德经》，因它共有五千多字。㉚庄周：庄子，著有《庄子》。辩：巧言。㉛藻：辞藻。㉜韩非：战国时期的思想家。著有《韩非子》。艳乎辩说：见《韩非子·外储说左上》，"夫不谋治强之功，而艳乎辩说文丽之声，是却有术之士，而任坏屋折弓也"。㉝绮：有花纹的丝织品。㉞艳：美化。㉟极：极点。㊱《孝》：指《孝经》。《老》：指《老子》。㊲文质：本指形式和内容，这里是复词偏义，只指形式。㊳华实：也是复词偏义，这里只指华。淫：过分。㊴泾渭：泾水和渭水，一清一浊，二水汇合于陕西高陵。这里用以喻"文质附乎性情"和"华实过乎淫侈"两种创作倾向。㊵辔：马缰绳。㊶铅：铅粉。黛：古代女子画眉用的青黑色颜料。㊷盼：美目。倩：动人的笑貌。㊸情性：指作品中所表达的作者的思想感情。㊹情：这里泛指作品内容。㊺理：和上句"情"字意义相近。㊻本源：根本，这里指文学创作的根本原理。

## 译文

古代圣贤的著作，都叫作“文章”，这不是由于它们都具有文采吗？虚柔的水可以产生波纹，坚实的树木便能开放花朵：可见文采必须依附于本质。虎豹的皮毛如果没有花纹，就看不出它们和犬羊的皮有什么区别，犀牛、兕牛的皮虽有用，但还需涂上丹漆才美观：可见本质也要文采装饰。至于抒写作者的思想情感，描绘事物的形象，在文字上用心琢磨，然后组织文辞写在纸上，其所以能够光辉灿烂，就是因为文采繁茂的缘故。所以，文学艺术创作的道路有三种：第一是表形的创作，青、黄、赤、白、黑五种不同颜色就是；第二是表声的创作，宫、商、角、徵、羽五种不同的声音就是；第三是表情的创作，喜、怒、欲、惧、忧五种不同的感情就是。五色互相错杂，就构成鲜艳的花纹；五音互相调和，就构成《韶》《夏》那样动听的乐章；五性表达出来，就构成优美的作品，这是自然的道理所决定的。如《孝经》教导后人，哀悼父母的话不需要什么文采。由此可见，人们平时说话不是不要文采。又如老子反对虚伪，所以说“华丽的语言往往不可靠”；但他自己写的《道德经》五千言，却是非常美妙的，可见他对华美的文采并不一概反对。此外，庄子也曾说过“用巧妙的言辞来描绘万事万物”，这是讲辞采的修饰。韩非又曾说过“巧妙的议论多么华丽”，这是说文采太多了。文采丰富的议论，修饰得很巧妙的描写，具备这些文章的变化就达到极点了。体会《孝经》《老子》等书中的话，可知文章的形式是依附于作者的情感的；细看《庄子》《韩非子》等书中的话，就明白作品的华丽过分淫侈了。如果能够在清流与浊流之间加以适当选择，在邪道与正路面前从容考虑，也就可以在文学创作中适当地驾驭文采了。但是红粉和青黛只能修饰一下人的容貌，妍媚的情态却只能从人固有的美丽姿容中产生出来；文采也只能修饰一下语言，文章的巧妙华丽都以它的思想内容为基础。所以思想内容犹如文辞的经线，文辞好比是内容的纬线，必须首先确定了经线，然后才能织上纬线。所以写文章也要首先确定内容，然后才能产生通畅的文辞：这就是文学创作的根本原则。

## 原文

**昔诗人什篇①，为情而造文；辞人②赋颂，为文而造情。何以明其然？盖《风》、《雅》③之兴，志思蓄愤，而吟咏情性，以讽其上④，此为情而造文也；诸子⑤之徒，心非郁陶⑥，苟⑦驰夸饰，鬻声钓世⑧，此为文而造情也。故为情者要约而写真，为文者淫丽而烦滥⑨。而后之作者，采滥忽真，远弃《风》、《雅》，近师辞赋，故体情之制日疏⑩，逐文⑪之篇愈盛。故有志深轩冕⑫，而泛咏皋壤⑬，心缠机务⑭，而虚述人外⑮。真宰⑯弗存，翩⑰其反矣。夫桃李不言而成蹊⑱，有实存也；男子树兰⑲而不芳，无其情也。夫以草木之微，依情待实，况乎文章，述志为本，言与志反，文岂足征⑳？**

## 注释

①诗人：《诗经》的作者，同时也指能继承《诗经》优良传统的作家。什：诗篇。②辞人：辞赋家，同时也指某些具有汉赋铺陈辞藻的特点的作家。③《风》、《雅》：指《诗经》中的《国风》《小雅》等代表作品。④讽：婉言规劝。上：指统治者。⑤诸子：这里指汉以后的辞赋家。⑥郁陶（yáo）：忧思郁积。⑦苟：姑且，勉强。⑧鬻：卖。声：名声。钓：骗取。⑨滥：不切实。⑩体：体现。制：作品。⑪逐文：单纯地追求文采。逐，追逐。⑫轩冕：指高级官位。轩，有屏藩的车。冕，礼冠。⑬皋壤：水边之地，指山野隐居的地方。⑭机务：指政事。⑮人外：指尘世之外。⑯宰：主宰，这里指作者的内心。⑰翩：疾飞。⑱“夫桃李不言”句：这是古代民谣。《史记·李将军列传》中引到：“桃李不言，下自成蹊。”蹊，路。⑲男子树兰：《淮南子·缪称训》有“男子树兰，美而不芳”。树，种植。芳，花的香气。这个说

法当然不可信，刘勰借用此话意在强调真实感情在文学创作中的重要性。⑳征：证验。

## 译文

从前《诗经》的作者所写的诗歌，是为了表达思想情感而写成的；后代辞赋家所写的作品，则是为了写作而捏造出情感来。怎么知道是这样的呢？因为像《诗经》中《国风》《大雅》《小雅》等篇的产生，就是由于作者内心充满了忧愤，才通过诗歌来表达这种感情，用以规劝当时的执政者，这就是为了表达思想情感而写的文章；后来的辞赋家本来心里没有什么愁思哀感，却勉强夸大其词，沽名钓誉，这就是为了写文章而捏造情感。为了表达情感而写出的文章，一般都能做到文辞精练而内容真实；仅仅为了写作而勉强写成的文章，往往过分华丽且内容杂乱空泛。但是后代的作家，大都爱好虚华而轻视真实，抛弃古代的《诗经》，而向辞赋学习，于是抒写情志的作品日渐稀少，仅仅追求文采的作品越来越多。有的人心里深深怀念着高官厚禄，却满口歌颂着山林的隐居生活；有的人骨子里对人间名利关心之至，却虚情假意地抒发尘世之外的情趣。没有真实感情，文章又与内心的想法相反。桃树、李树不用开口，就有许多来来往往的人在树下走出路来，那是树上有果实的缘故；男子种的兰花好看，却没有香味，那是因为男子缺乏真诚、细致的感情。像花草树木这样微小的东西还要依靠情感来结果，何况人们写作文章，那就更应该以抒写情志为根本，如果作家所写的和自己的情感不一致，这种作品又有什么意义呢？

## 原文

**是以联辞结采，将欲明理①。采滥辞诡②，则心理愈翳③。固知翠纶桂饵④，反所以失鱼，“言隐荣华”⑤，殆⑥谓此也。是以“衣锦褧⑦衣”，恶文太章⑧；《贲》象穷白⑨，贵乎反本。夫能设模⑩以位**

**理，拟地以置心[11]，心定而后结音，理正而后摛[12]藻；使文不灭质[13]，博不溺心[14]，正采耀乎朱蓝[15]，间色屏于红紫[16]，乃可谓雕琢其章[17]，彬彬[18]君子矣。**

## 注释

①理：指作品的思想内容，和上文所说“情者文之经，辞者理之纬”中的“情”“理”意同。②诡：反常。③心理：作者内心所蕴蓄的道理，表达而为作品的思想内容。翳（yì）：隐蔽。④翠纶：用翡翠装饰的钓鱼线。桂：肉桂，喻珍贵食物。饵：引鱼的食物。⑤言隐荣华：这是《庄子·齐物论》中的话。隐，埋没。⑥殆：几乎，大约。⑦褧（jiǒng）：一种套在外面的单衣。这句是《诗经·卫风·硕人》中的话。⑧章：鲜明。⑨《贲（bì）》：《易经》中的卦名。贲，文饰。穷白：最终的爻辞是白贲。⑩模：规范的意思。⑪地：位置。本书《定势》篇中曾说：“譬五色之锦，各以本采为地矣。”心：指作品的思想内容。⑫摛（chī）：舒展，发布。⑬文：指作品的文采。质：指思想内容。⑭博：指辞采的繁盛。溺：淹没。⑮正采：正色。朱：属赤色。蓝：属青色。都是正色。⑯间色：由正色相间杂而成的杂色。屏：弃。红紫：都属杂色。⑰章：文采。⑱彬彬：指文质兼顾，内容和形式结合得恰当。

## 译文

因此，写文章时运用辞藻，目的是要讲明事理。如果文采浮泛而怪异，作品的思想内容就必然模糊不清。就好比钓鱼的人，用翡翠装饰钓绳、用肉桂做鱼食反而钓不到鱼，《庄子·齐物论》中说“言辞的含义被过繁的文采所掩盖了”，指的大约就是这类事情。《诗经·卫风·硕人》说“穿了锦绣衣服，外面再加上罩衫”，就是因为不愿打扮得太刺眼；《周易》中讲文饰的《贲卦》，最终还是以白色为正，可见采饰仍以保持本色为贵。进行创作应该树立一个正确的规范来安置作品的内容，拟定一个适当的位置来表达作家的心情，只有作品中所体现的思想感情确定了，才能据以配上音节、缀以辞采；从而做到形式虽华美，但不掩盖其内容，辞采虽繁复，但不致埋没作家的情思，要使赤、青等正色发扬光大，而把红、紫等杂色抛弃不用，这才是既能美化作品，又能使内容形式都符合理想的作家。

## 原文

**赞曰：言以文远①，诚哉斯验。心术既形②，英华乃赡③。吴锦好渝④，舜英徒艳⑤。繁采寡情，味之必厌。**

## 注释

①远：指流传久远。②心术：运用心思的道路，这里指写作的方法。形：显著，明确。③赡：富足。④渝：变。⑤舜：木槿花。英：花。木槿花朝开暮落，有花无实。

## 译文

总之，语言要有华美的文采才能流传久远，这确实是不错的。思想感情得到表现，作品中的文采就能适当丰富了。但吴地出产的锦绣容易变色，木槿花虽美而不能持久。写文章如果像这样，就只有繁丽的文采而缺乏深刻的思想情感，看起来必然令人生厌。

# 三二、熔裁篇

## 〔导 读〕

本篇讨论文学创作中怎样熔意裁辞。“熔裁”和我们今天所说的“剪裁”有些近似，但也有很大的区别。刘勰自己解释说：“规范本体谓之熔，剪截浮词谓之裁。”所以，“熔”是对作品内容的规范；“裁”是对繁文浮词的剪裁。“熔裁”的工作，从“思绪初发”开始，到作品写成后的润饰修改，是贯彻在整个创作过程之中的。其主要目的是写成“情周而不繁，辞运而不滥”的作品。

全篇分四部分。第一部分说明什么叫熔裁和熔裁工作在文学创作中的必要性；第二部分论熔意，提出熔意的三条准则；第三部分论裁辞，要求作品做到没有一个可有可无的字句；第四部分举历史上的有关例证，以进一步说明熔意裁辞的必要性。

本篇提出的“三准”，是刘勰创作论中的一个重要问题。怎样理解“三准”一直存在较大的分歧。所谓“履端于始”“举正于中”“归余于终”，确有一个先后、主次的程序问题，但其主旨不是讲创作过程，而是熔意的三条准则：“设情以位体”，是要以内容能确立主干为准；“酌事以取类”，是要以取材和内容密切关联为准；“撮辞以举要”，是要以文辞能突出要点为准。刘勰所说“心非权衡，势必轻重”，正是要根据这三条准则来进行权衡。文学创作中怎样熔意，这是十分复杂的问题，只能提出几条总的原则，这是很自然的。不仅熔意，即使论裁辞，所谓“句有可削，足见其疏；字不得减，乃知其密”，也是一个总的要求。如果称这一总的要求为裁辞的准则，同样是可以的。

## 原文

**情理设位[1]，文采行乎其中。刚柔[2]以立本，变通以趋时。立本有体[3]，意或偏长；趋时无方[4]，辞或繁杂。蹊要所司[5]，职在熔裁[6]；檃括[7]情理，矫揉[8]文采也。规范本体[9]谓之熔，剪截浮辞谓之裁。裁则芜秽[10]不生，熔则纲领昭畅[11]，譬绳墨之审分[12]，斧斤之斫削矣[13]。骈拇枝指[14]，由侈于性[15]；附赘悬疣[16]，实侈于形。一[17]意两出，义之骈枝也；同辞重句，文之疣赘也。**

## 注释

①情理：指作品的内容。设位：安排确立位置。②刚柔：指作品刚健或柔婉的基调。③体：主体。④无方：没有一定的模式。⑤蹊：路。司：主管。⑥职：主，执掌。熔：铸器的模型，这里指用一定的准则（即下文所说的“三准”）来规范作品的内容。⑦檃（yǐn）括：矫正曲木的器具，这里作动词用。⑧矫揉：这里有纠正的意思。揉，使之弯曲。⑨本体：指内容。⑩芜秽：上句说的“浮词”。⑪昭：明白。畅：畅达。⑫绳墨：工匠矫正曲直的工具。审分：审核分辨。⑬斤：斧子。斫（zhuó）：砍，削。⑭骈（pián）拇（mǔ）枝指：意谓脚大拇指与第二指相连合为一指，手大拇指旁多生一指。枝（qí），通“歧”。⑮侈：过多，这里指多余的、不必要的。性：天性。⑯附赘（zhuì）悬肬（yóu）：附生的赘肉和身上的肉疙瘩。赘，多余的东西。肬，肉疙瘩。⑰一：一作“二”。

## 译文

作品的内容有一定的部署，然后在这基础上运用文采。首先确立作品刚强或柔婉的基调，然后适时予以变化。确立了基调后虽已有一定的主体，但意思的表达有时可能偏多；至于适时变化本来没有一定的模式，所以文辞有时就不免显得繁杂。这里的关键所在，就是做好熔意裁辞的工作；一方面纠正内容上的毛病，一方面改正文辞上的缺点。所谓熔意，就是使文章的主要内容表现得更合乎规范；所谓裁辞，就是删削一切不必要的文辞。能裁辞，文句便不杂乱；能熔意，纲领便可分明。好比工匠用绳墨来定材料的取舍，用斧子来进行削凿一样。脚上拇指和二指并生或手上多生出一指，那是天生多余的；身上长出赘肉和肉瘤，也为形体所不需。同一意思的再现，那是内容上的多余；同一词句的重复出现，也是文章所不需的。

## 原文

**凡思绪①初发，辞采苦杂，心非权衡②，势必轻重。是以草创鸿笔③，先标三准④：履端于始⑤，则设情以位体⑥；举正于中，则酌事以取类⑦；归余于终，则撮辞以举要⑧。然后舒华布实⑨，献替节文⑩。绳墨以外⑪，美材既斫，故能首尾⑫圆合，条贯⑬统序。若术⑭不素定，而委心⑮逐辞，异端从至⑯，骈赘必多。**

## 注释

①思绪：指作家的思路。绪，端绪。②权：秤锤。衡：秤杆。③鸿笔：大作。④标：显出，突出。准：准则。⑤履端于始：此句和下面的“举正于中”“归余于终”，都是《左传·文公元年》中的话，原是就一年的历法说

的，这里借用来分别指三项准则的开始。⑥情：指作品中所要表达的思想感情。体：主体，主干。这项准则是衡量“设情”是否确立了主干。⑦类：相似。要求事与情相类似，也就是衡量所用素材与内容是否有密切联系。⑧撮：聚集而取。要：指内容的重点。此项是衡量能否用文辞以突出要点。⑨华：指辞采。实：指内容。⑩献替：指《附会》篇说的“献可替否”。献，进。“献可”是把好的或必要的东西写到文章中去。替，弃去。“替否”是从文章中剔除不好的或不必要的东西。所以，“献替”在这里有斟酌、推敲的意思。节：调节。文：文饰。⑪绳墨以外：指应削除的部分。⑫首尾：一篇文章从开头到结尾。⑬条贯：指条理、层次。⑭术：方法，这里指写作方法。⑮委心：任意。⑯异端：指和内容关系不密切的、无关的描写。丛至：杂乱地出现。

## 译文

当开始构思的时候，拟用的文辞常嫌太杂乱；内心很难像天平那么准确地衡量，势必犯偏重或偏轻的毛病。所以要想写成一篇好文章，必须先提出三项准则：首先根据内容来确定主体，其次选择与内容有联系的素材，最后选用适当的语言来突出重点。这样才能安排文辞来配合内容，把必要的东西写上去而把不必要的省略掉，以力求精当。与木工根据绳墨来削凿美好的木材一样，文章必须如此才能写得首尾妥帖、条理清楚。如果不先确定写作方法，却任意追求辞采，那么不必要的内容都挤进来，废话必然太多。

## 原文

**故三准既定，次讨[①]字句。句有可削，足见其疏；字不得减，乃知其密。精论要语，极略之体[②]；游心窜句[③]，极繁[④]之体。谓繁与略，适分[⑤]所好。引而申之，则两句敷[⑥]为一章；约[⑦]以贯之，则**

**一章删成两句。思赡⑧者善敷，才核⑨者善删。善删⑩者字去而意留，善敷者辞殊⑪而意显。字删而意阙⑫，则短乏⑬而非核；辞敷而言重，则芜秽⑭而非赡。**

## 注释

①讨：寻究，这里有推敲、斟酌的意思。②略：指《体性》篇所说“八体”中的“精约”一体。体：风格。③游心窜句：这四字虽借用《庄子·骈拇》中的“窜句游心于坚白同异之间”，但从刘勰的上下文来看，这里并非贬义。游，应指作者情思奔放。窜，应指文辞的铺张。④繁：指《体性》篇“八体”中的“繁缛”一体。“缛”是繁多。⑤分：本分。这里指作家的性格。⑥敷：铺陈。⑦约：简练。⑧赡：富足。⑨核：查考。这里是踏踏实实、经得起查核的意思。⑩删：削除。⑪辞殊：指字句繁复而多样化。⑫阙：同“缺”。⑬短乏：指才华的不足。⑭芜秽：指文辞的杂乱。

## 译文

三项准则确定了，就该斟酌字句。如果有可删的句子，可见考虑得还不够细致；如果没有可省的字，才算写得周密。论点精当而语言扼要，那是极精约的风格；情志奔放而文辞铺张，那是极繁缛的风格。繁缛或精约，完全随作家的性格、爱好决定。如果发挥一下，那么两句可以变成一章；如果简练一点，那么一章也可以压缩成两句。文思丰富的人，长于铺陈；而文思踏实的人，善于精简。善于精简的人，字句虽删去而意思仍然保存；善于铺陈的人，字句虽多而意思仍很明显。如果减少字句而意思也不完整，那是才华不足而不是文思踏实；如果铺陈一番而文辞重复，那是文笔拉杂而不是文思丰富。

## 原文

昔谢艾、王济[1]，西河[2]文士，张骏[3]以为艾繁而不可删，济略而不可益[4]。若二子者，可谓练熔裁而晓繁略矣[5]。至如士衡才优，而缀辞尤繁[6]；士龙思劣[7]，而雅好清省[8]。及云之论机，亟恨其多[9]，而称"清新相接，不以为病"[10]，盖崇友于[11]耳。夫美锦[12]制衣，修[13]短有度，虽玩[14]其采，不倍领袖。巧犹难繁，况在乎拙[15]！而《文赋》以为榛楛[16]勿剪，庸音足曲[17]，其识非不鉴[18]，乃情苦芟[19]繁也。夫百节成体[20]，共资荣卫[21]。万趣[22]会文，不离辞情[23]。若情周[24]而不繁，辞运而不滥[25]，非夫熔裁，何以行之乎？

## 注释

①谢艾：东晋凉州牧张重华的僚属。王济：未详。②西河：今山西中部地区。③张骏：张重华的父亲，东晋初年做过凉州牧。张骏语原文不存。④益：增加。⑤练：熟悉。晓：明白，通晓。⑥缀辞：指写作。缀，联结。尤繁：特别繁芜。⑦士龙：西晋文学家陆云的字。陆云是陆机的弟弟。思劣：这是和陆机比较而言。⑧雅：常。清省：文笔简净。⑨亟（qì）：屡次。多：指文采过繁。陆云在与陆机的信中，曾多次讲到陆机的这种毛病。参见下注。⑩"清新"二句：陆云《与兄平原书》中说，"兄文章之高远绝异，不可复称言，然犹皆欲微多，但清新相接，不以此为病耳"。⑪友于：兄弟间的情谊。《尚书·君陈》"惟孝友于兄弟"。"于"字原是介词，后来"友于"二字连用成词。⑫锦：杂色的丝织品。⑬修：长。⑭玩：这里有玩味、欣赏的意思。⑮拙：不擅长。⑯榛（zhēn）楛（hù）：杂乱丛生的树木。⑰庸音：平庸的音乐，指不精彩的句子。足曲：凑足乐曲，指文章勉强成篇。⑱鉴：照，看清。⑲芟（shān）：刈草，这里指删除不必要的文句。⑳节：指骨节。体：指人的形体。㉑荣卫：指人的气血。㉒趣：旨趣。㉓辞情：指构成作品的两

个基本方面。㉔周：周密。㉕运：运行，这里指文辞的变化。滥：泛滥，指辞采过多。

## 译文

晋代的谢艾和王济都是西河地方的文人，当时张骏认为，谢艾文辞虽繁复而不能省去什么，王济文辞虽简略而不能增加什么。像这两位，可以说是精通熔意、裁辞的方法，懂得该繁该简的道理了。至于陆机，才华虽然卓越，但写作起来未免文辞过繁；陆云文思虽然较差，但平日就喜欢文笔简净。陆云论陆机的时候，虽常怪陆机文采过多，却又说陆机“不断有清新的文句，所以不算毛病”，其实这不过是重视兄弟间的情谊而已。好比用美好的锦缎做衣服，长短有定，即使欣赏锦缎的花纹，也不能在领子、袖子上增加一倍。善于写作的人尚且不易把繁多的文采处理得当，何况不善于写作的人呢！陆机的《文赋》认为芜杂的词句可以不删，平庸的音调能够凑成乐曲，他并不是没有见识，只是难于割爱罢了。成百的骨节组成整个身体，都靠气血流畅。万千种意思写成一篇文章，离不开文辞与内容的配合。想要文章内容周密而不太繁复，文辞多变化而不是滥用，那么，若非注意熔意裁辞，怎能做得到呢？

## 原文

**赞曰：篇章户牖①，左右相瞰②。辞如川流，溢则泛滥③。权衡损益，斟酌浓淡④。芟繁剪秽，弛于负担⑤。**

## 注释

①户牖：这里是比喻作品的各个部分。牖（yǒu），窗户。②相瞰：互通声气的意思。瞰（kàn），视。③溢：过多。④浓淡：指文句的详略、辞采的多少。⑤弛：减轻。负担：指作品中不必要的部分。

## 译文

总之，作品里的各部分，应该像门窗似的左右互相配合。文辞好比河水，太多了就要泛滥。必须考虑如何增减，推敲详略。删去多余的、杂乱的部分，文章就没有那么累赘了。

# 三三、声律篇

## 〔导　读〕

本篇是《文心雕龙》的第三十三篇。从《声律》篇到《练字》篇的七篇，是刘勰所谓的“阅声字”部分。这部分主要是论述修辞技巧上的一些问题，并从理论上对这些问题进行了探讨。本篇专论声律的运用，也讲到一些声律上的理论问题。

全篇分三部分。第一部分讲研究声律对文学创作的必要性。刘勰认为声律是总结人的发音规律而来的，而语言不仅是表达思想的重要工具，更是构成文学作品的“关键”，这是必须研究声律的原因之一。语言的声音有高低抑扬之别，有因发音部位不同而形成的种种差异，怎样掌握这些特点，使语言的运用合于宫商，是必须研究声律的理由之二。最后从人的发音与乐器发音之别，说明人的发音规律不易掌握，所以必须研究有关声律的理论。

第二部分主要是从理论上来探讨写作上的声律问题。其中涉及双声、叠韵，平仄的配合以及和声、押韵等。刘勰正处于四声初步形成的时期，当时论音韵的人虽大都借用古代的五音来讲四声，但四声的特点已基本明确了；平上去入的名称当时还未广泛运用，但从《诗品序》中的“平上去入，则余病未能”来看，可能在刘勰生活的齐梁时期，已在诗歌创作的实践中有所运用了。刘勰在本篇虽未讲到平上去入，但平仄错综配合的基本道理已讲得相当明确。

第三部分主要是联系具体作家讲正声和方言的利弊，进一步总结掌握正确音律的必要性。刘勰认为运用正确的音韵，就能势如转圜，无往不适；运用错误的音韵，就如圆凿方枘，难以调和。这自然是有道理的。但他肯定以《诗经》为代表的正声，而不满于《楚辞》的楚声，一再斥《楚辞》为“讹韵”“讹音”，这显然和他宗经的正统思想有关。诗文中杂用方言土语，虽有可能造成音韵的不谐，但对文学作品来说，既不应一概排斥方言，更不应以此区分“正响”与“讹音”而贬低《楚辞》。

## 原文

**夫音律所始，本于人声者也。声含宫商①，肇自血气②，先王因之，以制乐歌。故知器写人声，声非学③器者也。故言语者，文章关键，神明枢机④，吐纳律吕⑤，唇吻⑥而已。古之教歌，先揆⑦以法，使疾呼中宫⑧，徐呼⑨中徵。夫徵、羽响高，宫、商声下⑩，抗喉矫舌之差⑪，攒唇激齿之异⑫，廉肉⑬相准，皎然⑭可分。今操琴⑮不调，必知改张⑯，摛文乖张⑰，而不识所调。响在彼弦，乃得克谐，声萌⑱我心，更失和律，其故何哉？良由外听易为察，内听难为聪也⑲。故外听之易，弦以手定；内听之难，声与心纷⑳。可以数㉑求，难以辞逐㉒。**

## 注释

①宫商：五音（宫、商、角、徵、羽）中的两种，这里指五音。②肇：开始。血气：天生的。本书《体性》篇：“才力居中，肇自血气。”③学：仿效。④神明：指文章所表达的情志内容。枢机：关键。⑤吐纳：呼吸，这里指发言。律吕：乐律的总称。⑥唇吻：指口吻协调。⑦揆（kuí）：测度。⑧疾呼：发声快的强音。中（zhòng）宫：合于宫声。⑨徐呼：发声缓的弱音。⑩声下：音低。⑪抗：高亢。喉：喉音。矫：同“挢”，举起。舌：舌音。⑫攒（cuán）：聚合。唇：唇音。激：急切。齿：齿音。⑬廉肉：指音

的强弱。⑭皎然：明白，清楚。⑮操琴：弹琴。⑯改张：调整乐器上的弦，使声音和谐。⑰摛（chī）：指写作。乖张：不正常。⑱萌：产生。⑲“良由”两句：意谓在外的声音容易辨识，内心的声音不易认清。外听，指乐器声等外在的声音。内听，指作者内在的心声。察、聪，都指能听清楚、明白。⑳纷：乱貌，这里指不一致。㉑数：方法，这里指声律，即下文所讲“声有飞沈”等。㉒难以辞逐：指难以用文辞说清楚。此句和《神思》篇的“言所不追”意同。

## 译文

音律的产生，原是从人的声音开始的。人声具有五音，这是天生的，古代帝王就是根据人声的五音来制乐作歌的。由此可见，乐器的声音是模仿人的声音，而不是人的声音仿效乐器。所以，语言是构成文章的关键，更是表达思想的枢纽；至于语言的音韵，则是要求其和人的口吻协调而已。古代教唱歌，首先要琢磨发音的方法，使快呼合于宫音，慢呼合于徵音。属清声的徵、羽二音强，属浊声的宫、商二音弱，高亢的喉音和卷曲的舌音各异，聚合的唇音和急激的齿音有别，强音和弱音相对比，这些区别都是很明显的。如果弹琴时声音不协调，自然知道对弦柱加以调整；写文章时要是声律失调，就不知从何调整了。琴弦发出的声音尚能使之和谐，发自作者内心的声音反而不能和谐，这是什么原因呢？主要就因为在外的声音容易辨识，内心的声音不易认清。在外的声音容易掌握，是由于可以用手决定琴弦，内心的声音不好控制，则由于声音和心思纷乱不一，这只能从掌握音律技巧来求得解决，是难以用文辞说明白的。

## 原文

**凡声有飞沉[①]，响有双叠[②]。双声隔字而每舛[③]，叠韵离句而必睽[④]；沉则响发而断[⑤]，飞则声扬不还[⑥]，并辘轳交往[⑦]，逆鳞[⑧]相**

**比。迕[9]其际会，则往蹇来连[10]，其为疾病，亦文家之吃[11]也。夫吃文为患，生于好诡[12]，逐新趣[13]异，故喉唇纠纷[14]；将欲解结，务在刚断[15]。左碍而寻右，末滞[16]而讨前，则声转于吻，玲玲[17]如振玉；辞靡[18]于耳，累累[19]如贯珠矣。是以声画妍蚩[20]，寄在吟咏；滋味[21]流于下句，气力[22]穷于和韵。异音[23]相从谓之和，同声[24]相应谓之韵。韵气一定[25]，则余[26]声易遣；和体[27]抑扬，故遗响难契[28]。属笔[29]易巧，而选[30]和至难；缀文[31]难精，而作韵甚易。虽纤毫曲变[32]，非可缕言[33]，然振[34]其大纲，不出兹论。**

## 注释

①飞沉：声音的抑扬，相当于平声和仄声。②双叠：双声叠韵。两字声母相同为双声，韵母相同为叠韵。③舛：差错。④睽：违背，不合。⑤沉：指纯用低沉的仄声字。而断：《文镜秘府论》天卷引作“如断”。⑥飞：指纯用昂扬的平声字。扬：飞扬。⑦辘（lù）轳（lú）：井上汲水的起重具。交往：用辘轳转动，比喻飞沉平仄的字声相交错。⑧逆鳞：相传龙的喉下有逆鳞，常用以比喻不可触犯的危险之处。这里是借指鳞甲的排列严密有序。⑨迕：违背。⑩蹇：困难。连：不顺利。⑪吃：口吃，说话结巴。⑫诡：不正常。⑬趣：同“趋”。⑭纠纷：杂乱。⑮刚断：坚决果断。⑯滞：阻塞，和上句“碍”字意近。⑰玲玲：玉相击的声音。⑱靡：轻丽，这里指声音的动听。⑲累累：连贯成串。⑳声画：指表达思想感情的作品。妍蚩（chī）：指作品的好坏。㉑滋味：韵味。㉒气力：这里指作品的风貌。㉓异音：指句内平仄的不同。㉔同声：指句末的押韵相同。㉕一定：有定，如首韵用“东”，其他韵脚也用同一韵部的韵。㉖余声：指其他韵脚。㉗体：和上面所说“韵气”的“气”略同，都指韵、和之事。㉘遗响：和上面说的“余声”意同，指其他字声。诗句的平仄声调，不仅同一句内要上下协调，还要和其他句子协调，所以说“难契”。契：合。㉙属笔：一般无韵之文的写作。笔，指无韵的散文。㉚选：选择，引申为做到的意思，与下文“作韵”的“作”字意

近。㉛缀文：指有韵之文的写作。缀，辑，辑字成文，即写作。文，指有韵的诗文。㉜纤毫：指音律上的细微之处。曲：隐微，不明。㉝缕言：逐一详论。㉞振：举。

## 译文

字声有的飞扬，有的低沉，有的是双声，有的是叠韵。双声字中间被其他字隔开就往往不协调，叠韵词分离在两处就必然违背声律；一个句子的字声全是低沉的，声音就像要断了一样，全是高昂的，就一直上升而不婉转，应使低昂之声像转动辘轳一样相互交错，像鱼龙的鳞甲那样整齐排列，声律的配合稍有错乱，就会前阻后碍，这种毛病，就像文人患了口吃病。口吃的病根，在于作者爱好诡奇，一心去追逐新奇，就造成发音的杂乱；要想解除这种毛病，首先必须坚决割断对诡奇的爱好。左边受阻就从右边想办法，后边积滞就疏通前面，这样就可使声音转动适中，像振动玉器玲玲作响；悦耳的文辞，如成串的珍珠相连不绝。所以，表达思想感情的作品，好坏寄托在吟咏上，诗歌的韵味从句子的安排中流露出来，作品的风貌全在句子的"和"与句末的"韵"上。不同字调的适当配合就叫"和"，同韵的字相呼应就叫"韵"。句末用韵是有定数的，确定之后其余的韵都好处理；句子的和谐有高低抑扬的不同，要句子之间配合好就比较困难了。一般无韵之文容易写得精巧，但要把一篇无韵之文的声律调配和谐就很难；有韵之文写作虽不易精巧，押韵却是比较容易的。声律上很多细微的变化，虽然不能一一讲到，但举其大要，基本上不出以上所论。

## 原文

**若夫宫商大和，譬诸吹籥[①]；翻回取均[②]，颇似调瑟[③]。瑟资移柱，故有时而乖贰[④]；籥含定管，故无往而不壹[⑤]。陈思、潘岳，吹籥之调[⑥]也；陆机、左思，瑟柱之和[⑦]也。概举而推，可以类见。又**

**《诗》人综韵[8]，率多清切[9]，《楚辞》辞楚[10]，故讹[11]韵实繁。及张华论韵，谓士衡多楚[12]，《文赋》亦称取足不易[13]，可谓衔灵均之余声[14]，失黄钟之正响也[15]。凡切韵之动[16]，势若转圜[17]，讹音之作，甚于枘方[18]，免乎枘方，则无大过矣。练才洞鉴[19]，剖字钻响；疏识阔略[20]，随音所遇，若长风之过籁[21]，南郭之吹竽耳[22]。古之佩[23]玉，左宫右徵[24]，以节[25]其步，声不失序，音以律文[26]，其可忽[27]哉？**

## 注释

①籥（yuè）：一种似笛的管乐器。②翻回：旋转。均：韵。这几句中的“和”“均”是泛指，和上段所讲的“和”难、“韵”易不同，所以下面又有“瑟柱之和”的说法。③瑟：似琴的弦乐器，一般是二十五弦。④乖贰：不协调。⑤壹：一致，即协调。⑥吹籥之调：喻曹植、潘岳的作品属正声，能够无往不协。⑦瑟柱之和：喻陆机、左思的作品中杂有方言，音律有时乖违。陆机是吴人，左思是齐人。⑧诗人：指《诗经》的作者。综：织机上使经线上下分开以织纬线的装置，这里借指组织、运用。⑨率：都。清切：清楚，准确。⑩辞楚：指《楚辞》用楚音写成。⑪讹：错误。⑫多楚：陆机的弟弟陆云在《与兄平原书》中曾讲到，“张公（即张华）语云云：兄文故自楚”。见《全晋文》卷一百零二。⑬不易：《文赋》论篇中警策曾说“亮功多而累寡，故取足而不易”，指警句在作品中的作用功多过少，不能改变，与声律无关。⑭灵均：屈原的字。余声：和下句“正响”二字相对应，指《楚辞》的余响。⑮黄钟：十二律之一，这里泛指乐律。正响：指以《诗经》为代表的雅正之音。⑯切韵：切合的声韵。动：和下句“作”字意近，都有运用之意。⑰转圜（huán）：圆形物体的转动，喻声韵的圆转。⑱枘（ruì）方：宋玉《九辩》，“圆凿而方枘兮，吾固知其鉏（jǔ）铻（yǔ）而难入”。意谓用方榫（sǔn）插入圆孔是困难的。刘勰借用此意指讹音之难谐。⑲练：熟练。洞鉴：深明，彻底了解。这句指精通音律的作者。⑳疏：粗疏。阔略：疏略。这句指音律疏浅的作者。㉑籁：孔穴。㉒南郭之吹竽（yú）：《韩非子·内储说上》说，齐宣王喜欢听三百人一起吹竽，南郭处士不会吹竽却混入其中。宣

王死，齐湣王喜欢听独奏，南郭处士只得逃走。㉓佩：带。㉔左宫右徵：指左右所佩戴的玉器发出的声响合于宫、徵。㉕节：节制，指使步行有一定度数。㉖律文：使文合律。㉗忽：忽视。

## 译文

至于声律的全面调和，犹如吹奏可以和众声的籥；回旋地运用声韵，就像调和较复杂的瑟。调和瑟音需要移动弦柱，所以常常会出现不协调的情形；籥的管、孔有定，因而任意吹奏都可一致。曹植和潘岳的作品，就如吹籥一般无处不谐；陆机和左思的作品，就像调瑟一般常有不和。这只是略举大概，其他作家的作品可由此类推。此外，《诗经》的作者运用音韵，大都清楚准确，《楚辞》用的是楚地的方言，所以错乱的声韵很多。到西晋张华论韵，曾说陆机作品中的楚音很多，且其楚音正如《文赋》中所说的“不能改变”，这就可说是屈原作品的余响，有失于雅正的声韵了。切合的声韵运用起来，势如圆形物体的转动，不协调的音韵运用起来，就比在圆孔中投方榫还困难，写作中能避免圆凿方榫，就不会出大的毛病了。音律精深的作者，要仔细剖析文字的声音；不是很懂声律的作者，用到什么字就是什么音，这就好像远风通过物体的孔穴而发出的声响，像南郭处士的滥竽充数。古人身上佩戴玉器，发出的声音左边合于宫声，右边合于徵声，使步行有一定的法度，而声音毫不混乱。何况用音韵使诗文合律，怎能轻易忽视呢？

## 原文

**赞曰：标①情务远，比音则近②。吹律胸臆③，调钟④唇吻。声得盐梅⑤，响滑榆槿⑥。割弃支离⑦，宫商难隐⑧。**

## 注释

①标：表明，显示。②比：并列，这里指对音韵的安排。近：密切。③吹律：吐出音律。胸臆：指内心。④调钟：协调声律。钟，古代乐器之一，这里指钟律。⑤盐梅：盐味咸，梅味酸，是调味的必需品。借味的调和指声的调和。⑥滑：使菜肴润滑的调料，这里取调和的意思。榆：木名，实可食。槿：借指堇，堇菜。⑦支离：不正，指前面说的方言。⑧难隐：不能隐蔽则易显。

## 译文

总之，表明情志应该高远，安排音韵则须切近；声音发自心胸，协调在于口吻。声韵要如咸盐、酸梅配合得当，音韵似把榆实、堇菜调和得美味可口。只要摈除那些不正之音，和谐的声律就自然明显了。

# 三四、章句篇

## 〔导　读〕

本篇专论分章、造句及其密切关系。刘勰所说的“章”，是沿用《诗经》中乐章的“章”，用以指作品表达了某一内容的段落。本篇译注中用的“章节”二字，亦即此意，和现在论著中常说的“章节”不同。刘勰所谓的“句”，也和后来“句子”的概念有别。如其中说“以二言为句”，只指语言的一个停顿。古有句、读之分，本篇所说的“句”都包括在内。

本篇分两大部分。首段为第一部分，论“章句”的意义和分章造句的基本原理。要求做到文采交织于外，脉络贯注于内，结构严密，首尾一体。后三段为第二部分，先论句子的字数，要求短句不促迫、长句不松散；再论用韵，既反对“两句辄易”，也不赞成“百句不迁”，而主张“折之中和”；最后论虚字，认为虚字虽无实际意义，但“在用切实”为诗文创作之必需。

纪昀评本篇第二部分“但考字数，无所发明”“论押韵特精，论语助亦无高论”，基本上是准确的。这部分所论三个问题都一般，论韵虽略有可取，亦非“特精”，但第一部分的一些意见是有可取之处的。刘勰认为，任何作品都必须由字而句、由句而章，然后积章成篇，要写好文章就要一句不苟、一字不妄。刘勰这些论断深刻地说明了篇章字句的关系，也有力地说明了“振本而末从”在写作中的必要性。对章句的处理，刘勰总的要求是“搜句忌于颠倒，裁章贵于顺序”。但他又注意到问题的复杂性，所以，一方面主张根据具体内容而“随变适会”，一方面又强调章句的运用如舞蹈，有定位、歌唱，有定节，不能乖离其基本原理。只有这样，才能“原始要终，体必鳞次”，把文章写成一个有条不紊、结构严密的整体。

## 原文

夫设情有宅①，置言有位；宅情曰章②，位言曰句③。故章者，明也；句者，局④也。局言者，联字以分疆⑤；明情者，总义以包体⑥，区畛⑦相异，而衢路交通矣⑧。夫人之立言，因字而生句，积句而为章，积章而成篇。篇之彪炳，章无疵也；章之明靡⑨，句无玷⑩也；句之清英⑪，字不妄也。振本而末从⑫，知一而万毕矣⑬。夫裁文匠笔⑭，篇有小大；离章合句，调有缓急；随变适会，莫见定准。句司⑮数字，待相接以为用；章总一义，须意穷而成体⑯。其控引⑰情理，送迎际会⑱，譬舞容回环，而有缀兆⑲之位；歌声靡曼⑳，而有抗坠之节也㉑。寻诗人拟喻㉒，虽断章取义㉓，然章句在篇，如茧之抽绪㉔，原始要终㉕，体必鳞次㉖。启行㉗之辞，逆萌㉘中篇之意，绝笔之言，追媵前句之旨。故能外文绮交，内义脉注，跗萼相衔，首尾一体。若辞失其朋，则羁旅而无友，事乖其次，则飘寓而不安。是以搜句忌于颠倒，裁章贵于顺序，斯固情趣之指归，文笔之同致也。

## 注释

①宅：住所，这里指一定的位置。②章：音乐的一段，这里指诗文的章节。③句：止，语言的一次停顿，和现在说完一个意思为一句的“句”不同。④局：限制。⑤分疆：划分疆界，指把文字分别组成句子。⑥包体：把各句的内容汇成一个整体。⑦区畛（zhěn）：区域，这里指章、句。畛，田间小路。⑧衢：大路。交通：互相通达，指章与句在文章中的密切关系。⑨靡：细密。⑩玷：白玉上的缺点，这里指句子中的小缺点。⑪清英：和上句“明

靡”二字意近。清，明净。英，美。⑫振：举。本、末：树根和树梢，喻字句和篇章的关系。刘勰认为字句是构成文章的基础，要写好文章，必须首先从一字一句打好基础。⑬一：指组成一篇文章的基本道理。万：指所有章句的道理。毕：全部。⑭裁、匠：都指写作。文：韵文。笔：散文。⑮司：主管，引申为包括的意思。⑯意穷：把意思说完。体：物体，这里指“章”。⑰控引：控制，掌握。⑱送迎：取舍。际会：指取舍得当。⑲缀兆：舞蹈的位置。⑳靡曼：歌声的细长、柔弱。㉑抗：高昂。坠：低沉。㉒诗人：《诗经》的作者。喻：晓喻，说明。㉓断章取义：这是对作诗而言，和说诗者割裂原意的“断章取义”不同，指《诗经》分章，各写一相对独立的内容。㉔绪：丝端，这里泛指丝。㉕原始要（yāo）终：原意是探讨事物的始末，这里指写作的从头到尾。㉖鳞次：如鱼鳞般排列整齐和紧密。㉗启行：此指开端。㉘逆萌：预度，事先考虑。

## 译文

文章内容的安排要有适当的位置，言辞的处理要有一定的次第；组成位置有定的内容叫作“章”，组成次第有定的言辞叫作“句”。所谓“章”，就是显明；所谓“句”，就是界限。言辞的界限，就是联结文字，分别组成句子；使内容显明，就是汇总各个句子，构成完整的意义：章和句的作用虽然各不相同，但二者的联系是很密切的。人们进行写作，是由个别的文字组成句子，再把句子组成章节，然后由章节组成一篇文章。所以，要全篇光彩，必须各个章节都没有毛病；要各个章节都明白细密，必须所有的句子都没有缺点；要所有的句子都优美，必须一切文辞都不乱用。由此可见，抓好字句就能写好篇章，懂得章句的基本道理就有可能写好文章了。韵文和散文的写作，篇幅有长有短；分章造句，音节有缓有急。这些要根据不同的情况而临机应变，是没有固定的准则的。一个句子统领若干文字，有待适当的联系，才能起到它的作用；一个章节汇总一定的意义，必须表达一个完整的内容才能成为整体。在内容的掌握上，要取舍得当，就如回旋的舞蹈，行列有一定的位置；又好比柔丽的歌声，高低有一定的节奏。考查《诗经》的作者想要表达的内容，虽然后人常常断章取义，但章节和句子在全诗中，和在蚕茧上抽丝一样，从开始到结束，都是联系紧密而丝毫不乱的。开头说的话，就考虑中篇的内容，结束时的话，则是继承前面的旨意。因而能文采交织于外，脉络贯注于内，像花萼和花前后衔接，首尾一体。如果文辞和整体失去配合，就像孤独的旅客没有同伴；叙事违反了正常的次第，就像漂泊的游子无处安身。所以，组合句子要避免颠倒，分判章节要按照顺序，这本来就是文章情趣的必然要求，有韵与无韵都是如此。

## 原文

**若夫章句无常，而字有条数①：四字密而不促，六字格②而非缓，或变之以三五，盖应机之权节③也。至于《诗》、《颂》大体④，以四言为正，唯《祈父》“肇禋”⑤，以二言为句。寻二言肇于黄世⑥，《竹弹》之谣是也；三言兴于虞⑦时，《元首》之诗⑧是也；四言广于夏年⑨，《洛汭》之歌⑩是也；五言见于周代，《行露》⑪之章是也。六言七言，杂出《诗》、《骚》⑫；两体⑬之篇，成于西汉⑭。情数运周⑮，随时代⑯用矣。**

## 注释

①条数：一作“常数”，指用字有一定的规则。数，术。译文据“常数”。②格：这里指长句。③权节：变通的法度。④诗：这里指以《诗经》为标准格式的诗体。刘勰认为诗体“以四言为正”，《明诗》篇也说“四言正体”。颂：指颂体，也包括“赞”一类的四言韵文。《颂赞》篇说，赞“必结言于四字之句”。大体：正规体制。⑤《祈父》：指《诗经·小雅·祈父》。祈父为官名，管理王畿千里之内的兵马。肇禋（yīn）：开始祭祀。⑥黄世：传说中的黄帝时期。⑦虞：传说中的虞舜时期。⑧《元首》之诗：《原道》

篇说的“元首载歌”。元首，指舜。⑨夏年：指夏帝太康时期。⑩洛汭（ruì）之歌：《史记·夏本纪》载，“帝太康失国，昆弟五人，须（等待）于洛汭，作《五子之歌》”。洛，洛水。汭，河水弯曲处。今存《五子之歌》是后人伪造的，以四字句为主。⑪《行露》：《诗经·召南》中的一篇，全诗三章，共十五句，其中有八句是五言。⑫《诗》、《骚》：《诗经》《离骚》。⑬两体：指通篇六言和七言的作品。⑭成于西汉：汉代六言、七言的作品，现存不多。但当时不仅作者不少，并已出现了“六言”“七言”的文体名称。⑮情数：指作品内容的多种多样，和《神思》篇中“情数诡杂”的“情数”二字意同。运周：运转不停，和《通变》篇中“文律运周”的“运周”二字意同。⑯代：更易。

## 译文

至于散文，虽没有固定的句式，但用字有一定的规则：四字句比较紧凑但不促迫，六字句虽然较长但不松散，有时变化为三字句、五字句，是一种随机应变的方法。至于诗体、颂体的一般格式，则以四言句为正宗，但《诗经·小雅·祈父》中以“祈父”二字成句，《诗经·周颂·维清》中以“肇禋”二字成句。查二字句的作品开始于黄帝时期，如《弹歌》这个歌谣就是；三字句的作品产生于虞舜时期，传为帝舜所作《元首》歌便是；四字句的作品发展于夏代，传为太康之弟在洛水边所作《五子之歌》就是；五字句的作品出现在周代，《诗经·召南》中《行露》篇就有部分五言句。六字、七字的句子，在《诗经》《楚辞》中已掺杂出现，整篇为六字或七字的作品，到两汉时期才形成。随着发展内容不断复杂，各种句式就根据不同的情况而更换使用了。

## 原文

**若乃改韵徙调[1]，所以节文辞气[2]。贾谊、枚乘，两韵辄易；刘歆、桓谭[3]，百句不迁：亦各有其志也。昔魏武论赋[4]，嫌于积韵[5]，而善于贸[6]代。陆云亦称："四言转句，以四句为佳[7]。"观彼制韵，志同枚、贾，然两韵辄易，则声韵微躁[8]；百句不迁[9]，则唇吻告劳。妙才激扬[10]，虽触思利贞[11]，曷若折之中和[12]，庶保无咎[13]。**

## 注释

①徙调：改韵。②节：调节。辞气：语气。③桓谭：字君山，东汉学者。④魏武：魏武帝曹操。他论赋的原文今不存。⑤积韵：重复同韵。⑥贸：迁，变化。⑦"四言转句"二句：这是陆云《与兄平原书》中的话。⑧躁：急迫。⑨不迁：指不换韵。⑩激扬：指作者的才情高昂。⑪触思利贞：构思顺利。贞，正。⑫曷（hé）：何。中和：中正平和，指用韵适中，不松不紧。⑬庶：将近。咎（jiù）：过失。

## 译文

至于改换韵脚、变动音调，是为了调节文章的语气。贾谊和枚乘的辞赋，是两韵一换；刘歆和桓谭的作品，则是一韵到底。这就是各人的爱好不同了。从前曹操论赋，不满于同韵的重复，而主张善于变换。陆云也说："四言句的转变，以四句一换为好。"他对用韵的意见，和枚乘、贾谊相同，但两韵一换，声调音韵略嫌急促；如果较长的辞赋一韵到底，读起来又会使人感到疲劳；才情昂扬的作者，虽然运思顺畅，怎如折中用韵，不疏不密，可保不出大的毛病。

## 原文

**又诗人以“兮”字入于句限①，《楚辞》用之，字出句外②。寻“兮”字成句，乃语助余声。舜咏《南风》③，用之久矣，而魏武弗好，岂不以无益文义耶！至于“夫”、“惟”、“盖”、“故”者，发端之首唱；“之”、“而”、“于”、“以”者，乃劄④句之旧体；“乎”、“哉”、“矣”、“也”者⑤，亦送末之常科⑥。据事似闲⑦，在用实切。巧者回运⑧，弥缝⑨文体，将令数句之外，得一字之助矣。外字难谬⑩，况章句欤！**

## 注释

①入于句限：指“兮”字用在句子之内。如《诗经》以四言为主，“兮”字常常是构成四言句子的组成部分。②字出句外：和《诗经》的一般用法相反，《楚辞》中的“兮”字常用在句外。但这是就一般情形而言，并非全部如此。③《南风》：《南风歌》载《孔子家语·辨乐解》，共四句。“南风之熏兮，可以解吾民之愠兮。南风之时兮，可以阜吾民之财兮。”④劄（zhā）：同“扎”，刺入。⑤者：此字据《文心雕龙校证》补。按以上几句结构，这里应有“者”字。⑥常科：普通项目。⑦据事：称引事理。闲：空，指没有实际意义。⑧回运：灵活运用。⑨弥缝：弥补缝合，指利用各种虚字来组合文章。⑩外字：外加的字，即虚字。难谬：患其谬误。

## 译文

《诗经》的作者把“兮”字写入句内，《楚辞》中用“兮”字常常在句尾。查究用“兮”字组成句子，只是为了辅助语气。从舜帝的《南风歌》以来，“兮”字的运用已很长久了，曹操讨厌用“兮”字，难道不是因为他认为对作品的内容没有什么益处吗？至于“夫”“惟”“盖”“故”等，是句子开头的发语词；“之”“而”“于”“以”等，是插入句中的常用语；“乎”“哉”“矣”“也”等，则是用于句末的字。对于说明事理，这些虚词本身似乎没有具体意义，但在句子中却是很有必要的。高明的作者加以灵活运用，组合成完整的作品，将使若干个句子，靠一虚词的帮助而很好地联系起来。既然虚字还唯恐其不妥，何况所有的章句呢？

## 原文

**赞曰：断章有检①，积句不恒②。理资配主，辞忌失朋。环情草调③，宛转相腾④。离合同异⑤，以尽厥⑥能。**

## 注释

①断章：分章，指对章节的处理。检：法式，即前面所说“缀兆之位”“抗坠之节”等。②积句不恒：指前面所说的“笔句无常”。恒，常，有定。③环：围绕。草：草拟。调：音节。④宛转：委婉曲折。《明诗》篇所说“婉转附物”，《物色》篇所说“随物以宛转”，都指情与物象的密切结合。这里承上句之意，指情与音韵的密切结合。腾：奔驰，飞腾，比喻得到很好的表达。⑤离合：指前面说的“离章合句”。同异：有同有异，指章句的千变万化。⑥厥：其，指章句。

## 译文

总之，处理章节有一定的法度，积字成句却没有常规。每个章节的内容要配合主旨，每个句子的文辞应避免孤立。围绕内容来安排音韵，就能紧密结合而相互发扬。在千变万化中离章合句，以尽章句之能事。

# 三五、丽辞篇

## 〔导　读〕

本篇论述文辞的对偶问题。“丽”，即耦，也作“偶”，就是双、对。讲究对偶，是我国文学艺术独有的特色之一；对偶的构成，和汉字的特点有重要关系。所以，从我国最早的文献《易经》《尚书》等，直到现在的文学作品以至一般的著作，也常用对偶。本篇就是对这一重要问题所做的初步总结。

全篇分三部分。第一部分论对偶的形成原因及其源流梗概。刘勰认为，大自然赋予万物的形体是成双的，因此，反映万物的文学创作，只要对事物做全面考虑，就可“自然成对”。这个道理虽然很不全面，但它不是从追求华丽出发，而是从客观事物的自然之美出发。联系下面所讲“奇偶适变，不劳经营”等观点来看，用不用对偶，取决于内容，则对偶的运用，也是为了更好地反映客观事物。因此，刘勰认为古书上的对偶，如“满招损，谦受益”之类，并不是有意为对，而是事实如此，“率然对尔”。到汉代以后（主要是东汉以后），逐渐“崇盛丽辞”，才愈来愈讲求精细，并发展而为泛滥。

第二部分讲对偶的种类。刘勰将古来对偶归纳为四种类型：言对、事对、反对、正对。言对、事对“各有反正”，也包括在四种基本类型之中了。刘勰认为这四种对偶，言对易，事对难，反对优，正对劣。他的分析基本上是对的。

第三部分首先列举几种应该避免的弊病，如相对双方内容重复、优劣不均、孤立无偶和对偶平庸等，然后提出总的要求：要对得合理恰当，并美如联璧；对句和散句应交错运用，像用种种不同的玉器加以调节。

刘勰生当六朝骈文盛行之际，《文心雕龙》也用骈文写成；本篇所论，褒多于贬，说明他对骈文是有所偏爱的。在文学创作中，若发挥汉语的有利因素，“奇偶适变”，对加强作品的艺术性，以及更好地表达某些内容，都是有益的。刘勰对此做了初步总结，也是可取的。问题在于，本篇并非专论对偶；所谓“迭用奇偶”，显然指骈文而言。一般散文只是偶用对句，就不存在“迭用奇偶，节以杂佩”的问题。骈文以对句为主，可说是雕章琢句的典型文体，总结这方面的经验，意义是不大的。

## 原文

造化①赋形，支体②必双。神理③为用，事不孤立。夫心生文辞，运裁百虑，高下相须④，自然成对。唐、虞之世，辞未及文，而皋陶⑤赞云：“罪疑惟轻，功疑惟重⑥。”益陈谟云⑦：“满招损，谦受益⑧。”岂营丽辞，率然⑨对尔。《易》之《文》、《系》⑩，圣人之妙思也。序《乾》四德⑪，则句句相衔⑫；龙虎类感⑬，则字字相俪⑭；乾坤易简⑮，则宛转⑯相承；日月往来⑰，则隔行悬合⑱：虽句字或殊，而偶意一也。至于《诗》人偶章⑲，大夫联辞⑳，奇偶㉑适变，不劳经营。自扬、马、张、蔡㉒，崇盛丽辞，如宋画吴冶㉓，刻形镂法㉔，丽句与深采并流，偶意共逸韵㉕俱发。至魏、晋群才，析句弥密㉖，联字合趣，剖毫析厘。然契机㉗者入巧，浮假㉘者无功。

## 注释

①造化：指天地自然。②支体：肢体。③神理：自然之理。④须：待，宜。⑤皋（gāo）陶（yáo）：舜帝时掌刑法的大臣。⑥“罪疑惟轻”二句：见《尚书·大禹谟》。⑦益：舜时的大臣。谟：策划，议谋。⑧“满招损”二句：见《尚书·大禹谟》。⑨率然：不经意的。⑩《易》：《易经》。《文》

《系》：指解说《易经》的《文言》《系辞》，传为孔子所作。⑪序：同“叙”。《乾》：《易经》中的《乾卦》。四德：指元、亨、利、贞。《周易·乾卦·文言》中说：“元者，善之长也；亨者，嘉之会也；利者，义之和也；贞者，事之干也。君子体仁足以长人，嘉会足以合礼，利物足以和义，贞固足以干事。君子行此四德者，故曰：‘乾，元亨利贞。’”⑫衔：衔接，指上引讲“四德”的话全是对偶句。⑬龙虎类感：取《周易·乾卦·文言》中的以下意义，“同声相应，同气相求。水流湿，火就燥；云从龙，风从虎；圣人作而万物睹。本乎天者亲上，本乎地者亲下，则各从其类也”。⑭俪（lì）：骈俪，对偶。⑮乾坤易简：指《周易·系辞上》所论“乾以易知，坤以简能，易则易知，简则易从；易知则有亲，易从则有功；有亲则可久，有功则可大；可久则贤人之德，可大则贤人之业”。⑯宛转：指上引《系辞》之文，是婉转曲折地推绎“易简”之理。⑰日月往来：指《周易·系辞下》所论“日往则月来，月往则日来，日月相推而明生焉。寒往则暑来，暑往则寒来，寒暑相推而岁成焉”。⑱隔行悬合：指不相联两句的对偶，与后来的“隔句对”（又称“扇面对”）相近似。悬，远。⑲《诗》人：《诗经》的作者。章：诗章。⑳大夫联辞：指春秋时期各国大夫聘对之辞。㉑奇（jī）偶：单数为奇，双数为偶。这里指散句和对句。㉒扬：扬雄。马：司马相如。均为西汉文学家。张：张衡。蔡：蔡邕。均为东汉文学家。㉓宋画吴冶：宋人善画，吴人善冶。㉔刻形镂法：借用《淮南子·修务训》中的意思，“夫宋画吴冶，刻刑镂法，乱修曲出。其为微妙，尧、舜之圣不能及”。㉕逸韵：高雅的音韵。㉖弥：更加。密：精细。㉗契机：合时，指对偶得当。㉘浮假：浮滥。

## 译文

大自然赋予万物的形体，肢体必然成双成对，这种自然规律所起的作用，使事物不可能单独形成。经由人心产生的作品，作者对各种思虑的安排，要使得前后、上下配置适当，自然就形成了对偶。唐尧、虞舜时期的作品，虽然还未充分讲究文采，可是皋陶在辅佐舜帝的话中就讲到：“罪过有疑问要从轻处理，功劳有疑问应从重奖励。”益向舜陈说谋议中也讲到："自满必带来损害，谦虚必受到益处。"这岂是有意制造对偶？不经意讲出就自然成对了。《周易》中的《文言》《系辞》，是经圣人精思写成的。《乾卦》中讲"元、亨、利、贞"的一段，是句句对偶；讲"云从龙，风从虎"等同类相感的话，则字字相对；讲乾易坤简的道理，就婉转曲折相对；讲"日往则月来"等，便和"寒往则暑来"等遥相对应。这些论述的字句变化虽然有所不同，但其意思相对则是一致的。至于《诗经》中的诗篇，春秋时期各国大夫的应对辞令，其偶句和散句都随不同的内容而变化，并非着意安排。到汉代扬雄、司马相如、张衡、蔡邕等杰出的作者特别爱好骈俪，他们的作品有如古代宋国的绘画和吴国的冶铸，在作品上精雕细琢，使骈偶句子和丰富的文采交相辉映，相对的意义和高雅的韵味并驾齐驱。到魏晋时期的作者，造句更为精密，对字合于情趣，推敲得细致入微。但对偶得当者达于精巧，滥凑浮华者便无成效。

## 原文

**故丽辞之体，凡有四对：言对[①]为易，事对[②]为难，反对[③]为优，正对[④]为劣。言对者，双比空辞[⑤]者也；事对者，并举人验[⑥]者也；反对者，理殊趣合者也；正对者，事异义同者也。长卿《上林赋》[⑦]云："修容[⑧]乎礼园，翱翔乎书圃[⑨]。"此言对之类也。宋玉《神女赋》云[⑩]："毛嫱鄣袂[⑪]，不足程式[⑫]；西施[⑬]掩面，比之无色[⑭]。"此事对之类也。仲宣《登楼赋》[⑮]云："钟仪幽而楚奏[⑯]，庄舄显而越吟[⑰]。"此反对之类也。孟阳《七哀》云[⑱]："汉祖想枌榆[⑲]，光武思白水[⑳]。"此正对之类也。凡偶辞胸臆[㉑]，言对所以为易也；征人之学[㉒]，事对所以为难也；幽显同志，反对所以为优也；并贵共心[㉓]，正对所以为劣也。又言对事对，各有反正，指类而求，万条自昭然矣。**

## 注释

①言对：文字的对偶。②事对：用典的对偶。③反对：意义相反的对偶。④正对：意义相同、性质相似的对偶。⑤空辞：指不用典的文辞。⑥人验：前人已然的事，犹典故。⑦《上林赋》：司马相如的代表作之一，载《文选》卷八。⑧修容：修饰容仪。⑨翱翔：浮游，徘徊，指学习《尚书》。圃：园圃，园地。⑩宋玉：战国时楚国作家。《神女赋》：见《文选》卷十九。⑪毛嫱（qiáng）：古代美女，传为越王的美姬。鄣（zhàng）：同“障”。袂（mèi）：袖子。⑫程式：法式。⑬西施：古代美女，传为吴王夫差的妃子。⑭无色：无颜色，不美。《神女赋》为了形容神女之美，用毛嫱、西施与之对比。⑮《登楼赋》：载《文选》卷十一。⑯钟仪：春秋时楚国人。幽：囚禁。楚奏：奏楚地的音乐。⑰庄舄（xì）：战国时越人，仕于楚。显：指庄舄官位显要。越吟：庄舄病中呻吟时发越声。⑱孟阳：张载的字。他是西晋文学家。《七哀》：《文选》卷二十三有张载《七哀诗》二首，但无下面所举二句。可能他还有一首《七哀诗》，今不存。⑲汉祖：汉高祖刘邦。枌榆：地名，在今江苏丰县，是汉高祖的家乡。刘邦初起兵时，曾祷于枌榆社。⑳光武：东汉光武帝刘秀。白水：源出今湖北枣阳东。这里指刘秀的家乡。刘秀是南阳蔡阳人，蔡阳县治在今枣阳西南。㉑胸臆：内心，指偶辞由内心思考而成。㉒征：征引。学：前人的学识，这里指故实。㉓并贵共心：指上文汉高祖、光武帝都贵为帝王而同样思乡。

## 译文

对偶的格式，共有四种：言对是易对的，事对是难对的，反对是好对，正对是劣对。所谓“言对”，只是文辞上的对偶；所谓“事对”，是用两种典故组成的对偶；所谓“反对”，是事理相反而旨趣相合的对偶；所谓“正对”，是事虽有异而意义相同的对偶。如司马相如《上林赋》中所说：“（帝王）应用礼仪来修饰容仪，在典籍中遨游学习。”这就属于言对一类。宋玉《神女赋》中所说："毛嫱遮上衣袖，不足法式；西施掩住面容，比之逊色。"这就属于事对一类。王粲《登楼赋》中所说："钟仪被囚禁在晋国，仍然弹奏楚声；庄舄做高官于楚国，病中仍发出越声。"这就属于反对一类。张载在《七哀诗》中所说："汉高祖怀念家乡枌榆，光武帝思念家乡白水。"这就属于正对一类。这几种对偶中，司马相如的对句只由内心组成，所以言对比较易作；宋玉是征引典故成对，所以事对比较难作；王粲是用被囚和官显两种相反的人来说明"人情同于怀土"，所以反对是较好的；张载的出句和对句都是说帝王怀乡，所以正对是较差的。无论言对、事对，都各有反正两种，照此推究，各种对偶的类型就很清楚了。

## 原文

**张华诗称："游雁比翼翔，归鸿知接翮①。"刘琨②诗言："宣尼③悲获麟，西狩④泣孔丘。"若斯重出，即对句之骈枝⑤也。是以言对为美，贵在精巧；事对所先，务在允当。若两事相配，而优劣不均，是骥在左骖⑥，驽为右服也⑦。若夫事或孤立，莫与相偶，是夔⑧之一足，趻踔⑨而行也。若气无奇类，文乏异采⑩，碌碌⑪丽辞，则昏睡耳目。必使理圆事密，联璧其章，迭⑫用奇偶。节以杂佩⑬，乃其贵耳。类此而思，理自见也。**

## 注释

①接翮（hé）：和上句"比翼"意同。翮，鸟翅。以上两句见《玉台新咏》卷二《杂诗》。②刘琨：字越石，西晋诗人。③宣尼：指孔子。汉平帝时追尊孔子为褒成宣尼公。④西狩：在鲁国西边打猎。⑤骈枝（qí）：多余的，不必要的。骈，脚拇指与第二指相连。枝，手指的第六指。⑥骥（jì）：良马。骖（cān）：驾在车两侧的马。⑦驽（nú）：劣马。服：驾车居中驾辕的马。

⑧夔（kuí）：传为一种独脚兽。⑨踔（chěn）踔（chuō）：跳着走。⑩“气无”二句：意为无奇异的同类，少奇特的文采。气类，同类，借指对偶。⑪碌碌：平庸。⑫迭：交替。⑬节：调节。杂佩：各种不同的玉佩（古人身上佩戴的玉器）。

## 译文

张华的《杂诗》中说：“远游的雁并翅飞翔，归来的鸿连翼而飞。”刘琨的《重赠卢谌》诗中说：“孔子听说获麟而悲伤，孔丘因鲁国打猎获麟而哭泣。”这种重复，就是对偶中多余的歧指了。因此，美好的言对，以精巧为贵；高明的事对，必求其恰当。如以两事相对，而优劣不相称，就如驾车，左边是良马而右边是劣马。若所写事物是孤立的，没有什么和它相对，就像只有一足的夔跳着走路了。即使有了对偶，但没有奇异的同类，缺乏特殊的文采，写得平平常常就必将使人读之昏昏欲睡。所以，必须做到事理圆合，对偶精密，有如成双的璧玉的光彩，并交错运用偶句和散句，就像用各种不同的佩玉加以调节，才显出它的可贵。按照这种要求来思考，运用对偶的道理自然就清楚了。

## 原文

**赞曰：体植必两①，辞动②有配。左提右挈③，精味兼载④。炳烁联华⑤，镜静含态⑥。玉润双流⑦，如彼珩珮⑧。**

## 注释

①体植必两：指本篇开头所说的“造化赋形，支体必双”。植，树立，有生成之意。②动：动辄，往往。③左提右挈（qiè）：意谓左右、前后均衡对称。挈，携。④精味兼载：偶辞的精巧及其所含韵味便能同时得到体现。

⑤炳烁：光彩闪烁。联华：并蒂鲜花，比喻对偶。华，通“花”。⑥镜静含态：明净的镜子照映事物，使物与像成双，也比喻对偶。静，通“净”。⑦玉润：像美玉般温润。流：光彩流动。⑧珩（héng）：成双的佩玉上面的横玉。珮：同“佩”，古代衣带上佩戴的玉石。

## 译文

总之，世间万物自然成双，文辞也往往对偶而成。讲究左右、前后的均衡对称，偶辞的精巧及其所含韵味便能同时得到体现。如并蒂鲜花光彩闪烁，似明净之镜映物成双。双璧温润如玉，流光溢彩，就像佩玉在身，铮然和鸣。

# 三六、比兴篇

## 〔导　读〕

本篇只讲比、兴，除二者关系较为密切外，也说明刘勰认为在艺术方法上，比、兴两法更值得探讨和总结。对比、兴的理解，历来分歧甚大。刘勰在总结前人的基础上提出了自己的一些看法，这些意见对比、兴传统方法的发展，有一定的影响。

全篇分三个部分。第一部分提出刘勰自己对比、兴的理解：比是比附，是按照事物的相似处来说明事理；兴即兴起，是根据事物的隐微处来寄托感情。这基本上是对汉人解说的总结。刘勰又说："比则蓄愤以斥言，兴则环譬以托讽。"把比、兴方法和思想内容的表达密切联系起来，这是刘勰论比、兴的重要发展。第二部分从《诗经》《楚辞》中举出一些实例，进一步说明比、兴在具体创作中的运用，以及汉魏以来多用比而少用兴的变化情况。因为汉晋期间用比更为频繁，所以，第三部分专论比的运用。刘勰用大量例证说明，比可以用来比声、比貌、比心、比事等，总的要求是"以切至为贵"。汉魏以来"日用乎比，月忘乎兴"，在文学创作中也取得了"惊听回视"等艺术效果，但刘勰对忽视兴的倾向是不满的，所以说这是"习小而弃大"。

刘勰对比、兴两法的运用，提出一个重要的要求：在全面观察事物的基础上"拟容取心"。比拟的是事物的形貌，但不应停留在形貌的外部描写上，而必须提取其精神实质，也就是说，要通过能表达实质意义的形貌，来抒写作者的思想感情。只有这样，才能"斥言""托讽"，以小喻大。

## 原文

**《诗》文弘奥[①]，包韫六义[②]，毛公述传[③]，独标兴体[④]，岂不以风通而赋同[⑤]，比显而兴隐哉[⑥]！故比者，附[⑦]也；兴者，起[⑧]也。附理者，切类以指事[⑨]；起情者，依微以拟[⑩]议。起情，故兴体以立；附理，故比例[⑪]以生。比则蓄愤以斥言[⑫]，兴则环譬[⑬]以托讽，盖随时之义不一，故诗人之志有二也[⑭]。**

## 注释

①《诗》：指《诗经》。弘：大。奥：深。②韫（yùn）：藏在里边。六义：指风、雅、颂三种诗体和赋、比、兴三种作诗方法。③毛公：毛亨（hēng），西汉学者。传：指《诗训诂传》。④标：标明。兴体：这里意为“兴”这一项。毛亨在《毛传》中只标明他认为属于“兴”的诗句，而“赋”“比”则不注。如《关雎》“关关雎鸠，在河之洲”二句下标以“兴也”。⑤风通：指“风”诗通用赋、比、兴三种方法，但“风”也概括了“雅”“颂”在内。赋同：指“赋”的表现方法是直陈事物。⑥显：指比喻明显。隐：深奥，这里指用意不明显。⑦附：接近，指托附于物以为比喻。⑧起：引起。⑨切：切合。类：相似。⑩拟：比拟，这里有寄托的意思。⑪例：体例。⑫蓄：积蓄。斥：指斥。⑬环譬：委婉、曲折的比喻。⑭诗人：指《诗经》的作者。二：指比和兴两种方法。

## 译文

《诗经》里边的作品，宏大精深，其中包含着风、赋、比、兴、雅、颂六项，在毛亨作《诗训诂传》时，特别提出“兴”来，难道不是因为《诗经》兼用赋、比、兴三种方法，“赋”乃直陈，“比”为明喻，而

“兴”却隐约难懂吗？所以，“比”是比附事理的，而“兴”是引起情感的。比附事理的，要按照双方的相同处来说明事物；引起情感的，要依据事物的微妙处来寄托意义。由于引起情感，所以“兴”才能成立；由于比附事理，所以“比”才能产生。用比的方法是作者因内心的积愤而有所指斥，用“兴”的方法是作者以委婉的譬喻来寄托讽刺，为了适应不同场合的不同意义，所以《诗经》作者的情志就有两种表现方法。

## 原文

**观夫兴之托喻①，婉而成章②，称名也小，取类③也大。关雎有别④，故后妃方⑤德；尸鸠贞一⑥，故夫人象义⑦。义取其贞，无疑于夷⑧禽；德贵其别，不嫌于鸷鸟⑨。明而未融⑩，故发⑪注而后见也。且何谓为比？盖写物以附意，扬⑫言以切事者也。故金锡⑬以喻明德，珪璋以譬秀民⑭，螟蛉⑮以类教诲，蜩螗⑯以写号呼，浣⑰衣以拟心忧，卷席⑱以方志固，凡斯切⑲象，皆比义也。至如“麻衣如雪”⑳，“两骖如舞”㉑：若斯之类，皆比类者也。楚襄信谗㉒，而三闾㉓忠烈，依《诗》制《骚》，讽兼比兴㉔。炎汉㉕虽盛，而辞人夸毗㉖，讽刺㉗道丧，故兴义销亡。于是赋颂先鸣，故比体云㉘构，纷纭杂遝㉙，倍旧章矣㉚。**

## 注释

①喻：喻义。②成章：指写得好。章，篇章。③取类：指所譬喻者。④关雎（jū）：《诗经·周南》中的一篇，第一句是“关关雎鸠”。关关，鸟鸣声。雎鸠，鹫（jiù）、鹗（è）一类的猛禽。有别：雌雄有别。⑤方：比方。旧解认为《关雎》是歌颂周文王的后妃的。⑥尸鸠：鸤鸠，也就是布谷鸟。贞：定，指妇女坚守妇德。⑦夫人象义：旧解以为《鹊巢》是歌颂诸侯夫人的。⑧夷：平常，一般。⑨鸷鸟：凶猛的鸟。⑩融：大明，朗。⑪发：

发挥。⑫扬：显扬，指鲜明突出的描写。⑬金锡：精练的。⑭珪璋（zhāng）：古人到各国聘问时所用的名贵玉器。《诗经·大雅·卷阿》用“如圭如璋”来称赞贤人。秀：超出众人之上。⑮螟蛉：螟蛉蛾的幼虫。《诗经·小雅·小宛》用“螟蛉有子，蜾蠃负之”来比喻教养后辈。蜾（guǒ）蠃（luǒ），蜂的一种。这种蜂原是捕捉螟蛉以喂养其幼蜂，古人误以为蜾蠃是养螟蛉为子，所以，后称义子为螟蛉。⑯蜩（tiáo）螗（táng）：蝉。《诗经·大雅·荡》中用“如蜩如螗”来比喻饮酒呼号的声音。⑰浣：洗。⑱卷席：《诗经·邶风·柏舟》中说，“我心匪（非）席，不可卷也”。⑲切：近，合。⑳麻衣如雪：这是《诗经·曹风·蜉（fú）蝣（yóu）》中的一句。雪和麻衣同样洁白，所以用为比喻。㉑两骖如舞：这是《诗经·郑风·大叔于田》中的一句。骖，三匹或四匹马共驾一车时在两旁的马。㉒楚襄：战国时楚顷襄王。谗：毁坏好人的话。㉓三闾：屈原，他曾任三闾大夫。㉔讽兼比兴：意谓屈原的作品讽刺中兼用比、兴的手法。㉕炎汉：汉代。旧说汉代属五行中的火，所以有这个称呼。㉖夸毗（pí）：卑躬屈节。㉗刺：讽刺。㉘云：形容众多如云。㉙杂遝（tà）：众多，杂乱。㉚倍：通“背”，违背。章：条理，法则。

## 译文

试看用“兴”来托物喻意，常常是用婉转的手法构成篇章；表面上说的是小事，但譬喻的意义却很广泛。比如《诗经》中的《周南·关雎》所说的雎鸠是雌雄有别的鸟，所以用来比喻周王后妃的美德；《召南·鹊巢》所说的鸤鸠有贞静专一的品德，所以用来比喻诸侯的夫人的品行。既然有取于贞静，那就不在乎是否是平凡的飞禽；同样，既然取其雌雄有别，自然不管是否是健猛的鸟。这些诗句虽然明确，但表达得不够明显，所以还有待注解来发挥。至于“比”是什么呢？那是描写事物来比附某种意义，用鲜明的形貌来说明事理。比如《诗经》中的《卫风·淇奥》以金和锡来比喻美德，《大雅·卷阿》以名贵的玉器来比喻贤人，《小雅·小宛》以蜂育螟蛉来比喻教养后辈，《大雅·荡》以蝉叫比喻酒后喧哗，

《邶风·柏舟》以衣服未洗来比喻心情忧郁，又以心非床席可卷来比喻立志不变。这些相切合的形象，就是“比”的方法。还有《曹风·蜉蝣》说，“麻衣洁白如雪”；《郑风·大叔于田》说，“驾在车两旁的马，走起来像舞蹈一般”。这些也是“比”一类的。楚顷襄王听信坏人的挑拨，屈原却忠君爱国，他继承《诗经》的优良传统而写作《离骚》，其中讽刺是兼用“比”“兴”两种方法的。汉代文风虽盛，但作家们却卑躬屈节，所以《诗经》讽刺的传统中断，而“兴”的表现方法也就不存在了。这时赋和颂很兴盛，“比”的运用风起云涌，越来越多，和过去的法则不一样了。

## 原文

**夫比之为义，取类不常：或喻于声，或方于貌，或拟于心，或譬于事。宋玉《高唐》[1]云：“纤条悲鸣[2]，声似竽籁[3]。”此比声之类也。枚乘《菟园》[4]云：“焱焱[5]纷纷，若尘埃之间[6]白云。”此则比貌之类也。贾生《鵩鸟》[7]云：“祸之与福，何异纠纆[8]？”此以物比理者也。王褒《洞箫》[9]云：“优柔温润，如慈父之畜[10]子也。”此以声比心者也。马融《长笛》[11]云：“繁缛络绎[12]，范、蔡之说也[13]。”此以响比辩者也。张衡《南都》[14]云：“起郑舞，茧曳绪[15]。”此以容[16]比物者也。若斯之类，辞赋所先；日用乎比，月忘乎兴；习小而弃大[17]，所以文谢[18]于周人也。至于扬、班之伦[19]，曹、刘以下[20]，图状山川，影写[21]云物，莫不织综[22]比义，以敷其华[23]，惊听回[24]视，资此效绩[25]。又安仁《萤赋》云[26]：“流金在沙[27]。”季鹰《杂诗》云[28]：“青条若总翠[29]。”皆其义者也。故比类虽繁，以切至为贵，若刻鹄类鹜[30]，则无所取焉。**

## 注释

①宋玉：战国时楚国作家。《高唐》：《高唐赋》，载《文选》卷十九。②纤：细小。条：树枝。③竽：笙一类的乐器，有三十六簧。籁（lài）：孔窍所发的声音。④《菟（tú）园》：《梁王菟园赋》，载《古文苑》卷三。⑤猋（biāo）猋：快速的样子。⑥间：杂。⑦贾生：贾谊，西汉初年作家。《鹏（fú）鸟》：《鹏鸟赋》，载《文选》卷十三。⑧纠：绞合的意思。纆（mò）：绳索。⑨《洞箫》：《洞箫赋》，载《文选》卷十七。⑩畜：抚养。⑪《长笛》：《长笛赋》，载《文选》卷十八。⑫缛：繁盛。络绎：连续不断。⑬范：范雎。蔡：蔡泽。都是战国时辩士。说（shuì）：游说。⑭《南都》：《南都赋》，载《文选》卷四。⑮茧：蚕茧。曳：牵引。绪：端绪，这里指蚕丝的端绪。⑯容：仪态，范文澜注，此句当作"以物比容"。⑰小：指比。大：指兴。此句说明刘勰对"兴"更为重视，这种观点对后世影响很大。⑱谢：逊，这里是说比不上。⑲扬：指扬雄。班：指班固。伦：类。⑳曹：曹植。刘：刘桢。㉑影写：摹写。㉒织综：组织、运用的意思。㉓敷：铺陈。华：藻饰。㉔回：眩惑。㉕资：凭借。绩：功绩，这里指艺术效果。㉖安仁：西晋作家潘岳的字。《萤赋》：《萤火赋》，载《初学记》卷三十。㉗流金在沙：形容萤飞的样子。流，流动，这里指金光闪动。㉘季鹰：西晋作家张翰的字。《杂诗》：载《文选》卷二十九。㉙总：聚合。翠：翠鸟，这里指翠鸟的羽毛。㉚鹄：天鹅。鹜（wù）：家鸭。

## 译文

"比"的方法，在譬喻上没有成规：或者比声音，或者比形貌，或者比心情，或者比事物。宋玉《高唐赋》说："风吹细枝，发出悲声，好像吹竽似的。"这是比声音的例子。枚乘《梁王菟园赋》说："众鸟飞得极快，好像白云中几点尘埃。"这是比形貌的例子。贾谊《鹏鸟赋》说："灾祸和幸福的互相联系，同绳索绞在一起有什么区别？"这是以事物比道理的例子。王褒《洞箫赋》说："箫声柔婉润泽，好像慈父抚育儿女似的。"这是以声音比心情的例子。马融《长笛赋》说："音节繁多而连续，好像范雎、蔡泽的游说。"这是以声音比辩论的例子。张衡《南都赋》说："开始了郑国的舞蹈，好像剥茧抽丝似的。"这是以事物比舞姿的例子。诸如此类，辞赋里很多；作者天天用"比"的方法，久而久之就忘记了"兴"；他们习惯于次要的而抛弃了主要的，作品便不及周代了。至于扬雄、班固诸人，以及曹植、刘桢以后的作家，描写山水云霞，无不运用"比"的方法来施展文采，其所以能写得动人，主要依靠这种方法取得的成功。又如潘岳《萤火赋》说："萤光好像沙中金粒般的闪烁。"张翰《杂诗》说："青枝好像聚集着的翠鸟的羽毛。"这也是"比"的方法。这类例子虽多，总以切合为佳，如果把天鹅刻画成家鸭，那就没有什么可取的了。



## 原文

**赞曰：《诗》人比兴，触物圆①览。物虽胡越②，合则肝胆③。拟容取心④，断辞必敢⑤。攒杂咏歌⑥，如川之澹⑦。**

## 注释

①圆：周全。②胡越：喻相距很远。胡，指北方。越，指南方。③肝胆：肝胆位置相近，这里喻指比兴的运用很切合。④心：指精神实质。⑤断辞：是选定文辞，引申为进行写作。断，裁决。敢：《说文》："进取也。"⑥攒：积聚。杂：指各种事物。⑦澹：水盛貌。

## 译文

总之，诗人运用比兴的方法，是对事物进行了全面的观察。比兴的双方虽像胡越两地相距极远，但应使它们像肝胆一样紧密结合。比拟事物的外貌或内心情志，下笔措辞一定要果敢。把形形色色的比兴聚集在歌咏中，就汇合成滔滔奔流的春水了。

# 三七、夸饰篇

## 〔导　读〕

全篇分三部分。第一部分论夸张描写在文学创作中的必要性。刘勰从《诗经》等儒家经书中举一些运用夸张手法的例子，指出这种描写虽然不免过分，但不仅无损于作品的教育作用，反而能“追其极”“喻其真”，起到更为有力的教育作用。其实，不仅某些难以表达的事理，甚至普遍的形器，也正是借助于夸张的方法，才能突出其实质，发挥积极的艺术效果。因此，刘勰断定“文辞所被，夸饰恒存”，凡是文辞描写，就永远存在着夸张的表现方法。

第二部分讲夸张手法在两汉的运用、发展情况及其艺术力量。刘勰举汉赋中的一些例子，说明汉代辞赋家在夸张的运用上，虽有盛行得过分的倾向，但都能在辞赋创作中“因夸以成状，沿饰而得奇”，充分发挥了夸张描写的艺术效果，甚至能使盲人睁开眼睛，聋子也受到惊骇。

第三部分论夸张手法的基本原则。刘勰认为，一方面要继承《诗经》等儒家经书的优良传统，一方面要纠正汉代辞赋家过分夸张的偏向，做到“夸而有节，饰而不诬”。关键在于抓住要点，能有力地表达思想感情，而不要用不恰当的夸张使“名实两乖”。

刘勰不仅认为从开天辟地以来，有文辞就必有夸饰，甚至还鼓励作家打破常规，以“倒海”“倾昆”的精神，去努力探取夸饰的珠宝。这说明他并未死守儒家的一切教条，而对文学艺术的表现特点，有着较为正确的认识。

## 原文

**夫形而上①者谓之道，形而下②者谓之器。神道难摹③，精言不能追其极④；形器易写，壮辞可得喻⑤其真。才非短长，理自难易耳。故自天地以降⑥，豫⑦入声貌，文辞所被⑧，夸饰恒存。虽《诗》、《书》雅言⑨，风⑩俗训世，事必宜广，文亦过⑪焉。是以言峻则嵩高极天⑫，论狭则河不容舠⑬，说多则子孙千亿⑭，称少则民靡孑遗⑮，襄陵举滔天之目⑯，倒戈立漂杵之论⑰，辞虽已甚，其义无害也。且夫鸮⑱音之丑，岂有泮⑲林而变好？荼⑳味之苦，宁以周原而成饴㉑？并意深褒赞，故义成矫饰㉒。大圣㉓所录，以垂宪章㉔。孟轲㉕所云，“说《诗》者不以文害辞㉖，不以辞害意㉗”也。**

## 注释

①形而上：成形以前，也就是抽象的东西。形，形体。②形而下：成形以后，也就是具体的东西。③神道：神妙的道理。摹：描摹。④追其极：彻底表达出来。极，终极。⑤喻：说明。⑥以降：以后。⑦豫：干预。⑧被：及，到达。⑨《诗》：指《诗经》。《书》：指《书经》，即《尚书》。⑩风：教化。⑪过：超过，这里有夸大的意思。⑫峻：高。嵩：也是高。⑬舠（dāo）：小船。⑭子孙千亿：《诗经·大雅·假乐》“干禄百福，子孙千亿”。⑮靡：没有。孑（jié）：单独。⑯襄：上。陵：大的土山。滔：水漫。目：称说。⑰倒戈：倒转武器进攻原来自己所属的一方。戈，兵器。杵（chǔ）：舂米的槌。⑱鸮（xiāo）：猫头鹰。⑲泮（pàn）：指春秋时鲁国的泮宫（学校）。⑳荼（tú）：苦菜。㉑周：周国，在今陕西中部。原：平原。饴（yí）：糖浆。㉒矫饰：夸饰。㉓大圣：指孔子。㉔垂：留传下来。宪章：法度。㉕孟轲：孔子学说的主要继承者，他的弟子记载其言论为

《孟子》七篇。这里所引的话见《孟子·万章上》。㉖说：解说。文：文采。辞：指诗句本身。㉗意：《孟子》原文作“志”。

## 译文

在具体形体之上的叫作“道”，已成形的具体的叫作“器”。微妙的道理不易说明，即使用精确的语言也不能完全表达出来；具体事物虽容易描写，用有力的文辞更能体现出它的真象。这并不是由于作者的才能有高有低，而是事理本身在描述上有难有易。所以从开天辟地以来，凡是涉及声音状貌的，只要通过文辞表达出来，就有夸张和修饰的方法存在。即使是《诗经》《尚书》中那种雅正的语言，为了教育读者，所谈的事例一定要广博，因而在文辞上也必然有超过实际的地方。所以《诗经》里面谈到高就说山高到天上，谈到狭就说河里容不下小船，谈到子孙多就说子孙无数，谈到人民少就说周朝的百姓死得不剩一个，《尚书》里面讲到洪水包围丘陵就有淹没天空的说法，讲到殷王的士兵叛归周人就有流血可以浮起舂米槌的记载，这些虽不免过甚其辞，但对于所要表达的基本意义却并无妨害。再如猫头鹰的叫声本来是难听的，怎能真像《诗经·鲁颂·泮水》中说的，因为它栖在学宫而变得好听起来了呢？苦菜的味道本来是苦的，怎能真像《诗经·大雅·绵》里面说的，因为生长在周国的平原上而变得糖浆似的甜呢？实在是因为作者有着深刻的赞扬意图，所以在文义上有所夸饰。伟大的圣人将它采录下来，作为后世的典范。因此孟轲曾说过：“解说《诗经》的人，不要因为拘泥于辞藻而妨害了对诗句的理解，也不要因为拘泥于诗句本身而误解了作者的原意。”

## 原文

**自宋玉、景差[①]，夸饰始盛，相如凭风[②]，诡[③]滥愈甚。故《上林》[④]之馆，奔星与宛虹入轩[⑤]；从禽之盛，飞廉与焦明俱获[⑥]。及扬雄《甘泉》，酌[⑦]其余波，语瑰奇则假珍于玉树[⑧]，言峻极则颠坠[⑨]于鬼神。至《西都》[⑩]之比目，《西京》[⑪]之海若，验[⑫]理则理无可验，穷饰则饰犹未穷[⑬]矣。又子云《羽猎》，鞭宓妃以饷屈原[⑭]；张衡《羽猎》，困玄冥于朔野[⑮]。娈[⑯]彼洛神，既非魑魅[⑰]；惟此水师[⑱]，亦非魍魉[⑲]，而虚用滥形，不其疏乎！此欲夸其威而饰其事，义睽剌也[⑳]。至如气貌山海[㉑]，体势[㉒]宫殿，嵯峨揭业[㉓]，熠耀焜煌之状[㉔]，光采炜炜[㉕]而欲燃，声貌岌岌[㉖]其将动矣。莫不因夸以成状，沿饰而得奇也。于是后进之才，奖气挟声[㉗]，轩翥[㉘]而欲奋飞，腾掷而羞跼步[㉙]。辞入炜烨[㉚]，春藻不能程其艳[㉛]；言在萎绝[㉜]，寒谷未足成其凋[㉝]。谈欢则字与笑并，论戚则声共泣偕[㉞]。信可以发蕴而飞滞[㉟]，披[㊱]瞽而骇聋矣。**

## 注释

①宋玉、景差：都是战国时期楚国的著名作家。宋玉的作品今存《九辩》等篇，景差的作品大都亡佚。②相如：司马相如。风：指夸饰之风。③诡：反常。④《上林》：指司马相如所作《上林赋》。上林即上林苑，是汉天子的园林，为他们游猎之所。⑤奔星：流星。宛虹：弯曲的虹。轩：窗。⑥飞廉：传说中的神兽，鸟身鹿头。焦明：形似凤凰的鸟。⑦酌：斟酌，这里有学习、继承的意思。⑧瑰奇：珍贵奇异的事物。玉树：相传是以珊瑚为枝、碧玉为叶的树。⑨颠坠：下落。⑩《西都》：指东汉班固的《西都赋》。⑪《西京》：张衡《二京赋》的一部分。⑫验：验证。⑬未穷：指尚未穷尽夸张之能事。⑭宓（fú）妃：相传是伏羲的女儿，溺死于洛水

为神。饷：进酒食。⑮困：拘留。玄冥：水神名。朔：北方。现存《羽猎赋》残文没有“困玄冥”的内容。⑯娈（luán）：柔顺，美好。⑰魑魅：鬼怪。⑱水师：指水神玄冥。⑲魍魉：水怪。⑳睽（kuí）、剌（là）：都是违背。㉑气：气概。貌：形状。㉒体势：与“气貌”意义相近。㉓嵯（cuó）峨（é）：山高的样子。揭业：揭孽，也是高的意思。张衡《西京赋》、司马相如《上林赋》、王延寿《鲁灵光殿赋》等，都曾用到类似的描写。㉔熠（yì）耀：光明的样子。焜（kūn）煌（huáng）：也是光明的样子。㉕炜（wěi）炜：光辉。㉖岌（jí）岌：高耸又危险的样子。㉗奖：鼓励。气：风气。挟：依以自重。声：声势。㉘轩翥（zhù）：高飞的样子。㉙腾掷：跳跃。跼（jú）步：小步。跼，拘束。㉚炜烨（yè）：光辉盛明的样子。㉛春藻：指春天的美丽景色。程：计量考核。㉜萎绝：枯死。㉝寒谷：寒冷的荒谷。凋：零落。㉞戚：忧伤。偕：共同。㉟蕴（yùn）：积聚，含蓄。滞：不通畅。㊱披：打开。

## 译文

从宋玉、景差以后，在作品中运用夸张手法开始盛行起来。司马相如继承这种风尚，又变本加厉，怪异失实的描写越来越严重。他写到上林苑中的高楼，便说流星与曲虹好像进入了它的窗户；写到追逐飞禽的众多，竟说龙雀、焦明等奇鸟样样都能捕到。后来扬雄作《甘泉赋》，继承了司马相如的流风余韵；他为了描写的奇特就借助玉树这一珍宝，为了形容楼阁的高耸就说鬼神也要跌下来。还有班固在《西都赋》里谈到了比目鱼，张衡在《西京赋》中谈到了海若神等，这些说法在事理上既难于查考，在夸张上又不算竭尽能事。此外如扬雄的《羽猎赋》，里面说要鞭打洛水的宓妃，要她送酒菜给屈原；张衡的《羽猎赋》又曾说，要把水神玄冥囚禁在北方的荒野。可是，那美好的洛神，并不是什么鬼怪，而这水神玄冥，也不是什么妖魔，他们这样不切实际地任意描写，不是过于粗疏了吗！这样写不过想增加声势，便把事情写得夸张一些，却显然违背了义理。但这些作品在描绘山海的状貌和宫殿的形势上，都能充分表现出那种宏伟高大、光辉灿烂，写得光彩闪耀就像将要燃烧，声势形象岌岌可危像要飞动。这些都是倚仗夸张手法来表现出事物的形状，借助修饰文采来显示事物的奇特。因此，后来许多有才的人发扬了这种风气，凭借着这种声势，他们振翼高举而势将奋飞，踊跃奔腾而耻于缓步。他们如果写繁盛，即使春日丽景也不如这般鲜艳；如果写衰萎，即使荒凉的寒谷也没有这样萧条。写到愉快，文字好像带着欢笑一齐来到；写到悲伤，音调好像和哭泣同时并至。这的确可以把深藏内心而不明显的东西表达得十分鲜明而生动，简直能使盲人睁开眼睛，聋子受到震惊。

## 原文

**然饰穷其要，则心声锋起①；夸过其理，则名实两乖②。若能酌《诗》、《书》之旷③旨，翦扬、马之甚泰④，使夸而有节⑤，饰而不诬⑥，亦可谓之懿也。**

## 注释

①心声：和下句“名实”相对应，指表达作者心意的语言。锋：锋锐。②乖：不合。③旷：广大。④扬：扬雄。马：司马相如。泰：过多，指不恰当的夸张。⑤节：节制。⑥诬：歪曲。

## 译文

如果夸饰能够抓住事物的要点，就可把作者的思想感情有力地表达出来；要是夸张过分而违背常理，那就会使文辞与实际脱节。假如在内容上能够学习《诗经》《尚书》中深广的含义，在形式上避免扬雄和司马相如辞赋中过度的夸饰，做到夸张而有节制，增饰而不违反事实，这就可以算是美好的作品了。

## 原文

**赞曰：夸饰在用，文岂循检[①]？言必鹏运[②]，气靡鸿渐[③]。倒海探珠，倾昆取琰[④]。旷而不溢[⑤]，奢而无玷[⑥]。**

## 注释

①检：法式。②鹏：大鸟。运：运行，相传大鹏鸟一飞就是几千里。③鸿：水鸟。渐：缓进。④昆：昆仑山，相传昆仑山产玉。琰（yǎn）：一种美玉。⑤溢：过多。⑥玷：美玉的斑点，这里指缺点。

## 译文

总之，夸张成败全在于运用，行文哪有可遵循的规则？夸张的语言应该像大鹏矫健地高飞，气势要胜过鸿雁的上升。作家选择这种语言时应该像倒干大海去寻珠宝，推垮昆仑山去求美玉。意义深广而夸张得不过分、增饰得不出毛病。

# 三八、事类篇

## 〔导　读〕

所谓“事类”，包括故实或典故在内，但刘勰在本篇所讲“事类”，有两个方面的内容：一是文学作品中引用的前人的有关事例或史实，一是引证前人或古书中的言辞。这比通常所说“典故”的范围要大得多。

本篇分三个部分。第一部分讲“事类”的含义、作用以及古来运用事类的概貌。刘勰认为，运用事类的主要意义在于“援古以证今”“明理”“征义”。

第二部分由才与学的关系进而论述广博学识的必要性。对才与学两个方面，刘勰除强调二者必须“表里相资”“主佐合德”外，更提出“将赡才力，务在博见”，这是很值得注意的观点。他认为文学创作是“才为盟主，学为辅佐”，这种说法似近于天才论，特别是“文章由学，能在天资”之论，更是如此。但刘勰并非天才决定论者，而是强调才与学必须“表里相资”才能发挥作用；更不认为作者的才力是天生不变的，只要坚持学习、广闻博见，就可丰富其才力。所以，这部分以论述必须有广博的学识为主。最后提出运用事类的基本要求是：学识要博，取用应约，选择必精，道理须核；事类要用在文章的关键地方，而不要用于无关紧要的闲散之处。

第三部分主要是举前人用事之误，以说明用典引文必须准确得当而如自出其口。

从古到今，善于运用事类的作者都为其作品增色不少。刘勰对这个问题的论述，如要求精约准确、“用人若己”等基本观点是对的。但刘勰所处的正是作者大量堆砌典故而使“文章殆同书钞”（《诗品》）的时期，略晚于刘勰的钟嵘对此进行过猛烈的批评，本篇却继续强调事类的好处，提倡运用事类的技巧，而对刘勰之前已用得过甚、过滥的倾向不置一词，这就是刘勰不及钟嵘的地方了。

## 原文

事类者，盖文章之外，据事以类义①，援②古以证今者也。昔文王③繇《易》，剖判④爻位，《既济》九三⑤，远引高宗⑥之伐；《明夷》六五⑦，近书箕子⑧之贞：斯略举人事，以征⑨义者也。至若胤征羲和⑩，陈《政典》之训⑪；盘庚诰⑫民，叙迟任之言⑬：此全引成辞以明理者也。然则明理引乎成辞，征义举乎人事，乃圣贤之鸿谟⑭，经籍之通矩⑮也。《大畜》之象⑯：“君子以多识⑰前言往行。”亦有包⑱于文矣。观夫屈、宋属篇⑲，号依《诗》人⑳，虽引古事，而莫取旧辞。唯贾谊《鵩赋》，始用鹖冠㉑之说，相如《上林》，撮引李斯之书㉒，此万分之一会㉓也。及扬雄《百官箴》，颇酌于《诗》、《书》㉔，刘歆《遂初赋》，历叙于纪传㉕，渐渐综采矣。至于崔、班、张、蔡㉖，遂捃摭㉗经史，华实布濩㉘，因书立功，皆后人之范式也。

## 注释

①据事以类义：据事类以明义。事类，指类似的、有关的故实或言辞。②援：引用。③文王：周文王。④剖判：分析，辨别。⑤《既济》：卦名，六十四卦之一，象征“初吉终乱”。九三：爻位的标志。⑥高宗：商王武丁。⑦《明夷》：卦名。六五：第五位是阴爻。⑧箕子：殷纣王诸父。纣无道，箕子谏不听，便佯狂为奴，以保全其贞。⑨征：证验。⑩胤征羲和：胤与羲、

和均为古部落名。因羲、和沉湎于酒，荒误农时，胤君奉命征讨羲、和。⑪《政典》之训：《尚书·胤征》“《政典》曰：‘先时者杀无赦，不及时者杀无赦。’”。⑫诰：告，告诫。⑬迟任之言：《尚书·盘庚》“迟任有言曰：‘人惟求旧，器非求旧，惟新。’”。迟任，传为上古贤人。⑭鸿谟：大的议谋。⑮矩：法度。⑯《大畜》：《易经》中的卦名。象：指解释此卦的《象辞》。⑰识（zhì）：记住。⑱包：通“苞”，丰富的意思。⑲屈、宋：屈原、宋玉。属：缀辑，指写作。⑳《诗》人：《诗经》的作者。㉑鹖（hé）冠：传为战国时期楚人鹖冠子的《鹖冠子》。㉒撮：取。李斯：秦代政治家，秦始皇的丞相。书：指李斯的《谏逐客书》。㉓万分之一会：偶然的会合。㉔酌：择善而取。《诗》《书》：《诗经》和《尚书》。㉕历叙于纪传：《遂初赋序》中说，刘歆“徙五原太守，……经历故晋之域，感今思古，遂作斯赋以叹往事而寄己意”。纪传，泛指史书。本书《谐隐》篇说的“隐语之用，被于纪传”，与此同意。《遂初赋》中讲到周晋史事甚多。㉖崔、班、张、蔡：崔骃（yīn）、班固、张衡、蔡邕，均东汉文学家。㉗捃（jùn）摭（zhí）：摘取，搜集。㉘布濩（hù）：散布。

## 译文

所谓“事类”，就是在文章本身的写作之外，利用有关故实来表明文义，引用古事以证明今事。从前周文王作解释《易经》的卦爻辞，辨析卦爻的位置，在《既济》卦阳爻的第三位，远的引到殷高宗讨伐鬼方的事；在《明夷》卦阴爻的第五位，近的写到殷末箕子的贞操。这只是简要地举出古人的事迹，用以证明意义的例子。至于《尚书·胤征》所载胤侯征讨羲和时，举出夏代《政典》中的教训，《尚书·盘庚》所载殷王盘庚告诫国人时讲到上古贤人迟任的话：这都是完整地引用前人已成的言辞，用以说明道理的例子。由此可见，引用前人现成的话来说明道理，列举古人的有关事迹来证明意义，这是圣贤的宏大用意，更是经典中运用的通则。《易经·大畜》的《象辞》中说：“君子应多多记住前人的言论和事迹。”这也包括作文的道理。考查屈原、宋玉的作品，据说是依照《诗经》的作者而写的，其中虽讲到不少古代的事，却不采用原来的言辞。到汉初贾谊的《鹏鸟赋》才开始引用《鹖冠子》中的话，司马相如的《上林赋》引用了李斯的《谏逐客书》，这也只是偶然引用罢了。到扬雄写《百官箴》，采取《诗经》《尚书》中的话就颇多了，刘歆写《遂初赋》更历述了不少周晋史实，就逐渐综合引用各种古书了。及至东汉的崔骃、班固、张衡、蔡邕等，便搜集种种经书、史书，把文章写得华实并茂，凭借古书以获得成就，在这方面他们都是后人的典范。

## 原文

**夫姜桂因地[1]，辛在本性；文章由学，能在天资。才自内发，学以外成，有学饱而才馁[2]，有才富而学贫。学贫者迍邅[3]于事义；才馁者劬[4]劳于辞情：此内外之殊分也。是以属意立文，心与笔谋，才为盟主[5]，学为辅佐[6]，主佐合德，文采必霸[7]；才学褊狭[8]，虽美少功。夫以子云之才，而自奏不学[9]，及观书石室[10]，乃成鸿采。表里相资[11]，古今一也。故魏武称张子之文为拙[12]，以学问肤浅，所见不博，专拾掇崔、杜小文[13]，所作不可悉难[14]，难便不知所出[15]，斯则寡闻之病也。夫经典沉深，载籍浩瀚[16]，实群言之奥区[17]，而才思之神皋[18]也。扬、班[19]以下，莫不取资[20]：任力耕耨[21]，纵意渔猎，操刀能割[22]，必裂膏腴[23]；是以将赡[24]才力，务在博见，狐腋非一皮能温[25]，鸡蹠必数十而饱矣[26]。是以综学在博，取事贵约，校练务精[27]，捃理须核，众美辐辏[28]，表里发挥。刘劭《赵都赋》云："公子之客，叱劲楚令歃盟；管库隶臣，呵强秦使鼓缶。"用事如斯，可称理得而义要矣。故事得其要，虽小成绩，譬寸辖制轮，尺枢运关也。或微言美事，置于闲散，是缀金翠于足胫，靓粉黛于胸臆也。**

## 注释

①桂：木桂，也叫牡桂，味辛。因地：从地上生长。因，由，从。②馁（něi）：饥饿，这里指才弱。③迍（zhūn）邅（zhān）：困难。④劬（qú）：劳累。⑤盟主：诸侯盟会之主，这里指作者的才性在创作中的主要作用。⑥辅佐：辅助，指作者的学识在创作中的辅助作用。⑦霸：诸侯之长，喻创作上的成就较高。⑧褊（biǎn）狭：狭小。⑨自奏不学：扬雄《答刘歆书》中说，自幼不得学，但好沈博艳丽的文章，愿不领三年的俸禄，而能免于值班，以便安心学习。皇帝下诏同意，俸禄照发，并让扬雄在石渠阁读书，后扬雄的作品才有文采。⑩石室：石渠阁，汉代宫中藏书之所。在今陕西西安西北长安故城内。⑪表里：上文所说内才外学。资：凭借。⑫魏武：魏武帝曹操。下引曹操的话，原文今不存。张子：姓张的作者，所指不详。⑬拾掇（duō）：拾取。崔、杜：所指不详。曹操之前崔、杜二姓同时的文人有东汉崔骃、杜笃。⑭悉：全，尽。难：问难，这里指追究。⑮不知所出：指不知本源所出。⑯载籍：书籍。浩瀚：广大，繁多。⑰奥区：深奥、丰富的地方，和《宗经》篇说儒家经典是“文章奥府”意同。⑱神皋（gāo）：与“奥区”意近。⑲扬、班：扬雄、班固。⑳取资：犹“取给”，取以供其所需。㉑耕耨（nòu）：耕种，指从中学习。耨，锄草。㉒操刀能割：这里有强调应充分利用儒家著作之意。㉓裂：分割。膏腴：土地肥沃，指儒家经典具有丰富的营养。㉔赡：丰富，充足。㉕“狐腋”句：指一张狐皮不能成裘。腋，胳肢窝。这里指狐的腋下皮毛。狐腋纯白而暖。㉖“鸡蹠（zhí）”句：《淮南子·说山训》，“善学者，若齐王之食鸡，必食其蹠，数十而后足”。蹠，足掌。以上二句都比喻学习必须掌握广博的知识。㉗校练：考校选择。练，同“拣”。㉘辐（fú）辏（còu）：车轮的辐条聚集在车的轴心。

## 译文

姜和桂都从地上生长，它们的辛辣却是其本性决定的；写好文章要通过学识，创作的才能在于作者的天资。才能由作者的内部产生，学识则是从外部积累而成，有的人学识丰富但才力不足，有的人才力较强但学识贫乏。学识贫乏的作者，在引事明义方面比较困难；才力不足的作者，在遣词达情方面相当吃力。这就是内才、外学的区分。所以，命意为文，在心和笔共同谋划之中，作者的才力起着主要作用，学识则起着辅助作用，如果才力和学识兼善并美，必然能在创作上取得突出成就；如果才力和学识都欠缺，虽有小成也很难有大的成效。像扬雄那样有才华的作者，还上奏书说自己学识不足，他在石渠阁阅读大量图书之后，才显示出丰富的文采。内才外学相辅相成，古往今来的作者无不如此。所以魏武帝曹操说张子的文章之所以拙劣，就由于他学问肤浅，见闻不博，只知拾取崔骃、杜笃的小文章，因此他的作品不能深究，追究起来便不知源头何在，这就是孤陋寡闻的毛病了。儒家经典的内容既深厚，也十分丰富，的确是各种言辞荟萃的地方，启迪才思的宝库。从汉代扬雄、班固以后的作者，无不从中各取所需，凭自己的努力去学习，任自己的心意去采取，只要善于吸取儒家经典，就必能从中获得丰富的营养；所以，要充实作者的才力，必须首先广见博闻，一张狐腋皮不能制成皮袄，吃鸡脚掌必定要数十只才吃得饱。因此，综聚学识要广博，采用事例则应简约，考校选择必须精确，采用义理应该切实，这些优点集中起来，就使才力和学识相互发挥。三国时刘劭在《赵都赋》中说："平原君的门客毛遂，呵斥强劲的楚王，迫使他同意订盟；赵国的小臣蔺相如，斥责强盛的秦王，迫使他击缶为乐。"能够像这样运用故实，就可算是合于义理而得其要领了。所以，用事如能抓住要害，虽然事小也能有所成就，这就如像小小的车辖能够控制车轮，门户的转轴可以承运开关。如果把精微的言辞、美妙的事例用在无关紧要的地方，就像把金玉珠宝挂在腿上，把脂粉黛墨抹在胸前了。

## 原文

**凡用旧合机[1]，不啻[2]自其口出；引事乖谬[3]，虽千载而为瑕[4]。陈思，群才之英也，《报孔璋书》[5]云：“葛天氏[6]之乐，千人唱，万人和，听者因以蔑[7]《韶》、《夏》矣。”此引事之实谬也。按葛天之歌，唱和三人[8]而已。相如《上林》云：“奏陶唐[9]之舞，听葛天之歌，千人唱，万人和。”唱和千万人，乃相如推[10]之，然而滥侈[11]葛天，推三成万者，信赋妄书，致斯谬也[12]。陆机《园葵》诗云：“庇足同一智，生理合异端。”[13]夫葵能卫足，事讥鲍庄[14]；葛藟[15]庇根，辞自乐豫[16]；若譬葛为葵，则引事为谬[17]；若谓庇胜卫，则改事失真；斯又不精之患。夫以子建明练[18]，士衡沉密[19]，而不免于谬，曹洪[20]之谬高唐，又曷足以嘲哉[21]！夫山木为良匠所度[22]，经书为文士所择，木美而定于斧斤[23]，事美而制于刀笔[24]，研思之士，无惭匠石[25]矣。**

## 注释

①合机：适合，得当。②不啻（chì）：无异于。③乖谬：错误。乖，违背。④瑕：玉的斑痕，这里指缺点。⑤《报孔璋书》：此书今不存。孔璋，陈琳的字，他是“建安七子”之一。⑥葛天氏：传说中的古代帝王。⑦蔑：轻视。《韶》：传为舜时的《韶乐》。《夏》：传为夏禹时的《大夏》。⑧唱和三人：此说据《吕氏春秋·古乐》“昔葛天氏之乐，三人操牛尾，投足以歌八阕”。⑨陶唐：帝尧，史称陶唐氏。⑩推：推想。⑪滥：不实。侈：夸大。⑫致斯谬也：指曹植《报孔璋书》的错误论点。这里，刘勰不论《上林赋》之误，而评曹植之论，当与文学描写与论述文不同有关。曹植的“信赋妄书”，正是忽略了这种区别。⑬“庇足”二句：谓能庇护其足，只是“一智”而已，但生存的道理是很多的。⑭鲍庄：名牵，谥庄子，春秋时齐国大夫。

⑮葛藟（lěi）：葛藤。葛，藤类植物。⑯乐豫：春秋时宋国司马。⑰引事为谬：指《园葵》诗是咏葵，不应误用葛的典故。⑱明练：精明纯熟于故实。⑲沉密：深沉，细密。⑳曹洪：字子廉，曹操从弟，官至骠骑将军。㉑曷足以嘲哉：这里意为：曹洪非文人，比之“明练”的曹植、“沉密”的陆机，就不足嘲笑了。㉒度（duó）：度量。㉓定于斧斤：取定于斧子，意即进行加工。斤，斧。㉔制：指写作。刀笔：古代记事用刀刻于龟甲或竹木；后以笔写，用刀削误。这里泛指书写工具。㉕匠石：古工匠名石。《庄子·徐无鬼》记载，匠石能够挥动大斧，削去自己的朋友鼻尖上的一点儿石灰。后人将匠石视为巧匠的代称。

## 译文

大凡引用故实得当，就像自己说的话一样；如果所引之事和自己讲的内容不吻合，即使流传了千年仍是毛病。陈思王曹植，可算是群才中的俊杰了，但他在《报孔璋书》中说：“葛天氏时的音乐，千人合唱，万人相和，听了这种音乐的人，对古代的《韶乐》和《大夏》都有所轻视了。”这就是引用古事的谬误。查葛天氏时所唱的歌，唱与和的一共只有三人而已。司马相如《上林赋》中说：“演奏陶唐氏的舞乐，听葛天氏的音乐，千人齐唱，万人齐和。”所谓唱和千人、万人，不过是司马相如的主观推测，其所以不真实地夸大葛天氏之乐，把“三”扩大为“万”，是作者根据《上林赋》乱写，以致造成这种荒谬的结果。又如陆机的《园葵》诗中说：“葵能荫庇其足，只不过一点小小的智慧，但生存的道理却有千千万万。”关于葵能保卫其足，原是孔子讥讽齐国鲍牵的说法；葛藤庇护其根，原是宋国乐豫对宋昭公说的话；如果把“葛”比作“葵”，就是张冠李戴的错误；如果认为“庇”字比“卫”字好，则又改变事实而有失其真。这是不精确的毛病。以曹植的精明熟练、陆机的深沉细致，还难免有误，曹洪在《与魏文帝书》中，把“河西”误作“高唐”，又有什么可嘲笑的呢！山中树木为良好的工匠所度量，儒家经书被后世文人所选取，木材美好的便用斧子加工，事义美好的就用笔墨写下，能如此，从事文学创作的人，也就无愧于高超的匠人了。

## 原文

**赞曰：经籍深富，辞理遐亘①。皓②如江海，郁若昆邓③。文梓④共采，琼珠交赠⑤。用人⑥若己，古来无懵⑦。**

## 注释

①遐：远。亘（gèn）：延续不断。此句指儒家经书的文辞和内容都具有永恒意义。②皓：广大貌。③郁：草木繁茂。昆：神话中的昆仑山，相传昆仑山产玉。邓：神话中的邓林。④文梓（zǐ）：有斑纹的梓木。⑤琼：玉之美者。交：俱，都，和上句“共”字意近。这两句的“文梓”承上句的“邓”，“琼珠”承上句的“昆”。⑥用人：采用前人的言行、故实。⑦无懵：无所不知。懵，无知。

## 译文

总之，儒家经籍精深宏富，文辞和义理源远流长。它像江海那样广大，像昆仑山的珠玉和邓林那样繁盛。优质的梓木都可采伐，美好的珠宝全可赠送。只要引用前人的故实如自出其口，古往今来的著述必须无所不知。

# 三九、练字篇

## 〔导　读〕

本篇所论，是以诗赋等文学作品为主，而不是泛论一般的用字问题。但本篇只论用字，不是全面论述文学语言问题，还须结合《章句》《丽辞》《比兴》《夸饰》《物色》等篇的论述，才能了解到刘勰对文学语言的各方面意见。

本篇有四部分。第一部分讲文字的起源、变化，以及汉魏以来的运用情形，最后总结出一点可贵的认识："后世所同晓者，虽难斯易；时所共废，虽易斯难。"这种对"难"和"易"的观点，反对用古字怪字的态度，显然是辩证的、可取的。第二部分强调要善于用字，必须兼通古今兴废之变，提出了"心既托声于言，言亦寄形于字"的著名论点，扼要说明了语言文字和思想感情的关系。第三部分讲用字要注意的四点：一是不用怪字，二是不堆砌偏旁相同的字，三是衡量同字重复有无必要，四是笔画繁简的字要搭配使用。这四点是针对当时创作中存在的问题而发的，有的现在看来已毫无意义。第四部分讲用字要"依义弃奇"，对古书传抄之误应慎重对待。

本篇所论，多属形式技巧问题，虽也论及语言文字是表达思想的符号或工具，却未由此出发来论述如何用字以表达思想。但本篇反对用古字怪字，强调"依义弃奇"等，在当时是颇有必要的，特别是主张用字以"世所同晓"为准，说明刘勰并非在一切问题上是古非今，而无论崇古与尚今，都主要是从文学创作的实际效果出发的。

## 原文

**夫文象列而结绳移①，鸟迹明而书契作②，斯乃言语之体貌③，而文章之宅宇④也。苍颉⑤造之，鬼哭粟飞⑥；黄帝用之，官治民察⑦。先王声教⑧，书必同文⑨，輶轩之使⑩，纪言殊俗，所以一字体，总异音。《周礼》保氏⑪，掌教六书⑫。秦灭旧章，以吏为师⑬，及李斯删籀而秦篆兴⑭，程邈造隶而古文废⑮。汉初草律⑯，明著厥⑰法，太史学童⑱，教试六体⑲；又吏民上书，字谬辄劾⑳。是以马字缺画㉑，而石建惧死㉒，虽云性慎，亦时重文也。至孝武㉓之世，则相如撰篇㉔。及宣、平二帝㉕，征集小学㉖，张敞以正读传业㉗，扬雄以奇字纂训，并贯练《雅》、《颉》㉘，总阅音义，鸿笔之徒，莫不洞晓㉙。且多赋京苑，假借形声；是以前汉小学㉚，率多玮字㉛，非独制异㉜，乃共晓难㉝也。暨乎后汉，小学转疏，复文隐训㉞，臧否㉟大半。及魏代缀藻㊱，则字有常检㊲，追观汉作，翻成阻奥㊳。故陈思称㊴："扬、马㊵之作，趣幽旨深㊶，读者非师传不能析㊷其辞，非博学不能综㊸其理。"岂直才悬㊹，抑亦字隐。自晋来用字，率从简易，时并习易，人谁取难？今一字诡异㊺，则群句震惊㊻；三人弗识，则将成字妖矣。后世所同晓者，虽难斯易；时所共废，虽易斯难；趣舍㊼之间，不可不察。**

## 注释

①文象：文字的形象，即文字。列：布，陈。结绳移：改变了上古结绳记事的方式。②鸟迹：鸟（兽）的足迹。契：刻。③言语之体貌：范文澜注，"犹曰言语之符号"。④文章之宅宇：范文澜注，"谓文章寄托于字体"。宅宇，住所。⑤苍颉（jié）：也作"仓颉"。传为黄帝时的史官，文字的创造者。⑥鬼哭粟飞：《淮南子·本经训》有"昔者苍颉作书而天雨（下）粟，

鬼夜哭”。⑦官治民察：《周易·系辞下》有“上古结绳而治，后世圣人易之以书契，百官以治，万民以察”。⑧声教：声威与教化。⑨书必同文：指用统一的文字。⑩辅轩之使：皇帝派往各处搜集方言的使者。辅轩，使者所乘的轻车。⑪《周礼》：也称《周官》，儒家经典之一。保氏：官名。⑫六书：构造文字的六种方式。⑬以吏为师：向官吏学习。⑭籀（zhòu）：古代字体，也叫籀书或大篆。秦篆：小篆，在大篆的基础上简化而成。这种字体因为是秦始皇统一中国后，根据李斯的意见而通行于秦代的文字，故称秦篆。⑮程邈（miǎo）：字元岑，秦始皇时的御史。他原为狱吏，因事下狱，在狱中将民间习用较小篆易于书写的字体整理成隶书。后多以程邈为隶书的创始人。隶：汉魏流行的一种字体。古文：指篆书。⑯草律：草拟法律。⑰厥：其。⑱太史学童：指太史考试学童。太史，官名，汉代太史掌管天文、历法、编修史书等。⑲六体：六种字体。⑳劾：弹劾，揭发罪状。㉑缺画：漏写一笔画。㉒石建：石奋之子，汉武帝时为郎中令。惧死：害怕将获死罪。㉓孝武：汉武帝。㉔撰：写作。篇：指《凡将篇》，古代识字课本。㉕宣、平二帝：平，一作“成”。译文据“宣平”。㉖小学：指精通小学的人。汉以后称文字训诂学为小学。㉗张敞：字子商，西汉宣帝时为京兆尹。正读：指正定《苍颉篇》文字的音、义。传业：指传授小学之业。㉘贯练：贯通熟练。《雅》：指《尔雅》，我国最早的字书，约成书于汉初。㉙洞晓：精通。㉚小学：这里指精通小学的作家。以扬雄、司马相如为代表的西汉辞赋家，也是小学家。㉛玮（wěi）字：奇异的字。㉜制异：制造奇异。㉝共晓难：指扬雄、司马相如等都通晓难字。㉞复文隐训：复杂的文字，深刻的意义。“复”“隐”连用，二字义近，本书多用以表示丰富、深刻的意思。㉟臧否：好坏，善恶。这里用作偏义复词，指否，即错误的理解。㊱缀：组合字句。藻：文辞。㊲常检：一定的法度。㊳翻：反。阻奥：疑难。㊴下引曹植语，原文今不存。㊵扬、马：扬雄、司马相如。㊶趣：意旨。幽：深。㊷析：分析，解释。㊸综：织机上持经施纬的装置，这里引申为掌握、控制的意思。㊹直：仅。悬：远，指差得远。㊺诡异：奇异。㊻群句震惊：很多句子都受其影响。震，震动。惊，惊动。都是影响的意思。㊼趣舍：趋向或舍弃，与“取舍”意近。

## 译文

文字的形成，改变了上古结绳记事的办法，鸟兽足迹的辨明，启发了文字的创造，文字是表现语言的符号，是构成文章的基础。相传苍颉创造了文字，使得鬼惊夜哭，谷飞如雨；黄帝使用了文字，百官得以治理，万民得以明察。前代帝王为了传布声威教化，所用文字必须统一；帝王派出使者，到各地搜集习俗不同的语言，就是为了统一字形和字音。《周礼·地官》中讲到，周代有保氏掌管教授文字。秦始皇烧毁古代典籍之后，便以官吏为师，后来李斯整理籀书而产生了秦代的小篆，程邈创造出隶书又废弃了篆书。到汉初创建各种法律时，明确写着有关文字的法令，太史官对幼年学生，要考六种字体；官吏和百姓向皇帝上书，写错了字要被弹劾检举。所以，西汉石建的上书中，"马"字写漏一笔，便害怕获死罪，虽说石建的性情比较谨慎，也和当时对文字的重视有关。在汉武帝时期，司马相如编写了《凡将篇》。到宣帝和平帝时期，曾征召精通文字的人才，张敞因能正定古字而传授文字学，扬雄编辑了解释奇字的《训纂篇》，他们都精通《尔雅》《苍颉》，全面掌握了文字的音义，当时的辞赋大家，无不通晓文字学。加之他们的作品大都描写京都苑囿，常用假借字来状貌形声；因此，西汉时期擅长文字学的作家，大都好用奇文异字，这并非他们特意要标新立异，而是当时的作家都通晓难字。到了东汉，人们对文字学的研究较差，因而复杂深奥的字义，大都无人理解。至曹魏时期的创作，用字有了一定的法度，回头再看汉人作品，反而有了障碍，难以读懂。所以，陈思王曹植说："扬雄、司马相如的作品，意义幽深，读者未经老师传授就不能解释其词句，没有广博的学识就难以理解它的内容。"这岂止是因为读者的才力不足，也由于其文字实在深奥。自从晋代以后，用字大都讲求简明易懂，当时都习惯于简易，谁还采用难字？现在的作品，有一个怪异的字，很多句子都要受到影响；如果有三个人都不认识，那就会成为字中妖怪了。后代读者都认识的字，虽是难字也不难了；大家共同废弃不用的字，虽然不难也成为难字了；创作中或取或舍，这是不可不注意的。

## 原文

**夫《尔雅》者，孔徒①之所纂，而《诗》、《书》之襟带②也；《苍颉》③者，李斯之所辑，而鸟籀之遗体也④；《雅》以渊源诂训⑤，《颉》以苑囿奇文⑥，异体相资⑦，如左右肩股。该⑧旧而知新，亦可以属文。若夫义训古今，兴废殊用⑨，字形单复⑩，妍蚩⑪异体。心既托声于言，言亦寄形于字，讽诵则绩在宫商⑫，临文则能归字形⑬矣。**

## 注释

①孔徒：孔子门徒。②《诗》《书》：指《诗经》《尚书》。襟带：衣领和衣带，喻指关系密切。③《苍颉》：指《苍颉篇》，古代字书。④鸟籀：当作史籀，指《史籀篇》。遗体：喻指《苍颉篇》是在《史籀篇》的基础上发展而成的。⑤《雅》：指《尔雅》。渊源：根源，这里意为探讨、解释字的本义。诂训：指古义。⑥《颉》：指《苍颉》。苑囿（yòu）：聚养禽兽林木的园地。这里指汇集。⑦资：凭借。⑧该：兼，备。⑨兴：指上文所说“后世所同晓”的文字。废：指上文所说“时所共废”的文字。⑩字形单复：下面所说的“字形肥瘠”。⑪妍蚩（chī）：美丑。⑫宫商：指音韵。⑬字形：这个“字形”继“言亦寄形于字”而来，所以泛指刘勰对练字的一般要求，和“字形单复”的“字形”二字有别。

## 译文

《尔雅》这部书，是孔子的门徒所编纂的，它和《诗经》《尚书》有着密切的联系；《苍颉》这部书，是李斯编辑的，由《史籀篇》脱胎而成；《尔雅》用以解释古字古义，《苍颉》用以汇集奇文异字，两种书的作用相辅相成，就如人体左右肩或左右腿的相互配合。一个作者兼通古字而又知新义，也就可以进行写作了。至于字义的古今有别，后世普遍运用或废弃不用，以及字形繁简的配合等，都会形成优劣不同的作品。作者的思想既然寄托于有声的语言，语言又借助于有形的文字来表达，吟诵的效果，就看音节是否协调，外观的效果，就看文字是否运用得当了。

## 原文

**是以缀字属篇，必须练择[①]：一避诡异，二省[②]联边，三权[③]重出，四调[④]单复。诡异者，字体瑰[⑤]怪者也。曹摅[⑥]诗称："岂不愿斯游，褊心恶低呶[⑦]。"两字诡异，大疵[⑧]美篇，况乃过此，其可观乎！联边者，半字同文[⑨]者也。状貌山川，古今咸用，施于常文[⑩]，则龃龉为瑕[⑪]，如不获免，可至三接[⑫]，三接之外，其字林[⑬]乎！重出者，同字相犯者也。《诗》、《骚》适会[⑭]，而近世忌同，若两字俱要，则宁在相犯。故善为文者，富于万篇，贫于一字。一字非少，相避为难也。单复者，字形肥瘠[⑮]者也。瘠字累句，则纤疏而行劣[⑯]；肥字积文，则黯黕[⑰]而篇暗；善酌[⑱]字者，参伍[⑲]单复，磊落[⑳]如珠矣。凡此四条，虽文不必有，而体例不无。若值[㉑]而莫悟，则非精解。**

## 注释

①练择：用字的加工选择。练：治丝使白。②省：约，减少。③权：权衡，考虑。④调：调节。⑤瑰：奇异。⑥曹摅（shū）：字颜远，西晋文学家。下面所引两句诗的原文已佚。⑦褊（biǎn）：窄小。詆：一作“讻”，喧扰声。呶（náo）：喧哗。⑧疵（cī）：毛病，缺点。⑨半字同文：指偏旁相同的字。⑩常文：一般的文字，不是描绘山水的文字。⑪龃（jǔ）龉（yǔ）：上下齿不配合，喻不协调。瑕（xiá）：玉的斑点，喻义同“疵”。⑫三接：三个偏旁相同的字连用。⑬字林：字书。晋代吕忱有《字林》，共收一万二千多字，按部首分类排列。⑭《诗》《骚》：《诗经》和《离骚》（概括《楚辞》）。适会：指《诗经》《楚辞》是根据情况而适当运用重复的字。如《诗经》往往在一首诗的各章中，只换用一两字，其余都是反复重用。“适会”二字，《文心雕龙》全书用过四次，用意基本相同。⑮肥瘠（jí）：肥瘦，指文字笔画的繁简。⑯纤疏：稀疏。行（háng）劣：行列单薄。劣，弱。⑰黯黕（dǎn）：深黑。⑱酌：择善而取。⑲参伍：三五，相互交错的意思。⑳磊落：圆转的样子。㉑值：遇。



## 译文

因此，进行写作，必须对文字加以选择组合：第一要避免诡异，第二要减少联边，第三要权衡重出，第四要调节单复。所谓诡异，就是奇形怪状的字。如曹摅的诗中说：“岂是不愿意这次行游，只是我狭小的心胸憎恶那吵吵嚷嚷。”两个怪字，就使美好的诗篇大受污损，何况超过二字，还能成为可观的作品吗！所谓联边，就是偏旁相同的字连用。描绘山川的形貌，自然古今作品都用联边字，但用于其他文章，就很不相称而成了瑕病，如果无法避免，可以连用三字，但三字以上，那就像是在编字典了！所谓重出，就是相同的字重复出现。《诗经》和《楚辞》都能恰当地重复一些字句，近代创作却忌讳同字的重复，但如果两个字都很必要，就宁可犯忌也要运用。所以，善于写文章的人，虽可写到万篇之多，有时却会感到一字之缺。并不是没有这个字，而是避免重复有困难。所谓单复，就是字形的繁简。字形简略的字积累成句，就显得稀稀拉拉，行列单薄；笔画繁多的字积聚成文，就显得一片漆黑，篇体无光；善于用字的作者，繁简字体交错配合，就能圆转如珠了。以上四条，虽然不一定每篇文章都有，但作为用字的体例是不能没有的。如果遇到这些情形而不明白，就算不得精通炼字了。

## 原文

**至于经典隐暧①，方册纷纶②，简蠹帛裂③，三写易字④，或以音讹⑤，或以文变⑥。子思弟子，"於穆不似"⑦者，音讹之异也。晋之史记⑧，"三豕渡河"⑨者，文变之谬也。《尚书大传》有"别风淮雨"⑩，《帝王世纪》云"列风淫雨"⑪。"别"、"列"、"淮"、"淫"，字似潜移⑫。"淫"、"列"义当而不奇，"淮"、"别"理乖⑬而新异。傅毅制诔，已用"淮雨"⑭；元长作序，亦用"别风"⑮。固知爱奇之心，古今一也。史之阙文⑯，圣人所慎⑰，若依义弃奇，则可与正文字矣。**

## 注释

①隐暧：隐晦，深奥。②方册：书籍。方，刻书所用的木板。册，编联在一起的竹简。纷纶：纷乱。③简：简册。蠹（dù）：蛀虫啃蚀。帛：用于书写的丝织品。④三写易字：因多次传抄而成错字。三写，多次传抄。⑤以音讹：因读音相近而读错。讹，错误。⑥以文变：因字形相似而写错。⑦於（wū）穆不似：孟仲子把《诗经·周颂·维天之命》中"於穆不已"错读为"於穆不似"。於，赞美词。穆，深远的样子。⑧史记：历史记载。⑨三豕渡河：《吕氏春秋·察传》载，子夏到晋国去，从卫国经过时，听到有人在读史记道："晋师三豕渡河。"子夏说："不对，是己亥渡河。"到晋国一问，果然

是“己亥渡河”。“己”与“三”“亥”与“豕”形近。⑩《尚书大传》：是解释《尚书》的书。旧题西汉伏胜撰，可能是其弟子辑录其遗说而成。“别风淮雨”：《尚书大传·周传》的原文为“久矣，天之无别风淮雨，意者中国有圣人乎”！“别风淮雨”是抄错了的文字。⑪《帝王世纪》：史书，西晋皇甫谧著，记上古以来帝王事迹，今不全。“列风淫雨”：《帝王世纪》的原文与《尚书大传》相同，只改“别”为“列”，“淮”为“淫”。列风，烈风，即暴风。淫，过度。⑫潜移：慢慢变了样。⑬理乖：不合理。⑭“淮雨”：见傅毅《北海静王诔》“白日幽光，淮雨杳冥”。⑮“元长”二句：原无，今人后补之。这两句是说王融作序文时已用“别风”一词。在《文心雕龙》中，刘勰虽未论及当代作家，但那仅就作家作品而言。下文说“古今一也”，傅毅为东汉时人，即所谓的“古”，故此处的“元长”当指同时代的作家，然所作有“别风”二字的序文已不可考。⑯阙文：缺疑之文。⑰圣人所慎：《论语·为政》载，孔子曾说：“多闻阙疑，慎言其余，则寡尤（少过失）。”



## 译文

至于经典内容深刻、隐晦，典籍纷乱，竹简被蛀、帛书破裂，因多次传抄而成错字，有的因音近而读错，有的因形似而写错。子思的弟子，把“於穆不已”读成“於穆不似”，这就是字音相近造成的变异。晋国的史书，“己亥渡河”被卫人读成“三豕渡河”，这就是字形相似造成的错误。《尚书大传》中有“别风淮雨”的说法，《帝王世纪》则写作“列风淫雨”，“别”“列”“淮”“淫”，因字形相似在不知不觉中写错了。“淫”“列”两字字义妥当但不新奇，“淮”“别”两字于理不合却显新奇。傅毅作诔文，已用过“淮雨”二字；王融作序文，也用到了“别风”二字。可见爱好新奇的心理，古今都是一样的。但对待史书中的缺疑之文，圣人是保持谨慎态度的，若能依照正确的字义摒弃猎奇之心，就可以参与修正文字了。

## 原文

**赞曰：篆隶相熔①，《苍》、《雅》品训②。古今殊迹③，妍媸异分。字靡④异流，文阻难运⑤。声画⑥昭精，墨⑦采腾奋。**

## 注释

①熔：熔炼，指小篆由大篆提炼而成，隶书由小篆熔炼而来。②品训：多种解释。品，众多。③古今殊迹：指古来作者用字的不同，因而造成下句所说的“妍媸”之异。④靡：顺，指顺时。⑤阻：指违时。运：运行，和上句“流”字意近。这两句是对前面所论“世所同晓”和“时所共废”等意的总结。⑥声画：指表达思想感情的文字。⑦墨：文字，这里泛指作品。

## 译文

总之，篆书和隶书依次熔炼，《苍颉》和《尔雅》对文字做了全面的解释。从古到今的作者，由于运用文字的不同，其效果就美丑各异。用字为世所同晓便容易流传，为时所共废便难以运行。文字把思想表达得明白而精确，就能文采飞扬而突出。

# 四十、隐秀篇

## 〔导　读〕

所谓“隐”，和后来讲的“含蓄”义近，但不完全等同。刘勰所说的“隐”，要有“文外之重旨”“义生文外”，这和“意在言外”相似。但“隐”不是仅仅要求有言外之意，更重要的还在“隐以复意为工”，就是要求所写事物具有丰富的含义，这和古代“辞约旨丰”“言近意远”之类的要求有密切联系。因此，“隐”就不是含蓄不露所能概括的了。此外，刘勰主张的“隐”，不只是对作品内容的要求，也包括对形式方面的要求：“伏采潜发”“深文隐蔚”。必须“深文”和“隐蔚”密切结合起来，才能产生“余味曲包”，以至光照文苑的艺术效果。所谓“秀”，就是“篇中之独拔”的文句，基本上承陆机“一篇之警策”的说法而来，和后世的“警句”相近。无论“隐”和“秀”，刘勰都主张“自然会妙”，而反对“晦塞为深”“雕削取巧”。这和他在全书的一贯主张是一致的。

本篇所论，涉及了文学艺术的一些重要特征，也对后世文学创作和文学理论有着重要影响。可惜其中部分缺失，补文的真伪尚有疑问，因此，要全面研究刘勰的“隐秀”论，还有待对补文的真伪做进一步的考证。

从“而澜表方圆”句至“朔风动秋草”句尚缺四百余字，所缺四百余字的一整段，从现存《文心雕龙》最早的刻本——元至正十五年（公元1355年）本，到明万历三十七年（1609年）的各种刊本都没有。到明末（公元1614年）钱功甫得阮华山宋本，才抄补了这四百余字。现存补有这四百余字的最早刻本，是明末天启二年（公元1622年）梅庆生第六次校定本。后因流传较广的黄叔琳注本（刻于公元1833年）也补入这四百余字，补文便得以广泛流传。首先提出补文为明人伪作的是纪昀。其后，黄侃、范文澜、杨明照诸家，都断定其为伪托。但詹锳于1979年发表《〈文心雕龙·隐秀〉篇补文的真伪问题》（见《文学评论丛刊》第二辑）提出异议，认为所补为真。这是个有待进一步调查研究的问题，故本书暂时不采用补文。

## 原文

**夫心术①之动远矣，文情②之变深矣。源奥而派生③，根盛而颖峻④。是以文之英蕤⑤，有秀有隐。隐也者，文外之重旨者也⑥；秀也者，篇中之独拔⑦者也。隐以复意⑧为工，秀以卓绝⑨为巧，斯乃旧章之懿绩，才情之嘉会也⑩。夫隐之为体⑪，义生⑫文外，秘响旁通⑬，伏采潜发⑭，譬爻象之变互体⑮，川渎之韫珠玉也⑯。故互体变爻，而化成四象⑰；珠玉潜水，而澜表方圆⑱。……**

## 注释

①心术：运用心思的方法，这里指文思。②文情：指作品的内容。③奥：深。派：支流。④颖：禾苗的末端，这里泛指苗。峻：高。⑤蕤（ruí）：花草下垂貌。这里和“英”字连用，都指花，以喻文章的华美。⑥文外：文字直接表明的意思以外。重旨：丰富的含义。⑦独拔：突出挺拔的文句。⑧复意：双重、多种意义。“复”指衣有表里，以喻文有内外之意。⑨卓绝：超越，突出。⑩才情：才华。嘉会：美好的汇集，喻指文才的集中表现。⑪体：规格，体制，指“隐”的特点。⑫生：一作“主”。译文据“生”字。⑬秘响：暗响，指不显露的意义。旁通：四面通达。⑭伏采：不显露的文采。潜发：暗中生发。⑮爻（yáo）：《易经》中构成六十四卦的基本符号，每卦六爻。互体：卦爻的变化形式。⑯渎：江，河。韫（yùn）：蕴藏。⑰四象：

《易经》六十四卦每卦有四象：实象、假象、义象、用象。以表示各种相关现象。⑱澜表方圆：《淮南子·地形训》“水圆折者有珠，方折者有玉”。意谓文章含义虽隐，但仍有迹可寻，就好比根据水波可以判断水下是珠还是玉。此句以下有缺文。

## 译文

文学创作的运思活动无边无际，作品的内容也就变化无穷。源远就流长，根深就叶茂。所以优秀的作品，有“隐”“秀”两种特点。所谓“隐”，就是含有字面意义以外的内容；所谓“秀”，就是作品中特别突出的句子。“隐”以内容丰富为工巧，“秀”以卓越独到为精妙，这是古代作品创造的美绩，作者才华的集中反映。“隐”的特点，是意义产生在文辞之外，含蓄的内容可以使人触类旁通，潜藏的文采在无影无形中生发，这就如同《周易》卦爻的互体变化，也好似江河之中有珠玉蕴藏。互体和爻位的变化，就形成《周易》中的四种卦象；珠玉潜藏在水中，就引起方和圆不同的波澜。……



## 原文

**……“朔风[①]动秋草，边马有归心”，气寒而事伤，此羁旅[②]之怨曲也。凡文集胜篇[③]，不盈十一[④]；篇章秀句，裁可百二[⑤]。并思合而自逢[⑥]，非研虑之所课[⑦]也。或有晦塞[⑧]为深，虽奥非隐；雕削[⑨]取巧，虽美非秀矣。故自然会[⑩]妙，譬卉木之耀英华[⑪]；润色[⑫]致美，譬缯[⑬]帛之染朱绿。朱绿染缯，深而繁鲜[⑭]；英华曜[⑮]树，浅而炜烨。隐篇所以照文苑，秀句所以侈翰林[⑯]，盖以此[⑰]也。**

## 注释

①朔风：北风。朔，北方。②羁旅：旅居他乡。③胜篇：优异的篇章。④盈：满。十一：十分之一。⑤裁：仅。百二：百分之二。⑥合：符合，适合。逢：遇合。⑦研虑：这里指长久细致地思考。课：《四部丛刊》本作“果”。⑧晦塞：隐晦不畅达。⑨雕削：雕琢。⑩会：合。⑪耀：显，明。英华：草木的花。⑫润色：这里和上句“自然会妙”相对，是承“雕削取巧”之意而来。⑬缯（zēng）：丝织品的总称。⑭繁鲜：鲜丽过分，仍是和“自然会妙”相对而言。繁，多，侈。全书用“繁采”“繁华”“繁缛”“繁诡”等，多是贬抑之词。⑮曜（yào）：照耀。⑯“隐篇”二句：一作“秀句所以照文苑”。秀句，纪昀评：“此‘秀句’乃泛称佳篇，非本题之‘秀’字。”只就这一句七字来看，应按纪评理解才能构成完整的意思；但篇题《隐秀》的“秀”正指“秀句”，用“秀句”来“泛称佳篇”，就造成命意上的混乱。詹锳据曹学佺批梅庆生天启二年第六次校本，此句作：“隐篇所以照文苑，秀句所以侈翰林。”（见《〈文心雕龙·隐秀〉篇补文的真伪问题》）译文据此。文苑、翰林，都是文坛的意思。侈，宽，广。⑰此：指合于自然的“隐”与“秀”。

## 译文

……“寒冷的北风翻卷着秋草，边塞的战马怀念着家乡”，气氛凄凉而情事感伤，这是写戍卒滞留他乡的怨歌。大凡一个集子中最优秀的作品，还不到十分之一；一篇文章中最突出的句子，也只有百分之二。这种极少的篇章和秀句，都是思考得当而自然形成的，并不是苦心推究得来的。有的以隐晦不顺畅为深奥，虽然深奥但不是含蓄；有的以刻意雕琢求得工巧，虽然工巧但不是秀句。由此可见，自然形成的巧妙，就如草木闪耀着光华；由修饰文辞而造成的美好，就像丝绸染上了红绿彩色。大红大绿染成的丝绸，颜色很浓而过分鲜艳；光华闪耀于草木，颜色浅淡而光彩明丽。含蓄的篇章之所以能照亮文坛，独特的秀句之所以能光大艺苑，就是这个原因。

## 原文

**赞曰：深文隐蔚①，余味曲包②。辞生互体，有似变爻③。言之秀矣，万虑一交④。动心惊耳，逸响笙匏⑤。**

## 注释

①深文：深厚之文，指“隐”。“隐以复意为工”，故称“深文”。隐蔚：指前面所说的“伏采”。蔚，草木繁盛，引申指文采之盛。②余味：《物色》篇说，“物色尽而情有余者”。曲：曲折，指含义婉转。③“辞生互体”二句：指意义深富而含蓄的文辞，也像《周易》卦爻的变化一样，可以产生“取义无常”的作用。④万虑一交：犹言万虑一得。交，会，合。这句是“篇章秀句，裁可百二”之意的夸张说法。⑤逸响：高超之音。笙匏（páo）：乐器名。

## 译文

总之，深厚的作品富有不显露的文采，包含着婉曲的无穷余味。这种文辞也像《周易》中卦爻的变化，可以产生其义无常的互体。独特挺拔的秀句，要千思万虑中才有一句。这种惊心动魄的句子，如奏匏笙，超逸无比。

# 四一、指瑕篇

## 〔导 读〕

本篇分三个部分。第一部分首先论避免瑕病的必要性，认为文学作品极易广为流传并深入人心。古今作者在写作中很难考虑得全面周到，而文章稍有污点，就千年万载也洗刷不掉，所以说避免瑕病“可不慎欤”。其次用实例说明内容上的四种重要毛病：一是用词不当，二是违反孝道，三是尊卑不分，四是比拟不伦。

第二部分从用字用义方面提出当时创作中存在的三个问题：第一是用字“依希其旨”，含义模糊不清。其中举到的“赏际奇至”“抚叩酬即”二例，由于其原文今不可考，它本身又是含义不明的典型，所以，有关这几句的论述，现在也难得确解。但用意含糊确实是当时的弊病之一，刘勰对这种倾向的批评，总的精神是对的。第二是在字音上的猜忌而出现的问题，这和当时文人多习字音反切有关，没有什么普遍意义。第三是剽窃他人文辞，刘勰用小偷大盗来嘲讽这种行为，指出偷来的文辞“终非其有”，但古今有别，不可一概而论。

第三部分论注解方面存在的问题，主要以薛综注《西京赋》和应劭解释“匹”字二例为鉴戒。刘勰对“匹”字的解释颇有道理，多为后世论者所取。(刘世儒在《魏晋南北朝量词研究》中比较诸说，认为“恐怕还是刘氏和段氏的说法可靠些”。)

本篇所提出的一些弊病，如用词不当、比拟不伦、“依希其旨”“掠人美辞”等，在文学创作中具有一定的普遍性，论者“举以为戒”，希望作者引起重视，力求避免，还是很有必要的。

## 原文

管仲有言：“无翼而飞者声也，无根而固者情也。”① 然则声不假②翼，其飞甚易；情不待根，其固匪③难；以之垂文，可不慎欤？古来文才，异世争驱；或逸才以爽迅④，或精思以纤密⑤，而虑动难圆⑥，鲜⑦无瑕病。陈思之文，群才之俊也，而《武帝诔》云“尊灵永蛰”⑧，《明帝颂》⑨云“圣体浮轻”。浮轻有似于蝴蝶，永蛰颇拟⑩于昆虫，施⑪之尊极，岂其当乎？左思《七讽》⑫，说孝而不从，反道若斯，余不足观矣。潘岳为才，善于哀文，然悲内兄⑬，则云感“口泽”⑭；伤弱子⑮，则云心“如疑”⑯。《礼》文在尊极⑰，而施之下流⑱，辞虽足哀，义斯替矣⑲。若夫君子拟人，必于其伦⑳，而崔瑗之诔李公㉑，比行于黄、虞㉒；向秀之赋嵇生㉓，方罪于李斯㉔；与其失也，虽宁僭无滥㉕，然高厚之诗，不类甚矣㉖。凡巧言易标㉗，拙辞难隐，斯言之玷，实深白圭㉘，繁例难载，故略举四条。

## 注释

①“管仲”三句：语出《管子·戒》。管仲，春秋时齐国大夫。②假：借助。③匪：通“非”。④爽：明快，爽朗。迅：迅捷。⑤纤密：细密。⑥虑动：运思。圆：全面。⑦鲜（xiǎn）：少。⑧《武帝诔》：曹植为悼念曹操的功德所作。武帝，指魏武帝曹操。蛰（zhé）：动物冬眠时，不吃不喝，藏伏

不动。⑨《明帝颂》：指曹植献给魏明帝的《冬至献袜颂》。⑩拟：比拟，类似。⑪施：施用。尊极：尊贵到极点，这里指帝王。⑫《七讽》：今已残佚。⑬悲内兄：指潘岳所作的悲内兄文，今已不存。内兄，妻兄。⑭口泽：口所润泽。⑮伤弱子：潘岳幼子金鹿夭折，哀而作《金鹿哀辞》。⑯如疑：语本《礼记·檀弓》，原是说为父母送葬，该返回时仍不愿离开，不知死者之神是否到来。⑰《礼》文在尊极：意谓上文提到《礼记》中的“口泽”“如疑”之类的词语都是用于父母之丧的。尊极：这里指父母。⑱下流：晚辈，内兄相较于父母而言，也是“下流”。⑲斯：则。替：废去。⑳伦：同类，同辈。㉑诔李公：诔文已佚，李公不详。㉒黄：黄帝。虞：虞舜。㉓向秀：魏晋时作家。赋嵇生：指向秀《思旧赋》，为怀念好友嵇康而作。㉔方：比方。李斯：秦朝丞相，秦始皇死后，李斯为赵高所害，死前慨叹再也不能牵着黄犬打猎了。向秀在赋中将这个典故与嵇康临刑前弹奏《广陵散》相提并论。㉕“与其”二句：意谓同为比拟不恰当，宁愿比得过好，也不可比得过坏。僭（jiàn），超过本分，这里指比得过好。滥，过度，这里指比得过坏。㉖“然高厚”二句：《左传·襄公十六年》载，晋国国君与诸侯宴饮，让诸大夫献舞，并说，“齐高厚之诗不类”。此处借用高厚之诗“不类甚矣”，说明比拟不能过于不恰当。类，所歌之诗恰当。㉗标：显出。㉘圭：珪，古代玉器，长条形，上端呈三角形，下端正方。

## 译文

管仲曾说：“没有翅翼而能四处飞扬的是声音，没有根而能深入牢固的是情感。”既然声音不借助翅膀，其四处飞扬也十分容易；情感不需要根，其深入牢固也不困难；根据这个道理来写文章，能不十分谨慎吗？自古以来的作家，在不同的时代竞相驰骋；有的才华卓越爽朗迅捷，有的思虑精深精致细密，但文思运用往往难以周全，很少能做到毫无瑕疵。曹植的文章，是众多文人中的杰出者，可他的《武帝诔》却说“尊贵的英灵永远蛰伏”，在献给魏明帝的《冬至献袜颂》中又说“圣王的身体轻浮地翱翔”。说“轻浮”就好像在说蝴蝶，说“蛰伏”则很像在说昆虫，将这样的描写用于尊贵的帝王，岂能恰当？左思的《七讽》，说到孝道却不遵从，离经叛道到了如此地步，其余的也就不值得去看了。潘岳其才，善于写哀伤之文，然而在哀悼妻兄的文章中，却说感伤于留下的“口泽”；哀悼早夭的儿子，则说内心“如疑”。《礼记》中的“口泽”“如疑”等词语，都是用于父母之丧的，如今却用于晚辈之丧，文辞虽然哀伤，但尊卑有别的大义却丧失了。至于君子比拟人，必定要以同类之人相比，但崔瑗为李公所作的诔文，将他比作黄帝、虞舜；向秀哀悼嵇康的《思旧赋》，把他的罪过与李斯相提并论；同是比拟不当，宁可比得过好，也不可比得过坏，然而像高厚那样的歌诗，就太不伦不类了。大凡巧妙的言辞更易引人注目，而拙劣的言辞也难以隐藏，这种语言上的毛病，实在比白珪上的斑点更难去除，类似的例子多得无法一一罗列，所以只略举上述四条。



## 原文

**若夫立文之道[①]，惟字与义。字以训正[②]，义以理宣[③]。而晋末篇章，依希[④]其旨，始有“赏际奇至”之言[⑤]，终有“抚叩酬即”之语[⑥]，每单举一字，指以为情。夫“赏”训锡赉[⑦]，岂关心解[⑧]？“抚”训执握[⑨]，何预[⑩]情理？《雅》、《颂》未闻[⑪]，汉、魏莫用，悬领似如可辩[⑫]，课文了不成义[⑬]，斯实情讹[⑭]之所变，文浇[⑮]之致弊。而宋来才英[⑯]，未之或改[⑰]，旧染成俗，非一朝也。近代辞人，率多猜忌，至乃比语求蚩[⑱]，反音[⑲]取瑕，虽不屑[⑳]于古，而有择[㉑]于今焉。又制同他文，理宜删革[㉒]，若掠[㉓]人美辞，以为己力，宝玉大弓[㉔]，终非其有[㉕]。全写则揭箧[㉖]，傍采则探囊[㉗]，然世远者太轻[㉘]，时同者为尤[㉙]矣。**

## 注释

①道：道路，途径。②正：定，指通过正确的解释来确定字义。③宣：表明，显示。④依希：一作“依稀”，模糊不清。⑤赏际奇至：这四字和下句的“抚扣酬即”，都未知所出，其义难详。按下文：“‘赏’训锡赉，岂关心解?”则“赏”字用作“心解”之意。至，通改。“赏际奇至”约为领会奇特的情致。⑥终有：下文说“‘抚’训执握，何预情理”。可见“抚”字是用以形容“情理”的。抚叩：拍击，表示高兴。酬即：一作“酬酢”，应酬的意思。酬，向客人敬酒。酢（zuò），客人以酒回敬主人。⑦锡：赐予。赉（lài）：赠送。⑧心解：内心领会。⑨执握：执，持。⑩何预：何干，也是无关的意思。刘勰这里是针对“单举一字，指以为情”而言，单是“赏”字、“抚”字，固难说有关情理，但本篇是论作品中的瑕病，在作品中，用字之义，通常不是孤立的。所以要视具体情况如何，不能一概而论。⑪《雅》《颂》：泛指《诗经》。⑫悬领：抽象地、不具体地领悟。悬，远。辨：辨识。⑬课：考核。了不：完全不。⑭讹（é）：错误。⑮文浇：文风衰落。浇，薄。⑯才英：有才华的作者。⑰未之或改：没有改。或，有的。⑱比语：和字音相同或相近的字并列。蚩（chī）：缺点。⑲反音：指上下字反切（上字取声，下字取韵）后再颠倒上下字反切。⑳不屑：轻视，不重要。㉑择：挑剔。㉒革：删除。㉓掠：夺取。㉔宝玉大弓：鲁国的国宝。㉕终非其有：《左传·定公九年》载，阳虎将先前所窃的宝玉大弓归还。㉖全写：全部抄袭前人的文章。揭箧（qiè）：扛走箱子，指把整个箱子偷走。㉗傍采：旁采，部分、不正面采取。探囊：盗取口袋中的东西。㉘太轻：很浅薄。㉙尤：过失。

## 译文

文章写作的基本途径，不外用字和立义两个方面。用字要根据正确的解释来确定含义，立意要通过正确的道理来阐明，晋末以来的作品，有的意旨模糊不清，开始有赏际奇至的奇言，后来有抚叩酬酢的怪语，且常常单独标出一字，用以表达情感。“赏”字的意思是赏赐，怎么会和内心是否领会相关呢？“抚”字的意思是执、持，怎么会牵涉到情理呢？这都是《诗经》中未曾见到，汉魏时期也无人用过的，笼统、含混地领会似乎还可辨识，核实文字就完全不成其意义，这都是情感不正常所产生的变化，文风衰落造成的弊病。到刘宋以后的作者，仍然没有改变，已习染成俗，不是一朝一夕的事了。近代的作家，大都爱好猜忌，以致从语音相同的字上寻找缺点，从反切出的字音去挑取毛病，这在古代虽不重要，在今天就要受到指责了。此外，所写的文章和他人的文章雷同，按理应当加以删改，如果掠取人家的美辞，当作自己的创作，就像古代阳虎窃取了鲁国的宝玉大弓，终因不是自己应有之物而退还。全部抄袭别人的作品就如巨盗窃取整箱的财物，部分采取他人的文辞则如小偷摸人家的口袋，但袭用前人的论述很浅薄，窃取当代的著作就是过错了。

## 原文

**若夫注解为书①，所以明正事理，然谬于研求，或率②意而断。《西京赋》称中黄、育、获之畴③，而薛综④谬注，谓之“阉尹”⑤，是不闻执雕虎之人⑥也。又《周礼》井赋⑦，旧有“匹马”⑧，而应劭⑨释“匹”，或量首数蹄⑩，斯岂辩⑪物之要哉！原夫古之正名⑫，车“两”而马“匹”⑬，“匹”、“两”称目⑭，以并耦⑮为用。盖车乘贰佐⑯，马俪⑰骖服，服乘不只，故名号必双，名号一正，则虽单**

**为匹矣[18]。匹夫匹妇，亦配[19]义矣。夫车马小义，而历代莫悟；辞赋近事[20]，而千里致差[21]；况钻灼[22]经典，能不谬哉！夫辨“匹”而数首蹄[23]，选勇而驱阉尹[24]，失理太甚，故举以为戒。丹青初炳而后渝[25]，文章岁久而弥光[26]，若能檃括于一朝，可以无惭于千载也。**

## 注释

①注解为书：《论说》篇说“若夫注释为词，解散论体，杂文虽异，总会是同”。说明刘勰认为注解也是一种论著的书。②率：轻率，不慎重。③《西京赋》：东汉张衡所著《二京赋》之一，载于《文选》卷二。中黄：古国名，多勇士。育、获：均传为古代勇力之士。畴（chóu）：类。④薛综：字敬文，三国吴人。张衡《二京赋》最初是他注的。⑤谓之“阉尹”：意谓薛综将《西京赋》中的“中黄之士”错注为“阉尹”。今存《文选》中薛综的注无此语。阉尹，宦官之首。⑥执雕虎之人：指中黄伯。⑦井赋：按井田征收赋税。⑧旧有“匹马”：指上引《司马法》（战国时兵书）中论井赋所说“匹马”。⑨应劭：字仲瑗，东汉文人。⑩量首数蹄：应劭有《风俗通义》，其佚文中有对马匹的解释，但无“量首数蹄”一说，其文已佚。⑪辩：这里和“辨”通，指辨明。⑫正名：辨正名称、名分。⑬车“两”而马“匹”：车称“两”，马称“匹”，都见于《尚书》。⑭称目：称呼。⑮耦：双数。⑯车乘贰佐：依古礼，车有正副，数目为偶数。见《礼记·少仪》：“乘贰车则式（主敬），佐车则否。”⑰俪：成双，对偶。⑱虽单为匹：意谓其名既定，虽是单数也称之为“匹”。⑲配：合，配偶。⑳近事：平常之事。㉑千里致差：指薛综注《西京赋》。㉒钻灼：古代用龟甲钻孔烧灼以卜凶吉，这里借指探讨经典的深意而为之作注。㉓辨“匹”：一作“辨言”。首蹄：一作“筌蹄”。㉔选勇而驱阉尹：勇，勇士，指中黄伯。推选勇士推出了太监头子，这是对薛综误注的嘲讽说法。㉕丹青：绘画。炳：鲜明。渝：变。㉖弥光：更加光彩鲜明。

## 译文

至于注释之成为书籍，是用以辨明事理的；但由于研究得不正确，有的便轻率地做了判断。张衡在《西京赋》中讲到中黄伯、夏育、乌获之类的勇士，薛综把中黄伯误注为宦官的头目，这是他不知道中黄伯是能捉雕虎的勇士。又如《周礼》中讲按井田征收赋税，过去有三十户出“匹马”之说，而应劭在《风俗通义》中解释“匹”字，有按马头数马蹄的说法，这岂是辨别事物的要义！考查古代正定名称的原意，车用“两”而马用“匹”，“匹”和“两”的称呼，都是取并偶的意思。随帝王朝会和祭祀的贰车、军事和打猎的佐车，驾车在中的两服、在外的两骖，都是双马，既然这些都不是单的，所以它们的名称必须成双，名称一经正定之后，就虽是单数也通称为“匹”了。所谓匹夫匹妇，也就是取配偶的意思。车马名称的含义是比较简单的，历代还有不少人不明白；辞赋是文人的家常便饭，还有人注得差之千里；何况研讨宏深的儒家经典，怎能不发生错误呢！为辨别“匹”字而计算马头、马蹄，挑选勇士却推出了宦官头子，都是错得过分的突出例子，所以举例来引以为戒。绘画是开始鲜明而后来变色，文章却可年代久远而更为光彩，如能在写作时改正作品中的缺点，就可传之千载而永无愧色了。

## 原文

**赞曰：羿氏舛射[①]，东野[②]败驾。虽有俊才，谬则多谢[③]。斯言一玷，千载弗化。令章靡疚[④]，亦善之亚[⑤]。**

## 注释

①羿（yì）：传说中古代善射的人，常称“后羿”。舛（chuǎn）：错误。②东野：传为古代善驾车的人，姓东野，名稷。③谬：指作品有了瑕病、错误。谢：惭愧。④令章：美好的作品。靡疚：没有毛病。⑤善：指善于写作的人，即《练字》篇说的“善为文者”。亚：稍次。

## 译文

总之，善于射箭的后羿曾出过差错，善于御马的东野稷也有过失误。虽然有杰出的才能，出了错也多有惭愧。作品中一个小小的污点，一千年也改变不了。能写出没有毛病的好作品，也就和写作的高手相去不远了。

# 四二、养气篇

## 〔导　读〕

本篇有三部分。第一部分从两个方面说明养气的必要性：首先就一般规律来说，人的性情不允许“钻砺过分”；其次以实际创作来印证，古今作者劳逸不同，因而作品的优劣大异。第二部分论神伤气衰的危害。人的智慧和精力是有一定限度的，操之过急，煎熬过度，势将“成疾”，以致“伤命”。第三部分根据文学创作的特点讲“卫气之一方”。刘勰认为，在掌握学识上，勤学苦练是应该的，但文学创作的特点是抒发情志，它本身就是一种精神活动，如果不遵循志之所至、情之所生的特点，而强逼它、损伤它，搅得头昏脑涨，就难以“理融而情畅”，写出好的作品来。

至于“卫气之一方”，本篇提到的“清和其心”“烦而即舍”“逍遥以针劳，谈笑以药倦”等，只是些一般的、消极的方法。对人的生理性能来说，适度的劳逸结合是完全必要的，但要使作者精神饱满，思绪畅通，有充沛的创作活力，显然仅靠保养精神，或“逍遥”“谈笑”之类是不可能的。本篇只就“养气”这个侧面而论，孤立起来不仅意义不大，而且如果过分看重“伤神”“伤命”之类，甚至是有害的。积极地养气，不应只是保养，而要培养加强；不仅要从生理上考虑，还要从精神上考虑。这就要结合《神思》《体性》《情采》《事类》《物色》等篇的有关论述，才能得到全面的认识。

## 原文

**昔王充著述，制养气[1]之篇，验己而作[2]，岂虚造哉！夫耳目鼻口，生之役也[3]；心虑言辞，神[4]之用也。率志委和[5]，则理融而情畅；钻砺[6]过分，则神疲而气[7]衰：此性情之数[8]也。夫三皇[9]辞质，心绝于道华[10]；帝世[11]始文，言贵于敷奏[12]；三代[13]、春秋，虽沿世弥缛[14]，并适分胸臆[15]，非牵课[16]才外也。战代枝诈[17]，攻奇饰说；汉世迄今，辞务日新，争光鬻采[18]，虑亦竭[19]矣。故淳言以比浇辞[20]，文质悬乎千载[21]；率志以方[22]竭情，劳逸[23]差于万里；古人所以余裕[24]，后进所以莫遑[25]也。**

## 注释

①养气：王充曾著“养性之书”十六篇，其书不传。②验己而作：经自己检验过的著作。③生：生命。役：仆役。④神：精神。⑤率：循。委和：听任其谐和。⑥钻砺：钻研磨砺。⑦气：元气，人体维持其生命的功能。⑧数：自然之数。⑨三皇：三皇的说法不一，有的认为是伏羲、神农、黄帝，有的认为是燧人、伏羲、神农等。⑩绝：断绝，隔绝。道华：《老子》三十八章载，前识者，道之华而愚之始也。这里指“道”的虚华。⑪帝世：指尧、舜时期。⑫敷奏：臣下对君主提出建议。敷，敷陈。⑬三代：夏、商、周三代。⑭弥：更加。缛（rù）：指文采繁多。⑮适分：适合于作者的本分、个性，即《明诗》篇“随性适分”之意。胸臆：心胸。⑯牵课：牵连，课求。⑰战代：战国时期。枝诈：繁杂而不真实。枝，分枝，本书多用以喻繁杂。⑱鬻（yù）采：显耀文采。⑲竭：尽，用完。⑳淳：厚。浇：薄。㉑文质：华丽和朴质。悬：远，指悬殊。㉒方：比。㉓劳逸：劳苦和闲逸，指创作的费神与不费神之别。㉔余裕：从容不迫。余，饶。裕，宽。㉕莫遑：无暇。

## 译文

从前王充著述，曾写养性十六篇，是经过自己的验证而写的，怎能是凭空编造的呢！人的耳、目、口、鼻，是为生命服务的；心思、言辞，则是精神的运用。顺着情感的发展而自然谐和，就能思理融和而情绪顺畅；如果钻研过度，就精神疲乏而元气衰损。这就是性情的一般原理。上古三皇时期，言辞朴质，还没有丝毫追求华丽的思想；唐虞之世的言辞，开始有了文采，仍以敷陈上奏为贵；从夏、商、周三代到春秋时期，虽然一代比一代文采增多，但都是随作者个人的心意表达出来，而不是于作者才性之外去强求。战国时期的著述，繁杂而不真实，作者大都追求奇特以文饰自己的学说；从汉代到现在，文辞写作一天比一天新奇，争妍斗丽，炫耀文采，已是绞尽脑汁的了。所以，淳厚的作品和浇薄的文辞相较，其华丽和质朴的不同相差千年；顺应情志的创作和绞尽脑汁的创作相比，其劳神苦思和轻松愉快的不同，更是相去万里。古代作者之所以从容不迫，后代作家之所以忙个不停，就是这个原因。

## 原文

**凡童少鉴浅[1]而志盛，长艾识坚而气衰[2]，志盛者思锐以胜劳[3]，气衰者虑密以伤神。斯实中人之常资[4]，岁时之大较也[5]。若夫器分[6]有限，智用无涯[7]；或惭凫企鹤[8]，沥辞镌思[9]，于是精气内销[10]，有似尾闾[11]之波；神志外伤，同乎牛山之木[12]。怛惕[13]之盛疾，亦可推矣。至如仲任置砚以综述[14]，叔通[15]怀笔以专业，既暄[16]之以岁序，又煎[17]之以日时，是以曹公惧为文之伤命[18]，陆云叹用思之困神[19]，非虚谈也。**

## 注释

①鉴浅：认识能力不深。②长艾：年老。艾，《礼记·曲礼上》："五十曰艾。"识坚：认识能力很强。③胜劳：胜任疲劳。④中人：平常的人。常资：一般的、共同的资质。⑤岁时：指年龄。大较：大概情况。⑥器分：才分。⑦智用无涯：《庄子·养生主》载，吾生也有涯（边际），而知（智）也无涯。以有涯随无涯，殆（困倦）已！⑧惭凫（fú）：因凫腿之短而惭愧。凫，水鸟，俗称野鸭子。企鹤：羡慕鹤的腿长。刘勰借此以喻作者违背自然之理，而抱不切实际的幻想。⑨沥（lì）辞：精选文辞。沥，过滤以除去杂质。镌（juān）：雕凿。⑩销：消耗，损毁。⑪尾闾：传说中的海水所泄处。见《庄子·秋水》："天下之水，莫大于海，万川归之，不知何时止而不盈；尾闾泄之，不知何时已而不虚。"⑫牛山之木：《孟子·告子上》载，牛山之木尝美矣，以其郊于大国也，斧斤伐之，可以为美乎？……牛羊又从而牧之，是以若彼濯濯也。赵岐注："牛山，齐之东南山也。……濯濯，无草之貌。"⑬怛（dá）惕（tì）：惊恐忧惧，指害怕得不到佳作而烦恼紧张的心理状态。⑭置砚以综述：《初学记》卷二十一引谢承《后汉书》，王充于室内门户墙柱，各置笔砚，著《论衡》八十五篇。⑮叔通：曹褒，字叔通，东汉章帝、和帝时为侍中。⑯暄：温，常指春天的温暖。刘勰这里用以和下句"煎"字对举，都有煎熬之意。⑰煎：熬，喻苦思的折磨。⑱曹公：指曹操。为文之伤命：此话的原文已佚。⑲用思之困神：陆云《与兄平原书》载，兄文章已自行天下，多少无所在，且用思困人，亦不事复及，以此自劳役。见《全晋文》卷一百零一。

## 译文

大凡青少年认识不深而志气旺盛，老年人则认识力强而气血衰弱，志气旺盛的人，思考敏锐而经得起劳累，气血衰弱的人，思考周密却损伤精神。这实在是一般人的资质，不同年龄的人的大概情况。至于人的才分，都有一定的限度，而智力的运用却是无边无际的；就像有的不满于鸭腿之短，而羡慕鹤腿之长，在写作中一字一字地挖空心思，于是精气消损于内，有如海水永不停止地外泄；神思损伤于外，像牛山上的草木被砍得精光。过分的惊惧必将造成疾病，也就可想而知了。至于王充在门窗墙柱上放满笔墨以进行著作，曹褒在走路、睡觉时都抱着纸笔而专心于礼仪，既累月不断地苦思，又整天不停地煎熬，所以曹操曾担心作文会伤害性命，陆云曾感叹运思使精神困乏，都不是没有根据的空话啊。

## 原文

**夫学业在勤，故有锥股自厉①，志②于文也，则申写郁滞③，故宜从容率情，优柔适会④。若销铄精胆⑤，蹙迫⑥和气，秉牍以驱龄⑦，洒翰以伐性⑧，岂圣贤之素心⑨，会文之直理哉⑩！且夫思有利钝⑪，时有通塞⑫，沐则心覆⑬，且或反常；神之方昏⑭，再三愈黩⑮。是以吐纳文艺⑯，务在节宣⑰，清和⑱其心，调畅其气，烦而即舍⑲，勿使壅滞⑳；意得则舒怀以命笔㉑，理伏则投笔以卷怀㉒，逍遥以针劳㉓，谈笑以药倦㉔，常弄闲于才锋㉕，贾余于文勇㉖，使刃发如新㉗，腠理㉘无滞，虽非胎息之万术㉙，斯亦卫气㉚之一方也。**

## 注释

①锥股自厉：《战国策·秦策一》载，（苏秦）乃夜发书，陈箧（箱）数十，得太公《阴符》（传为姜尚兵书）之谋，伏而诵之，简练以为揣摩（反复研究）。读书欲睡，引锥自刺其股，血流至地。厉，鞭策。②志：纪昀说，“志当作至”。译文据“至”字。③申：伸张，舒展。郁滞：郁闷，忧郁。④优柔：宽容，和上句的“从容”意近。适会：适应机会。《征圣》篇的“抑引随时，变通适会”，《章句》篇的“随变适会，莫见定准”，与此“适会”意同。⑤销铄精胆：指上文所说“精气内销”。销铄，熔化。精胆，犹精

气。古人认为人的刚强之气出自胆，称胆气。⑥蹙（cù）迫：逼迫。⑦秉：持，拿着。牍（dú）：木简，纸。⑧洒翰：挥笔。伐性：残害生命。⑨素心：本意。⑩会文：指写作。直理：正理。⑪利钝：以兵器的锐利或不锐利，比喻文思的敏锐或迟钝。⑫通塞：思路的通畅或阻塞。⑬沐则心覆：《左传·僖公二十四年》载，晋侯之竖（小吏）头须，守藏者也……求见。公辞焉以沐。（头须）谓仆人曰：‘沐则心覆，心覆则图反（意图相反），宜吾不得见也。’”。沐，洗头。⑭方：正当。昏：迷糊不清。⑮黩（dú）：《说文》载，黩，握持垢也。从黑，卖声。刘勰用其指神“昏”的发展，是取其引申之义，指头脑更加昏乱不清。⑯吐纳：指写作。文艺：作文的技艺。⑰节宣：节制作息之意。⑱清和：这是讲社会的清平和谐，刘勰用以指作者心境的清静和谐。⑲烦而即舍：用心过度便停止。⑳壅（yōng）滞：阻塞不通畅。㉑命笔：提笔写作。㉒伏：隐藏，不显露。卷怀：收藏。㉓逍遥：优游自得。针劳：消除疲劳。针，针刺治病，这里指医治。㉔药倦：和上句“针劳”意近。㉕弄闲于才锋：指轻松、愉快地显露其才锋。弄，戏。闲，暇。㉖贾（gǔ）余于文勇：出售多余的写作才力。㉗刃发如新：《庄子·养生主》载，庖丁向梁惠王说，“今臣之刀十九年矣，所解数千牛矣，而刀刃若新发于硎（磨刀石）”。㉘腠（còu）理：肌肤的纹理。㉙胎息：古代修养身心的一种方法。万术：万全之术。㉚卫气：养气。

## 译文

在掌握学问上，是应该勤劳的，所以苏秦在读书困倦时，曾用锥子刺股以鞭策自己，至于文学创作，是要抒发作者郁闷的情怀的，因此应该从容不迫地随顺着情感，舒缓而沉着地适应时机。如果大量消耗精神，过分逼迫人的和气，拿着纸张驱赶自己的年龄，挥动笔杆砍伐自己的生命，这岂是圣贤的本意、写作的正理呢！何况作者的文思有敏锐和迟钝之别，写作的时机有畅通或阻塞之异，人在洗头的时候，心脏的位置有了变动，这时考虑问题还可能违反常理；当人的精神已经昏乱不清时，继续思考就必然更加糊涂。因此，从事文学创作务必适时休息，保持心情清静和谐，神气调和通畅，运思过烦就停止，不要使思路受到阻塞，意有所得便心情舒畅地写下去，想写的事理隐伏不明，就放下笔墨停止写作，在自由自在中解除劳累，用说说笑笑来医治疲倦，就能经常轻松愉快地显露其才华，写作完成之后仍有多余的精力，使文思像新磨出来的锐利刀锋，使全身的气脉畅行无阻。这虽不是保养身心的万全之术，也是养气的一种方法。

## 原文

**赞曰：纷哉万象，劳矣千想。玄神①宜宝，素气资养②。水停以鉴③，火静而朗④。无扰文虑，郁此精爽⑤。**

## 注释

①玄神：精神。②素气：元气。资：靠。③鉴：镜，此处引申为明。④静：指火焰不被吹动。朗：明亮。⑤爽：清明。

## 译文

总之，世间万物纷纭复杂，千思万想实在劳心劳神。玄妙的精神应当珍惜，人的元气依靠保养。水流静止不动才能照影，火焰不被吹动才能明亮。不要扰乱创作的思虑，应当保持精神的清明状态。

# 四三、附会篇

## 〔导　读〕

本篇分三部分。第一部分论“附会”在写作中的必要性及其基本原则。刘勰强调，“附会”的工作，就像“筑室之须基构，裁衣之待缝缉”一样重要。他认为构成作品的情志、事义、辞采和宫商四个部分，情志是最主要的，其次是表达情志所用的素材（事义），辞采和音节虽是更次要的组成部分，但和人必有肌肤、声色一样，也是不可缺少的。必须首先明确这个原则，才能轻重适宜地处理好全篇作品。

第二部分论“附会”的方法以及应注意的复杂情况。刘勰要求作者从大处着眼，有全局观点。在处理创作的具体问题时，应根据不同情况而分别对待；但在考虑全篇时，就不能只注意到枝节问题而顾此失彼。在写作过程中，作者既不应轻率，也不必迟疑，只要掌握了写作的基本道理，就如弹琴驾车，并驾齐驱而运用自如。

第三部分论“附会”的作用。刘勰举汉代倪宽和三国钟会的故事，生动地论证了“附会”的重要性，也说明了是否善于“附会”的巨大区别。最后他提出，必须写好一篇作品的结尾，使之“首尾相援”，才能达到“附会”的理想地步。

本篇所提出的“必以情志为神明，事义为骨髓，辞采为肌肤，宫商为声气”，是刘勰的重要文学观点之一，不仅是进行“附会”的原则，也是整个文学创作的原则。这种以人体做比喻的方式，既明确了作品各个部分的主次地位，也说明了各个部分在作品中的不同作用和相互关系。

## 原文

**何谓附会①？谓总文理②，统首尾，定与夺③，合涯际④，弥纶⑤一篇，使杂而不越⑥者也。若筑室之须基构⑦，裁衣之待缝缉⑧矣。夫才童⑨学文，宜正体制，必以情志为神明⑩，事义为骨髓⑪，辞采为肌肤，宫商⑫为声气；然后品藻玄黄⑬，摛振金玉⑭，献可替否⑮，以裁厥中⑯：斯缀思之恒数也⑰。凡大体⑱文章，类多枝派⑲，整⑳派者依源，理枝者循干。是以附辞会义㉑，务总纲领，驱万涂㉒于同归，贞㉓百虑于一致；使众理虽繁，而无倒置之乖㉔；群言虽多，而无棼㉕丝之乱。扶阳而出条㉖，顺阴㉗而藏迹，首尾周密，表里㉘一体：此附会之术也。夫画者谨发而易㉙貌，射者仪毫而失墙㉚，锐精㉛细巧，必疏体统㉜。故宜诎寸以信尺㉝，枉尺以直寻㉞，弃偏善㉟之巧，学具美之绩㊱：此命篇之经略也㊲。**

## 注释

①附：指文辞方面的安排。会：指内容方面的处理。②文理：这二字在本书中一般指写文章的道理，此处据上下文意，应指文章的条理。③与夺：取舍。④涯际：指文章的各个部分。⑤弥纶：综合组织的意思。弥，弥缝。纶，经纶。⑥越：逾越，这里指文章层次的互相侵越。⑦基：建筑的基础。构：结构。⑧缉：缝得细密。⑨才童：指有才华的青年。⑩神明：指人身体最主要的部分，如神经中枢。⑪事义：文章中讲到的事情及其意义，也就是写作时所用的素材。骨髓：《太平御览》卷五八五引作“骨鲠”。《辨骚》篇所说“骨鲠所树，肌肤所附”，和此处“骨髓”“肌肤”意思相同。⑫宫商：五音中的两种，常用以代表五音，这里指文章的音节。⑬品藻：品味评量。玄：黑赤色。⑭摛（chī）振：发动。金玉：指钟磬一类的乐器。⑮献可：选用合适的东西。献，进。替否：丢掉不合适的东西。替，弃去。⑯裁：判断。

厥：其。中：恰当。⑰缀思：构思。数：方法。⑱大体：这里有大概的意思。⑲派：水道的支流。⑳整：和下句“理”字意同，都是整理的意思。㉑附辞会义：整理作品的文辞和内容。㉒涂：同“途”，道路。㉓贞：正，使之正。㉔乖：不合。㉕棼（fén）：纷乱。㉖扶：沿着。阳：日光。条：小枝。㉗阴：暗处。㉘表里：指事物的两个方面，这里指作品的内容（“里”）和形式（“表”）。㉙易：改变。㉚仪：审视。毫：毛发。㉛锐精：集中精力，注意推敲。㉜疏：忽视。体统：主体，总体。㉝诎（qū）寸以信（shēn）尺：《太平御览》卷八三〇录《尸子》：“孔子曰：‘诎寸而信尺，小枉而大直，吾为之也。’”诎，屈，缩短。信，通“伸”，舒张。㉞枉尺以直寻：《孟子·滕文公下》载，“《志》曰：‘枉尺而直寻。’宜若可为也。”。朱注：“枉，屈也；直，伸也；八尺曰寻。在尺宜寻，犹屈己一见诸侯，而可以致王霸，所屈者小，所伸者大也。”㉟偏善：指片面的、无关全局的小巧。㊱具：俱，有完备的意思，和上句“偏”字相对。绩：功绩。㊲命篇：谋篇。经略：概要。

## 译文

什么叫作附会？就是指综合全篇的条理，使文章首尾连贯，决定写进什么和不写什么，把各部分都融合起来，组织成一个整体，做到内容虽复杂，但层次还是很清楚。这就好比建筑房屋必须注意基础和结构，做衣服也少不了缝纫的工作一样。有才华的青年学习写作，首先应该端正文章的体制，必须以作者的思想感情为主体，好比人的神经中枢；其次是体现其思想感情的素材，好比人体的骨骼；再次是辞藻和文采，好比人的肌肉皮肤；最后是文章的声调音节，好比人的声音。明确了这几点，然后像画家调配色彩、乐师安排音节一样，适合的就选用，不适合的就删去，以求做到正好得当：这就是构思写作的普遍法则了。一般说来，文章像树木有许多枝叶，江河有许多支流似的，整理支流时必须依照江河的主流，整理枝叶时必须遵循树木的主干。所以，在写作上整理作品的文辞和内容，也应该提纲挈领，把许多不同的途径都会合成一条道路，把各种不同的思绪都统一起来，使内容虽丰富而不至次序颠倒，文辞虽繁而不致纷如乱丝。文章中有些应该突出表现，像树木在阳光下枝条招展，有些应该略去，像树木在阴暗处枝叶收敛，总之，要使全篇自首至尾都完整周密，内容和形式紧紧结合成一个整体：这就是所谓附会的方法了。但是假如画师画像只注意毫发，反会使容貌失真，假如射手只看准一小点，便会注意不到大片的墙壁，聚精会神于细微之处，对整体必然有所疏忽。所以，应该舍去一寸来注重一尺，放弃一尺来舒展八尺，也就是说，应该牺牲文章中枝节性的小巧，而争取全面美好的功绩：这才是创作的主要方法。

## 原文

**夫文变无方①，意见浮杂，约②则义孤，博则辞叛③，率故多尤④，需为事贼⑤。且才分⑥不同，思绪⑦各异，或制首以通尾⑧，或尺接以寸附⑨，然通制⑩者盖寡，接附⑪者甚众。若统绪失宗⑫，辞味必乱，义脉不流⑬，则偏枯⑭文体。夫能悬识腠理⑮，然后节文⑯自会，如胶之粘木，石之合玉⑰矣。是以四牡异力⑱，而六辔如琴⑲；并驾齐驱，而一毂统辐：驭文⑳之法，有似于此。去留随心，修短㉑在手，齐其步骤，总辔而已。**

## 注释

①无方：与《通变》篇“变文之数无方”用法相同。方，常。②约：简单。③叛：乱。④率：草率。尤：过失。⑤需：迟疑。贼：害。⑥才分：指各人写作才能的特点。⑦绪：端绪。⑧首、尾：指一篇作品的始末。⑨尺、寸：指一篇作品的一段、一句。⑩通制：指上句“制首以通尾”的意思。⑪接附：指上句“尺接以寸附”的意思。⑫失宗：指文章缺乏重心，主次不分。⑬义脉：以人体的气脉喻文章内容的脉络。流：流通，流畅。⑭偏枯：病名，即半身不遂。⑮悬：高远。腠理：肌肉的纹理，这里借以指写作的道理。⑯节文：指音节和文采，即第一段所说“品藻玄黄，摛振金玉”两个方

面。⑰石之合玉：石中包含着玉。⑱四：一车四马。牡（mǔ）：指雄性的马。⑲辔（pèi）：马缰绳。如琴：和谐如奏琴。琴声由若干弦组成，但能弹奏得很和谐。⑳驭文：指写作。驭，驾驭。㉑修短：指多写或少写。修，长。

## 译文

作品的变化没有定数，作家的心意和见解也比较复杂，如果说得太简单，内容就容易单薄，如果讲得太繁多，文辞便没有条理，写得潦草，毛病便多，但过分迟疑，也反而有害。且各人的才华不同，思路也不一样，有的能从开头连贯到尾，有的则是枝枝节节地拼凑，可惜能够首尾贯通的作者很少，而逐句拼凑的作者却较多。如果文章没有重心，词句的意味必将杂乱，如果内容的脉络不通畅，整篇作品就呆滞而不灵活。必须洞悉写作的道理，才能做到音节和文采自然会合，就像胶可黏合木材，石可包玉一样。所以，四匹马用力不同，但在一个会驾车的人手里，六条缰绳可以像琴弦一样和谐；不同车轮一齐前进，车辐都统属于车毂：驾驭写作的方法，也与此相似。或取或舍，决定于作者的内心，或多或少，都掌握在作者的手里。只要控制住总的缰绳，步调便可一致了。

## 原文

**故善附者异旨如肝胆[①]，拙会者同音如胡越[②]。改章难于造篇，易字艰于代句。此已然[③]之验也。昔张汤拟奏而再却[④]，虞松草表而屡谴[⑤]，并理事之不明，而辞旨之失调也。及倪宽更草[⑥]，钟会易字[⑦]，而汉武[⑧]叹奇，晋景[⑨]称善者，乃理得而事明，心敏而辞当也。以此而观，则知附会巧拙，相去远哉！若夫绝笔断章[⑩]，譬乘舟之振楫[⑪]；会词切理，如引辔以挥鞭。克终底绩[⑫]，寄深写送[⑬]。若首唱荣华[⑭]，而媵句憔悴[⑮]，则遗势郁湮[⑯]，余风不畅，此《周易》所谓"臀无肤，其行次且[⑰]"也。惟首尾相援[⑱]，则附会之体，**

**固亦无以加于此矣[19]。**

## 注释

①善附：善于附会。异旨：指不同的意旨。肝胆：肝和胆紧密相连，比喻联系密切。②拙会：拙于附会。同音：和谐音调。胡越：古代称北方的少数民族或异族为胡，越地在南方，比喻关系疏远。③已然：已经是这样。④“张汤”句：《汉书·倪宽传》载，汉武帝时张汤任廷尉（最高司法长官），时常有疑奏被汉武帝退回。后由倪宽代拟处理，受到武帝赞赏。拟，草拟。⑤“虞松”句：《三国志·魏书·钟会传》注引《世说新语》载，司马景王让中书令（掌机密文书的官）虞松作表，呈上两次仍不满意。后来钟会见到了，“为定五字”，得到了景王的称赞。草，起草。谴，谴责，责备。⑥倪宽更草：指倪宽曾替张汤重新草拟疏奏事。更，重新。⑦钟会易字：指钟会为虞松改定上表事。⑧汉武：汉武帝。⑨晋景：三国时魏国权臣司马师，西晋时被追尊为景帝。⑩绝笔：不再写，指全篇结束。绝，断。断章：一章的断句。⑪振：收。楫：桨。⑫克终：有始有终，指全篇都写好。克，能。终，文章结尾。底绩：收到功效。⑬寄深写送：大意是说收尾时要有余韵不尽之意。⑭首唱：指作品的开头。荣华：光彩。⑮媵（yìng）句：指作品的结尾。媵，陪嫁的人。憔悴：形容文章没有光彩，与上文“荣华”相对。⑯遗势：结尾的气势。郁：郁滞。湮（yān）：阻塞。⑰次（zī）且（jū）：同“趑趄”，行走困难，也比喻犹豫徘徊。⑱援：相互呼应。⑲无以加于此矣：没有超过它的了。

## 译文

所以善于附会的人能把不相干的事物联系得像肝和胆那样紧密，不善于附会的人会把本来相联系的事物处理得像胡和越那样互不相干。有时修改文章比写文章还艰难，换一字有时比改写一句更麻烦。这是已经被证明过的。以前张汤草拟奏章两次被退回，虞松起草章表屡次遭到责备，都是因为讲的道理和事情不够明白，文辞和意旨也不协调。后来倪宽替张汤重新草拟，钟会替虞松改了几个字，于是汉武帝对倪宽的改动赞叹称奇，晋景帝对钟会的改动也很满意，那是因为修改后道理说得恰当而事情明白，文思敏捷而措辞得当。由此可见，附会的巧妙与拙劣，效果相差甚远！至于收笔结尾，好比乘船时收拾船桨；文辞与内容配合，像拉着缰绳挥动鞭子。有始有终才能收获功效，寄托深远要有含蓄不尽之势。若开篇写得很有光彩，而结尾缺乏生气，最后文势便会阻塞，文气不畅，就像《周易》中说的“臀部没有皮肉，行走也就困难”了。只有首尾相互呼应，那么附会的作用，才可说是达到了最高境界。

## 原文

**赞曰：篇统间关①，情数稠叠②。原始要终③，疏④条布叶。道味⑤相附，悬绪自接。如乐之和⑥，心声⑦克协。**

## 注释

①篇统：指文章层次的安排。统，统绪。间关：崎岖辗转，指艰难。②情数：指内容多种多样。稠叠：繁多，复杂。稠，多而密。③原：追溯。要（yāo）：约会，这里有联系的意思。④疏：疏通。⑤道味：指作品中体现的道理、意味。⑥如乐之和：《左传·襄公十一年》载，“如乐之和，无所不谐”。⑦心声：表达思想的语言。

## 译文

总之，篇章的全面安排是不容易的，内容的种类也十分繁杂。作者必须从头到尾，把一枝一叶都布置得很恰当。只要内容能布置妥帖，思绪自然可以连贯起来。就像乐曲必须和谐一样，作者内心的话也都要配合得协调。

# 四四、总术篇

## 〔导　读〕

全篇分三部分。第一部分论“文”“笔”之分。自晋、宋以后，“文”“笔”之分逐步明确起来。刘勰对这种区分基本上是赞同的，所以，上卷是“论文叙笔”，按“文”“笔”两大类分别叙论。但对颜延之的“文”“笔”“言”之分，则取反对态度。

第二部分在对论创作技巧的《文赋》进行批评之后，提出“研术”的重要意义。刘勰认为文学创作和音乐一样，乐师虽不一定能掌握一切乐器和曲调，但必须懂得音乐的基本方法。所以说：“才之能通，必资晓术。”只有全面研究各种文学体裁，明确写作的基本法则，才能在文学创作上取得成功。

第三部分以下棋和掷采为喻，来进一步说明掌握写作方法的必要性。下棋是要讲究方法的，掌握了写作方法的作家，就同会下棋的人一样，可以获得成功。掷采则是碰机会，不懂得写作方法的人就和玩掷采的人一样，即使偶有所得，也不能取得完全的成功。因此，刘勰要求作家必须“执术驭篇”，而不要在写作上去碰运气。

“文”“笔”之分，是晋、宋以来文学发展的一个重要标志。正所谓“文场笔苑，有术有门”。多种多样的“文”和“笔”的出现，表现方法的问题也随之复杂和重要起来。因此，有必要“务先大体”，穷根求源，探索“乘一总万”的写作方法。本篇把“文”“笔”之分和“执术驭篇”两个问题“列在一篇”来讨论，其原因就在这里。本篇虽未提出什么新的创作理论，但对文学创作提出的一个总的要求，却是值得重视的。刘勰要求文学作品应写得“义味腾跃而生，辞气丛杂而至。视之则锦绘，听之则丝簧，味之则甘腴，佩之则芬芳”。除了内容充沛、辞采丰富外，这里还突出强调了文学作品的艺术性及其感人力量。刘勰在他创作论的总结中提出这种要求或理想，有助于我们对其整个创作论的理解。《神思》以下各篇，正是为如何创作出这样理想的作品所做的分论。

## 原文

今①之常言，有文有笔②，以为无韵③者笔也，有韵者文也。夫文以足言，理兼《诗》、《书》④，别目⑤两名，自近代⑥耳。颜延年⑦以为：笔之为体，言之文⑧也；经典则言而非笔⑨，传记则笔而非言⑩。请夺彼矛⑪，还攻其盾⑫矣。何者？《易》之《文言》⑬，岂非言文⑭？若笔果⑮言文，不得云经典非笔矣。将以立论，未见其论立也。予⑯以为：发口为言，属翰⑰曰笔，常道曰经，述经曰传⑱。经传之体，出言入笔⑲，笔为言使⑳，可强可弱㉑。六经以典奥为不刊㉒，非以言笔为优劣也。

## 注释

①今：指晋、宋以来。②文、笔：“文”和“笔”的区别，说法不一。大体上讲，“文”是比较讲究文采的作品，如诗歌辞赋之类；“笔”是偏重于应用方面的作品，如政治、历史、学术论著之类。③韵：指节奏，这里泛指文章的音节，不限于句末的押韵。④《诗》：指《诗经》，代表讲究音节的作品。《书》：指《尚书》，代表不讲音节的作品。⑤目：称。⑥近代：指晋、宋期间。“文笔”连用成词，早在汉代已经出现，晋代用得更多，但以“文笔”对举而明确其区别，则始于南朝宋代。⑦颜延年：名延之，晋宋之间的作家。他主张把作品分成“文”“笔”“言”三种。⑧言之文：颜延之认为

“文”的文采比“笔”多，而“笔”的文采又比“言”多，所以说“笔”是有文采的“言”。⑨“经典”句：颜延之认为经书（如《尚书》）文采很少，所以属于“言”。⑩“传记”句：颜延之认为传注（如《左传》）的文采稍多，所以属于“笔”。颜延之上述意见的原文今不存。⑪矛：长柄有刃的兵器。⑫盾：打仗时防御用的盾牌。⑬《文言》：《周易》中的一部分，相传为孔子阐述《易经》所作。⑭岂非言文：颜延之认为经书都属无文采的“言”，但刘勰认为《文言》却有文采，所以用来反驳他。⑮果：黄侃认为是“为”字之误。此句是复述颜延之所论“笔”是“言之文”的意思。⑯予：刘勰自称。他反对颜延之以文采多少来做“经”“传”“言”“笔”的区别。⑰属翰：就是用笔来写。翰，笔。⑱“常道”二句：意谓讲永久性道理的为经，解释经书的为传。⑲出言入笔：因为经传都是书面作品，所以不应属于“言”（指不属“发口为言”的“言”），而应属于“笔”（指“属翰曰笔”的“笔”。这是刘勰所理解的“言”和“笔”，不是颜延之所谓的“言”和“笔”）。⑳使：用。㉑强、弱：指文采的多、少。㉒典：常。奥：深。不刊：不可磨灭。刊，削去。



## 译文

近来人们常常说，文章有文和笔两种，他们认为不讲究音节的是笔，讲究音节的是文。文本来是补充和修饰语言的，按理说可以包含《诗经》《尚书》两方面的作品，至于分成两种，那是晋代以后的事。颜延之认为：笔这种体裁，是有文采的言；儒家经书是言而不是笔，而传注乃是笔不是言。我现在就借颜延之的矛，来反攻他的盾。为什么这样说呢？《周易》中的《文言》，岂不是有文采的言吗？假如笔是有文采的言，那么就不能说经书不是笔了。颜延之想建立新的论点，可是我看他的论点还不能建立起来。我认为：口头说的叫作言，书面写的叫作笔，说明永久性道理的叫作经，解释经书的叫作传。经和传的体裁，显然就不应属于言而应属于笔了，用笔来代替口述，文采可多可少。儒家经典以其内容深刻而不可磨灭，并不是以颜延之所谓无文采的言和有文采的笔来定高下的。

## 原文

**昔陆氏①《文赋》，号为曲尽②；然泛论纤细③，而实体未该④。故知九变之贯匪穷⑤，知言⑥之选难备矣。凡精虑造文，各竞新丽，多欲练⑦辞，莫肯研术⑧。落落⑨之石，或乱乎玉；碌碌⑩之玉，时似乎石。精者要约⑪，匮者亦鲜⑫；博者该赡⑬，芜⑭者亦繁；辩者昭哲⑮，浅者亦露；奥者复隐⑯，诡者亦曲⑰。或义华而声悴⑱，或理拙而文泽。知夫调钟未易⑲，张⑳琴实难。伶人告和㉑，不必尽窕槬之中㉒；动角挥羽㉓，何必穷初终之韵㉔？魏文㉕比篇章于音乐，盖有征㉖矣。夫不截盘㉗根，无以验利器；不剖㉘文奥，无以辨通㉙才。才之能通，必资㉚晓术。自非圆鉴区域㉛，大判条例㉜，岂能控引㉝情源，制胜文苑哉！**

## 注释

①陆氏：指陆机。②号：称，说。曲尽：详尽。③纤：细小。细：详尽。④体：主体。该：兼备。⑤九：虚数，泛指众多。贯：事。⑥知言：善于分析言辞，这里指善于讨论创作。⑦练：选择。⑧术：方法。刘勰称艺术构思为“驭文之首术”，见《神思》篇，称继承与革新为“通变之术”，见《通变》篇，甚至论“风骨”也说“兹术或违，无务繁采”，见《风骨》篇。所以，这里的“术”概括了刘勰所论各种创作原理、方法和技巧。⑨落落：多。⑩碌碌：同“琭琭”，形容稀少。⑪约：简洁。⑫匮：缺乏。鲜：少。⑬赡（shàn）：富足。⑭芜：杂乱。⑮昭哲（zhé）：明白。⑯复：复杂。隐：深奥。⑰诡：不正常。曲：曲折难懂的意思。⑱悴：弱。⑲调：调整。钟：泛指乐器。⑳张：指张弦。㉑伶（líng）人告和：《国语·周语下》“钟成，伶人告和”。和，调和。㉒尽：完全，这里是说完全掌握。窕（tiǎo）：小。槬（huà）：大。这里指大大小小的各种乐器。中：恰当，这里指音节恰到好处。

㉓动角：指乐器的运用。挥羽：指发挥音乐的作用。㉔穷：探索到底。初终：从头到尾。韵：指曲调。㉕魏文：指魏文帝曹丕，他在《典论·论文》中用音乐比喻文学。㉖征：证，验。㉗盘：弯曲。㉘剖：分析。㉙通：妙用无碍。㉚资：凭借。㉛圆：全面。鉴：察看。区域：指各种体裁。㉜判：裁决。条例：规则，这里指写作规则。㉝控引：控制，拉开，即驾驭。

## 译文

从前陆机的《文赋》，据说谈得很详细；但是里面多讲琐碎的问题，却没有抓住要点。可见事物的变化是无穷的，而真正懂得写作的人却较少。一般作家精心撰文，都努力争取新奇华丽，常常只注意文辞的选择，而不去钻研写作的方法。譬如在成堆的石头中，不免有些和玉相类；在稀有的玉中，偶然也有像石头的。同样，用心写作的人，文章比较简洁，可是文思贫乏的人，篇幅也多短小；才华丰富的人，常常下笔千言，但是文风杂乱的人，也写得非常冗长；善于雄辩的人，条理十分清楚，不过学识浅薄的人，词义也极显露；思想深刻的人，写出来的文章有时难懂，可是故作怪僻的人，也有晦涩的毛病。有的文章意义丰富，而声调音节显得较差，有的文章讲道理比较拙劣，而文句却很润泽。正如音乐一样，敲钟弹琴都不容易。一个乐师要演奏得音调和谐，不必大小乐器都会掌握；要能运用乐器，发挥作用，何须兼通一切曲调？曹丕把写作比作音乐，是有根据的，因为都要求掌握法则。如果不能截断弯曲的树根，那就无法考验刀锯是否锋利；同样，如果不能分析深刻的写作道理，也就不能看出作者是否有妙才。要使文才妙用无碍，就必须通晓写作方法。若非全面考察各种体裁，普遍明确各种法则，怎能掌握思想情感的来龙去脉，在文坛上获得成功呢！

## 原文

**是以执术驭篇，似善弈之穷数[①]；弃术任心，如博塞之邀遇[②]。故博塞之文，借巧傥来[③]，虽前驱有功[④]，而后援难继[⑤]；少既无以相接，多亦不知所删，乃多少之并[⑥]惑，何妍媸之能别乎！若夫善弈之文，则术有恒[⑦]数，按部整伍[⑧]，以待情会[⑨]；因时顺机，动不失正。数逢其极[⑩]，机入其巧，则义味[⑪]腾跃而生，辞气[⑫]从杂而至。视之则锦绘，听之则丝簧[⑬]，味之则甘腴[⑭]，佩[⑮]之则芬芳。断章[⑯]之功，于斯盛矣。夫骥足虽骏，纆牵忌长[⑰]，以万分一累[⑱]，且废千里。况文体多术，共相弥纶[⑲]，一物携贰[⑳]，莫不解体[㉑]。所以列在一篇[㉒]，备总情变[㉓]，譬三十之辐[㉔]，共成一毂[㉕]。虽未足观，亦鄙夫[㉖]之见也。**

## 注释

①弈：下围棋。穷：讲究。数：技巧。②博塞：古代赌注胜负的游戏。邀遇：碰运气。③傥（tǎng）来：意外得到。④前驱有功：指文章开头写得好。⑤后援难继：后面难以为继。⑥并：都。⑦恒：永恒的。⑧按部整伍：犹按部就班，指按一定次序。⑨情会：情感兴会。⑩极：极致，指技巧掌握运用得好。⑪义味：意味。⑫辞气：文辞气势。⑬丝簧：指美妙的音乐。丝，弦乐器。簧，管乐器。⑭甘腴：美味的食物。甘，甜。腴，肥美。⑮佩：佩戴。⑯断章：指写文章。⑰纆牵忌长：《战国策·韩策三》说王良的徒弟驾千里马，却跑不了千里路。驭马神手造父的徒弟告诉他说："你的缰绳牵得过长。"缰绳长只是万分之一的小问题，却妨碍跑千里路。纆牵，马缰绳。⑱累：妨碍。⑲弥纶：配合形成。⑳携贰：怀有二心，此处指与其他方面不协调。㉑解体：使整体破坏。㉒列在一篇：作《总术》一篇。㉓备总：全面总结概括。情：指各种写作原则和方法。㉔辐：车轮上的辐条，即集在中心

毂上的直木。㉕毂（gǔ）：车轮中心的圆木，外部与车辐相接，中心有圆孔供车轴插入。㉖鄙夫：作者的自谦之词。

## 译文

因此如果能掌握方法来进行写作，就像善于下棋的人那样讲究技巧；抛弃方法而任意创作，就像赌胜负的游戏那样碰运气。所以像赌胜负的游戏那样写文章，只是依靠运气偶然得来，即便前面写得好，后边也难以为继；内容少了固然无法写下去，多了也不知如何删减，写多写少都会感到困惑，又怎能掌握写作的好坏呢！至于像善于下棋那样写作文章，在方法上有一定的技巧，按部就班地做好准备，以等待情感兴会；顺应时机抓住机会，每一步都不偏离正道。技巧运用到达熟练的地步，机会又把握得极为巧妙，那么文章的意味就会奔腾踊跃而生，文辞气势也将蓬勃起来。看上去像五彩锦绣那样华丽，听起来像丝乐、管乐那样和谐，品起来像美味佳肴那样甘美，赏起来像缤纷的香草那样芬芳。写作的效用，达到这种程度就到极点了。千里马虽然跑得快，但缰绳不能太长，缰绳太长这样的小小不足，尚且妨碍千里之行，何况文章各种体裁的写作方法多种多样，相互配合，共同组成文章，其中有一个方面与其他方面不协调，文章的整体就会被破坏。所以集中在本篇讲述文章写作的要领，以此来全面总结文学创作的不同情况，好比车轮上的三十根条辐，共同汇集于车轮的中心。虽然不值得一观，也算是鄙人的一己之见吧。

## 原文

**赞曰：文场笔苑，有术有门①。务先大体，鉴必穷源②。乘一总万③，举要治繁。思无定契④，理⑤有恒存。**

## 注释

①门：类。②源：根源，指文学创作的基本原理。③乘：因。一：指上文说的“源”。万：指上文说的“有术有门”。④契：契约，引申指规则。⑤理：指基本写作原理。

## 译文

总之，在创作领域，方法是多种多样的。首先必须注意总体，彻底认清基本写作原理。这样就能根据基本原理来掌握各种技巧，抓住要点来驾驭一切。文思虽没有一定的规则，写作的基本原理却是有定数的。

# 四五、时序篇

## 〔导　读〕

全篇分七部分。第一部分论述从尧舜时期到战国时期的文学情况，第二部分论述西汉时期的文学情况，第三部分论述东汉时期的文学情况，第四部分论述三国时期的文学情况，第五部分论述西晋时期的文学情况，第六部分论述东晋时期的文学情况，第七部分论述宋齐时期的文学情况。不过本书写作时齐还未亡，所以对齐代文学只有笼统的颂扬，未做具体分析和评论。

文学创作和社会现实的关系是十分复杂的。刘勰在对各个历史时期文学情况的论述中，讲到三种具体的关系：一是“风动于上，而波震于下”，商周的诗歌，汉晋的文学，都普遍存在这种情形；二是由于“世积乱离，风衰俗怨”的乱世，造成“梗概而多气”的建安文学；三是儒道思想对文学的影响，如东汉文学的“渐靡儒风”，两晋玄学使文学创作“流成文体”等。前一种主要是影响文学的盛衰，后两种则影响到文学的内容和风格特色。刘勰未能从经济基础和阶级矛盾等基本方面来分析文学与社会现实的关系，而过分强调了封建统治者的提倡与重视的作用，这是他难以避免的局限。但他在对大量史实的分析中提出的“歌谣文理，与世推移”“文变染乎世情，兴废系乎时序”的基本观点是正确的。

此外，本篇对晋宋以前文学发展概况所做的历史总结，也有一定的意义。它不仅说明了各个历史时期文学盛衰的原因，而且比较简要地概括了各个时期文学创作的基本特点。如西汉的“祖述《楚辞》”、东汉的“渐靡儒风”、建安的“雅好慷慨”、西晋的“辞意夷泰”等。

## 原文

时运[1]交移，质文代变[2]，古今情理，如可言乎！昔在陶唐[3]，德盛化钧[4]，野老吐“何力”[5]之谈，郊童含“不识”[6]之歌。有虞继作[7]，政阜民暇[8]。“薰风”诗于元后[9]，“烂云”歌于列臣[10]。尽[11]其美者何？乃心乐而声泰[12]也。至大禹敷[13]土，九序咏功[14]，成汤圣敬[15]，“猗欤”[16]作颂。逮姬文之德盛[17]，《周南》[18]勤而不怨；大王之化淳[19]，《邠[20]风》乐而不淫。幽、厉昏而《板》、《荡》怒[21]，平王微而《黍离》哀[22]。故知歌谣文理[23]，与世[24]推移，风动于上，而波震于下者也。春秋以后，角[25]战英雄，六经泥蟠[26]，百家飙[27]骇。方[28]是时也，韩、魏力[29]政，燕、赵任权[30]；五蠹、六虱[31]，严于秦令，唯齐、楚两国，颇有文学[32]。齐开庄衢之第[33]，楚广兰台之宫[34]，孟轲宾馆[35]，荀卿宰邑，故稷下扇其清风，兰陵郁其茂俗，邹子以谈天飞誉，驺奭以雕龙驰响，屈平联藻于日月，宋玉交彩于风云。观其艳说，则笼罩《雅》、《颂》。故知炜烨之奇意，出乎纵横之诡俗也。

## 注释

①运：运行。②质：朴质，简单。文：文采丰富。③陶唐：指尧时。尧初居陶（今山东定陶西南），后徙于唐（今河北唐县），故史称陶唐氏。④化：教化。钧：同“均”，等同。⑤何力：指《击壤歌》，因为其中有“尧何力于我也”一句。击壤，古代一种投掷游戏。⑥不识：指《康衢谣》，其中有“不识不知”一句。相传尧时的儿童曾唱此歌，见《列子·仲尼篇》。⑦虞：指舜时。舜号有虞氏。作：起。⑧阜（fù）：盛大。暇：空闲。⑨薰风：指《南风歌》，其中有“南风之薰兮”一句。相传此歌为舜所作，见《孔子家语·辩乐解》。元后：指舜。⑩烂云：指《卿云歌》，其中有“卿云

烂兮”一句。《通变》篇曾说：“虞歌《卿云》。”歌于列臣：相传舜时百官曾共同歌颂“卿（庆）云”。⑪尽：完全。⑫泰：安。⑬敷：分布治理。⑭九序咏功：本书《原道》篇和《明诗》篇都说过“九序惟歌”。九序，指治理天下的各种工作都有了秩序。⑮成汤：商代的开创者。圣敬：圣明，严慎。⑯猗（yī）欤（yú）：指《诗经·商颂》中的《那（nuó）》诗，其中有“猗欤那欤”一句。猗，叹词。那，多。⑰逮（dài）：及。姬文：周文王，姓姬。⑱《周南》：《诗经》中的《国风》之一，包括《关雎》等十一首诗。⑲大王：太王，周文王的祖父。淳（chún）：淳厚。⑳邠（bīn）：豳，是太王所居的地方，在今陕西旬邑县。《豳风》是《诗经·国风》中的一部分。㉑怒：愤怒。㉒平王：东周第一代国君。微：衰落。《黍离》：《诗经·王风》中的一篇，相传是东周人伤叹西周故都而作。㉓文理：写作的道理。㉔世：时代。㉕角：竞争。㉖六经：指《诗》《书》《礼》《乐》《易》《春秋》。泥蟠：以龙伏泥中比喻六经不为人所重视。蟠，伏。㉗飙（biāo）：暴风。㉘方：正在。㉙力：指武力。㉚任：听凭。权：权术，临机应变。㉛五蠹（dù）：指《韩非子·五蠹》中讲的“学者”（儒家）、“言谈者”（纵横家）、“带剑者”（游侠）、“患御者”（近侍之臣）和“工商之民”。蠹，蛀虫。韩非认为以上五种人是有害的蛀虫。六虱（shī）：六种有害的虱子。指《商君书·靳（jìn）令》中说的“礼、乐”，“诗、书”，“修善、孝弟”，“诚信、贞廉”，“仁、义”，“非兵、羞战”。㉜文学：广义的文学，泛指文化学术。㉝庄衢：大路。第：大宅。㉞兰台之宫：传为宋玉所作的《风赋》中说，“楚襄王游于兰台之宫，宋玉、景差侍”。㉟孟轲（kē）：孟子，战国时著名思想家。宾馆：宾师之馆。孟子在齐，不居官而位甚尊，被称为宾师。

## 译文

时代不断地演进，质朴和华丽的文风也跟着变化，古往今来的写作情况和道理，大概还可以论述一下吧！从前在唐尧时期，恩德隆盛，教化普及，所以老百姓创作了《击壤歌》，儿童也唱了《康衢谣》。接着是虞舜时期，政治昌明，百姓安闲。于是舜写了《南风歌》，群臣也和他同唱了

《卿云歌》，这些作品为什么那么完美呢？主要由于心情舒畅，所以诗歌及音调也是安乐的。到夏禹治理好国土，各项工作都走上轨道，所以产生了歌颂的作品，商汤英明、严肃，因而出现了《诗经·商颂》里的《那》诗。后来周文王恩德隆盛，这时《周南》中的诗篇体现了当时作者勤劳而无怨言的思想；文王以前，太王的教化很淳厚，所以《豳风》里的诗歌表达了作者快乐而不过分的心情。但是后来厉王、幽王时期政治黑暗，因而《大雅》里的《板》《荡》等诗充满愤怒，平王时，周室渐渐衰落，于是出现了情调悲哀的《王风·黍离》。这些歌谣的文理，是和时代一起演变的，时代像风一样在上边刮着，文学就像波浪一样在下边跟着震动。到春秋以后，群雄互相争战，儒家经典不被重视，诸子百家风起云涌地出现了。这时韩、魏诸国以武力为政，燕、赵诸国相信权谋，而秦国对于韩非所谓五种害国的蛀虫，商鞅所说六种害国的虱子，都控制得很严格，只有齐、楚两国还颇有文化学术。齐国准备了大公馆，楚国扩大了兰台宫来款待贤人，孟子到齐国去做贵宾，荀子到楚国去做兰陵令，所以齐国的稷下传开优良的风气，楚国的兰陵也形成美好的习俗，邹衍以谈天称著，驺奭以文才驰名，屈原的诗篇更可媲美日月，宋玉的文采也美如风云。从文采上看他们美好的言论和著作，简直超过了《雅》《颂》。可见他们光芒四射的文思，来自这时纵横驰骋的不平凡的风气。

## 原文

**爰至有汉，运接燔书[①]，高祖尚武，戏儒简[②]学。虽礼、律草创[③]，《诗》、《书》未遑[④]，然《大风》、《鸿鹄》之歌[⑤]，亦天纵[⑥]之英作也。施及孝惠[⑦]，迄于文、景[⑧]，经术颇兴，而辞人勿用；贾谊抑而邹、枚沈[⑨]，亦可知已。逮孝武[⑩]崇儒，润色鸿业[⑪]，礼、乐争辉，辞藻竞骛[⑫]：柏梁展朝宴之诗[⑬]，金堤制恤民之咏[⑭]，征枚乘以蒲轮[⑮]，申主父以鼎食[⑯]，擢公孙之对策[⑰]，叹倪宽之拟奏[⑱]，买臣负薪而衣锦[⑲]，相如涤器而被绣[⑳]。于是史迁、寿王之**

**徒[21]，严、终、枚皋之属[22]，应对固无方[23]，篇章亦不匮[24]，遗风余采，莫与比盛。越昭及宣[25]，实继武[26]绩；驰骋石渠[27]，暇豫文会[28]，集雕篆之轶材[29]，发绮縠之高喻[30]。于是王褒之伦[31]，底禄待诏[32]。自元暨成[33]，降意[34]图籍，美玉屑之谈[35]，清金马[36]之路，子云锐思于千首[37]，子政雠校于六艺[38]，亦已美矣。爰自汉室，迄至成、哀[39]，虽世渐百龄[40]，辞人九变[41]，而大抵所归，祖述[42]《楚辞》，灵均余影，于是乎在。**

## 注释

①燔（fán）书：指秦始皇焚书。燔，焚烧。②简：简傲，轻慢。③礼、律草创：刘邦建立汉朝后，命令叔孙通制定礼仪，萧何制定律法。④《诗》《书》未遑：还未及提倡研究《诗经》《尚书》一类的典籍。遑，空闲。⑤《大风》：刘邦回故乡所作《大风歌》。《鸿鹄》：刘邦所作《鸿鹄歌》。⑥天纵：出自自然。⑦施（yì）：延续。孝惠：指汉惠帝。⑧迄：等到。文：指汉文帝。景：指汉景帝。⑨贾谊抑：《汉书·贾谊传》载，贾谊初因谗言被贬为长沙王太傅，后又任梁怀王太傅，郁闷而死。邹：指邹阳，西汉作家。《汉书·邹阳传》载，邹阳曾远游梁国，因谗言下狱，后因在狱中上梁王书而被释放。枚：指枚乘，西汉作家。《汉书·枚乘传》载，汉景帝时，枚乘曾担任弘农都尉，后因不喜为郡吏称病免官。沈：同“沉”。⑩孝武：指汉武帝。⑪润色：修饰。鸿：宏大。⑫骛：追求。⑬“柏梁”句：据说，汉武帝曾与群臣在柏梁台上宴饮，君臣联句成诗，即《柏梁台诗》，近代学者多认为是伪作。⑭“金堤”句：《汉书·沟洫志》载，汉武帝动员数万人去瓠子（地名）修堵黄河决口，并亲临作歌。金堤，黄河堤名。恤，担忧。⑮“征枚乘”句：《汉书·枚乘传》载，汉武帝在为太子时就听闻过枚乘的贤名，即位后武帝征召枚乘，乘已年老，武帝便以蒲草裹车轮，但枚乘在路上就去世了。蒲轮，用蒲草裹车轮，以减轻颠簸。⑯“申主父”句：《史记·平津侯主父列传》载，主父偃深受汉武帝信任，一年中四次得到升迁，他曾说：“且丈夫生不五鼎食，死即五鼎烹耳。”申，通“伸”，这里有提拔之意。鼎食，列鼎而食，

泛指奢华的生活。⑰“擢公孙”句：《史记·平津侯主父列传》载，汉武帝下诏征召文学之士，公孙弘在被推选之列，但策论被列为下品，武帝却将其擢升为第一。擢，擢升。对策，即公孙弘所作《举贤良对策》。⑱“叹倪宽”句：《汉书·倪宽传》载，倪宽曾是廷尉张汤的下属，曾代张汤草拟奏章，武帝见后大为惊异，当得知是倪宽草拟时，大加赞叹。⑲“买臣”句：《汉书·朱买臣传》载，朱买臣自幼家贫，靠卖柴为生，边背柴边诵读。后买臣做了会稽太守，汉武帝曾对他说：“富贵不归故乡，如衣绣夜行，今子何如?”负薪，背着柴草。衣，这里作动词，穿。⑳“相如”句：《史记·司马相如列传》载，司马相如与卓文君私奔，一时生活难以为继，只得卖酒为生，亲自在市井中洗涤酒器，后因辞赋得到汉武帝的赏识。被，穿。㉑史迁：司马迁。寿王：吾丘寿王，西汉作家。㉒严：严助，西汉作家。终：终军，西汉大臣。枚皋：西汉作家。属：种类。㉓无方：没有定规，指善于应变。㉔匮：缺乏。㉕昭：汉昭帝。宣：汉宣帝。㉖武：汉武帝。㉗石渠：石渠阁，汉宫中的藏书之处。㉘暇：空暇。豫：闲适。文会：关于学术和文章的集会。㉙雕篆：指创作辞赋，语见扬雄《法言·吾子》。轶材：过人的才华。轶，超过。㉚绮：有花纹的丝织品。縠：薄纱。㉛伦：类。㉜底禄：致禄，即做官。待诏：等待天子的诏书，即等候应召。㉝元：汉元帝。成：汉成帝。㉞降意：留意。㉟玉屑之谈：指有关文学的美好议论。屑，碎屑。㊱金马：金马门，汉代官署名，门边有铜马，优异的征士可以在此待诏。㊲千首：指赋。㊳雠(chóu)：校对，指整理。六艺：指六经，这里泛指典籍。㊴成：汉成帝。哀：汉哀帝。㊵渐：进。百龄：百年。㊶九变：变化多样。九，指多。㊷祖述：承继。

## 译文

到了汉代，继秦始皇焚书之后，汉高祖仍崇尚武功，戏弄儒生，忽视学术。虽然他只草创了礼仪和律法，无暇讲究《诗》《书》等典籍，但高祖还能写出《大风歌》《鸿鹄歌》，也算是上天赋予的杰作了。到了孝惠帝，直至文帝、景帝，对经学的研究逐渐兴起，但擅长辞章的作家仍不被重用；贾谊被压制，邹阳、枚乘官位低下，由此可见一斑。到武帝尊崇儒学，重视用儒学来润饰汉代大业，这时礼乐制度交相辉映，文学创作也活跃起来：柏梁台上君臣欢宴联句成诗，金堤边天子亲自创作关怀百姓的歌咏，用蒲轮的车子去征召枚乘，以高官厚禄来提升主父偃，破格提拔公孙弘应诏的对策，由衷赞叹善于草拟奏文的倪宽，朱买臣由砍柴为生到衣锦还乡，司马相如从卖酒为生到锦衣玉食。这一时期，司马迁、吾丘寿王等人，严助、终军、枚皋之辈，口头上既善于应对，创作的文章也不少，他们遗留下来文采风流，后世没有能与之相比的。从昭帝到宣帝时代，确实继承了武帝的功业，学者们在石渠阁纵论经学，闲暇时聚会作文，集中了不少辞赋写作的杰出人才，创作了文辞华美又能启发人心的作品。这时王褒之类的文人，都在等候召对的过程中有了官做。从元帝到成帝，都很注意典籍，也重视议论文章的美妙言谈，打开金马门来延揽文士，扬雄锐意构思，创作辞赋，刘向奉诏整理经典，也都传为美谈。从汉代开国到成帝、哀帝，虽然已过了百年，作家也有了很多变化，然而创作的大体趋势，无不承继《楚辞》的传统，屈原的影响，这时依然存在。



## 原文

**自哀、平陵替[①]，光武中兴[②]，深怀图谶[③]，颇略文华[④]。然杜笃献诔以免刑[⑤]，班彪参奏以补令[⑥]；虽非旁求[⑦]，亦不遐弃[⑧]。及明、章[⑨]叠耀，崇爱儒术，肄礼璧堂[⑩]，讲文虎观[⑪]。孟坚珥笔于国史[⑫]，贾逵给札于瑞颂[⑬]，东平擅其懿文[⑭]，沛王振其《通论》[⑮]；帝则藩仪[⑯]，辉光相照矣。自和、安[⑰]以下，迄至顺、桓[⑱]，则有班、傅、三崔[⑲]，王、马、张、蔡[⑳]，磊落鸿儒[㉑]，才不时乏。而文章之选，存而不论[㉒]。然中兴之后，群才稍改前辙[㉓]，华实所附[㉔]，斟酌经辞[㉕]，盖历政讲聚[㉖]，故渐靡[㉗]儒风者也。降及灵帝[㉘]，时好辞制[㉙]，造《皇羲》之书[㉚]，开鸿都[㉛]之赋，而乐松之徒，招集浅陋[㉜]，故杨赐号为驩兜[㉝]，蔡邕比之俳优[㉞]，其余风遗文，盖蔑如[㉟]也。**

## 注释

①哀：汉哀帝。平：汉平帝，哀帝之弟。陵替：像丘陵倒塌，指国家衰落。②光武：汉光武帝。中兴：指光武帝中兴汉室。③图谶：符命占验。④文华：文学艺术。⑤“然杜笃”句：《后汉书·文苑传》载，杜笃入狱，正逢大司马吴汉去世。光武帝下诏令诸儒生作诔文，杜笃在狱中作诔文，获得了光武帝的称赞，免于刑罚。⑥“班彪”句：《后汉书·班彪传》载，班彪曾担任窦融的从事，为窦融划策，后光武帝知道了，便提拔了班彪。参，参与。令，县令。⑦旁求：广泛寻求。⑧遐弃：远远抛弃。⑨明：汉明帝。章：汉章帝。⑩肄（yì）：学业。壁：指壁雍（又作辟雍），古代的大学。堂：指明堂，古代帝王宣明政令的地方。⑪虎观：白虎观，汉章帝曾在此召集学者讲经论学。⑫“孟坚”句：《后汉书·班固传》载，班固曾担任兰台令史，作《世祖本纪》，后又作列传载记二十八篇，最后写成《汉书》。珥笔，古代史官入朝时要将笔插于冠侧，以便随时记录。珥，插。国史，指《汉书》。⑬“贾逵”句：《后汉书·贾逵传》载，汉明帝时有神鹊在宫殿聚集，明帝听闻贾逵博学多才，便向他询问，他说这是胡人降服的预兆。于是明帝便让他作《神雀颂》，拜为郎。贾逵，东汉学者、作家。瑞颂，指《神雀颂》。⑭“东平”句：《后汉书·东平宪王苍传》载，东汉东平王刘苍少时天资聪慧，好读经书，后与诸公卿一起议定礼乐制度，著有赋颂、诗歌等多种文章。东平，指东汉东平王刘苍，谥宪。⑮“沛王”句：《后汉书·沛献王辅传》载，东汉沛王刘辅好经书，通晓经典、图谶，曾作《五经论》，时人号之曰《沛王通论》。沛王，东汉沛王刘辅，谥献。通论，指刘辅的《五经论》。⑯帝则：皇帝做出法则。藩仪：诸侯藩王做出表率。⑰和：汉和帝。安：汉安帝。⑱顺：汉顺帝。桓：汉桓帝。⑲班：班固。傅：傅毅。三崔：指崔骃、崔瑗、崔寔。⑳王：王延寿。马：马融。张：张衡。蔡：蔡邕。㉑磊落：众多的样子。鸿：宏大。㉒“而文章”二句：意谓在此不再评论上述作家的具体作品。㉓辙：车轮留下的痕迹，此处比喻文章的写作风格。㉔华实所附：意谓作品无论华（有文采）实（质朴）都有依据。㉕斟酌经辞：斟酌采用经

书中的文辞。㉖历政：历朝历代。讲聚：指召集学者讲经论学。㉗靡：披靡，倒下，指受到影响。㉘灵帝：汉灵帝。㉙时好辞制：时人爱好文章辞赋。㉚造《羲皇》之书：《后汉书·灵帝纪》载，汉灵帝好学，曾自造《皇羲篇》五十章。㉛鸿都：鸿都门，汉代藏书和讲学的地方。㉜浅陋：指学问浅薄，喜好描写闾里小事之徒。㉝杨赐：东汉大臣。号：号称。驩（huān）兜：尧时的恶人，曾与共工一起作恶，后被舜放逐，事见《尚书·舜典》。㉞俳（pái）优：弄臣。古人认为俳优是供人玩弄的。㉟蔑如：不足称道。蔑，无。

## 译文

从哀帝、平帝政治衰败，到光武帝中兴汉室，他只惦记符命占验之类的东西，对文学艺术有所忽略。然而杜笃却因诔文作得好得以免刑，班彪因替窦融起草奏文而被赏识做了县令；可见光武帝虽然没有广泛搜罗文士，却也没有完全抛弃他们。到明帝、章帝两朝，较为尊崇儒学，明帝在辟雍、明堂学习古礼，章帝在白虎观研究经学。这时班固从事国史的撰述，贾逵奉诏作《神雀颂》，东平王刘苍善于作美好的文章，沛献王刘辅也著了《五经论》；皇帝做出法则，藩王树立典范，焕发出交相辉映的光彩。从和帝、安帝以下，直到顺帝、桓帝时期，期间有班固、傅毅、崔骃、崔瑗、崔寔，还有王延寿、马融、张衡、蔡邕，众多的大儒，每一时期都不缺乏人才。至于上述作家的具体作品，这里就不再一一评论了。然而光武帝中兴汉室之后，作家们稍稍改变了先前的文风，其作品不论华丽朴实都有所据，他们斟酌着采用儒家经典中的文辞，那是因为在经历帝王召集讲论经学之后，其文风渐渐受到了儒学的影响。到了灵帝时代，他喜好辞赋文章，曾自己著《皇羲篇》，大开鸿都门以招揽辞赋作者，而乐松等人，却招来一些不学无术之徒，所以杨赐将他们称为驩兜，蔡邕则将其比为弄臣，他们遗留的文风和作品，实在不足称道。

## 原文

**自献帝播迁①，文学蓬转②，建安③之末，区宇方辑④。魏武以相王之尊⑤，雅⑥爱诗章；文帝以副君之重⑦，妙善辞赋；陈思以公子之豪，下笔琳琅⑧；并体貌英逸⑨，故俊才云蒸⑩。仲宣委质于汉南⑪，孔璋归命于河北⑫，伟长从宦与青土⑬，公幹徇禄于海隅⑭，德琏综其斐然之思⑮，元瑜展其翩翩⑯之乐。文蔚、休伯之俦⑰，子叔、德祖之侣⑱，傲雅觞豆之前⑲，雍容衽席之上⑳，洒笔以成酣歌㉑，和墨以藉㉒谈笑。观其时文，雅好慷慨，良㉓由世积乱离，风衰俗怨，并志深而笔长㉔，故梗概而多气也㉕。至明帝纂戎㉖，制诗度曲㉗；征篇章之士，置崇文之观；何、刘群才㉘，迭相照耀。少主相仍㉙，惟高贵㉚英雅，顾盼含章㉛，动言成论。于时正始余风㉜，篇体轻澹㉝，而嵇、阮、应、缪㉞，并驰文路矣。**

## 注释

①献帝：汉献帝，灵帝子。播迁：流离迁徙，指献帝先被董卓逼迫迁都长安，后来被曹操挟持，迁都许昌。②文学：指文学之士。蓬转：如蓬草般飘零，指文人们四处逃难，无家可归。③建安：汉献帝年号。④区宇方辑：指曹操控制北方。辑，安定。⑤魏武：曹操，曹丕篡汉自立后尊奉曹操为魏武帝。相王：曹操生前为丞相，封魏王。⑥雅：一向。⑦文帝：指魏文帝曹丕。副君：太子，曹丕为魏王太子。⑧琳琅：比喻美好。琳，青色的玉。琅，琅玕（gān），珠子一样的美石。⑨体貌：礼遇。英逸：有才华的文士。⑩云蒸：像云气般升腾，不断涌现。⑪“仲宣”句：《三国志·魏书·王粲传》载，东汉末年，天下大乱，王粲先往荆州投靠刘表，未得重用。刘表死后，王粲归顺曹操。委质，托身，古代做官时向君主进献礼物，表示托身。汉南，

荆州在汉水之南。⑫“孔璋”句：《三国志·魏书·王粲传》载，陈琳初避难冀州，依附袁绍，后袁绍战败，归顺曹操。归命，归顺。⑬从宦：为官。青土：青州，指北海。⑭徇禄：意同“委质”。海隅：海边，指刘桢原籍东平，东平近海。⑮综：此有运用之意。斐然：有文采貌。⑯翩翩：美好的样子。⑰俦：辈，类。⑱侣：意同“俦”。⑲傲雅：傲岸风雅。傲，有不受拘束之意，指吟诗。觞豆：盛酒和盛肉的器具，此指宴饮。觞，酒杯。豆，盛肉的器具。⑳雍容：雍容大方。衽（rèn）席：卧席，此处指坐席。㉑洒笔：运笔。酣：酣畅。㉒藉：借助。㉓良：确实。㉔笔长：擅长写作。㉕梗概：慷慨，有不纤密之意。多气：气盛的样子。㉖明帝：指魏明帝。纂戎：缵戎，承继父祖的大业。纂，通“缵”，继承。戎，大。㉗度曲：作曲。㉘何：指三国时魏国作家何晏。刘：三国时魏国作家刘劭。㉙少主：指魏明帝之后相继即位的齐王曹芳、高贵乡公曹髦以及陈留王曹奂等年轻君主。相仍：相继。㉚高贵：指高贵乡公曹髦。㉛顾盼：看，顾。含章：包含美质。㉜正始余风：指正始年间玄学风气的影响。正始，齐王曹芳的年号。㉝体：风格。轻：轻浮。澹：恬静安然的样子。㉞应：应璩（qú）。缪（miào）：缪袭。二人都是三国时魏国作家。



## 译文

汉末献帝时政局纷乱，文人像蓬草那样四处飘零，直到建安末年，天下方才渐渐太平。魏武帝曹操居丞相和魏王的高位，一向喜爱诗章；魏文帝曹丕居魏王太子的要位，善于写作辞赋；陈思王曹植以魏王公子的豪气，下笔美不胜收；他们都礼遇杰出的文士，所以吸引来许多有才华的作家。王粲从荆州来归顺，陈琳从冀州来听命，徐幹从北海来做官，刘桢从东平来归附，应玚运用其富于辞采的文思，阮瑀展现他优美文辞带来的乐趣。路粹、繁钦之流，邯郸淳、杨修之辈，也都傲岸风雅于诗酒之间，从容大度于筵席之上，下笔可成酣畅的诗歌，挥毫可为谈笑助兴。观看这一时期的作品，常常喜欢慷慨激昂，确实是由于经历了长期的社会动荡，风教衰落，时俗哀怨，作家情志深沉而笔意悠长，所以写得简明扼要，气势旺盛。到魏明帝承继父祖的大业，自己能写诗作曲；同时也搜罗能文之士，设立崇文观以安置他们；何晏、刘劭等大批有才华的文人，文采交相辉映。明帝以后年轻的君主相继即位，只有高贵乡公英俊风雅，举目既能成文，出口便可为论。这时正始年间的文风影响犹存，作品风格比较浮浅恬淡，嵇康、阮籍、应璩、缪袭，都活跃于当时的文坛上。

## 原文

**逮晋宣始基①，景、文克构②；并迹沈儒雅③，而务深方术④。至武帝惟新⑤，承平受命⑥；而胶序⑦篇章，弗简⑧皇虑。降及怀、愍⑨，缀旒⑩而已。然晋虽不文，人才实盛：茂先摇笔而散珠⑪，太冲动墨而横锦⑫，岳、湛曜联璧之华⑬，机、云标二俊之采⑭，应、傅、三张之徒⑮，孙、挚、成公之属⑯，并结藻清英⑰，流韵绮靡⑱。前史以为运涉季世⑲，人未尽才⑳，诚哉斯谈，可为叹息。**

## 注释

①晋宣：指魏末司马懿，被追尊为晋宣帝。基：基础，这里指司马氏政权的基础。②景：指司马师，被追尊为晋景帝。文：指司马昭，被追尊为晋文帝。他俩都是司马懿的儿子。克构：指能继承父志。③迹沈儒雅：指儒学方面没有成就。迹，事迹。沈，沉没。④务：专力。方术：技术，这里指政治上的权术。⑤武帝：指西晋第一个帝王司马炎，司马昭之子。惟新：指建立西晋王朝。⑥承平：相继平安。受命：受天之命来统治天下，指做皇帝。⑦胶、序：都是学校。⑧简：阅，有注意的意思。⑨怀：指晋怀帝司马炽，武帝之子。愍（mǐn）：指晋愍帝司马邺（yè），武帝之孙。⑩缀旒（liú）：赘旒，指虚有其名。⑪散珠：比喻作品的美好。⑫横锦：比喻作品的美好。锦，杂色丝织品。⑬岳：指潘岳。湛：指夏侯湛。⑭机：指陆机。云：指陆云。两兄弟都是西晋文学家。俊：有才华的人。⑮应：指应贞。傅：指傅玄。三

张：指张载、张协、张亢兄弟三人，都是西晋作家。⑯孙：孙楚。挚：挚虞。成公：成公绥。都是西晋作家。⑰藻：文采。英：美好。⑱韵：指作品的韵味。靡：美好。⑲前史：指前人所著晋史。季世：末世，衰世。⑳人未尽才：西晋作家中，左思、张载、张协都郁郁不得志，而退归乡里。张华、陆机、陆云、潘岳、刘琨等都被杀，挚虞则在荒乱中饿死。

## 译文

后来司马懿开始掌权，司马师和司马昭能够继续下去；他们在儒学上毫无成就，而致力于争权夺利。到晋武帝建立新的王朝，平安地统治着天下；但是对于学校教育和著作，却不放在心上。到怀帝、愍帝时，帝王只是虚有其名而已。不过虽然晋代帝王不重视创作，作家却出现了不少：张华动笔就写成佳篇，左思挥墨就成了杰作，潘岳和夏侯湛有联璧的美称，陆机和陆云有才子的佳誉，此外如应贞、傅玄、张载、张协、张亢、孙楚、挚虞、成公绥等人，写的作品都文采动人，韵味华美。从前史书上都说西晋政治衰颓，作家难以尽情发挥才华，这话的确有理，真令人为之悲叹。

## 原文

**元皇中兴[①]，披[②]文建学，刘、刁礼吏而宠荣[③]，景纯文敏而优擢[④]。逮明帝秉哲[⑤]，雅好文会，升储御极[⑥]，孳孳讲艺[⑦]，练情于诰策[⑧]，振采于辞赋[⑨]；庾以笔才逾亲[⑩]，温以文思益厚[⑪]，揄扬风流[⑫]，亦彼时之汉武也。及成、康促龄[⑬]，穆、哀短祚[⑭]，简文[⑮]勃兴，渊乎清峻[⑯]，微言精理，函满玄席[⑰]，淡思醲采，时洒文囿[⑱]。至孝武不嗣[⑲]，安、恭已矣[⑳]。其文史则有袁、殷之曹[㉑]，孙、干之辈[㉒]，虽才或浅深，珪璋[㉓]足用。自中朝贵玄[㉔]，江左[㉕]弥盛，因谈余气[㉖]，流成文体。是以世极迍邅[㉗]，而辞意夷泰[㉘]，诗必柱下之旨**

**归[29]，赋乃漆园之义疏[30]。故知文变染乎世情[31]，兴废系乎时序[32]，原始以要终[33]，虽百世[34]可知也。**

## 注释

①元皇：指晋元帝司马睿。中兴：指他建立东晋王朝。②披：开。③刘：指刘隗（wěi）。刁：指刁协。都是晋元帝所亲信的官吏。礼吏：懂得礼法的官吏。④“景纯”句：《才略》篇说：“景纯艳逸，足冠中兴。”⑤明帝：指司马绍，元帝之子。秉哲：具有高度智慧。秉，操，持。⑥储：副，即前面说的“副君”。御极：登帝位。⑦孳（zī）孳：不倦，指经常关怀。艺：六艺，指儒家经籍。⑧诰策：上对下的文件，这里指帝王对臣下的命令。⑨振采于辞赋：明帝自己也写作辞赋。他的赋现只存《蝉赋》残句，见《艺文类聚》卷九十七。⑩庾：指庾亮。逾：更加。⑪温：指温峤。庾、温都是东晋政治家、作家。益厚：更加被看重。⑫揄（yú）扬：指奖励，提倡。风流：这里指文学创作。⑬成：指晋成帝司马衍。康：指晋康帝司马岳。都是明帝之子。促龄：指做皇帝的时间短促。成帝在位十七年（公元325—342年）。康帝在位两年（公元342—344年）。⑭穆：指晋穆帝司马聃（dān），康帝之子。哀：指晋哀帝司马丕，成帝之子。祚（zuò）：帝位。穆帝在位十七年（公元344—361年）。哀帝在位四年（公元361—365年）。⑮简文：指晋简文帝司马昱（yù），元帝之子。⑯渊：深，引申为很，甚的意思。清峻：清高，严峻。⑰亟满：充满。玄席：谈论玄学的座席。⑱文囿（yòu）：指文坛。囿，园林。⑲孝武：指晋孝武帝司马曜，简文帝之子。不嗣：指当时一种迷信的预言，说孝武帝将是东晋最后一代皇帝。⑳安：指晋安帝司马德宗。恭：指晋恭帝司马德文。都是孝武帝之子。已：终止，指东晋灭亡。安帝于公元418年被刘裕缢死，恭帝于公元420年禅位给刘裕，第二年被杀。㉑袁：指袁宏。殷：指殷仲文。曹：辈。㉒孙：指孙盛。干：指干宝。以上四人都是东晋文史兼善的作家。㉓珪（guī）璋：古人到各国聘问时用的名贵玉器，这里用以比喻人的才德。㉔中朝：指西晋。玄：玄学，以老庄思想为主的学说。㉕江左：指东晋。㉖谈：玄谈。气：指晋代清谈玄学的风气。㉗迍（zhūn）邅

(zhān)：困难。㉘夷泰：平和。㉙柱下：指老子，春秋时期的思想家，被奉为道家的创始人，曾经担任周的柱下史。旨：意旨。㉚漆园：指庄子，战国时期的思想家，道家学说的代表人物。庄子曾任漆园吏。疏：阐述。以上几句是对晋代玄言诗的批判。㉛情：情况。㉜序：秩序。㉝原：追溯。要(yāo)：约会，这里有联系的意思。㉞百世：极言其长久。

## 译文

晋元帝建立东晋王朝，提倡文化学术，刘隗、刁协以做官懂礼法而被尊重，郭璞因文思敏捷而被提升。晋明帝富有智慧，喜爱文学，即位以后，关切讲习经学，他详熟于诰命策文的特点，施展文采于辞赋的写作；庾亮以长于表奏而被重用，温峤因文才清秀而深受厚待，明帝对文学的重视，可以说是晋代的汉武帝。其后的晋成帝、康帝、穆帝和哀帝，在位时间都很短，简文帝开始振兴，他很清高、严峻，谈玄能以精妙的道理充满座席，写作则以恬淡的文思和丰富的文采散布文坛。到孝武帝时，已有晋室将终的说法，及至安帝、恭帝时，东晋就灭亡了。这时的作家和史家有袁宏、殷仲文、孙盛、干宝等人，他们的才华虽高低不同，但都各有可取之处。自西晋崇尚谈玄以来，到东晋更加盛行，在这种风气的影响之下，形成一种普遍的风格。所以这时政治局面虽极艰难，但作品内容却显得平和，吟诗不出老子的宗旨，作赋就像对庄子思想的发挥。可见作品的演变联系着社会的情况，文坛的盛衰联系着时代的动态，如果查清其来龙去脉，虽然历史长久，也是可以弄明白的。

## 原文

**自宋武爱文①，文帝②彬雅，秉文之德③；孝武④多才，英采云构⑤。自明帝以下⑥，文理替矣⑦。尔其缙绅之林⑧，霞蔚而飙起⑨；王、袁联宗以龙章⑩，颜、谢重叶以凤采⑪，何、范、张、沈之**

**徒⑫，亦不可胜数也。盖闻之于世，故略举大较⑬。**

## 注释

①宋武：宋武帝刘裕，南朝宋王朝的建立者。文：指文章、文学。②文帝：宋文帝。③秉：秉持。文：崇尚文雅。④孝武：宋孝武帝。⑤英采：美好的辞令。云构：众多的样子。⑥明帝：宋明帝。以下：指宋后废帝、宋顺帝。⑦文理：尊崇文雅的风气。替：兴衰。⑧尔其：发语词。缙（jìn）绅：士大夫束腰的赤色腰带，此处指士大夫。缙，赤色。绅，束腰带。⑨蔚：盛行。飙：狂风。⑩“王、袁”句：宋时王、袁两家出现了众多文人，如王家有王诞、王僧达等人，袁家有袁淑、袁粲等人。联宗，家族传承。宗，宗族。龙章，龙的文采，比喻文采美盛。⑪“颜、谢”句：颜、谢两家也出现了众多文人，如颜家有颜延年、颜竣、颜测等人，谢家有谢灵运、谢瞻、谢惠连等人。重叶，几代。凤采，意同“龙章”，比喻文采丰富。⑫何：指何长瑜、何承天、何尚之等。范：指范泰、范晔父子。张：指张敷、张永等。沈：指沈达文、沈达远兄弟。⑬大较：大略，大致。

## 译文

南朝宋武帝喜爱文学，文帝也文质彬彬颇好风雅，秉承了尊崇文雅的德行；孝武帝多才多艺，美好的辞令极为丰富。自明帝以后，崇尚文雅的风气就衰微了。宋代士大夫之中，文人如云霞涌起，狂风骤起；王、袁两家中接连出现了不少文章高手，颜、谢两家也几代文人高士辈出，何长瑜、何承天、范泰、范晔、张敷、张永、沈达文、沈达远等人，也是不胜枚举。这些作家在当时都非常著名，所以只简略地举其大概。

## 原文

**暨皇齐驭宝[1]，运集休明[2]。太祖以圣武膺箓[3]，世祖以睿文纂业[4]，文帝以贰离含章[5]，高宗以上哲兴运[6]：并文明自天[7]，缉熙景祚[8]。今圣历[9]方兴，文思光被[10]；海岳[11]降神，才英秀发[12]；驭飞龙于天衢[13]，驾骐骥[14]于万里。经典礼章[15]，跨周轹[16]汉，唐、虞之文[17]，其鼎盛乎！鸿[18]风懿采，短笔[19]敢陈？飏言[20]赞时，请寄[21]明哲。**

## 注释

①皇：大。驭宝：指登上皇位。宝，指帝位。②运：国运，运数。休：美好。③太祖：齐高帝。膺：承受。箓：帝王自称所谓的符命之书。④世祖：齐武帝。睿：明智，聪敏。纂：承继。⑤文帝：齐文惠太子，死后追尊文帝。贰离：指太子。章：彰明，明显。⑥高宗：齐明帝。哲：睿智。⑦文明自天：文雅英明出自天生。⑧缉熙：光明。景祚：宏大的国运。景，大。⑨圣历：指当时在位的皇帝。⑩光被：广及。⑪海岳：山海。⑫才英：杰出的英才。秀发：茂盛，形容人才众多。⑬驭：驾驭。天衢：天街。⑭骐骥：千里马。⑮经典礼章：经典典籍，礼乐辞章。⑯轹（lì）：车轮碾压，此处指超过。⑰唐：唐尧。虞：虞舜。⑱鸿：宏大。⑲短笔：作者的自谦之词。⑳飏（yáng）言：大声疾呼。㉑寄：寄希望于。

## 译文

到了大齐建国，国运美好清明。太祖高帝英明创业而受命于天，世祖武帝因睿智文雅而承继大业，文帝作为太子而极有文采，高宗明帝以过人的智慧使国运兴隆：他们的文雅英明出自天生，光明照耀，国运昌盛。当今圣上刚刚继位，文德就遍布全国；山川钟灵毓秀，卓越的英才文人不断涌现；他们像驾驭着神龙高翔在天街，操控着骏马驰骋万里。著作和礼乐制度，都超越了周、汉两代，简直和唐尧、虞舜时的文章一样，正当兴盛之际！如此宏大美好的风采，我这拙劣的文笔岂敢妄加论述？高声盛赞这个时代，请交给更高明的人吧。

## 原文

**赞曰：蔚映十代①，辞采九变。枢中②所动，环流无倦③。质文沿时，崇替在选④。终古⑤虽远，僾⑥焉如面。**

## 注释

①十代：十个朝代，指唐、虞、夏、商、周、汉、魏、晋、宋、齐。②枢中：中心，关键，指时代。枢，户枢。③环：围绕，指文学围绕着时代而发展变化。无倦：不止。④选：喻指文风的盛衰齐于时序。⑤终古：自古以来。⑥僾：仿佛。

## 译文

总之，在这十个朝代中，文学经历了许多变化。时代是中心，文学围绕着它不断演进。文风的朴质与华丽随时代而变，文坛的繁荣与衰落也与时代相关。历史虽然很长久，只要掌握文学和时代的关系，就清楚得如在眼前了。

# 四六、物色篇

## 〔导　读〕

本篇论述文学与自然景物之间的关系，因景物具有各种各样的色彩，因而定名“物色”。全篇可分三部分。第一部分论自然景色对作者的影响作用。一年四季气候在不断变化，而四时之景又各有不同，景色的变化随之影响人们的心绪，并通过语言文字诉诸笔尖，伤春悲秋便是这个道理。根据这种现象，刘勰提炼出一条基本原理：“岁有其物，物有其容；情以物迁，辞以情发。”这个原理相当精辟地概括了文学创作和自然景物的关系。

第二部分论述如何描写景物以及写景状物之辞的变化发展。从《诗经》到赋，写景的词语趋向繁复，作者应仔细观察，运用文字精心加以表现。刘勰从《诗经》中描绘自然景色的具体经验中，概括出“以少总多”的原则。此外，刘勰批评了汉代辞赋创作堆砌辞藻的不良倾向，认为文学创作应该避免这种“繁而不珍”的陋习。

第三部分总结了晋宋以来“文贵形似”的新趋向，主张借鉴《诗经》《楚辞》的经验，首先是要密切结合物象，其次强调抓住物色的要点，再次是要会通变化，最后鼓励作者到大自然中去汲取营养。

本篇论述形象生动，以鲜明的唯物观点，较为正确地总结了情物关系、“以少总多”“善于适要”和“江山之助”等重要问题。魏晋时期山水写景文学发展迅猛，本文详细论述了文学与写景的关系，为后来的写景文学的创作提供了借鉴。

## 原文

**春秋代序[1]，阴阳惨舒[2]；物色之动，心亦摇[3]焉。盖阳气萌而玄驹步[4]，阴律凝而丹鸟羞[5]；微虫犹或入感[6]，四时之动[7]物深矣。若夫珪璋挺其惠心[8]，英华秀[9]其清气，物色相召，人谁获安？是以献岁[10]发春，悦豫[11]之情畅；滔滔孟夏[12]，郁陶[13]之心凝；天高气清，阴沉之志[14]远；霰雪无垠[15]，矜肃之虑深[16]。岁有其物[17]，物有其容[18]；情以物迁[19]，辞以情发。一叶且或迎意[20]，虫声有足引心[21]，况清风与明月同夜，白日与春林共朝哉！**

## 注释

①春秋：此处用春秋来代指四季。代：更替。序：次序。②阴阳惨舒：阴惨阳舒。秋冬为阴，春夏为阳。惨，戚，沉郁。舒，舒展。③摇：摇动，指由外在景色而引发内心活动。④阳气萌：冬至日后阳气开始萌生。萌，萌生。玄驹：蚂蚁。步：行动。⑤阴律凝：阴历八月秋天到来，阴气开始凝聚。古代乐律分阴阳两种，古人以十二种乐律分配于十二律，阳律六、阴律六。八月属于阴律，这里借指阴冷的季节。阴律，此指阴气。丹鸟：也称丹良，萤火虫。羞：进，这里指捕猎以备食用。⑥入感：感到。⑦动：改变，影响。⑧挺：突出。惠：通“慧”。⑨秀：茂盛，这里有发出之意。⑩献岁：进入新的一年。⑪悦豫：愉悦。⑫滔滔：形容阳气旺盛。孟夏：初夏。⑬郁陶：忧闷郁积。⑭志：志趣。⑮霰（xiàn）：雪珠。垠：边界，界限。⑯矜：严肃，庄重。虑：思虑。⑰岁：一年。物：事物。⑱容：景象，形态。⑲迁：转变。⑳迎意：触动情怀。㉑引心：引起心思。

## 译文

春秋四季不断交替，阴气沉郁，阳气舒展；四时景物不断变化，使人的心境也随之改变。春天阳气萌发，蚂蚁开始活动，秋天阴气凝结，萤火虫储备冬食；微小的虫蚁尚且能感受到气候的变化，可见四季变化对万物的影响真是深刻。至于有美玉般灵慧的心灵、鲜花般清秀的气质的人类，对于种种景色的感召，谁又能无动于衷呢？所以新春景色明媚，人便心情愉悦，欢快舒畅；初夏阳气旺盛，人便心境忧郁，烦躁凝结；秋日天高气清，人便情志阴沉，遥思深远；冬季飞雪无垠，人便思虑沉重，严肃深沉。一年四季有不同的景物，这些景物表现出不同的形貌；人的情志便跟随景物而变化，文辞则因情志而抒发。一叶落下尚能引发感触，几声虫鸣便可打动人心，更何况是月明风清的夜晚、日丽树芳的早晨呢！



## 原文

**是以《诗》人感物，联类不穷；流连万象之际，沉吟视听之区。写气图貌①，既随物以宛转②；属③采附声，亦与心而徘徊。故“灼灼”④状桃花之鲜，“依依”⑤尽杨柳之貌，“杲杲”⑥为出日之容，“瀌瀌”⑦拟雨雪之状，“喈喈”逐黄鸟之声⑧，“喓喓”学草虫之韵⑨。“皎日”、“嘒星”⑩，一言穷理；“参差”、“沃若”⑪，两字连形：并以少总多，情貌无遗矣。虽复思经千载，将何易夺？及《离骚》代兴，触类而长，物貌难尽，故重沓舒状⑫，于是“嵯峨”之类聚，“葳蕤”⑬之群积矣。及长卿之徒，诡势瑰声⑭，模山范水，字必鱼贯⑮，所谓《诗》人丽则而约言⑯，辞人丽淫⑰而繁句也。至如《雅》咏棠华⑱，“或黄或白”⑲，《骚》述秋兰，“绿叶”、“紫茎”⑳。凡摛表㉑五色，贵在时见，若青黄屡出，则繁而不珍。**

## 注释

①气：指事物的精神。图貌：描绘状貌。②宛转：宛曲随顺，指在写作中根据事物的状貌来构思，有随物变化之意。“随物以宛转”，即《神思》篇所说“神与物游”“与风云而并驱”之意。③属：连缀。④灼灼：花盛开的样子。⑤依依：枝条轻柔的样子。⑥杲（gǎo）杲：光明的样子。⑦瀌（biāo）瀌：雪多的样子。⑧喈（jiē）喈：众鸟和鸣的声音。逐：追，有模仿之意。⑨韵：指虫鸣声。⑩皎：洁白，明亮。嘒（huì）：微小。⑪参差：不齐。沃若：美盛的样子。⑫重沓（tà）：多的意思。舒：伸展，即描写。⑬葳（wēi）蕤（ruí）：草木之叶垂下的样子。⑭诡：不平常。瑰：奇特。⑮鱼贯：所用辞藻如鱼之成行，指罗列、堆砌的毛病。⑯《诗》人：指《诗经》的作者，也泛指一般走正确道路的作家，与下文“辞人”相反。则：合于规则而不过分。⑰淫：过分。⑱《雅》咏棠华：指《诗经·小雅》。棠华，指《小雅》中的《裳裳者华》。⑲或黄或白：有的色黄，有的色白。⑳“绿叶”、“紫茎”：《九歌·少司命》有“秋兰兮青青，绿叶兮紫茎”。㉑摛（chī）表：此处指描绘。摛，散布，引申为描写。

## 译文

因此，当《诗经》的作者受到外物的感染时，便可以联想到各种各样类似的事物；他在万象之间流连忘返，对他的所见所闻进行沉吟。描写景物的神貌，要随着景物的变化而变化；描绘色彩、模拟声音，又必须在心底里细心琢磨。故而，《诗经》里边用“灼灼”二字来形容桃花颜色的美艳，用“依依”二字来表现杨柳枝条的轻柔，用“杲杲”二字来描绘太阳出来时的光明，用“瀌瀌”二字来说明大雪纷飞的情景，用“喈喈”二字来形容黄鹂婉转的鸣叫，用“喓喓”二字来表现幽幽的虫鸣。还有用“皎”字来描绘太阳的明亮，用“嘒”字来说明星星的微小，仅仅一字就充分地表现出事物的特性；有的用“参差”来形容荇菜的长短不齐，用“沃若”来表现桑叶的鲜美茂盛，只两个字就完全描绘出事物的形貌。这些都是以少量的文字表达丰富的内容，使事物的神情、形貌毕现无遗。即使再反复考虑它千百年，能有更恰当的字来替换吗？等到《楚辞》继《诗经》之后出现，所写景物更加多样，不易完全描绘，就重复铺陈事物的形貌特点，如描摹山川险峻的“嵯峨”和草木茂盛的“葳蕤”等，这类词语大量出现。后来的司马相如等人，做文章追求奇异瑰丽的声势，于文章的音节力求动听，刻意用一系列的辞藻来描写山水景物，这就如扬雄说的，《诗经》作者之类的诗人写的东西虽华丽，但恰如其分，而且文字也比较简约，辞赋家写的东西，就过分华丽，词句也过于繁多。至于像《诗经·小雅·裳裳者华》中说到盛开的花朵，“有的色黄，有的色白”，《楚辞·九歌·少司命》中说到秋兰，“绿色的叶子”“紫色的茎”。可见凡是描绘各种色彩的字，贵在适当的时候出现，如果青、黄迭出，那就过于繁杂，反而不足为奇了。



## 原文

**自近代[1]以来，文贵形似。窥[2]情风景之上，钻[3]貌草木之中；吟咏所发，志惟深远；体物[4]为妙，功在密附[5]。故巧言切状[6]，如印之印泥[7]，不加雕削，而曲写毫芥[8]。故能瞻[9]言而见貌，即[10]字而知时也。然物有恒姿，而思无定检[11]，或率尔造极[12]，或精思愈疏[13]。且《诗》、《骚》所标[14]，并据要害，故后进锐笔[15]，怯于争锋[16]。莫不因方以借巧[17]，即势以会奇[18]，善于适要[19]，则虽旧弥[20]新矣。是以四序纷回[21]，而入兴贵闲[22]；物色虽繁，而析辞[23]尚简；使味飘飘而轻举，情晔晔[24]而更新。古来辞人，异代接武[25]，莫不参伍[26]以相变，因革以为功[27]，物色尽而情有余者，晓会通[28]也。若乃山林皋壤[29]，实文思之奥府[30]；略语则阙[31]，详说则繁[32]。然屈平所**

**以能洞监《风》、《骚》之情者[33]，抑亦江山之助乎？**

## 注释

①近代：指晋、南朝刘宋时期。②窥：体察。③钻：钻研。④体物：描摹外物。⑤密附：贴切，即语言描写与景物形貌吻合。⑥切：符合。状：景物的状貌。⑦印之印泥：古人写完信常用泥来封住信口，并在泥上加盖印章。此处借以比喻文字描写与实际景物完全符合，丝毫不差。⑧曲：详尽。毫芥(jiè)：细微。毫，细小的毛。芥，小草。⑨瞻：视。⑩即：就。⑪定检：定式。⑫率尔：率意，随意。造：成就。极：极致。⑬精思：精心构思。疏：与“密附”相对，指描写与实际不相符。⑭标：指《诗经》《楚辞》中状写景物的句子。⑮锐笔：指精通写作者。⑯争锋：争胜，比高低。⑰因方：指沿袭《诗经》《楚辞》状写景物的方法。借巧：借用技巧。⑱即势以会奇：顺着文势得到新奇。势，文体之势。会，时机，有恰逢得到之意。⑲适要：适应变化，抓住要害。⑳弥：更加。㉑四序：四季。纷回：往复交替。㉒入兴：引发兴致。闲：闲静，指内心清净。㉓析辞：行文用辞。㉔晔晔：美盛的样子。㉕接武：承继、效法前人。武，足迹。㉖参(sān)伍：错综。㉗因：继承。革：革新。㉘会通：融会贯通。㉙皋壤：沼泽地边的洼地，此处指原野。皋，沼泽。㉚奥府：收藏丰富的府库。㉛略语则阙：描写简略则不完整。阙，缺失。㉜详说则繁：描绘详细则冗杂。㉝洞监：洞察。《风》《骚》：此处代指诗歌。

## 译文

晋宋以来，作品重视描写事物形貌的逼真。作者深入观察风物景色的神韵，研究花草树木的状貌；吟咏景物从作者深远的情志出发，而描绘事物的诀窍就在于能密切地符合真相。所以，如果文字用得巧，事物写得逼真，就像在印泥上盖印一样，用不着过多雕琢，而事物的本来面目便可完全描绘出来。这就使人能从作品的字句里看到景物的形貌，了解到不同的季节。但是事物各有固定的样子，而作者构思却没有一定的法则，有的好像满不在乎地就能把景物写得很好，有的却仔细思索还和所描写的景物相差很远。《诗经》和《楚辞》中突出的特点，就是善于抓住客观事物的要点，后来善写文章的人，都不敢在这上面和它们较量。却无不依照这种方法，学其巧妙，随着文章的气势而显示出奇特来，所以，只要作者善于抓住事物的要点，就能把本来不新鲜的景物也描绘得极其新颖了。因此，一年四季的景色虽然多变，但写到文章中去要有规则；事物虽然繁杂，但描写它们的言辞应该简练；要使得作品的韵味好像不费力就流露出来，情趣盎然而又格外清新。历代作家，前后相继，在写作上都错综复杂地演变着，并在一面继承，一面改革中取得新的成就，要使文章写得景物有限而情味无穷，就必须把《诗经》《楚辞》以来的优良传统融会贯通起来。山水川原实在是文思的深厚府库，描写它们的文字过简就会显得不够完备，过详又显得冗杂。屈原之所以深得吟诗作赋的要领，不就是得到楚地山川景物的帮助吗？



## 原文

**赞曰：山沓水匝①，树杂云合②。目既往还，心亦吐纳③。春日迟迟④，秋风飒飒⑤。情往似赠，兴⑥来如答。**

## 注释

①匝（zā）：围绕。②合：聚，会。③吐纳：指抒发。④迟迟：和舒的样子。⑤飒（sà）飒：风声。⑥兴：指物色引起作者产生的创作兴致。

## 译文

总之，高山重叠，流水环绕，众树错杂，云霞汇聚。作者反复地观察这些景物，内心就有所抒发。春光舒畅柔和，秋风萧瑟愁人。像投赠一样，作者以情接物，像回答一样，景物又引起作者写作的灵感。

# 四七、才略篇

## 〔导读〕

本篇主要对历代作家的才能、才华进行了简要论述。全篇共分为五部分。第一部分评先秦时代的作家，对于作者不明的作品都是简要提及，此外列举了一些颇有文采的作家。刘勰重视作家的辞采，并把文采当作一个重要标准。第二部分评两汉作家三十三人，评语简要精当。第三部分评魏代作家十八人，表现出不流俗的见解，很有参考价值，对曹丕的文采进行了肯定。第四部分评两晋作家二十五人，附带说明宋代作家“世近易明”，不再评述。第五部分是根据以上评述所作的感想，主要说明在古代封建社会，政治力量为作家文采的发挥提供了一条出路。本篇按略远详近的原则评论历代作家，其略与详，主要指所论各个时期作家的多少而言。凡所论及，其详略虽稍有不同，但总的来说，都是很简要的。本篇的概括评论，是刘勰对作家的总论。

## 原文

九代[①]之文，富矣盛矣；其辞令华采，可略而详也。虞、夏文章，则有皋陶“六德”[②]，夔序“八音”[③]，益则有赞[④]，五子作歌[⑤]，辞义温雅，万代之仪表也。商、周之世，则仲虺垂《诰》[⑥]，伊尹敷《训》[⑦]，吉甫之徒，并述诗颂[⑧]。义固为经，文亦足师矣[⑨]。及乎春秋大夫，则修辞聘会[⑩]，磊落如琅玕之圃，焜耀似缛锦之

**肆[11]。薳敖择楚国之令典[12]，随会讲晋国之礼法[13]，赵衰以文胜从飨[14]，国侨以修辞捍郑[15]，子太叔美秀而文，公孙挥[16]善于辞令，皆文名之标者也。战代任武[17]，而文士不绝。诸子以道术取资[18]，屈、宋以《楚辞》发采。乐毅报书辨而义[19]，范雎上书密而至[20]，苏秦历说壮而中[21]，李斯自奏丽而动，若在文世，则扬、班俦矣。荀况学宗[22]，而象物名赋，文质相称，固巨儒之情也。**

## 注释

①九代：黄帝、唐、虞、夏、商、周、汉、魏、晋为九代。本篇从“虞、夏文章”开始，到晋为止，所以“九代”是泛指，不是很固定的确数。②皋陶（yáo）：传为虞舜时的刑官。六德：《尚书·皋陶谟》中记载，皋陶对禹说“行有九德”，即宽而栗、柔而立、愿而恭、乱而敬、扰而毅、直而温、简而廉、刚而塞、强而义，并说诸侯只要实行六德，就可以保有他的国家，大夫实行其中三德，就可以保有他的封邑。③夔（kuí）序“八音”：夔掌管的八音。夔，虞舜时的乐官。序，排次序，引申为掌管。④益：舜的臣子。赞：辅佐。⑤五子作歌：《史记·夏本纪》载，帝太康失国，昆弟五人，须于洛汭，作《五子之歌》。一说为夏帝太康之弟，一说为夏启的五个儿子（即太康的五个兄弟）。据《明诗》篇“五子咸怨”之说，刘勰是取后说。⑥仲虺（huǐ）：商汤的大臣。垂《诰》：留下对商汤的告诫、勉励之词。⑦伊尹：商汤的大臣。敷《训》：陈说教训。⑧并述诗颂：指尹吉甫作诗歌颂周宣王。《诗经·大雅》中《崧高》《烝民》《韩奕》《江汉》，为尹吉甫所作。⑨“义固”二句：意思是说，这些作品本来在内容上就是经典，在文辞上也是值得效法的。经，《总术》篇说：“常道曰经。”⑩修辞：修饰辞令。聘会：聘问集会。春秋时期诸侯国之间常互派使节问候集会，国与国之间遣使访问叫聘，诸侯之间的访问叫作会。⑪焜耀：光辉照耀。缛锦：文采繁盛的锦绣。肆：商店，店铺。⑫薳（wěi）敖：春秋时楚国令尹，即孙叔敖。孙叔敖在楚庄王时曾三度为相。择：选择。令：善。典：典章。⑬随会：士会，春秋时晋国大夫，因采邑于随地，故称随会。后改封于范，称范武子。《左传·宣公十六

年》记载，平定王室之乱，随会见王室讲求礼法。⑭赵衰（cuī）：字子余，春秋时晋国大夫。文胜：富有文采。从飨：随从赴宴。《左传·僖公二十三年》载，秦穆公设宴招待晋公子重耳，意在期望重耳将来回国辅佐周王朝，赵衰因此让重耳拜谢。⑮国侨：春秋时郑国大夫，字子产，掌国政四十余年，故称国侨。修辞：指善于运用辞令。捍郑：捍卫郑国。《左传·襄公二十五年》载，郑国攻入陈国，获胜后子产到晋国报捷，晋国责备郑国入侵陈国，子产据理回答。⑯公孙挥：字子羽，春秋郑国简公时为大夫，善于辞令。⑰任武：崇尚武力。任，凭借。⑱道术：泛指诸子百家的思想学说。取资：取得声望、地位。⑲乐毅：战国时燕国的上将军，以功封昌国君。报书：指《献书报燕王》，乐毅给燕惠王的信。《战国策·燕策二》记载，乐毅为燕昭王合五国兵力攻打齐国，下七十余城。燕昭王死后，燕惠王听信谗言，乐毅被迫逃离，后齐人收复失地，燕惠王派人向他道歉，乐毅因此回信。辨而义：明辨而正义。⑳范雎（jū）：字叔，战国时魏人，入秦为秦昭王相。上书：指《献秦昭王书》，载于《战国策·秦策三》。密而至：意旨隐秘而深切。范雎上书暗示宣太后擅政，但范雎在《献秦昭王书》中，既未讲太后专政，又未说穰侯等无功受禄，却触及当时秦国存在问题的实质。这就是所谓“密而至”。㉑苏秦：字季子，战国时期的纵横家，《战国策》和《史记·苏秦列传》中载有部分苏秦的游说辞。壮：有力。中：符合，切中时事。㉒荀况：荀子，名况，时人尊称荀卿，战国时期的思想家、文学家。学宗：儒学宗师，学术上受人尊敬的人。

## 译文

九代的文章，丰富而繁盛；这个时期文言辞采优秀的作家作品，可略加评述。虞舜和夏朝的文章，有皋陶提出的诸侯六德，夔所掌管的八音，益辅佐禹的赞辞等，太康五个兄弟的《五子之歌》，文辞温和，意义雅正，为后世万代之典范。商、周时期，仲虺传下告诫商王之辞，伊尹训示太甲的《伊训》，尹吉甫等人歌颂周宣王的诗篇，这些作品的内容固然都是经典，文辞也值得后人效法。到了春秋时期，各国大夫在聘问集会时都运用精心修饰的外交辞令，华丽的辞藻如美玉聚积的园圃，光彩照耀如锦绣陈列的店铺。薳敖选用楚国美好的典章，随会讲求晋国的礼法，赵衰因富有文采而随从赴宴，子产因善于辞令捍卫了郑国，子太叔貌美才秀，郑国的公孙挥善于言辞，这些都是春秋时期以文采而知名的人物。战国时期崇尚武力，但文人仍不断出现：诸子百家凭借他们的思想学说获得声誉地位，屈原、宋玉以《楚辞》焕发异彩，乐毅的《献书报燕王》明辨而义正，范雎的上书含蓄而深切，苏秦游说六国的言辞有力而切合时事，李斯的上书文辞华丽并能打动人心。如果在崇尚文辞的盛世，这些作者会成为扬雄、班固一类的作家。此外，荀况既是儒学宗师，又将描绘物象的文章命名为赋，文采和内容相称，的确有大儒情怀。

## 原文

**汉室陆贾①，首发奇采，赋《孟春》而选典诰②，其辩③之富矣。贾谊才颖④，陵轶飞兔⑤，议惬⑥而赋清，岂虚至⑦哉？枚乘之《七发》⑧，邹阳之上书⑨，膏润⑩于笔，气形于言矣。仲舒⑪专儒，子长⑫纯史，而丽缛成文⑬，亦《诗》人⑭之“告哀”焉。相如好书⑮，师范⑯屈、宋，洞⑰入夸艳，致名辞宗⑱。然覆蔽⑲精意，理不胜辞，故扬子以为“文丽用寡者长卿”⑳，诚哉是言也。王褒构㉑采，以密巧为致㉒，附声测貌㉓，泠然㉔可观。子云属意㉕，辞义最深，观其涯度幽远㉖，搜选诡丽㉗，而竭才以钻思，故能理赡而辞坚矣㉘。桓谭著论㉙，富号猗顿㉚，宋弘称荐㉛，爰㉜比扬雄，而《集灵》㉝诸赋，偏浅无才，故知长于讽论，不及丽文也。敬通㉞雅好辞说，而坎壈盛世㉟，《显志》、《自序》㊱，亦蚌病成珠㊲矣。二班、两刘㊳，奕叶㊴继采，旧说以为固文优彪，歆学精向㊵，然《王命》清辩㊶，《新序》该练㊷，璇璧㊸产于昆冈，亦难得而逾本矣㊹。傅毅、崔骃，光采比肩㊺，瑗、寔踵武㊻，能世厥风者矣㊼。杜笃、贾逵，亦有声于文，迹㊽其为才，崔、傅之末流也。李尤㊾赋铭，志慕鸿**

**裁[50]，而才力沈膇[51]，垂翼不飞。马融鸿儒，思洽登高[52]，吐纳经范[53]，华实相扶[54]。王逸博识有功[55]，而绚采无力。延寿[56]继志，瑰颖独标[57]，其善图物写貌，岂枚乘之遗术欤？张衡通赡[58]，蔡邕精雅[59]，文史彬彬[60]，隔世相望[61]。是则竹柏异心而同贞[62]，金玉殊质而皆宝也。刘向之奏议，旨切而调缓；赵壹[63]之辞赋，意繁而体疏[64]；孔融气盛于为笔[65]，祢衡思锐于为文[66]，有偏美[67]焉。潘勖凭经[68]以骋才，故绝群于锡命[69]；王朗发愤以托志，亦致美于序铭[70]。然自卿、渊已前[71]，多役才而不课[72]学；雄、向[73]以后，颇引书以助文：此取与之大际[74]，其分[75]不可乱者也。**

## 注释

①陆贾：西汉大臣。②赋孟春：已不可考，《汉书·艺文志》中列有陆贾赋三篇，今已佚，此可能为其中一篇。选：通“撰”，撰写。③辩：辩辞。④颖：禾芒，指才华突出。⑤陵：通“凌”，超过。轶：超越。飞兔：古代骏马名。⑥惬（qiè）：适当。⑦至：及，到。⑧《七发》：枚乘所作赋名，开创了“七”体。⑨上书：指邹阳所作的《上吴王书》和《狱中上梁王书》。⑩膏润：有文采。⑪仲舒：董仲舒，西汉学者。⑫子长：司马迁的字。⑬丽缛：华丽多彩。成文：董仲舒作有《士不遇赋》，司马迁作有《悲士不遇赋》。⑭诗人：指《诗经》的作者。⑮好书：《汉书·司马相如传》载，司马相如少时好读书。⑯师范：学习。⑰洞：深。⑱致：招致，这里有获得之意。辞宗：班固《汉书·叙传》称司马相如为“辞宗”。⑲覆蔽：掩盖，隐瞒。⑳扬子：指扬雄。用寡：用处少。㉑构：造，指写文章。㉒致：情趣。㉓附声测貌：描摹声貌。附，比附。测，量。㉔泠（líng）然：轻妙的样子。㉕子云：扬雄的字。属意：作文。属，联缀。㉖涯度：指文章立意的范围。涯，边际。度，程度。幽远：深远。㉗搜选诡丽：指用词新奇。诡，新奇。㉘理赡：说理丰富。赡，丰富。辞坚：文辞确切。㉙著论：指桓谭《新论》。㉚猗顿：春秋时鲁国人，极为富有。㉛宋弘称荐：《后汉书·宋弘传》载，大司空

宋弘曾经向光武帝推荐桓谭，说其才学几乎能赶上扬雄和刘向父子，但未与司马相如相比，此可能是刘勰误记。宋弘，东汉大臣。㉜爰：乃，于是。㉝《集灵》：指桓谭所作《集灵宫赋》（一名《仙赋》）。㉞敬通：东汉作家冯衍的字。㉟坎壈（lǎn）：同“坎廪”，不得志的样子。盛世：指光武中兴之世。㊱《显志》：指冯衍所作《显志赋》。《自序》：《后汉书·冯衍传》载，冯衍著有各类文章五十篇，其中包括《自序》。㊲蚌病成珠：语出《淮南子·说林训》，“明月之珠，蚌之病而我之利也”。此处借以喻冯衍的失意正促成了他文学上的成就。㊳二班：指班彪、班固父子，二人同为东汉史学家。两刘：指刘向、刘歆父子，二人同为西汉作家。㊴奕（yì）叶：奕世，累世，代代。㊵“旧说”二句：意谓旧说认为班固的文章优于班彪，刘歆的学术精于刘向。㊶《王命》：指班彪所作《王命论》，讲刘氏承天命而为帝。辩：通“辨”。㊷《新序》：为刘向所作。该：通“赅”，完备。练：凝练。㊸璇（xuán）璧：美玉制成的玉璧。璧，古代的一种玉器，扁平、圆形，中间有圆孔。㊹难得：很难得到或办到。逾：超过。㊺比肩：并肩，意谓不分伯仲。㊻瑗（yuàn）：崔瑗，东汉作家，崔骃之子。寔（shí）：崔寔，东汉作家，崔骃之孙。踵武：紧追其后。踵，追随。武，脚步。㊼世：代代相承。厥：其。风：家风，指写作文章的传统。㊽迹：考，作动词，即追寻其创作的踪迹而加以考查。㊾李尤：东汉作家。㊿鸿裁：鸿篇巨制。鸿，大。裁，体裁，作品。51沈膇（zhuì）：沉膇，害湿气病，这里形容才力低下。沈，湿疾。膇，足肿。52洽：广博。登高：这里指作赋。53吐纳：指写文章。经范：合乎经书的规范。54华实：形式与内容。相扶：相互配合，指形式与内容相得益彰。55博识：学识渊博。有功：指王逸作有《楚辞章句》。56延寿：指王延寿，东汉作家，王逸之子。57瑰颖独标：有奇异、突出的才能。标，显出，显扬。58通赡：学博才富。59精雅：精深雅正。60文史彬彬：在文学、史学方面都获得了成就。61隔世相望：隔代相望。张衡生活的年代要比蔡邕早数十年。62贞：坚定不变。63赵壹：东汉作家。64意繁：文意繁富。体疏：体制粗疏。65笔：指书、表一类的文章，即无韵之文。66文：指有韵之文。67偏美：指偏长于“气盛”或“思锐”。68凭经：根据儒家经典。69绝群：超群。锡命：指潘勖所作的《策魏公九锡文》。70“王朗”二句：意谓三国时魏国大臣王朗曾作《武铭》，名盛一时。㉑卿：指司马相如。渊：指王褒。㉒役：驱使。课：考究。㉓雄：扬雄。向：刘向。㉔取与：取舍，这里指对“才”与“学”的取舍。际：交界处。㉕分：区别。

## 译文

汉代的陆贾，首先创造了奇特的文采，他赋写初春且著有《新语》，其中的辩说文辞非常丰富。贾谊才华突出，文思敏捷能超越奔驰的骏马，论述妥当，辞赋清新，岂能是凭空达到的？枚乘所作的《七发》，邹阳的上书，笔下有丰富的文采，言辞有旺盛的气势。董仲舒专精儒学，司马迁是纯粹的史学家，但他们都写了辞采华丽的文章，也和于《诗经》作者抒发哀思之意。司马相如爱好读书，学习屈原、宋玉的作品，极擅夸张艳丽的描写，因而得到辞赋宗师的声誉。但考察其作品中的精妙含义，说理不如辞采，所以扬雄说的“文辞华丽而用处不大的，就是司马相如”，这话确实是对的。王褒写文章很有文采，以细密工巧为旨趣，状写声音，描摹事物，轻巧飘逸，蔚然可观。扬雄构思作文，其文章立意最为深刻，看他的文章写得内容深广，文辞奇丽，又竭尽全力进行钻研，所以能内容丰富而文辞有力。桓谭著述文章，号称比古代猗顿的财产还丰富，宋弘称赞并推荐他，将其比作司马相如，但他的《集灵宫赋》等作品，却写得偏颇浅陋且缺乏文采，由此可见，桓谭虽长于讽谕论说，却不善于辞赋之类的文学创作。冯衍向来爱好辞赋说辞，但在东汉的盛世却很不得志，他的《显志赋》《自序》，就像蚌生病后才形成的珍珠一样。班彪、班固父子，刘向、刘歆父子，文采世代相继，以前的旧说法认为班固的文采优于班彪，刘歆的学问精于刘向，但班彪的《王命论》却写得清晰明辨，刘向的《新序》写得完备精练，就如同出产于昆山的美玉制成的玉璧，但其美质却难以超越昆山之玉的原貌了。傅毅、崔骃文采并驾齐驱，崔瑗、崔寔紧随其后，可谓世代继承作文的家风了。杜笃、贾逵，在写作方面也颇有声名，但考察他们的实际才学，只能算是崔氏、傅氏一类作家的末流。李尤所作赋和铭之类的作品，志在写成立意高远的鸿篇巨制，但因才力不足，难以展翅高飞。马融是东汉的大儒，思想广博而登高作赋，作品合乎儒家经典的规范，内容和形式相得益彰。王逸学识广博而有所成就，但无力创作华丽的辞采。王逸的儿子王延寿继承父志，有奇异、突出的才能，他善于描绘事物的形貌，恐怕是得到枚乘流传下来的技巧吧？张衡博学多才，蔡邕的学识精深雅正，他们都文史兼通，前后两代遥遥相望。这真是竹、柏虽有异而同样坚贞，金、玉虽殊却都是宝物。刘向的奏议，意旨急切而文辞舒缓；赵壹的辞赋，文意充实而体制粗疏；孔融在写书、表之类的文章时气势充沛，祢衡在写诗、赋之类的作品时才思敏捷。他们都各有所长。潘勖根据经典施展才华，所以《策魏公九锡文》写得超群出众；王朗发愤著作以寄托情志，也在序和铭的创作中卓有成就。然而在司马相如、王褒之前，作家大多驱使才气而不追求学识，扬雄、刘向之后，作家则常常引用古书来辅助写作：这是创作的取舍不同之处，其区别是不可混淆的。

## 原文

**魏文[1]之才，洋洋清绮[2]，旧谈抑[3]之，谓去植[4]千里。然子建思捷[5]而才俊，诗丽而表逸[6]；子桓虑详而力缓，故不竞于先鸣[7]；而乐府清越[8]，《典论》辩要[9]；迭用短长[10]，亦无懵[11]焉。但俗情抑扬，雷同[12]一响，遂令文帝以位尊减才，思王以势窘益价[13]，未为笃论[14]也。仲宣溢[15]才，捷而能密[16]，文多兼善[17]，辞少瑕[18]累，摘[19]其诗赋，则七子之冠冕乎[20]！琳、瑀以符檄擅声[21]，徐幹以赋论标美[22]，刘桢情高以会采[23]，应玚学优以得文[24]，路粹[25]、杨修，颇怀笔记之工[26]；丁仪、邯郸[27]，亦含论述之美[28]：有足算[29]焉。刘劭《赵都》[30]，能攀于前修[31]；何晏《景福》[32]，克光于后进[33]；休琏风情[34]，则《百壹》[35]标其志；吉甫文理[36]，则《临丹》[37]成其采，嵇康师心以遣论[38]，阮籍使气以命诗[39]，殊声而合响[40]，异翮[41]而同飞。**



文心雕龙

## 注释

①魏文：魏文帝曹丕，三国时期的文学家。②洋洋：众多、盛大的样子，这里形容才气很盛。清绮（qǐ）：清丽。绮，有花纹的丝织品。③抑：压抑，贬低。④植：曹植，三国时著名文学家。⑤思捷：《三国志·魏书·陈思王植传》载，“太祖尝视其文，谓植曰：‘汝倩人（请人代作）邪？’植跪曰：‘言出为论，下笔成章，顾当面试，奈何倩人？’时邺铜爵（雀）台新成，太祖悉将诸子登台，使各为赋。植援笔立成，可观，太祖甚异之”。⑥表逸：章表卓越。⑦不竞：不强。先鸣：名声居上。⑧清越：清新激越。⑨《典论》：曹丕著。《旧唐书·经籍志》和《新唐书·艺文志》列为儒家，五卷。《宋史·艺文志》不录，可能宋以后已不存。现有孙冯翼辑本，其中《论文》一篇因收入《文选》卷五十二而独完。刘勰这里主要就是指其《论文》。《序志》篇说“魏文述典”，即指《论文》。辩要：辨析扼要。⑩迭用短长：各有所长。迭，更迭，交互。短长，这里指曹丕、曹植互有优劣。⑪无懵：不愁闷，这里指能识别清楚。⑫雷同：人云亦云。⑬思王：指曹植。窘：指曹植与曹丕争立太子失败后所处困境。⑭笃论：确实的论断。⑮溢：满而有余。⑯捷而能密：敏捷而精密。⑰兼善：《典论·论文》说“王粲长于辞赋”。本书《明诗》篇说“兼善则子建、仲宣”。《论说》篇说：“仲宣之《去伐》……并师心独见，锋颖精密，盖论之英也。”《哀吊》篇说：“仲宣所制，讥呵实工。”《杂文》篇说：“仲宣《七释》，致辨于事理。”⑱瑕：毛病，缺点。⑲摘：选取，指选其优秀作品。⑳七子：指“建安七子”。冠冕：帝王的帽子，这里指文学成就的最高者。㉑琳、瑀：陈琳、阮瑀。符：符命，古代歌颂帝王功德的文体。檄：檄文，军事上晓谕敌方的文体。擅声：指以擅长章表檄移著名。㉒赋：《典论·论文》载，幹之《玄猿》、《漏卮》、《圆扇》、《橘赋》，虽张（衡）蔡（邕）不过也。诸赋今均不存，只《圆扇赋》存残文数句，见《全后汉文》卷九十三。论：曹丕《与吴质书》中载，“伟长独怀文抱质，恬淡寡欲，有箕山之志，可谓彬彬君子者矣。著《中论》二十余篇，成一家之言，辞义典雅，足传于后：此子为不朽矣。见《文选》卷四十二。㉓情高以会采：皎

然《诗式·邺中集》中载，邺中七子，陈王最高，刘桢辞气，偏正得其中，不拘对属，偶或有之，语与兴驱，势逐情起，不由作意，气格自高，与《十九首》其流一也。因不为文作，而是“势逐情起”，就能以情会文，“气格自高”。此论与刘勰足相发明。㉔学优以得文：应玚和陈琳、徐幹等，都同时死于建安二十二年（公元217年）的一次大疫，所以著书未成，仍“得文”不少。㉕路粹：字文蔚，汉末文人，做曹操的军谋祭酒。㉖怀：具有。笔记：笔札书记。㉗杨修、丁仪、邯郸淳等，都是曹植的追随者。㉘论述之美：丁仪有《刑礼论》，见《艺文类聚》卷五十四)；邯郸淳有《受命述》，见《艺文类聚》卷十。㉙足算：可称数。㉚刘劭：字孔才，三国时魏国文人，明帝时官至散骑常侍。《赵都》：《赵都赋》，今存不全，见《全三国文》卷三十二。㉛攀：依附，引申为接近，赶上的意思。前修：前代贤人，指前代优秀的作家。㉜《景福》：指何晏的《景福殿赋》，载于《文选》卷十一。㉝克：能。后进：后来的作家。㉞风情：作者的怀抱、意趣。㉟《百壹》：应璩的《百一诗》，载于《文选》卷二十一。㊱吉甫：应贞的字。他是西晋文学家，应璩之子。文理：写作的道理。这里指应贞对为文之理的掌握。㊲《临丹》：应贞的《临丹赋》，见《艺文类聚》卷八。㊳师心：根据自己独立的思考而不拘成法。遣论：写论文。嵇康的论文较多，如《养生论》《答向子期难养生论》《声无哀乐论》《难张辽叔自然好学论》等，见《嵇康集》。㊴阮籍：魏末诗人，主要作品是八十二首《咏怀诗》。使气：任其志气。㊵殊声：指嵇康以论、阮籍以诗来表达思想。合响：指嵇康、阮籍都反对司马氏。㊶翮(hé)：鸟翅。

## 译文

魏文帝曹丕的文才，旺盛而清丽，过去的评论贬低他，认为他与曹植相差千里。但曹植是文思敏捷而才气俊秀，诗歌华丽而章表卓越，曹丕则思考周详而才力迟缓，因此他的名声不大；可是曹丕的乐府诗清新激越，《典论·论文》辨析扼要。注意到他们各有长短，也就可以做正确的评价了。但世俗之情对人的或抑或扬，往往是随声附和，于是使曹丕因身为帝王而降低了文才，曹植因处境困难而增加其价值，这并不是准确的论断。王粲的才力充沛，写作敏捷而精密，诗赋论铭样样都写得好，文辞也很少病累，取其优秀的诗赋，就是“建安七子”中成就最大的作家吧！陈琳和阮瑀，以擅长章表檄移称著，徐幹以辞赋和论著显示其优美，刘桢以高尚的情操和辞采相结合，应玚才学优秀而在诗赋创作上有所收获，路粹和杨修，在笔札书记方面颇为精工；丁仪和邯郸淳，他们的《刑礼论》《受命述》也写得不错。这些作家都有值得称道的。刘劭的《赵都赋》，能够追赶前代优秀的作家；何晏的《景福殿赋》，则可光照后世的作者；应璩深怀意趣，用《百一诗》显示他的情志；应贞掌握写作的道理，用《临丹赋》组成其文采，嵇康独出心裁来写论文，阮籍任其志气以写诗歌，他们通过不同的形式发出共同的心声，用不同的翅膀朝着同一方向奋飞。

## 原文

**张华短章，奕奕[①]清畅，其《鹪鹩》寓意[②]，即韩非之《说难》也[③]。左思奇才，业深覃思[④]，尽锐于《三都》[⑤]，拔萃于《咏史》[⑥]，无遗力矣。潘岳敏给[⑦]，辞旨和畅，钟美于《西征》[⑧]，贾余[⑨]于哀诔，非自外[⑩]也。陆机才欲窥[⑪]深，辞务索广[⑫]，故思能入巧，而不制繁。士龙[⑬]朗练，以识检乱[⑭]，故能布采鲜净，敏于短篇。孙楚缀思[⑮]，每直置以疏通[⑯]；挚虞述怀[⑰]，必循规[⑱]以温雅；其品藻流别[⑲]，有条理焉。傅玄[⑳]篇章，义多规镜[㉑]；长虞笔奏[㉒]，世执刚中[㉓]：并桢干[㉔]之实才，非群华之韡萼[㉕]也。成公子安选赋而时美[㉖]，夏侯孝若具体而皆微[㉗]，曹摅[㉘]清靡于长篇，季鹰辨切于短韵[㉙]：各其善也。孟阳、景阳[㉚]，才绮而相埒[㉛]，可谓鲁、卫之政[㉜]，兄弟之文也。刘琨雅壮而多风[㉝]，卢谌情发而理昭[㉞]，亦遇之于时势也。景纯艳逸，足冠中兴[㉟]，《郊赋》既穆穆以大观[㊱]，《仙诗》[㊲]亦飘飘而凌云矣。庾元规[㊳]之表奏，靡[㊴]密以闲畅；温太真[㊵]之笔记，循理而清通：亦笔端之良工也。孙盛、干宝[㊶]，文胜为史[㊷]，准的所**

**拟[43]，志乎典训[44]；户牖[45]虽异，而笔采略同。袁宏发轸以高骧[46]，故卓出而多偏[47]；孙绰规旋以矩步[48]，故伦序而寡状[49]。殷仲文之《孤兴》[50]，谢叔源[51]之《闲情》，并解散辞体[52]，缥渺浮音[53]；虽滔滔风流[54]，而大浇[55]文意。宋代逸才[56]，辞翰鳞萃[57]，世近易明，无劳甄[58]序。**

## 注释

①奕奕：美好的样子。②《鹪（jiāo）鹩（liáo）》：《鹪鹩赋》。寓意：张华认为，鹪鹩虽是平凡的小鸟，却不会像凶猛高飞的雕鹰、鸿雁和有漂亮羽毛的孔雀那样因有文采而被人捕捉，有全身远害之意。③“即韩”句：意谓《韩非子》中的《说难》篇，罗列了游说君主、向君主进谏的各种难处，指出人们往往会因此获罪，也有全身远害之意。④业深覃（tán）思：写文章时用思极深。业，事业，指写作。覃，深。⑤《三都》：《三都赋》。⑥拔萃：出类拔萃。《咏史》：指左思的《咏史诗》八首，为左思的代表作，诗中借古人古事来抒发自己的情怀。⑦敏给：文思敏捷。⑧钟：集中。《西征》：《西征赋》。⑨贾（gǔ）余：兜售多余的才力，指才力有余。⑩非自外：指出自内在的才华与情思。⑪窥：窥探，这里指显示，让人看到。⑫索：探索。广：丰富。⑬士龙：西晋作家陆云的字，陆机之弟，文章短小精练。⑭识：识见。检：约束。乱：杂乱。⑮孙楚：西晋作家。缀思：构思写作。⑯直置：直接表达。疏通：通达。⑰挚虞：西晋作家。述怀：指挚虞的诗赋。⑱循规：按照规矩。⑲品藻流别：指挚虞所作《文章流别论》，文中论及文体源流、演变，今已不全。品藻，品评。⑳傅玄：西晋作家。㉑规镜：鉴戒。㉒长虞：西晋作家傅咸的字，傅玄之子。笔奏：指奏议一类的文章。㉓世：世代，这里指父子两代人。执：持。刚中：刚毅中正。㉔桢干：筑墙时所用的木桩，这里指支柱、骨干。㉕韡（bì）萼（è）：有光彩的花萼。韡，有光彩的样子。㉖成公子安：指西晋作家成公绥，字子安。选：通“撰”，撰写。时美：时时有美篇。㉗夏侯孝若：指西晋作家夏侯湛，字孝若。具体而皆微：这里指夏侯湛模仿《诗经·小雅》作《周诗》，模仿《尚书》作《昆弟诰》，体制大致

具备但规模较小。㉘曹摅（shū）：西晋作家，作品多长篇。㉙季鹰：西晋作家张翰的字。辨切：辨理切实。短韵：指短篇。㉚孟阳：西晋作家张载的字。景阳：西晋作家张协的字。㉛埒（liè）：等于，相当于。㉜鲁、卫之政：语出《论语·子路》，"子曰：'鲁、卫之政，兄弟也。'"。此处借以比喻张载、张协才情相当。㉝刘琨：西晋诗人，力图恢复中原，后被盟友鲜卑族段匹殚拘禁，他作诗给好友卢谌，希望其能营救自己脱险。多风：富于风力。㉞卢谌：东晋诗人。理昭：说理明确。㉟中兴：指东晋建立。㊱《郊赋》：指《南郊赋》，今文残。穆穆：庄敬，美好。㊲《仙诗》：指郭璞所作《游仙诗》十四首。㊳庾元规：指东晋作家庾亮。㊴靡：细小。㊵温太真：指东晋作家温峤。㊶孙盛：东晋史学家、作家。干宝：东晋史学家、作家。㊷文胜为史：以文采见长而担任史官。㊸准的：标准。拟：追寻。㊹典训：指经典规范。㊺户牖（yǒu）：门窗，这里有途径之意。㊻袁宏：东晋作家、史学家。发轸（zhěn）：发车，出发，这里指创作。轸，车。骧（xiāng）：举。㊼卓出：卓越。偏：偏颇。㊽孙绰：东晋作家。规旋以矩步：循规蹈矩。㊾伦序：有条理，有次序。寡状：描摹较少。㊿殷仲文：东晋作家。《孤兴》：有学者认为指殷仲文《南州桓公九井作》诗。51谢叔源：指东晋作家谢混，字叔源。52解散辞体：指不合文辞的体制。53缥渺浮音：靡丽浮华的言辞。54滔滔风流：指影响甚大，成一时的潮流。55浇：刻薄。56逸才：出众的文才。57鳞萃：如鳞片一样汇集。萃，汇聚。58甄：审查，鉴定。

## 译文

张华短小的辞赋，写得美好而清新流畅，其《鹪鹩赋》的寓意，就是韩非所写的《说难》的意思。左思有奇异的文才，在写作时善于深入地思考，《三都赋》尽显锐气，《咏史诗》出类拔萃，其创作是不遗余力的。潘岳文思敏捷，言辞自然、和顺、畅达，其文采之美集聚在《西征赋》中，才力有余体现在哀诔文中，这些都出自其内在的才华与情思。陆机恃才想要展现深厚的学识，在创作时辞藻力求繁富，所以其文思虽很巧妙，但却不能约束繁芜。陆云追求明朗精练，凭借他的见识约束繁杂，所以能鲜明省净地运用文采，善于写短小的作品。孙楚构思作文，往往是质直陈述而疏通畅达；挚虞抒发胸怀之作，必定循规蹈矩而辞义温雅；他在《文章流别论》中叙述各种文体的源流并加以品评，是很有条理的。傅玄的作品，内容大都是规劝鉴戒，傅咸的奏议，继承了父亲的刚毅中正：他们父子都是国家的栋梁之才，而不是光彩的花萼。成公绥的赋时有佳作，夏侯湛模仿经典体制具备而规模都小，曹摅的长篇浮靡清丽，张翰的短章明晰而切实：他们各有各的长处。张载、张协才华绮丽而不相上下，就像鲁国和卫国的兄弟之政，其文章也在伯仲之间。刘琨作品雅正雄壮而富有风力，卢谌作品情感显露而道理清晰，这都是当时的政治形势造成的。郭璞的诗艳丽高超，堪称东晋之冠，他的《南郊赋》是庄严美好的大手笔，《游仙诗》也飘飘然有凌云之气。庾亮的章表，文思细密而娴熟和畅，温峤的笔札，遵循事理而清新通达：他们也是运用文笔的能工巧匠了。孙盛、干宝，都是长于文辞而为史官，他们所追求的写作标准，是以经籍为典范；途径虽然不一，辞采却是大致相近的。袁宏的文章才情甚高，所以虽卓越出众却多有偏差；孙绰作文循规蹈矩，所以虽有条理却缺乏描摹。殷仲文抒发的孤高兴致，谢混表现的闲适情怀，都冲散了文辞体制，风格靡丽浮华；虽成一时之潮流，但文意却大为淡薄。宋代才高的文士，作品多如鳞片大量积聚，因为时代较近，容易辨明，就没有鉴别、评定的必要了。

## 原文

**观夫后汉才林，可参西京[①]；晋世文苑，足俪邺都[②]。然而魏时话言，必以元封[③]为称首；宋来美谈，亦以建安为口实[④]。何也？岂非崇文之盛世，招才之嘉会哉！嗟夫，此古人所以贵乎时[⑤]也。**

## 注释

①参：参与，指能比上。西京：西汉，也称前汉。西汉都长安，在西；东汉都洛阳，在东。②俪：并，偶。邺（yè）都：指三国的魏。魏都邺（今河北临漳）。③元封：西汉武帝年号（公元前110—前105年）。这里用以代表汉武帝时期。④建安：东汉末献帝年号（公元196—220年）。口实：谈话资料，指经常谈到建安文学的成就。⑤贵乎时：指文人的兴废与成就，贵在时机。这种时机的具体含义，即上面所说“崇文之盛世，招才之嘉会”。《时序》篇充分反映了刘勰的这一思想，除上举武帝崇儒而辞采竞骛外，建安时期曹氏父子“雅爱诗章”，并能“体貌英逸，故俊才云蒸”，也是刘勰所推重的极好时机。

## 译文

查看东汉的作家，和西汉作家相差无几；晋代的文坛，几乎可以和建安文学媲美；但曹魏时期的议论，必然以汉武帝时期为最高理想；刘宋以后的高论，又总是以建安时期为话题。这是为什么呢？岂不是因为这两个时期是崇尚文学的盛世，广招才士的最好时机！唉，这就是古人不能不重视时机的原因了。

## 原文

**赞曰：才难然乎[①]！性各异禀[②]。一朝综文[③]，千年凝[④]锦。余采徘徊[⑤]，遗风籍甚[⑥]。无曰纷杂，皎然可品[⑦]。**

## 注释

①才难然乎：意为人才难得，不是这样吗。②禀：禀赋，生来就具有的。③综文：指写成文章。④凝：聚，结。⑤徘徊：反复回旋，指作品长期流传。⑥风：风尚。籍甚：盛大。⑦皎然：明亮，清楚。品：评论。

## 译文

总之，人才难得，不是这样吗？每个人的禀性是各不相同的。一旦写成文章，就凝结成千古不朽的锦绣。丰富的文采长期流传，良好的风尚更加盛大。不要说九代的作家、作品纷杂，仍可清清楚楚地予以品评。

# 四八、知音篇

## 〔导 读〕

本篇主要从文学作品的鉴赏与评论方面进行论述，“知音”一词原指对音乐艺术认识清楚、理解深刻，本篇则用来形容对文学作品的深入认识和理解，全篇可从四部分进行理解。第一部分讲“知实难逢”。文中列举了秦始皇、汉武帝、班固、曹植和楼护等人，说明自古以来文学批评存在着贵古贱今、崇己抑人、信伪迷真等不良倾向，很难对文学作品进行客观而深入的分析与鉴赏。第二部分讲“音实难知”。要做好文学批评，的确存在着一定的困难。从宏观来看，文学作品众多，风貌各异；从主观来看，文学批评者因为性格、兴趣爱好的偏差，批评时有很强的个人倾向，很难做到面面俱到。第三部分着重讲述文学鉴赏与批评的方法：首先文学鉴赏者要有足够的文学素养，有宽大的胸怀去公正客观地评判他人的文学作品；其次，提出“六观”，包括体裁安排、词句运用、继承革新、表达奇正、典故运用、音节处理，这六点概括了文章艺术形式的重要方面，从这六点考察其表达的思想内容和这六个方面能否恰当地为内容服务，还可用于指导人们写作。第四部分提出文学批评的重要原理：“缀文者情动而辞发，观文者披文以入情。”这句话很好地概括了作者、读者、作品三者之间的联系，作者通过作品展示才华，作品通过读者得到进一步的阐释，读者通过作品感受作者的情志并给予作者回馈，让作者更好地进行创作。批评者必须深入仔细地玩味作品，才能领会作品的微妙，欣赏作品的芬芳。

本篇是我国古代第一篇比较系统的文学批评论，全面地论述了文学批评的基本原理，联系全书有关论述，能更加全面地理解刘勰的文学批评观点。

## 原文

知音①其难哉！音实难知，知实难逢，逢其知音，千载其一乎！夫古来知音，多贱同②而思古，所谓“日进前而不御，遥闻声③而相思”也。昔《储说》始出，《子虚》④初成，秦皇、汉武，恨不同时；既同时矣，则韩囚而马轻⑤。岂不明鉴同时之贱哉？至于班固、傅毅，文在伯仲⑥，而固嗤毅云：“下笔不能自休。”及陈思论才，亦深排孔璋⑦，敬礼⑧请润色，叹以为美谈，季绪好诋诃，方之于田巴⑨，意亦见矣。故魏文⑩称“文人相轻”，非虚谈也。至如君卿唇舌，而谬欲论文⑪，乃称“史迁著书，谘东方朔”，于是桓谭之徒，相顾嗤笑。彼实博徒，轻言负诮⑫，况乎文士，可妄谈哉。故鉴照洞明，而贵古贱今者，二主是也；才实鸿懿，而崇己抑人者，班、曹是也；学不逮⑬文，而信伪迷真者，楼护是也。酱瓿之议⑭，岂多叹哉。

## 注释

①知音：指知音者，即对文学作品能做正确理解和评论的人。②同：指同时代的人。③声：名声。④《子虚》：指西汉作家司马相如的《子虚赋》。⑤韩：指韩非，他入秦后，因秦王听信李斯谗言，韩非入狱而死。马：指司马相如，他始终只是汉武帝视若倡优的人。⑥伯仲：兄弟。这里指班固和傅毅作品的成就差不多。⑦排：排斥。孔璋：陈琳的字。他是“建安七子”之一。⑧敬礼：丁廙（yì）的字。他是汉末作家，曹植的好友，常请曹植修改他的文章。⑨方：比。田巴：战国时齐国善辩的人，曾被鲁仲连驳倒。⑩魏文：魏文帝曹丕。⑪“至如”二句：至于楼护，自认为口才了得，却荒谬地

想议论文章。君卿，楼护的字，西汉末年辩士。唇舌，指有口才。⑫“彼实”二句：楼护是个低贱的人，言语轻率而被讥笑。彼，指楼护。博徒，指贱者。诮（qiào），被嘲讽。⑬逮（dài）：及。⑭酱瓿（bù）之议：瓿，小瓮。这里是借以喻指在以上种种不正的批评风气之下，真正有价值的作品只能被人用来盖酱坛子，难以得到正确的评价。

## 译文

知音何其难得！音乐确实很难深入理解，懂得音乐的人也不易遇见，要遇见真正的知音，千年只能遇见一个吧！自古以来的知音，常常轻视同时代的人而思慕古人，真像《鬼谷子》中所说的“天天在眼前的并不任用，老远听到声名却不胜思慕”啊。从前韩非子的《储说》刚开始流传，司马相如的《子虚赋》刚写成，秦始皇和汉武帝深恨不能和他们相见；但是后来相见了，结果却是韩非下狱、司马相如被冷落。不是可以很显然地看出这是对同时代人的轻视吗？至于班固和傅毅，文学成就相差不多，但班固却讥笑傅毅说：“傅毅写起文章来收不住。”曹植评论作家，也贬低陈琳，丁廙请他修改文章，他就赞叹此为文坛佳话，刘修喜欢批评别人，他就把刘修比作古代乱说话的田巴，曹植的偏见就很明显了。所以魏文帝曹丕说“文人互相轻视”，这不是一句空话。还有楼护因有口才，居然荒唐得要评论文章，说什么“司马迁写作，曾请教于东方朔”，桓谭等人因此嘲笑楼护。楼护本是一个轻贱之人，随口乱说就被人讥笑，何况作为一个文人学者，怎么可以妄加议论呢？所以观照鉴别得深透明晰，推崇古人而轻视今人的，秦始皇和汉武帝便是；自己才华卓越而抬高自己、贬低他人的，班固和曹植便是；口才好却无文采，误信传说、不明真相的，楼护便是。刘歆担心扬雄的著作会被后人用来盖酱坛，这难道是多余的慨叹吗？

## 原文

**夫麟凤与麏雉悬绝①，珠玉与砾石②超殊，白日垂其照，青眸③写其形。然鲁臣以麟为麏④，楚人以雉为凤⑤，魏民以夜光⑥为怪石，宋客以燕砾⑦为宝珠。形器易征⑧，谬乃若是；文情难鉴，谁曰易分？夫篇章杂沓⑨，质文交加⑩，知⑪多偏好，人莫圆该⑫。慷慨者逆声而击节⑬，酝藉者见密而高蹈⑭，浮慧者观绮而跃心⑮，爱奇者闻诡⑯而惊听。会己则嗟讽⑰，异我则沮⑱弃，各执一隅⑲之解，欲拟⑳万端之变。所谓"东向而望，不见西墙"㉑也。**

## 注释

①麏（jūn）：獐，似鹿而小。雉（zhì）：野鸡。悬绝：相差极远。②砾（lì）石：碎石块。③青眸（móu）：青眼，指正视。正目而视，眼多青处。眸，眼的瞳仁。④以麟为麏（jūn）：《公羊传·哀公十四年》中说，"春，西狩获麟，……有以告者曰：有麏而角者"。⑤以雉为凤：《尹文子·大道上》中说，"楚人担山雉者，路人问曰：'何鸟也？'担雉者欺之，曰：'凤凰也。'路人曰：'我闻有凤凰，今直见之。'"。⑥夜光：夜间发光，美玉或明珠都如此。这里指玉。⑦燕砾：燕石。⑧征：验证。⑨杂沓（tà）：纷乱，复杂。⑩质：指作品的思想内容。文：指艺术形式。交加：不同的事物一齐来临。⑪知：这里是"知音"的知，指对作品的欣赏评论者。⑫圆该：全面具备。这里指评论一切作品的能力。⑬慷慨：指性情激昂的人。逆：迎。击节：打节拍，表示欣赏。节，乐器。⑭酝藉：指性情含蓄的人。高蹈：远行。⑮浮：浅。绮（qǐ）：一种有花纹的丝织品，这里借指文辞华丽的作品。⑯诡：不平常的，怪异的。⑰会：合。嗟：称，称叹。讽：诵读。⑱沮（jǔ）：阻止。⑲隅：边，角。⑳拟：度量，衡量。㉑"东向"二句：见《淮南子·氾论训》，"故东面而望，不见西墙；南面而视，不睹北方"。

## 译文

麒麟和獐、凤凰和野鸡都有极大的差别，珠玉和碎石块也完全不同，阳光之下显得很清楚，肉眼能够辨别它们的形态。但是鲁国官吏竟把麒麟当作獐，楚国人竟把野鸡当作凤凰，魏国老百姓把美玉误当作怪异的石头，宋国人把燕国的碎石块误当作宝珠。这些具体的东西本不难查考，居然错误到这种地步；何况文章中的思想情感本来不易看清楚，谁能说易于分辨优劣呢？文学作品十分复杂，内容与形式交织而多样化，欣赏评论者又常常各有偏爱，认识能力也不全面。例如性情慷慨的人遇见激昂的声调就打起拍子来，喜欢含蓄的人读到细密的作品就会跟着走，有点小聪明的人看见靡丽的文章就动心，爱好新奇的人对于不平常的事物就爱听。凡是合于自己脾胃的作品就称赏，不合的就不理会，各人拿自己片面的理解，来衡量多种多样的文章。这真像一个人“只知道向东望去，自然永远看不到西边的墙”一样。



## 原文

**凡操千曲而后晓声①，观千剑②而后识器；故圆照之象③，务先博观④。阅乔岳以形培塿⑤，酌沧波以喻畎浍⑥，无私于轻重，不偏于憎爱，然后能平理若衡⑦，照辞如镜矣。是以将阅文情，先标六观：一观位体⑧，二观置⑨辞，三观通变⑩，四观奇正⑪，五观事⑫义，六观宫商⑬。斯术⑭既形，则优劣见矣。**

## 注释

①操：持，即运用、实践的意思。晓：明白。②观千剑：桓谭《新论·道赋》，“扬子云工于赋，王君大习兵器，余欲从二子学，子云曰：‘能读千赋则善赋。’君大曰：‘能观千剑则晓剑。’”（见《全后汉文》卷十五）。③圆：

周遍，全面。照：察看，理解。象：方法。④务：必须。博观：见《事类》篇，“将赡才力，务在博见”。见《奏启》篇，“博见足以穷理”。⑤乔岳：高山。形：显著，这里指看清。培塿：小土山。⑥酌：斟酌。沧：沧海。畎（quǎn）浍（kuài）：田间小沟。⑦衡：秤。⑧位：安排，处理。体：体裁。⑨置：安放。⑩通：指继承方面。变：指创新方面。⑪奇：指不正常的表现方式。正：指正常的表现方式。⑫事：主要指作品中所用的典故。⑬宫商：指平仄，古人常以五音配四声。⑭术：方法。

## 译文

只有弹过千百首曲调的人才能懂得音乐，看过千百口宝剑的人才能懂得武器；所以全面评价作品的方法，就是必须广泛地观察。看了高峰就更明白小山，到过大海就更知道小沟，在或轻或重上没有私心，在或爱或憎上没有偏见，这样就能和秤一样公平，和镜子一样清楚了。因此，要考查作品中的思想情感，先从六个方面去观察：第一是看作品采用什么体裁，第二是看作品的遣词造句，第三是看作品对前人的继承与自己的创新，第四是看作品中不同的表现手法，第五是看作品用典的意义，第六是看作品的音节。这种观察的方法如能实行，那么作品的好坏就可以看出来了。

## 原文

**夫缀文者情动而辞发，观文者披辞以入情[①]，沿波讨源[②]，虽幽必显[③]。世远莫见其面，觇[④]文辄见其心。岂成篇之足深，患识照之自浅耳。夫志在山水，琴表其情[⑤]，况形之笔端，理将焉匿？故心之照理，譬目之照形，目瞭则形无不分，心敏则理无不达。然而俗鉴之迷者，深废浅售[⑥]，此庄周所以笑《折杨》[⑦]，宋玉所以伤《白雪》也。昔屈平有言：“文质疏内，众不知余之异采[⑧]。”见异唯知音耳。扬雄自称：“心好沉博绝丽之文”，其不事浮浅，亦可知矣。夫唯深识鉴奥，必欢然内怿[⑨]，譬春台之熙众人[⑩]，乐饵之止过客。**

**盖闻兰为国香⑪，服媚弥芬；书亦国华，玩绎方美。知音君子，其垂意焉。**

## 注释

①披辞以入情：指通过阅读作品的文辞深入领会作者的思想感情。披，批阅。②波：比喻作品外在的文辞体制。讨：寻究。源：比喻作品内在的思想情感。③虽幽必显：即使是隐微的思想也一定会显露出来。幽，隐微。④觇（chān）：窥视，察看。⑤“夫志”二句：弹琴者心中想着高山流水，就会在琴声中表现出这样的思想情感。⑥售：卖出。指作品被人们接受和欣赏。⑦《折杨》：一种俗曲。《庄子·天地》中说：“大声不入于里耳，《折杨》《皇荂》，则嗑然而笑。”⑧“文质”二句：意谓文采不艳，显得迂阔而不善表达，众人都不知道我与众不同的才华。文，指外表。质，指本性。疏，粗，这里指不注意装饰。内，即讷，迟钝，这里引申为朴实的意思。⑨内怿（yì）：内心喜悦。⑩“譬春台”句：好像春天登台，所有美景可以使人心情舒畅。春台，《老子》说：“众人熙熙，如享太牢，如春登台。”熙，乐。⑪国香：全国最香的花，后以“国香”专指兰花。

## 译文

文学创作是作者内心为情所动，然后用语言表达出来，作品的读者通过作品的言辞探究作家的内心，沿着外在的形式去探究内在的情志，即使隐微的思想内容也可以变得显豁。对年代久远的作者，固然不能见面，但通过他的作品就可以体察到他的心情了。未必是作品的义理太深奥了，只怕自己见识太浅薄罢了。弹琴的人如果内心想着山水，其情志就会在琴声中表达出来，何况文章将心思流于笔端，其中的情理如何隐藏得了？所以读者用心去体味文章的情理，就像用眼睛观察事物的外形一样，只要眼睛明亮，就没有什么形态不能辨别，只要读者内心聪慧，就没有什么道理不能明白。然而世俗的鉴赏者辨别不清，往往抛弃含义深刻的作品，反而更加欣赏浅薄的作品。因此，庄周讥笑浅薄的人只爱听庸俗的《折杨》，宋玉亦慨叹高雅的《白雪》无人欣赏。从前屈原说过："我为文质朴疏阔不善于表达，大家都不知道我与众不同的才华。"能认识到出众的才能的，只有真正的知音者了。扬雄曾自称："喜欢深刻的、博洽的、绝顶华美的文章。"他不喜欢浅薄的作品，也由此可以看出来了。只要对作品理解深入，鉴赏精微，必然能在阅读中获得由衷的快乐，好像春天登台可以使众人心情愉悦，音乐与美味可以让过客驻足。据说兰花是全国最香的花，人们喜爱将其佩在身上就可发出更多的芬芳；文学书籍则是国家的精华，仔细玩赏、体味才知其无比美妙。想要真正认识和理解作品的人们，希望能够特别注意这些问题。

## 原文

**赞曰：洪钟万钧①，夔、旷②所定。良书盈箧③，妙鉴乃订。流郑淫人④，无或失听⑤。独有此律⑥，不谬蹊径⑦。**

## 注释

①洪钟万钧：上万斤的大钟。洪，大。钧，古代重量单位，一钧为三十斤。②旷：师旷，春秋时晋国的乐师。③箧：箱。④流郑淫人：流荡的郑声，使人迷乱。流，流荡。郑，郑声。儒家认为郑国的音乐淫邪。淫，过分。⑤失听：听错了。指理解有误。⑥律：法则，规则。指知音遵循的规则。⑦不谬蹊径：不走错误的道路。谬，错。

## 译文

总之，上万斤重的大钟，由古时乐师夔和师旷来定音。满箱子的好书，依靠卓越的鉴赏家来评定。郑国流荡的靡靡之音会使人迷乱，千万不要因此失去正确的音乐鉴赏力。唯有遵守知音的规则，才不至于走错道路。

# 四九、程器篇

## 〔导　读〕

本篇主要论述士人的品行和才能问题。全篇可分为四段：第一段指出，衡量士人的才华，应从器用（处理军国大事的才能）和文采（文学才能）两方面来考察；第二段列举汉、魏、晋三代的多位著名文人的瑕累指出，不但文人，古来将相大臣有种种瑕累者也大有人在；第三段紧承上文，指出文人因位卑力薄，其瑕病更容易受到讥诮，这与那些朝廷大臣不同，是客观条件造成的；第四段得出结论，士人应具备优良的品质和卓越的军事政治才能，关键时刻能肩负起国家大任，在不得志时才退而著述，名垂千古。

前半篇侧重于论述士人的品行，谈“名之扬抑”，批驳了文人无行论的片面性，显示了刘勰敢于挑战传统的勇气；下半篇侧重于论述士人的政治出路，谈“位之通塞”，提出士人应首先在政治、军事上有所成就，并强调了文学应为政治、军事服务的观点。《序志》篇曰：“唯文章之用，实经典枝条，五礼资之以成……军国所以昭明。”表述的也是这个观点，这是一种重政治、轻文学的观点。魏晋南北朝时期，抒情写景的文学作品盛行，文人创作时普遍重视语言的形式之美，文学创作的自觉性和独立性有了一定程度的加强，因此，刘勰的这种重政治、轻文学的见解就显得保守了。

## 原文

**《周书》[1]论士，方之梓材[2]，盖贵器用[3]而兼文采也。是以朴斫成而丹雘施[4]，垣墉立而雕杇附[5]。而近代[6]辞人，务华弃实。故魏文以为“古今文人，类不护细行”[7]。韦诞[8]所评，又历诋[9]群才。后人雷同[10]，混之一贯[11]。吁，可悲矣！**

## 注释

①《周书》：这里指《尚书·梓材》，《尚书》的一部分。②方：比。梓材：木匠把木料制成木器和修建房屋。梓，木匠。③器用：器物的实际用处。④朴：木未成器，指整治木料。斫（zhuó）：砍削，加工。丹雘（huò）：赤色的涂漆。施：用。⑤垣：矮墙。墉（yōng）：高墙。雕杇（wū）：粉刷墙壁所用的涂料。附：附着。⑥近代：指晋、宋以来。⑦魏文：魏文帝曹丕。类：大都。护：爱护，维护。细行：细节。⑧韦诞：三国时魏国书法家。⑨诋：诋毁。⑩雷同：随声附和。⑪一贯：一样。

## 译文

《尚书·梓材》中讲到士人，比之于工匠把木料做成器具，要兼有实用和美观两个方面。因此木材经过砍削成器后涂上红漆，筑成墙垣之后还要加以粉刷。可是近代作家一味追求外表而不顾实际，所以魏文帝曹丕认为“历代文人，常常不注意小节”。韦诞所作的评论，又对许多作家进行了诋毁。后人随声附和，认为文人都是一样的。唉，真是太可悲了！

## 原文

**略观文士之疵[1]：相如窃妻而受金[2]，扬雄嗜酒而少算[3]，敬通之不循廉隅[4]，杜笃之请求无厌[5]，班固谄窦以作威[6]，马融党梁而黩货[7]，文举傲诞以速诛[8]，正平狂憨以致戮[9]，仲宣轻脱以躁竞[10]，孔璋偬恫以粗疏[11]，丁仪贪婪以乞贷[12]，路粹铺啜而无耻[13]，潘岳诡祷于愍怀[14]，陆机倾仄于贾、郭[15]，傅玄刚隘而詈台[16]，孙楚很愎而讼府[17]，诸有此类，并文士之瑕累[18]。文既有之，武亦宜然。古之将相，疵咎[19]实多：至如管仲之盗窃[20]，吴起之贪淫[21]，陈平之污点[22]，绛、灌之谗嫉[23]。沿兹[24]以下，不可胜数。孔光负衡据鼎，而仄媚董贤[25]；况班、马之贱职[26]，潘岳之下位哉[27]！王戎开国上秩，而鬻官嚣俗[28]，况马、杜之磬悬[29]，丁、路之贫薄哉[30]！然子夏无亏于名儒[31]，濬冲不尘乎竹林者[32]，名崇[33]而讥减也。若夫屈、贾之忠贞[34]，邹、枚之机觉[35]，黄香之淳孝[36]，徐幹之沈默[37]，岂曰文士，必其玷欤？**

## 注释

①疵：瑕疵，缺点。②“相如”句：《史记·司马相如列传》载，司马相如以弹琴引诱富商卓王孙家新寡的女儿卓文君，并与她一起逃往蜀地。后相如奉命出使蜀地，私受他人贿赂，被人揭发丢官。③“扬雄”句：《汉书·扬雄传》载，扬雄不会过日子，好喝酒，家贫，没有余粮。嗜，爱好。少算，指政治上失算。这里指扬雄作《剧秦美新》，美化王莽新朝。④“敬通”句：《后汉书·冯衍传》载，冯衍（字敬通）曾将妻子赶走。循，遵循。廉隅，比喻品行端正。⑤“杜笃”句：《后汉书·文苑传》载，杜笃博学多才，但

不拘小节。曾与美阳令出游，多次请托于美阳令而不知满足，遂怀恨在心。美阳令大怒，将其收监押往京城。厌，满足。⑥“班固”句：《后汉书·班固传》载，班固曾随大将军窦宪出征匈奴，但他教子不严，诸子多不遵法度。其奴曾醉骂洛阳令，但洛阳令畏惧窦宪的权势，不敢发作。谄，谄媚。⑦“马融”句：《后汉书·马融传》载，马融曾因写《广成颂》而得罪邓太后，数年不得升迁，后又因不敢得罪权势之家，为权臣梁冀起草奏文攻击大臣李固。其为官时也曾有过贪污行为。党，阿附，结党。黩（dú）货，贪污。⑧“文举”句：《后汉书·孔融传》载，孔融（字文举）与曹操不合，屡次讥刺曹操，发言狂妄，后被操所杀。傲诞，狂傲，任诞。速，招致。⑨“正平”句：《后汉书·文苑传》载，祢衡（字正平）恃才傲物，先后得罪曹操、刘表，后因辱骂黄祖被杀。憨（hān），傻。戮，杀戮。⑩“仲宣”句：《三国志·魏书·王粲传》载，王粲（字仲宣）行为轻浮，不讲究礼节，性格急躁冒进。轻脱，轻佻，不稳重。躁竞，喜与人争高低。⑪“孔璋”句：《三国志·魏书·王粲传》载，陈琳（字孔璋）先侍奉何进，后又跟随袁绍，袁绍战败后又投降曹操。偬（zǒng）恫（dòng），鲁莽，草率。⑫“丁仪”句：所指不详。丁仪，三国时魏国作家。⑬“路粹”句：《三国志·魏书·王粲传》注引《典略》说，路粹奉曹操的旨意陷害孔融，导致孔融被杀。餔啜，饮食，这里指贪恋禄位。无耻，指陷害孔融的行为是无耻的。⑭“潘岳”句：《晋书·愍怀太子传》载，晋惠帝皇后贾南风欲废掉太子，便将太子灌醉，并让潘岳以太子的口吻起草祷神文，然后让太子抄写，以此陷害太子。诡，欺骗。祷，指祷神文。愍怀，晋惠帝太子。⑮“陆机”句：《晋书·陆机传》载，陆机喜好依附权贵，与贾谧亲善，因此受到人们的讥讽。倾仄，依附。贾、郭，指贾谧、郭彰，二人都是当时的权臣。⑯“傅玄”句：《晋书·傅玄传》载，傅玄生性急躁，心胸狭隘，曾因位次问题当众辱骂尚书台，最终被弹劾免官。隘，心胸狭隘，不能容人。詈（lì），辱骂。⑰“孙楚”句：《晋书·孙楚传》载，孙楚自负才华过人，被派往骠骑将军石苞处任职时，因态度傲慢与石苞产生矛盾，后石苞控告他诽谤朝政，孙楚虽上表辩白，但此事多年未得解决。佷，乖戾。愎，刚愎，强横固执。⑱瑕：美玉上的斑点，比喻缺点。累：失误。⑲咎（jiù）：过失。⑳“管仲”句：《说苑·尊贤》引用邹子的话，他说管仲是成阴的鸡鸣狗盗之辈。㉑“吴起”句：《史记·孙子吴起列传》载，吴起虽军事才能过人，但为人贪财好色。㉒“陈平”句：《史记·陈丞相世家》载，周勃、灌婴等人曾诋毁陈平，说他与嫂嫂私通，又贪污受贿，反复多变。㉓“绛、灌”句：《史记·屈原贾生列传》载，天子打算让贾谊担任公卿的职位，周勃、灌婴等人纷纷说贾谊的坏话，于是天子对其日渐疏远。谗，谗言，说坏话。嫉，忌妒。㉔兹：此。㉕“孔光”二句：《汉书·佞幸传》载，汉哀帝宠信董贤，董贤去丞相孔光家，孔光便恭敬地迎送，以博取董贤和哀帝的欢喜。负衡据鼎，指担任丞相，位居三公。仄媚，谄媚，讨好。㉖班：班固。马：马融。贱职：班固只做过兰台令史和窦宪的中护军等小官，马融也只官至武都太守、拜议郎，比之陈平、孔光等，官职都很低下。㉗下位：潘岳只官至太傅主簿。㉘“王戎”二句：《晋书·王戎传》载，王戎因平定吴国有功，被封为安丰侯，后官至尚书令、司徒。他负责选拔官吏时，曾收受他人贿赂。开国，指裂土封侯。上秩，上等俸禄。鬻（yù），卖。嚣俗，为世俗人所怨恨。嚣，众怨声。㉙马：指司马相如。《史记·司马相如列传》载，司马相如和卓文君逃往蜀地时，家徒四壁。杜：指杜笃。磬悬：悬磬，形容室内空空如也，仅有梁柱，别无他物。磬，挂在架上的石制打击乐器。㉚丁：指丁仪。路：指路粹。㉛子夏：孔光的字。亏：有损。名儒：《汉书·王莽传》载，孔光是当时的名儒，天下信服。㉜濬冲：王戎的字。尘：蒙尘，沾上污点。竹林：王戎与阮籍、嵇康等人被称为“竹林七贤”。㉝崇：崇高。㉞屈：指屈原。贾：指贾谊。㉟邹：指邹阳。枚：指枚乘。机觉：机警，有先见之明。《汉书·邹阳传》载，邹阳觉察到吴王刘濞谋反，便上书相谏，吴王不听，邹阳便和枚乘、严忌一起离开了吴王，免遭牵连。㊱“黄香”句：《后汉书·文苑传》载，黄香九岁失母，哀伤憔悴，乡人称其至孝。家贫，家无仆妾，不辞辛劳，亲自尽心奉养。㊲“徐幹”句：曹丕《与吴质书》说，徐幹生性沉默，不求富贵而甘于淡泊，可称得上谦谦君子。沈默，生性沉默。

## 译文

现在大略地考察一下文人们的毛病：司马相如诱拐卓文君又收受贿赂，扬雄贪杯而缺乏政治远见，冯衍为人不够正派，杜笃向人请托没个完，班固献媚窦宪而作威作福，马融做梁冀的爪牙又贪污受贿，孔融因过于傲慢遭到诛杀，祢衡因为态度狂放而丧命，王粲轻佻、浮躁且急于做官，陈琳行事草率且过于粗疏，丁仪爱财且贪得无厌，路粹为保俸禄厚着脸皮诬陷孔融，潘岳参与对愍怀太子的陷害，陆机逢迎贾谧、郭彰等权贵，傅玄刚愎狭隘而谩骂尚书，孙楚执拗难处而与军府争讼。诸如此类，都是文人们的缺点过失。文人是这样，武将也如此。古时的将相，毛病同样不少：如管仲的偷盗，吴起的贪财好色，陈平的家庭生活不检点，周勃、灌婴的忌妒和诽谤等。自此以后，不胜枚举。孔光官居宰相而位列三公，尚且献媚于董贤；更何况班固、马融的官职卑微，潘岳的职位低下呢！王戎因战功身居高位，尚且卖官鬻爵为世人所讥，更何况司马相如、杜笃家徒四壁，丁仪、路粹一文不名呢！然而孔光的毛病却无损他名儒的声誉，王戎的丑闻也不影响他竹林名士的身份，那是由于他们名位较高而讥评也就自然减少了。至于屈原、贾谊的忠君爱国，邹阳、枚乘的机敏警觉，黄香的至纯至孝，徐幹的恬静淡泊，怎能说文人的品行必定会染上种种污点呢？

## 原文

**盖人禀五材[①]，修短殊用[②]；自非上哲[③]，难以求备。然将相以位隆特达[④]，文士以职卑多诮[⑤]；此江河所以腾涌[⑥]，涓流所以寸折者也[⑦]。名之抑扬[⑧]，既其然矣；位之通塞[⑨]，亦有以焉[⑩]。盖士之**

**登庸[11]，以成务[12]为用。鲁之敬姜[13]，妇人之聪明耳；然推其机综[14]，以方[15]治国。安有丈夫学文，而不达于政事哉？彼扬、马之徒[16]，有文无质[17]，所以终乎下位也。昔庾元规[18]才华清英，勋庸[19]有声，故文艺[20]不称；若非台岳[21]，则正以文才也。文武之术，左右惟宜[22]。郤縠敦书[23]，故举为元帅，岂以好文而不练[24]武哉！孙武《兵经》[25]，辞如珠玉，岂以习[26]武而不晓文也！**

## 注释

①禀：先天具有的。五材：指金、木、水、火、土五行。古人认为人的个性与五行有关。②修：修长。殊：不同。③上哲：圣哲。④隆：高。特达：极为显达。这里指容易被宽容。⑤卑：低。诮（qiào）：讥讽。⑥腾涌：水势奔涌，难以阻挡，比喻官位高、权势大而不易受到讥评。⑦涓流：细小的水流。寸折：多阻碍，比喻地位低下而易受到批评。⑧抑：低。扬：高。⑨通塞：犹高低。指通达或阻塞。通达则地位高，阻塞则地位低。⑩有以焉：是有原因的。⑪登庸：举用。⑫务：事务。⑬敬姜：春秋时鲁国丞相文伯之母。⑭推：推论。机综：织机的经纬交织。综，织机上的装置。⑮方：比方。⑯扬：指扬雄。马：指司马相如。⑰文：文学才华。质：处理政事的政治才干。⑱庾元规：东晋大臣庾亮的字。⑲勋庸：功劳，功勋。⑳文艺：创作能力。㉑台岳：指三台四岳，即三公与四方诸侯之长，这里指高官。㉒左右惟宜：指文事与军事两者兼备，相辅相成。㉓郤（xì）縠（hú）：春秋时晋国将领。敦：勤勉。书：指《诗》《书》之类的儒家典籍。㉔练：熟练。㉕孙武：春秋时军事家。《兵经》：指《孙子兵法》。㉖习：对某事熟悉。

## 译文

人先天具有各种品德，各有不同的优缺点；既然不是圣贤先哲，自然很难求全责备。然而将相因地位高而容易得到原谅，文人因地位低而常被讥讽，这就是大江大河难以阻挡，细水涓流容易受阻的原因。声誉的高低，固然如此；职位的高低，也是有原因的。士人能否被任用，要看能不能处理政务。鲁国的敬姜，不过是个聪明的女人；却能推论织机的经纬交织，以此来比喻治国的道理。哪有大丈夫专心于文艺，而不通政事的呢？像扬雄、司马相如等人，有文才而没有政治上的实际才能，所以终生地位不高。从前庾亮很有才华而文采清丽，因为功勋卓著而有声望，所以他的文章反不为人所称颂；如果他不是身居高位，那也会因文才而出名。文武两方面的才能，应该是相辅相成的。郤縠勤勉习读典籍，所以被推举为元帅，难道可以因为爱好文章就不熟悉武略了吗？孙武的《兵法》，言辞美如珠玉，难道可以因为通晓武略就不通文章了吗？

## 原文

**是以君子藏器[①]，待时[②]而动；发挥事业，固宜蓄素以弸中[③]，散采以彪[④]外，楩楠其质[⑤]，豫章其干[⑥]。摛文必在纬军国[⑦]，负重[⑧]必在任栋梁；穷则独善以垂文[⑨]，达则奉时以骋绩[⑩]。若此文人，应梓材之士[⑪]矣。**

## 注释

①器：指处理政务的实际才能。②时：时机。③蓄素：蓄积素养。素，素养，指优秀的品质才干。弸（péng）：满，充满。④彪：虎皮毛上的斑纹，这里引申为有文采。⑤楩（pián）：黄楩木。楠：楠木。质：木头的质地。⑥豫章：一种樟木类大木。干：树干。⑦摛（chī）文：写文章。纬：经纬，管理，规划。⑧负重：担负重责。⑨穷：政治上不得意，仕途失意。垂：留下。⑩达：政治上得志，仕途通达。奉时：这里意为即时。骋绩：建立功勋。⑪梓材之士：有才华、又具备优良品质和实际才干的人。

## 译文

因此君子具备了处理政务的实际才能，就应等待适当的时机采取行动；要做出一番事业，本来就应该培养内在的优良品质和政治才能，散发其华彩以形成外在的美，既有像楩木、楠木那样的优良质地，又有像樟木那样的高大树干。写作必须策划国家大事，担负重责一定要成为国家的栋梁；不得志时就修养自己的品德以文传世，仕途顺利就须抓住机会建立功勋。这样的文人，才算是既有文才又能实干的人才。

## 原文

**赞曰：瞻彼前修①，有懿文德②。声昭楚南③，采动梁北④。雕而不器⑤，贞干谁则⑥？岂无华身⑦，亦有光国⑧。**

## 注释

①瞻：观望。前修：先贤。②文：文才。德：品德。③昭：召明。楚南：

南方的楚国，这里指屈原、贾谊，他们都是南方有德才的作家。④梁北：北方的梁国，这里指邹阳、枚乘，他们都是北方有文才的作家。⑤雕而不器：指有文采而无实际才能。⑥贞干：桢干，原意是筑墙时用的木桩，这里指骨干。则：法则，效法。⑦华身：使自身有光彩。⑧光国：使国家有光彩。

## 译文

总之，仰望圣人，都有美好的文才和品德。屈原和贾谊的名声传遍了南方的楚地，邹阳和枚乘的文采震动了北方的梁国。只有雕琢的文采而无德行，岂能成为可效法的栋梁？优秀的文人不仅可以使自身荣耀，也会为国家增光添彩。

# 五十、序志篇

## 〔导　读〕

本篇是全书的自序，主要陈述了作者写作本书的心意。在唐代以前，著作的序言多位于全书末尾。全篇可分为五段，内容大致包括写作的目的和动机、写作的基本原则和态度、书中的主要内容以及全书的结构安排等。第一段主要诠释了《文心雕龙》书名的含义，点明作者详细地研究写作文章之道的目的。第二段表达了作者对圣人孔子的仰慕之情，进而针对当时文章的基本体制和规格被破坏的现实，提倡核要、雅正的文风，反对淫滥、讹谬的文风，这也是本书的指导思想。第三段简要评论了汉魏以来的文论，罗列了曹丕、曹植等人的著作，指出他们各有优缺点，但文中见识不免狭小，也未能寻根索源，因而对后世的意义不大。

第四段是全篇的重要内容，主要陈述了全书的主要内容和结构安排。该段先是指出《原道》等五篇是全书写作的总原则；其次说明《明诗》以下二十篇，将各体文章分为文、笔两大类进行论述，各篇内容又可分为“原始以表末”等四项。从指导写作的立场来看，上半部指出写文章的关键以及各种文体的体制和规格要求，是较为基本的论述，故称为纲领；下半部论述文章风格和篇章字句等，内容更为具体细致，故称为毛目。第五段则主要说明了作家著书立说的困难，进而点明自己的见解都是经过深思熟虑的，并力求做到全面、妥帖。这些都为后世理解和研究《文心雕龙》的理论体系提供了重要线索。

## 原文

**夫“文心”者，言为文之用心也。昔涓子《琴心》[1]，王孙《巧心》[2]，心哉美矣，故用之焉。古来文章，以雕缛成体[3]，岂取驺奭[4]之群言“雕龙”也？夫宇宙绵邈[5]，黎献[6]纷杂，拔萃出类[7]，智术而已。岁月飘忽，性灵不居[8]，腾声飞实[9]，制作[10]而已。夫[11]肖貌天地，禀性五才[12]，拟[13]耳目于日月，方[14]声气乎风雷，其超出万物，亦已灵矣。形甚草木之脆，名逾[15]金石之坚，是以君子处世，树德建言[16]。岂好辩哉？不得已也[17]！**

## 注释

①涓子：又作蜎子，即环渊。《汉书·艺文志》道家类著录《蜎子》十三篇，注曰：“名渊，楚人，老子弟子。”《史记·孟子荀卿列传》载，环渊曾学习黄老道德之术，著上下篇。《琴心》：《文选》卷一八，嵇康《琴赋》李善注引《列仙传》说涓子“其《琴心》三篇有条理焉”。②王孙《巧心》：《汉书·艺文志》儒家类著录《王孙子》一篇，并注“一曰《巧心》”。③雕：修饰。缛：繁复的文采。④驺奭（shì）：战国时齐国学者。⑤绵邈：浩渺。⑥黎献：指众人中的贤人。黎，黎民，百姓。献，贤人。⑦拔萃出类：即出类拔萃。萃，类。⑧性灵：个性和智慧。居：固定，停留。⑨声：声誉。实：果实，种子。这里引申为成就。⑩制作：写文章。⑪肖：类似，这里有象征的意思。⑫禀性五才：天性受之于金、木、水、火、土五行。禀，受。⑬拟：比拟。⑭方：比方。⑮逾：超过。⑯树：树立。建：立。⑰“岂好辩”二句：语本《孟子·滕文公下》，“予岂好辩哉，予不得已也”。

## 译文

这部书之所以叫“文心”，是为了说明写作文章时的用心。从前涓子曾写过一部《琴心》，王孙子也曾写过一部《巧心》，可见“心”这个字真是美妙啊，所以才用作书名。自古以来的文章，都是用繁丽的文采雕饰而成的，以“雕龙”二字来命名，难道不是取自古代称驺奭为“雕龙奭”的说法吗？宇宙浩瀚无穷，贤人代代都有，他们之所以能出类拔萃，无非是由于过人的智慧而已。岁月转瞬即逝，人的智慧不会永久存在，要使声名和事业流传下来，只能依靠著述写作了。人类的形貌象征着天地，天性受之于五行，耳目好比日月，声气好比风雷，人类能超乎万物之上，已经是很灵异了。然而人的肉体却同草木一样脆弱，而流传久远的声名却能比金石还要坚固，因此君子活于世，应当立德立言。难道仅仅是喜欢辩论吗？实在是不得已啊！



## 原文

**予生七龄[1]，乃梦彩云若锦，则攀而采之。齿在逾立[2]，则尝夜梦执丹漆之礼器[3]，随仲尼而南行[4]。旦而寤[5]，乃怡然[6]而喜。大哉，圣人之难见也，乃小子之垂梦欤。自生人[7]以来，未有如夫子[8]者也。敷赞圣旨[9]，莫若注经，而马、郑诸儒[10]，弘[11]之已精，就有[12]深解，未足立家。唯文章之用，实经典枝条；五礼资之以成[13]，六典[14]因之致用，君臣所以炳焕[15]，军国所以昭明[16]。详[17]其本源，莫非经典。而去圣久远，文体解散[18]，辞人爱奇，言贵浮诡[19]，饰羽尚画[20]，文绣鞶帨[21]，离本弥[22]甚，将遂讹滥[23]。盖《周书》[24]论辞，贵乎体要；尼父陈训，恶乎异端[25]。辞训之奥[26]，宜体于要。于是搦[27]笔和墨，乃始论文。**

## 注释

①七龄：七岁。②齿：年纪。立：而立之年，即三十岁。③礼器：祭祀用的笾、豆。笾，竹制的圆器。豆，木制，类似高脚的盘子。④南行：捧着祭器跟着孔子向南走，表示成了孔子的学生，协助老师完成某种仪式。⑤旦：第二天早晨。寤（wù）：醒来。⑥怡然：欢快的样子。⑦生人：生民，泛指人。⑧夫子：指孔子。⑨敷：叙述。赞：明，彰显。圣旨：圣人的意旨。⑩马：指马融，东汉学者，曾给《周易》《尚书》《论语》等经典作注。郑：指郑玄，马融的学生，东汉学者，曾给《论语》《孝经》《尚书》等经典作注。⑪弘：大，发扬光大。⑫就：就算是。⑬五礼：《礼记·祭统》郑玄注："礼有五经，谓吉礼、凶礼、宾礼、军礼、嘉礼也。"资：依靠。⑭六典：《周礼·天官·太宰》载，太宰之职，掌建邦之六典，以佐王治邦国。"一曰治典"，"二曰教典"，"三曰礼典"，"四曰政典"，"五曰刑典"，"六曰事典"。典，行政法度。⑮炳焕：清楚。⑯昭明：明白。⑰详：考察。⑱文体解散：指文章体制破坏。⑲诡：诡异。⑳饰羽尚画：语本《庄子·列御寇》"仲尼方且饰羽而画，从事华辞"，意谓在本来就有华采的羽毛上画以文饰，比喻文采过度。㉑文绣鞶（pán）帨（shuì）：语本扬雄《法言·寡见》"今之学也，非独为之华藻也，又从而绣其鞶帨"，这里指没有必要的文饰。鞶，皮带，古束衣用。帨，佩巾。㉒弥：更。㉓讹：错误。滥：过度。㉔《周书》：《尚书》的一部分，这里指《毕命》。㉕"尼父"二句：见《论语·为政》，"子曰：'攻乎异端，斯害也已！'"。尼父，对孔子的尊称。恶（wù），憎恶。异端，这里指非儒家的思想学说。㉖辞：指上文提到的《尚书·毕命》的论辞之语。训：指上文孔子的教训。㉗搦（nuò）：握，持。

## 译文

我在七岁的时候，曾梦见一片像织绵似的彩云，就攀上去摘采。到了三十多岁的时候，又梦见自己捧着红漆的祭器，跟着孔子向南而行；早上醒来，心里非常高兴。伟大的圣人真是不容易见到，他竟然降临到我这样的无名小卒的梦中。自从有人类以来，还没有像孔子这样的圣人。要阐明圣人的思想，没有比给经书作注解更好的了，但是马融、郑玄这些前代学者，在这方面已经阐发得很精当了，即使我再有什么更深入的见解，也不足以自成一家。只有文章的功用这一点，确实是经典派生的枝条，各种礼仪要靠它来形之成文，各种政治法度要靠它来发挥作用，乃至君臣的关系赖以更加明确，军国大事也因此更加分明。考察它的本源，没有不来自经典的。可是后世离圣人的时代太遥远了，文章体制逐渐被破坏，后世的作家一味喜欢新奇，追求文辞的浮华奇异，就像在本就华丽的羽毛上再加文饰，在已有修饰的巾带上再绣上花纹，这就离文章的根本越来越远了，最终发展到谬误而漫无节制的地步。《尚书》中论及文辞，强调贵在抓住要点；孔子教育学生，也说过要憎恶异端。《尚书》和孔子的说法都有其奥妙之处，应当注意领会其主要精神。于是我就握笔磨墨，本着这种精神论述作文之道。

## 原文

**详观近代之论文者多矣：至如魏文述《典》[1]，陈思序《书》[2]，应玚《文论》[3]，陆机《文赋》[4]，仲治《流别》[5]，弘范《翰林》[6]，各照隅隙[7]，鲜观衢路[8]；或臧否[9]当时之才，或铨品前修之文[10]，或泛举雅俗之旨[11]，或撮题[12]篇章之意。魏典密而不周[13]，陈书辩而无当，应论华而疏略，陆赋巧而碎乱，《流别》精而少功[14]，《翰**

**林》浅而寡要。又君山、公幹之徒，吉甫、士龙之辈，泛议文意，往往间出[15]，并未能振叶以寻根，观澜[16]而索源。不述先哲之诰[17]，无益后生之虑。**

## 注释

①魏文：魏文帝曹丕，三国时魏国作家。述《典》：指曹丕的《典论》，其中《论文》一篇专论文章，这里即指这一篇。②序《书》：指曹植的《与杨德祖书》，其中除评论了当时一些作家外，还表达了他对文章修改的重视等。③《文论》：可能是指应玚的《文质论》，文中论及文与质的关系，今已不全。④《文赋》：陆机专门为论述文章而作的赋。⑤仲治：西晋作家挚虞的字。《流别》：指《文章流别论》，文中论及各体文章，今已不全。⑥弘范：东晋作家李充的字。《翰林》：指《翰林论》，今已不全。⑦隅隙：角落，缝隙，指不全面，或者次要的地方。⑧鲜：少。衢：大路。⑨臧否（pǐ）：褒贬。⑩铨品：鉴赏品评。前修：前贤，这里指前代作家。⑪旨：旨趣。⑫撮题：摘举。⑬密而不周：指《典论·论文》论述才气比较严密，论述文体时较为简单，而论述才气时又只强调先天禀赋。周，全。⑭精而少功：指《文章流别论》分类论述文章的源流颇有见地，但并未论及各种文章的写作要点，不切实用。功，功效，功用。⑮往往间出：交替不断地出现，这里指他们时有论文之语，散见于文章之中。⑯澜：波澜。⑰先哲之诰：指上文中提到的《尚书·毕命》《论语·为政》中的话。诰，训示。

## 译文

细读近来讨论文章的著作，数量不少：魏文帝曹丕的《典论·论文》，陈思王曹植的《与杨德祖书》，应玚的《文质论》，陆机的《文赋》，挚虞的《文章流别论》，李充的《翰林论》等。大多只看到了文章的局部，很少能有从大处着眼全面论述的；他们有的褒贬当代作家，有的评论前人的作品，有的泛泛地指出雅或俗的旨趣，有的简单地叙述文章的意旨。曹丕的《典论》较为细密，但不够完备；曹植的书信颇见辩才，不过不一定允当；应玚的论说是华丽的，但却比较空疏、简略；陆机的赋讲得虽巧妙，但却显得琐碎；《文章流别论》内容精湛，可惜用处不大；《翰林论》较为浅薄，不得要领。此外像桓谭、刘桢等人，应贞、陆云之流，也泛泛地议论过文章的写作意义，他们的话大多散见于各自的文章中，都未能顺着枝叶去找寻根本，沿着波澜去追溯源头。不阐释圣人和经书的训示，对后人研究文章是没有多少帮助的。

## 原文

**盖《文心》之作也，本乎道①，师乎圣②，体乎经③，酌乎纬④，变乎《骚》⑤，文之枢纽⑥，亦云极矣。若乃论文叙笔⑦，则囿别区分⑧，原始以表末⑨，释名以章义⑩，选文以定篇⑪，敷理以举统⑫，上篇以上，纲领明矣。至于剖情析采⑬，笼圈条贯⑭，摛神性⑮，图风势⑯，苞会通⑰，阅声字⑱，崇替⑲于《时序》，褒贬于《才略》，怊怅⑳于《知音》，耿介㉑于《程器》，长怀㉒《序志》，以驭群篇，下篇以下，毛目㉓显矣。位理㉔定名，彰㉕乎《大衍》之数，其为文用，四十九篇而已㉖。**

## 注释

①本乎道：以自然之道为本。刘勰在开头《原道》篇中就说明了这一点。②师乎圣：《征圣》篇中所说的作文必须以圣人为师。③体乎经：《宗经》篇中所说的文学创作必须以经书为宗。④酌乎纬：《正纬》篇强调纠正纬书中的

谬误，但可以酌采其中奇丽的辞采。⑤变乎《骚》：《辨骚》篇辨析了楚辞与经书的异同，指出了楚辞的演变与创新，认为应该宗法《诗经》来学习楚辞。⑥枢纽：关键之处。⑦论文叙笔：指《明诗》篇至《谐讔》篇十篇论述有韵之文，《史传》篇至《书记》篇十篇论述无韵之文。文，有韵文。笔，无韵文。⑧囿（yòu）：园地，这里指文体分类范围。区：也指文体区别。⑨原始以表末：考察各种文体的源起，说明它们的流变。原，考究。表，明。⑩释名以章义：诠释各种文体的名称及其含义。章，昭明。⑪选文以定篇：甄选各种文体的代表作并加以评述。⑫敷理以举统：陈述各种文体的写作道理来列举它的体制和要求。⑬剖情析采：剖析情采，分析思想感情与辞采的关系。⑭笼圈：笼统地概括。条贯：条理。⑮摛：公布，表述。神：《神思》篇论述了作家的构思问题。性：《体性》篇论述了作家的个性与作品风格的关系。⑯图：描述。风：《风骨》篇说明了理想的文风。势：《定势》篇论述了文体与风格的关系。⑰苞：通“包”，包括。会：《附会》篇探讨了文章的组织结构。通：《通变》篇论述了历代文风的变化。⑱阅：观察。声：《声律》篇论述了音韵声律。字：《练字》篇论述了文字的运用。⑲崇替：兴盛衰废。⑳怊（chāo）怅（chàng）：惆怅。㉑耿介：这里有感慨之意。㉒长怀：深远的抱负，《序志》篇有“树德立言”“名逾金石之坚”等说法，表明了作者的志向。㉓毛目：细目。㉔位理：编排条理，即按照条理安排篇目。定名：确定篇目的名称。㉕彰：彰明，彰显。㉖“其为”二句：意谓《文心雕龙》全书共五十篇，除《序志》篇以外，直接论述文章的共有四十九篇。

## 译文

这部《文心雕龙》的写作，以自然之道为根本，以圣人为师，根据经书，参考纬书的辞采，沿袭楚辞的变化创新。文章的关键之处，莫过于此了。至于论述有韵之文和无韵之文，根据文体分门别类，叙述其起源与流变，诠释文体的名称并说明含义，甄选各种文体的代表作并加以评述，陈述写作的道理并列举各种文体的体制和要求，本书的上篇里已经说得很明确了。至于剖析情理和辞采，笼统地概括并理清条理，本书陈述了“神思”和“体性”问题，阐释了“风骨”和“定势”问题，包含了“附会”和“通变”问题，探讨了“声律”和“练字”等具体问题，在《时序》篇中论述了文章的盛衰，《才略》篇中点评了历代作家，《知音》篇中寄托了惆怅之情，《程器》篇中发出了不平的感慨，《序志》篇中抒发了远大的抱负，并用以驾驭各篇，这样本书下篇里的各种写作眉目也就清楚了。编排篇次、确定篇名，恰好符合《周易》的大衍五十之数，其中探讨文章功用的，只有四十九篇而已。

## 原文

**夫铨序①一文为易，弥纶②群言为难。虽复轻采毛发③，深极骨髓④，或有曲意密源⑤，似近而远，辞所不载⑥，亦不可胜数矣。及其品列成文，有同乎旧谈者，非雷同也，势自不可异也。有异乎前论者，非苟异也，理自不可同也。同之与异，不屑⑦古今，擘肌分理⑧，唯务折衷⑨。按辔⑩文雅之场，环络⑪藻绘之府，亦几乎备矣。但言不尽意⑫，圣人所难；识在瓶管⑬，何能矩矱⑭？茫茫往代⑮，既沈予闻⑯；眇眇⑰来世，倘尘彼观也⑱。**

## 注释

①铨序：评定。铨，衡量，鉴别。序，次序。②弥纶：意谓综合各观点，综合评述。③毛发：比喻写作中的细节问题。④骨髓：指创作上的核心、本质问题。⑤曲意密源：曲折的意旨，隐蔽的根源。⑥辞所不载：指本书中未能加以论述的。⑦不屑：不顾，不管。⑧擘（bò）肌分理：深入而细致地加

以分析。擘，剖开，分开。理，纹理。⑨折衷：论述中正，没有偏颇。⑩按辔：按住马缰，使马缓缓而行。辔，马缰。⑪环络：拉住马笼头缓缓而行，与上句“按辔”都指文坛上的活动。环，绕。络，马笼头。藻绘之府：与上句“文雅之场”同义，都指文坛。⑫言不尽意：意谓语言不能完全表达其意，语出《易传·系辞上》“书不尽言，言不尽意”。⑬识在瓶管：形容见识狭小。⑭矩矱（huò）：规矩，法度。⑮往代：前代。⑯既沈予闻：意谓沉浸在前人的著述当中，语出《战国策·赵策上》“学者沈于所闻”。沈，同“沉”，沉浸。闻，指听闻前人的观点。⑰眇眇：高远。⑱倘：倘若。尘：这里作动词用，意为弄脏了别人的眼睛，刘勰的自谦之语。彼：指后世人。

## 译文

衡量评论一篇作品是比较容易的，但要综合地评论大量的作品就比较困难了。虽然本书涉及了写作的细节问题，又深入地探讨了写作的本质问题，但仍有某些曲折、隐微的意思，看似浅显，实际却很深奥，而本书中未能加以论述的，也就不可胜数了。至于本书中已经提到的品评论述，有些和前人的观点相同，那并不是有意随声附和，而是不能不同。有些和前人的观点相异，也不是随意标新立异，实在是按照道理无法与旧说相同。不论相同还是相异，都不在这些观点是古人的还是今人的，只求通过深入分析，得出不偏不倚的结论。巡阅创作的领域，考察文章的园地，所论述的问题几乎完备了。不过语言并不能完全表达心中的意思，这是圣人都感到困难的；更何况我的见识这样短浅，怎能给别人确立写作的法度呢？回顾茫茫的过往，前人的著述已经使我沉浸其中、受益匪浅，遥望渺渺的未来，本书也许能供读者略作参考吧。

## 原文

**赞曰：生也有涯，无涯惟智①。逐物②实难，凭性良易③。傲岸泉石④，咀嚼⑤文义。文果载心，余心有寄。**

## 注释

①“生也”二句：语本《庄子·养生主》“吾生也有涯，而知（智）也无涯”。②逐物：追逐外物。③凭性：凭借天性。良：实在。④傲岸：不随时俗，性格高傲。泉石：隐居的山林。⑤咀嚼：仔细，品味。

## 译文

总之，人生有限，而学问却是无穷的。追逐外物实在困难，而凭着自然的天性去做反而比较容易。不随时俗地隐居在泉石之间，才能细细地体会文章的意义。如果本书能够表达自己的心意，我的内心也就有所寄托了。